W0381148

Alice au pays des zombies

DÉJÀ PARUS DU MÊME AUTEUR

Alice au pays des zombies
Alice et le miroir des Maléfices
La reine des zombies

GENA SHOWALTER

Alice au pays des zombies

Roman

MOSAÏC

Titre original :
ALICE IN ZOMBIELAND

Traduction de l'américain par EMMANUEL PLISSON

© 2012, Gena Showalter.
© 2015, Harlequin SA

Ce livre est publié avec l'autorisation de HARLEQUIN BOOKS S.A.

Tous droits réservés, y compris le droit de reproduction de tout ou partie de l'ouvrage, sous quelque forme que ce soit.
Cette œuvre est une œuvre de fiction. Les noms propres, les personnages, les lieux, les intrigues, sont soit le fruit de l'imagination de l'auteur, soit utilisés dans le cadre d'une œuvre de fiction. Toute ressemblance avec des personnes réelles, vivantes ou décédées, des entreprises, des événements ou des lieux, serait une pure coïncidence.

MOSAÏC® est une marque déposée

Le visuel de couverture est reproduit avec l'autorisation de :

© HARLEQUIN BOOKS S.A.

Réalisation graphique couverture : C. GRASSET

MOSAÏC, une maison d'édition de la société HARLEQUIN
83-85, boulevard Vincent Auriol, 75646 PARIS CEDEX 13
Tél. : 01 42 16 63 63

www.editions-mosaic.fr

ISBN 978-2-2803-4261-2 — ISSN 2261-4540

Un mot d'Alice

Si quelqu'un m'avait dit que toute ma vie basculerait en un battement de cœur, j'aurais ri. Passer du bonheur au désespoir, de l'innocence à l'effondrement ? Impossible…

Pourtant, c'est tout ce qu'il a fallu. Un battement de cœur. Un clin d'œil, un souffle, une seconde, et tout ce que j'avais connu et aimé avait disparu.

Je m'appelle Alice Bell, et la nuit de mon seizième anniversaire j'ai perdu une mère que j'aimais, une sœur que j'adorais et un père que je n'ai jamais compris jusqu'à ce qu'il soit trop tard. Jusqu'à cet instant fatal où tout mon monde s'est effondré pour laisser place à une réalité tout autre.

Mon père avait raison. Les monstres sont parmi nous.

La nuit, ces morts-vivants, ces… *zombies…* se lèvent de leur tombe, et ils partent à la recherche de ce qu'ils ont perdu. *La vie.* Ils se nourrissent de vous. Ils vous infectent. Puis ils vous tuent. Si cela arrive, *vous* vous lèverez de *votre* tombe. C'est un cycle infini, comme un hamster dans une roue de fil barbelé dont les piques acérées s'enfoncent toujours plus profond, déchirent sa peau et son cœur, le tuent à petit feu sans qu'il puisse jamais cesser ce mouvement fatal.

Ces zombies ne connaissent ni la peur ni la souffrance ; ils ne connaissent que leur faim. Et Dieu, comme ils ont faim ! Il n'existe qu'une façon de les arrêter — mais il est trop tôt pour vous la révéler. Il faudrait vous la *montrer.* Ce que je peux vous dire, en revanche, c'est que nous devons nous battre contre les zombies et les détruire. Pour les affronter, il faut s'en approcher. Et, pour s'en approcher, il faut un peu de courage… et énormément de folie.

Mais vous savez quoi ? Je préfère que le monde me prenne pour une folle plutôt que de passer ma vie à me cacher la vérité. Les zombies existent. *Ils sont là.*

Si vous ne vous montrez pas vigilants, ils vous auront, vous aussi.

Donc, c'est vrai : j'aurais dû écouter mon père. Il n'a jamais cessé de me mettre en garde : ne pas sortir la nuit, ne jamais s'aventurer dans un cimetière et ne jamais, sous aucun prétexte, accorder votre confiance à quelqu'un qui vous propose l'un ou l'autre. Si seulement il avait suivi ses propres conseils… Parce qu'il m'a fait confiance — et je l'ai persuadé d'enfreindre ces deux règles.

J'aimerais pouvoir revenir en arrière ; il y a une centaine de choses que je ferais différemment. Je dirais non à ma petite sœur. Je ne supplierais pas ma mère d'aller parler à mon père. Je retiendrais mes larmes. Mes lèvres demeureraient scellées, les mots de haine coincés dans ma gorge. Ou, tout au moins, je prendrais ma sœur, ma mère et mon père dans mes bras une dernière fois. Je leur dirais que je les aime.

Mais c'est trop tard. Je regrette, je regrette tellement…

1

Dans le trou de zombies
Six mois plus tôt

— S'il te plaît, Alice. S'il te plaît.

Etendue sur une couverture dans le jardin, je tressais un collier de pâquerettes pour ma petite sœur. Le soleil brillait gaiement tandis que quelques nuages traversaient l'immensité du ciel limpide comme des fantômes grassouillets. Le nez empli des senteurs enivrantes de l'été en Alabama — chèvrefeuille et lavande —, je m'amusais à leur trouver des formes. Une longue chenille avec tout plein de pattes. Un papillon à l'aile déchirée. Un lapin blanc qui courait vers un arbre.

Emma, huit ans, dansait autour de moi. Elle portait un costume de ballerine rose scintillant, et ses couettes tressautaient à chacun de ses mouvements. Elle était une version en miniature de notre mère et mon inverse exact.

Elles partageaient une longue chevelure lisse et noire et de superbes yeux dorés en amande. Maman était petite, à peine plus d'un mètre soixante, et je doutais qu'Emma dépasse un jour le mètre cinquante-cinq. Moi, j'avais des cheveux blonds ondulés, de grands yeux bleus et des jambes interminables. Avec mon mètre soixante-dix-sept, j'étais plus grande que la plupart des garçons du lycée et on me remarquait partout ; je ne pouvais me promener nulle part sans m'attirer quelques regards qui signifiaient : « Tu as vu la girafe ? »

Les garçons ne s'étaient jamais intéressés à moi, mais je ne comptais plus les fois où j'en avais surpris à se retourner sur le passage de ma mère ou même — beurk ! — à la siffler quand elle se penchait pour ramasser quelque chose.

— Aliiice.

A présent toute proche de moi, Em tapait du pied — son joli petit pied chaussé de ballerines — pour attirer mon attention.

— Est-ce que tu m'écoutes, au moins ?

— Mon chou, nous en avons déjà parlé des milliers de fois, non ? Ton spectacle a beau commencer de jour, il se terminera après le coucher du soleil. Tu sais très bien que papa ne nous laissera pas sortir de la maison. Et maman n'a accepté de t'inscrire à l'école de danse qu'à une condition : il n'y aurait pas de caprice s'il t'arrivait de devoir manquer une répétition ou — *ou quoi, déjà* ? Oui… un spectacle.

M'enjambant, elle a planté ses délicates petites ballerines roses devant moi de chaque côté de mes épaules, et, malgré sa minceur, son corps est parvenu à me cacher le soleil. Elle est devenue mon horizon ; je ne voyais plus rien d'autre que son regard doré qui me suppliait.

— C'est ton anniversaire aujourd'hui, et je sais, je sais : j'ai oublié de te le souhaiter ce matin… et cet après-midi… mais, la semaine dernière, je me suis souvenue que c'était pour bientôt — c'est vrai, je l'ai même rappelé à maman, tu étais là, n'est-ce pas ? Et je viens d'y penser, ça compte pour quelque chose, non ?

Avant que j'aie eu le temps de répondre quoi que ce soit, elle a enchaîné :

— Bien sûr, que ça compte. Papa est *obligé* de t'accorder ce que tu lui demanderas. Donc, si tu lui demandes de nous laisser y aller et… et…

Il y avait tant d'envie dans sa voix !

— Et si tu lui demandes de venir me voir lui aussi, alors il acceptera.

Mon anniversaire. Ouais. Mes parents l'avaient oublié eux aussi. *De nouveau.* Contrairement à Em, ils ne s'en étaient pas souvenus — et ça n'arriverait pas. L'année précédente, mon père avait été bien trop occupé à vider des verres de whisky *single malt* en grommelant à propos des monstres qu'il était seul à voir, tandis que ma mère s'était absorbée dans la tâche consistant à nettoyer derrière lui. Comme toujours.

Cette année, maman avait caché des notes dans ses tiroirs

pour s'en souvenir (je les avais trouvées) et, comme elle l'avait dit, ma petite sœur avait même passé le message avec subtilité en annonçant tout de go : « Hé, c'est bientôt l'anniversaire d'Alice et je pense qu'elle aimerait bien une fête ! » Pourtant, je m'étais réveillée ce matin-là comme tous les autres. Rien n'avait changé.

Tant pis. J'étais plus âgée d'un an. Seize ans, enfin ! Mais ma vie était toujours la même. Franchement, ce n'était pas si grave. Je n'y attachais plus d'importance depuis longtemps.

Em, en revanche, prenait l'affaire très au sérieux. Elle voulait ce que je n'avais jamais obtenu : l'attention complète de nos parents.

— Puisque c'est mon anniversaire, est-ce que ça ne devrait pas être à *toi* de faire quelque chose pour moi ? lui ai-je demandé.

Par cette pique, j'espérais lui faire oublier son premier spectacle de danse et le rôle de princesse que, selon elle, elle était « née pour jouer ».

Elle a campé les poings sur ses hanches, image vivante de l'innocence et de l'indignation — et, oui, quand elle faisait ça, je l'adorais plus que tout au monde.

— Pardon ? Mais c'est mon cadeau, justement : te laisser t'occuper de ça pour moi !

Je me suis efforcée de ne pas sourire.

— Vraiment ?

— Bien sûr. Parce que tu rêves de me voir danser, je le sais.

Prétentieuse… mais je n'avais pas vraiment les moyens de la contredire. J'avais vraiment très envie de la voir, c'est vrai.

Je me souviens de la nuit où Emma est née. Le terrible mélange d'enthousiasme et de peur a gravé ce souvenir dans ma mémoire pour toujours. Tout comme mes parents l'avaient fait pour moi, ils avaient choisi d'employer une sage-femme qui officiait à domicile, afin que, le grand moment arrivé, maman n'ait pas besoin de quitter la maison.

Mais même ce plan avait échoué.

Le soleil était déjà couché quand les contractions avaient commencé, et mon père avait refusé d'ouvrir la porte à la sage-femme, trop effrayé à l'idée qu'un monstre la suive à l'intérieur.

C'est donc papa qui avait accouché Emma tandis que ma mère hurlait si fort que nous avons cru qu'elle allait mourir. Terrifiée, je me cachais sous mes couvertures, pleurant et tremblant de tous mes membres.

Quand tout s'était calmé, j'avais fini par me glisser dans leur chambre afin de m'assurer qu'ils avaient survécu. Papa s'affairait tandis que maman gisait sur le lit. A pas prudents, je m'étais approchée d'elle et, pour être honnête, j'avais hoqueté de terreur. Bébé Emma n'était *vraiment* pas jolie. C'était une chose rouge et fripée, dont les oreilles étaient recouvertes d'un horrible duvet noir (je suis ravie de dire que, depuis, ces poils ont disparu). Maman, tout sourires, m'avait encouragée à prendre dans mes bras ma « nouvelle meilleure amie ».

Je m'étais installée à côté d'elle, appuyée à une pile d'oreillers moelleux, et elle avait déposé le petit paquet gigotant entre mes bras. Aussitôt, des yeux si beaux qu'ils avaient dû être dessinés par un ange s'étaient levés vers moi ; elle avait plissé sa jolie bouche rose et agité ses petits poings.

— Comment allons-nous l'appeler ? avait demandé maman.

De minuscules doigts potelés s'étaient refermés autour de mon index, caresse douce et tiède sur ma peau ; soudain, j'ai décidé que les poils sur les oreilles n'étaient pas si monstrueux, après tout.

— Lys, avais-je répondu. Appelons-la Lys.

J'avais un livre qui ne parlait que de fleurs, et les lys étaient mes préférées.

Le doux rire de ma mère m'avait effleurée comme une caresse.

— Quelle belle idée. Que dirais-tu d'Emmaline Lyse Bell ? Emmaline est le vrai prénom de mamie, et ce serait bien de rendre hommage à ma mère tout comme nous l'avons fait pour celle de ton père quand tu es née. Pour abréger, nous appellerons notre petit miracle « Emma », et ce sera notre merveilleux secret à toutes les trois. Tu es mon Alice Rose, elle sera mon Emma Lys, et à vous deux vous êtes mon plus beau bouquet.

Je n'avais pas eu besoin d'y réfléchir à deux fois.

— D'accord, marché conclu !

Emma avait émis un petit bruit que j'avais considéré comme une approbation.

— Alice Rose ! s'écriait à présent cette même Emma. Te voilà de nouveau perdue dans tes pensées, au moment où j'ai le plus besoin de toi.

— D'accord, très bien, ai-je soupiré.

Je ne pouvais rien lui refuser. Jamais.

— Mais je ne vais pas discuter avec papa. Je vais discuter avec maman et la pousser à en parler avec lui.

Dans ses yeux, j'ai vu s'allumer la première étincelle d'espoir.

— Vraiment ?

— Oui, vraiment.

Un sourire radieux est venu éclairer son visage, et elle s'est remise à danser sur place.

— S'il te plaît, Alice. Il faut que tu ailles lui parler tout de suite. Je ne veux pas être en retard, et si papa est d'accord, il faudra que nous partions tôt pour que je puisse m'échauffer sur scène avec les autres filles. S'il te plaît. *Tout de suiiiite.*

Je me suis rassise et lui ai enfilé le collier de pâquerettes autour du cou.

— Tu es consciente que nos chances de succès sont très minces, n'est-ce pas ?

Dans la maison Bell, c'était une règle capitale : on ne quittait pas la maison si on n'était pas certain de pouvoir y revenir avant la nuit. Dans le jardin, papa avait fabriqué des « protections » contre les monstres pour s'assurer qu'aucun d'eux ne puisse pénétrer chez nous. Mais, la nuit tombée, on ne sortait plus. Toute personne qui se trouvait dehors s'exposait sans protection aux dangers du vaste monde, et constituait un gibier de choix.

La paranoïa et les délires de mon père m'avaient obligée à manquer nombre d'activités scolaires et d'événements sportifs. Je n'étais jamais sortie le soir avec un garçon. Oh ! bien sûr, j'aurais pu me laisser inviter au restaurant en journée ou n'importe quelle autre solution fantastiquement nulle de ce genre, mais, pour être honnête, je n'avais jamais eu envie d'un petit ami. Je ne m'étais jamais résolue à devoir expliquer que mon père était bon à enfermer — ni qu'il lui arrivait de *nous* enfermer dans la cave qu'il avait « spécialement » aménagée pour nous protéger d'un croquemitaine imaginaire. Super-plan, non ?

Em m'a enlacée affectueusement.

— Tu peux le faire, je le sais. Tu peux réussir n'importe quoi.

Elle avait tellement foi en moi que c'en était émouvant.

— Je ferai de mon mieux.

— Et ton mieux, c'est… oh, beurk !

Avec une grimace horrifiée, elle a bondi pour s'écarter de moi le plus vite possible.

— Tu es toute trempée de sueur, c'est dégoûtant ! Maintenant, j'en ai partout !

En riant aux éclats, j'ai fait mine de me jeter sur elle. Avec un cri suraigu, elle s'est enfuie à toutes jambes. Environ une demi-heure plus tôt, je m'étais aspergée avec le tuyau d'arrosage pour me rafraîchir. Mais je ne le lui aurais dit pour rien au monde : c'est tellement amusant de torturer sa petite sœur...

— Reste dans le jardin, d'accord ?

Si elle venait avec moi, maman la gronderait pour cette idée, et à mon tour je m'en prendrais à Emma pour me venger de m'avoir obligée à demander ça ; cela ne pouvait se terminer que par des pleurs... Or, je détestais qu'elle pleure.

— Bien sûr ! a-t-elle fait en levant les paumes des mains en un geste d'innocence.

Comme si j'allais me laisser prendre à cette promesse à la va-vite. Pas de doute, elle avait l'intention de me suivre pour écouter de loin. Ma petite sœur était tout à fait capable de ce genre de coups.

— Promets.

— Je n'arrive pas à croire que tu doutes de moi !

Elle a posé une main délicate sur son cœur.

— Tu me fais de la peine, Alice. Beaucoup de peine.

— Premièrement, je te félicite. Tu as énormément amélioré ton jeu d'actrice, lui ai-je répondu en applaudissant. Ensuite, dis que tu promets ou je retourne me consacrer à mon bronzage parfait.

Avec un sourire, elle s'est haussée sur la pointe des pieds, a étendu les bras et s'est mise à tourner sur une jambe. Le soleil a choisi cet instant pour darder un rayon ambré qui a éclairé à la perfection sa pirouette parfaite.

— D'accord, d'accord. Je promets. Tu es contente ?

— Eminemment.

Aussi roublarde qu'elle soit, elle tenait toujours ses promesses.

Elle a cligné des yeux.

— Tu sais quoi ? Je vais faire comme si je comprenais ce que ça veut dire.

— Ça veut dire... oh, laisse tomber.

Cette discussion, je le savais, ne servait qu'à repousser le moment d'affronter nos parents.

— J'y vais.

Avec tout l'enthousiasme d'un démineur en mission, je me suis levée et me suis dirigée vers notre maison, une bâtisse à un étage que mon père avait construite lui-même du temps où il était encore au summum de son art, avec des briques brunes au rez-de-chaussée surmontées par un bardage de planches peintes alternativement en marron et blanc. On aurait dit une boîte à chaussures, commune à l'excès et totalement oubliable. Toutefois, c'était selon lui l'effet recherché…

Je traînais les pieds, et il m'a semblé que la semelle de mes tongs me chuchotait comme un mantra secret. *N'échoue. Pas. N'échoue. Pas.* Enfin, je me suis retrouvée devant la porte vitrée de la cuisine, où j'ai aperçu ma mère tout affairée entre l'évier et la cuisinière. Je l'ai observée un instant, un léger malaise au ventre.

Ne sois pas chochotte. Tu peux le faire.

J'ai poussé la porte et je suis entrée. Des odeurs d'ail, de beurre et de sauce tomate embaumaient la pièce.

— Coucou, ai-je lancé, en espérant que ma voix n'était pas trop timide.

Une passoire remplie de pâtes fumantes à la main, maman a levé la tête et m'a souri.

— Coucou, mon ange. Tu rentres pour de bon, ou tu fais juste une pause ?

— Juste une pause.

La réclusion nocturne forcée me poussait à passer autant de temps que possible à l'extérieur pendant la journée, que ma peau vire à l'écrevisse ou non.

— Tu arrives quand même au bon moment. Les spaghettis sont presque prêts.

Pendant les mois d'été, nous dînions à 5 heures pile. L'hiver, c'était à 4. Ainsi, quelle que soit la saison, nous pouvions être en sécurité dans nos chambres avant le coucher du soleil.

Les murs étaient renforcés d'un genre d'acier, et les portes comme les serrures se voulaient inviolables. Certes, cela faisait du donjon futuriste que nous appelions « la cave » un endroit exagérément protégé, mais allez donc discuter avec un fou…

Contente-toi d'accomplir ta mission. Dis-le. Maintenant.

— Alors, euh, oui, ai-je commencé en passant d'un pied sur l'autre. Aujourd'hui, c'est mon anniversaire.

Ma mère est demeurée bouche bée, les joues livides.

— Oh ! mon ange… Je suis vraiment désolée. Je ne voulais pas… J'aurais dû me souvenir… Je m'étais même écrit des mémos. Joyeux anniversaire, a-t-elle piètrement conclu.

Elle a lancé un regard autour d'elle, comme si elle espérait qu'un cadeau se matérialise soudain par la seule force de sa pensée.

— Je me sens complètement nulle.

— Ne t'inquiète pas.

— Je te le revaudrai, je te le jure.

Et voilà le début des négociations. J'ai redressé les épaules.

— Tu le penses vraiment ?

— Bien sûr.

— C'est parfait. Parce que Emma a un spectacle ce soir et qu'elle veut y aller.

Voilà. C'était dit.

Malgré la tristesse qui émanait du visage de ma mère, elle avait commencé à secouer la tête avant même que j'aie fini ma phrase.

— Tu sais que ton père n'acceptera jamais.

— Alors parle-lui. Convaincs-le.

— Je ne peux pas !

— Pourquoi ?

— Parce que, a-t-elle grommelé.

J'aimais ma mère, vraiment, mais nom d'un chien elle parvenait à m'agacer comme personne !

— Parce que quoi ? ai-je insisté.

Même si elle se mettait à pleurer, je n'en démordrais pas. Mieux valait ses larmes que celles de ma petite sœur.

Maman a fait volte-face, aussi gracieuse qu'Emma, pour vider la passoire dans le plat. La vapeur d'eau s'est élevée et l'a entourée d'un nuage, et l'espace d'un instant j'ai eu l'impression que ma mère sortait d'un rêve.

— Emma connaît les règles. Elle comprendra.

Tout comme moi j'avais dû « comprendre » des dizaines et

des dizaines de fois avant de laisser tomber ? Ma vieille colère s'est réveillée.

— Pourquoi te comportes-tu ainsi ? Pourquoi es-tu toujours d'accord avec lui alors que tu sais bien qu'il est fou à lier ?

— Il n'est pas...

— Bien sûr que si !

J'ai tapé du pied, comme Em quand elle boudait.

— Du calme, m'a-t-elle fait d'un ton sévère. Il est en haut.

Ah oui ? Et déjà ivre, je l'aurais parié.

Elle a repris :

— Nous avons déjà parlé de ça, mon ange. Je crois que ton père voit des choses que nous autres ne pouvons voir. Mais avant de nous jeter la pierre, à lui ou à moi, relis un peu la Bible. Il fut un temps où notre Seigneur et Sauveur était persécuté. Des tas de gens doutaient de Jésus.

— Maman ! Papa n'est pas Jésus !

En plus, la plupart du temps, il ne venait même pas à la messe avec nous...

— Je le sais bien. Ce n'est pas ce que je dis. Je crois qu'il y a des forces à l'œuvre tout autour de nous. Des forces du Bien et des forces du Mal.

Je n'allais pas me laisser entraîner dans un nouveau débat sur le Bien et le Mal. Pas cette fois. Je croyais en Dieu, et sans doute à l'existence des anges et des démons, mais je demeurais fort sceptique quant à leur présence dans nos vies...

— Vous feriez mieux de divorcer, ai-je murmuré.

Je me suis mordu la langue aussitôt. Mais, si je regrettais mes paroles, je refusais pour autant de m'excuser.

Ma mère travaillait à la maison. Elle était secrétaire médicale, c'est à dire qu'elle retranscrivait des comptes rendus et passait la semaine à taper, taper, taper sur son ordinateur. Les week-ends, comme en ce beau samedi après-midi, elle servait également de bonniche pour mon père, nettoyant derrière lui, faisant les courses et obéissant à toutes ses exigences délirantes. Elle valait tellement mieux que ça ! Pour une mère, elle était encore jeune, et belle à tomber ; sans compter qu'elle était intelligente et drôle, et méritait que quelqu'un la traite comme la princesse qu'elle était.

— La plupart des enfants souhaitent que leurs parents restent ensemble ! m'a-t-elle lancé.

Sa voix était devenue dure.

— Je ne suis *pas* comme la plupart des enfants. Vous avez tout fait pour ça, ai-je répliqué avec encore plus de dureté.

J'aurais juste… j'aurais voulu ce qu'avaient les autres enfants : une vie normale.

Sa colère a disparu comme elle était venue. Elle a poussé un soupir.

— Alice, mon ange, je sais que c'est difficile. Je sais que tu rêves de mieux, et un jour tu l'auras. Tu auras ton bac, tu trouveras un travail, tu déménageras, tu iras à la fac, tu tomberas amoureuse, tu voyageras et tu obtiendras tout ce que tu désires dans ton cœur. Mais, pour l'instant, nous sommes dans la maison de ton père et c'est lui qui fait les règles. Tu vas les suivre et respecter son autorité.

Voilà qui sortait tout droit du *Manuel officiel des parents*, au chapitre : « Que dire quand vous n'avez rien à répondre à vos enfants. »

— Et peut-être que, a-t-elle ajouté, quand tu auras ta maison à toi, tu prendras conscience que ton père n'a cherché qu'à nous protéger. Il nous aime, et à ses yeux notre sécurité passe avant tout. Ne le déteste pas pour cela.

J'aurais dû m'en douter… Le discours sur le Bien et le Mal débouchait immanquablement sur l'amour et la haine.

— Mais toi, as-tu déjà vu un de ses monstres ? ai-je insisté.

Une pause. Un rire nerveux.

— J'ai refusé de répondre à cette question des centaines de fois. Qu'est-ce qui te fait croire que je vais y répondre aujourd'hui ?

— Vois ça comme un cadeau d'anniversaire en retard, puisque tu refuses de me donner ce que je veux.

C'était un coup bas, et je le savais. Mais, encore une fois, je refusais de m'en excuser.

Ma mère a cillé.

— Je n'aime pas parler de ces choses avec vous, les filles, parce que je refuse de vous effrayer davantage.

— Ce n'est pas nous qui avons peur, c'est toi ! ai-je répliqué avec emportement.

Calme-toi. Inspire profondément… respire… Il fallait que

je me conduise rationnellement. Si je piquais une crise, elle m'enverrait dans ma chambre et c'en serait fini.

— Au cours de toutes ces années, tu as dû voir au moins un monstre, non ? C'est vrai, tu passes presque tout ton temps avec papa. Tu es à son côté la nuit, quand il patrouille dans la maison avec une arme.

En effet, la seule fois où j'avais osé m'aventurer dans le séjour après minuit, dans l'unique but de boire un verre d'eau (j'avais oublié d'en emporter un dans ma chambre), voilà ce que j'avais vu : mon père avec un pistolet à la main, faisant les cent pas et s'arrêtant pour regarder à travers chaque fenêtre.

A l'époque, j'avais treize ans, et j'avais bien cru mourir d'une crise cardiaque. Ou bien de honte, car j'avais manqué mouiller mon pyjama…

— Très bien. Si tu veux savoir, je vais de te le dire : non, je n'ai jamais vu de monstre.

Son aveu ne m'a pas vraiment surprise.

— Mais j'ai bel et bien vu les ravages qu'ils causent. Et, avant que tu me demandes comment je sais que c'étaient bien *eux* les responsables, laisse-moi ajouter que j'ai vu des choses qui ne peuvent être expliquées autrement.

— Comme quoi ?

J'ai lancé un coup d'œil par-dessus mon épaule. A présent juchée sur le portique, Em se balançait — mais son regard d'aigle restait rivé sur moi.

— Là-dessus, je continuerai à me taire, a répondu maman. Il y a des choses qu'il vaut mieux ignorer, quoi que tu en penses. Tu n'es pas prête, c'est aussi simple que ça. Comme les bébés qui peuvent boire du lait, mais pas manger de la viande.

Je n'étais pas un bébé, blablabla, etc. Les traits d'Emma exprimaient de l'inquiétude. Je me suis contrainte à sourire, et immédiatement elle a cessé d'être chiffonnée, s'imaginant sans doute que j'avais gagné la partie. Comme si je n'avais pas déjà échoué des millions de fois dans cette mission…

Comme la fois où elle avait voulu assister à l'exposition d'art de son école, où son globe de papier mâché avait été sélectionné. Comme la fois où sa troupe de scouts était partie en camping. Comme la centaine de fois où son amie Jenny l'avait invitée à dormir chez elle. Jusqu'au jour où elle avait cessé d'appeler.

La pression monte... tu ne peux pas échouer cette fois-ci.

J'ai reporté mon attention sur ma mère. Debout devant la cuisinière, elle me tournait encore le dos. De fait, elle prenait les spaghettis un par un avec une fourchette, pour tester leur flexibilité comme si c'était la tâche la plus importante qu'elle ait jamais eu à accomplir. Nous avions souvent joué à ce petit jeu. Elle préférait éviter les conflits — et y parvenait souvent.

J'ai contre-attaqué :

— Oublie les monstres et ce que tu as vu ou non. Aujourd'hui, c'est mon anniversaire, et tout ce que je souhaite, c'est que nous allions voir ensemble le spectacle de danse de ma petite sœur, comme une famille normale. C'est tout ce que je veux, point final. Je ne demande pas la lune. Mais si tu n'as pas le courage, tant pis. Si papa ne l'a pas non plus, idem. J'appellerai une amie de l'école et nous irons sans vous.

Il y avait au moins une demi-heure de route pour rejoindre la ville, aussi était-il impossible que nous y allions à pied.

— Et tu sais quoi ? Si tu me forces à faire ça, tu briseras le cœur d'Em et je ne te le pardonnerai jamais.

Ma mère a aspiré une grande goulée d'air et s'est raidie. Je venais sans doute de toucher un point sensible. Dans la famille, c'était moi la calme. Je restais toujours sur ma réserve, ne piquais jamais de crise. La plupart du temps, j'acceptais tout et laissais glisser.

— Alice, a-t-elle commencé, et j'ai serré les dents.

On y est. Le refus. Des larmes de désolation cuisantes me piquaient les yeux, menaçant de couler sur mes joues. Je les ai essuyées d'un revers rageur.

— Ce n'est même pas que je ne te le pardonnerai pas. Je te *détesterai* pour ça.

Elle m'a considérée un instant et a poussé un soupir. Ses épaules se sont affaissées.

Elle était vaincue.

— Très bien. Je vais aller lui parler.

Tout au long de sa performance, Em a littéralement étincelé. Elle a été le point central des regards, dominant la scène comme une princesse. Sans mentir, elle a éclipsé les autres filles. Et ce n'est pas ma fierté de grande sœur qui parle : c'était une évidence.

Elle tourbillonnait et souriait, éblouissante, et tous ceux qui la regardaient étaient aussi captivés que moi. Enfin, je suppose. Quand le rideau est tombé, deux heures plus tard, j'étais si heureuse pour elle que j'aurais pu exploser de joie. En tout cas, il n'est pas impossible que j'aie fait exploser les tympans des spectateurs qui se trouvaient devant moi… J'avais certainement applaudi plus fort que quiconque, et mes sifflets d'encouragement avaient sans doute fait fondre quelques cerveaux.

Les gens n'avaient qu'à s'y faire. C'était l'anniversaire-le-plus-génial-du-monde. Pour une fois, les Bell avaient assisté à une soirée comme une famille *normale*.

Bien entendu, mon père avait failli tout gâcher en consultant sa montre à tout bout de champ et en se retournant pour surveiller la porte du fond comme s'il s'attendait à ce que quelqu'un balance une bombe atomique au milieu de la salle. Du coup, lorsque la foule s'est levée pour une *standing ovation*, et malgré mon explosion euphorique, il m'avait communiqué sa tension au point que j'avais l'impression de sentir mes os vibrer.

Malgré tout, je me suis bien gardée d'émettre la moindre plainte. Miracle : il était venu ! Certes, le miracle en question avait été facilité par une bouteille de son whisky préféré, et mon père avait un peu la consistance d'une crème dessert lorsque nous l'avions installé sur le siège passager, mais qu'importe ? *Il était venu !*

— Il faut qu'on y aille, a-t-il fait en se dirigeant déjà vers la porte.

Avec son mètre quatre-vingt-dix, il dépassait toute l'assemblée d'une bonne tête.

— Trouve Em et partons.

Malgré ses défauts, malgré son habitude néfaste de soigner ses angoisses avec l'alcool, je l'aimais. Mais je savais que rien ne pouvait éteindre sa paranoïa. Il avait tenté des méthodes plus orthodoxes — en vain. Il avait essayé la psychothérapie, et ça avait été pire. Mon père percevait des monstres que personne d'autre ne voyait, et refusait de croire qu'ils n'étaient pas là — prêts à le dévorer et à tuer tous ceux qu'il aimait.

D'une certaine façon, même, je le comprenais. Une nuit,

environ un an plus tôt, Em était en train de pleurer sur l'injustice qui lui faisait manquer une nouvelle soirée pyjama. A mon tour, je m'étais emportée contre notre mère, et cette saute d'humeur inhabituelle chez moi avait choqué celle-ci au point qu'elle m'avait expliqué ce qu'elle appelait « le commencement du combat de mon père contre le Mal ».

Enfant, mon père avait été témoin du meurtre brutal de son père. Un meurtre qui avait eu lieu la nuit, dans un cimetière, alors que son père était venu rendre visite à la tombe de grand-mère Alice. Cet événement l'avait traumatisé à vie. Cela, je pouvais le comprendre.

Pour autant, pouvais-je y trouver une consolation ? *Non.* Mon père était adulte. N'aurait-il pas dû affronter son problème avec sagesse et maturité ? Je veux dire, combien de fois avais-je entendu des phrases comme « Conduis-toi en adulte, Alice », ou « Seul un enfant agirait comme ça, Alice » ?

Vous voulez mon avis ? Un cas typique de : « Faites ce que je dis, pas ce que je fais. » Mais, au fond, qu'est-ce que j'y connaissais ? Je n'avais rien d'une adulte omnisciente, et pourtant on attendait de moi que je me comporte comme telle. Voilà. Avec ses branches torturées, mon arbre généalogique était gratiné : mort et désastre à tous les étages. Injuste, non ?

— Dépêchons-nous, a de nouveau lancé mon père.

Ma mère s'est précipitée à son côté, s'efforçant de l'apaiser en douceur.

— Calme-toi, mon chéri. Tout ira bien.

— Il ne faut pas que nous restions ici. Nous devons retourner à la maison, en sécurité.

— Je vais chercher Em, ai-je annoncé.

Dans ma poitrine se sont allumées les premières flammèches de la culpabilité. *Peut-être lui en avais-je trop demandé…* A lui ainsi qu'à ma mère, qui devrait sans doute l'extirper de la voiture par le toit ouvrant lorsque nous nous trouverions enfin à l'abri dans notre garage antimonstres.

— Ne t'inquiète pas.

Ma jupe battait sur mes jambes tandis que je me frayais à coups d'épaule un chemin à travers la foule pour déboucher enfin dans les coulisses. Des petites filles couraient dans tous les sens, et toutes portaient davantage de maquillage, de rubans et de paillettes que je n'en avais vu sur les quelques strip-teaseuses aperçues à la télé. (Les fois où je zappais en toute innocence, bien sûr. Et que je m'arrêtais par hasard sur des chaînes que je n'étais pas censée regarder.) Des mères et des pères congratulaient leurs filles, les prenaient dans leurs bras, leur offraient des bouquets de fleurs, bref, tout le tralala des félicitations après une performance. Moi, il m'a fallu prendre ma sœur par la main et l'entraîner à ma suite au pas de course.

— C'est papa ? a-t-elle demandé sans surprise.

Par-dessus mon épaule, je lui ai lancé un coup d'œil. Elle avait pâli. Sur son visage d'ange, ses yeux dorés semblaient trop vieux et trop remplis de sagesse.

— Oui.

— Bilan des dégâts ?

— Rien de trop grave. Tu pourras encore te montrer en public sans mourir de honte.

— Alors disons que c'est une victoire.

J'étais d'accord avec elle.

Dans le hall, les gens allaient et venaient comme des abeilles dans une ruche, entre ceux qui traînaient là et ceux qui tentaient de sortir de la salle. C'est là que j'ai retrouvé mon père ; il s'était immobilisé devant les portes de verre pour scruter le parking. Des lampadaires éclairaient celui-ci jusqu'à l'endroit où était garée notre Ford Tahoe, sur le plus proche des emplacements réservés aux handicapés — où ma mère s'était garée indûment pour faciliter notre arrivée et notre départ. Le visage de mon père avait pris un teint livide, et il avait les cheveux dressés sur la tête comme s'il avait tenté de se les arracher par poignées.

Maman tentait toujours de le réconforter. Dieu merci, elle était parvenue à le désarmer avant que nous quittions la maison. En général, les rares fois où il s'aventurait à l'extérieur, il ne sortait pas sans pistolets, couteaux et autres étoiles de ninja.

Comme je m'approchais de lui, il s'est retourné et m'a empoignée par l'avant-bras, qu'il s'est mis à secouer.

— Si tu vois quelque chose dans l'obscurité, quoi que ce soit, emmène ta sœur et fuyez. Tu m'entends ? Prends-la avec toi et retournez à l'intérieur. Barricadez les portes, cachez-vous et appelez au secours.

Ses yeux étaient d'un bleu électrique, avec une expression sauvage, et ses pupilles menaçaient d'envahir ses iris.

Alors, les flammèches de culpabilité ont disparu — pour laisser place à une fournaise.

— C'est promis, lui ai-je dit en lui tapotant la main. Ne t'inquiète pas pour nous. Tu m'as appris à me défendre. Tu te souviens ? Je protégerai Emma, quoi qu'il advienne.

— D'accord, a-t-il admis, sans pour autant paraître soulagé. D'accord.

Je disais vrai. J'ignore combien d'heures j'avais passées dans le jardin avec lui pour apprendre comment mettre un agresseur hors d'état de nuire... Bien sûr, ces leçons avaient porté sur la façon de protéger mes organes vitaux au cas où une créature décérébrée ait envie d'en faire son dîner, mais l'autodéfense reste l'autodéfense, non ?

Peu à peu, ma mère est parvenue à le persuader de me lâcher et de braver les terreurs de l'extérieur. Tout le temps que cela a duré, les gens nous lançaient des regards bizarres que je me suis efforcée d'ignorer. Nous sommes sortis ensemble, comme une famille... mais en formation de combat, les uns derrière les autres. Maman et papa étaient devant, Em et moi quelques pas en retrait, main dans la main. Le chant des cigales nous fournissait une étrange musique de fond.

J'ai inspecté les alentours, tentant de scruter le monde avec les yeux de mon père. Je distinguais une étendue de goudron frais — s'en enduire pour se camoufler ? Une mer de voitures — se dissimuler parmi elles ? Et, derrière, la forêt qui montait des collines — l'endroit où naissaient les cauchemars ?

Au-dessus de nous flottait la lune, haute et pleine, translucide, magnifique. Quelques nuages flottaient encore dans le ciel ; ils avaient à présent une teinte orange presque effrayante. Et il y avait... non, impossible... Mais j'ai cligné des yeux et ralenti. Si. C'était bien lui. Le nuage en forme de lapin m'avait suivie. Dingue.

— Regarde les nuages, ai-je dit. Tu vois quelque chose de marrant ?

Il y eut un silence, puis :

— On dirait... un lapin ?

— Exactement. Je l'ai déjà vu ce matin. Il doit nous trouver sympathiques.

— Parce qu'on l'est, tiens !

Soudain, mon père s'est aperçu que nous nous étions laissé distancer ; il est revenu vers nous en courant, m'a saisi le poignet et m'a entraînée avec lui, vite, de plus en plus vite… Moi, je tenais Emma et l'entraînais à ma suite. J'aurais préféré lui démettre une épaule plutôt que la laisser derrière nous, même une seconde. Papa nous aimait, mais une partie de moi redoutait qu'en cas de nécessité il ne décide de décamper sans nous.

Il a ouvert la porte de la voiture et m'a jetée à l'intérieur comme un ballon de foot. Emma a connu le même sort. Une fois installées à nos places, nous avons tenu une petite conversation silencieuse.

— *C'était trop bien*, ai-je articulé avec mes lèvres.

— *Bon anniversaire,* m'a répondu Em de la même façon.

Dès que mon père a regagné le siège passager, il a condamné les portières. Il tremblait si fort qu'il n'est pas parvenu à boucler sa ceinture de sécurité, et a fini par abandonner.

— Ne passe pas près du cimetière, a-t-il ordonné à ma mère, mais ramène-nous à la maison aussi vite que possible.

A l'aller, bien qu'il fasse encore jour, nous avions emprunté un détour pour éviter le cimetière, ce qui avait rallongé un parcours déjà interminable.

— D'accord. Ne t'inquiète pas.

Elle a allumé le moteur de la Tahoe avant d'enclencher la marche arrière.

— Papa, ai-je fait en m'efforçant d'adopter le ton le plus raisonnable possible. Si nous refaisons ce détour, nous allons ramer.

Nous habitions dans la banlieue de la grande et belle ville de Birmingham, et s'il s'y trouvait de vrais monstres, c'étaient les embouteillages.

— Cela nous prendra au moins une demi-heure supplémentaire. Tu ne veux tout de même pas que nous restions bloqués pendant tout ce temps dans l'obscurité ?

Si cela arrivait, la panique de mon père deviendrait telle que nous ne penserions plus qu'à nous échapper de la voiture.

— Qu'en dis-tu, chéri ? a demandé maman.

Elle avait conduit la voiture jusqu'à la sortie du parking, et devait choisir entre la gauche et la droite. Si elle prenait à gauche, nous n'arriverions jamais à la maison. Je ne plaisante pas. Si j'étais forcée d'écouter mon père pendant plus de trente minutes, je me jetterais par la fenêtre, et j'emmènerais Emma avec moi par pure charité. Si maman tournait à droite, nous aurions droit à un parcours plus court, et certainement à affronter une crise d'angoisse… mais qui se terminerait plus rapidement aussi.

Maman a pris une voix douce :

— Je roulerai si vite que tu n'auras pas le temps de *voir* le cimetière.

— Non. C'est trop risqué.

— S'il te plaît, papa, lui ai-je dit, recourant sans vergogne à la manipulation (je l'avais déjà prouvé : je n'étais pas au-dessus de ça). Pour moi. Pour mon anniversaire. Je ne demanderai rien de plus, c'est juré, même si vous avez aussi oublié le précédent et que je n'ai jamais eu de cadeau.

— Je… je…

Il lançait des regards affolés autour de lui, scrutant l'obscurité des arbres à la recherche d'un mouvement suspect.

— Je t'en prie. Em doit aller au dodo bientôt, sans quoi elle va se transformer en Lys de la vallée de ronces !

C'était un surnom que nous lui avions donné des années auparavant : enfant, quand elle était fatiguée, elle était carrément insupportable.

Avec une moue de colère, Em m'a asséné une tape sur la main. Je haussai les épaules, mimique universelle qui signifiait : « Ben quoi, c'est vrai ! »

Papa a poussé un long soupir :

— D'accord, d'accord. Mais… je veux que tu dépasses le mur du son, mon amour, a-t-il imploré en déposant un baiser sur la main de ma mère.

— Je le ferai. Tu as ma parole.

Mes parents se sont regardés avec un sourire tendre. A les voir, je me suis sentie comme une intruse. Il fut un temps, pourtant, où ils avaient souvent montré une telle complicité, mais les sourires étaient devenus de plus en plus rares au fil des années.

— Très bien, on y va.

Maman a tourné le volant à droite et a démarré. A ma grande surprise, elle a fait vraiment tout pour dépasser le mur du son, changeant de file en permanence, klaxonnant les conducteurs plus lents, collée à leur pare-chocs.

J'étais impressionnée. J'avais pris quelques leçons de conduite avec elle, et elle s'était montrée d'une nervosité terrible, qui m'avait contaminée à mon tour. Nous n'étions pas allées bien loin, pas plus que nous n'avions dépassé le cinquante à l'heure, même sur une vraie route hors de notre voisinage !

Tandis que ma mère entretenait sans relâche la conversation, j'ai jeté un coup d'œil sur l'horloge de mon téléphone portable. Les minutes défilaient ; bientôt, dix minutes s'étaient écoulées sans le moindre incident de parcours. Plus que vingt avant d'arriver chez nous.

Papa gardait le nez contre la fenêtre, et sa respiration saccadée laissait des traces de buée sur la vitre. Peut-être appréciait-il simplement les montagnes, les vallées et les arbres verdoyants qu'éclairaient les lampadaires, au lieu de chercher des monstres ?

Tu parles...

— Alors, j'ai été comment ? m'a murmuré Emma.

J'ai pris sa main et l'ai serrée dans la mienne.

— Tu as été époustouflante.

Elle a froncé ses sourcils sombres, et j'ai su ce qui allait suivre : la suspicion.

— Juré ?

— Juré. Tu as cassé la baraque dans les grandes largeurs. En comparaison, les autres filles craignaient complètement.

Elle s'est couvert la bouche pour ne pas pouffer de rire.

Je n'ai pu m'empêcher d'ajouter :

— Et le type qui te portait en l'air ? J'ai bien cru qu'il allait te pousser hors de la scène pour que les gens le regardent, lui. Sans mentir, tous les yeux étaient rivés sur toi.

Cette fois, elle a carrément éclaté d'un rire incontrôlable.

— Donc, ce que tu dis, c'est que quand j'ai trébuché tout le monde m'a vue ?

J'ai joué les étonnées.

— Trébuché ? Comment ça, trébuché ? Tu veux dire que ça ne faisait pas partie du numéro ?

Elle a levé la main pour que je frappe dedans :

— Bonne réponse.

— Chéri, a fait maman, une pointe d'appréhension dans la voix. Et si tu nous trouvais un peu de musique ?

Oh ! oh. Elle doit vouloir le distraire.

Je me suis penchée en avant pour regarder à travers le pare-brise. Bien sûr. Nous approchions du cimetière. Au moins, il n'y avait pas d'autres voitures dans les environs, et ainsi personne ne verrait la crise que mon père n'allait pas manquer de piquer. Car c'était certain — je pouvais sentir la tension qui épaississait l'atmosphère.

— Pas de musique, a-t-il répondu comme un robot. Je dois me concentrer, rester en alerte. Il faut que je…

Il s'est raidi et ses mains se sont crispées sur l'accoudoir du siège au point que ses jointures ont blanchi.

Le silence s'est installé, un silence épais et lourd.

Son souffle haletant s'est accéléré, et accéléré encore — jusqu'au moment où il s'est mis à hurler, si fort que j'en ai tressailli.

— Ils sont là ! Ils vont nous attaquer !

Il s'est emparé du volant et l'a braqué violemment.

— Tu ne les vois pas ? Nous fonçons droit sur eux. Demi-tour ! Demi-tour, tout de suite !

La Tahoe a fait une embardée et Emma a poussé un cri. J'ai saisi sa main et je l'ai serrée de nouveau, mais cette fois je n'ai pas relâché mon étreinte. Mon cœur battait contre mes côtes, et une sueur froide avait recouvert ma peau. J'avais promis de la protéger cette nuit, et je tiendrais ma parole.

— Tout ira bien, lui ai-je dit.

Ses tremblements étaient si forts qu'ils se propageaient jusque dans mon bras.

— Chéri, écoute-moi, tentait de dire maman sur le ton du réconfort. Nous sommes à l'abri dans la voiture. Personne ne peut nous faire de mal. Il faut que…

— Non ! Si nous ne faisons pas demi-tour, ils nous suivront jusque chez nous !

Mon père perdait les pédales. Il n'avait rien entendu de ce que lui disait maman.

— Il faut faire demi-tour !

De nouveau, il a saisi le volant et l'a tourné, plus fort encore.

Cette fois, la voiture n'a pas tangué — elle s'est mise à *faire des cercles.*

A faire des cercles sur elle-même, des cercles, encore et encore. J'ai serré la main d'Emma plus fort. Elle s'est mise à crier.

— Alice !

Je psalmodiais :

— Tout va bien, tout va bien…

Le monde tournait, devenait flou… la voiture tanguait… mon père poussait des jurons… ma mère retenait son souffle… la voiture penchait… penchait…

ARRET SUR IMAGE !

Je me souviens quand nous jouions à ce jeu, avec Emma. Nous montions le son de notre station iPod à fond, avec du bon gros rock, et nous nous mettions à danser comme des folles. Puis, l'une de nous criait « Arrêt sur image », et nous nous immobilisions instantanément, figées sur place, tentant de ne pas rire, jusqu'à ce que l'une crie les mots magiques qui nous remettaient en mouvement. « On danse. »

J'aurais voulu pouvoir crier « Arrêt sur image » à ce moment précis, pour changer le paysage, les joueurs. Mais la vie n'est pas un jeu, n'est-ce pas ?

ON DANSE !

La voiture s'est envolée et a fait un tonneau, le toit heurtant la route avant que nous tournions de nouveau et nous retrouvions sur les roues. Le bruit du métal déchiré, du verre brisé et les hurlements de douleur ont empli mes oreilles. Dans mon siège, j'ai été propulsée violemment en avant puis en arrière ; mon cerveau est devenu une gelée de cerise dans mon crâne tandis que les chocs pleuvaient et me coupaient le souffle.

Quand nous nous sommes arrêtés, enfin, j'étais si hébétée, si étourdie, que j'ai eu l'impression d'être encore en mouvement. Au moins, les hurlements avaient cessé. Je n'entendais plus qu'un léger tintement dans mes oreilles.

— Maman ? Papa ?

Un silence. Pas de réponse.

— Em.

Rien, de nouveau.

J'ai froncé les sourcils pour tenter de voir ce qui m'entourait.

Ma vue était brouillée et quelque chose de chaud coulait sur mes paupières, mais je suis parvenue à faire le point.

Et ce que j'ai vu m'a anéantie.

J'ai hurlé. Ma mère était tailladée de toute part, inondée de sang. Emma était affalée sur son siège. Sa tête décrivait un angle bizarre avec son cou, et sa joue était ouverte. *Non. Non, non, non.*

— Papa, aide-moi. Nous devons les sortir de là !

Silence.

— Papa ?

De nouveau, j'ai regardé autour de moi — et j'ai compris qu'il n'était plus dans la voiture. Le pare-brise avait volé en éclats, et mon père gisait parmi les débris à quelques mètres de là. Trois hommes se tenaient autour de son corps, illuminés par la lumière des phares.

Non. Ce n'étaient pas des hommes. Impossible. La peau de leur visage était grêlée et flasque, leurs vêtements sales et déchirés. Leurs cheveux n'étaient plus que des touffes qui pendaient de leur crâne, et leurs dents… leurs dents étaient si acérées quand ils… se sont jetés sur mon père et ont *plongé* à l'intérieur de lui, pour réapparaître une seconde plus tard et… le dévorer.

Les monstres.

Je me suis débattue pour me libérer, prête à tout pour emmener Em en sécurité — Em, qui n'avait pas bougé et qui ne pleurait pas —, prête à tout pour rejoindre mon père, pour voler à son secours. Ce faisant, je me suis cognée contre quelque chose de dur et de pointu. La douleur a été terrible, mais je n'ai pas cessé de me battre, alors même que mes forces m'abandonnaient… que ma vision se rétrécissait…

Puis, ça a été « Bonne nuit Alice », et j'ai tout oublié.

Au moins pour un instant…

2

La mare de larmes et de sang

Ils étaient morts. Toute ma famille. Disparus pour toujours. Je l'ai compris dès que je me suis éveillée sur un lit d'hôpital, et que l'infirmière qui se tenait à mon chevet a refusé de me regarder en face ou de me dire où ils se trouvaient.

Quand le médecin est arrivé pour m'annoncer la nouvelle, je me suis contentée de me tourner sur le côté et de fermer les yeux. Je rêvais. C'était un cauchemar, et j'allais me réveiller. Tout irait bien à mon réveil.

Je ne me suis pas réveillée.

Et donc, l'accident de voiture qui avait tué ma mère, mon père et ma… ma… non, je ne pouvais pas penser à elle. Ça m'était impossible. Bon, je reformule : l'accident de voiture qui avait coûté la vie à ma famille m'avait laissée quasiment indemne. Quelques contusions, des côtes fêlées, mais rien de plus. Et vous savez quoi ? Cela me paraissait terriblement injuste. J'aurais dû être tailladée comme ma mère. J'aurais dû porter un plâtre sur tout le corps. Ou quelque chose dans ce genre.

Au lieu de ça, malgré quelques petites douleurs, j'étais en pleine santé.

En pleine santé. C'est ça.

Mes grands-parents — les parents de ma mère — sont venus me rendre visite à plusieurs reprises, anéantis par la perte de leur famille. Je les avais vus deux semaines plus tôt, quand maman nous avait emmenées, moi et… Mon menton s'est mis à trembler, mais j'ai serré les mâchoires pour l'en empêcher. Quand maman *nous* avait emmenées chez eux. Nous n'étions restées que quelques heures, juste le temps de déjeuner et de passer un bon moment en famille.

Mamie et papi m'aimaient bien, c'est vrai, et ils m'avaient toujours bien traitée, mais je n'étais pas leur préférée ; je crois que je leur rappelais trop mon père, qu'ils n'avaient jamais trouvé assez bien pour leur fille adorée.

Pour autant, ils n'allaient pas m'abandonner dans un moment aussi difficile, m'ont-ils dit. J'irais donc vivre avec eux, et ils s'occuperaient de moi pour tout. Ainsi, j'habiterais désormais dans une maison à un étage aussi banale que la mienne, même si elle m'était moins familière. Même si mon père ne l'avait pas construite lui-même, en y ajoutant ses fameuses protections. Quelle importance ? Je n'avais jamais dormi chez une amie, jamais dormi dans un autre lit que le mien. Là encore, quelle importance ?

J'aurais dû m'en inquiéter, j'aurais *voulu* m'en inquiéter, mais j'étais lessivée, vidée — une coquille vide.

Médecins et infirmières me couvraient de « Je suis désolé » et de « Tu vas t'en sortir ». De mots comme « aller bien ». Des mots sans signification. Ils étaient désolés, et alors ? Cela ne ramènerait pas ma famille. Je m'en sortirais ? Oh ! pitié ! Je n'irais plus *jamais* bien.

Et d'abord, qu'est-ce qu'ils y connaissaient ? Avaient-ils perdu tous ceux qu'ils aimaient ? Savaient-ils ce que cela signifie d'être seule au monde ? A la fin de leur garde, ils rentreraient chez eux. Ils embrasseraient leurs enfants, partageraient un repas en famille en racontant leur journée. Et moi ? Je ne connaîtrais plus jamais un bonheur aussi simple.

Je n'avais plus de mère.

Je n'avais plus de père.

Je n'avais plus de s[illegible] de famille.

Bon sang, je crois bien que j'avais même perdu la raison. *Ces monstres...*

Des policiers sont venus me voir, ainsi qu'une assistante sociale et un psychologue. Tous voulaient savoir ce qui s'était passé. Les flics, en particulier, auraient aimé que je confirme qu'une horde de chiens errants avait attaqué mes parents.

Des chiens errants ! Je n'en avais pas vu, mais cela semblait bien plus cohérent que ce dont j'avais été témoin…

Pourtant, je suis demeurée silencieuse. La voiture avait basculé et nous avions fait des tonneaux. Voilà ce que savaient les autorités, et elles n'avaient pas besoin d'en apprendre davantage. Jamais je ne parlerais des monstres — pourquoi l'aurais-je fait ? Sans doute le choc était-il responsable de cette hallucination momentanée…

Jamais je ne mentionnerais le fait que ma mère s'était trouvée dans la voiture la première fois que j'avais ouvert les yeux, avant de m'évanouir de nouveau. Parce que lorsque je les avais ouverts pour la deuxième fois… Elle gisait hors de la voiture, éclairée par les phares comme mon père quelques instants plus tôt ; son corps était agité de soubresauts, car les choses avaient *plongé* en elle, disparaissant pendant d'interminables secondes avant de revenir à la surface pour chercher de l'air. J'avais vu sa peau se cloquer comme sous l'effet d'une brûlure et virer au noirâtre avant d'éclater et de se mettre à saigner abondamment.

J'avais eu beau m'acharner de toutes mes forces, je n'étais pas parvenue à me libérer pour voler à son secours. La ceinture de sécurité refusait de se déboucler et me retenait clouée au siège. Et quand, ensuite, les monstres avaient reporté leur attention sur moi, quand leurs yeux démoniaques m'avaient transpercée, qu'ils avaient avancé pas à pas vers la voiture, j'avais paniqué. Je ne pensais plus qu'à sauver ma… l'autre membre de ma famille.

Avant que nous ne soyons dévorées — par les *chiens errants*, comme je me le répétais à présent —, une voiture était arrivée, nous avait vus, et avait mis *les bêtes* en fuite. « Fuite » n'est pas le mot exact, d'ailleurs. Ces choses ne couraient pas. Certaines semblaient trébucher à chaque pas, d'autres paraissaient glisser.

Après cela, je ne me souvenais pas de grand-chose. Juste des flashs. Des lumières vives dans mes yeux. Du bruit, comme celui du métal contre le métal, et des hommes qui s'interpellaient en criant. Puis des mains puissantes qui me soulevaient, quelque chose de dur contre mon bras, quelque chose qu'on appliquait sur mon nez et ma bouche. Ensuite, plus rien.

— Salut. C'est bien toi, Alice ?

J'ai cligné des yeux pour dissiper les brumes du souvenir, et j'ai tourné la tête en direction de la porte de la chambre. Une fille d'environ mon âge, plutôt jolie, est entrée dans la pièce. Elle avait des cheveux noirs et raides, de grands yeux noisette encadrés de longs cils noirs, et une peau au bronzage parfait. Elle portait un T-shirt rose à manches longues avec l'inscription « Je suis avec le petit génie » et une flèche qui pointait vers le haut, ainsi qu'une microjupe qui masquait à peine sa taille. En fait, les termes de « bas de maillot de bain » auraient sans doute mieux décrit cette jupe.

Inutile de dire qu'en comparaison ma blouse en papier aux manches mal coupées ne ressemblait à rien.

— Je suis Ali, ai-je répondu.

C'étaient mes premiers mots depuis ce qui semblait une éternité. Ma gorge était douloureuse, ma voix rauque. Je ne pouvais pas la laisser m'appeler Alice. La dernière personne qui avait utilisé ce prénom était… *Ne pas y penser.* Je ne laisserais pas cette fille m'appeler comme ça, c'est tout.

— Ali, ai-je répété.

— Cool. Je m'appelle Kathryn, mais tout le monde m'appelle Kat. Oui, comme « cat », en anglais… Et si tu fais la moindre blague au sujet des chats, je me vengerai. Avec mes griffes, a-t-elle ajouté en agitant ses ongles courts dans ma direction. A vrai dire, ça fait un bail que je ne miaule plus.

Pardon ?

— Je présume donc que je ne peux pas t'appeler « Chaton ».

J'ignorais d'où me venait ce soudain accès d'humour. Toute mon énergie devait me servir à me battre contre ce que je ne voulais pas voir en face.

— Mais est-ce que je peux t'appeler « Chien fou » ?

Une amorce de sourire s'est esquissée sur ses lèvres.

— Trop marrant. Cela dit, maintenant, je serai déçue si tu ne m'appelles *pas* Chien fou.

Elle passa d'un pied sur l'autre en un mouvement gracieux et fluide.

— Oui, donc, bon. Au sujet de ma visite. Occupons-nous d'abord de l'échange d'informations. Ma mère travaille ici, et elle m'a emmenée avec elle aujourd'hui. Elle dit que tu as vraiment besoin d'une amie, ou une expression tragique dans ce genre…

— Je vais bien, me suis-je hâtée de répondre.

Encore ce mot idiot. « Bien. »

— Je m'en doutais. C'est ce que je lui ai répondu.

S'avançant dans la chambre d'un pas nonchalant, elle s'est emparée de la seule chaise pour se laisser tomber à mon côté.

— En plus, les gens ne se confient pas aux étrangers. Ce serait trop bizarre. Mais bon, c'est ma mère, et de toute évidence tu as besoin d'une épaule pour pleurer, alors que voulais-tu que je lui dise ? Non ? Même moi je ne suis pas si cruelle.

Il était hors de question que j'accepte sa pitié.

— Tu peux toujours dire à ta mère que je t'ai renvoyée grossièrement.

— Sans compter, poursuivit-elle comme si elle n'avait rien entendu, que la vie est trop courte pour se morfondre dans le chagrin. Et, quoi qu'il en soit, je suis sûre que tu l'as déjà compris : je suis d'excellente compagnie. Et, oh, tu sais quoi ? Il y a une place libre dans le Club des Cinq — pas la vieille série de bouquins, mais mes cinq amies les plus proches — et je recherche activement quelqu'un qui pourrait figurer au sommet de la liste. On va considérer ça comme ton entretien d'embauche.

Sans que je comprenne pourquoi, son petit laïus a ranimé en moi une étincelle de bonne humeur.

— Etre ta meilleure amie est donc un travail à plein temps ?

— Bien sûr ! m'a-t-elle répondu en rejetant ses cheveux en arrière. Ce n'est pas pour me vanter, mais j'ai besoin d'énormément d'attention.

— En général, on se vante plutôt du contraire.

— « En général », c'est trop banal, m'a-t-elle fait du tac au tac. Tu peux noter ça sur tes tablettes, le souligner, l'encercler et y mettre une étoile. C'est ma règle d'or.

Pratiquement sans reprendre sa respiration, elle a enchaîné :

— A présent, voyons si nous sommes compatibles.

C'est cela, oui... Ainsi, nous allions vraiment jouer à ce petit jeu. Et y jouer à fond. *Regarde comment je fais semblant que tout va bien.*

— D'accord, bonne idée.

— Donc, tu as... perdu tout le monde, c'est ça ? m'a-t-elle demandé.

On peut dire qu'elle savait mettre les pieds dans le plat ! Mais au moins ne m'avait-elle pas servi les banalités habituelles ni tourné autour du pot. C'est sans doute pour cela que je lui ai répondu d'un « Oui » enroué. C'était plus que j'en avais offert à quiconque.

— Pas cool.

— Non.

— Tu vas manger ça ? a-t-elle continué en montrant un gâteau à la vanille que quelqu'un m'avait apporté.

— Sûrement pas.

— Génial. Je meurs de faim.

Avec un grand sourire, elle a raflé le gâteau et une petite cuillère avant de se rasseoir sur sa chaise. A la première bouchée, elle a laissé échapper un grognement de satisfaction.

— Alors, écoute, et dis-moi si tu es d'accord.

— Euh... O.K.

J'avais bien l'impression que je n'avais pas fini d'intercaler des « euh... » dans cette conversation. Même assise, cette fille évoquait un ouragan d'énergie que j'ignorais comment contrôler.

Après une deuxième cuillerée de gâteau, elle a commencé :

— Voilà l'histoire. Tu vois, mon amoureux et moi, on avait décidé de ne pas rompre pour l'été, tu sais, même s'il était censé aller voir sa famille à Perpèteville. En tout cas, c'est ce qu'il m'avait raconté. Bon, quoi qu'il en soit, tout allait bien parce que, tu vois, on se téléphonait tous les soirs. Et là, paf, il arrête de m'appeler. Alors qu'est-ce que je fais ? Je l'appelle et je lui envoie des SMS en vraie bonne petite amie, et, non, ce n'était pas du harcèlement, juré, parce que j'ai arrêté au bout d'à peine trente fois ou quelque chose de ce genre. Une semaine passe et voilà qu'il me rappelle, complètement soûl, sur le mode : « Oh ma chérie, tu me manques trop, et qu'est-ce que tu portes en ce moment ? » comme si de rien n'était, et moi, j'étais genre : « Tu mérites pas trop que je te réponde ! »

Un silence.

Tout en prenant une nouvelle cuillère de gâteau, elle me dévisageait avec l'air d'attendre quelque chose. J'ai dû me retenir de chercher autour de moi la personne à qui pouvait être destiné cet excès d'informations. Bien sûr, les quelques amies que je m'étais faites au lycée m'avaient raconté une partie de leur vie et de leurs relations avec leurs petits copains, mais aucune ne l'avait fait de but en blanc ni avec un tel luxe de détails !

— Alors ? s'est enquis Kat.

Ah, oui. Ce devait être le moment où je rendais mon verdict. Etais-je d'accord ou non ?

— Je suis, euh… d'accord ?

— Exactement ! Et attends un peu : il m'a appelée par le mauvais prénom ! Pas quand nous faisions l'amour ou quelque chose comme ça, parce que, s'il m'avait fait ce coup-là, je te jure que je l'aurais tué, et même s'il avait voulu s'expliquer il n'aurait pas pu, vu qu'il aurait été déjà trop occupé à être mort ; non, il m'a fait ça au téléphone, pendant notre dernière conversation.

Là, il m'a fallu me creuser la cervelle pour passer en revue tout ce qu'elle venait de dire et connecter les points qui menaient à la bonne réponse.

— Ça craint ?

Je pensais émettre une affirmation, mais de nouveau mes paroles sonnèrent comme une question.

— Je savais que tu me comprendrais ! On dirait que nous sommes des jumelles séparées à la naissance. Bon, donc, on venait juste de raccrocher — en fait, c'est moi qui lui avais raccroché au nez, et en beauté encore, j'étais même toute fière de moi — et voilà que mon téléphone sonne, et lui qui me sort « Salut Rina ». Et moi, je fais : « Rina ? C'est qui, cette Rina que tu appelles ? » Il a essayé de me sortir un vieux mensonge, mais j'avais compris. C'est un salaud, un menteur et une marie-couche-toi-là. Si on peut dire ça pour les garçons. En tout cas, j'en ai fini avec lui.

— Super.

Eh bien, incroyable mais vrai : j'étais capable de faire des affirmations.

— Un type menteur, ça ne vaut rien.

— *Moins* que rien. Quand les cours reprendront, je me vengerai de ce type, et ce ne sera pas beau à voir. Tu sais qu'il m'avait promis de m'aimer pour toujours et toujours et même après ? Il va payer pour ses mensonges. Rina pourra aller se faire voir. Je lui souhaite de s'attraper une maladie honteuse. Je ne vais même pas gâcher mon précieux temps avec elle.

Les cours. Aïe. Encore un aspect de ma vie qui allait changer.

— Dans quel lycée es-tu ?

— Celui d'Asher. Tu connais ? C'est tout près de Birmingham.

— C'est là où mes parents sont allés.

Aïe, de nouveau. Qu'est-ce qui m'avait pris de parler d'eux ? J'ai serré le drap dans mon poing — si seulement j'avais pu ravaler ces mots ! Je pouvais faire semblant d'être normale, oui, mais seulement tant que je me tenais à l'écart de tous les sujets personnels.

— Et toi, tu vas où ? m'a-t-elle demandé sans prendre garde à ma bévue.

Ça, c'était bien.

— A Carver Academy.

Sauf que ce n'était plus le cas. Mes grands-parents vivaient dans le quartier… d'Asher, ai-je soudain réalisé. Et donc j'ai compris que je n'avais pas fini de voir Kat après la rentrée. J'ai ouvert la bouche pour le lui dire, mais je l'ai refermée aussitôt. Aucune raison de lancer le sujet maintenant.

— Une fan des Astro Jets, alors ? a-t-elle repris. On vous a battus à plate couture l'année dernière, sur le terrain de foot et sur celui de basket. Allez les Tigres ! Je suis sûre que tu en as pleuré, alors je préfère t'avertir : vous allez perdre de nouveau, et tu pleureras encore. Désolée. Plus vite tu te fais à l'idée, plus vite tu guériras.

Elle a englouti la dernière part du pudding avant de s'emparer de mon verre d'eau, ôtant la paille pour boire directement.

— Sinon, tu as un petit copain ?

— Non.

Elle a soulevé un sourcil noir, et ses lèvres maquillées d'un gloss transparent ont esquissé un sourire.

— Une petite copine ?

— Non plus.

— Dommage. Pas pour ce qui est de la petite copine, même si ça aurait été cool, vu que tu aurais été ma première amie lesbienne et que du coup je n'aurais pas eu à me soucier que tu me piques mon copain comme cette roulure de Rina. Mais c'est dommage que tu n'aies pas d'amoureux : tu aurais pu m'arranger le coup avec un de ses copains, et j'aurais envoyé à mon ex des photos de notre fausse relation torride. Bon, à part ça, tu veux que je vole un fauteuil roulant pour t'emmener faire un tour ? On pourrait aller du côté de la cafétéria pour s'offrir un burger. Ils ne sont pas fameux, mais ce gâteau m'a mise en appétit et il faut que je mange. Et, juste pour te prévenir, quand j'ai faim je deviens dingue.

Quitter la chambre ? Retourner dans le monde extérieur ?

— Non merci, c'est sympa.

Je me suis enfoncée un peu plus dans ma pile d'oreillers et j'ai simulé un bâillement.

— Je suis un peu fatiguée.

Elle a levé les mains avec une expression rassurante qui m'a rappelé… — *non, personne* — avant de se lever.

— N'en dis pas plus. Je te reçois cinq sur cinq. Je décolle, je te laisse te reposer.

La démarche légère, elle s'est dirigée vers la porte. Sur le seuil, elle s'est arrêtée pour me considérer par-dessus son épaule.

— Tu sais, je crois que je vais bien t'aimer, Ali Bell. Il me faudra encore quelques visites pour me décider, mais oui, je crois qu'on va bien s'entendre et que tu vas prendre la tête du Club des Cinq.

En fait, je ne suis restée à l'hôpital qu'une nuit de plus. Je n'ai plus vu Kat de tout l'été, ce qui valait sans doute mieux. C'était une fille sympa, et j'étais de mauvaise compagnie. Si nous avions passé plus de temps ensemble, elle aurait changé d'avis sur moi. Son « on va bien s'entendre » aurait sans doute été remplacé par un « Je t'en prie, lâche-moi les baskets pour toujours ». Quant à son Club des Cinq, elle ne m'aurait certainement plus proposé d'y entrer !

Vous voyez à quel point j'étais déprimée et névrosée ?

A ma grande consternation, mes grands-parents voyaient clair dans mes protestations du genre « Je vais mieux », et ils ont passé des heures, des jours et des semaines à tenter de me remonter le moral. C'étaient des gens formidables, vraiment, mais je savais à quel point mon attitude les peinait.

D'après eux, j'aurais dû pleurer. Cela m'aurait fait du bien. Ce que je ne parvenais pas à leur dire, c'est que mes larmes étaient là, mais retenues. A chaque instant je pouvais sentir leur brûlure derrière mes paupières, mais aucune goutte ne se formait ni tombait. Et, pour être honnête, cela ne me dérangeait pas. Je ne *voulais* pas pleurer. Au fond de moi, j'avais accepté le fait que je méritais de souffrir… de brûler de l'intérieur.

En fait, je méritais bien pire.

Quand est venu le jour des funérailles, j'ai surpris tout le monde, y compris moi-même, en demandant à ne pas y assister. Je… je ne pouvais supporter l'idée de voir l'endroit où ma famille passerait l'éternité, pourrissant pendant des années avant de disparaître enfin. Et, même si c'était sans doute justement cela le « pire », je voulais continuer à me souvenir d'eux comme ils avaient été : vivants et vibrants. Mais, bien entendu, mes grands-parents ont rejeté ma requête.

Sur la route du cimetière, je me tenais raide comme un cierge sur le siège arrière de leur berline. Ils étaient tous deux vêtus de noir des pieds à la tête, tout comme moi. Ils m'avaient acheté une jolie robe. J'aurais souhaité qu'ils ne se donnent pas cette peine et qu'ils gardent leur argent. Un sac de pommes de terre aurait mieux convenu. C'était un jour affreux, et j'aurais voulu que mes vêtements le reflètent.

Qu'importe. J'en avais assez de penser à moi. Mamie avait fait couper ses cheveux bruns, qui lui tombaient sur les épaules, en un carré flou qui masquait la pâleur de ses joues. Elle tenait un mouchoir dans sa main tremblante et ne cessait de le porter à ses yeux emplis de larmes. Je m'exhortais à me rappeler que ceux que j'aimais et que j'avais perdus étaient des membres de sa famille à elle aussi. Je n'étais pas la seule à souffrir. J'aurais dû l'aider à surmonter sa perte, me comporter comme elle s'y attendait, mais… je n'y parvenais tout simplement pas.

Mon grand-père s'est éclairci la voix avant de me demander :

— Voudras-tu dire quelques mots en l'honneur de… des défunts ?

Ses cheveux grisonnants devenaient si clairsemés qu'il en était réduit à rabattre le peu qu'il lui en restait sur son crâne, ce qui était carrément affreux. Et ma mère avait adoré le taquiner gentiment sur ce sujet.

— Ali ?

Pas besoin de réfléchir à la réponse.

— Non, merci.

Mamie s'est retournée sur son siège pour me dévisager. Ses paupières étaient gonflées et bordées de rouge, son maquillage coulait. J'ai dû détourner le regard : ses yeux dorés m'étaient trop familiers, et la douleur que j'y lisais ressemblait trop à la mienne.

— En es-tu sûre ? m'a-t-elle demandé. Je crois que ta mère aurait voulu…

— J'en suis certaine.

Je l'ai coupée net. La simple idée de partager mes plus beaux souvenirs avec d'autres devant cette tombe me donnait des sueurs froides. Non, cela n'arriverait pas. Impossible.

D'une voix plus douce encore, ma grand-mère a insisté :

— C'est ta dernière chance de leur dire au revoir, Alice.

Je vais vomir.

— Appelle-moi « Ali ». S'il te plaît. Et je… je ne peux pas dire au revoir.

Je ne me résoudrais *jamais* à le dire. Une partie de moi s'accrochait à l'idée que tout cela n'était peut-être qu'un mauvais rêve dont je finirais par sortir en me réveillant.

Avec un soupir inquiet, elle a reporté son regard sur la route devant elle.

— D'accord. Je ne pense pas que ce soit une attitude saine, mais d'accord.

— Merci, lui ai-je dit en me laissant retomber sur mon siège avec soulagement.

Le reste du trajet s'est déroulé en silence, à l'exception des reniflements occasionnels. Que n'aurais-je pas donné pour mon iPod ! J'aurais écouté Skillet ou Red et imaginé que je dansais avec ma… que je dansais *toute seule*. Mais je n'étais pas retournée chez moi pour récupérer mes affaires. Je m'y étais refusée. Mamie l'avait fait à ma place, et elle était si allergique à la technologie qu'elle n'avait sans doute pas la moindre idée de tout ce que pouvait contenir mon Nano.

Enfin, nous sommes parvenus à destination et nous avons gagné le cimetière à pied. Il n'y aurait pas de service à l'église. Toute la cérémonie se déroulerait ici. Ce qui n'était pas juste : ma mère avait aimé aller à l'église, et mon père avait toujours détesté les cimetières. Il était mort près de l'un d'eux — et, détail morbide, *celui-là même* ; et pourtant on allait l'inhumer ici… C'était affreux, tellement injuste que j'en étais mal à l'aise.

Il aurait dû être incinéré. Mais avais-je mon mot à dire ? Après tout, je n'étais que la fille qui avait causé sa mort.

A présent, à la lumière du jour — ou ce qui aurait dû l'être —, j'étudiais les lieux qui avaient détruit ma vie. Le ciel était sombre et bruineux. Même si le temps s'accordait particulièrement bien à mon humeur, je savais que mon père n'aurait pas été d'accord. Il avait toujours aimé le soleil.

La petite colline où se trouvait le cimetière était plantée d'arbres. Autour des tombes, on voyait quelques buissons et des fleurs multicolores qui poussaient en liberté.

Un jour, il y aurait des buissons et des fleurs autour des pierres tombales de ma famille. Pour l'instant, il n'y avait que trois trous vides, qui attendaient de se refermer sur leurs cercueils.

Une fois de plus, on m'a abreuvée de « Je suis désolé » et de « Tout ira bien ». Qu'ils aillent se faire voir, tous. Je me suis retranchée dans ma tête, sourde à tous les mots qui ont été prononcés au cours de la cérémonie. Je me contentais de regarder autour de moi.

Les gens pleuraient dans leurs mouchoirs. Il y avait M. et Mme Flanagan, mes anciens voisins, avec leur fils Cary. C'était un beau garçon, un peu plus âgé que moi. A d'innombrables reprises, je m'étais dit que si j'avais été une fille normale, avec une vie normale, je me serais assise devant ma fenêtre pour observer sa maison en imaginant qu'il vienne jusqu'à chez moi pour me demander de sortir avec lui. J'aurais rêvé qu'il m'emmène dîner, qu'il me ramène à notre porte et qu'il m'embrasse. Ça aurait été mon premier baiser. J'aurais rêvé qu'il me dise que, aussi cinglée que soit ma famille, il m'aimait comme j'étais.

Ce n'était jamais arrivé. Il n'était jamais venu.

A présent, il me lançait des sourires tristes, et j'ai détourné le regard.

Quand le pasteur a terminé, et après le discours de mes grands-parents, tout le monde est resté là un moment, en petits groupes qui parlaient et s'échangeaient des anecdotes. De nombreuses personnes, *trop* nombreuses, ont fait cercle autour de moi pour me prendre dans leurs bras ou poser une main compatissante sur mon épaule. Des gestes que je n'ai pas appréciés, pas plus que je ne les ai rendus. Je ne me sentais tout simplement pas la force de faire semblant, même pour ne pas blesser les sentiments des uns et des autres.

Je voulais être dans mon lit, enfouie sous mes couvertures, à prétendre que j'avais retrouvé mon ancienne vie.

— C'était une enfant si gaie…, a dit quelqu'un près de moi.

C'était une femme que je n'ai pas reconnue immédiatement, mais je savais que je l'avais déjà vue. Elle regardait le plus petit des cercueils, et les larmes coulaient sur ses joues rougies.

— Elle va tellement nous manquer. Je me souviens de cette fois où…

Et elle s'est mise à parler sans interruption. Je suis restée là, immobile, soudain incapable de respirer. J'ai ouvert la bouche pour lui ordonner de se taire, mais les mots ne me sont tout simplement pas venus. J'ai voulu m'éloigner, mais mes pieds semblaient ancrés dans le sol, comme si on les avait coulés dans le ciment.

— Et cette fois, en classe, où elle a aidé…

Un tintement s'est mis à résonner dans ma tête, et je ne distinguais plus ses mots. Aucune importance. Je savais de qui elle parlait, et si elle ne me laissait pas tranquille sur-le-champ j'allais devenir folle. Déjà, je me sentais emportée par une spirale infernale vers l'abîme, et je hurlais silencieusement.

— … et les autres petites filles l'adoraient…

Non ! La spirale m'entraînait, m'entraînait… hors de contrôle…

Je ne méritais pas mieux, me suis-je martelé. *Voilà* le fameux « pire » que je craignais. C'étaient mes mots, mon insistance, qui avaient tué ma famille, qui les avaient enfermés à jamais dans ces cercueils. Si j'avais agi différemment, même sur un seul détail, ils seraient encore en vie. Mais je ne l'avais pas fait, et voilà pourquoi je me retrouvais ici. Voilà pourquoi ils étaient là.

— … elle avait tellement de talent, tellement d'esprit, et je…

L'abîme m'envahissait de toutes parts, me déchirant de l'intérieur, détruisant tout sur son passage. Il fallait que cette femme se taise. Il fallait. Qu'elle. Se. Taise. Je pouvais sentir mon cœur battre dans ma poitrine, sur un rythme étrange et accéléré, et si elle ne se taisait pas *maintenant* j'allais en mourir. J'en étais certaine.

— … elle me disait toujours combien elle aurait voulu te ressembler plus tard. Elle t'admirait tellement…

Tais-toi, tais-toi, tais-toi ! Mais elle continuait à babiller, à me parler de… ma sœur…

… d'Emma…

… d'Emma… qui était partie… Mon bébé… disparue…

J'avais juré de la protéger. Et j'avais échoué.

Un hurlement m'a déchiré la gorge, suivi d'un autre, et d'un autre encore. J'ai perdu conscience de tout ce qui se trouvait autour de moi ; les mains plaquées sur les oreilles, je m'efforçais de ne pas entendre l'horreur dans ma propre voix. Je tombais à genoux.

Pas seulement à genoux. Je tombais au fin fond de l'abîme, dans un puits de désespoir sans fin, et cela sans cesser de hurler, de hurler, accablée de chagrin et de tristesse.

Des mains se sont posées sur moi, mais je ne me suis pas calmée. J'ai hurlé si fort et si longtemps que ma voix a fini par se briser. Je hoquetais, j'étouffais, et les larmes inondaient mon visage, se répandaient sur le sol comme un lac de désespoir autour de moi. Je pleurais si fort que tout mon corps en tremblait. Mes yeux étaient tellement gonflés que je ne voyais plus rien. Je ne parvenais plus à respirer — et, au fond, c'était tant mieux. La mort serait un soulagement.

J'ignore ce qui s'est produit ensuite. Pour la deuxième fois de ma vie, j'ai perdu connaissance. *Peut-être que je ne me réveillerai pas…*

Mais, bien entendu, j'ai repris conscience. Les jours qui ont suivi, j'ai tenté de me consoler en me disant qu'il ne pourrait rien m'arriver de pire. Et, bien entendu, cela ne m'a pas aidée. Pourtant, j'ai tout de même fini par accepter qu'il ne s'agissait pas d'un cauchemar. C'était ma nouvelle réalité, et il me fallait apprendre à l'affronter, ou bien je ne cesserais jamais de pleurer.

Chaque nuit, je restais assise dans le fauteuil qui faisait face à l'unique fenêtre de ma chambre, les yeux rivés sur le jardin de ma nouvelle maison. C'était un terrain vallonné de près de deux mille mètres carrés, avec des arbres et des fleurs. Une palissade grillagée marquait les limites de la propriété. Au-delà se trouvait une colline qu'éclairait une lune d'argent. Toutefois, elle était si haute que, d'où je me trouvais, je ne distinguais que les troncs d'arbres aussi élevés qu'épais.

J'étais fatiguée, mais je ne dormirais pas. Chaque fois que je m'assoupissais, je rêvais de l'accident. Je préférais donc passer mon temps à tenter de repérer les monstres de mon père, sans vraiment savoir si je voulais prouver qu'ils existaient ou le contraire. Je me rappelais de toutes les fois où j'avais vu papa agir de la sorte.

Sauf qu'il était armé, lui, même si je ne l'avais jamais vu se servir de son arme. A présent, je me demandais si un pistolet m'aurait vraiment aidée. Les monstres s'étaient glissés sous la peau humaine… comme des fantômes… ou comme les démons dont j'avais toujours douté.

C'est ridicule. Les monstres ne sont pas réels.

Et pourtant, à plusieurs reprises depuis l'accident, j'aurais juré que j'en avais aperçu un.

Quand on parle du loup… Les buissons se sont agités. Je me suis penchée en avant jusqu'à ce que mon nez touche la vitre. Ce n'était sans doute que le vent, ai-je pensé, au moment même où je voyais des branches d'arbres bouger comme pour se toucher. Des branches, et non *des bras*, certainement. Et ils portaient bien des feuilles, pas des mains. *Certainement.*

Un éclair blanc a attiré mon attention, et ma gorge s'est serrée. Ce n'était pas une femme aux épaules tombantes qui courait entre les arbres. Juste un chevreuil. Ça ne pouvait être qu'un chevreuil, mais…

Les chevreuils ne portent pas des robes de mariées, n'est-ce pas ?

J'ai cogné du poing contre la vitre, si fort que toute la fenêtre en a tremblé ; alors, la femme — le chevreuil — s'est enfuie et a disparu entre les arbres. Pendant de longues minutes, je suis restée aux aguets, mais elle — mais *l'animal* — n'est pas revenue.

Quand le soleil s'est levé, mes paupières étaient comme du papier de verre contre mes yeux. Il fallait que j'arrête ça, que je cesse de me torturer. Sans quoi il deviendrait nécessaire de jeter l'éponge, et d'admettre que j'avais hérité la folie de mon père.

Ne serait-ce pas le summum de l'ironie ?

Mais cette pensée ne m'a pas fait rire, pas plus qu'elle ne m'a fait pleurer ou ne m'a poussée à me jeter sur mon lit. Non : j'ai simplement commencé à prévoir la façon dont je monterais la garde la nuit suivante.

3

De plus en plus affreusement curieux

Les vacances d'été se sont terminées bien trop vite, et le jour de ma rentrée en première est arrivé. Le lycée d'Asher se trouvait dans la banlieue de Birmingham, à dix minutes de voiture à peine de la maison de mes grands-parents. Allez les Tigres ! En bus, le trajet s'allongeait d'une bonne demi-heure. Mais sachez bien que j'étais reconnaissante pour toutes ces minutes supplémentaires. Comme je l'avais dit à Kat à l'hôpital, mon père et ma mère avaient passé leur bac à Asher, et la question qui me hantait, c'était de savoir si des photos d'eux se trouvaient encore accrochées sur les murs du lycée.

Je ne regarderais même pas. Si je les y voyais, j'allais sans doute m'effondrer en plein couloir, ce qui ne m'était pas arrivé depuis les funérailles. Oui, j'aimais me dire que j'étais devenue plus forte, que je me contrôlais mieux, mais je ne voulais pas prendre de risques.

Je me suis assise à l'avant du bus, juste derrière le chauffeur, et je n'ai pas levé la tête pendant tout le trajet. Je n'ai parlé à personne et j'ai été la première à descendre d'un pas pressé, mon sac à dos me battant les flancs.

Devant les bâtiments, je me suis enfin arrêtée, les yeux écarquillés et l'estomac noué. Trop de gens ! Il y avait des grands et des petits, des Noirs et des Blancs, des filles et des garçons, des pauvres et des riches, des à l'air studieux et d'autres à l'air défoncés, des maigres et des gros, des vêtus correctement et d'autres à peine habillés. Tous ces élèves formaient des petits groupes, visiblement surexcités à l'idée de se retrouver. On aurait dit que tout un chacun était déjà en train de parler et de rire avec ses amis.

Le bâtiment du lycée lui-même était tentaculaire et un peu effrayant parce que — bon sang ! — les Tigres ne plaisantaient pas avec les couleurs de l'école. Je n'avais jamais vu autant de noir et or. Les briques noires alternaient avec les briques dorées. Mieux : il y avait une profusion d'arbres dont on avait peint les troncs en noir et les feuilles couleur or. Sur l'allée cimentée, des empreintes de tigre menaient vers les portes principales, gardées par des détecteurs de métaux. Quelqu'un les avait affublés d'oreilles sur les côtés et de moustaches au-dessus pour leur donner l'aspect de tigres…

Note à l'intention de moi-même : ne jamais dire de mal des félins de la jungle. Ça me vaudrait certainement d'être lapidée.

Je me suis arrêtée à l'accueil pour demander un plan ; pour toute réponse, on m'a ri au nez en m'indiquant une pile de papiers bien en évidence sur le comptoir. J'en ai attrapé un en murmurant un vague remerciement. J'avais déjà reçu mon emploi du temps, il ne me restait donc qu'à trouver mon chemin. Sauf que je n'ai jamais été très douée pour lire les cartes.

Comme je m'éloignais, une femme est sortie des bureaux d'un pas vif. Quand elle m'a aperçue, elle a obliqué pour se diriger droit sur moi.

Elle m'a tendu une main parfaitement manucurée.

— Tu es Alice Bell.

— Ali, ai-je répondu en lui serrant la main.

Elle avait une sacrée poigne — presque trop.

— Je suis la principale du lycée, le docteur Wright. Et n'imagine pas un seul instant pouvoir m'appeler *madame* Wright ou « Hep, madame » ! J'ai gagné mon titre et tu devras t'en servir. Compris ?

— Oui.

Je l'ai observée à la dérobée. Ses cheveux foncés encadraient un visage avenant, avec un teint mat et des yeux marron qui révélaient des ancêtres asiatiques, et une bouche en cœur.

— Si tu as besoin de quoi que ce soit, m'a-t-elle fait en s'éloignant déjà, n'hésite pas à en parler avec une de mes adjointes.

— Merci bien. Je…

Mais elle ne m'a pas entendue car elle était déjà repartie.

Je me suis avancée dans le grand hall aux murs recouverts d'affiches avec « ALLEZ LES TIGRES ». L'endroit était sacrément encombré ; des élèves allaient et venaient en tous sens, et certains se passaient même un ballon de plage (noir et or, bien sûr) au milieu des rires. Je devais marcher trop lentement, car plusieurs personnes m'ont bousculée.

Pour ma propre sécurité, je me suis abritée contre une rangée de casiers. La foule ne tarderait pas à se disperser, et je pourrais enfin trouver mon chemin sans problème — enfin, il fallait espérer. En attendant, j'ai fait de mon mieux pour ne pas penser à mon vieux lycée, pour ne pas me dire qu'après la classe je n'irais plus à l'école primaire d'à côté chercher…

Non. Je ne devais pas m'aventurer dans cette voie-là.

— Ali ?

J'ai levé les yeux du sol pour apercevoir une jolie brune qui se tenait au milieu d'un cercle de filles.

— Kat ! Je veux dire, Chien fou !

J'étais si heureuse de découvrir un visage familier que j'ai fait quelque chose qui ne m'était pas arrivé de tout l'été : j'ai souri.

Elle m'a retourné mon sourire et a levé les bras au ciel comme si nous étions deux vieilles amies perdues de vue.

— Alors ça ! Voyez donc ce que le Chat nous ramène. Tu vois la blague ? Bien sûr que oui. Mes blagues sont toujours géniales. Mais trêve de plaisanteries brillantes. Je suis tellement contente de te trouver ici !

Elle m'a détaillée des pieds à la tête avant de sourire de nouveau, cette fois avec une expression coquine.

— Mais regarde-toi, tu es trop sexy. J'adore !

C'était sans doute un mensonge. Je ne portais que mes tennis miteuses, un jean déchiré et mon plus vieux T-shirt, qui était si élimé qu'on aurait dit — quelle horreur ! — qu'il avait des franges. Je ne m'étais pas sentie d'humeur à bien m'habiller, comme s'il y avait quelque chose à fêter.

La psychologue chez qui mes grands-parents m'avaient emmenée aurait dit que je me punissais pour être encore en vie quand le reste de ma famille avait disparu (elle l'avait tant répété qu'à plusieurs reprises j'avais eu envie d'arracher mes oreilles et de les laisser là avec elle). Je l'avais compris toute seule, merci. Mais ça ne changeait rien à ce que je ressentais.

— Alors, a repris Kat, tu ne vas pas me dire à quel point je suis belle ?

A mon tour, je l'ai détaillée de pied en cap.

— Tu n'es pas belle. Tu es *à tomber*, ai-je ajouté avant qu'elle n'ait eu le temps de se mettre à bouder.

Elle portait des escarpins brillants, un jean taille basse de marque et un haut noir très moulant. Sa chevelure sombre retombait avec élégance sur ses épaules.

— Et un bon point pour Ali, a-t-elle fait. Bon, ce n'est pas tout. Laisse-moi te présenter tout le monde. Les filles, voici Ali, une très bonne amie.

Je me suis raidie, craignant qu'elle ne révèle comment nous nous étions rencontrées ; mais elle s'en est abstenue, et, franchement, j'aurais pu la prendre dans mes bras rien que pour ça.

— Ali, voici Reeve, Poppy et Wren.

Ah, d'accord. Pas de Jane, de Beth ou de Kelly ici[1].

— Bonjour, les ai-je banalement saluées.

Ces filles étaient toutes aussi parfaites que Kat, avec des visages sublimes comme on n'en trouve que dans les magazines. Elles portaient des fringues à tomber, là encore sorties tout droit des magazines.

Des magazines — voilà. C'était la seule explication logique. Sans mentir, Kat avait dû choisir ses amies dans *Copines parfaites*. En comparaison, je me sentais mal fagotée et ridicule, comme si elle m'avait trouvée dans un vieux numéro de *Chiens sans abri hebdo*.

— Ravie de te rencontrer, a fait Wren, une magnifique noire aux yeux caramel extraordinaires.

— Les amies de Kat..., a commencé Poppy, une rousse dont les taches de rousseur lui vaudraient sans doute d'épouser un prince ou quelque chose comme ça.

— J'organise une fête ce week-end, a lancé Reeve à son tour en repoussant ses cheveux noirs sur son épaule.

Elle avait des traits frappants, et sa peau était délicieusement bronzée.

— Oh ! rien qu'une petite soirée pour célébrer le fait d'avoir

1. Voir en annexe la liste des surnoms et leur signification.

survécu à notre première semaine de lycée. Enfin, à nos trois premiers jours.

Pourquoi faut-il toujours que les cours commencent au milieu de la semaine ?

— Il faut absolument que tu viennes, a-t-elle ajouté.

— Je, euh… Mmm…

Je n'étais jamais allée à une fête, mais j'avais beaucoup entendu parler de celles où étaient allées mes copines. Je savais donc que 1) je me retrouverais coincée dans une maison bondée au milieu de gens que je connaissais à peine, 2) je me retrouverais coincée dans une maison bondée au milieu de gens *ivres* que je connaissais à peine car, évidemment, tout le monde boirait beaucoup — je le savais non seulement parce que mes amies me l'avaient raconté, mais parce que ma mère m'avait obligée à regarder tellement d'émissions sur les ravages des fêtes d'étudiants que j'avais failli y laisser mon cerveau — et, 3) cela aurait lieu la nuit.

Il y avait eu un temps où mon seul désir était de sortir la nuit. J'aurais donné *n'importe quoi* pour une simple balade au clair de lune, un bras, une jambe, et pourquoi pas même mon âme ?

Et maintenant ? Maintenant, cette seule pensée me terrifiait.

— Evidemment qu'elle viendra, dit Kat. Je m'en assurerai moi-même. Et maintenant bougez, les filles. Ali et moi avons des tas de choses à rattraper ensemble.

Après avoir embrassé chacune de ses copines sur la joue, elle les a laissées partir, puis a reporté son attention sur moi.

— Bon, tu as reçu ton emploi du temps ?

J'ai préféré ignorer le fait qu'elle avait répondu à ma place pour la fête et assuré que je serais là. Aucune raison de la blesser avec une réponse belliqueuse (et infantile) du type : « Jamais de la vie. Tu ne me forceras pas à y aller. »

— Euh… Oui.

Bien qu'ayant déjà mémorisé les horaires, j'ai parcouru mon agenda en priant pour que nous ayons au moins un cours en commun.

— Super ! a fait Kat en jetant un coup d'œil par-dessus mon épaule. Aujourd'hui, nous avons le déjeuner et la dernière heure pour préparer notre prise de pouvoir du lycée. J'ai déjà décidé : je serai la chef — avec mes copines. Bon, et maintenant je vais t'accompagner jusqu'à ta salle. C'est dans un autre bâtiment, pas vraiment la porte à côté.

— Tu es là-bas, toi aussi ?

— Non, moi j'ai cours ici.

Du pouce, elle a désigné une porte toute proche.

J'ai jeté un coup d'œil à la pendule à l'autre extrémité du hall. Nous avions six minutes avant que la deuxième sonnerie ne retentisse.

— Tu ne seras pas en retard pour ton cours ?

— Si, mais ne t'inquiète pas.

Avec son sourire malin, elle a passé son bras sous le mien.

— C'est ma bonne action du jour. En plus, tu me devras un service. Et, oui, je t'en demanderai un en retour, je le fais toujours. Demande à qui tu veux. Il n'y a personne dans ce lycée qui ne me doive au moins un service. Juré.

Aussi menue qu'elle soit, elle se frayait sans difficulté un chemin à travers la foule, interpellant les élèves pour qu'ils se poussent et levant le majeur en direction de ceux qui faisaient mine de regimber. Tout cela sans cesser de babiller avec moi ; elle m'expliquait tout ce que je devais « savoir pour survivre ».

— Elle, c'est une traînée. Lui, c'est un chaud lapin. Celui-ci est mignon, mais il a fait une overdose l'année dernière, ce n'est pas un bon parti. Elle, c'est une ordure, une menteuse et une allumeuse. Oui, Trina, c'est de toi que je parle, a-t-elle lancé à voix haute.

Puis, de nouveau à mon intention :

— Trina dit toujours des gros mots, ce qui veut dire que les gros mots sont réservés à son genre de filles, ce qui veut dire que ma règle d'or est de ne jamais jurer. J'ai de la classe, moi. Pas comme Trina, la traînée de Birmingham.

Bien entendu, elle avait crié cette dernière phrase.

Un instant, j'ai cru que ladite Trina — une fille plutôt jolie mais, comment dire, un peu masculine — allait traverser le couloir et lui voler dans les plumes, mais elle s'est contentée de jeter un coup d'œil qui promettait une vengeance bien sentie.

D'aaaccord. Nouvelle note à l'intention de moi-même : ne pas se frotter à Trina. Elle portait un débardeur tout à fait normal, mais il laissait voir ses bras musclés et tatoués. Elle avait les cheveux courts, juste en dessous des oreilles, et on pouvait voir une cicatrice sur sa nuque. Le genre de cicatrice qui ressemblait à *une morsure.*

Et il fallait vraiment que j'arrête de me dévisser le cou pour la regarder ou j'allais finir paralysée.

— Lui, il est gay, mais il ne se l'avoue pas, continuait Kat comme si de rien n'était. Donc, un bon conseil : laisse tomber. Son copain, juste à côté, est plein aux as, mais c'est un vrai crétin. Elle, elle est tellement prétentieuse qu'il faut prendre des échasses pour lui parler. En fait, il vaut mieux que tu imagines que toute cette bande-là a la lèpre, tu ne t'en trouveras pas plus mal. Celle-ci est sympa. Lui, il est… zut !

Elle s'est immobilisée soudain, m'obligeant à l'imiter.

— Ris comme si je venais de dire quelque chose de super drôle !

Rire ? Vraiment ? Est-ce que je me souvenais seulement de comment on faisait ?

Elle m'a donné une bourrade et a chuchoté d'un ton impérieux :

— Ris !

D'accord. Je me suis forcée à rire. A ma grande honte, il me faut admettre que le son qui est sorti de ma gorge évoquait plutôt une grenouille en train de jouer du bongo sur mes cordes vocales. Kat elle-même en est restée bouche bée, au point que j'ai failli voir ses amygdales.

Mais elle s'est reprise très vite et, rejetant ses cheveux en arrière, a lancé son rire magique. On aurait dit un ange jouant de la harpe au sommet d'un arc-en-ciel. Vraiment trop injuste !

— Pourquoi faisons-nous ça ? lui ai-je demandé discrètement.

— Ne regarde pas maintenant, mais mon ex est juste là.

Suis-je la seule à comprendre « ne regarde pas maintenant » comme « c'est le moment ou jamais » ? J'ai regardé, évidemment.

— Méchante Ali !

Une nouvelle bourrade.

— Méchante, méchante, *méchante* ! Tu n'as aucun self-control, ou quoi ?

— Désolée.

J'ai frotté mon bras endolori. Pour autant, ai-je cessé de reluquer ? *Non.* J'ai fixé intensément la direction qu'elle m'avait indiquée.

A notre droite se tenait un groupe de huit garçons. Si jamais j'avais besoin d'une illustration visuelle des mots « criminels en série », j'en tenais une (ou plutôt huit). Ils étaient tous très grands et bardés de muscles. La plupart arboraient des tatouages sur les bras et des piercings au visage. Quelques-uns portaient des chaînes autour de la taille en guise de ceinture, mais sur des types comme eux cela ressemblait plutôt à des armes.

La preuve ? Deux d'entre eux portaient des bracelets électroniques par-dessus leurs bottes maculées de terre.

Ils se bousculaient et chahutaient à grands renforts de coups de poing dans l'épaule et de rires. L'un d'eux était en train de frictionner le crâne d'un autre avec ses phalanges ; il l'avait immobilisé en le tenant par la taille et l'obligeait à rester penché tandis que les autres le montraient du doigt et le traitaient de noms d'oiseau.

— Ils étaient plus nombreux, avant, a dit Kat. Deux d'entre eux sont morts l'année dernière d'une maladie qui transforme ton sang en une espèce de boue toxique ; tu finis par pourrir de l'intérieur. Ce n'est pas contagieux ni rien, en tout cas à ce qu'on dit. Le fameux « on »… Tous les élèves ont reçu une lettre qui expliquait ça, parce que c'était vraiment la panique — n'empêche, c'est bizarre que deux types aient attrapé ça en même temps.

Je n'ai pu m'empêcher de remarquer une note étrange dans sa voix.

— Tu les connaissais ?

— Oui, et j'ai cru mourir de chagrin. Et c'est peut-être horrible à dire, mais d'une certaine façon je suis heureuse qu'ils soient morts ensemble. C'étaient les meilleurs amis du monde, et on ne les voyait jamais l'un sans l'autre. Et zut, cette conversation devient morbide. Désolée.

— Pas de problème, lui ai-je fait, même si ce n'était pas tout à fait vrai.

Je ne voulais plus *jamais* penser à la mort et au sang, encore moins en parler.

— Alors, le tien, c'est lequel ? ai-je repris pour ramener la discussion sur les garçons encore en vie.

Elle a eu un reniflement méprisant.

— Le blond, et ce n'est plus le mien. Plus du tout, plus jamais.

J'ai observé le petit groupe en détail. Deux d'entre eux étaient noirs, un autre arborait un crâne rasé ; il y avait deux bruns, un garçon aux cheveux noir de jais et deux blonds. J'aurais peut-être voulu observer ceux-ci un peu mieux, mais dès que j'ai posé les yeux sur celui à la chevelure noire — si noire qu'elle semblait bleue —, je n'ai pu en détacher les yeux.

Il portait une casquette de base-ball rouge vif, dont je ne suis pas parvenue à lire l'inscription. C'était le seul à ne pas se mêler au chahut. Adossé contre les casiers, bras croisés sur la poitrine, il contemplait ses amis avec un air à la fois amusé et indolent.

Il était *ma-gni-fi-que,* et j'étais certaine de m'être mise à baver. Après m'être assurée du contraire d'un geste que j'espérais aussi rapide que discret — évidemment que non ! — j'en suis venue à me demander de quelle couleur étaient ses yeux. Marron, sans doute. Ou même noisette. L'un ou l'autre… juste à tomber. Vous imaginez une biche dans la lueur des phares ? C'est moi, Ali.

— Ho hé, Chaton, a lancé quelqu'un.

Je me suis contrainte à cesser de couver Casquette rouge du regard pour regarder un des deux blonds.

— Viens me dire bonjour comme il faut. Tu en meurs d'envie, j'en suis sûr.

— La seule chose dont j'ai envie, c'est que tu brûles en enfer.

— Allez, quoi. Ne sois pas comme ça, bébé.

C'était le plus grand des deux garçons blonds, et il avait un visage qui aurait fait fuir le diable en personne — qui se serait caché dans un coin sombre pour appeler sa mère en suçant son pouce. Si je ne voyais absolument pas comment un type pareil avait pu séduire une fille comme Kat, j'imaginais très bien en revanche qu'il ait pu la tromper. C'était donc lui, son fameux ex…

— Tu m'aimes, tu ne peux rien contre ça.

— J'espère que ta Rina t'a refilé une maladie.

Les autres autour de lui se sont mis à ricaner, et le fait qu'il garde le sourire — au lieu de se ruer sur Kat pour l'étriper — m'a surprise.

— Tu es dure, ma puce. Je ne t'ai appelée comme ça que pour te faire enrager.

— Les *deux* fois ?

Là, c'était sûr : c'était bien l'ex. Et donc… Trina, « l'ordure-menteuse-allumeuse » devait être la fameuse Rina avec qui il avait batifolé pendant l'été. Et, franchement, ça me laissait comme deux ronds de flan. Kat était une des filles les plus jolies et les plus féminines que je connaisse, et Trina était, comment dire ? Plutôt extrême dans le genre camionneuse.

Mais c'était aussi le cas de l'ex, d'un autre côté. En plus de ses traits de tueur en série, il arborait des tatouages sur les biceps ainsi que sur les phalanges, qui lui dessinaient un coup-de-poing… américain, bien sûr.

— De toute façon, je ne suis pas en colère, a repris Kat. Tu m'as menti, et je t'ai menti aussi. Nous sommes quittes.

Le sourire du grand blond s'est effacé, enfin.

— *Tu m'as menti* ? Quand ?

Elle lui a offert sa moue la plus aguicheuse :

— Chaque fois que nous nous sommes retrouvés à l'horizontale. Quand je te disais que c'était bien. En fait, c'était un peu le contraire…

— Touché ! s'est exclamé un des amis de l'ex.

Il l'a repoussé d'une bourrade.

— Ne sois pas comme ça, a-t-il fait d'une voix soudain implorante.

J'étais persuadée qu'il ne plaisantait qu'à moitié. On pouvait lire dans ses yeux sombres comme une lueur de désespoir.

— Ne me dis pas ce que je dois faire. Et, au fait, si tu veux vraiment savoir ce que je pense…

Elle a brandi son majeur bien haut, et tous les amis du garçon ont ricané en chœur de plus belle.

Celui-ci avait perdu toute sa belle assurance, mais il a tout de même lancé :

— Je te ferai changer d'avis. Tu me reviendras, ce n'est qu'une question de temps.

— La seule chose qui soit une question de temps, c'est le moment où je donnerai tes bijoux de famille à manger à mon chien, a répliqué Kat, avant de me souffler en aparté : *Rappelle-moi d'acheter un chien.*

Puis le garçon aux cheveux noirs nous a enfin regardées — oui, j'étais de nouveau en train de le fixer —, et j'oubliais tout de Kat et de ses problèmes.

Violet. Ses yeux étaient violets, d'une profondeur extraordinaire. Je n'avais jamais vu de couleur aussi belle.

Il devait porter des lentilles, non ?

Il a jeté à peine un regard à Kat, le temps de la saluer. Je suis parvenue à grand-peine à refréner mon envie de mâcher mes mèches de cheveux, un tic dégoûtant dont je m'étais normalement débarrassée depuis des années. Mais me regardait-il, *oui ou non* ?

Réponse : oui.

A l'instant où nos yeux se sont rencontrés, ma bouche s'est asséchée d'un coup et tout est devenu flou. Je ne voyais plus que lui, incapable de détacher mon regard du sien. Et, en l'espace d'une seconde, nous n'étions plus chacun de notre côté du hall mais…

… enlacés, ses bras autour de moi, sa poitrine contre la mienne, et nous nous embrassions. Par bonheur, il mesurait une bonne tête de plus que moi, et je me trouvais toute petite devant lui. J'adorais ça ! Et j'aimais encore plus ce que nous étions en train de faire…

Je n'avais jamais embrassé personne auparavant, mais il avait bel et bien glissé sa langue dans ma bouche, et je l'avais imité ; nous nous dévorions l'un l'autre en un baiser sensuel.

— Ali, a-t-il soupiré en me serrant plus fort encore.

— Cole, ai-je répondu en un souffle.

J'avais envie de lui si fort que j'aurais voulu que ce baiser ne se termine jamais. Il était si chaud, si chaud contre moi qui avais passé tout l'été à grelotter de froid malgré les couvertures que j'empilais. Je voulais rester entre ses bras pour toujours.

J'ai empoigné ses boucles noires, faisant tomber sa casquette au sol. Son baiser s'est fait plus profond.

— J'adore ton goût, a-t-il murmuré.

Je pouvais sentir dans sa bouche des arômes de santal et des notes fruitées, comme une sucette à la fraise tout juste sortie de son emballage.

— Tais-toi. Embrasse-moi…

— *Ali ? Ali !*

Kat est apparue devant moi, les sourcils froncés, agitant la main.

— Allô, Ali ? Il y a quelqu'un ?

J'ai cligné des paupières avant de me rendre compte que je n'avais pas bougé d'un centimètre. De même que je n'avais pas traversé le hall pour rejoindre le garçon à la casquette — je l'avais appelé Cole — ni passé ma main dans ses cheveux. Je ne l'avais pas touché, et certainement pas embrassé. Pourtant, les lèvres me picotaient encore et j'avais le souffle court.

— Tout va bien ? m'a demandé Kat, l'air inquiet.

Elle était plus petite que moi, si bien que je pouvais sans difficulté observer le groupe de garçons par-dessus son épaule. Presque tous avaient abandonné le hall. Sans doute parce que la deuxième sonnerie avait retenti. Zut de zut. Combien de temps étais-je restée à dévorer ce garçon du regard ?

Au moins, lui aussi me regardait... Sauf que ce n'était peut-être pas forcément une très bonne chose. Il y avait dans ses yeux une expression menaçante, le genre d'expression que l'on voit sur le visage d'un type dans une allée sombre juste avant qu'il ne vous jette à terre pour vous voler votre sac. L'un de ses amis le tirait par la manche pour attirer son attention.

Casquette rouge m'a montré les dents (on n'appelait pas ça un sourire) avant de pivoter sur lui-même et de s'éloigner dans le couloir. Les quelques garçons qui étaient restés autour de lui l'ont suivi, et j'ai entendu l'un d'eux murmurer :

— Ça te dérangerait de nous expliquer ce qui vient de se passer ?

J'ai dû m'appuyer aux casiers pour recouvrer mon équilibre. Il m'a fallu attendre qu'il ne me regarde plus, qu'il ait disparu, pour respirer de nouveau librement.

— Celui avec la caquette, ai-je demandé à Kat. Comment s'appelle-t-il ?

J'aurais sans doute mieux fait de la rassurer d'abord sur ma santé mentale, mais la curiosité était bien trop forte. Et, d'ailleurs, étais-je vraiment certaine de ne pas être folle ?

Kat a soupiré, laissant tomber sa tête comme si elle était trop lourde ; toutefois, elle n'a pas cessé de me fixer d'un regard pénétrant.

— Pourquoi ? Il t'intéresse ?

J'ai ouvert la bouche, pour la refermer aussitôt. Que venait-il donc de se produire ? J'avais été le jouet d'une sorte de... *vision.* Une vision où je l'embrassais. Une vision si réelle que j'avais senti la chaleur et la force de son corps contre moi. Si réelle que mon propre corps avait réagi à l'unisson.

— Rien que de la curiosité, ai-je fini par répondre en feignant une nonchalance que j'étais loin d'éprouver.

Pourtant, je ne disais que la vérité : j'étais *très* curieuse.

Ma petite ruse n'a pas pris.

— Il s'appelle Cole Holland, et, ma petite, tu ne veux pas sortir avec lui. Fais-moi confiance.

Le choc m'a ébranlée en profondeur. Ainsi, il s'appelait vraiment Cole ? Mais alors… comment est-ce que je le savais ?

Tu as entendu quelqu'un d'autre l'appeler Cole, rien d'autre. De façon inconsciente.

Peut-être. Sans doute.

— Pourquoi ? ai-je croassé.

— Parce que tu peux toujours me faire confiance. Tu me connais, maintenant, non ?

Si je n'avais pas été aussi secouée, j'aurais sans doute levé les yeux au ciel.

— Je ne te demande pas pourquoi je dois te faire confiance. Pourquoi ne voudrais-je pas sortir avec lui ?

— Ah, d'accord. Eh bien, d'abord parce qu'il t'intimide.

— Il ne m'intimide pas !

Elle s'est hissée sur la pointe de pieds pour me tapoter amicalement la tête avant de répondre :

— D'accord. Puisque tu ne veux pas admettre cette vérité, je t'en propose une autre : parce que c'est le chef de cette meute de loups enragés et qu'il est dangereux.

Dangereux… oui, ça je m'en doutais.

— Mais tu es sortie avec un de ses copains, non ?

Elle a écarté les bras en un geste d'évidence, comme si je venais de confirmer sa théorie.

— Et regarde où j'en suis : il m'a trompée et m'a brisé le cœur !

Le bruit discret des portes en train de se refermer s'est élevé dans le hall, et Kat a lancé un regard circulaire.

— Bon, allons-y. Poussons jusqu'à ta salle de cours.

Les couloirs étaient à présent déserts et je pouvais me déplacer librement ; j'aurais donc dû me sentir plus à l'aise. Mais, au contraire, j'avais l'impression d'être une pile électrique. Voire une batterie. J'irradiais d'énergie, et un bourdonnement résonnait en permanence dans ma tête. Même les lumières du couloir paraissaient plus vives.

— Cole… c'est le pire de tous, a continué Kat. Quand il parle, les autres lui obéissent. Ils sèchent pas mal l'école, pour… je n'en sais pas plus que toi, en fait. Si, sans doute un peu, mais pas beaucoup. Et tu pourrais croire que Frosty m'en a dit davantage, mais non : il est muet comme une tombe quand il s'agit de secrets. Enfin, presque. Quoi qu'il en soit, je suppose qu'ils participent à des vilaines bagarres, parce qu'ils reviennent toujours avec des blessures. Et, je te l'ai dit, ils sont très secrets. Cole est le pire de tous dans ce secteur, mais Frosty est pas mal aussi, dans le genre compte-sur-moi-pour-la-fermer…

— Frosty ?

— Mon ex.

— J'avais compris, mais son nom ?

— Oui, « le Givré ». C'est un surnom, bien sûr.

Devant ma tête, Kat s'est décidée à expliquer.

— Une fois, il s'est retrouvé enfermé dehors pendant l'hiver. Il n'a pas pu rentrer chez lui. Quand on l'a retrouvé, il était couvert de givre et pratiquement gelé. On a failli l'amputer de tous ses membres. Je te jure que c'est vrai.

— Sérieux ?

Je n'avais rien remarqué d'anormal ; or, dans une telle situation, il aurait dû perdre plusieurs doigts, la partie la plus vulnérable des mains, non ?

— Oh ! bon, d'accord. On ne lui a coupé qu'un orteil. N'empêche que le gel, c'est *dangereux*. Sinon, les seules filles qui ont le droit de les suivre dans leurs petites aventures sont Mackenzie Love — l'ex de Cole — et Trina, que tu as eu la malchance de rencontrer tout à l'heure.

Cole traînait toujours avec son ex ? Comme mauvaise nouvelle, ça se posait un peu là. Mais, au fond, je m'en fichais. Il n'était pas question pour moi de sortir avec lui ou, je ne sais pas, de l'épouser et de porter ses enfants. Je voulais juste des réponses. Vraiment.

Ce qui était arrivé dans ce couloir — ou plutôt, ce qui n'était *pas* arrivé — me terrifiait. D'accord, j'avais une grande imagination, comme le prouvait le « monstre » en costume de mariée que j'avais cru apercevoir par ma fenêtre, mais cette espèce de film où je m'étais vue en train d'embrasser dans le hall ce garçon que je ne connaissais même pas dépassait de loin tout ce que j'avais pu inventer jusqu'ici.

— Un simple avertissement, a repris Kat. Si tu te rapproches d'eux, Mackenzie te mettra la tête au carré. Oh ! et d'autre part tes amies te laisseront tomber. On ne t'adressera plus la parole.

Je pouvais supporter l'idée que des amies que je n'avais pas encore ne me parlent plus — mais, une fois de plus, je n'avais pas l'intention de faire quoi que ce soit avec Cole.

— Et toi, quand tu sortais avec Frosty, on t'a laissée tomber ?

L'espace d'un court instant, une expression de tristesse accablante a envahi son visage ; mais elle s'est reprise et, lançant une mèche par-dessus son épaule, a répondu avec un sourire :

— Moi, de toute façon, je suis à part. Encore plus à part maintenant que j'ai rompu d'avec Frosty. On dit « rompu d'avec » ou « rompu avec » ? Je ne sais même plus. Aucune importance. Bref, je suis à part maintenant qu'on est séparés, mais c'est un aspect de ma personnalité que tu apprécieras, j'en suis certaine.

— C'est déjà le cas, lui ai-je répondu, en toute sincérité.

Elle s'est arrêtée devant une porte.

— Pour toi, c'est là, m'a-t-elle indiqué avec un geste de la main.

A travers la petite fenêtre de la porte, j'ai jeté un coup d'œil dans la classe. J'ai soudain eu envie de m'enfuir. Il y avait des élèves partout — et aucune chaise libre. Le prof était debout, déjà en train de parler. A l'instant où je pénétrerais dans la salle, le silence tomberait brusquement et tous les yeux se tourneraient vers moi.

J'avais dû verdir ou frissonner à cette perspective, car Kat m'a lancé :

— Nerveuse ?

— Oui. Juste un petit… *beaucoup*.

J'ai toujours eu du mal à mentir.

— Ça te dit qu'on sèche ? lui ai-je demandé, pleine d'espoir. Après tout, nous pouvions arriver ensemble la deuxième heure.

Kat a secoué la tête d'un air entendu.

— Non, je ne veux pas sécher, et je ne veux même pas savoir ce qu'est un « petit beaucoup ». Il faut que je fasse mon entrée dans ma classe à moi. Après tout, on n'est nulle part mieux qu'au centre de l'attention.

Euh… si : n'importe où ailleurs. J'ai reculé d'un pas.

— Eh bien, je t'attendrai dehors, alors.

— Tout va bien se passer, m'a-t-elle répondu, sans pitié. Ils vont t'adorer. Et si ce n'est pas le cas, dis-moi lesquels je dois punir. C'est une de mes spécialités, tu sais. Comme l'amour vache. Allez, fonce, Tigrou, a-t-elle achevé en me donnant une petite tape sur les fesses.

— Kat, attends. Je…

— Tu as compris ce que je viens de te dire sur l'amour vache ? Ah, et aussi : dans quelques mois, tu obtiendras peut-être le titre de vraie tigresse, mais en attendant…

Elle a ouvert la porte et m'a propulsée dans la salle.

— … il va falloir que tu supportes les douleurs de croissance.

J'ai survécu à la première heure en dépit d'un instant d'humiliation. Le « professeur », si ce terme peut s'appliquer à un tel individu, m'a obligée à rester debout devant les autres élèves pour parler de ma petite personne et expliquer pourquoi j'étais en retard. Apparemment, ceci était inadmissible — surtout pour le premier cours de l'année, et en particulier envers les nouveaux qui auraient dû savoir lire un plan.

Mon avis sur la question : M. Trondhal — que j'appellerai désormais et pour toujours M. Troudbal — avait fumé la moquette. Mais qu'importe ? J'ai survécu à l'épreuve sans trop de dommages, car un garçon super-mignon aux grands yeux marron de cocker me regardait avec un sourire encourageant ; lorsque Troudbal s'est enfin retourné vers le tableau, ce même garçon a déclenché une tempête de rires en agitant de haut en bas son poing à demi fermé, le signe universel pour « on s'en tape », ce qui a détourné l'attention générale.

Pour la deuxième heure, j'avais cours dans la même salle, mais pour la troisième il m'a fallu me rendre dans un autre bâtiment. Néanmoins, je suis arrivée à temps, et le cours s'est révélé très agréable. Personne n'a fait mine de me parler, à l'exception de la prof, la petite et boulotte Mme Meyers. Avec ses cheveux poivre et sel relevés en chignon et ses lunettes trop grandes qui lui glissaient sans cesse sur le nez, elle était plutôt agréable à regarder.

— Je suis si heureuse de commencer une nouvelle année scolaire avec vous ! s'est-elle écriée en battant des mains. Et je suis certaine que vous le serez aussi quand je vous annoncerai le programme que j'ai prévu. A propos, vous êtes ici en cours d'écriture créative. Je dis ça au cas où quelqu'un se soit trompé de salle. Non ? Personne ? Bien, alors venons-en à nos histoires.

J'ai posé mon menton sur ma main, bien décidée à l'écouter… mais mon esprit s'est mis à vagabonder. J'aimerais dire que je pensais à mon avenir, à des façons d'améliorer mon état d'esprit en général — bref, quoi que ce soit d'utile. Mais ce n'était pas le cas, bien sûr. Mon cerveau avait pris le train pour Colehollandville et refusait de descendre.

Les questions se bousculaient. Que s'était-il passé dans le couloir ? Cole avait-il ressenti quelque chose quand nous nous étions regardés ? Je repensais à sa façon de me montrer les dents, comme s'il était confus, comme si je l'avais affolé sans même lui adresser la parole… Oui, peut-être. Mais il pouvait aussi s'agir d'un mouvement d'irritation. Car, au fond, je l'avais bel et bien déshabillé du regard.

Et que se passerait-il si je tombais de nouveau en transe (quel que soit le nom qu'on puisse donner à mon état) la prochaine fois que je le croiserais ?

Prête à tout pour le savoir, j'avais profité des interclasses pour le guetter. Je l'avais cherché dans les couloirs, dans les escaliers et, oui, je dois l'avouer, j'avais ralenti devant chacune des toilettes pour garçons sur mon chemin — mais aucune trace de lui, rien.

Et c'était peut-être une bonne chose. Il m'intimidait.

Voilà. Je l'admettais enfin. Il était grand et fort et visiblement habitué à la violence. Or, de la violence, j'en avais connu suffisamment pour toute ma vie. De plus, si jamais nous en venions à parler, il n'y aurait que trois issues possibles :

- Il me conseillerait d'aller me faire f…
- Il dirait à tout le monde que j'étais folle.
- Il me demanderait pour qui je me prenais, puisque c'était la première fois que nous nous rencontrions.

Je ne le connaissais pas, mais je supposais qu'il jurait beaucoup. Kat détesterait ça.

— Je pense que vous trouverez son œuvre symbolique de...

La voix de Mme Meyers m'est parvenue de très loin, attirant mon attention un instant, mais très vite mon dilemme a repris le dessus. J'aurais tellement voulu m'entretenir avec ma mère à propos de Cole et de ce qui s'était produit. Elle avait bien cohabité avec mon père durant toutes ces années, elle aurait été capable d'accepter toutes les bizarreries imaginables ! Elle ne se serait pas moquée de moi, ne m'aurait pas envoyée sur-le-champ chez un psy ; au contraire, nous nous serions assises pour discuter, et elle m'aurait aidée à atteindre une conclusion satisfaisante pour moi.

Elle me manquait tellement, et j'aurais tant voulu ne pas m'être montrée si dure envers elle, ce dernier jour...

Tiens donc. Ainsi, mon esprit parvenait encore à penser à autre chose qu'à Cole Holland...

Hors de question que je parle de tout ceci à papi et mamie : ils paniqueraient complètement. Cela dit, ils n'en montreraient rien. Devant moi, ils resteraient tout sourires et feraient comme si de rien n'était. Ce qu'ils ne savaient pas, c'est que j'avais surpris une de leurs conversations à mi-voix dans leur chambre.

— La pauvre petite ! La psychothérapie ne marche pas. Tu crois qu'elle finira par se remettre ?

— Je ne sais pas. Mais c'est terrible de la voir souffrir comme ça sans rien pouvoir y faire. Elle ne veut pas qu'on l'aide.

— Tu as raison. Je me sens complètement impuissant.

Ils avaient proposé de m'emmener au cinéma, à la patinoire, faire du shopping, bref, toutes les activités que les adolescentes comme moi sont censées adorer ; mais ma réponse était toujours restée négative. Chaque fois, ils s'étaient contentés de m'embrasser sur le front en disant : « Une autre fois, peut-être. »

Parce que je ne voulais pas les inquiéter davantage, j'avais retenu ma réponse spontanée : *jamais*. Je passais l'essentiel de mon temps dans ma chambre, et cela m'allait très bien.

J'avais pris mes habitudes. Le matin, je lisais la série des *Royaumes invisibles*. L'après-midi, j'écoutais les cassettes audio que mon père avait enregistrées pour ma mère, des années auparavant (j'avais hérité la chambre d'adolescente de ma mère, où j'avais retrouvé son vieux magnétophone). Mes nuits, je les passais à guetter des monstres. A présent que le lycée avait repris, je sortirais de la maison pour m'y rendre, et c'était tout. Point.

La sonnerie a retenti, faisant voler mes rêveries en éclats comme un coup de poing dans un miroir. J'ai sursauté. Devant moi, la prof empilait ses livres sur son bureau. Les autres élèves étaient déjà en train de quitter la salle. J'ai ramassé mes affaires et me suis levée pour les imiter.

— Alice Bell ? m'a interpellée Mme Meyers avant que je ne sorte.

Nous regards se sont croisés.

— Je préfère Ali.

Elle a hoché la tête avec un sourire chaleureux.

— J'ai regardé ton dossier scolaire de Carver, et j'ai été impressionnée. Mais, pour avoir 16 de moyenne générale, tu ne devais pas dormir en classe, si ?

Zut.

— Je ne dormais pas, je vous jure.

Son sourire s'est élargi, me montrant qu'elle n'était pas vexée.

— Je sais que la lecture et l'écriture ne sont pas les matières préférées de tout le monde, mais j'aimerais que tu nous donnes une chance demain, d'accord ? Ensuite, si ce que je dis ne t'intéresse pas, aucun problème. Tu pourras dormir ou rêvasser tout ton soûl.

Plutôt honnête, comme marché.

— C'est promis.

— Parfait, a-t-elle répondu, avant de me désigner la porte d'un mouvement de tête. Allez, file, je suis sûre qu'on t'attend ailleurs.

Je suis sortie dans le couloir… et me suis retrouvée instantanément à souhaiter ne l'avoir jamais fait. Frosty et un de ses amis à l'air méchant étaient là. Ils m'attendaient, de toute évidence. Leurs regards se sont rivés sur moi — je me sentais comme une cible face à une flèche — et ils se sont dirigés droit sur moi. J'ai supposé sur-le-champ qu'ils allaient me conseiller de me tenir à distance de Cole.

Quelle humiliation ! J'ai marché droit devant moi, mais ils

m'ont suivie, ou plutôt m'ont encadrée, deux vrais murs de testostérone qui me coupaient quasiment la vue sur le reste du monde.

— 'lut. Moi, c'est Frosty, a lancé le blond aux airs de dur à cuire.

De près, j'ai pu voir que ses yeux n'étaient pas complètement marron, mais plutôt myrtille avec des reflets chocolat.

Mon estomac s'est mis à gronder. D'accord : j'avais tellement faim que je pensais à de la nourriture en regardant ses yeux. Et alors ? Il n'y a pas de mal à avoir bon appétit, non ? Surtout que cela m'avait singulièrement manqué pendant tout l'été.

— Et ça, c'est mon pote Bronx, a repris Frosty en voyant que je ne répondais pas.

— Moi, c'est Ali.

Soit je n'avais pas repéré Bronx le matin — ce qui était très peu probable vu son look —, soit il était arrivé en retard.

— Tu t'appelles comme ça parce que tu viens du Bronx ?

— Pas du tout, a répondu Frosty à sa place.

Le Bronx en question est resté coi, mais m'a jeté un regard terrible. Entre ses piercings aux sourcils et ses cheveux teints en bleu, il avait un aspect franchement démoniaque.

— D'accord, ai-je fait.

Qu'étais-je censée ajouter ?

Nous avons croisé un petit groupe de joueurs de foot. A ma grande surprise, ils se sont faits tout petits, se collant pratiquement à la rangée de casiers pour laisser la place aux deux grands costauds qui m'encadraient comme des serre-livres. Je distinguais même l'odeur de leur peur dans l'air, âcre et piquante dans mes narines.

Vraiment bizarre.

Dans mon ancien lycée, les athlètes étaient les rois ; ils faisaient ce qu'ils voulaient et ne se préoccupaient que de leur prochain match. Mais à chaque école son fonctionnement…, ai-je supposé.

Soudain, j'ai entendu la voix de Mme…, euh, du *Dr* Wright, précédée du clac-clac-clac de ses talons. Elle avançait vers nous depuis l'autre bout du couloir, les yeux rivés sur Frosty.

— Dites-moi, jeunes gens, j'espère que vous ne maltraitez

pas Mlle Bell, n'est-ce pas ? Je n'aimerais pas avoir à vous coller jusqu'à la fin des cours.

— Aucune raison de nous coller, docteur Wright, a répondu Frosty en adoptant un ton militaire.

— Tout va bien, ai-je fait au même moment.

Nos protestations n'ont pas eu l'air de la convaincre.

— Qu'est-ce que vous lui voulez ?

Frosty a souri, en toute innocence :

— Juste lui parler, qu'est-ce que vous croyez ?

— Lui parler… Pourquoi ?

Tous les principaux étaient-ils aussi curieux ?

— Parce qu'elle est mignonne ? a répliqué Frosty — c'était une question plutôt qu'une affirmation.

Si à cet instant j'étais tombée nez en avant en plein milieu du couloir, je ne me serais sans doute pas sentie plus embarrassée.

A en juger par ses yeux mi-clos, les soupçons du Dr Wright restaient d'actualité, mais elle nous a dépassés sans nous retenir plus longtemps.

— Et attention à votre vocabulaire, sans quoi je devrais appeler vos tuteurs, a-t-elle lancé par-dessus son épaule.

Frosty a haussé les épaules, tandis que Bronx saluait la principale avec un respect feint.

— Alors, comment connais-tu Kat ? a repris Frosty, revenant à la conversation.

Il avait l'air déterminé à ne plus se laisser distraire.

Je me suis détendue. Ils ne venaient pas me parler à propos de Cole, ni parce que j'étais, selon eux, « mignonne ».

— Nous nous sommes rencontrées par hasard pendant les vacances d'été.

J'espérais que c'était la bonne réponse à lui faire. Je n'étais pas certaine du protocole quand il s'agit de discuter avec l'ex d'une amie.

— Où ça ? m'a-t-il demandé en feignant une désinvolture que démentait son regard suspicieux.

— Eh bien…

Comment pouvais-je lui répondre sans donner d'informations à mon sujet ?

Les deux garçons m'ont « escortée » dans un coin — ou plutôt m'ont entraînée où ils voulaient en me guidant avec leurs épaules. Au départ, je voulais aller dans l'autre sens, vers mon casier. Mais tant pis. Je me débrouillerai. Peut-être que je détestais la violence, mais je savais me défendre, même contre des durs de ce genre. Mon père s'en était assuré.

De fait, je l'avais mis K.-O. une ou deux fois... Et ce n'était pas tout. A plusieurs reprises, je l'avais envoyé au tapis, lui avais poché un œil, et même, un jour, cassé le nez. Chaque fois que j'avais eu le dessus sur lui, il avait souri, extrêmement fier de moi.

Mon père... soudain, les yeux me piquaient et mon menton s'était mis à trembler. Zut. Il fallait que je me concentre sur ici et maintenant.

Quelle était la question de Frosty, déjà ? Ah oui.

— Si tu veux savoir où j'ai rencontré Kat, il va falloir que tu le lui demandes.

Voilà. C'était une réponse sans être une réponse, en attendant de retrouver Kat pour lui demander d'inventer un scénario plausible.

Frosty a réagi en se courbant en deux comme si je l'avais poignardé.

— C'est cruel, Ali, très cruel. Donne-moi au moins un indice. Je peux te supplier à genoux, si tu aimes ça.

Charmant. Mais je ne pouvais oublier qu'il avait trompé Kat. J'ai réfléchi à toute vitesse.

— Tu veux un indice ? D'accord. Il y avait beaucoup de monde. Certains criaient, d'autres se tortillaient. Et il y avait énormément de contacts physiques.

C'était vrai... entre les médecins et leurs patients !

L'instant d'après, j'ai eu un aperçu du vrai Frosty. Son masque d'amabilité a disparu pour laisser place à un regard assassin et à une bouche crispée par la colère qui ne pouvaient appartenir qu'à un criminel en puissance.

— Est-ce qu'elle a touché quelqu'un ? Est-ce que quelqu'un l'a touchée ?

Du calme, mon gars. Tu l'as laissée tomber pendant tout l'été.

— Ecoute, c'était très sympa de discuter avec vous, mais il faut vraiment que je...

Nous avons bifurqué dans un nouvel embranchement du

couloir ; c'est alors que je me suis heurtée de plein fouet à quelqu'un. Sous le choc, j'ai reculé de quelques pas en titubant.

Bronx m'a rattrapée et m'a aidée à recouvrer mon équilibre ; mais il m'a relâchée très vite, comme si mon seul contact l'avait brûlé au troisième degré.

— Je suis désolée, ai-je fait en direction de la personne que je venais de heurter.

C'était une fille, plus petite que moi. Ses cheveux noirs soyeux tombaient en cascade jusqu'au milieu de son dos et encadraient son visage d'ange. Son maquillage était parfait ; sa peau, légèrement bronzée, également parfaite. Ses vêtements, bien que d'aspect onéreux et sexy, restaient élégants — parfaits eux aussi. Elle portait un pull en cachemire rose et une jupe blanche aguichante. C'était un diamant, une perle rare.

Les filles, ce n'est pas mon truc mais… bon sang ! Celle-ci aurait pu faire virer de bord n'importe qui. Même Kat et ses copines dignes des magazines ne faisaient pas le poids en comparaison.

— C'est ta dernière trouvaille ? a-t-elle demandé à Frosty en me désignant d'un mouvement dédaigneux du menton.

Elle affectait un ton méprisant qui de toute évidence m'était destiné.

Tout compte fait, elle ne me ferait sans doute pas virer de bord — je ne suis pas fan des sadiques.

— Laisse tomber, Mackenzie, a rétorqué Frosty.

Mackenzie. Comme dans Mackenzie Love. C'était *elle*, l'ex de Cole ?

Bien sûr que oui, me suis-je répondu intérieurement avec un rire sans joie. Les beaux garçons sortent avec de belles filles. C'est la vie, c'est ainsi que marche le monde. Qui se ressemble s'assemble. En vertu de quoi je finirai avec un grand maigre asocial au passé tragique. Super.

— Cole vous cherche, a-t-elle aboyé à l'adresse des deux garçons, et vous feriez mieux de remettre vos petites histoires à plus tard.

C'était un signal de départ à mon intention. Comme j'avais déjà dit au revoir, j'ai laissé là Mackenzie et les garçons pour continuer vers… la cafétéria, qui se trouvait tout près. Ainsi, voilà où ils avaient voulu m'emmener ! C'était donc l'heure du déjeuner. Pas étonnant que mon estomac crie famine. Entre l'odeur de nourriture et le fait que nous étions des centaines à avoir faim en même temps, il y avait de quoi rendre folle la plus mince des mannequins.

Déjà, des queues se formaient un peu partout. Ne sachant pas comment fonctionnait l'endroit, j'ai regardé autour de moi jusqu'au moment où j'ai enfin retrouvé un visage familier de l'autre côté de la cafét.

Kat m'a fait signe de la rejoindre. Derrière moi, Frosty m'a interpellée pour attirer mon attention, et j'ai vaguement entendu Mackenzie le traiter d'idiot. J'ai choisi de les ignorer tous les deux et me suis frayé un chemin vers mon amie. Plus j'avançais dans la salle, plus les odeurs de graisse se faisaient présentes, mêlées à des senteurs sucrées et aux parfums ; ensemble, elles formaient un nuage douceâtre, à peine respirable. Au revoir mon appétit…

— Que faisais-tu avec Frosty ? m'a demandé Kat quand je l'ai enfin rejointe pour me laisser tomber sur une chaise près d'elle.

Elle ne semblait pas en colère. Parfait.

— Lui et l'autre garçon, Bronx, m'attendaient après la classe. Frosty m'a demandé comment nous nous étions rencontrées, toi et moi.

Ses joues ont pâli.

— Que lui as-tu répondu ?

Je le lui ai dit sans hésiter. *Avais-je eu raison* ?

Elle a immédiatement paru soulagée et son visage a repris ses couleurs.

— Grandiose ! Tu as été presque aussi géniale que je l'aurais été.

J'appréciais le compliment ; j'avais besoin de confiance en moi.

— Merci.

— Mais ne révèle à personne comment nous nous sommes réellement rencontrées, d'accord ? m'a-t-elle demandé avec un regard implorant.

Pas de problème pour moi, mais pourquoi voulait-elle, *elle,* cacher cela ?

Avant que j'aie pu lui poser la question, le reste de sa bande avait fait son apparition. J'ai salué les nouvelles arrivantes avec un demi-sourire, car je n'étais pas capable de mieux en ce moment.

Comme les filles se lançaient dans une grande discussion sur les derniers potins à propos de gens que je ne connaissais pas, j'ai senti les fins cheveux sur ma nuque se hérisser. J'ai supporté la sensation pendant plusieurs minutes avant de jeter l'éponge : vaincue, je me suis retournée pour chercher la source de mon malaise.

Quelques tables plus loin, Cole était assis au milieu de sa bande. Il me… fixait. Mais même le verbe « fixer » était trop faible pour le regard brûlant qu'il me jetait entre ses paupières mi-closes et qui me transperçait. Si les yeux pouvaient lancer des couteaux, j'en aurais eu quelques-uns plantés dans la poitrine (même si ce n'est pas ce qu'il regardait, n'allez pas croire).

Rassemblant mon courage, j'ai soutenu son regard, dans l'expectative, anxieuse. Mais, cette fois, il n'y a pas eu de vision, pas de projection intérieure où je nous voyais nous embrasser. Ce qui s'était passé ce matin resterait sans doute unique. Un coup de chance.

Cela me soulageait. Non, je n'étais *absolument* pas déçue. De toute façon, les choses étaient mieux ainsi. La preuve ? L'angélique Mackenzie était juchée sur une chaise à côté de Cole, un bras passé autour de ses épaules : visiblement, elle marquait son territoire et me mettait en garde. Car elle aussi me fixait. Elle s'est penchée pour lui glisser un mot à l'oreille. Pas besoin d'être télépathe pour comprendre qu'elle était en train de comploter de ma mort sociale.

Tant pis. Je me fichais d'être populaire au lycée.

« Quoi ? Qu'est-ce qu'il y a ? » ai-je articulé silencieusement dans sa direction.

La question était légitime. Que lui avais-je fait ? Absolument rien.

Elle a passé la langue sur ses dents avant de grogner en direction de Cole quelque chose qui sonnait comme : « Laisse-moi lui donner une leçon. Une petite. S'il te plaît. »

Je n'ai pas entendu la réponse.

Kat m'a tapoté la main.

— Tu m'écoutes ? Sinon, c'est donner de la confiture aux cochons ! Ecoute bien les perles de ma sagesse : si tu veux prendre le pouvoir, il te faut faire tomber la reine actuelle de son piédestal. A coups de poing ou de pied si nécessaire.

— Pardon, je n'écoutais pas, lui ai-je répondu, les joues en feu. De quelle reine parles-tu ?

— De l'ex du type que tu étais juste en train de déshabiller du regard, a complété Reeve. Dire que j'étais aux premières loges le jour où la guerre a été déclarée entre Mackenzie Love et Ali... quelque chose.

— Bell, ai-je précisé.

A son tour, Kat a repris :

— C'est Ali qui va gagner, pour sûr, mais elle voudra que ce soit moi qui monte sur le trône.

J'ai haussé les épaules ; il était ridicule que qui que ce soit puisse se sentir en compétition avec moi.

— Le trône, je m'en fiche.

Kat a relevé le menton, ravie.

— Vous voyez ?

— Cole doit te trouver mignonne, parce qu'il n'a pas arrêté de te mater. Et il continue ! a commenté Wren en regardant alternativement le garçon et moi. Bon, Mackenzie va sûrement essayer de te tuer avant la fin de la semaine. Mais tu veux que je te dise ? Il n'en vaut pas la peine. Il ne peut t'attirer que des ennuis et te gâcher la vie.

Poppy enroulait une mèche de ses superbes cheveux roux autour de son doigt.

— La dernière fille à qui il a adressé ce genre de regards a passé un an avec tous ses membres dans le plâtre.

— Qui était-ce ? ai-je demandé malgré moi.

— Ce n'est pas vrai, a répondu Kat, sourcils froncés. Je me souviendrais forcément d'une histoire pareille !

Wren a poussé un soupir désolé :

— Elle a raison, c'est une blague. On te testait juste pour voir tes réactions. Et tu as raté le test.

Elle s'est tournée vers Kat.

— Tu lui as parlé de ce qui est arrivé avec Frosty ? Comment il a failli te faire mettre à la porte du lycée ?

Soudain, quelqu'un m'a tapé sur l'épaule. J'ai levé les yeux pour me retrouver face à face avec le garçon brun de la classe de Troudbal. Celui qui avait fait rire tout le monde et détourné l'attention de moi.

Le silence s'est abattu sur ma table.

— Ne te laisse pas effrayer par Mackenzie, m'a-t-il dit (m'apprenant du même coup que tout le monde dans la cafétéria avait remarqué notre animosité et notre lutte silencieuse). Elle est douée avec ses poings, mais seulement quand elle est debout. Si tu la fais tomber, tu auras gagné.

Là-dessus, il a fait demi-tour et s'est éloigné.

Abasourdie, je me suis tournée vers les filles. Toutes quatre me regardaient, bouche bée — Kat, Poppy et Reeve avec une expression d'émerveillement, Wren avec une attention qui m'a mise mal à l'aise.

J'ai écarté les bras.

— Quoi ?

Avec un grand sourire, Kat m'a répondu :

— Cole va *détester* le fait d'avoir de la concurrence ! Ça, c'était Justin Silverstone, et en général il ne parle à personne, sauf à sa sœur. Ce que tu n'es pas, de toute évidence.

Poppy a approuvé avec enthousiasme :

— J'ai toujours cru qu'il était gay.

Wren lui a donné une bourrade.

— Bien sûr que non !

Les coudes sur la table, Reeve s'est penchée vers moi.

— Alors, comment as-tu fait, Ali ?

— Fait quoi ? ai-je demandé, éberluée.

— Comment as-tu attiré son attention ? a repris Wren, la voix aussi acérée que son regard caramel. C'est une tête, il n'a que des bonnes notes, ne manque jamais un jour d'école, et sa carrière est déjà toute tracée. C'est quelqu'un qui ira loin. Je ne dis pas que tu n'es pas à la hauteur d'un type pareil, mais il est si réservé, d'habitude…

Je me suis tortillée inconfortablement sur ma chaise avant de répondre :

— Je n'ai pas attiré son attention. Le seul garçon avec qui j'ai parlé, c'est Frosty, et encore, c'est parce qu'il m'a coincée à la sortie de ma classe !

— Mm-mmh, a murmuré Kat, partagée entre le doute et

l'amusement. Eh bien, on va voir si Cole a remarqué ton visiteur inattendu.

J'ai écarquillé les yeux et tenté de la retenir par le bras.

— Ne fais pas…

Mais c'était trop tard. Elle s'était déjà retournée pour regarder. Et elle est restée ainsi, bouche bée.

Je n'ai pu me retenir : j'ai regardé à mon tour. Et ce que j'ai vu m'a ébranlée jusqu'au tréfonds de mon âme. Je n'étais pas la seule à subir un regard meurtrier aujourd'hui. Cole fixait Justin comme s'il avait la ferme intention de l'écorcher vif avant de danser le rock sur sa peau.

— Ça n'a rien à voir avec moi, suis-je parvenue à articuler d'une voix rauque.

Moi, au milieu d'une rivalité entre ces deux garçons ? Impossible.

Pourtant, une partie de moi espérait le contraire.

4

Quel non-sens sanglant!

Cette nuit-là, je suis restée devant ma fenêtre à scruter l'obscurité. De façon surprenante, ni Cole ni Mackenzie n'avaient cherché à me coincer, et ils ne m'avaient plus adressé la parole — pas plus que le reste de leur bande, ou que le fameux Justin, que je n'avais pas revu. Et si quelqu'un d'autre avait parlé de moi, eh bien, je ne l'avais pas entendu.

Donc, soit Mackenzie avait changé d'avis sur la « leçon » qu'elle voulait m'infliger, soit quelqu'un l'avait retenue. Etait-ce Cole ? Mais, dans ce cas, cela voulait dire qu'elle l'écoutait, qu'elle accordait de l'importance à ses propos — et qu'il lui avait dit de rester à l'écart de moi. Pourtant, c'était peu crédible. Je ne pouvais lui trouver une seule raison pour me défendre.

Avec un soupir, je me suis frotté les tempes. Le mal de crâne n'était pas loin. Si je n'arrêtais pas de retourner ces pensées dans ma tête, je finirais par me déclencher une hémorragie cérébrale. Et j'avais de toute façon d'autres sujets d'inquiétude, bien plus importants. J'avais terminé la journée de cours en compagnie de Kat, puis j'avais pris le bus — gardant de nouveau la tête baissée d'un bout à l'autre du trajet — avant de m'enfermer dans ma chambre. Au bout d'un certain temps, papi et mamie m'avaient invitée à descendre avec eux. Ils m'avaient demandé comment s'était passée ma rentrée et si je m'étais fait des amis. Classique. A la première question, j'avais répondu « Pas mal », à l'autre : « Un ou deux, oui. » Puis le silence était retombé. Mes grands-parents me regardaient avec l'air d'attendre quelque chose… sans doute des détails ? Titillée par un sentiment de malaise, qui au fond ne m'avait quasiment pas quittée de la journée, j'ai commis l'erreur de leur parler de mon retard en première heure et du sermon de ce cher M. T. (A vrai dire, j'avais déjà oublié son véritable nom et je n'allais pas expliquer à mes grands-parents que je surnommais mon professeur M. Troudbal…)

L'instant d'après, bien entendu, ils me demandaient si je voulais qu'ils appellent mon professeur principal pour lui expliquer ma *terrible* situation et demander à ce que les professeurs me laissent tranquille… C'était gentil de leur part, mais j'ai été claire dans ma réponse : « Jamais de la vie ! » Ma véhémence les a sans doute un peu surpris, mais ils se sont rangés à mon avis. Il était hors de question que l'on me surnomme Grincheuse (c'était ainsi que mes parents m'appelaient chaque fois que je me plaignais ; Em, elle, était Râleuse).

A présent, nous avions fini de dîner et nous avions terminé la vaisselle ; mes grands-parents dormaient déjà dans leur chambre, et une fois de plus je me retrouvais seule dans la mienne. Un croissant de lune doré resplendissait sur un ciel sans nuages ; les étoiles étincelaient, comme des diamants de lumière sur un fond de velours noir. Une brise légère faisait se balancer les branches et les feuilles, apportant une touche d'étrangeté à la beauté de la nuit.

Comme je le faisais chaque soir depuis mon arrivée ici, je guettais à la fenêtre, tendue comme un élastique sur le point de claquer. J'espérais apercevoir la Fiancée de Frankenstein. Jusqu'ici, j'avais fait chou blanc.

Cela faisait déjà quelques heures que je guettais ainsi, et déjà je bâillais, les épaules et les paupières lourdes ; pourtant, je restais plus déterminée que jamais à rester éveillée. J'avais bien l'intention d'établir, sans le moindre doute, l'existence ou la non-existence des monstres.

De mes gardes nocturnes, j'avais tiré quelques enseignements : Miss Frankenstein — ou en tout cas la chose qui se promenait dans ces bois, quelle qu'elle soit — ne se montrait pas tous les soirs, mais seulement tous les sept ou quatorze jours. J'avais pris des notes et supposé d'abord que cela correspondait à certaines phases de la lune, mais non. Visiblement, ses apparitions n'avaient rien à voir avec l'astre nocturne. A vrai dire, elles n'avaient rien à voir avec quoi que ce soit. Pourtant, même quand je ne la voyais pas, j'avais l'impression qu'elle — ou quelqu'un d'autre — m'épiait.

C'était sans doute de la paranoïa de ma part. Je n'étais même pas sûre à cent pour cent que la Fiancée de Frankenstein existe vraiment, bien sûr. Mais j'allais finir par tirer cela au clair, et peut-être même ce soir. Il suffisait que je m'en tienne à mon plan, et je saurais.

Chaque fois que je l'avais vue, je m'étais rendue le lendemain matin dans la forêt derrière le jardin de mes grands-parents à la recherche de traces et de preuves. A plusieurs reprises, j'avais trouvé des empreintes de pas humaines. La plupart étaient larges et profondes, comme si elles appartenaient à un homme chaussé de bottes ; mais j'en avais également trouvé des plus fines, comme celles d'une femme en tennis.

Ces empreintes prouvaient au moins que je n'étais pas totalement folle ; et pourtant une partie de moi continuait à craindre qu'elles soient elles aussi un mirage, que je ne voie que ce que je voulais voir. Et si ces traces de pas provenaient d'un groupe d'enfants qui jouaient à cache-cache ? Avec mes histoires de monstres, j'aurais l'air complètement stupide…

Dire que pendant des années, c'est ainsi que j'avais considéré mon père ! Avec le recul, l'ironie de la chose m'apparaissait pleinement.

Je suis restée longtemps à guetter dans l'obscurité et à attendre.

Une heure, puis une autre, puis une autre encore. *Donnez-moi la force de tenir bon…* Si la Fiancée de Frankenstein ne se montrait pas ce soir, j'essaierais de nouveau le lendemain soir — et la nuit suivante, et celle d'après, aussi longtemps que nécessaire. Je ne renoncerais pas

Mais il était presque 2 heures du matin, et j'étais sérieusement tentée de laisser tomber. La Fiancée n'était jamais apparue après 2 heures, et mes paupières devenaient trop lourdes ; je bâillais à m'en décrocher la mâchoire. J'étais déçue, en colère et — pour être tout à fait honnête — un petit peu soulagée. Car pas de monstre signifiait pas de raison de se battre.

Eh oui. J'avais bien l'intention de m'approcher de ces choses. De très près, même.

Je me suis levée et j'ai scruté une dernière fois la lisière du bois. Rien. Il ne me restait plus qu'à me coucher, à lire un peu et…

Entre les arbres, furtivement, j'ai aperçu comme un éclair blanc. J'ai retenu mon souffle ; la main glacée de la terreur m'a saisie. D'accord. Donc, il y aurait bel et bien un combat.

Une vague d'adrénaline a envahi mes veines, et j'ai su que je ne parviendrais pas à rester plantée là, inactive.

Je me suis emparée de la batte de base-ball que j'avais empruntée à papi.

J'aurais dû faire ceci bien plus tôt, mais j'avais laissé la peur ainsi que les souvenirs de l'accident et de ses suites me paralyser. Aujourd'hui, en revanche, j'avais les pensées bien au clair ; je me sentais plus forte, aussi. J'avais survécu à ma première journée de lycée. Je n'avais plus peur de braver les dangers de la nuit pour savoir enfin quelle *présence* hantait la forêt.

— Désolé, papa, mais je dois enfreindre tes règles, ai-je murmuré.

« Les monstres en veulent à ta chair, à tes organes », l'avais-je entendu répéter maintes et maintes fois, et j'ai eu l'impression de replonger dans le passé. « S'ils te voient, ils te pourchasseront. Et s'ils t'attrapent, ils te dévoreront. »

Je me suis souvenue qu'une fois je lui avais répondu :

— Comment le sais-tu ?

Je ne croyais pas à ses histoires ; j'espérais qu'il s'emmêlerait dans ses réponses, et que je pourrais ainsi lui démontrer à quel point il se trompait.

— *Et toi, ils t'ont déjà poursuivi ?*

— *Quelquefois. Mais ils ne m'ont jamais rattrapé.*

— *Mais alors, comment sais-tu qu'ils te dévoreraient ?*

— *Crois-moi, je pouvais sentir leurs intentions maléfiques… comme si elles émanaient de leur corps.*

— *Mais, papa, on ne peut pas…*

— *Si, on peut. Et plus encore, j'ai trouvé il y a quelques années un livre qui explique tout sur eux.*

— *Et tu crois tout ce que dit ce livre ?*

Il devait s'agir d'une œuvre de fiction… Un instant, mon père était resté songeur.

— *Pas tout à fait*, avait-il admis. *Parce qu'il dit que les armes à feu ne peuvent pas blesser les monstres, or les armes à feu sont efficaces pour tout. Et j'ai parlé avec d'autres personnes dans le même cas que moi...*

— *Sur des forums, c'est ça ?* avais-je lancé sèchement. *Ou bien sur MSN ? Où des hommes de quarante ans s'éclatent en se faisant passer pour des jeunes filles de dix-sept. Génial.*

— *Arrête. Ces gens disent tous la même chose : les monstres veulent nous dévorer.*

Je me suis efforcée de repousser ce souvenir au fond de mon esprit, là où stagnaient déjà la culpabilité, le chagrin et bien d'autres sentiments négatifs. A pas de loup, j'ai descendu l'escalier. Je suis sortie par la porte de derrière ; une fois sous le porche, je me suis arrêtée un instant pour laisser mes yeux s'habituer à l'obscurité. La nuit était chaude, presque trop, comme une couverture dont je n'aurais pu me débarrasser. Cigales et grillons chantaient ; le vent sifflait doucement entre les feuilles.

J'ai inspiré profondément. C'est alors que j'ai senti une odeur réellement *abominable*. J'ai plissé le nez et grimacé. Franchement, c'était le genre de puanteur à laquelle on n'aurait pas pu s'attendre même en plongeant la tête dans le rectum d'un cheval mort (non que j'aie essayé cela, à vrai dire. Je devine seulement). On aurait dit un mélange d'œufs pourris et de déjections canines auquel un putois aurait ajouté sa touche personnelle.

Assurant ma prise sur le manche de la batte, j'ai observé les alentours. Des sauterelles bondissaient entre les herbes ; la lueur de la lune et les ombres des arbres s'entremêlaient comme pour danser le tango... mais rien ne m'a sauté au visage.

D'accord. Très bien. Je pouvais le faire. Un pas après l'autre, j'ai approché de la palissade qui délimitait le jardin. Mes dents s'entrechoquaient et mes genoux menaçaient de se dérober sous moi, mais je suis tout de même parvenue à me convaincre d'avancer encore.

Enfin, je me suis trouvée devant le portail qui donnait sur la forêt. Des gouttes de sueur perlaient le long de ma colonne vertébrale, et une partie de moi me hurlait de retourner dans ma chambre en courant. Je me suis arrêtée de nouveau, aux aguets ; et de nouveau j'ai senti cette odeur âcre de putréfaction.

Elle était à présent encore plus forte, et saturait l'air au point que ma gorge me brûlait. J'ai eu un haut-le-cœur.

D'une main tremblante, j'ai défait le loquet du portail. Celui-ci s'est ouvert en grinçant, et je suis restée immobile, batte levée, dans une attitude que j'espérais menaçante. Une minute s'est écoulée, interminable, mais rien ne s'est passé. Personne ne s'est approché de moi.

Allez, Bell. Tu peux le faire, d'accord ? Centimètre par centimètre, j'ai franchi le portail, traversé les fourrés pour pénétrer au cœur de la forêt sans cesser de jeter des coups d'œil à droite et à gauche. J'avais entrevu la robe de mariée dans... *Tiens-toi prête à cogner...* cette direction-là.

J'ai cogné.

Rien. Il n'y avait rien à cogner.

Je me suis de nouveau immobilisée, les bras agités de tremblements. Les rayons de lune étaient masqués par le feuillage fourni des arbres qui s'élevaient autour de moi, me plongeant dans l'obscurité et m'empêchant d'inspecter le sol à la recherche d'empreintes. Mon cœur s'est mis à battre la chamade, si fort que j'avais l'impression que des éclairs menaçaient de sortir de ma poitrine.

Derrière moi, une branche a craqué.

J'ai pivoté d'un bloc et frappé à la volée... dans le vide, une fois de plus. J'ai avalé ma salive pour tenter de défaire le nœud dans ma gorge.

Je n'ai jamais compris la jolie idiote que l'on voit dans chaque film d'horreur, vous savez, celle qui entend un bruit suspect et va voir toute seule de quoi il retourne... pour se retrouver poignardée ou torturée. J'ai toujours pensé qu'elle ferait mieux d'appeler la police, d'attendre de l'aide ou quelque chose dans le genre — n'importe quoi pour échapper à son destin funeste.

Mais, à présent, je comprenais. A qui aurais-je pu parler de tout ça ? On me croirait folle à lier, comme mon père. Je finirais peut-être enfermée, gavée de médicaments... oubliée.

Comme les idiotes dans les films d'horreur, j'ai pris sur moi pour m'aventurer encore plus loin dans les bois.

Une autre brindille a craqué derrière moi. De nouveau j'ai sursauté et me suis retournée brutalement en donnant un coup de batte. De nouveau, mon coup n'a rien rencontré — mais cette fois, j'ai vu *quelque chose*.

— Emma ?

Ma voix s'est étranglée dans ma gorge. Je chancelais de tous mes membres.

Elle se tenait à quelques mètres de moi, ses cheveux noirs rassemblés en queue-de-cheval, vêtue d'un tutu rose. Sa joue, celle qui avait été entaillée lors de l'accident, était parfaitement indemne, sans blessure ni cicatrice. Sa peau bronzée était intacte.

Sa bouche en cœur a pris un pli de reproche :

— Il faut que tu rentres, m'a-t-elle dit d'une voix effrayée. *Maintenant*, Alice, a-t-elle ajouté avec un regard par-dessus son épaule.

Comme elle paraissait *réelle* ! Je sentais même son odeur de petite fille, si douce qu'elle parvenait à éclipser la puanteur de pourriture. D'un pas hésitant, je me suis approchée d'elle et j'ai tendu la main dans sa direction.

— Alice ! a-t-elle répété sur un ton impatient.

Ma main n'a rencontré que de l'air.

J'aurais pu crier de rage et de frustration. Ce n'était qu'une hallucination. *Est-ce vraiment important ?* Elle était ici, avec moi, et elle me manquait tant. Alors, d'accord : s'il plaisait à mon esprit de projeter des images d'elle, je n'allais pas lutter. *Elle était ici !*

— Comment ça va, petite sœur ?

— Il faut que tu rentres, Alice. Il est presque déjà trop tard.

— Trop tard pour *quoi* ?

J'aurais donné n'importe quoi pour la prendre dans mes bras, la serrer contre moi et ne plus jamais la laisser partir…

Scintillants de larmes, ses yeux d'ambre ont rencontré les miens :

— Je t'en prie !

Je lui aurais donné n'importe quoi… mais je refusais de la laisser là.

— Tu viens avec moi ?

— Alice ! Je t'en prie, il faut que tu…

Son image s'est mise à trembloter et à disparaître en même temps que sa voix.

— Je t'en prie…

— Non ! ai-je crié.

Apercevoir un instant ma sœur bien-aimée pour la reperdre aussitôt… c'était trop cruel.

— Ne pars pas, je t'en prie.

J'ai besoin de toi, que tu sois réelle ou non. Mais déjà, elle avait disparu, de même que l'odeur douce dans l'air. Je me suis mise à la chercher frénétiquement autour de moi.

En vain. Un sentiment de déception m'a accablée — très vite remplacé par un immense espoir. Après tout, peut-être n'avait-elle pas disparu pour toujours ; peut-être avait-elle voulu que je rentre dans ma chambre pour une bonne raison — par exemple, pour que nous nous y retrouvions ?

En quelques bonds, j'ai regagné le jardin. J'ai refermé le portillon avant de me précipiter dans l'escalier, dont j'ai monté les marches quatre à quatre sans me soucier du fait que mes grands-parents pouvaient m'entendre. Malgré ma précipitation, il m'a semblé qu'une éternité s'écoulait avant que je parvienne enfin à ma chambre.

— Emma ?

Silence. J'ai fouillé du regard tous les coins et recoins, mais… elle n'était pas là.

J'ai attendu, cinq minutes, puis dix. Emma n'a pas réapparu.

Elle ne reviendra pas, n'est-ce pas ?

L'espoir est mort, la déception est revenue.

— Emma, ai-je fait, le menton agité d'un tremblement.

Au-dessus de ma tête, le ventilateur tournait lentement, seul bruit audible dans la chambre.

Distraitement, je me suis rendu compte que j'avais laissé les rideaux ouverts, et je me suis approchée pour les refermer.

Au moment où mes doigts touchaient le tissu, je me suis figée.

La Fiancée de Frankenstein — accompagnée de ce qui ne pouvait être que son fiancé, justement — se tenait juste derrière le portail, éclairée par un rayon de lune. Ils regardaient dans ma direction, les lèvres découvrant leurs dents — des dents terriblement acérées.

Les yeux caves, la peau tavelée, elle portait une robe déchirée et sale. Quelque chose de noirâtre semblait suinter de ses pores. Elle n'avait pas de coiffe de mariée sur la tête — à vrai dire, elle n'avait pratiquement pas de cheveux non plus, à l'exception de longues mèches éparses emmêlées de feuilles mortes.

A son côté, l'homme portait un smoking tout aussi sale et en lambeaux, et montrait pareillement des yeux caves, une peau tachée et des cheveux rares. Le même liquide noir recouvrait son menton et gouttait… gouttait…

La Fiancée a tendu le bras, comme pour tenter de me saisir.

J'ai bondi en arrière, j'ai trébuché et me suis retrouvée sur les fesses. Le choc a été rude, et j'ai vu quelques étoiles. Mais avais-je perdu la raison ? S'il s'agissait vraiment de monstres, pourquoi ne m'avaient-ils pas attaquée pendant qu'ils le pouvaient ? Il devait s'agir d'une blague ; je devais avoir affaire à des humains déguisés. Mais… qui aurait osé faire une blague aussi mauvaise, et l'aurait fait durer aussi longtemps ? Qui aurait pu savoir que c'était le meilleur moyen de me tourmenter ?

Personne.

Il fallait que je trouve une autre théorie. Rassemblant tout le courage que j'ai pu, je me suis forcée à me relever et à m'approcher de la fenêtre. De nouveau, j'ai jeté un coup d'œil à l'extérieur… mais le couple n'était plus là. Ils avaient purement et simplement disparu.

J'ai manqué pousser un cri de rage et de frustration.

Que diable se passait-il ? Qu'avais-je vu ? Et comment avais-je pu parler avec ma petite sœur ?

Je me suis laissée tomber à genoux et j'ai caché ma tête entre mes mains. J'étais pire que mon père, inutile de le nier, d'espérer maîtriser une situation pareille.

Oh ! Papa… J'aurais dû me montrer plus gentille envers lui, passer plus de temps à ses côtés. J'aurais dû faire des efforts pour comprendre sa psychose, le plaindre davantage. J'aurais dû le réconforter au lieu de me plaindre de lui.

« J'aurais dû » — ces mots ne me consolaient en rien.

5

Le retour du lapin tueur

Le lendemain matin, j'ai pénétré dans les couloirs d'Asher (Allez les Tigres !) avec des yeux brûlants de fatigue. J'ai découvert de nouveaux posters sur le mur, ainsi que des banderoles. J'avais passé la nuit entière devant ma fenêtre, rêvant de voir de nouveau Emma et terrifiée par la pensée des monstres. Des monstres imaginaires. Ou réels, je ne savais plus.

Honnêtement, j'étais un désastre.

Je ne pourrais pas tenir longtemps en dormant si peu, je le savais. J'avais de la bouillie dans la tête — ça se voyait — et mon corps paraissait peser une tonne. Je me traînais avec peine, à moitié endormie — j'en ai fait la démonstration en percutant une fille que je n'ai pas reconnue, et à qui j'ai bredouillé une excuse avant qu'elle s'éloigne sans un mot.

Tu penseras à Em, aux monstres et à tes idioties plus tard. Débrouille-toi seulement pour tenir jusqu'à ce soir. Bonne idée — et j'allais m'y accrocher, juré. D'ailleurs, ce serait simple : il suffisait que je retrouve Kat, qui saurait sans le moindre doute me distraire de mes idées noires. Sauf que, au moment où je plongeais dans la foule, c'était bel et bien Cole Holland que je cherchais…

En approchant du hall où je l'avais rencontré la veille, j'avais les mains moites. J'entendais de loin les portes des casiers qui s'ouvraient et se refermaient, les bavardages et les rires, le bruit des pas sur le carrelage. J'avançais encore… *Serait-il là aujourd'hui ?* J'ai rentré la tête dans les épaules au moment où je débouchais dans le hall, me préparant au choc.

Bien. Il était là.

Reste cool, Bell. Les mains dans les poches de son jean, il était appuyé contre un casier. Il portait une nouvelle casquette, bleue celle-ci. Malgré l'ombre qu'elle jetait sur son visage et ses magnifiques yeux violets, j'ai pu déceler un bleu récent sur son menton et une coupure sur sa lèvre.

Il s'était battu.

Son T-shirt noir moulait honteusement des muscles saillants. Une chaîne pendait à sa taille — et j'aurais juré que les taches qui la maculaient étaient du sang séché. Bien que cirées de frais, ses bottes montraient de nombreuses éraflures.

Il était encore entouré de ses amis, même s'ils paraissaient moins nombreux que la veille. Tous arboraient au moins un bleu — sur le visage, le cou, les bras ou les phalanges — et certains étaient dans un sale état. Frosty portait sur ses deux poignets des pansements qui cachaient ses tatouages.

D'accord. Ainsi, ils devaient tous faire partie d'un club d'arts martiaux quelconque — enfin, de « baston » serait sans doute un terme plus approprié.

— Salut, Ali !

Zut : Frosty m'avait surprise en train de le regarder. Plutôt que de m'en vouloir pour cela, il m'a décoché un sourire radieux :

— Tu as l'air en forme, aujourd'hui !

— Merci, ai-je répondu en m'efforçant de ne pas gigoter nerveusement.

Il faut dire que j'avais sorti mon plus beau jean et un chemisier en dentelle gris pâle qui m'avantageait pas mal question poitrine. *Et alors ?* Ça ne voulait rien dire.

— Allez, fais-toi plaisir, viens nous parler, a-t-il ajouté d'une voix enjôleuse.

Quel charmeur… Mais j'ai reporté mon attention sur Cole. Allait-il également me demander de m'approcher ? Lui aussi me fixait — mais il ne souriait pas ; au contraire, son visage arborait une expression menaçante.

Au moment où nos yeux se sont rencontrés, le reste du monde a disparu.

Nous étions au milieu du hall désormais désert. La chaleur m'enveloppait, une chaleur qui sentait le linge propre et le bois de santal. Plus de sucette à la fraise cette fois, mais quelle importance ? J'en avais encore l'eau à la bouche.

Des yeux violets se sont posés sur moi comme si j'étais la plus belle chose du monde.

— Serre-moi fort.

Ce que j'ai fait immédiatement, caressant son torse, sa nuque, ses cheveux. Il ne portait pas de casquette, ni aucune trace de blessure.

— Comme ça ?

— Oui, comme ça.

Puis il a posé ses lèvres sur les miennes et sa langue s'est insinuée dans ma bouche. Je me suis abandonnée.

Nous avons incliné la tête pour que notre baiser se fasse plus profond encore. L'ombre d'une barbe sur ses joues me grattait un peu, mais je trouvais cela excitant, magnifique, délicieux.

C'était mon deuxième baiser, ai-je pensé confusément, et il était encore meilleur que le premier. Il avait un goût de menthe et de cannelle, mélange que j'ai immédiatement élu comme mon préféré. Dorénavant, aucun jour ne se passerait sans lui. Et ses mains… oh, comme il se servait de ses mains !

Il savait exactement ce qu'il faisait. De toute évidence, il avait de l'expérience, *beaucoup* d'expérience : il jouait de mon corps comme on joue d'un piano.

Jouer… Le mot s'est répercuté dans mon esprit. N'était-ce qu'un jeu pour lui, ou cela allait-il plus loin ? Envisageait-il une relation sérieuse ? Quand notre baiser prendrait fin, m'adresserait-il seulement la parole, ou bien ferait-il mine de ne pas me connaître ? Ses amis me considéreraient-ils comme une fille facile ? J'étais tombée si vite dans ses bras ; on me prendrait pour la traînée d'Asher, la fille qui embrassait plus vite que son ombre…

Ah bravo. Quelle chance : mes pensées pouvaient donc interrompre mes hallucinations de dingue et je…

— Hé-ho, Ali !

J'ai cligné des yeux ; le rêve du baiser s'est évanoui, et le monde a repris sa place autour de moi. Je me suis aperçue que la foule s'était raréfiée, et j'ai de nouveau remarqué le bruit des casiers refermés et celui des pas des élèves qui partaient en cours. Un mélange de parfums, certains sucrés d'autres épicés, flottait dans le hall.

Devant moi se tenait Kat, sourcils froncés :

— Te voilà enfin, m'a-t-elle dit. De retour de tes petites vacances mentales ? Est-ce que tu te rends compte que tu es restée plantée là, au beau milieu de ce que je t'ai présenté comme la caste des Intouchables ?

— Désolée, ai-je répondu.

Elle a poussé un soupir.

— Je sais qu'on dit que seuls les faibles s'excusent, mais moi je vois plutôt ça comme un signe de force. En tout cas, quand les gens *me* présentent leurs excuses. Mais écoute bien ce que je vais te dire, et prends mes mots comme des papillons magnifiques que tu ne devras jamais laisser s'échapper : si tu n'effaces pas Cole Holland de ton esprit sur-le-champ, tu finiras dans la même galère sentimentale que moi.

Je n'ai pas pu m'en empêcher : j'ai tourné la tête pour vérifier que Cole…

Il se dirigeait vers moi à grands pas déterminés, une expression de fureur sur le visage, les poings serrés. Je distinguais à présent les cicatrices sur ses phalanges. La nuit précédente, il avait dû donner un sacré nombre de coups de poing — et je plaignais celui qui s'était retrouvé face à lui.

Ne reste pas plantée là ! Tu veux vraiment qu'il te rattrape, ou quoi ? Il allait me demander pourquoi je le fixais comme deux ronds de flan.

Moi qui pensais être devenue une grande fille… Non, pas aujourd'hui, à ce qu'il semblait. Lâchement, j'ai lancé à Kat :

— Merci de ton conseil. Il peut toujours courir.

Courir après moi, je veux dire !

— On se voit au déjeuner, d'accord ?

Avant que Kat ait pu me bombarder de questions, j'ai fait volte-face et je suis partie en sens inverse, effectuant un looong détour pour finir dans les toilettes près de ma salle de cours. Heureusement, Cole ne m'a pas rattrapée. Sans doute qu'il n'avait pas essayé, d'ailleurs. A en juger par ses muscles, il devait être plus rapide qu'une panthère.

Penchée sur l'évier, je me suis aspergé le visage d'eau et me suis séchée avec une serviette en papier avant que les gouttes ne mouillent mon chemisier. J'ai étudié mon reflet dans le miroir. Mes joues étaient roses, ma lèvre inférieure rouge et gonflée. J'avais dû la mordiller pendant cette vision.

Il vaut mieux ça que si c'est vraiment Cole qui l'a mordue...

Mais je n'ai pas eu le temps de trouver une repartie. Mackenzie Love, visiblement remontée comme une pendule, venait d'entrer dans les toilettes. Aujourd'hui, ses boucles brunes étaient tirées vers le haut en un chignon dont s'échappaient seulement quelques mèches qui encadraient son visage. Son maquillage était parfait, à l'exception d'une tache jaunâtre sur sa joue. Une tache qui ressemblait furieusement à un bleu. En dépit de la chaleur, elle portait une veste boutonnée à manches longues, ainsi qu'un pantalon ample. Confortable, stylé... mais totalement inadapté à la saison et à la température.

Les yeux mi-clos, avec un air de prédateur, elle s'est rapprochée de moi. Je me suis souvenue des mots de Kat : était-elle ici pour me « mettre la tête au carré » ?

— Je ne sais pas pour qui tu te prends et ce que tu t'imagines, a-t-elle aboyé, mais si tu touches à un de mes amis *je t'enterre.*

C'était confirmé, donc.

Et je n'allais pas me dégonfler.

— Je crois m'appeler Ali Bell, et je suis simplement là à m'occuper de mes affaires, il me semble. Tu devrais essayer de t'y mettre aussi.

Comme Mackenzie était un peu plus petite que moi, elle a dû lever la tête pour soutenir mon regard. Pour une fois, j'étais très contente de ma taille.

Elle a grimacé et m'a montré les dents.

— Fais attention à toi. Tu n'as pas envie de me voir en colère.

— Sinon quoi ? Tu vas grandir, les muscles vont te pousser et tu deviendras toute verte ?

Désolée, mais je n'étais vraiment pas du genre à me laisser intimider. Sauf par un garçon aux cheveux noirs et aux yeux violets, bien entendu.

Prise de court, Mackenzie a bafouillé pour trouver une repartie. De toute évidence, je devais être la première personne à oser lui tenir tête — même si, j'en étais certaine, Kat se serait comportée comme moi dans ma situation.

— Je ne veux pas être en retard en classe, lui ai-je fait, bien décidée à en rester là. Donc tu pourras toujours me dire plus tard à quelle insulte tu as pensé.

Elle cherchait encore ses mots quand je l'ai plantée là… pour apercevoir Cole à l'autre bout du couloir. Surprise : il m'avait bien suivie, finalement.

Quand il m'a vue, il a pivoté vers moi. N'allait-il donc pas me laisser tranquille ? Mais la cloche a sonné, et je me suis dirigée vers lui en toute hâte. *Vers* lui, oui. Mais pas pour lui parler : avant que nous nous trouvions face à face, j'arrivais devant la porte de ma classe, où je me glissais avant de refermer derrière moi.

Bien sûr, j'étais de nouveau en retard. M. Troudbal m'a obligée à présenter mes excuses devant toute la classe — encore. Cela n'aurait pas été grave si, à travers la vitre de la porte, je n'avais aperçu Cole qui m'observait. Soit il aimait particulièrement arborer une expression furieuse, soit j'étais dans de beaux draps.

Je ne l'ai perdu de vue qu'au moment où je me suis enfin installée à ma place. Quel soulagement ! J'avais réussi à esquiver deux confrontations avec lui. Il ne me restait plus qu'à continuer pour le reste de ma vie… Je ne pourrais jamais expliquer ce qui s'était produit, à deux reprises, dans le couloir. Pas sans mourir littéralement de honte. Surtout, je ne parviendrais jamais à comprendre *pourquoi* c'était arrivé, ni comment.

Je ne l'ai revu ni au premier, ni au deuxième interclasse ; en cours, je suis même parvenue à tenir ma promesse de la veille à Mme Meyers, et à être attentive pendant son cours. Un bon point pour moi ! En sortant de la salle, à l'heure du déjeuner, je m'attendais à trouver Frosty et Bronx, mais ça n'a pas été le cas. Un autre bon point ! Et je m'attendais aussi à voir arriver un Cole furieux et prêt à m'agresser… mais cela ne s'est pas produit non plus. Une victoire sur toute la ligne. J'ai supposé que la petite bande m'avait déjà oubliée.

J'ai rangé mes livres et mes classeurs dans mon casier avant de me diriger vers la cafétéria. Kat allait certainement exiger des explications sur ma conduite du matin… Qu'allais-je bien pouvoir lui répondre ? « J'ai imaginé que je prenais du bon temps avec le copain de ton ex ? » Ça ne marcherait pas — elle me harcèlerait encore plus de questions, auxquelles je n'aurais rien à répondre. Rien d'autre, en fait que : « Je suis complètement à l'ouest. »

Juste au moment où je franchissais la double porte, Mackenzie m'a bouché le passage. J'ai manqué la renverser.

— Cette fois, m'a-t-elle annoncé, ne compte pas t'enfuir.

— Tu veux vraiment qu'on reprenne cette conversation ? ai-je répondu avec un soupir.

Quand je lui avais lancé qu'elle pourrait me transmettre plus tard l'insulte qu'elle avait trouvée, c'était pour faire la maline.

— Oui, je veux *vraiment* qu'on reprenne cette conversation, a-t-elle fait en m'imitant. J'ai bien vu que Cole te courait après, et tu t'es enfuie. Pourquoi ?

Elle ne faisait aucun effort pour dissimuler sa rage.

Elle m'a toisée d'un air mauvais :

— Tu joues les difficiles ? C'est un peu tard pour ça. A ce qu'on m'a dit, tu le dévores des yeux chaque fois que tu le vois.

Le rouge m'est monté aux joues. Ainsi, Cole avait parlé à ses amis, ou bien ses amis avaient parlé à Mackenzie. Quoi qu'il en soit, on avait remarqué mon manège.

— Ça te regarde ? ai-je rétorqué pour jouer les braves. A ce qu'on m'a dit, tu ne sors plus avec lui, non ?

Ses yeux ont lancé des éclairs.

— Tu n'as pas la moindre idée de ce qu'il y a entre Cole et moi.

— Tu as raison, et je m'en contrefiche, lui ai-je fait.

Pourtant, une petite partie de moi aurait donné cher pour le savoir.

Elle a fermé ses yeux de jade étincelants, et j'ai pu admirer ses longs cils noirs.

— Tout à l'heure, je t'ai dit que si tu lui faisais du mal je te le ferais payer. C'est toujours valable. Mais, en plus, je t'annonce que si tu oses t'approcher de lui je me servirai de ta figure pour nettoyer le sol de ces toilettes. Et ce ne sera qu'un début, tu peux me croire.

Bon, ça suffisait. Cette fois, elle m'avait poussée à bout.

— Tu crois que je vais me mettre à pleurer et te demander pardon ? Alors trouve une menace plus originale.

Une personne plus saine d'esprit, plus rationnelle, aurait également pu mentionner que Cole et moi n'avions jusque-là pas échangé un mot, et n'avions visiblement pas l'intention de le faire.

Mais, à vrai dire, je n'étais en ce moment *ni* saine d'esprit *ni* rationnelle.

Cherchant toujours à m'intimider, Mackenzie s'est hissée sur la pointe des pieds pour me regarder les yeux dans les yeux.

— Je suis capable de choses que tu n'imagines même pas.

— J'en ai autant à ton service.

— Tu parles beaucoup. On verra si tu sais faire autre chose que parler.

— Détends-toi un peu, Miss Love, tu vas te faire éclater une artère, a lancé une voix familière derrière elle.

Mackenzie a grimacé avant de se tourner vers la nouvelle arrivante.

— Tiens, voilà Kat-astrophe. Tu viens à la rescousse d'un autre petit animal ?

Avec un grand sourire, Kat m'a rejointe.

— Exactement. Pour être claire, je viens à *ta* rescousse. Mon Ali est plutôt douée, tu sais ? La première fois que je l'ai rencontrée, tout le monde autour d'elle était allongé et se tordait de douleur. Juré. Et je ne veux pas qu'elle soit renvoyée au bout de deux jours simplement parce qu'elle a rendu un grand service à ce lycée en te faisant avaler tes dents. De toute façon, c'est avec Cole que tu devrais discuter. Il l'a quasiment mangée avec les yeux. En fait, je suis même étonnée qu'elle n'ait pas des traces de dents sur elle.

Mackenzie a serré les poings. Juste au cas où, je me suis interposée entre elle et Kat. On ne touchait pas à mes copines — pas si on voulait rester en vie. C'était ma nouvelle devise, et je m'y tiendrais pour toujours.

— Là, tu es mal, a chantonné Kat.

Lentement, Mackenzie a desserré les poings.

— Tu n'en vaux pas la peine, lui a-t-elle lancé.

— Oh, vraiment ? Va demander à Frosty, ai-je rétorqué. D'après lui, Kat vaut toutes les peines du monde.

Avec un éclat de rire et un salut ironique à Mackenzie, mon amie m'a saisi le bras et m'a entraînée avec elle vers une table libre dans le fond de la cafétéria. Une nouvelle fois, Mackenzie est restée plantée là, cherchant visiblement une repartie.

— Comme tu t'en es sans doute rendu compte, il n'y a que deux filles dans tout ce lycée qui aient le cran de lui tenir tête. Je suis l'une d'elles, mais j'ignorais que tu étais l'autre, a dit Kat, radieuse. Je suis vraiment ravie que nous nous soyons rencontrées dans ce lieu-dont-nous-ne-parlerons-pas cet été.

— Pareil pour moi.

Je me suis aperçue que tous les occupants de la cafétéria nous regardaient en silence, certains d'entre eux ostensiblement bouche bée. Pour me donner une contenance, je me suis frotté les mains sur les cuisses. Tout le monde avait-il donc entendu ma conversation avec Mackenzie ?

Soudain, j'ai aperçu Cole, et j'ai frotté mes mains de plus belle. Il se trouvait à la même table que la veille, entouré par les mêmes amis. Pendant quelques secondes, nos yeux se sont croisés. J'ai retenu mon souffle, attendant une vision… mais rien ne s'est produit.

J'ignore ce qu'il attendait, lui — pour autant qu'il attende quoi que ce soit. Il a conservé une expression neutre jusqu'au moment où Mackenzie a rejoint sa table et s'est glissée à côté de lui. Elle lui a saisi le menton et lui a caressé la joue. Mais il s'est dégagé, sourcils froncés, et tous deux ont entamé une virulente conversation à voix basse. Là, ils étaient vraiment en colère, du moins je le supposais. A présent, Cole ne fronçait plus les sourcils, mais son regard lançait des flammes menaçantes. Il se massait la nuque comme s'il avait besoin d'occuper ses mains pour ne pas étrangler son ex.

— Et la voilà repartie dans une de ses balades mentales…, a murmuré Kat.

Tiens-toi bien, Bell !

— Désolée, me suis-je excusée.

Depuis l'autre côté de la table, Wren m'a lancé :

— Maintenant, tu ne peux plus nier que Cole t'intéresse !

Ah bravo. J'étais si distraite que je ne l'avais pas vue arriver. Elle semblait moins distante que la veille ; son expression était calme et joyeuse. Mais… elle portait un T-shirt à franges ?

Reeve et Poppy l'entouraient, et tout le petit groupe était désormais à mes côtés. Elles aussi arboraient des vêtements avec des franges. Avais-je malgré moi relancé une mode (une *horrible* mode) ?

— Faux, ai-je répondu. Il ne m'intéresse pas.

La vérité, c'était qu'il m'obsédait, et de plus en plus.

— Oh…, a fait Wren, déçue.

J'ai vu ses épaules s'affaisser ; on aurait dit une fleur dans un vase sans eau.

— Je croyais que tu m'avais conseillé de ne pas l'approcher ?

— J'ai changé d'avis, m'a-t-elle dit avec légèreté, sans cesser de jouer avec des boucles de ses cheveux. Vous feriez un très beau couple. Vraiment parfait.

Elle semblait presque trop légère.

Je ne savais pas bien comment prendre son revirement ; après tout, elle ne considérait Cole que comme un fauteur de troubles…

— Ali, Ali, Ali, m'a fait Kat en claquant la langue de façon désapprobatrice. N'aie pas l'air si triste. Tu as pris la bonne décision. Sais-tu que Cole a un jour avalé cent grammes de clous rouillés et dit que ça avait le goût de larmes de licorne mêlées à de la poussière de fée ? Je te jure, j'étais là.

Reeve l'a approuvée vigoureusement.

— Je n'étais pas là, mais je veux bien le croire. Je l'ai vu faire une prise de catch à un prof qui avait osé lui demander combien faisait *x* moins *y*.

— Le prof a dû passer trois mois à l'hôpital, a confirmé Poppy en se tapotant le menton. Attends, peut-être que je me trompe… Tu ne parles pas de la fois où il a fait un double Nelson à un élève qui n'avait pas donné la même réponse que lui ?

— Les deux histoires sont sans doute vraies, a renchéri Kat. Cole s'est si souvent battu qu'on pourrait créer une ville avec les gens à qui il a infligé des prises de catch. Avec même une autre ville à côté pour les gens qu'il a cognés sans fioritures.

Les doigts délicats de Reeve se sont portés à sa joue comme si elle éprouvait la même douleur par sympathie. Elle a ajouté, rêveuse :

— La dernière fois qu'il a fait ça, j'étais là. Je n'avais jamais rien vu d'aussi impressionnant. Et tu sais quoi ? a-t-elle fait en battant soudain des mains. C'est encore sur YouTube ! Donne-moi ton numéro et je t'enverrai le lien.

— Espérons qu'Ali aura de la chance et que Cole lui épargnera les prises de catch, a fait Wren.

Les autres filles ont éclaté de rire, et elle s'est mise à rougir.

— Tu veux dire qu'elle est la première avec qui il veut catcher ! a ricané Kat. Je suis sûr qu'il a déjà imaginé la scène une bonne centaine de fois.

A mon tour, j'ai senti le rouge me monter aux joues ; mentalement, j'ai noté de faire une rechercher sur Cole Holland dès que je serais chez moi. D'accord, je ne croyais pas la moitié des histoires que me racontaient les filles, mais elles avaient malgré tout piqué ma curiosité.

Même si je n'étais pas certaine de disposer encore longtemps de mon téléphone, j'ai donné mon numéro aux filles et pris le leur. En fait, mes grands-parents allaient sans doute vouloir couper mon abonnement. Leur phrase favorite était : « Pourquoi donc payer un portable alors que la ligne fixe marche parfaitement ? » Je savais que, pendant l'été, ils n'avaient accepté d'acquitter mes factures que parce que mon portable était la dernière chose que mes parents m'avaient donnée, et que sans lui je me serais effondrée.

A l'intérieur, j'avais des photos d'Emma, ainsi que des SMS d'elle. Aussi jeune qu'elle ait été, elle disposait de son propre portable, parce que mon père avait voulu que nous soyons joignables en permanence, juste au cas où. Et, non, depuis l'accident, je n'avais pas regardé une seule photo ni lu un seul texto ; je n'en avais pas le courage. Pas encore. Un jour, pourtant, j'y arriverais. Du moins, je l'espérais.

— Tiens, mange ça, m'a ordonné Kat en me tendant la moitié de son sandwich beurre de cacahuète-confiture. Si je connais bien mon Ali, et je crois que je la connais, je dirais que tu vas ignorer mon excellent conseil et draguer Cole. Mais, si c'est le genre de type qui t'intéresse, il va falloir que tu sois au top de ta forme.

— Je ne veux *pas* le draguer.

Je n'étais pas folle à ce point, si ?

— Mais merci pour le sandwich, ai-je continué. (J'avais oublié mon repas à la maison, et j'ai englouti la part de Kat comme une manne providentielle.) Et vous, les filles, vous sortez avec quelqu'un ?

— Moi oui, a répondu Wren.

Elle a pris une gorgée à sa bouteille d'eau.

— Il a eu son bac l'année dernière, et il est maintenant à la fac. Je ne le vois que pendant le week-end. Il est en médecine, tu sais, et moi je veux devenir infirmière. Quand il aura son diplôme, nous nous marierons et nous aurons une vie magnifique.

Poppy a haussé les épaules, désabusée.

— Moi, je garde les possibilités ouvertes pendant le premier mois de lycée. Je regarde, je fais du lèche-vitrines, comme on dit. Jusqu'à ce que je trouve quelqu'un qui me plaise. Malheureusement, cette année, je ne vois pas de candidats sérieux pour le poste…

Reeve a rejeté sa queue-de-cheval en arrière :

— Personne pour moi.

Mais Kat a levé un doigt accusateur :

— Ne mens pas à Ali ! Quand elle se mariera avec Cole dans une très belle cérémonie à la prison — parce que nous savons toutes que c'est là qu'il finira —, elle pourra peut-être t'aider !

Puis elle a dardé sur moi ses yeux noisette.

— Notre amie Reeve a le béguin pour Bronx depuis deux ans.

Cette affirmation m'a stupéfiée, et je suis demeurée un instant quasiment sonnée. Je n'aurais jamais imaginé ça…

— Mais on dirait que Bronx…

— Est un tueur en série ? a achevé Kat, taquine.

Eh bien, exactement. Cela dit, je n'étais pas tout à fait en position de juger. Bronx donnait peut-être l'impression d'être un criminel en puissance, mais j'étais moi-même obsédée par celui qu'il considérait comme son chef !

— J'ai essayé de la dissuader, a dit Wren.

— Plus d'une fois, a approuvé Poppy.

Ça a été au tour de Reeve de rougir. Avec un air de défi, elle a lancé :

— Bronx a été très clair là-dessus : je ne l'intéresse pas. Mes sentiments n'ont donc pas d'importance.

Refermant sa bouteille d'eau, Wren lui a jeté un regard entendu :

— Et combien de fois t'ai-je dit que tu étais mieux comme ça ?

— Elle a raison, a renchéri Poppy.

— En plus, a continué Reeve comme pour se défendre, j'ai décidé d'accepter un rendez-vous avec John Clary.

— *John Clary !* se sont écriées Kat, Poppy et Wren à l'unisson.

Puis :

— Il est parfait pour toi !

— Il est tellement mignon !

— Il pourra t'aider en maths ! Grâce à lui, tu auras de bonnes notes !

Comme j'ignorais tout de ce John Clary, je n'ai pu me joindre à leur concert de louanges.

Les filles ont enchaîné sur un feu roulant de questions, mais la sonnerie a retenti au même moment. C'était l'heure de retourner en cours. Pauvre Reeve ! Elle avait l'air aussi à l'aise que si elle s'était trouvée nue en cours d'histoire pour présenter à la classe un exposé sur le procès des sorcières de Salem — en illustrant les tortures avec son propre corps.

J'ai salué à la cantonade et me suis levée ; mais, au moment où je me tournais, je me suis cognée à quelqu'un. J'ai manqué perdre l'équilibre, j'ai battu des bras… et ma main a rencontré un torse musclé.

Peu importent les mots d'excuse que je m'apprêtais à prononcer par réflexe, car ils moururent net dans ma gorge : je venais de comprendre que je touchais Cole Holland.

J'avais les mains sur Cole Holland !

J'ai relevé la tête. Puis je l'ai levée encore plus haut. Il était bel et bien là, immense, devant moi. J'ai pris une inspiration profonde, saisissant au vol son parfum de santal. J'ai failli en pousser un gémissement : il sentait exactement comme pendant… *Doux Jésus.* Etait-ce une autre hallucination ? Ici, maintenant ? J'ai planté mes doigts dans sa poitrine. Solide. Chaude. Ce qui voulait dire… que c'était vrai. Cela se passait réellement.

Avec un hoquet, j'ai bondi en arrière… et me suis cognée contre le banc. Je ne pouvais pas non plus avancer, car il me barrait le passage de son corps musclé.

Mon estomac s'est mis à faire des trucs bizarres, qui rappelaient un numéro de cirque au trapèze.

— Tiens, qui voilà ! s'est exclamée Kat avec une joie un peu forcée.

Avec un regard désapprobateur à l'intention de Cole, les autres filles se sont éparpillées.

— Tu es venue pour nous accompagner à nos classes, mon grand ? a repris mon amie.

Sur la mâchoire de Cole, un muscle s'est contracté, ce qui devait être un signe de sa colère retenue, l'annonce qu'il pouvait exploser d'une minute à l'autre. Peut-être que je m'imaginais des choses, mais je lui trouvais l'air d'un prétendant au titre de champion du monde des poids lourds au moment de monter sur le ring.

— Alors ? a relancé Kat.

Mais Cole ne me quittait pas des yeux.

— Ali, a-t-il dit.

Il n'a prononcé que ce mot, mais… sa voix m'a bouleversée. Basse, profonde, éraillée — j'avais l'impression que mon prénom venait de passer dans un hachoir à viande. Et c'était troooop sexy. Cela dit, comment se faisait-il qu'il ait bel et bien la même voix que celle que j'avais entendue dans mes hallucinations ?

— C'est moi, suis-je parvenue à répondre d'une voix étranglée. Pourquoi ?

Question idiote, je le savais.

Dieu merci, il a ignoré ma remarque, pour lancer à l'intention de Kat :

— Il faut que tu lèves un peu le pied avec Frosty. Il est complètement à ta botte, et tu le fais trop souffrir.

Elle lui a lancé un regard plein de colère et d'agressivité.

— Il mérite de souffrir. Il n'avait qu'à garder son pantalon sur lui, cet été.

Les mots ont claqué comme un fouet.

— C'est ce qu'il a fait, a rétorqué Cole avec une confiance inébranlable.

— Oh que non.

— Si.

— *Non !*

— Si, a-t-il répété, très calme face à l'énervement progressif de Kat.

Au lieu de suivre ces échanges comme sur un court de tennis, j'ai continué à fixer Cole : il ne m'avait pas quittée des yeux et je n'avais pas la force de rompre le charme.

— Non, non et non ! a crié Kat en tapant du pied.

Enfin, il a tourné la tête uniquement vers elle, me libérant de l'emprise quasi surnaturelle de son regard.

— On a cinq ans ou quoi ?

— Six, a répondu Kat du tac au tac.

Fièrement campée sur ses jambes, elle lui a lancé :

— Alors, d'accord. Si tu es à ce point certain que Frosty s'est montré fidèle, c'est parce que tu es resté avec lui vingt-quatre heures sur vingt-quatre, c'est ça ?

Silence.

— Je m'en doutais. Ali ?

J'ai compris la question sous-entendue : avais-je besoin qu'elle reste avec moi ?

— Ça ira, ai-je répondu, d'une voix toujours aussi étranglée.

Ça suffit maintenant ! Kat pense que tu as du cran, c'est le moment de le montrer. Tu peux même t'en sortir avec les honneurs. Après tout, j'avais vécu l'enfer. Ceci ne serait rien en comparaison.

Cole avait de nouveau reporté son attention sur moi ; il semblait attendre une réponse.

— Ça ira, ai-je répété, plutôt à mon intention que pour rassurer Kat, d'ailleurs.

Cette fois, ma voix est sortie presque normalement. J'allais affronter cette petite entrevue, obtenir des réponses à mes questions, et hop, tout redeviendrait normal.

— Souviens-toi seulement de ce que je t'ai dit.

Sur ce, Kat s'est éloignée, me laissant en tête à tête avec Cole.

Contre quoi m'avait-elle mise en garde, déjà ? Contre le fait qu'il était dangereux — noté. Contre le fait qu'il traînait encore avec son ex — noté. Et qu'il était un fan des prises de catch — noté et renoté.

— En prochaine heure, tu as Mme Heldermon, a dit Cole.

C'était une affirmation, pas une question.

— Oui…

J'ai été un peu prise de court, je l'avoue, et pas seulement parce que, au contraire de ce que j'avais imaginé, il n'avait pas juré comme un charretier.

— Comment le sais-tu ?

Il s'est massé la nuque, comme il l'avait fait plus tôt quand il parlait avec Mackenzie. J'espérais juste que ce n'était pas un signe d'irritation…

— J'ai cours dans le même bâtiment. Hier, je t'ai vue entrer dans sa classe.

Moi, je ne l'avais pas remarqué. Et, pourtant, on pouvait dire que j'étais restée attentive ! Très, très attentive, même.

Soit mon don d'observation m'avait fait défaut, soit ses dons de camouflage étaient exceptionnels.

— Allons-y, a-t-il dit.

Rien de plus. Nous nous sommes mis en route. Sur notre passage, les têtes se tournaient avec surprise ; on s'échangeait des coups de coude incrédules. J'avais l'impression de me retrouver à l'écran dans une nouvelle émission de téléréalité dont les autres élèves auraient été les téléspectateurs. Un truc du genre *Koh-Lanta au lycée d'Asher.*

Dès que nous nous sommes trouvés à l'abri des oreilles indiscrètes, Cole, la voix pleine d'une colère retenue, a laissé tomber ces mots :

— J'ignore ce que tu me fais chaque matin, mais il faut absolument que tu arrêtes.

J'ai relevé la tête si vivement que j'ai failli attraper un torticolis.

— Pardon ? Ce que *je* te fais ? Et si on parlait de ce que *tu* me fais, toi ?

— Ce que je te fais ?

Comme si j'allais déballer mes folles pensées avant d'être certaine des siennes !

— Commence, toi, ai-je ordonné.

Après tout, il y avait de fortes chances pour qu'il parle d'autre chose. Peut-être voulait-il simplement, comme je l'avais supposé au départ, que j'arrête de le dévorer des yeux. Peut-être souhaitait-il que je cesse de parler à ses amis, même quand c'étaient eux qui me coinçaient comme un animal sauvage.

Nous avons poursuivi notre chemin, tous deux silencieux à présent. J'aurais voulu attendre qu'il parle le premier, mais j'ai manqué de volonté — et j'ai craqué.

— Sinon… avec qui t'es-tu battu ?

Avec à peine l'ombre d'une hésitation, il a répondu :

— Personne que tu connaisses.

Et ensuite… de nouveau du silence.

D'accord. Il s'était débrouillé pour arranger ce tête-à-tête, m'avait posé deux questions, et à présent il n'avait plus rien à me dire. C'était… un vrai soulagement. Un soulagement, juré. Pas du tout une énorme déception.

Au bout de quelques instants — c'est-à-dire d'une éternité

de torture —, nous sommes arrivés devant ma classe, et nous nous sommes arrêtés.

— Merci pour la promenade. Ce serait sympa de refaire ça un de ces jours. Disons… jamais ? ai-je grommelé.

Tant pis pour les réponses à mes questions. Je pouvais vivre sans.

J'ai voulu m'éloigner, mais il a tendu un bras et posé la main sur la porte pour me barrer le passage.

— Je suis désolé pour le comportement de Mackenzie, a-t-il repris avec beaucoup moins d'animosité. Elle ne t'ennuiera plus.

C'était déjà un bon point…

— Je n'étais pas inquiète, ai-je répondu sincèrement.

J'ai vu le coin de ses lèvres se relever légèrement, comme s'il luttait pour réprimer un sourire.

— Tu aurais dû. Ça peut être une vraie… une vraie teigne.

Tiens, tiens. Quel qualificatif avait-il été à deux doigts de lui coller ? Avait-il failli la traiter de *biiiip* (Kat aurait été fière de moi : même intérieurement, j'évitais les gros mots).

— Même pas peur.

Son amorce de sourire s'est agrandie encore.

— Tu t'es déjà bagarrée ?

De sa main libre, il a saisi une boucle de mes cheveux et s'est mis à jouer distraitement avec.

— Parce qu'à te voir, on dirait que tu sors tout droit d'un conte de fées.

— Où je serais la sorcière ? ai-je demandé comme malgré moi.

— Ne fais pas l'idiote. La princesse, évidemment.

Eh là ! J'avais bien envie de prendre cela pour un compliment… Mais sans doute que je me trompais ; il restait quelque chose de dur dans sa voix.

J'ai remarqué deux élèves qui se tenaient en retrait, dans l'attente d'entrer en classe, mais peu désireux de s'interposer entre Cole et moi pour y parvenir. J'ai enroulé mes doigts autour du poignet de Cole pour l'obliger à baisser son bras. Les deux élèves sont passés, mais, pour ma part, je n'ai pas fait mine d'aller m'asseoir à ma place. J'étais si proche de Cole que je sentais battre son cœur, et je ne pouvais me résoudre à bouger.

J'en suis revenue à la question qu'il m'avait posée.

— Et je me suis déjà battue, oui.

Avec mon père, en entraînement.

Il a incliné la tête et m'a dévisagée de son regard violet intense.

— Une bagarre à coups de poing ? m'a-t-il demandé.

Oh ! oh. J'avais remarqué ses yeux. Maintenant, j'étais bel et bien prise au piège.

— Tu connais d'autres genres de bagarres ? ai-je fait pour détourner son attention.

— Un bon nombre, oui. Alors, tu t'es battue contre qui ?

— *Personne que tu connaisses*, ai-je répondu en imitant sa réponse.

Si je lui avouais la vérité, il croirait que mon père m'avait laissée gagner — ou bien, pire encore, me prendrait pour une mégère qui en venait aux mains avec ses propres parents. Et comment le détromper, après ?

De nouveau, j'ai remarqué le mouvement du coin de ses lèvres. De toute évidence, je l'amusais, mais j'ignorais totalement pourquoi. Et lui… il me laissait perplexe. Pourquoi me mettait-il en garde contre le mauvais caractère de son ex ? Pourquoi cherchait-il à me rassurer ? Et surtout : pourquoi ne faisait-il *rien d'autre* ?

J'ai étudié son visage à la recherche de réponses que je ne n'ai pas trouvées.

— Ali ?

— Oui ?

J'ai posé les yeux sur sa bouche. De près, sa lèvre inférieure fendue révélait une goutte de sang à peine séchée. J'étais certaine qu'il aurait pu battre même mon père — et conserver malgré ça assez d'énergie pour réaliser dans la foulée les deux visions que j'avais eues.

— Je t'ai demandé si ton nom de famille était bien Bell.

Ce coq-à-l'âne m'a surprise, mais je suis parvenue à m'adapter sans trahir les pensées idiotes qui me hantaient tellement que je n'avais pas entendu sa question.

— Oui. Ali Bell, pourquoi ?

— Ton père s'appelait Phillip Bell. Ta mère était Miranda Bradley.

Il parlait au passé, pas au présent. Donc, il savait. J'ai avalé ma salive pour contenir mon envie de hurler. Entre mes dents serrées, je lui ai lancé :

— C'est vrai, mais comment sais-tu ça ?

Je n'avais jamais mentionné leur nom, pas même à Kat.

— Mon père est allé à l'école avec eux.

Ainsi, quelqu'un d'autre les avait connus, et aurait pu pleurer leur disparition. Comme il était étrange de découvrir que les gens avec qui j'avais vécu toute ma vie avaient eu une existence avant moi, sans moi… Evidemment, sur un plan purement intellectuel, j'en avais toujours été consciente, mais la révélation de Cole me semblait emmener les choses à un tout autre niveau.

— Ton père était au lycée ici ?

Il a hoché la tête gravement.

Une flopée de questions me sont venues à l'esprit. Nos parents s'étaient-ils fréquentés ? Avaient-ils été amis, ennemis ? Son père lui avait-il révélé des choses sur le mien ? Comment son père avait-il entendu parler de moi — était-ce Cole qui lui avait mentionné mon nom ? Pourtant, j'ai gardé toutes ces interrogations pour moi. Lui poser des questions l'aurait invité à m'interroger en retour, et je n'étais pas prête à parler de ce qui s'était passé l'été précédent.

— Mon père aimerait savoir…

— Je te remercie pour ton avertissement sur ta petite copine, me suis-je empressée de le couper.

Je tenais à lui montrer clairement que nos parents constituaient un sujet interdit. Je n'étais pas sûre de mes réactions, et refusais de prendre ce risque.

— Je crois que c'est le moment de se dire au revoir, ai-je achevé.

Il m'a lancé un regard perspicace avant de hocher la tête.

— D'accord. Mais je veux juste que tu saches que Mackenzie n'est pas ma petite amie.

Il n'a rien ajouté, et je n'ai rien trouvé à répondre ; aussi me suis-je dirigée vers ma classe. Super bon point pour moi : je suis parvenue à ne pas regarder derrière moi. J'étais pourtant certaine qu'il me suivait des yeux, car je sentais deux points brûlants sur ma nuque.

J'ai traversé le reste de l'après-midi sans problème majeur ; je suis même parvenue à écouter le dernier cours, qui concernait les équations et la façon de les résoudre sans se faire une hernie du cerveau — tout cela en tenant résolument à distance toutes les pensées au sujet de Cole Holland. Trop forte ! Enfin, par bonheur, la sonnerie a retenti, et j'ai terminé mes cours, pas plus intelligente pour autant.

Kat, qui m'avait gardé un siège et avait passé l'après-midi à me faire des grimaces chaque fois que je regardais dans sa direction, m'a sauté dessus avant que j'aie pu m'enfuir, et a exigé de savoir mot pour mot ce que Cole et moi nous étions dit.

L'embargo anti-Cole Holland que je m'étais imposé était terminé, non ? Et j'étais plutôt heureuse de pouvoir en parler. J'avais besoin de conseils. Aussi, j'ai rapporté mot pour mot à Kat notre conversation ; mais, au fur et à mesure de mon récit, son excitation a paru fondre comme neige au soleil.

— Bon, d'accord. Alors, je ne sais pas ce que vous trouviez génial et ce qui craint dans ton ancien lycée — au fait, t'ai-je rappelé qu'on vous avait battus *et* au football *et* au basket ? — mais ici, à Asher, ce genre de conversation craint officiellement.

Je ne me suis pas vexée : j'appréciais son honnêteté.

— Qu'aurais-je dû dire, alors ?

Elle s'est mise à battre des cils et a pris une voix rauque et langoureuse :

— Cole, mon grand fauve, je sais que tu ferais peur au grand méchant loup, mais je trouve que tu es… *hé, Marcus*, tu ne serais pas en train d'espionner notre conversation privée ? a-t-elle claironné sans prévenir. C'est ça, dégage !

Je suis restée interdite. Jamais, au grand jamais, je n'aurais osé appeler Cole Holland « mon grand fauve ».

— Où en étais-je ? m'a demandé Kat. Laisse tomber. Si j'en juge par ton expression, tu n'es pas encore prête pour les leçons de drague. Je vais me contenter de t'offrir un remontant. Allez, suis-moi au Café Bella. On va boire tellement de *crèmes* qu'on fera pipi marron pendant une semaine.

J'ai cru entendre éclater un chœur céleste.

— Merveilleux ! J'adorerais ça !

Kat a souri.

— J'ai toujours des idées extraordinaires, n'est-ce pas ?

Dehors, un voile gris recouvrait le ciel. Les gros nuages sombres semblaient sur le point d'éclater… sauf un. Il était blanc et rebondi, un nuage d'été parfait — avec la forme d'un lapin en train de sauter.

Mon sang s'est glacé, et je me suis subitement immobilisée. La dernière fois que j'avais vu un nuage semblable, j'avais perdu tous ceux que j'aimais. Pour toujours.

D'un point de vue logique, je savais qu'un nuage ne pouvait ni déterminer ni même annoncer mon avenir, mais…

Soudain, le monde s'est mis à tournoyer autour de moi. Les voitures passaient près de moi sans que je m'en rende compte ; ma vision du parking se tordait et s'étirait, les sons me parvenaient comme à travers un brouillard. J'ai vaguement entendu un Klaxon, des imprécations, mais je ne parvenais pas à bouger. Tout ce que je pouvais faire, c'était fixer le nuage, terrifiée.

— *Ali ?*

La voix de Kat venait de très loin, comme si elle se tenait à l'autre bout d'un tunnel interminable. Allais-je l'entraîner dans un accident de voiture ? Allait-elle mourir sous mes yeux, tandis que je m'en tirerais sans une égratignure ?

Enfin, je suis parvenue à bouger… pour m'écarter d'elle avec vivacité.

— Ali ? a-t-elle répété.

Je me suis arrachée à la contemplation du nuage pour lui jeter un regard paniqué — et j'ai lu un sentiment identique dans ses yeux.

— Je ne peux pas, ai-je dit en secouant la tête. Je ne peux pas venir. Désolée.

Le brouillard remplissait mon crâne, et un vertige m'a de nouveau saisie. J'ai tourné les talons et, au pas de course, je me suis précipitée vers les bâtiments.

Kat a crié mon nom. J'ai compris qu'elle tentait de me suivre. Devant moi, la double porte s'ouvrait et se refermait, poussée par le vent. Je l'ai franchie au moment où elle était ouverte et j'ai continué ma course à travers le hall. Je n'ai pas vu le Dr Wright, mais je l'ai entendue m'appeler en criant. Je l'ai également ignorée, et j'ai couru m'enfermer dans les toilettes les plus proches (des toilettes garçons !). Une fois à l'intérieur, je me suis assise sur une cuvette et j'ai refermé la porte à clé derrière moi, avant de rester là, haletante, les genoux ramenés contre ma poitrine, luttant contre les larmes qui brûlaient mes paupières.

Les minutes ont défilé, pour devenir peut-être des heures, mais ni Kat ni le Dr Wright ne m'ont trouvée.

Que devais-je faire ? *Au nom du ciel, que devais-je faire ?* J'avais d'ores et déjà manqué mon bus, et je me refusais à appeler mamie pour qu'elle vienne me chercher. Aujourd'hui, je… je refusais purement et simplement de monter dans une voiture. Avec qui que ce soit. Si quelqu'un mourait à cause de moi, la culpabilité me hanterait à jamais.

Tu te rends compte que tu te comportes de façon irrationnelle, oui ?

Oh oui. Mais cela ne changeait rien.

Ma maison n'était qu'à quelques kilomètres. Je pouvais marcher, ai-je décidé. Oui, c'était la meilleure solution. Personne n'aurait besoin de prendre sa voiture, et l'exercice me ferait du bien. Je suis parvenue à me calmer — enfin.

L'orage allait éclater d'un moment à l'autre, et je risquais fort d'arriver chez moi trempée comme une soupe, mais tout le monde serait sain et sauf — et rien d'autre ne comptait.

6

Conseils d'une chenille mourante

Ce soir-là, le dîner s'est révélé particulièrement tendu. Mamie était rentrée tôt à la maison et ne m'y avait pas trouvée. Inquiète, elle avait tenté une bonne dizaine de fois de me joindre sur mon portable, mais je n'avais pas répondu. Je savais qu'elle insisterait pour venir me chercher et que mes protestations resteraient lettre morte. Aussi avais-je attendu chaque fois qu'elle laisse un message sur mon répondeur, auquel je répondais par un texto lui assurant que j'étais en route et que tout allait bien.

— A quoi ça sert d'avoir un portable si on ne s'en sert pas ? grommelait-elle à présent.

— Mais je m'en suis servie ! ai-je répondu d'une voix qui s'éraillait.

J'avais la gorge prise et ne cessais de me moucher ; si j'éternuais encore une fois, mon nez allait finir par se décrocher.

— Je t'ai envoyé des SMS ! ai-je conclu.

C'était vrai.

Elle a eu une grimace pincée qui a accentué ses rides, la faisant paraître plus vieille qu'elle n'était.

— Et je n'avais pas la moindre idée de comment y répondre ! Je n'ai jamais tapé autre chose que des numéros sur le clavier de mon portable !

— Je t'apprendrai les bases, ai-je proposé.

L'idée même, cependant, m'affolait à l'avance. J'imaginais sans peine la scène : ma grand-mère remontant sans cesse ses lunettes, répétant mes instructions mot à mot comme si je lui parlais chinois, pour finir par me demander de tout lui écrire dans un langage qu'elle puisse comprendre. Malheureusement, une telle langue n'existait pas, et nous ne nous en sortirions pas.

— Tu m'apprendras ? m'a-t-elle demandé.

Vous voyez ? Il me fallait déjà répéter.

— Oui.

— Tu m'apprendras quelque chose, toi qui n'es pas assez maline pour te mettre au sec le temps que je vienne te chercher ?

Comme pour établir définitivement ma propre stupidité, j'ai choisi ce moment précis pour éternuer en même temps que j'acquiesçais.

— Ça suffit comme ça. Je t'emmène chez le médecin, s'est exclamée ma grand-mère en jetant sa serviette sur la table. Tu es bien capable d'avoir attrapé une pneumonie !

— Je ne suis pas malade, mamie. Juré.

Ce n'était tout de même pas comme si je m'étais promenée dans un laboratoire médical en goûtant à leurs meilleurs virus !

Elle a pris une inspiration profonde avant de ramasser sa serviette et de la remettre sur ses genoux.

— D'accord. Si demain matin tu n'as pas de fièvre, je te laisserai m'apprendre à passer des textos.

Super, merci !

— Et comment faisiez-vous quand maman était en retard ? ai-je demandé tout en promenant mes petits pois dans mon assiette avec les dents de ma fourchette. Elle n'avait pas de portable, elle !

Papi m'a lancé un regard courroucé.

— C'est à cause de ça que tu nous as fait ce numéro ? Tu as voulu nous faire peur pour que nous ne reprenions pas ton portable ? Vraiment, Ali, ce n'était pas la peine. Nous n'avons aucune intention de te traiter ainsi.

— Ce n'est pas du tout ce qui s'est passé, ai-je protesté. J'avais juste envie de marcher.

C'était la vérité pure et simple.

— Avec le vent et le tonnerre, je savais que vous ne pourriez pas entendre ce que je disais au téléphone. Et j'avais également peur d'attirer la foudre en téléphonant. C'est pour cela que j'ai choisi d'envoyer des textos.

C'était toujours la vérité — un peu enjolivée, d'accord, et qui laissait de côté les détails les plus pertinents.

— Eh bien, désormais, ne rentre plus à pied à la maison, m'a sermonnée mon grand-père.

En plus de la colère, il y avait dans sa voix une certaine inquiétude. J'avais remarqué que, depuis quelques jours, la fameuse mèche qu'il ramenait sur le dessus de son crâne avait perdu quelques-uns de ses vaillants soldats. Etait-ce à cause de moi ?

— Je ne veux pas te... comment disent les jeunes, aujourd'hui ? a-t-il demandé à ma grand-mère.

— *Prendre la tête*, a répondu celle-ci avec le plus grand sérieux.

Et allez donc : voilà qu'ils essayaient de *communiquer* avec moi. Je les soupçonnais d'avoir regardé en douce un programme spécial pour apprendre à parler avec les jeunes, et je les imaginais tous les deux devant l'écran de leur ordinateur, déchiffrant les mots d'argot pendant des heures et discutant de leur emploi.

C'était... mignon.

Nom d'un chien ! Leur gentillesse me faisait me sentir terriblement coupable.

— Ces bois sont dangereux, a continué papi. Toutes sortes de prédateurs y rôdent. On y trouve souvent des carcasses d'animaux.

Je me suis souvenue des Fiancés de l'Epouvante que j'y avais aperçus — ou *cru* apercevoir ? Qu'importe. Les prédateurs des bois n'étaient pas que du genre à quatre pattes. Si je devais les rencontrer, ce ne serait pas sans ma batte de base-ball à la main.

— Je suis désolée, ai-je fini par m'excuser après un nouvel éternuement. Sincèrement.

Mamie a marmonné de nouveau quelques mots au sujet de la pneumonie.

— J'ai manqué mon bus, ai-je ajouté, et je ne voulais pas vous déranger.

Encore une vérité un peu arrangée.

— Cela n'arrivera plus, je vous le promets.

Je ne mentais pas ; je le pensais du fond du cœur. Hors de question que je leur fasse vivre de nouveau de pareilles inquiétudes.

— Tu ne nous déranges jamais, m'a rassurée mamie en me prenant la main. Nous t'aimons très fort, et tout ce que nous voulons, c'est...

Son menton s'était mis à trembler, si fort qu'elle s'est tue. Ses yeux étaient remplis de larmes, mais elle les a essuyées d'un rapide revers de la manche. Elle s'est éclairci la gorge avant de reprendre :

— Eh bien, eh bien… Tu parlais de ta mère. Même après avoir commencé à fréquenter ton père, elle ne sortait pas souvent. Et quand cela arrivait, il la ramenait toujours avant la nuit. Cela nous impressionnait beaucoup, et du coup nous n'avons jamais remarqué que… non, n'en parlons plus.

Savaient-ils pourquoi mon père agissait de la sorte ? Ma *mère* l'avait-elle su déjà à l'époque ? Ou bien mon père avait-il attendu, pour lui révéler son obsession, de lui avoir passé la corde au cou ?

C'était étrange de penser à mes parents de la sorte. Dérangeant, et un peu dégoûtant.

— Maman t'a-t-elle parlé d'un ami à elle qui s'appelait Holland ? ai-je demandé en me souvenant soudain de ce dont Cole m'avait parlé (ou avait *tenté* de me parler, pour être exacte).

Mamie s'est abîmée dans ses réflexions.

— Holland, Holland…, a-t-elle murmuré. Non, ça ne me dit rien.

— Ta mère était extrêmement timide. Elle n'avait pas beaucoup d'amis, encore moins d'amoureux, m'a expliqué papi après avoir avalé un morceau de rôti. En fait, ton père a été son seul petit ami.

Ma mère ? Timide ? Pour moi, elle avait toujours été effervescente, pleine de vie. Tout comme Emma.

— Ton père la faisait rire, et il l'entraînait toujours à faire des bêtises plus grosses qu'eux, a poursuivi mamie avec un sourire nostalgique. Un jour, ils se sont déguisés avec des tenues affreuses pour sortir dîner. Les gens ont dû les regarder de travers, mais quand ils sont revenus ton père riait si fort qu'il a failli s'étrangler.

Sincèrement, je ne parvenais pas à me représenter la scène qu'elle me racontait. Pour moi, mon père avait toujours été terriblement sérieux, terriblement affairé, jusque dans son alcoolisme.

Le dîner s'est achevé en silence, puis j'ai filé dans ma chambre. C'était la seule chambre de l'étage, et j'avais ma propre salle de bains. Ma mère avait passé son adolescence ici. Je me demandais si elle avait décoré les lieux. Quand elle avait quitté la maison, mamie avait rangé toutes ses affaires dans des cartons pour transformer la pièce en salle de jeux, puis en buanderie, et maintenant en chambre d'amis.

Quant à moi, je ne m'étais pas préoccupée de la décoration. Les murs étaient toujours aussi nus que le jour où j'avais emménagé ici. J'avais rangé dans un placard les boîtes de photos de famille que mamie m'avait données. Je ne les avais pas ouvertes, ni accroché un seul cadre. En fait, je ne les avais même pas regardées. La seule chose que je m'étais permise, c'était de fouiller dans les vieux vêtements de ma mère, et seulement parce que mamie les avait ressortis. Je pense que quelque part elle cherchait à se reconnecter avec l'enfant qu'elle avait perdue.

Se reconnecter à ma mère. Quelque chose que je n'avais jamais voulu tenter, car un chagrin immense m'en empêchait. Mais il me fallait dépasser cette tristesse, n'est-ce pas ? Sans quoi je resterais pour toujours une mauvaise fille et une horrible sœur. En réalité, je reconstruisais ma vie comme si ma mère, mon père et ma sœur n'avaient jamais existé. Or ils méritaient bien mieux que ça — à tout le moins un peu de reconnaissance, une place d'honneur.

Il était temps que je grandisse.

J'ai ouvert les portes du placard et, les yeux fermés, j'ai laissé vagabonder mes mains au hasard dans la boîte la plus proche. J'en ai ramené une pile de photographies, ainsi qu'un nuage de poussière qui a provoqué une nouvelle série d'éternuements. Mais, non, je n'avais pas attrapé une pneumonie ni même un rhume… Et peut-être que ma température grimpait de minute en minute, comme si j'avais vraiment de la fièvre, mais cela venait de l'émotion et non d'un virus.

De mes yeux, des larmes que je n'avais pas senties venir se sont mises à dévaler librement sur mes joues. Quand ma vision s'est enfin éclaircie, je me suis trouvée face à un portrait de ma mère, magnifique dans une robe dorée ; certes, sa coiffure méritait le prix de la choucroute la plus hideuse du monde, mais elle souriait comme un ange. Quant à mon père, mince et beau garçon, une fleur recouverte de peinture dorée au revers de son smoking noir, il tenait ma mère entre ses bras. L'expression sur son visage semblait dire : « Je vous en supplie, sortez-moi de là. »

Ils étaient si jeunes. Etait-ce pour le bal de promo ? Si c'était le cas, cela signifiait que mon père était sorti *de nuit*. Pas étonnant qu'il fasse la tête ! Pourtant, mamie avait bien spécifié qu'il ne restait jamais dehors après le coucher du soleil. Peut-être avait-il refusé d'accompagner ma mère au bal, auquel cas il avait pu se racheter en l'amenant ailleurs, de jour...

Pourquoi ne les avais-je jamais interrogés sur leur jeunesse ? A présent, il était bien trop tard.

Poursuivant mon exploration, je suis tombée sur une photo d'Emma, sur laquelle sa masse de cheveux habituelle avait été disciplinée en longues nattes soyeuses. Il faut dire que j'avais passé des heures à la coiffer, tout ça parce qu'elle voulait des cheveux comme les miens. J'ignore comment, elle était parvenue à convaincre notre mère de lui acheter un costume de demoiselle d'honneur, alors même que nous n'étions invités à aucun mariage ! C'était une monstruosité blanche et bouffante, surtout au niveau de la taille, avec tant de rubans et de fanfreluches qu'elle évoquait un arbre de Noël et ses guirlandes. Mais Emma était si persuasive qu'elle aurait vendu du feu au diable...

Avec un sourire triste, j'ai passé le doigt sur le verre du cadre. *Tu me manques tant, Em.* Ma vision s'est brouillée une deuxième fois, et des larmes sont tombées sur la photographie.

J'aurais tant voulu la revoir. Une seule fois.

— J'ai rencontré un garçon, ai-je murmuré à la photo. Je lui ai même parlé, et j'ai réussi à ne pas trop passer pour une cruche. Il est très beau, avec un air de dur à cuire et... j'ai un peu imaginé que... je l'embrassais.

Je sais qu'elle aurait dit quelque chose comme : « Trop dégueu ! Il a mis la langue ? »

Et j'aurais ri. Je lui aurais répondu que oui, et que je n'avais pas aimé, mais a-do-ré ça, et elle aurait répondu : « Trop trop dégueu au carré ! » Et j'aurais ri de plus belle.

Maintenant... elle ne connaîtrait jamais son premier baiser. Elle ne sortirait jamais avec un garçon. Ne conduirait jamais de voiture. Ne me poserait pas de questions sur le sexe. Je ne lui ferais jamais la leçon, comme maman me l'avait faite : « Sois sûre que tu choisis le bon. Un garçon que tu aimes et qui t'aime en retour. Ta virginité est un cadeau qui ne peut se donner qu'une fois. Et, mon ange, n'aie pas peur d'attendre aussi longtemps qu'il le faudra de te sentir prête, et d'être certaine que tu n'agis pas simplement par curiosité ou parce que le garçon te menace de rompre si tu refuses. Parce que, je t'avertis : s'il peut te quitter à propos de ça, c'est qu'il se sert de toi et qu'il finira de toute façon par rompre. »

Dans le carton suivant, j'ai trouvé un carnet avec une reliure de cuir noir éraflée qui ne portait aucune inscription. Au parfum qui en émanait, j'ai compris qu'il avait appartenu à ma mère. Ses secrets étaient-ils cachés à l'intérieur ? Avec une appréhension respectueuse, je l'ai ouvert à la première page.

Le combat a commencé.

L'écriture était nette, mais je ne l'ai pas reconnue. Ce n'était peut-être pas celle de ma mère, après tout.

Le Mal est ici, il est réel, et si nous ne prenons pas garde il peut nous dévorer. Mais nous pouvons y échapper. Nous pouvons gagner. Nous devons gagner. Cependant, trop de gens ignorent la vérité, et sans elle ils périront.

Quelle est la vérité ? Nous sommes des êtres spirituels, et notre esprit est notre source de pouvoir. Nous avons une âme… ou en tout cas nous avons notre logique et nos émotions, qui vivent dans notre corps. Le Mal rôde dans le royaume spirituel. Certaines personnes parviennent à le voir même depuis leur corps. La plupart en sont incapables.

Bof. Je n'avais aucune envie de penser au monde qui m'entourait : il y avait bien trop de détresse dans mon monde intérieur. Et pourquoi ma mère adorée possédait-elle ce genre de livre ? Je l'ai refermé d'un coup sec.

Comme je me penchais de nouveau vers la boîte, mon téléphone s'est mis à vibrer. J'ai reposé le carnet et la photo d'Emma contre le mur et, avec un dernier sourire à son attention, je me suis dirigée vers mon bureau. Je venais de recevoir un SMS de

Kat — que, je dois l'admettre, j'avais rangé dans mon répertoire sous le nom de « Chaton ».

J'ai lu :

keskI C paC ? keskI t'a prls ? Je penC q tu voulais paC une conne poire avec moi.

Conne poire ?

Un second texto est arrivé au même instant.

C nul, le T9 ! Bonne soirée, pas conne poire.

Dans d'autres circonstances, cela m'aurait amusée. Mais je me suis contentée de m'asseoir à ma table pour taper ma réponse, gorge nouée.

Dsl, G un peu flippé.

Réponse :

Tu m'étonnes ! Mais prkoi ?

Qu'étais-je censée répondre à ça ? Je ne pouvais pas parler du nuage-lapin ou de ma paranoïa sans paraître… paranoïaque, donc.

Pas envie de monT en voiture, c'est tout.

De longues secondes se sont écoulées avant qu'elle ne réponde :

Avec c ki c paC pour ta famille, je comprends. Tu es OK ?

J'ai pianoté sur les touches.

Ça va mieux.

En particulier depuis ma conversation avec papi et mamie. Et c'était vraiment extraordinaire d'avoir une amie comme Kat. Elle connaissait mon secret, et m'appréciait tout de même, sans pour autant insister pour que je lui en révèle davantage. Elle ne faisait pas comme si de rien n'était et ne recourait jamais à des platitudes dégoulinantes de bons sentiments.

Cool. Alors, gde nouvelle : après ton Dpart, j'ai rencontré Cole.

J'ai tiqué.

Et alors ?

Inutile de dire que j'attendais la réponse.

Il t'a cherchée aussi. J'en déduis kil ne t'a pas trouV ?

Il m'avait cherchée ? Mais pourquoi ? Abasourdie, je me suis levée pour me diriger vers l'appui de fenêtre où j'avais installé mon coussin. L'orage était passé, le ciel s'était éclairci. Le soleil se couchait, teintant les nuages de rose, de jaune et de violet — ma nouvelle couleur préférée. Comme Miss Frankenstein s'était montrée la veille, elle ne reviendrait pas ce soir. Elle ne venait jamais deux nuits de suite — en fait, ses apparitions étaient espacées d'au moins trois jours.

J'ai répondu à Kat.

Non, il ne m'a pas trouV.

Et une minute plus tard :

Dommage. Je pense kil t'aurait raccompagnée en voiture. Là, tu n'aurais pas dit non :-)

Peut-être. Oui. Non. *Non*, sans l'ombre d'un doute. J'aurais décliné son offre. C'était peut-être un dur de dur, mais j'aurais refusé de le mettre en danger. Même si le nuage-lapin ne voulait sans doute rien dire.

Mais... comment quelqu'un avec le charisme de Cole aurait-il supporté une fin de non-recevoir ? Il devait avoir l'habitude d'arriver toujours à ses fins. N'importe quelle personne dotée d'au moins un demi-cerveau (ce qui m'incluait, quoi qu'on en dise) aurait pu le deviner au premier coup d'œil. Aurait-il insisté, tenté de me convaincre ? Ou m'aurait-il jetée sur son épaule comme un homme des cavernes pour m'emporter vers son véhicule ?

Une meilleure question : pourquoi cette image me faisait-elle sourire ?

Nouvelle vibration.

Et pt-êtr q tu aurais fait + qu'1 tour en voiture...

« Pas question ! », ai-je répondu du tac au tac. J'avais peut-être envie de me jeter dans les bras de Cole Holland dès que je l'apercevais, mais j'aurais su me retenir, quand même.

Nouveau texto :

Bravo. Fais-le attendre. Oh ! Match Vendredi, fête Sam. J crois bien q Cole viendra aux 2 juste pour te voir. A +

Immédiatement, je lui ai renvoyé un message :

Sérieux ?

Rien. Aucune réponse.

Kat ? IL VIENT ?

Toujours pas de réponse.

Chien fou, si t ne réponds pas, je dirai partout que ton surnom est MINETTE.

Toujours rien.

« Demain, je me venge ! », l'ai-je prévenue.

Et… rien de plus.

Elle était fine mouche, et devait se douter que ma vengeance n'irait pas bien loin. Je l'appréciais bien trop pour ça.

Un peu de distraction serait la bienvenue. Avec un soupir, j'ai ouvert mon ordinateur et me suis connectée sur internet à la recherche de toutes les informations au sujet de Cole Holland.

Au cours de l'heure suivante, j'ai appris que Cole n'avait ni compte Facebook ni Twitter — ou que, dans le cas contraire, c'était sous un pseudonyme. Les filles ne m'avaient pas envoyé le fameux lien sur YouTube, et je devais me résigner à prendre leurs histoires de prises de catch pour argent comptant. Les seuls articles qui mentionnaient le nom de Cole portaient sur le décès de ses amis, ceux qui avaient été atteints par la maladie dont avait parlé Kat. Elle avait pour nom le « Syndrome d'antiputréfaction ». Aucune trace non plus de Cole sur le site du lycée. Il ne faisait partie d'aucun club, d'aucune équipe de sport ni de groupes.

Malgré mes recherches exhaustives je ne trouvais rien non plus au sujet de son ex.

Comme j'ignorais les vrais noms de Frosty et de Bronx, je ne pouvais pas enquêter de leur côté.

Sur un coup de tête, j'ai tapé mon propre nom, afin de voir ce que les autres pouvaient apprendre sur moi s'il leur venait à l'esprit de mener une recherche semblable. Et la première chose qui est apparue était… une série d'articles sur l'accident et « le drame de cette adolescente qui avait tout perdu ».

D'un geste rageur, j'ai débranché l'ordinateur. Je détestais l'idée qu'on puisse lire ces choses et me prendre en pitié.

A présent, il me fallait une nouvelle distraction pour oublier ma distraction… J'ai pris une douche avant d'enfiler un T-shirt et un short en coton et de me sécher les cheveux. La fille que j'ai découverte dans le miroir m'a surprise.

Ses yeux trop bleus étaient cernés. Ses joues, bien qu'empourprées, étaient creusées, ses lèvres gonflées à force d'être mordillées. Elle semblait fragile, vulnérable. Soudain, les mots de Cole à propos de la princesse des contes de fées ont pris tout leur sens. Il ne me faisait pas de compliment : il m'avait vue comme une Cendrillon sans Marraine la bonne fée, bien incapable de tenir tête à Mackenzie. Et il n'avait pas forcément eu tort : une bourrasque de vent aurait suffi à me casser en deux.

Il fallait que je fasse de l'exercice. Il fallait que je dorme. Il fallait *quelque chose*. Ma mère aurait été horrifiée de me voir ainsi. Mon père, lui, n'aurait sans doute rien remarqué si personne ne le lui avait dit — mais alors il m'aurait contrainte à m'asseoir à table pour me faire la leçon. « Si tu ne te maintiens pas en forme, comment veux-tu te protéger des monstres ? » auraient été ses premiers mots. Emma se serait inquiétée — elle l'avait fait, dans la vision que j'avais eue d'elle — et il n'y avait rien au monde que je détestais davantage que lui causer du souci.

Je me suis relevée pour refermer les rideaux de la fenêtre. Ce soir, ai-je décidé, je n'observerais pas la forêt. Ainsi, je ne bondirais pas au moindre souffle de vent entre les feuilles, ne me laisserais pas terrifier par les jeux d'ombre. J'allais me contenter de filer au lit. Point. Et si les cauchemars m'empêchaient de dormir, je lirais.

Mais, juste au moment de tirer les rideaux, ma peau s'est mise à picoter étrangement et les petits cheveux de ma nuque se sont dressés comme si quelqu'un m'observait. Le cœur battant la chamade, j'ai scruté l'obscurité.

Pas de trace des Fiancés de l'Epouvante. En fait, aucun signe de vie. Les mains tremblantes, j'ai refermé de nouveau les rideaux pour bloquer complètement la vue. Mais je ne me suis pas éloignée de la fenêtre. J'ai préféré rester immobile pendant une minute, puis deux, pour m'efforcer de recouvrer le contrôle de mon corps.

Puis, mâchoires serrées, j'ai rouvert les rideaux d'un coup sec. Alors, j'ai vu quelque chose — *du mouvement sur ma gauche.* Je me suis penchée en avant, et j'ai cru distinguer une grande silhouette sportive habillée de vêtements sombres ; il m'a semblé qu'elle s'arrêtait, se tournait vers moi — et je me trouvais face à une paire d'yeux violets étincelants.

M'arriverait-il un jour quelque chose d'*ordinaire* ? C'est la question que je me posais le lendemain au moment où je grimpais dans le bus. Après avoir aperçu Cole (mais peut-être m'étais-je trompée ?), je m'étais endormie comme prévu... sauf qu'une série d'épouvantables cauchemars m'avait très vite réveillée. J'avais alors tenté de lire, mais j'avais fini par faire les cent pas dans ma chambre, obsédée par ces yeux violets.

Les avais-je vus, ou n'était-ce qu'un effet de mon imagination ?

Sans doute la deuxième solution. Cole ne serait certainement pas resté près de la maison à m'observer. D'ailleurs, il ne connaissait pas mon adresse. Je ne l'avais même pas donnée à Kat.

Absorbée dans mes pensées, je n'ai pas songé à baisser la tête comme à mon habitude. C'est ainsi que mon regard a croisé les yeux marron de cocker de Justin Silverstone, assis au fond du bus.

Il m'a lancé un grand sourire et m'a invitée d'un geste à le rejoindre. Je ne pouvais décliner sans risquer de le blesser. Ce que je refusais car, d'une certaine manière, je lui devais bien ça. Je me traînais donc vers l'arrière du bus comme si mon cartable avait pesé cent kilos. A côté de Justin, de l'autre côté de la travée, j'ai remarqué qu'une fille aux cheveux sombres dardait sur moi un regard glacial. Comme je ne la connaissais pas, j'ai décidé de l'ignorer, tout simplement.

Justin s'est déplacé vers la fenêtre pour me laisser son siège. Je me suis assise à son côté.

— Bonjour, m'a-t-il fait.

Il sentait bon, un mélange de céréales aux fruits et de dentifrice.

— Salut.

Contrairement à ce que j'avais cru, ses cheveux n'étaient pas châtains. A travers la vitre, le soleil matinal les éclairait et révélait leur vraie couleur : ils étaient roux. En fait, vus dans cette lumière, on aurait dit que sa chevelure était en feu.

— Je m'appelle Justin.

— Je sais, lui ai-je répondu. Tu as fait ton petit effet, dans la cafétéria, et les filles se sont empressées de tout me dire sur toi. Cela dit, je suis surprise que tu n'aies pas un surnom comme Chef ou Tueur.

Un éclair a passé dans ses yeux.

— Pourquoi ? Que t'ont-elles dit de moi ?

Visiblement, je l'avais irrité, sans savoir ni comment ni pourquoi. J'ai donc fait de mon mieux pour l'apaiser.

— Simplement ton nom, et le fait que tu es souvent seul. Ce que je voulais dire, euh… c'est qu'on dirait que tout le monde au lycée a un surnom. Chaton, Frosty, Bronx…

Je ne voulais pas singulariser le groupe de Cole, aussi ai-je continué en inventant quelques autres appellations.

— … Bisounours, Dragibus, Roussette.

L'agacement a disparu de son visage et il s'est mis à rire.

— C'est vrai. Et toi ?

— Je m'appelle Ali.

— Juste Ali ? Ni Ange ni Boucle d'or ?

J'ai réprimé un rire.

— Boucle d'or ? Sérieux ? C'est le surnom que tu me donnerais ?

Dans sa main, il a cueilli une mèche de mes cheveux, comme l'avait fait Cole.

— Ben oui. Hé, ne me fusille pas du regard comme ça ! Ça colle plutôt bien.

— Je me demande quand même si tu n'auras pas droit à une balle ou deux…, ai-je plaisanté.

Je me sentais à l'aise avec lui, et je commençais à bien l'apprécier. Bonne nouvelle : il habitait près de chez moi, puisque nous prenions le même bus. Peut-être que nous pourrions, je ne sais pas, passer un peu de temps ensemble après les cours ? J'avais clairement besoin de sortir un peu de ma routine.

— Au fait, je ne t'ai pas remercié, ai-je repris. Merci pour tout, donc.

— Merci pour quoi ?

— Pour m'avoir soutenue pendant le premier cours de M. Troudbal. Et aussi pour m'avoir tout raconté sur Mackenzie.

Il a haussé un sourcil perplexe avant d'éclater de nouveau de rire. Son rire était chaud et naturel, comme s'il avait l'habitude de voir les côtés amusants du monde et ne s'en privait pas.

— « Troudbal » ? On peut dire que tu aimes bien les surnoms, toi !

J'ai haussé les épaules.

— A propos, le truc avec M. Trondhal/Troudbal, c'est de lui cirer les pompes. Si tu lui dis qu'il est le prof le plus génial que tu aies jamais eu, il sera à ta botte pour toute l'année.

Trondhal. *Voilà.* Comment avais-je pu oublier son vrai nom ?

— Et c'est ce que tu as fait ?

— De façon un peu plus virile, oui.

— Virile ? ai-je repris avec un petit rire. Tu veux dire que tu as grogné et que tu lui as donné de grandes claques sur l'épaule ?

— Ça, c'est viril façon homme des cavernes. Rien à voir.

Je lui ai lancé un regard curieux.

— Explique-moi la différence, alors.

— D'accord. Alors, façon virile, ça donne ça.

Il a pris une expression ravie :

— *Trop chouette, M. Trondhal ! Waouh, toutes ces informations, j'ai le cerveau en surchauffe ! Vous êtes trop fort !*

Le bus a fait un cahot, et nous avons rebondi sur nos sièges.

— Donc, je ne lui dis pas qu'il est gai comme une porte de cimetière, c'est un peu ça ?

A peine avais-je prononcé ces mots que j'aurais aimé ne jamais les avoir dits. « Cimetière. » Qu'est-ce qui m'avait pris ?

— Oh si, fais-le, je t'en prie, ce sera drôle ! Si tu veux, je t'accompagne à son bureau le jour où tu te décides !

Mais Justin devait avoir senti mon malaise, car il a changé rapidement de sujet.

— Sinon, j'ai vu que tu étais souvent avec Kat ?
— Oui.
— Tu la connais depuis longtemps ?
— Je l'ai rencontrée cet été. Pourquoi ?
Il y a eu un long silence, puis il a répondu d'un ton résigné :
— L'année dernière, elle traînait avec la bande de Cole Holland, et je suppose qu'elle recommencera. Une fois qu'on entre dans leur cercle de confiance, il n'est pas aisé d'en sortir. Pas sans douleur, en tout cas. Si j'étais toi, je ferais attention à ce qu'elle ne t'entraîne pas avec elle.

J'appréciais Kat. Enormément. Peu m'importait qui elle voyait ou avec qui elle sortait, même s'il s'agissait d'un proche de Cole. Quant au second avertissement de Justin, je n'étais pas certaine de ce qui se passait entre Cole et moi — s'il se passait quelque chose tout court, d'ailleurs —, mais je n'allais pas en discuter avec lui. C'était à peine si j'arrivais à en parler avec moi-même !

— Alors, tu le connais ? Cole, je veux dire ? lui ai-je demandé.
Ainsi, je ne changeais pas de sujet mais lui montrais que mes relations ne le concernaient pas.
Son sourire a disparu instantanément.
— Oui.
— Sais-tu combien de personnes sont dans son « cercle de confiance », comme tu le dis ?
— Aucune, je pense. Tiens, nous voilà arrivés.
J'ai regardé par la vitre, et effectivement le bus venait de se garer devant le lycée. Tous les passagers en descendaient déjà. Jamais le trajet n'était passé aussi vite.

Je me suis levée et me suis avancée dans le couloir, Justin sur mes talons. En sortant, j'ai regardé le ciel, comme par un réflexe automatique. De gros nuages envahissaient peu à peu le ciel d'un bleu limpide, mais aucun en forme de lapin. *Dieu merci.*

Justin à mon côté, j'ai pénétré dans l'imposant bâtiment aux formes tortueuses.
— Ça te dit qu'on se voit ce week-end ? m'a-t-il demandé.
— Euh... Oui, je...
Je me suis souvenue que j'avais promis d'assister à la fête chez Reeve. Ou, plus exactement, Kat l'avait promis à ma place. Comme je l'adorais, je devais garder cette éventualité en tête,

juste au cas où. Tout de même, comme quelques jours avaient tout changé ! Peu de temps auparavant, j'aurais trouvé n'importe quelle excuse pour éviter cette fête. A présent, j'envisageais sérieusement d'y faire une petite apparition.

— Euh, attends. Je ne sais pas si…

— Laisse tomber, a murmuré Justin, soudain gêné. Ne t'inquiète pas, c'était juste une idée.

— Non ! me suis-je écriée. Pas question que je laisse tomber. Je ne cherchais pas un moyen de refuser ; je calculais simplement quel serait le meilleur moment.

Il m'a adressé alors un sourire éclatant :

— Vrai de vrai ?

Je n'ai pu que lui retourner son sourire :

— Vrai de vrai.

Et, bien entendu, c'est précisément à cet instant que je suis tombée sur Cole. *Tombée* au sens littéral : la tête tournée vers Justin, je ne regardais pas devant moi, et je me suis soudain cognée à sa poitrine musculeuse. J'ai perdu l'équilibre.

Il m'a retenue en enroulant ses bras autour de ma taille ; je me suis raccrochée à lui en empoignant sa chemise. Il était si fort et stable qu'il n'a pas bougé d'un pouce.

— Je suis vraiment…

Nos regards se sont rencontrés, mes yeux bleus dans ses yeux violets, et une fois de plus le monde a disparu autour de nous. Pourtant, dans ma nouvelle vision, nous ne nous embrassions pas.

Nous nous battions.

C'était au cœur de la nuit, et la pleine lune baignait la scène de reflets sanglants. Les arbres nous entouraient. Cole et moi nous tenions dos à dos. Nous étions seuls — si l'on excepte la vingtaine de monstres qui avançaient lentement sur nous.

Leur chevelure tombait en lambeaux, leur peau était recouverte d'un pus noirâtre. Les yeux caves. Les joues tachées de sang. Les vêtements sales et déchirés. Et tous ces monstres grognaient en un chœur infernal.

Un haut-le-cœur m'a secouée ; j'éprouvais de la difficulté à respirer, les poumons pris dans un étau. Cole brandissait deux flamberges. Comment pouvais-je donc bien savoir que c'était le nom exact de ces épées, alors que je n'avais jamais entendu ce mot ? Mystère. Ce que je savais, en revanche, c'est que j'étais terrifiée. Les deux lames étaient longues, épaisses et aiguisées — et, tout comme les monstres, tachées d'un liquide noir.

— Je compte, et tu plonges, m'a indiqué Cole.

— Tu comptes jusqu'à combien ? Trois ?

Il y avait dans ma voix une note aiguë, presque hystérique. Les monstres étaient partout autour de nous. Etaient-ce ceux qui avaient dévoré mes parents ? Serai-je leur prochaine victime, ou sera-ce Cole ?

— Un, a-t-il crié.

Ils se rapprochaient… se rapprochaient encore…

— Deux…

Au nom du ciel. On y était. C'était la fin, pour moi, pour nous. Ils étaient bien trop nombreux pour lutter.

— Trois !

J'ai plongé en avant, m'efforçant de m'aplatir sur le sol. Dans ma vision, les lames de Cole se sont mises à danser et trancher net la gorge de deux monstres, qui se sont effondrés. Pas une goutte de sang ne s'est échappée de leurs corps secoués de convulsions, jusqu'au moment où… ils se sont relevés !

Il fallait que je me lève. Il fallait que je l'aide. Il ne pouvait pas les vaincre à lui seul, je devais…

— *Ali !*

Soudain, la réalité a repris le dessus. J'étais debout au milieu du couloir, entourée d'élèves et non de monstres. Cole se trouvait toujours devant moi et me tenait dans ses bras, ses beaux yeux emplis de crainte. De la main, il a écarté la frange brune qui tombait sur ses yeux. Pas de casquette aujourd'hui. Il avait les joues rouges, comme moi sans doute.

Horrifiés, nous nous sommes séparés, les jambes flageolantes. Une sueur glaciale recouvrait ma peau, et mon estomac me brûlait comme si j'avais avalé un mélange d'échardes et de verre pilé. Pourquoi pas, d'ailleurs ? me suis-je dit, quasi hystérique, encore sous le coup de ma vision. Des choses si étranges m'arrivaient, si nouvelles, et chaque fois pires…

Cole a reculé d'un pas, puis de deux. C'est alors que j'ai remarqué Mackenzie derrière lui. Elle s'était approchée et le prenait dans ses bras… pour l'écarter de moi.

Elle était vraiment magnifique, avec ses boucles noires qui retombaient librement et l'étincelle de colère pure dans ses yeux. Encore une fois, en dépit de la chaleur, elle portait une veste et un pantalon long. On aurait dit une femme d'affaires ou une présentatrice de télévision en train de chroniquer la dernière crise mondiale.

Justin a posé une main sur mon épaule, serrant si fort qu'il a dû laisser une marque.

— Tout va bien ?

Je ne pouvais détacher mon regard de Cole. Pourquoi m'observait-il avec cette expression inquiète ? Avait-il vu le combat, comme moi ? Et si oui… comment ? Pourquoi ? Que signifiait tout cela ?

Mais son comportement a changé du tout au tout quand il a vu le geste de Justin. Alors, il s'est immobilisé, avant d'avancer de nouveau dans notre direction, les yeux rivés sur mon camarade, les poings serrés. Il n'allait quand même pas se battre avec Justin ?

Je devais les en empêcher. Saisissant le poignet de Justin, j'ai fait volte-face et je l'ai entraîné avec moi dans le couloir. Cole est demeuré immobile pendant que nous nous éloignions.

— Est-ce que tu sors avec lui ou quelque chose de ce genre ? m'a demandé Justin, l'air sombre.

— Non.

— Tu en es sûre ? Parce que…

— J'en suis sûre. Ecoute, je crois que je ne vais pas aller en cours en première heure.

Non, je ne supporterais pas de rester assise pendant si longtemps. J'avais frôlé de bien trop près la crise de panique. Ces monstres… Cole…

— Il faut que je m'en aille.

J'ai pris le temps de lui donner mon numéro de téléphone en lui disant de m'appeler pour le week-end, puis je l'ai planté là. Je me suis mise à la recherche de Kat. Elle me dirait quelque chose de drôle, et je m'apaiserais enfin. Il *fallait* que je me calme. Je ne pouvais pas continuer ainsi, sans quoi j'allais m'effondrer — et Dieu sait ce qui pouvait arriver alors.

Et peut-être, peut-être oserais-je lui parler des visions. Il est possible qu'elle se moque de moi, voire qu'elle refuse de me parler pour toujours, mais je devais prendre le risque. Trop de questions demeuraient sans réponse. De plus, elle connaissait

Cole bien mieux que moi ; elle pouvait détenir des informations utiles. Oui, j'avais besoin de me calmer — et j'avais besoin que quelqu'un m'y aide.

Quelques minutes plus tard, je suis tombée sur Reeve ; à sa vue, j'ai retenu de justesse un véritable cri de soulagement et d'espoir.

— Où est Kat ? Je dois lui parler.

— Elle ne vient pas aujourd'hui, m'a-t-elle répondu en refermant son casier.

Mon espoir s'est dégonflé comme une baudruche.

— Pourquoi ? Elle va bien ?

Reeve a rejeté ses cheveux en arrière, dans ce mouvement qui lui était aussi naturel que la respiration.

— Elle n'a rien dit d'autre. Juste que nous nous verrions demain pour la fête. A propos, tu viens ?

— Oui… Non. Peut-être.

Après ma vision, je n'étais plus sûre de rien. S'agissait-il d'un avertissement, un peu comme le lapin dans le ciel ? Si je sortais de nuit, est-ce que j'allais rencontrer d'autres monstres ?

— Et le match de ce soir ? m'a-t-elle demandé.

Je me suis contentée de répondre :

— Désolée, je dois filer.

Je n'ai pas attendu sa réaction pour m'éloigner en hâte. Je n'avais pas de voiture pour quitter le lycée. Je ne connaissais pas le bâtiment assez bien pour savoir où trouver un réduit ou une classe vide. Je ne pouvais pas non plus appeler mamie pour qu'elle vienne me chercher, car il faudrait que je prétende être malade (encore que, serait-ce vraiment faux ?) ; elle y verrait un signe qu'elle avait eu raison — « Tu as bel et bien attrapé une pneumonie ! » — et insisterait pour m'emmener à l'hôpital.

J'ai entendu des pas derrière moi. Un bras musculeux s'est refermé autour de ma taille. J'ai serré les poings, bien décidée à punir le coupable de cet affront. Sauf qu'il s'agissait de Cole et, étrangement, cela m'a enfin apaisée — même s'il était la source principale de ma panique.

Il m'a forcée à obliquer dans un couloir.

— Par ici. Il est temps que nous ayons une petite discussion, toi et moi.

7

Hors de la chrysalide et dans l'abîme

Donc, Cole m'a guidée vers la sortie, et nous avons débouché sur le parking ensoleillé à présent vide d'élèves (et de témoins). Il m'a fait monter dans une Jeep Wrangler marron. Qui pouvait d'ailleurs fort bien être blanche à l'origine, tant elle était maculée de boue et de poussière.

Elle était décapotée et on avait enlevé les portières. L'intérieur était jonché de feuilles mortes et de taches noirâtres. Les sièges arrière avaient été ôtés, créant un vaste espace libre.

Cole a grimpé à l'avant, et je me suis installée sur le siège passager. Un rapide coup d'œil en direction du ciel m'a rassurée : Dieu merci, toujours pas de signe de nuage-lapin.

— Le Dr Wright va…, ai-je commencé.

— Elle ne s'inquiétera pas de notre absence.

Cole m'avait coupée net.

— Comment le sais-tu ? Tu le lui as demandé ?

Silence.

J'ai décidé de prendre ça pour un non.

— Où m'emmènes-tu ?

Aucune réponse n'aurait pu m'effrayer, même s'il m'avait dit « A l'abattoir » — ou pire encore : « Dans un karaoké » (je chante atrocement). Nous allions enfin parler !

Il a allumé la radio, et une chanson de Since October s'est élevée des haut-parleurs tandis qu'il démarrait sur les chapeaux de roue, brûlant tant de gomme que la fumée a envahi l'habitacle. D'accord. Message reçu. Il voulait jouer au jeu du silence. *Prépare-toi à perdre, Cole Holland !*

Le vent me fouettait les cheveux. Je contemplais son profil. On distinguait une légère bosse sur son nez, comme s'il avait été cassé plus d'une fois. La coupure sur sa lèvre avait un peu cicatrisé, et le bleu sur sa joue avait disparu. Menton en avant, il avait une expression si butée que je me sentais désolée pour tous ceux qui un jour avaient voulu s'opposer à lui.

Au bout d'environ dix minutes, alors que nous nous trouvions environnés d'arbres et de collines, il a coupé la musique et m'a lancé un regard de biais.

— Qu'est-ce qu'il y a ?

Voilà. J'avais gagné.

— Je regarde, c'est tout.

Il a secoué la tête.

— Ce garçon. Justin.

Comme il n'ajoutait rien, j'ai répliqué :

— Eh bien quoi ?

— Tu sors avec lui ?

Dingue ! Justin m'avait posé la même question au sujet de Cole. En ajoutant les réactions que j'avais obtenues de la part de Kat, Reeve, Poppy et Wren à propos de mes discussions avec l'un et l'autre, j'ai dû me rendre à l'évidence : au lycée d'Asher, parler à un garçon était encore plus compliqué que, mettons, choisir un orchestre pour un mariage !

— Non. En quoi ça te regarde, de toute façon ?

J'ai perçu la note d'espoir dans ma propre voix et me suis renfrognée. Traduit en langage de mec, je venais de dire quelque chose comme : « Oh s'il te plaît, dis-moi que TU veux sortir avec moi, s'il te plaît s'il te plaît s'il te plaît je t'en supplie. »

Fort heureusement, il a ignoré ma remarque pour me demander :

— Comment es-tu rentrée chez toi hier soir ?

— A pied.

Il m'a lancé un regard assassin.

— Ne refais plus *jamais* ça, tu m'entends ? Ces bois sont dangereux !

Je n'ai pu retenir un gloussement.

— D'abord, tu parles comme mon grand-père. Ensuite, je trouve ça trop mignon que tu veuilles me dicter ma conduite.

Pourquoi m'étais-je donc sentie désolée pour ceux qui le défiaient ? Il avait *besoin* qu'on s'oppose à lui, oui !

— Troisièmement, comment sais-tu que je suis passée par la forêt ? Pour ce que tu en sais, je pourrais habiter juste à côté du lycée.

— Ce n'est pas le cas.

Une confiance absolue émanait de sa réponse.

Je n'ai pu m'empêcher de lui demander :

— C'était toi, dans le jardin hier soir ?

Voilà, c'était dit. Mieux valait affronter la vérité que me faire des nœuds au cerveau avec mes craintes et mes questions.

Il y a eu un petit silence avant qu'il réponde :

— Oui.

Pardon ?

— Pourquoi ?

De nouveau, il a mis la musique à fond. Un instant, j'ai failli la baisser moi-même, mais je me suis rappelé in extremis les bonnes manières que m'avait enseignées ma mère et j'ai gardé les mains sur mes genoux. C'était sa voiture, et il y faisait ce qu'il voulait. Mais en dehors, en revanche…

Un peu plus tard, il s'est garé dans le parking d'un supermarché ouvert vingt-quatre heures sur vingt-quatre. Quelques véhicules y stationnaient déjà, et des gens allaient et venaient pour faire leurs courses. Cole a coupé le contact et la musique s'est éteinte.

Il est resté pensif un moment avec de commencer :

— Je vais te donner mon numéro de téléphone.

Les yeux dans le vague face au pare-brise, il arborait une expression si farouche que je soupçonnais que quiconque tenterait de le distraire en prendrait pour son grade.

— Si jamais tu as besoin qu'on te ramène du lycée, appelle-moi ou envoie-moi un texto, et je m'occuperai de tout.

Pardon ? Le mauvais garçon d'Asher me proposait de me servir de chauffeur, à moi la fille bizarre qui le regardait tout le temps ? Impossible.

— D'accord ? a-t-il insisté. Tu as compris ?

Mais oui, c'était pourtant bien le cas !

— Quelqu'un pouvait me ramener, ai-je expliqué. J'ai seulement décidé de ne pas le lui demander.

Il a braqué sur moi son regard sombre, et un frisson m'a parcourue.

— Vraiment ? C'est tout ce que tu trouves à me dire ?

— Ben oui.

Qu'attendait-il ? « Ooooh comme c'est gentil, tu es le garçon le plus chevaleresque de l'univers et tu me donnes envie de danser parmi les étoiles ? » Hors de question que je tienne ce genre de propos. Même si, visiblement, je les pensais — ce qui a provoqué en moi une bouffée de honte.

— D'accord. Alors, explique-moi pourquoi tu as choisi de ne pas rentrer en voiture ?

— Je voulais marcher, ai-je répondu, soudain un peu mal à l'aise.

C'était la demi-vérité que j'avais déjà servie à mes grands-parents.

— Eh bien, il vaudrait mieux qu'à l'avenir tu ne veuilles plus marcher.

— Sinon quoi ? ai-je demandé sans me démonter.

Je ne cherchais pas à le taquiner : c'était une vraie question.

Son visage a exprimé comme une fureur animale — plutôt sexy, d'ailleurs. Il a grogné :

— T'a-t-on déjà dit que tu es la personne la plus agaçante du monde ? Si ce n'est pas le cas, c'est que les gens que tu as rencontrés jusqu'ici ont été trop polis avec toi.

— Dis donc…

Sans attendre ma réponse, il a débité d'un trait son numéro de téléphone — et je me suis tue le temps de le noter sur mon portable.

— Maintenant, donne-moi ton numéro.

Il m'a fallu un moment pour comprendre. Dans quel monde étrange est-ce que je venais de pénétrer ?

— Mais Cole, moi, je n'ai pas de voiture, et je ne pourrai pas te rendre la pareille si…

— Tu le fais exprès ou quoi ? Donne-moi ton numéro.

J'étais partagé entre un sentiment de joie devant son insistance et un certain agacement. Qui a fini par l'emporter.

— Alors demande gentiment, lui ai-je fait.

Au même moment, un souvenir m'est revenu. C'était un jour passé avec ma mère, où elle avait refusé de me préparer mon gâteau au chocolat préféré.

— *Je te déteste ! Tu ne m'aimes pas !*

— *J'attends juste que tu me le demandes gentiment...*

Une profonde nostalgie m'a envahie.

— Mais je te le demande gentiment, a grincé Cole entre ses dents.

— Comment pourrais-je résister à ça ? ai-je ironisé.

Un instant, j'ai été tentée de lui indiquer un faux numéro, histoire de lui donner une leçon. Mais, du coup, il ne pourrait pas m'appeler... et, oui, je *voulais* qu'il me téléphone — même si j'ignorais totalement de quoi nous pourrions parler.

— J'attends toujours, m'a-t-il fait remarquer.

Je lui ai enfin donné mon numéro.

— Merci, m'a-t-il dit.

Peut-être que je me trompais, mais j'ai cru percevoir comme du soulagement dans sa voix...

Non. Ce devait être une erreur de ma part. A moins que ces beaux yeux violets aient fait baisser mon QI de quelques points ?

— Reste ici, m'a-t-il fait avant de descendre de la voiture.

Il a contourné celle-ci pour... venir m'aider à descendre. Quelle surprise ! Je ne me serais pas attendue à tant de galanterie de sa part.

— Promets-moi que tu ne vas pas te montrer aussi difficile toute la journée, a-t-il ajouté.

— Nous verrons bien, lui ai-je répondu sans ciller.

Sa peau était chaude contre la mienne, sa main calleuse et ferme. C'était tellement agréable que j'en ai frissonné, appuyée à la Jeep.

— Tu as froid ? m'a-t-il demandé, refermant ses bras autour de moi.

— Non. Je veux dire, si. Peut-être. Je ne sais pas.

Allait-il m'embrasser ? Pour de vrai ? Ici et maintenant, sous les yeux de ces inconnus ? Je l'en empêcherais. Non ? Si, je l'en empêcherais — *un peu.*

— Je ne crois pas que tu aies froid, a-t-il repris d'une voix rauque. Je crois plutôt que tu as peur. C'est normal que tu aies peur.

Là, j'ai avalé ma salive avec difficulté.

— Je n'ai pas peur.

— Eh bien, voyons ce que je peux faire pour changer ça, d'accord ? Toi et moi allons nous offrir une petite aventure ensemble. Quand je te donnerai un ordre, tu obéiras. Et je ne te le demanderai pas « poliment », même si tu me fais tes yeux de biche.

J'ai ouvert la bouche pour protester — je n'avais jamais fait mes yeux de biche à qui que ce soit ! Mais il a secoué la tête pour me faire taire.

— C'est pour ta sécurité.

De nouveau, j'ai failli répliquer ; de nouveau, il a secoué la tête.

— C'est comme ça. Si tu n'es pas d'accord, je te ramène au lycée sur-le-champ, et tes questions resteront sans réponse.

Très agacée, je me suis passé la langue sur mes dents. Il était de toute évidence sournois, rusé et manipulateur. Malheureusement, je l'aimais comme ça.

— Et d'après toi, quelles questions est-ce que je me pose ?

— Sans doute les mêmes que moi.

Non. C'était impossible.

— D'accord. Je suivrai tes instructions.

Je ferais tout pour obtenir des réponses. Mais j'ai quand même répliqué :

— Je veux juste que tu saches que, pour chacun de tes ordres, je te collerai un grand coup de poing. Dans ma tête, en tout cas.

— C'est noté, m'a-t-il répondu avec un amusement évident. Mais, s'il te plaît, pas sur le nez. Je suis trop beau comme ça.

A mon tour de masquer mon amusement. Je me suis mordu les lèvres. Comment quelqu'un d'aussi égocentrique pouvait-il être en même temps si charmant ? Mais j'adorais bien Kat, alors…

Je l'ai vu fixer ma bouche. Il s'est penché en avant… si proche que j'ai senti la chaleur de son souffle sur ma peau.

— A quoi penses-tu en cet instant précis ? m'a-t-il soufflé, ses lèvres tout près des miennes.

Ne t'avise pas de le lui dire ! En toute hâte, j'ai cherché une réponse adéquate.

— Est-ce que Mackenzie ne sera pas folle si elle apprend que nous sommes ensemble ? Enfin, quand je dis « ensemble », je ne veux pas dire que… Mais…

Tais-toi, idiote ! Ça suffit.

Il s'est redressé brusquement, brisant l'enchantement.

— Il n'y a pas de raison. Nous avons rompu, elle et moi.

Puis, sans me laisser le temps de répondre :

— Allons-y. Il est temps de partir pour notre petite aventure. Je veux te montrer quelque chose.

Derrière le supermarché se dressait une forêt. J'ai reconnu tout au bout une colline caractéristique : en la descendant, on arrivait dans le jardin de mes grands-parents. J'ai froncé les sourcils, perplexe. Si tel était le cas, pourquoi le trajet en voiture avait-il pris si longtemps ? J'ai repassé mentalement en revue le chemin que nous avions pris, et, effectivement, je me suis rendu compte que Cole avait emprunté plusieurs détours inutiles. Il n'avait aucune raison de faire cela — à moins d'être aussi paranoïaque que moi et de croire que nous étions *suivis*.

— Tu veux me raccompagner chez moi à pied ? ai-je demandé, incertaine.

D'une courbette pleine de galanterie, il m'a invitée à le suivre.

— Oui et non. Maintenant, plus un mot jusqu'à ce que je te dise que tu peux parler. Ça me distrairait, et je dois surveiller que nous ne marchions pas sur des pièges.

Malgré toute sa courtoisie, cela ne constituait pas une réponse. *Minute.*

— Tu as dit « des pièges » ?

— Tu me distrais ! a-t-il chantonné, moqueur.

— Et toi, tu m'agaces, ai-je répliqué sur le même ton.

Néanmoins, je me suis mordu la langue et me suis tenue coite pendant que nous nous frayions un chemin à travers la forêt, entre les racines des grands arbres et les rochers, en direction de la colline. Parvenus au sommet de celle-ci, nous avons entamé la descente vers la maison de mes grands-parents.

Le temps d'atteindre la clôture du jardin, mes cuisses étaient en feu et mon cœur battait la chamade. Note à l'attention de moi-même : reprendre l'exercice *aujourd'hui* ! Petite consolation, l'air que j'avais tant de mal à respirer normalement fleurait bon la sève de pin et les fleurs sauvages. L'odeur nauséabonde qui m'avait assaillie la dernière fois que j'étais sortie avait disparu.

— Tu vois ces traces ? m'a-t-il demandé en désignant le sol.

Un frisson m'a parcourue quand j'ai aperçu devant moi ces mêmes marques que j'avais remarquées deux nuits plus tôt. Je distinguais même les empreintes de mes chaussures de tennis… mais pas celles des chaussons d'Emma.

— Oui, je les vois.

Les yeux mi-clos, il m'a lancé :

— Et sais-tu qui les a laissées ? A l'exception des tiennes, bien entendu.

— Non.

Ou alors si ? Je me suis passé la langue sur les lèvres.

— Toi, tu le sais ? Et d'abord, comment sais-tu que je suis venue ?

— Fais-moi un peu confiance, veux-tu ? Tu chausses un petit 39, et tes semelles ont un motif en zigzag caractéristique.

Un adolescent normal n'aurait pas remarqué ça. Comment en était-il capable, et pourquoi ?

Cole a croisé les bras sur sa poitrine.

— Donc, tu n'as rien vu par ici ?

— En dehors de toi ? ai-je demandé.

Je tentais de deviner où il voulait en venir.

— Oui, en dehors de moi.

Je ne pouvais pas le lui avouer. Non, impossible.

— Je veux d'abord que tu répondes à une question. Est-ce que tu sais, toi, de qui proviennent ces empreintes ?

Il n'a pas hésité une seconde.

— Oui.

Je me suis approchée de lui

— Qu'est-ce que c'est, alors ?

— A toi de me le dire.

J'ai dû camper fermement mes pieds dans le sol pour ne pas le saisir au collet et le secouer pour qu'il parle.

— Je n'ai jamais dit que je le savais.

— Tu as pâli. C'est *déjà* une réponse.

— Je… je…

— Mais il faut que tu dises les mots.

J'ai secoué la tête avec entêtement.

— Non. Pas question.

Cole m'a lancé un regard menaçant.

— Tu ne m'aides pas, Ali. Je ne devrais pas te parler de ça. Et il m'est absolument impossible de mentionner le mot précis. C'est à *toi* de me le dire.

Bon sang ! Sous-entendait-il ce que je croyais — que lui aussi voyait des monstres, mais qu'il ne l'admettrait que si je le disais d'abord ? Mais si j'obtempérais et que je me trompais, de quoi aurais-je l'air ?

— Essayons d'une autre façon, a-t-il suggéré. Ton père est mort, n'est-ce pas ? Il a été tué cet été.

J'ai pivoté d'un seul bloc pour lui tourner le dos.

— Je ne veux pas parler de cela non plus.

Je supposais qu'il avait fait une recherche sur internet à mon sujet, comme moi.

— Il est mort dans un accident de voiture, la nuit, près d'un cimetière, a-t-il insisté. Tu étais avec lui. As-tu remarqué quelque chose d'étrange ?

— Je n'en parlerai pas, ai-je répété en m'éloignant.

Dans le cas contraire, j'allais me mettre à pleurer devant lui, ce que je refusais absolument.

Mais soudain j'ai poussé un cri : mon pied venait de s'envoler ! Une étreinte inexorable s'était enroulée autour de ma cheville et me soulevait de plus en plus haut ; je me retrouvais pendue par les pieds à une branche. Le sang m'est monté à la tête, et j'ai été prise d'un vertige.

— Mais c'est quoi ce délire ?

Je me suis mise à me balancer d'avant en arrière pour me redresser de mon mieux — en vain. Une corde était enroulée autour de ma cheville, une corde peinte pour ressembler à de l'écorce.

Quelqu'un avait disposé des pièges dans la forêt derrière mon jardin. Cole ne m'avait-il pas prévenue ?

Il m'a rejointe et s'est accroupi devant moi pour que nos yeux soient au même niveau. Je le regardais à l'envers.

— Libère-moi ! me suis-je écriée.

Il a eu un sourire narquois.

— Toi et tes ordres ! Il faut que tu demandes gentiment.

Comment osait-il se venger aussi bassement ?

— S'il te plaît… veux-tu bien me libérer ?

Ma voix était tout miel, mais j'ai un peu gâché son effet en essayant de lui décocher une bourrade.

Avec un grand rire qui m'a surprise, il a esquivé mon coup et a reculé pour se mettre à distance.

— Eh bien ! Ton agressivité est inutile. Je serais heureux de t'aider. Après, a-t-il ajouté.

— « Après » ? Après quoi ? Fais-le immédiatement !

— Après que nous aurons fini de parler.

Oh vraiment ? Je me suis arquée en arrière, puis me suis pliée en deux. En répétant cet enchaînement à plusieurs reprises, je suis parvenue à obtenir un élan satisfaisant. Cole me regardait, surpris. Bien campé sur ses jambes, il constituait une cible de choix.

— Mais que fais... Aïe !

Il s'est effondré au sol, souffle coupé.

Je venais de lui administrer un bon coup de tête dans le ventre. Ravie de moi-même, j'ai lancé :

— Et si on disait plutôt « maintenant » ?

Quand il a cessé d'ahaner comme un vieillard sous oxygène, il s'est relevé pour venir se placer devant moi, ce qui mettait ma tête juste en face de son nombril. Malin. Pour m'immobiliser, il a posé les mains sur ma taille. Sur ma taille *nue*, ai-je soudain réalisé, paniquée. Mon T-shirt s'était soulevé et découvrait mon soutien-gorge.

— Saleté de gravité !

En hâte, j'ai saisi les bords et tenté de les remettre en place.

— Doucement ! Tu as failli blesser la partie préférée de mon corps. Et j'aime beaucoup mon... ventre.

Il a repoussé mes mains, et mon T-shirt est retombé, découvrant une nouvelle fois le bas de mon soutien-gorge.

— Laisse-moi faire.

Il a fait rentrer le tissu sous la ceinture de mon jean.

— Ça va mieux ?

— Oui, ai-je ronchonné. Et maintenant, fais-moi descendre. Qui a pu poser ce genre de piège, de toute façon ?

— Quelqu'un comme moi, a-t-il répondu simplement.

— C'est *toi* qui as fait ça ?

— C'est ce que je viens d'avouer, non ?

— Mais pourquoi ?

— A toi de me le dire.

Il n'allait pas recommencer avec ça !

— Cole. S'il te plaît. Pour une fois, ne te comporte pas comme le délinquant que tu es, et fais-moi descendre.

Il a eu un soupir impatient.

— Ali peut être méchante. C'est bon à savoir. Et je te l'ai

déjà dit : je te laisserai descendre quand nous aurons fini notre petite discussion. Alors, allons-y. Ton père te parlait-il de choses étranges ?

La crainte a resserré son étau dans ma poitrine.

— Quel genre de choses ?

— A toi de me le dire !

Quelle tête de mule !

— Je ne te connais pas, ai-je rétorqué. Je ne te fais pas confiance. Donc, je refuse de parler de ça avec toi.

De nouveau, un soupir lui a échappé.

— La solution est simple. Nous allons prendre le temps d'apprendre à nous connaître. Est-ce que tu vas au match ? A la fête de Reeve ?

Etrangement, je n'avais pas à réfléchir pour répondre à ça.

— Pas au match, mais je pense sérieusement à faire une apparition à la fête.

— D'accord, laisse-moi reformuler. Tu vas à la fête ; mais y vas-tu seule ou accompagnée ?

— Seule.

Minute. J'y allais avec Kat, non ?

— Parfait. Je te retrouverai là-bas.

Mes yeux se sont écarquillés, au point que j'ai craint un instant, vu ma position, qu'ils en tombent. Il était en train de… me proposer un rendez-vous ?

— Non, a-t-il fait en secouant la tête. Je ne te demande pas de sortir avec moi. Tu ne racontes pas tes histoires aux gens en qui tu n'as pas confiance, et je ne sors pas avec des filles que je ne connais pas.

Oh ! parfait. Sans même m'en rendre compte, et sans le vouloir, j'avais donc formulé ma question à haute voix.

— Nous sommes sur la même longueur d'onde, alors, ai-je dit en tentant de reprendre contenance. Mais, juste pour être claire, tu envisages donc que nous passions un moment ensemble pour parler d'autre chose que d'empreintes et de trucs bizarres ?

Sous le regard de tous les autres élèves, ai-je pensé avec amertume.

— Oui. Ça te pose problème ?

Plutôt, effectivement. Néanmoins, j'ai répondu :

— D'accord. Si tu insistes… Mais c'est uniquement parce

que tu penses que nous devons continuer cette conversation. Par exemple, mettons, un jour où tu te sentiras plus coopératif. Bon, et maintenant tu me détaches ? Je vais finir par être malade.

— Tu mens. Mais si tu réponds à une question de plus, je le ferai.

Saleté de corde qui me forçait la main !

— Demande toujours.

— Est-ce que quelque chose d'inhabituel t'arrive tous les matins, la première fois que tu me regardes ? Quelque chose qui n'arrive que pendant ce premier regard ?

Il ne pouvait pas savoir. Il ne pouvait pas… à moins que lui aussi ne connaisse des visions semblables aux miennes. Il l'avait sous-entendu un peu plus tôt, mais je m'étais dit qu'il parlait d'autre chose. *Faites qu'il parle bien des visions !*

— P… pourquoi me demandes-tu ça ?

— Réponds, a-t-il insisté.

— Oui.

Je ne pouvais faire autrement qu'avouer.

— Et… et toi ?

Il fallait vraiment que je me reprenne : ce bégaiement devenait humiliant !

— Oui, aussi.

Donc, il avouait à son tour. Je n'aurais jamais cru que nous en arriverions là.

— Que vois-tu ? lui ai-je demandé, avide de l'apprendre.

— Je te le dirai, mais pas ici, et pas maintenant. Après les cours, nous nous écrirons. Ainsi, aucun de nous deux ne pourra prétendre que l'autre ment. Et si tu me fais passer un papier avec rien dessus, tu me le paieras.

— J'ai trop peur ! ai-je rétorqué avec une frayeur feinte.

En réalité, je *feignais* de feindre la terreur : Cole était réellement effrayant.

— Mais j'en ai autant à ton service.

— Bon.

Voilà qui était réglé…

— Ainsi, nous retournons au lycée ? Tu vas me libérer ?

— Je te l'ai promis, n'est-ce pas ?

Il s'est penché pour sortir une petite… mon Dieu ! Il allait m'assassiner ! Une arbalète miniature venait de fleurir dans sa main.

Son bras s'est tendu, et il a pointé son arme sur l'extrémité de la corde ; son doigt a appuyé sur la détente. J'ai hurlé de toutes mes forces… et je suis tombée comme une masse lorsque le carreau a tranché la corde au lieu de s'enfoncer dans mon pied comme je le croyais.

J'ai battu des bras, à la recherche d'un appui pour ne pas m'écraser au sol ; mais Cole m'a rattrapée en plein vol. Il m'a redressée comme si je ne pesais pas plus qu'un sac de plumes. Je suis restée un long moment appuyée contre lui, à vaciller avant de recouvrer complètement mon équilibre. Mais, même alors, je ne me suis pas éloignée, préférant rester entre ses bras. Il me tenait si fort…

— Pourquoi es-tu armé ? lui ai-je demandé.

De toute évidence, il portait cette arme sur lui au lycée, et parvenait à lui faire franchir les portiques de sécurité.

— A toi de me le dire.

Je n'en pouvais plus !

— Laisse tomber.

C'était décidé : je ne supportais plus de l'entendre répéter ces mots.

— Ça n'a pas d'importance pour l'instant, a-t-il ajouté.

Ses mains se sont faites plus pressantes sur ma taille.

— Ai-je besoin de préciser que cette conversation reste strictement entre nous ? Et qu'elle n'arrive même pas aux oreilles de Kat.

A vrai dire, un peu plus tôt, j'avais pris la décision de parler des visions à Kat. Mais mes dernières expériences m'avaient ouvert les yeux. Ce n'était pas une si bonne idée, en fin de compte. Ni maintenant ni jamais. Même pour lui raconter les derniers détails de mes aventures avec Cole. C'était étrange, d'ailleurs, de parler de *détails* pour qualifier mes visions ; mais, comparé à ce que je vivais, bien des choses semblaient sans véritable importance.

— Ça, je l'avais déjà compris, lui ai-je répondu.

— Parfait. Ça ira comme ça pour le moment.

8

Le début de la terrible fin

Lorsque enfin je suis rentrée chez moi après les cours, j'avais les nerfs en compote. Cole m'avait ramenée au lycée, comme promis, mais j'étais sur-le-champ tombée sur Mme Meyers, qui m'avait demandé pourquoi j'avais raté son cours. Je n'avais rien trouvé d'autre à lui répondre que :

— J'ai eu, euh… un problème.

— Quelle belle excuse ! Cela fait plaisir de voir que tu es aussi créative. Je te félicite.

Sur ce, elle m'avait plantée là.

Cerise sur le gâteau (un gâteau infesté à l'*E. coli*, à vrai dire), Cole m'avait ignorée tout au long du déjeuner.

Pourquoi ? Tu pensais qu'il allait se traîner à tes pieds ?

Eh bien, oui, un peu. Il m'avait quasi enlevée, ligotée comme un gigot, avait fait des allusions à des secrets, promis de me révéler ce qui lui arrivait tous les matins quand nous nous rencontrions ; il m'avait proposé un non-rendez-vous, et tout ça pour me laisser en plan au réfectoire ? Bonjour le paradoxe. Mais bon, tant pis. Je n'avais pas besoin de lui. Je m'étais très bien débrouillée sans lui jusqu'ici, et je pouvais continuer.

Sauf qu'il m'avait attendue à la fin des cours.

Il m'avait tendu un mot, et j'avais fait de même. Nous n'avions pas échangé une seule parole. Pendant cet échange, il était resté parfaitement impassible… tandis que de mon côté, je tremblais comme si j'étais victime d'un syndrome de Parkinson précoce.

Parvenue chez moi, j'ai donc couru jusque dans ma chambre, j'ai fermé la porte à clé et me suis jetée sur le lit. J'ai saisi dans ma poche la petite feuille de papier pliée. Dieu sait comment j'avais réussi à résister à la tentation de la lire dans le bus ; la crainte d'yeux indiscrets m'avait toutefois aidée.

Les yeux indiscrets de Justin en particulier. Nous étions assis côte à côte une nouvelle fois. Nous avions discuté et, à vrai dire, il m'avait mise en garde plusieurs fois contre Cole.

« Ce n'est pas quelqu'un de bien.

» Il te brisera le cœur. Et peut-être même plus.

» Si tout le monde a peur de lui, c'est qu'il y a une raison. Il a envoyé une bonne centaine de personnes aux urgences ! »

Existait-il quelqu'un au lycée d'Asher qui n'exagère pas quand il racontait des histoires ?

Mais, lorsque Justin avait compris que je refusais de parler de Cole, il m'avait à ma grande surprise demandé de l'accompagner à la fête de Reeve. J'avais failli décliner. C'est vrai : une fois là-bas, j'avais la ferme intention de trouver Cole pour discuter enfin avec lui. Mais ce dernier avait insisté sur le fait qu'il ne s'agirait pas d'un rendez-vous au sens romantique du terme. De plus, je n'étais pas certaine de trouver quelqu'un qui me conduise à la fête : Kat serait peut-être encore malade…

Justin avait dû sentir mon hésitation, car il avait ajouté :

— Allons-y en copains. Ce sera drôle.

Pour finir, j'avais accepté.

A présent, je dépliais la feuille que Cole m'avait donnée. Malgré mes menaces du matin, je craignais quand même un peu qu'elle se révèle blanche. Mais non : elle portait bien quelques mots. Je n'ai pu les déchiffrer immédiatement, tant mon appréhension était forte. J'ai préféré fermer les yeux et prendre une profonde inspiration, que j'ai gardée un instant dans ma poitrine… Quelle que soit sa réponse, je ne paniquerais pas… J'ai exhalé. *Je resterais calme.* Lentement, j'ai ouvert les yeux.

Sur la feuille, on lisait :

« On fait des trucs. On s'embrasse. On se bat. »

Dieu merci ! La note à la main, je me suis effondrée sur le matelas, libérée d'un poids terrible. Cole avait les mêmes visions que moi, ce qui signifiait que, dans un domaine au moins de ma vie, je n'étais pas complètement folle.

Mais mon soulagement n'a duré qu'un instant, et très vite de nouvelles questions sont venues le remplacer. *Pourquoi* avait-il imaginé que nous nous embrassions ? *Pourquoi* nous voyait-il luttant contre des monstres ?

Et surtout : comment tout cela était-il possible ?

Existait-il entre nous une étrange connexion télépathique ? Ou bien nos visions nous révélaient-elles l'avenir ? Tout cela existait-il seulement ? Je n'avais jamais rien connu de…

Minute. Le nuage-lapin annonciateur de mort.

J'ai sauté de mon lit pour m'asseoir devant mon ordinateur. Pendant quelques minutes — hum, deux heures, donc — j'ai fait une recherche sur les nuages. J'ai tout appris : sur leur coloration, leurs effets sur le climat, le phénomène d'éclaircissement global et les bactéries de la pluie… mais pas grand-chose d'autre. *Zut*.

Soudain, on a frappé à ma porte.

— Ali ? a dit mamie.

— Oui.

J'ai refermé le portable. S'il prenait à ma grand-mère l'envie de jeter un coup d'œil à ma chambre, je n'avais pas envie de devoir lui expliquer l'objet de ma recherche.

— Tu as de la visite.

De qui pouvait-il s'agir ? J'ai traversé ma chambre et ouvert la porte ; immédiatement, Kat est entrée en trombe, un sourire radieux aux lèvres.

— Tu peux dire que c'est ton jour de chance, puisque me voilà !

Mais, malgré son sourire et ses vantardises, j'ai remarqué sa fatigue, son teint pâle et les cernes brunes sous ses yeux.

Elle portait un T-shirt à manches longues et un jean très ordinaire, bien différent de ses tenues habituelles. Pourquoi les filles du lycée s'habillaient-elles comme en hiver alors que nous étions encore en été ? Elle devait crever de chaud. A moins qu'elle ait de la fièvre…

— Tout va bien pour toi ? lui ai-je demandé en la prenant dans mes bras.

Sa peau, néanmoins, restait fraîche.

— On m'a dit que tu étais malade.

— Malade, moi ? Jamais ! J'avais simplement besoin d'une « pause p'tite Kat ».

Puis, se tournant vers ma grand-mère :

— Enchantée de vous rencontrer, madame Bradley. Vous avez une très belle maison.

Elle était si polie !

Tout cela était décidément *très* bizarre…

— Enchantée moi aussi, a répondu mamie, rayonnante. Et merci pour le compliment. Amusez-vous bien, les filles.

— D'accord, ai-je répondu.

Avant de refermer la porte, ma grand-mère m'a fait un signe d'approbation, pouce en l'air : elle était ravie que je me sois enfin trouvé une amie.

Je me suis tournée vers Kat.

— Tes parents te laissent sécher les cours quand tu en as envie ? ai-je demandé, envieuse.

— Eh oui. Mon père — ma mère aussi, d'ailleurs — dit que les ados ont parfois besoin d'un peu de repos.

Ma mère aurait dit à la sienne, d'ado, d'arrêter immédiatement ce genre de beau discours ; pour elle, on ne se fatiguait jamais d'apprendre.

— Tu es sûre que tu vas bien ? Parce que je…

— Pas question qu'on sorte les violons et qu'on se lance dans l'apitoyage à outrance.

— On dit « apitoiement », non ?

— Les autres disent ça. Moi, j'ai la classe, je dis ce que je veux.

Je n'ai pu m'empêcher de rire. J'adorais la désinvolture de mon amie — parce que, oui, Kat était devenue une amie véritable.

— Eh oui, c'est moi tout craché, a-t-elle continué avec une pirouette. Bon, tu ne me demandes pas comment j'ai fait pour te trouver alors que tu ne m'as jamais donné ton adresse ? Tu n'es pas un tout petit peu curieuse ?

— A vrai dire, si. Alors : *comment as-tu fait ?*

Elle a battu des mains comme une magicienne au milieu d'un tour.

— Frosty n'a pas arrêté de me passer des textos. Je lui ai dit de se rendre utile et de me trouver ton adresse. J'aurais pu t'envoyer un SMS directement pour te poser la question, mais la rumeur prétend que tu as passé la matinée avec Cole Holland, et je ne voulais pas interrompre ta petite escapade. Au fait, je veux que tu me racontes absolument *tout* dès que j'aurai fini de parler. Donc, Cole connaît ton adresse, le petit coquin, ce qui fait que Frosty la connaît aussi, et abracadabra, me voilà, dans toute ma splendeur !

Son récit terminé, elle a écarté les bras pour saluer un public imaginaire.

— Attends un peu… Tu es en train de me dire que tu sors de nouveau avec Frosty ?

Parce que ces échanges de SMS, c'était bien bizarre…

— Non. Si. Oh ! je n'en sais rien.

Elle s'est jetée sur mon lit, où elle a rebondi quelques instants.

— Je veux dire, pour moi, c'est simple : si un garçon te quitte, il ne peut te revenir qu'à genoux. Frosty ne m'a pas encore assez suppliée.

Un instant, je suis restée pensive.

— Et si Cole disait la vérité ? Si Frosty ne t'avait pas trompée ?

Les garçons étaient des durs, d'accord, mais je ne les voyais pas en train de mentir au sujet de… de mentir en général, en fait. De quoi auraient-ils eu peur ? Des conséquences ? Je les imaginais bien mieux, l'un comme l'autre, lançant d'un air crâne : « C'est vrai, je l'ai fait. Et alors ? Tu comptes réagir comment ? »

— Allons donc. Une petite leçon de vie, Ali — pour toi, c'est gratuit : les garçons se couvrent toujours les uns les autres. Ils mentent systématiquement.

Sur ce, elle a arrangé les oreillers pour trouver une position confortable avant de me lancer :

— A toi, maintenant. Crache le morceau : raconte-moi tout ce qui s'est passé aujourd'hui.

Faisant les cent pas devant le lit, je lui ai donc raconté que Cole m'avait emmenée en promenade dans sa voiture, qu'il m'avait invitée convoquée à un non-rendez-vous à la fête de Reeve… et que j'avais accepté. Tout le temps que je parlais, Kat m'écoutait, aussi captivée que si j'annonçais la fin du monde et que je lui exposais la seule façon de s'en tirer. Mais j'ai pris soin de ne pas mentionner la forêt, les pièges ou les visions… Comme l'avait dit Cole, cela ne concernait que nous deux.

— Il ne va jamais aux fêtes, et surtout pas avec des filles avec qui il ne sort pas, a commenté Kat, ébahie. Je crois que tu lui as vraiment tapé dans l'œil.

— C'est vrai ?

Je n'avais pas pu retenir un élan d'enthousiasme. Pour le coup, je devais avoir l'air vraiment ridicule… Tant pis.

— Mais ça n'a pas d'importance, parce que j'y vais avec Justin Silverstone. En copains.

Elle a esquissé un sourire.

— Justin… tu veux dire le Justin qui t'a parlé à la cafétéria ?

— Lui-même.

— Et quand avez-vous trouvé le temps de manigancer tout ça ?

— Nous n'avons rien manigancé du tout. Nous prenons le même bus. Nous avons discuté, tout simplement.

— Oh ! trésor, je ne peux pas attendre ! Ça va être *grandiose* ! Et, même si tu ne sais pas pourquoi et que je ne vais pas te le dire parce que ça gâcherait tout, tu viens de faire de moi la femme la plus heureuse du monde — et maintenant je vais faire de toi la *deuxième* femme la plus heureuse du monde : je t'emmène espionner Cole.

Elle se frottait les mains, radieuse.

— Deuxième leçon de vie, Ali : espionner est la meilleure façon de connaître la vérité. La seule, d'ailleurs.

Je m'étais apprêtée à lui poser des questions à propos de Justin quand mon attention s'était arrêtée sur deux mots : « Cole » et « espionner ». Impossible. Carrément impossible. Il nous repérerait, à coup sûr.

— Je te parie que nous réussirons même à le voir torse nu, a-t-elle ajouté, très fière d'elle.

— J'en suis ! ai-je répondu à ma propre surprise.

— Génial ! Parce qu'on y va dès ce soir.

Dans le noir ? J'ai retenu un glapissement effrayé.

— D… d'accord.

— Tu as l'air trop enthousiaste ! a-t-elle remarqué sèchement.

Tant de choses pouvaient mal se passer. Et, si j'apercevais les monstres devant témoins, quelle serait ma réaction ? Sans compter la petite arbalète que Cole portait dans un holster de cheville. Je n'étais pas certaine que le surprendre soit une bonne idée…

— Tu ne veux pas y réfléchir à deux fois ? J'ai l'impression que…

Elle a sauté sur ses pieds et m'a prise par la main.

— Pas d'atermoyage, je te l'ai déjà dit. Et tu me remercieras de t'avoir emmenée, je te le promets.

— Mais…

— Tralala, lala, je ne t'entends pas ! s'est-elle exclamée, les mains plaquées sur les oreilles.

En cet instant, elle ressemblait tant à Emma qu'un rire douloureux m'est monté à la gorge.

— Bravo, ma fille, a dit Kat tout en m'entraînant hors de la pièce. Et, maintenant, admire un peu la magicienne.

C'est ainsi qu'après le dîner je me suis retrouvée sur le siège avant de sa Ford Mustang rose fuchsia, lancée à toute allure sur l'autoroute. Elle avait réussi à convaincre papi et mamie de me laisser passer la nuit avec elle. Ce serait ma première soirée pyjama.

Mon menton s'est mis à trembler et j'ai dû avaler ma salive à plusieurs reprises pour contenir les larmes qui me montaient aux yeux. Combien de fois Emma avait-elle rêvé à haute voix de participer à une soirée pyjama ?

— Tu es nerveuse ? m'a demandé Kat.

— Un tout petit peu.

Enormément aurait été un terme plus approprié. Néanmoins, par bonheur, toujours aucun signe du nuage-lapin.

— Pourquoi ?

Parce que je ne m'étais pas trouvée dans une voiture de nuit depuis l'accident, et que je ne pouvais m'empêcher de m'accrocher à mon siège, le cœur au bord des lèvres.

— C'est les voitures, me suis-je contentée de répondre.

— Ah, d'accord. Mais ne t'inquiète pas, alors : je suis la meilleure conductrice du monde. Je te le jure sur la tête de qui tu veux : je n'ai eu que trois accidents, dont seulement deux étaient de ma faute.

Rassurant !

— Cole en a eu un bon million, a-t-elle ajouté, et pourtant tu es montée avec lui, non ?

— Si.

Mais je m'étais sentie en sécurité, protégée. Ce qui n'était plus vraiment le cas présent…

Il faisait encore jour ; toutefois, le soleil descendait rapidement sur l'horizon et la lumière diminuait. Mais tout irait bien. C'était en tout cas les mots que je me répétais dans ma tête comme un mantra. Peu à peu, je suis parvenue à me détendre.

— Où allons-nous ? ai-je demandé. Au match ?

— Sûrement pas. Cole n'y va jamais.

— Où, alors ?

— J'ai remarqué deux ou trois choses sur les garçons à l'époque où je sortais avec Frosty. Toutes les deux semaines environ, ils disparaissent tous ensemble. On ne peut pas les joindre. Quoi qu'ils fassent, je sais que c'est aussi violent que secret.

A ces mots, sa voix avait pris un accent railleur.

— C'est ce qui est arrivé il y a deux jours. Ils ont dû passer la nuit dernière à panser leurs blessures, et ce soir ils s'apprêtent à fêter... ce qu'ils fêtent deux jours après leur disparition habituelle, quand ils sont remis. Ils font ça au Hearts, un club super-sélect.

Je me suis raidie sur mon siège. *Toutes les deux semaines.* C'était la même périodicité que les apparitions des monstres. Il pouvait s'agir d'une coïncidence, mais... ce matin, Cole avait tenté de me dire quelque chose au sujet des empreintes et des pièges. J'avais remarqué ses blessures le lendemain de la nuit où j'avais aperçu la Fiancée de Frankenstein... Et nous avions eu la même vision où nous nous battions ensemble contre des monstres.

Lui aussi il devait voir ces monstres dans la vraie vie. Pas d'autre explication.

— Quand les garçons disparaissent, ai-je demandé en retenant mon excitation, sais-tu où ils vont ?

— Non, mais comme je te l'ai dit, le lendemain, ils sont dans un sale état. Certains manquent même les cours pendant un ou deux jours. Je trouve ça plutôt étrange, d'ailleurs, mais le Dr Wright ne leur fait jamais de remarques là-dessus, alors je ne dis rien non plus...

Ce temps de convalescence constituait une nouvelle preuve : ils récoltaient des blessures *réelles* en se battant contre des créatures *réelles*. Cole et ses amis partaient-ils donc en expédition pour chasser ces monstres ?

Dans ce cas... cela voulait dire que ces créatures existaient bel et bien. Ce qui signifiait que mon père avait eu toute sa raison, et que tout ce qu'il avait raconté était vrai, tandis que j'avais toujours raillé sa paranoïa...

— J'espère que tu es tout excitée, parce que je te préviens : le Hearts est un endroit génial ! a repris Kat. Normalement, c'est interdit aux mineurs, mais Cole et sa bande sont acceptés. Sans doute à cause de leur physique de durs… Quoi qu'il en soit, Frosty m'a fait inscrire sur la liste. En fait, il espère secrètement que je l'espionne, comme ce soir ; du coup, je suis certaine qu'il n'aura pas fait rayer mon nom.

Espionner ? Hors de question. Je voulais parler à Cole. Je voulais lui poser des questions au sujet des monstres et des visions, et guetter ses réactions. Il ne me parlerait pas de but en blanc (d'ailleurs, je n'oserais pas lui poser la question directement), mais il se trahirait peut-être. A moins que je parvienne à lui faire baisser la garde en flirtant à outrance ? J'ai jeté un coup d'œil à mes vêtements — jean et T-shirt. Bof. J'avais bien vu, aujourd'hui, que cette tenue ne le pousserait pas à révéler le moindre secret.

— Euh, Kat…

— Ne t'inquiète pas, m'a-t-elle répondu avec un éclat de rire.

Visiblement, elle avait très bien capté ce qui me posait problème.

— Nous allons faire un arrêt au stand. Et, quand nous arriverons au club, nous serons de vraies bombes.

Des bombes n'était pas le terme le plus approprié. Kat nous a conduites chez Reeve, et quand celle-ci en a terminé avec nous, nous étions un véritable arsenal nucléaire et les alarmes devaient fuser dans tous les états-majors de la planète.

Apparemment, Reeve avait fait un stage de relooking l'été précédent. Apparemment aussi, question argent, elle était blindée.

Elle vivait dans un véritable manoir, immense, avec des colonnes de marbre, des plafonds en voûte, des chandeliers de cristal portant de vraies bougies allumées, des escaliers en spirale, des tapis épais aux dessins élaborés. Dehors se trouvait une piscine aussi vaste qu'un terrain de football. Et il y avait même toute une aile de bâtiment réservée aux serviteurs.

Oui. *Aux serviteurs.*

Reeve avait choisi des vêtements terriblement moulants et des talons aiguilles radicaux. Ma « tenue », ou plutôt mon déguisement, consistait en un corsage bleu glacier, une microjupe à volants bleu foncé sur des leggins déchirés, accompagnés par des bottes noires qui remontaient jusqu'aux genoux.

Avec mon teint pâle, je n'avais jamais osé me maquiller, mais Reeve savait exactement quelles couleurs appliquer pour mettre mes yeux en valeur, faire ressortir mes joues et transformer mes lèvres en « deux petits bonbons à la cerise que tous les mecs voudront dévorer », pour reprendre ses termes.

Kat portait un haut à manches longues avec un col en V ouvert jusqu'au nombril, ce qui l'a « obligée » à abandonner son soutien-gorge. Au moins avait-elle eu le droit, la veinarde, de couvrir ses jambes avec un jean moulant. Et, plutôt que de lui proposer des bijoux classiques, Reeve lui avait prêté un médaillon de garçon qui tressautait plaisamment sur sa poitrine.

Quant à Reeve elle-même, elle arborait une robe à pois noir et blanc qui mettait ses hanches en valeur et se terminait aux genoux. Elle me faisait penser à une ménagère des années soixante-dix — en version hyper-sexy.

Wren et Poppy ont fait leur apparition au cours de ma propre transformation.

— Je n'arrive pas à croire qu'on rate le match pour ça, a dit Poppy, magnifique dans son débardeur, son short en jean et ses bottes de cow-boy.

— On va contenir nos amis plutôt que notre équipe, c'est normal, non ? a rétorqué Wren. Enfin, tant qu'on ne va pas dans ce club pour permettre à Ali de s'acoquiner avec Cole et sa bande de cas sociaux.

Solennelle, Kat a levé la main, paume en l'air.

— Juré.

— Des cas sociaux ? D'accord, ils sont plutôt nuls, mais ce n'est pas la peine d'être méchante, Wren, a remarqué Poppy sans cesser de s'étudier dans le miroir.

— Je ne suis pas méchante ! a protesté l'accusée en tapant du pied.

— Bien sûr que si. Depuis que ce type, au café, m'a draguée sans t'adresser un seul regard, tu fais la tête.

— Tu plaisantes ? C'est *moi* qu'il a draguée !

— Absolument pas.

— Si !

Elles ont continué à se disputer ainsi un long moment, jusqu'à ce que nous rejoignions la voiture de Reeve. La nuit était tombée à présent, plongeant la maison et l'allée dans l'obscurité. Les quelques ampoules sous le porche offraient des havres rassurants, où je cherchais la force d'avancer. Mais la peur ne prendrait pas le dessus cette nuit. Je l'en empêcherais. Ma mission était bien trop capitale.

En route, j'ai cru apercevoir dans le ciel un nuage en forme de lapin. Convaincue que nous allions avoir un accident, j'ai demandé à Reeve de ralentir. Mais j'avais dû me tromper, car nous avons finalement atteint le club saines et sauves.

Kat a donné son nom aux deux monstrueux videurs, des types si énormes qu'en temps normal j'aurais fui en hurlant de terreur, et ils nous ont fait signe d'entrer, passant ainsi devant la file d'attente d'une centaine de personnes qui se pressaient devant les portes. Une fois à l'intérieur, un flot de musique bruyante a subitement assailli nos oreilles.

— C'est pas génial ? a demandé Kat en hurlant pour se faire entendre.

« Génial » n'était pas le mot. Bien entendu, j'avais déjà vu ce genre d'endroits — à la télé, dans les livres, ou dans les sermons que me débitait ma mère. Dans la réalité, c'était à la fois excitant et un peu effrayant. Je me répétais encore et encore que *tout cela était bel et bien en train d'arriver sous mes yeux.*

Sur la piste, danseurs et danseuses évoluaient avec la grâce d'acrobates professionnels. Au bar, des hommes buvaient leur champagne directement sur des corps de femmes. Dans les recoins, des couples s'embrassaient goulûment. Une odeur de transpiration et de parfum flottait dans l'air, mêlée d'effluves que je n'ai pas reconnus.

Le bâtiment s'élevait sur deux niveaux. Au rez-de-chaussée se trouvaient le bar et la piste ; l'étage, ouvert en mezzanine, devait être réservé aux VIP. Une rambarde de fer courait autour d'un balcon depuis lequel on pouvait regarder directement dans la salle. Je suis parvenue à distinguer, là-haut, des canapés et des fauteuils de cuir, des tables en fer forgé et…

Cole.

Dieu merci, il était là. Assis sur un divan, face à la salle, Frosty à son côté. Il parlait à quelqu'un qui se tenait devant lui et riait aux éclats. Le rire adoucissait ses traits ; il était moins effrayant — et encore plus beau. Ce soir, il ne portait pas de casquette. Vêtu d'un T-shirt si moulant qu'il avait dû être peint directement sur son torse, il était terriblement sexy. J'aurais rêvé de détailler aussi ses jambes.

J'ai flanqué un coup de coude à Kat et lui ai indiqué Cole du doigt. Elle a suivi des yeux la direction de mon index et a tapé dans ses mains.

— Parfait !

Se hissant sur la pointe des pieds, elle m'a murmuré à l'oreille :

— Et, maintenant, en avant pour l'opération *Aux larmes les mecs*. Phase un : on se fait remarquer.

— Quoi ? a glapi Wren. Je croyais que nous étions juste venues danser !

— Mais nous allons danser ! a renchéri Kat.

— Et pour ce qui est d'espionner, on fait quoi ? ai-je demandé.

J'étais là pour Cole, après tout.

— Le mieux, pour les espionner, c'est qu'ils soient en train de nous regarder.

Aucune logique, mais pourquoi pas ? Je voulais parler à Cole, à présent je me savais prête… Pour autant, mon unique pensée fut : *Nom d'un chien, tout ça va mal finir.*

9

Un thé chez les fous sanguinaires

D'accord. Donc, opération *Aux larmes les garçons*. Phase un, première partie : Kat a subtilisé une bière sur le plateau d'une serveuse qui passait, en a bu une gorgée, l'a tendue à Reeve, qui en a bu à son tour une gorgée avant de me proposer le verre.

« Ça va te détendre », a-t-elle mimé avec sa bouche.

J'ai préféré laisser la bière à Poppy, qui a fait la grimace et l'a tendue ensuite à Wren. Laquelle a grimacé également avant de reposer le verre sur une table. Il faut dire qu'il en émanait une odeur qui m'évoquait à la fois de l'acide de batterie et du pain moisi ; plus encore, je gardais à l'esprit tous les problèmes que l'alcool avait causés à mon père, et il était hors de question que je glisse sur cette pente-là.

Deuxième partie de la phase un : se trémousser sur la piste de danse. En file indienne, nous avons manœuvré pour en gagner peu à peu le centre. Là, par un enchaînement quasi magique de mouvements, Kat est parvenue à faire reculer tous les danseurs afin de créer un cercle qui nous était réservé. Quiconque observait depuis le balcon nous apercevrait immanquablement.

Contrairement à Emma, je dansais sans la moindre grâce, et on ne me remarquait guère. Mais j'observais comment les autres filles bougeaient leurs bras et leurs hanches, et je les imitais. Le résultat ne devait pas être entièrement catastrophique, car elles m'ont adressé des sourires encourageants.

Au bout de ce qui m'a paru une éternité, j'ai fait signe à Kat de s'approcher. Quand elle a été tout près de moi, je lui ai murmuré :

— En fait, je ne veux pas seulement que Cole me regarde de là-haut. Je veux qu'il descende me parler.

— Ça va venir, je te le promets. Mais écoute-moi bien, a-t-elle poursuivi.

Elle s'est placée derrière moi et a posé ses mains sur mes hanches.

— Quoi que tu fasses, ne regarde pas en haut. Je vais passer à la phase deux. La phase trois viendra ensuite très vite, et tu n'auras plus rien à faire. Alors tiens-toi prête.

Avec une force de caractère dont je ne me croyais pas capable, je suis parvenue à la regarder elle et non pas les garçons à l'étage.

— Je suis prête, mais j'ai un mauvais pressentiment sur ta façon d'agir.

— Je comprends. Mais, moi, je sais que j'ai raison. Alors on y va !

Avec ses manières de chaton sexy, elle s'est mise à danser autour de moi, avant de faire signe de l'index à un groupe de danseurs inconnus, mais super-mignons.

Phase deux : allumer le feu de la jalousie.

Les garçons en question nous ont rejointes avec enthousiasme. Au bout de quelques minutes, des mains masculines se promenaient un peu partout et des corps souples se frottaient à des corps musclés. J'étais gênée et mal à l'aise, et j'ai même dû écarter d'une tape sur les doigts la main d'un garçon qui s'aventurait vers mes fesses ; néanmoins, j'ai continué à danser, bien décidée à suivre le plan de Kat jusqu'au bout. Pas une seule fois je n'ai regardé dans la direction de Cole.

J'ai aussi remarqué l'expression pincée de Reeve, sans doute assez proche de celle que j'affichais moi-même. Du coup, je me suis dirigée vers elle en tourbillonnant — je sais, c'est nul, mais que voulez-vous ? — pour que nous nous retrouvions face à face et dansions sans nous laisser distraire.

Malgré le garçon qui lui collait encore au train, elle m'a accueillie avec un sourire de soulagement.

Enfin, je commençais à m'abandonner à la musique. Comme d'eux-mêmes, mes bras se sont dressés au-dessus de ma tête, et j'ai fermé les yeux. Je me suis mise à onduler et tournoyer — avant de me heurter à un torse musclé. *Encore ces garçons !*

ai-je pesté intérieurement. J'ai rouvert les yeux, bien décidée à envoyer paître celui qui avait décidé de me suivre. Je…

Je n'aurais jamais dû douter de Kat.

Une paire d'yeux violets me fixait intensément, et ils brûlaient d'une colère à peine dissimulée. Des mains puissantes se sont posées sur ma taille et m'ont attirée, attirée tout près, jusqu'à ce qu'un souffle à peine nous sépare.

L'envoyer paître ? L'idée s'était évanouie comme mes visions du matin.

— Dansons.

Dit d'un ton qui ne souffrait pas la discussion.

— Tu danses ? ai-je glapi.

Contrôle un peu ta voix, Bell !

Un flot d'adrénaline s'est répandu dans mes veines. Jamais aucun garçon ne m'avait fait autant d'effet.

Du coin de l'œil, j'ai vu que Frosty avait investi l'espace personnel de Kat. Ils discutaient. S'embrassaient. S'embrassaient et discutaient. Un garçon que je n'avais jamais vu dansait devant Reeve, et il ne la quittait des yeux que pour observer Bronx. Celui-ci était occupé à refouler les beaux mecs que nous avions utilisés comme leurres, et il donnait l'impression d'être prêt à massacrer ceux qui oseraient protester.

D'ailleurs, aucun n'a protesté.

D'autres membres de la bande de Cole s'étaient approchés et tentaient de danser avec Poppy et Wren, mais les filles ont préféré les ignorer.

Cole a cueilli mon menton dans sa main et m'a obligée à le regarder de nouveau.

— Et pourquoi ne danserais-je pas ?

Euh… parce qu'il avait une tête à croquer des chatons au petit déjeuner et des petits chiens à midi ? Et je ne parle même pas de ce qu'il devait manger le soir, ce serait trop horrible.

— Parce que tu trouves que c'est débile ? ai-je hasardé.

Les mots sonnaient comme une question, alors que j'avais voulu l'affirmer.

— Une activité où un garçon peut poser les mains sur une fille, ce n'est pas débile — c'est *génial.*

Il m'a serrée plus fort encore, et j'ai murmuré :

— Je n'en suis pas si sûre…

— Je vais te convaincre. Allez, prends-moi dans tes bras.

— Encore des ordres !

Mais vous savez quoi ? Je lui ai obéi. J'ai même passé la main le long de sa nuque pour caresser ses cheveux noirs soyeux. Je n'ai pu m'en empêcher : j'étais obsédée par l'idée de le toucher.

Il a écarquillé les yeux, comme surpris, et ses pupilles ont paru s'assombrir.

— C'est que, d'habitude, les gens ont si peur qu'ils m'obéissent au doigt et à l'œil.

Je délirais peut-être, mais « les gens » ne devaient pas tous imaginer l'embrasser à pleine bouche.

— Je ne suis pas « les gens ».

— Ça, je le sais. En revanche, j'ignore pourquoi tu te trouves ici.

Son ton acerbe me le signifiait suffisamment : je n'étais pas la bienvenue.

— Je voulais faire quelque chose qui me change un peu, ai-je répondu avec un air de défi.

Je n'allais pas mentionner le fait que je voulais lui parler. Toutefois, en cet instant précis, je devais lutter avec moi-même pour me convaincre qu'il ne pouvait, dans l'ordre :

- ni me mettre mal à l'aise,
- ni m'intimider,
- ni me faire fuir.

Son agacement a laissé place à une certaine surprise.

— Qu'est-ce qui te change ? Le fait de danser ?

Ça, et bien d'autres choses, mais je me suis contentée de répondre :

— Oui, exactement.

— Danser, et te laisser peloter par un lycéen boutonneux ? C'est franchement pas très fin, Ali.

Il ne me mettra pas mal à l'aise, il ne me mettra pas mal à l'aise…

— D'abord, il ne me pelotait pas, et ensuite tu ne vaux pas mieux que lui.

Il y a eu une bonne minute de silence avant qu'il ne lâche :

— Tu sais que tu fais beaucoup de mal à mon ego, Ali ?

J'en avais autant à son service !

— Mais je n'arrive pas à prendre mes distances, a-t-il achevé.

J'ai bien cru que j'allais fondre devant lui et me transformer en flaque sous ses pieds.

— Je connais ce sentiment, ai-je admis.

Son regard s'est posé longuement sur ma bouche avant qu'il ne relève la tête. Et, le croirez-vous ? Il s'est penché en avant pour me murmurer à l'oreille :

— Donc, tu as imaginé que tu m'embrassais ?

Il y avait dans sa voix une note rauque, d'une telle intimité que mes joues en ont viré au rouge écarlate.

Cela faisait partie des sujets de discussion que j'avais envisagés pour cette soirée, mais c'était lui qui l'avait mis sur le tapis. Un point pour Ali.

— Et tu as aussi imaginé que je t'embrassais, lui ai-je fait remarquer.

— Je sais. Alors, comment fais-tu ça ?

— Moi ? Tu plaisantes.

— Oui, toi. Et je ne plaisante jamais.

Il a resserré encore son étreinte, comme s'il s'attendait à ce que je m'enfuie.

— C'est forcément à cause de toi ! a-t-il insisté. Rien de tel ne m'est jamais arrivé auparavant.

— Eh bien, rien de tel ne m'est jamais arrivé non plus, et je pense donc que c'est plutôt à cause de toi !

Il a étudié mon visage avec attention, et je ne savais pas si je devais l'adorer ou le détester pour cela.

— Abordons le sujet sous un angle moins conflictuel. T'es-tu demandé à quoi ça ressemblerait en vrai ?

Je… je n'ai rien trouvé à lui répondre. Nous avons continué à nous balancer en rythme. Sa main a glissé dans mon dos et s'est arrêtée tout en bas, mais il ne m'est pas venu à l'esprit de la chasser comme je l'avais fait pour l'autre garçon.

— Eh bien ? a-t-il insisté.

J'ai décidé d'opter pour la franchise.

— Oui, j'y ai pensé.

— Moi aussi, a-t-il murmuré.

Mes genoux flageolaient.

— Tu veux dire…

— Que je veux savoir si la réalité vaut l'imagination ? *Oui.*

Ici ? Maintenant ? En public ? Ma première réaction a été la panique. Ma deuxième… encore plus de panique.

— Mais ce n'est pas obligé, a-t-il ajouté sèchement.

J'ai senti son étreinte se relâcher, comme s'il avait l'intention de me lâcher.

— J'ai l'habitude d'effrayer les gens, mais pas dans ce domaine !

Ça a été à mon tour de resserrer mon étreinte pour le forcer à rester contre moi.

— C'est juste que… eh bien, je n'ai jamais…

Il m'a considérée, à la fois confus et incrédule :

— Tu n'es pas en train de me dire que personne ne t'a jamais embrassée ?

J'ai serré les mâchoires. La perplexité dans sa voix était presque insultante.

— Si, et alors ?

Il a fait un geste des épaules.

— Alors rien. Je suis surpris, c'est tout. Vu que tu es… que tu es toi.

Insultant, exactement.

— Que je suis *moi* ? ai-je demandé avec aigreur.

— Oui. Sexy.

Minute. Moi, « sexy » ?

Il s'est mis à rire.

— Attends un peu : personne ne te l'a jamais dit non plus ?

Je me suis contentée de secouer la tête.

— Alors, de toute évidence, tu as passé tout ton temps avec des idiots.

De nouveau, il a posé les yeux sur ma bouche.

— Je vais t'embrasser, Ali.

De nouveau, j'ai pensé : *ici ? Maintenant ?* Et, de nouveau, j'ai paniqué et mes pensées se sont emmêlées.

— Mais… peut-être que je ne saurai pas m'y prendre, et nous ne nous connaissons pas très bien, et tu ne… et je ne… nous ne devons pas…

Les mots se précipitaient hors de ma bouche, mais rien de cohérent n'en sortait.

— Je crois que je. Et que tu. Et que nous pouvons.

Là-dessus, il a incliné la tête et a posé ses lèvres sur les miennes. J'en ai eu le souffle coupé.

Soudain, il n'y a plus eu que Cole, cet instant, sa bouche… son goût. Menthe et cerise. Sa chaleur qui m'envahissait. Sa force qui m'entourait. Je me suis retrouvée prisonnière de ses bras comme le matin même sur le parking, contre la Jeep. Alors je me suis laissée aller à mes sensations, et j'ai tout oublié à l'exception de Cole.

Lui aussi devait se laisser emporter, car la tonalité de notre baiser a changé ; d'abord impatient et curieux, il est devenu carrément vorace. Il me dévorait, et je lui rendais la pareille. Mes mains parcouraient son dos, mes ongles le labouraient. Je manquais d'expérience, certes, mais comme dans ma vision il savait exactement comment s'y prendre.

C'était une expérience intense, enivrante. Il me faisait me sentir moi-même, sans le moindre filtre. J'avais passé tant de temps à vouloir que ma vie soit un rêve ; à présent, baignée dans ce torrent d'émotions et de sensations, je ne voulais plus que la réalité. Je voulais tout lui donner, ici et maintenant. Je le voulais si fort… *Je veux le toucher, j'en veux davantage. Je veux le voir torse nu.* J'ai saisi son T-shirt et tiré vers le haut.

Et il a fait de même, au même moment.

Puis, soudain, Cole a disparu.

Attends.

— *Reviens*, ai-je murmuré tandis qu'une étrange brume envahissait mon cerveau.

J'ai entendu des voix au loin, sans parvenir à comprendre ce qu'elles disaient.

C'est seulement alors que j'ai remarqué le sifflement dans mes oreilles. Titubant, les mains tremblantes, j'ai tenté de me concentrer sur ce qui m'entourait. La première personne que j'ai vue était Frosty. C'était lui qui avait dû m'arracher à Cole, car il se dressait à présent entre nous, bras écartés pour nous tenir à distance. Ses lèvres s'agitaient. Il parlait, mais je ne comprenais pas ce qu'il disait.

Un danseur m'a bousculée, et je suis partie sur le côté. Avec une grimace, une fille m'a repoussée dans une autre direction. J'ai trébuché et je suis tombée sur le sol. Me voir ainsi malmenée a déclenché la colère de Cole ; il a tenté de venir à mon secours, mais Frosty l'a arrêté. Bien entendu, la rage de Cole s'est instantanément retournée contre son ami. Cole a levé le bras pour lui envoyer son poing en pleine figure.

Mais Bronx, qui s'était placé derrière lui, est parvenu à l'arrêter et à l'immobiliser en le ceinturant de ses bras puissants. Cole luttait de toutes ses forces, et a bien failli se libérer, car il était le plus fort des trois, mais un nouveau garçon, celui qui dansait avec Reeve, est venu prêter main-forte aux deux autres.

Dieu merci, la brume dans ma tête a fini par se dissiper, et le sifflement dans mes oreilles par disparaître. Le monde a repris ses contours. Alors, mon corps a semblé s'enflammer d'un seul coup, et je suis devenue écarlate : je venais d'embrasser un garçon devant tout le monde dans ce club. Et, plus que l'embrasser, je l'avais carrément *dévoré.*

Encore un trait hérité de mon père. Lorsque nos parents pensaient qu'Emma et moi nous trouvions dans nos chambres, il leur arrivait de s'embrasser frénétiquement. Les quelques fois où je les avais surpris dans cette situation, j'aurais voulu qu'on me frotte les yeux avec du papier de verre et qu'on me nettoie le cerveau à l'eau de Javel.

Kat est apparue à mon côté et m'a aidée à me remettre sur pied.

— Que se passe-t-il ? m'a-t-elle demandé, aussi ébahie que moi.

— Je l'ignore.

J'avais seulement voulu lui rendre son baiser, et comparer nos visions avec la réalité, promis. Je voulais m'arrêter au bout d'une minute… ou deux. Mais voilà qu'à présent Frosty me fusillait du regard comme si j'avais poignardé Cole en plein cœur et piétiné son cadavre en riant.

— Je suis désolée. Je ne voulais pas que ça se passe comme ça.

Pas à pas, je me suis éloignée de lui. Notre discussion attendrait. Avant de m'enfuir de là, j'allais faire comme si cette nuit je n'avais pas piétiné toutes mes jolies résolutions concernant Cole…

— Ali ! a lancé ce dernier en dardant de nouveau son regard sur moi (et j'ai compris en cet instant ce que devait ressentir une gazelle face à un lion). Ne t'avise pas de partir !

— Je suis désolée, ai-je répété.

Il *fallait* que je sorte d'ici. Immédiatement.

Repoussant la main de Kat, j'ai pivoté sur moi-même pour me frayer un chemin parmi les corps électrisés de la piste de danse. Un stroboscope lançait des rayons roses, bleus et jaunes. Où allais-je, et comment ? Je n'en étais pas sûre. J'étais à des kilomètres de chez moi, et je ne pouvais pas rentrer à pied dans la nuit.

— Ça devient une habitude, une *mauvaise* habitude, a grogné Cole dans mon oreille.

Il m'avait suivie et rattrapée ; il a enroulé son bras autour de ma taille.

— Tu fuis, et je te pourchasse.

Je ne trouvais pas la force de le regarder dans les yeux : j'avais trop peur de l'expression de son visage.

— Nous ne devons pas recommencer, ai-je bafouillé.

Plus jamais.

— Pourquoi ?

Nul besoin pour lui de me demander de quoi je parlais.

— Comme tu me l'as si bien fait remarquer dans la forêt, je ne te connais pas, tu ne me connais pas, mais nous avons failli… tu sais quoi… en public.

— « Tu sais quoi ? » C'est comme ça que tu dis ?

Etait-ce de l'amusement que je percevais dans sa voix ?

— Tu veux vraiment mon poing dans la figure ?

Il m'a regardée droit dans les yeux sans broncher.

— Non. Je veux que tu te calmes et que tu m'écoutes.

— Ce n'est pas bien nouveau…

Il a laissé échapper un soupir circonspect.

— Même si je te promets de ne plus jamais « tu sais quoi » en public ?

— Non, ai-je répliqué vivement.

Etais-je ravie ou agacée par son assurance tranquille ? Je ne le savais plus.

— Allez viens, je te ramène chez toi.

Il m'a prise par la main et m'a entraînée à sa suite. Devant lui, la foule des danseurs s'est fendue comme la mer Rouge devant Moïse.

— Je ne rentre pas chez moi.

— *Encore mieux.*

Une fois dehors, la tiédeur de la nuit m'a détendue. Pas tant à cause de la température que de l'air frais, débarrassé des odeurs de transpiration et de parfum de l'intérieur. J'ai respiré à grandes goulées, profitant de la sensation. Cependant, Cole n'avait pas ralenti ; il avançait toujours à grandes enjambées vers… sa Jeep. Il l'avait garée à l'entrée du parking, sous un réverbère, face à la route. Toujours pas de portières ni de siège arrière.

— Je veux bien partir avec toi, ai-je fait, mais il ne faut pas qu'on traîne.

— D'accord.

— Alors, pourquoi Frosty était-il en colère contre moi ?

Après un silence, il a répondu :

— Nous ne savons pas qui tu es, et nous ne savons pas ce que nous devons faire de toi. Je suis censé prendre garde à mon comportement à ton égard, mais à plusieurs reprises j'ai agi impulsivement et je me suis mis en danger.

C'était la vérité dure et froide, mais ses mots ne m'ont apporté aucun réconfort. Ses amis et lui avaient parlé de moi, et jugé de toute évidence que j'étais, moi pauvre petite chose, malsaine et dangereuse.

— Peut-être devrions-nous éviter de nous voir demain, ai-je annoncé d'une voix cinglante. La situation sera plus simple si…

Il m'a coupée net.

— Pas question. Tu ne t'en sortiras pas comme ça : nous avons rendez-vous.

— Un rendez-vous ? Tu plaisantes ? Tu as dit le contraire.

Pour être honnête, je doutais de plus en plus d'avoir envie de sortir avec lui. Je n'étais pas prête pour un garçon comme lui. J'ignorais totalement comment le gérer.

— Peu importe les mots, m'a-t-il fait, un peu agacé. Je veux que nous apprenions à nous connaître davantage.

— Et peut-être que ça arrivera, lui ai-je répondu. Mais, quoi qu'il en soit, je vais à la fête avec un autre garçon.

Je ne lui devais certainement aucune explication ; pourtant, je n'ai pu m'empêcher d'ajouter :

— Ce n'est pas non plus un rendez-vous. Nous sommes seulement amis, mais…

Cole s'est arrêté net et s'est tourné vers moi, paupières mi-closes.

— Qui est-ce ?

Non. Hors de question que je le lui révèle. Je n'avais aucune expérience avec les garçons, mais j'étais certaine qu'il s'en prendrait à Justin ne serait-ce que pour conserver son statut de caïd d'Asher. Le problème, c'est qu'il finirait de toute façon par l'apprendre…

— Promets-moi que tu ne lui feras pas de mal.

Ses yeux se sont plissés encore davantage :

— Je te promets que je ne le *tuerai* pas. Ça te suffit ?

Là, il allait un peu trop loin.

— Pourquoi donc voudrais-tu le tuer ?

— Je ne sais pas… J'en ai envie, c'est tout.

Merci pour l'info ! Ma première idée : annuler mon rendez-vous avec Justin, au cas où les idées homicides de Cole ne lui aient pas passé d'ici au lendemain. Mais, deuxième idée : je n'allais pas laisser Cole me dicter ma conduite.

— Tu n'as rien d'autre à me dire ?

J'ai relevé la tête d'un air de défi — visiblement, c'était une nouvelle habitude que je prenais.

— Non.

— C'est ce que nous allons voir.

Et il s'est remis en marche, m'entraînant à sa suite. Nous sommes arrivés devant sa Jeep, et il m'a saisie par la taille pour m'aider à monter. Mais, avant qu'il m'ait soulevée, tout son corps s'est raidi. Il a reniflé l'air autour de lui.

Par réflexe, je l'ai imité.

Une odeur de putréfaction.

La panique m'a envahie, et j'ai presque failli perdre le contrôle de moi-même. C'était la puanteur que j'avais sentie dans le jardin lorsque, deux nuits plus tôt, j'étais sortie avec ma batte de base-ball dans l'intention d'affronter la Fiancée de Frankenstein.

Deux nuits seulement. *C'est trop tôt.*

— Cole, nous devons partir.

— Tu pars. Moi, je reste.

J'ai à peine eu le temps de cligner des yeux qu'il avait dégainé son arbalète. Une sueur froide m'a inondée.

— Cole ?

— Retourne à l'intérieur, Ali.

Vu que j'étais totalement désarmée, c'était sans doute un plan sensé — pourtant, je ne bougeai pas.

— Si tu viens avec moi.

L'abandonner à l'extérieur… non, jamais ! C'était impossible. Je me refusais à le laisser affronter seul le danger qui grouillait dans les ténèbres. Peut-être savait-il de quoi il s'agissait, peut-être même le chassait-il avec ses amis comme je l'avais supposé, mais je n'allais pas offrir une nouvelle victime aux monstres.

— Je t'en prie.

— Va dire aux gars que j'ai besoin d'eux, m'a-t-il ordonné, ignorant ma remarque.

En cet instant précis, il me faisait penser à mon père : aux aguets, raide, prêt à combattre. Soudain, une pensée m'est venue, si surprenante que j'en ai bégayé :

— La v… la vision que j'ai eue, avec le combat !

Celle avec le baiser s'était réalisée. Pourquoi pas celle-là ?

Il fallait que je lui confie tous les détails que je n'avais pas osé lui avouer auparavant. Si je me taisais, il resterait à l'extérieur du club, sur le parking. Il était trop entêté pour m'obéir.

— Je ne sais pas si tu as eu la même, mais je nous ai vus encerclés par des monstres qui voulaient me dévorer.

Les mots se précipitaient dans ma bouche.

— Et l'autre soir j'en ai vu deux, devant ma fenêtre. De vrais monstres, pas des visions. J'ai même cru que je devenais folle.

A présent, j'en doutais.

— Ils me regardaient. Et, quand je suis allée voir, il y avait des traces. Celles que tu m'as montrées ensuite.

Il a avalé de l'air entre ses dents, comme pour me montrer qu'il m'avait entendue ; pourtant, il n'a pas tourné la tête. Il scrutait toujours l'obscurité devant lui, attendant que la menace se matérialise. Si cela arrivait, verrait-il ou non les monstres ? Et moi, les verrais-je ?

— As-tu la moindre idée de ce que tu as…

Près de nous, une branche a craqué, et il s'est tu instantanément.

Dans un rayon de lune sont apparus quatre hommes aux vêtements sales et déchirés. Leurs orbites étaient creusées, leur peau grêlées, leurs doigts crochus et rongés. Des mèches de cheveux desséchées pendaient de leur crâne.

La nausée s'est emparée de moi, si violente que je me suis pliée en deux.

— Viens avec moi, Cole, je t'en prie !

— Retourne à l'intérieur ! m'a-t-il ordonné de nouveau.

Et il s'est précipité vers les monstres.

Le temps me manquait pour affronter toutes les réalités qui venaient de se confirmer simultanément. Oui, Cole voyait les monstres ; non, je n'hallucinais pas. Mon père avait eu raison, et ma mère et lui avaient fini dévorés par des monstres. Tout cela, je ne l'intégrerais que plus tard — et j'ai compris par avance que ce ne serait pas sans des cris de douleur et de rage.

Mais pour l'instant je devais me battre, et mettre à profit ce que mon père m'avait appris. Armée ou non, je ne pouvais laisser Cole affronter les monstres à lui seul.

Inspirer… souffler… comme dans un film dont j'aurais été le metteur en scène, le monde autour de moi a paru se ralentir. J'ai regardé Cole se mettre à courir et… nom d'un chien ! se *multiplier.* Devant moi, il n'y avait plus un, mais deux Cole Holland.

Le passage que j'avais lu dans le journal m'est soudain revenu à l'esprit. « Nous sommes des êtres spirituels, et notre esprit est notre source de pouvoir. Nous avons une âme, qui vit dans un corps. »

Impossible. Incroyable, mais… quelle autre explication ? L'esprit de Cole venait de quitter son corps.

Il y avait à présent deux exemplaires de lui, tous deux habillés à l'identique. Cole numéro un — son corps, probablement — sous forme solide, tandis que Cole numéro deux était entouré d'une sorte de brume. J'aurais parié que c'était son esprit.

Son esprit !

C'était presque trop pour moi. Son corps demeurait parfaitement immobile pendant que son esprit continuait sa course. Je l'ai vu lever son arbalète et tirer. Une fois le carreau lancé, de petites ailettes se sont dépliées — pour trancher net la gorge d'une créature.

Il n'y a pas eu, comme on aurait pu s'y attendre, de jet de sang, mais la blessure était nette, béante. Le corps de la créature s'est mis à trembler, puis il s'est arrêté, enfin. Alors, sa tête s'est détachée de son cou, et il a roulé au sol en deux morceaux distincts. Pour autant, le monstre ne s'est pas immobilisé ; son corps était agité de soubresauts, ses yeux regardaient Cole et ses dents claquaient de façon menaçante.

Même décapité, il vivait encore.

Comment était-ce possible ?

Cole a tiré un nouveau carreau et a abattu une autre créature ; l'instant suivant, il en venait aux mains avec les deux monstres restant. Il cognait à la volée, esquivait, bondissait ; soudain, il s'est courbé en deux pour saisir une nouvelle arme cachée dans sa botte. Une dague.

Derrière moi, j'ai entendu un grognement. Trois autres monstres, deux mâles et une femme, avaient décidé de se joindre à notre petite sauterie. Je reconnaissais uniquement leur sexe au fait que les garçons étaient vêtus de smokings et que la fille portait une robe rose à volant, qui bâillait au niveau de la taille. Ce n'étaient pas mes Fiancés de l'Epouvante, mais ils leur ressemblaient, et paraissaient tout aussi menaçants.

Une vague de panique a déferlé dans mon corps. Ces choses avaient tué mes parents. Ces choses avaient sans doute aussi tué mon grand-père paternel. Je ne pouvais les laisser s'en prendre à Cole pendant qu'il en affrontait d'autres, car ils le vaincraient à coup sûr.

La peur a cédé le pas à une rage brûlante. Ces choses avaient tué mes parents. Mon grand-père. Et elles voulaient tuer Cole.

Il fallait qu'elles meurent.

J'ai pris une nouvelle inspiration et, à mon tour, me suis précipitée en avant. De part et d'autre de moi, les rangées de voitures garées dessinaient un couloir rectiligne. Sur les visages qui me fixaient coulait un pus noirâtre ; de près, j'ai vu que leurs yeux étaient noirs eux aussi, brillant d'un éclat affamé et sauvage. L'une des créatures avançait en boitant de façon maladroite, apparemment à cause d'une cheville brisée ; quant à l'autre, il lui manquait carrément un pied. Cependant, cela ne les empêchait pas de se déplacer à une vitesse surprenante.

A l'instar de Cole, j'ai lancé mon poing en avant au moment où j'ai été à leur hauteur — mais mes coups sont passés *au travers* de leur corps. Je n'ai senti que de l'air sous mes mains — de l'air, et une vague de répulsion qui s'est répandue dans mes veines.

Les créatures tentaient elles aussi de m'atteindre, et leurs coups me traversaient également ; mais j'ai ressenti de nouveau cette impression que mon sang se transformait en acide corrosif.

En chancelant, j'ai reculé, et me suis heurtée à une voiture. Les monstres se sont rués sur moi de plus belle.

De nouveau, ma colère a explosé, et je me suis propulsée en avant. Cette fois, j'allais les atteindre. Rien ne m'en empêcherait.

Et vous savez quoi ? *J'avais raison.* J'ai décoché un direct du droit qui a atteint son but. Les vagues de répulsion se sont transformées en un froid glacial. Je n'avais jamais eu aussi froid de toute ma vie. Des frissons m'ont parcourue, cependant que les monstres se jetaient sur moi, tentant d'immobiliser mes bras et de me lacérer de leurs griffes. J'ai bondi hors de leur atteinte, les muscles raides comme si je les utilisais pour la première fois… et c'est ainsi que je *me* suis vue, appuyée contre la voiture.

Pourtant, j'étais bel et bien ici, en train de me battre. Non ? Ou bien… étais-je comme Cole ? Mon esprit était-il parvenu à sortir de mon corps ? Mais comment était-ce possible ? Pas le temps de réfléchir à ça non plus.

Mon instant d'hésitation m'a coûté cher. Des mains ont agrippé mes cheveux et j'ai été violemment tirée vers le sol.

Un conseil de mon père m'est revenu à l'esprit. « Si tu tombes, tourne sur toi-même ! »

Oui ! Je m'étais entraînée à cela. Je pouvais le faire. Je me suis cambrée pour laisser de l'espace à mon bras, que j'ai projeté en arrière. Ma main a percuté le nez de la créature, qui est partie à reculons et a dû me lâcher. J'avais perdu quelques mèches de cheveux, *mais j'étais libre.*

Je me suis redressée, j'ai tourné sur moi-même et lancé ma jambe à mi-hauteur ; elle a cueilli un autre monstre — la femelle — dans l'estomac, et l'a envoyée bouler à son tour. A reculons, elle a traversé une voiture comme un fantôme. Je l'ai vue s'arrêter un instant de l'autre côté, désorientée. Mais, bien vite, elle a relevé les yeux sur moi, et j'ai su qu'elle allait revenir à la charge.

Elle allait devoir attendre son tour. Celui que j'avais mis au tapis avait récupéré. Déjà, il se relevait et tendait les griffes dans ma direction. Je claquais des dents, mais ça ne m'a pas empêchée de le frapper successivement dans le bras, puis au visage ; sa tête a pivoté violemment… mais il ne m'a pas quittée des yeux.

Comment étais-je censée mettre ces créatures hors d'état de nuire ? Et où était passée la troisième ?

« Ne perds jamais ton ennemi des yeux. Tu le regretterais. » Mon père m'avait aussi mise en garde à ce sujet.

Et, comme pour le reste, il avait eu raison.

Jaillis de derrière moi, des bras énormes se sont refermés sur ma poitrine, et j'ai senti un souffle humide sur ma nuque. Nom d'un chien ! J'ai lancé ma tête à toute volée en arrière, heurtant le monstre aussi violemment que je le pouvais. J'en ai été récompensée par une violente douleur à l'arrière du crâne, mais son étreinte s'est aussitôt relâchée. Pivotant sur moi-même, je lui ai décoché deux nouveaux coups de tête en plein sur la mâchoire, si fort que je crois bien que je lui ai brisé quelques vertèbres cervicales.

Il est tombé, et dans sa chute a laissé échapper une ribambelle de dents. Pourtant, une fois au sol, il n'a pas paru affecté outre mesure ; lorsqu'il s'est relevé, sa tête avait pris un angle bizarre — mais cela ne l'a pas empêché de revenir vers moi.

Tout au fond de mon esprit, j'étais consciente de quelque chose d'autre, quelque chose de très étrange qui se déroulait tout près de notre ring de boxe improvisé ; pourtant, je ne parvenais pas à déterminer de quoi il s'agissait. J'y penserais plus tard, me suis-je dit. Si je m'en sortais en vie.

Il fallait que je m'en sorte !

Mes trois adversaires ont convergé vers moi.

J'ai assené un coup de poing au premier, puis au deuxième, et enchaîné par un coup de pied pour le dernier. Tous trois agitaient leurs bras vers moi, mais j'ai esquivé leurs attaques et me suis dégagée, sans cesser de cogner. Plus nous nous battions, plus mon cœur battait fort, et plus ils semblaient devenir enragés. Ce qui, malheureusement, les rendait plus rapides encore.

Soudain, l'un des mâles est parvenu à agripper mon poignet ; son étreinte était si forte que je n'ai pas réussi à me dégager. Il m'a tirée brutalement vers le sol. Comme la fois précédente, j'ai tenté de tourner sur moi-même, mais ce coup-ci il a tenu bon, découvrant ses crocs de façon menaçante.

Je ne devais pas le laisser me mordre. Je ne voulais pas mourir comme ça.

Pourtant, j'avais beau tirer, ruer et me débattre, je ne parvenais pas à me libérer.

Les deux autres créatures sont tombées à genoux près de moi.

Ils n'étaient que trois, mais on aurait dit qu'ils avaient une centaine de mains qui me tenaient, déchiraient mes vêtements ; et leurs faces hideuses sont descendues vers moi, impitoyablement...

Quand ils m'ont mordue, j'ai hurlé.

Une douleur aveuglante, brûlante, s'est emparée de moi ; pourtant, elle n'est pas parvenue à percer le froid terrible qui s'était emparé de mon corps. J'étais un mélange empoisonné de glace et de feu, et je me sentais mourir... je *voulais* mourir. Leurs dents fouillaient ma peau, et leurs visages semblaient disparaître en moi. C'était comme s'ils dévoraient la moelle même de mes os sans répandre la moindre goutte de mon sang.

Je me suis débattue tant et plus, mais en vain. L'un d'eux a soudain cessé de mâcher, puis les autres l'ont imité tour à tour. Sans relâcher leur étreinte, ils m'ont considérée d'un air horrifié, comme s'ils avaient avalé quelque chose de dégoûtant.

Soudain, l'un des mâles s'est raidi et a poussé un hoquet étranglé. Avant qu'il ne tombe lourdement en avant près de moi, j'ai vu une flèche qui pointait de son cou. Maintenant qu'il avait lâché mes chevilles, j'étais libre de bouger mes jambes... que j'ai violemment projetées contre la poitrine de la femelle. Elle est partie à la renverse. Quant au dernier monstre, il m'a relâchée de lui-même.

L'instant d'après, Cole était derrière la femme ; la saisissant entre ses bras puissants, il a posé la main contre son cœur. Un éclair blanc a jailli, aveuglant. Quand la lumière s'est dissipée, une seconde plus tard, les bras de Cole étaient vides, et la femme avait disparu.

Il s'est précipité vers le deuxième mâle, puis vers le troisième. Il y a eu deux nouveaux éclairs blancs. Enfin, Cole est revenu dans ma direction et s'est penché sur moi. Nos yeux se sont rencontrés. Nous étions tous deux à bout de souffle et tremblants.

— Je... je...

Impossible de parler. Cela faisait trop mal. Je pouvais à peine respirer. Les ténèbres m'ont aspirée, et il a disparu à mes yeux.

Mutiler... Il m'a semblé qu'on murmurait le mot dans ma tête. Puis il y en a eu un autre, tout aussi effrayant.

Tuer...

Et l'envie de faire les deux m'a submergée. *Mutiler... tuer... Détruire.*

— Ne dis rien, m'a soufflé Cole. Tiens-toi tranquille jusqu'à ce que je me sois occupé de toi.

J'aurais voulu lui demander de me sauver, de m'emmener à l'hôpital, j'aurais voulu le supplier ; mais, malgré tous mes efforts, je ne pouvais articuler le moindre mot.

Mutilertuerdétruire.

Oui, ai-je pensé. Voilà ce que je devais faire. Cela serait si doux…

Mutiler…

J'ai senti une piqûre cuisante dans mon cou.

— Ça va t'aider, m'a-t-il dit.

Tuer…

Quelque chose de lourd m'est tombé dessus.

Détr…

J'ai inspiré vivement ; soudain, mon esprit s'est vidé et j'ai ouvert les yeux. Cole se tenait toujours à mon côté, l'air inquiet. Et magnifique. Et vivant. Mais la douleur, même si elle s'était atténuée, n'avait pas entièrement disparu. Je souffrais.

— C'était le dernier, mais il se peut que d'autres soient en route.

Il m'a saisie par les épaules pour m'aider à me relever. Mais mes genoux se sont dérobés sous moi, et il a dû me prendre dans ses bras pour me porter vers sa Jeep.

— Mon corps…, suis-je parvenue à murmurer.

J'ai regardé en direction de la voiture contre laquelle je l'avais laissé. Quelle étrange pensée ! Seulement, *je* n'étais plus là. Mais alors, comment…

J'ai regardé mes bras. Mes poignets étaient striés d'entailles et de bleus, comme s'ils avaient vraiment été mordus.

J'ai tourné la tête en direction de Cole. Son corps présentait des blessures semblables aux miennes.

Il m'a interrogée du regard.

— Est-ce que… tu vas bien ?

— Très bien.

Il m'a installée sur le siège passager avant de prendre la place du conducteur et de démarrer dans un crissement de pneus. Puis il a saisi son portable et a passé un coup de fil très bref :

— Sur le parking. On en a eu dix. J'ai vérifié, il n'y en a pas d'autres dans les parages. Pas encore. Ali est avec moi. Elle a été mordue, il faut que tu t'en occupes.

Puis il a raccroché sans rien ajouter.

— Et Kat et les autres ? ai-je demandé.

Je recouvrais peu à peu ma voix. Et, à part quelques douleurs lointaines, je me sentais redevenir normale.

— Ils vont les emmener en lieu sûr.

Pendant qu'il manœuvrait pour sortir du parking, je me suis tournée sur mon siège pour voir l'étendue du carnage que nous avions laissé derrière nous. Mais… il n'y avait rien. Pas de sang, pas de corps. Rien, à part des gens. Des gens bien vivants.

Un frisson m'a parcouru l'échine, et j'ai enfin compris ce qui m'avait effleurée pendant que je me battais. Nous étions entourés de personnes qui se promenaient, parlaient et souriaient. Des personnes qui venaient reprendre leur voiture, visiblement inconscients de ce qui était en train de se produire à côté d'eux.

— Ils ne nous ont pas vus ! me suis-je exclamée.

Comment était-ce possible ? Nous nous étions battus juste sous leurs yeux, nous avions lutté, hurlé… et même tué !

Je me suis répété ce dernier mot en boucle. *Tuer, tuerie, tueuse.* J'avais tué ces monstres, ou au moins participé à leur assassinat. Certes, j'étais ravie qu'ils soient morts, mais…

— Ne risquons-nous pas la prison pour cela ?

— Les gens ont vu nos corps immobiles, pas le vrai combat. Donc, non, tu n'iras pas en prison, ni même à l'asile. Et, cerise sur le gâteau, nous ne laissons aucune trace derrière nous.

J'ai décidé de le croire. Dans le cas contraire, je serais devenue folle. *Devenue ?* ai-je pensé, tandis qu'un rire hystérique s'emparait de moi. J'avais souhaité parler de tout ça avec Cole, mais pas de cette façon…

— Je n'ai pas bien compris ce qui vient de se produire. Nous avons quitté nos corps ?

— Oui.

— Comment ?

Il m'a jeté un rapide coup d'œil avant de regarder de nouveau la route.

— Tu n'avais jamais fait ça auparavant ?

— Non ! me suis-je écriée. Bien sûr que non.

— Eh bien, tu as répondu à au moins une de mes questions. *Tu peux les voir.* Donc, je vais répondre à la tienne.

Comme il paraissait calme !

— On ne peut pas se battre contre le Mal sous une forme corporelle. Ce qui se trouve dans le royaume des esprits ne peut être combattu que dans le royaume des esprits.

Le Mal. Le royaume des esprits. Donc… les monstres étaient des esprits ? Cela expliquait comment ils avaient disparu dans les corps de mes parents. Et comment ils parvenaient à bouger même après avoir reçu des coups fatals. Cela expliquait, aussi, pourquoi personne d'autre ne les avaient vus. En revanche, cela n'expliquait pas comment et pourquoi *je* les avais vus.

— Si ce sont des esprits, comment ont-ils fait pour laisser des traces dans la forêt ? ai-je demandé.

— Je n'ai jamais dit qu'ils laissaient des traces.

— Mais…

— Je n'ai pas dit l'inverse non plus, a-t-il repris. Il arrive qu'ils laissent des traces, oui. Mais ce ne sont pas toujours les leurs. Il y a aussi des gens qui les traquent.

Minute. *Quoi ?*

— Vous ?

— Nous, et un autre groupe. C'est tout ce que je vais te dire là-dessus.

Quelle frustration ! Ne voyait-il pas à quel point je voulais entendre cette information ?

Pourtant, je me suis contentée de dire :

— D'accord. Laissons tomber « l'autre groupe ». Au moins, dis-moi cela : si je me suis battue contre les monstres sous ma forme spirituelle, pourquoi mes bras sont-ils blessés ? Et comment as-tu pu les descendre avec ton arbalète ?

— L'esprit et le corps sont connectés. Ce qu'endure ton corps spirituel apparaît toujours sur ton corps physique. Et, pour l'arbalète, c'est parce que je l'avais avec moi, comme mes vêtements. Tout ce que je porte sur mon corps est accessible à mon esprit.

Jamais plus je ne me déplacerai sans arme.

— Et ces… ces choses, qu'étaient-elles ?

— Tu ne le sais toujours pas ?

— Euh… Non.

Pourtant, j'avais fini par admettre que ma mère avait eu raison. Le Mal était là. Il existait vraiment. J'avais longtemps cru naïvement que nous en étions à l'abri, mais cette illusion avait volé en éclats, et je ne pourrais jamais recoller les morceaux.

— Et pourtant tu savais te battre contre eux.

— Pas assez bien, ai-je rétorqué.

Certes, les techniques de combat à mains nues enseignées par mon père m'avaient aidée, mais rien ne m'avait préparée à ça. Il faut dire que mon père n'avait jamais vraiment connu ses adversaires, car au lieu de les affronter il avait fui. Toute sa vie.

— Raconte-moi tout, Ali. Il est temps.

Il avait raison. Enfin, toutes les choses que j'avais cachées, aux autres comme à moi-même, ont franchi mes lèvres comme un flot sans fin. Peut-être parce que je ne m'étais jamais sentie plus vulnérable. Peut-être parce que je savais que Cole me croirait. Au fond, il fallait que je fasse confiance à quelqu'un, et, pour le meilleur et pour le pire, ce serait à Cole.

— Mon père les voyait. Il les craignait tant qu'il a voulu nous apprendre, à ma sœur et à moi, comment les combattre, au cas où nous nous trouverions encerclées. Mais nous ne les avons jamais aperçus, et nous pensions qu'il était fou à lier. Du coup, nous n'écoutions pas vraiment ses instructions. De toute façon, il ne savait pas ce qu'il faisait ; il croyait qu'on pouvait les abattre comme ça avec une arme à feu. Puis, une nuit, il est mort. Toute ma famille est morte. C'est alors que j'ai vu les monstres pour la première fois. Ils ont… dévoré mes parents.

Cole m'écoutait avec attention, les mains crispées sur le volant.

— Pourquoi ai-je commencé à les voir cette nuit-là ? Toi, depuis quand tu les vois ? Les autres sont-ils au courant ? Si oui, sont-ils capables des mêmes choses que nous ?

— Ça fait beaucoup de questions, m'a-t-il répondu. Laisse-moi une minute pour décider de la façon d'y répondre.

Dis tout maintenant, avais-je envie de hurler. Pourtant, je suis demeurée impassible. Je voulais des réponses, certes, mais je les craignais aussi. Elles allaient changer ma vie.

Encore une fois.

Etais-je prête pour un autre bouleversement ?

Qu'aurait dit mon père à ce sujet ? J'ai revu son visage, avec ses cheveux blonds en bataille et ses yeux bleus vitreux. Après toutes les horreurs que j'avais pu dire sur son compte tout au long de ces années, toutes les fois où j'avais refusé de l'écouter… Pourtant, maman et lui avaient été les seuls à avoir raison.

Papa, ai-je prié en m'adressant aux étoiles. *Je suis désolée d'avoir douté de toi. Je suis désolée pour toutes les mauvaises pensées que j'ai eues à ton encontre, pour toutes les fois où j'ai souhaité que maman te quitte pour épouser quelqu'un d'autre. Si je pouvais revenir en arrière, je te prendrais au sérieux. Je t'aimerais, je t'accepterais et je t'aiderais.*

— Mais d'abord, a continué Cole, que ce soit clair entre nous : personne ne doit apprendre ce qui s'est passé cette nuit. Tu ne dois pas en parler.

— Je sais.

— Pas même à Kat.

— Je *sais* !

Toute ma vie, j'avais cru que mon père était bon pour la camisole de force ; comment mes amies me jugeraient-elles ? Ce n'était pas bien difficile à imaginer. On se moquerait de moi, on rirait et on m'humilierait publiquement. Non merci.

Cole a poussé un juron entre ses dents.

— Prends le volant et fonce sur les combinaisons. Maintenant !

— Mais que…

J'avais cru qu'il jurait à cause de moi. Faux ! Deux monstres venaient de surgir sur la route, et se dirigeaient droit sur nous. Ils étaient suivis de près par cinq silhouettes vêtues de combinaisons antiradiations.

— Ali !

Obéissante, j'ai pris le volant. Cole a dégainé de nouveau sa dague. Agrippé à l'arceau de sécurité, il a penché le haut du corps hors de l'habitacle et a tendu le bras — l'a tendu démesurément loin, car son esprit venait de nouveau de se séparer de son corps.

La lame a tailladé plusieurs des combinaisons, et un sifflement a empli l'air.

Je crois que je me suis mise à hurler. Mon cerveau ne parvenait pas à comprendre ce qui venait de se passer.

— Ce sont de vrais gens, Cole !

Du moins, j'en avais l'impression.

L'instant d'après, il était de retour au volant, son couteau rangé. Il conduisait comme si rien n'était arrivé.

— Je ne les ai pas blessés. J'ai juste déchiré leur combinaison antirad pour qu'ils rentrent chez eux.

D'accord. Je pouvais comprendre.

— La prochaine fois, sois gentil : vise d'abord les monstres !

Minute. *La prochaine fois ?* Oh que non. Au grand jamais. Je ne referais plus jamais ça. J'avais bien compris la leçon.

— Ce n'était pas le plus grand danger, crois-moi.

— Mais…

— Si Frosty et les autres avaient rencontré les Antirads, ils auraient été en mauvaise posture, car ils auraient dû s'occuper à la fois des humains et des… comment les appelles-tu ? Des monstres. Donc, pour répondre à une de tes questions précédentes, oui, mes amis peuvent les voir.

Il m'a lancé un coup d'œil rapide.

— Et maintenant je suppose que tu as des centaines d'autres questions à me poser, non ?

— Certainement pas ! Quoique… Si, en fait. Toi, comment les appelles-tu ? Et pourquoi ces gens portaient-ils des costumes ? Je veux dire, si les combinaisons antirad servent à quelque chose, pourquoi n'en portez-vous pas, tes amis et toi ? Ou bien en portez-vous, justement ?

Vous voyez ? Ça ne faisait que quatre questions.

— Non, nous n'en portons pas. Les combinaisons pourraient nous empêcher d'être mordus, mais elles nous empêchent aussi de tuer. Et pour ce qui est de ta première question… Attends un peu.

Il a monté le volume de la musique.

Message reçu. Quelques instants plus tard, il a quitté la route, et j'ai cru qu'il allait s'arrêter sur le bas-côté… mais non, il s'est engagé dans la forêt, apparemment sans suivre de chemin précis. Mon cœur s'est mis à battre à tout rompre, comme si, bêtement, il avait cherché à s'enfuir de ma poitrine. Pourtant, Cole savait où il allait, car il n'a percuté aucun obstacle. Enfin, il a arrêté la Jeep devant une cabane en rondins. Les phares ont chassé les ombres de la nuit.

Deux autres voitures, des 4x4, se trouvaient déjà sur les lieux. La cabane présentait deux fenêtres obturées par d'épais rideaux noirs avec seulement quelques trous au milieu — sans doute pour pouvoir guetter l'extérieur.

Cole a retiré la clé du contact et la musique s'est arrêtée.

— C'est quoi, cet endroit ? Et que faisons-nous ici ?

S'il m'avait répondu que nous étions loin de la ville et qu'il avait l'intention de m'assassiner parce que j'en savais trop, je pense que je n'aurais pas protesté ; tout plutôt que rencontrer de nouveau ces monstres, quoi qu'ils soient vraiment.

— Tu es ici parce que tu ne peux pas rentrer chez toi dans cet état, m'a-t-il répondu en désignant mes vêtements du menton. Il faut que tu prennes une douche et que tu te changes. On doit aussi nettoyer tes blessures.

A mon tour, j'ai regardé dans quel état j'étais, et je n'ai pu retenir une grimace. Une douche serait effectivement la bienvenue. Mes vêtements, quant à eux, étaient sales, déchirés, et maculés par endroits d'une étrange substance noirâtre. Mes jambes portaient des entailles et des bleus ; quant à mes phalanges, elles avaient triplé de volume et évoquaient désormais des balles de golf.

— C'est notre résidence secondaire, là où nous venons quand nous avons besoin de repos.

Pas besoin de demander qui était ce « nous ». Ses amis.

— Donc, ce n'est pas là que tu vis vraiment ?

— Non. Ma vraie maison est plus proche du lycée. Mais nous aimons cet endroit parce qu'il est bien plus tranquille… et qu'il est surveillé vingt-cinq heures sur vingt-quatre. Il y a tout ce dont j'ai besoin, et rien d'autre. Ce qui en fait l'endroit idéal pour toi.

L'idée d'un endroit aussi sûr m'intriguait vraiment. En cet instant, je ressentais des brûlures d'estomac si acides que j'aurais voulu vomir avant d'être totalement intoxiquée. A moins que je ne sois en train de me transformer en super-héros, comme Peter Parker ? Moi, je deviendrais sans doute Gerbigirl, la fille capable de dégoûter tout le monde.

— Je te l'ai dit, je n'ai pas à rentrer chez moi ce soir. J'étais censée passer la nuit chez Kat, ai-je murmuré. Me laisserais-tu dormir ici cette nuit ? Et, dans ce cas (je préférais demander, car je n'avais aucune raison d'en être sûre), me ramènerais-tu chez moi demain ?

— Oui. Aux deux questions.

Bien. Ça avait été plus facile que je ne le redoutais.

— Merci.

Après lui en avoir demandé la permission, j'ai sorti mon portable de ma botte pour envoyer un SMS à Kat.

— Je vais lui dire que nous passons la nuit ensemble.

Sans préciser qu'une longue partie de cette nuit avait été consacrée à se battre contre des monstres.

— Tu es d'accord ?

— Oui, parfait. C'est malin. Si jamais elle vient me demander des détails — et elle le fera — je la renverrai vers toi, pour que tu lui racontes exactement ce que tu veux, et surtout ce qu'elle attend.

— Merci. Où croit-elle que nous sommes allés, de toute façon ?

— Je n'en sais rien. Sans doute que deux de mes gars leur ont dit qu'elles étaient indésirables au club et qu'ils les ont ramenées chez Reeve. Où, d'ailleurs, ils monteront la garde toute la nuit sans qu'elles le sachent.

— C'est bien.

Un souci de moins.

— Allez, j'y vais.

Il m'a fallu près de dix minutes pour composer mon texto de façon satisfaisante.

> Suis av Cole. Dsl de vs avoir lâchées. Pardon. Passe la nuit av lui. Ne dis rien à mes GP.

Enfin, j'ai pressé la touche envoi.

Même si je savais que rien ne se passerait entre Cole et moi — je m'y opposerais, et, vu son état d'esprit actuel, il ne tenterait sans doute rien non plus —, j'ai eu l'impression que je venais de coller sur mon front un gigantesque panneau indiquant « Traînée ».

La réponse m'est parvenue deux secondes plus tard.

> Rock'n'roll, cokine ! Jveux ts les détails demain. PS : si tu vois Frosty, dis-lui q je le déteste !

Son soutien inconditionnel a fait naître en moi un profond remords. Elle avait toujours été gentille avec moi, m'avait acceptée comme j'étais depuis notre première rencontre. Je lui devais tout — et surtout la vérité, bien que je sois à peu près certaine de sa réaction.

— Tu as fait ce qu'il fallait, m'a affirmé Cole, qui devait avoir senti mes regrets.

J'ai fourré le téléphone dans ma poche et j'ai serré mes genoux contre ma poitrine.

— Je sais.

Mais je ne me sentais pas mieux pour autant.

Il a tendu le bras pour saisir ma main et poser un baiser sur mes phalanges écorchées.

— Ne t'inquiète pas. Te voilà dans mon monde, maintenant. Je t'apprendrai comment y survivre.

Dans son monde. Que voulait-il dire exactement ?

— La première chose que je veux savoir, c'est ce que sont ces choses. Je te l'ai demandé deux fois, mais tu n'as pas répondu. Alors, dis-le-moi. Apprends-moi. Contre quoi nous sommes-nous battus ?

Il n'y a eu qu'une seconde de silence avant que, dans un souffle, il ne dise un mot. *Un seul mot* — mais qui, comme je le redoutais, a changé ma vie pour toujours.

— Des zombies.

10

Faim… veux du cerveau… prendrai le vôtre

Des zombies. Le mot se répercutait en échos menaçants dans ma tête, tandis que je laissais s'écouler le jet brûlant de la douche sur mon corps. Rincés, le sang et le liquide noirâtre se mêlaient maintenant sur le sol de la cabine pour disparaître à travers le tourbillon du siphon. Tous mes muscles me faisaient mal. A présent que l'adrénaline était retombée, j'avais l'impression que mes os étaient devenus liquides.

Mais j'ai serré les dents et j'ai tenu bon. Je voulais en savoir davantage.

Les zombies. Qu'étaient-ils exactement ?

Oh ! je savais ce que racontaient les films et les livres : qu'ils étaient des morts-vivants dépourvus d'intelligence et mus par le seul désir de dévorer de la chair humaine. Mais… j'avais également appris ce soir qu'ils n'appartenaient pas à l'humanité, qu'on ne pouvait pas les atteindre physiquement. Il s'agissait d'esprits — et c'est mon esprit également qui les avait affrontés.

Mais d'où pouvaient provenir des êtres aussi malfaisants ?

Etais-je vraiment en sécurité ici ? Les zombies ne pouvaient-ils pas passer à travers les murs de la salle d'eau d'une minute à l'autre pour s'en prendre à moi ? Je veux dire, leur aurait-il été vraiment difficile de suivre une Jeep chargée de deux alléchants plats de résistance ? Personnellement, j'aurais pu suivre la camionnette du marchand de glace même dans mon sommeil…

Avant de me laisser envahir de nouveau par la panique, je me suis efforcée de me raisonner : des zombies s'étaient approchés à plusieurs reprises de chez mes grands-parents et n'étaient jamais entrés — ce qui amenait logiquement une autre question. Ne pouvaient-ils donc pénétrer chez les gens ? Après tout, ils étaient restés à l'extérieur de mon ancienne maison — sans quoi toute la rue aurait été réveillée par la fusillade qu'aurait déclenchée mon père.

Ensuite, quel était le rôle de Cole et de ses amis dans tout ceci ? Je savais qu'ils combattaient les zombies, mais qu'y avait-il d'autre ? Ils avaient l'air d'en savoir bien plus long.

J'en étais là de mes réflexions quand on a frappé à la porte.

— Ali ? Tout va bien ?

La voix chaude de Cole m'a donné un frisson.

— Oui.

Cette nuit, il m'avait sauvé la vie. Sans lui, j'aurais fini en pâté pour zombies.

— Peux-tu te dépêcher, s'il te plaît ? J'ai l'impression que tu n'as pas encore tout à fait récupéré, et je m'inquiète. Si tu te trouves mal, il va falloir que j'entre là-dedans pour jouer les sauveteurs.

Et il me trouverait… toute nue. Immédiatement, j'ai coupé l'eau et entrepris de me sécher. Un haut blanc et un bas de jogging rose étaient disposés sur la lunette des toilettes. Mais comment diable… J'ai fouillé la pièce du regard, ce qui n'était pas bien compliqué vu qu'elle était minuscule et ne contenait en tout et pour tout que la douche, la cuvette et le lavabo. Et, non : ces vêtements ne se trouvaient pas là quand je m'étais déshabillée.

Retenant ma colère, j'ai vérifié la serrure que j'avais, j'en étais certaine, refermée derrière moi en entrant. Et, effectivement, la porte était fermée à clé.

Donc… quelqu'un était entré par effraction dans la salle de bains pour y déposer ces vêtements avant de ressortir et de refermer la porte. Pas besoin d'être devin pour résoudre ce mystère. Cole était le coupable — qui d'autre ? Et ce n'était guère surprenant. Il ne se déplaçait pas sans son arsenal, traînait dans des clubs réservés aux adultes et combattait des monstres chaque nuit. Bien entendu, il était capable de crocheter une serrure.

Je me suis habillée, me suis séché les cheveux tant bien que mal, et j'ai inspecté rapidement mon reflet dans le miroir… J'ai fait la grimace : si, d'habitude, mon teint était pâle, il était à présent carrément livide. Des cernes profonds soulignaient mes yeux, qui du coup paraissaient plus grands que d'ordinaire. Ma joue portait la marque du contact avec le sol, lorsque le zombie m'avait fait tomber sur le goudron du parking.

J'aurais bien aimé disposer de quelques kilos de maquillage, d'un sèche-cheveux et d'un fer à lisser, et pourquoi pas de quelques coiffeuses professionnelles pour m'apprendre à m'en servir sans catastrophe… mais j'ai fini par quitter la relative sécurité de la salle de bains. Entourée d'un nuage de vapeur parfumée au savon, je suis entrée dans la chambre que Cole m'avait attribuée. Elle était petite, mais confortable ; des draps bleu frais étaient étendus sur le lit, avec des oreillers et…

Qui se souciait de la chambre ? Cole se tenait à quelques pas de moi, les bras croisés sur la poitrine. Apparemment, il s'était douché lui aussi, car ses cheveux étaient mouillés et coiffés en arrière. Il avait quitté son T-shirt et ne portait qu'un jean propre. Il était pieds nus… mais ce n'était pas ses pieds que je regardais.

Son torse était bronzé à la perfection, couvert de muscles… et de cicatrices, qui ressemblaient à des traces de dents et de griffes.

Il portait également une myriade de magnifiques tatouages, avec quelques motifs, mais surtout des mots inscrits sous ses clavicules. Sur chacun de ses bras, on voyait la faux de la mort, dont le manche commençait aux poignets et dont la lame se terminait sur sa poitrine, juste à côté des noms. Une mince ligne de poils sombres descendait de son nombril vers la ceinture de son jean taille basse.

— Tu veux que je mette une chemise ? m'a-t-il demandé, une pointe d'amusement dans la voix.

Je ne rougirai pas.

— Non.

S'il décidait un jour de ne plus jamais porter de haut, il rendrait un fier service à l'humanité, mais je n'allais pas lui dire ça maintenant.

— Tu es très bien comme ça.

— Je suis ravi de te l'entendre dire.

Et voilà, je me suis mise à rougir…

— Je ne voulais pas dire que… c'était une façon de… oh, laisse tomber.

J'étais trop épuisée pour avoir de la repartie. J'ai désigné ses tatouages les plus imposants.

— Alors, que signifient ces mots ? lui ai-je demandé.

— Ce sont des noms, répondit-il en les caressant machinalement. Les amis que j'ai perdus en me battant contre les zombies.

J'ai compris qu'il s'agissait d'une façon de leur rendre hommage, et j'ai su dès cet instant qu'un jour je me ferais moi aussi tatouer les noms des membres de ma famille.

— Le jour de la rentrée, Kat m'a parlé de deux garçons de ta bande qui étaient morts de maladie l'année dernière. Cela avait-il à voir avec les zombies ?

Il a hoché la tête.

— Ils ont été mordus et n'ont pas réussi à vaincre l'infection.

Un nœud glacial s'est formé dans ma gorge.

— Mais *j'ai* été mordue !

— Oui, mais je t'ai administré l'antidote in extremis, et la toxine n'a donc pas eu le temps de se fixer dans ton organisme. Tu te souviens d'avoir ressenti une piqûre au cou, juste après que je t'ai trouvée, non ? Ne t'inquiète pas, tout ira bien.

Oui, je me rappelais cette piqûre. La boule dans ma gorge s'est dissipée lentement.

— Tu en es certain ?

— Absolument.

Très bien.

Cole m'a tendu la main, avant de reprendre :

— Allons-y. Je suis sûr que tu veux toutes les réponses, maintenant.

Ravie que notre conversation soit toujours d'actualité, j'ai saisi la main qu'il me tendait. Le contact calleux de sa paume m'a réconfortée, car elle me rappelait sa force et sa capacité à détruire tous ceux qui tentaient de s'en prendre à nous.

Il m'a entraînée dans le salon, où attendaient Frosty, Mackenzie, Bronx et deux garçons que je n'avais jamais rencontrés. Quand ils m'ont vue, ils ont interrompu leurs activités et le silence s'est fait dans la pièce. Mais lorsqu'ils se sont aperçus que Cole me tenait par la main, la plupart d'entre eux ont arboré une expression furieuse.

J'ai tenté de retirer ma main, mais Cole a tenu bon. Menton

relevé avec un air de défi (il me rappelait quelqu'un, mais qui ? Ah oui : *moi*), il leur a lancé :

— Quelqu'un a quelque chose à dire ?

Plutôt, oui ! La conversation a démarré au quart de tour.

Frosty : « Elle ne devrait pas être ici ! »

Cole : « Peut-être pas, mais elle y est. »

Le garçon numéro deux : « On ne sait rien d'elle. »

(Je l'appellerai Spike, à cause de la façon dont étaient coiffés ses cheveux noirs — on aurait dit qu'il avait mis les doigts dans une prise électrique.)

Cole : « Alors nous apprendrons à la connaître. »

Mackenzie : « Elle n'est pas sûre. Elle va tout cracher sur nous. »

Cole : « Je t'en prie. Il a quasiment fallu que je la torture pour apprendre ce que je sais d'elle. »

Garçon numéro un : « Et les trucs louches qu'elle faisait dans ta tête, hein ? »

Lui, je le surnommerai... Tordu. Vous devinez pourquoi.

Cole : « Apparemment, j'avais le même effet sur elle. Nous ignorons tous les deux ce qui cause ces visions, mais elle et moi en sommes victimes. »

Spike : « Et tu crois tout ce qu'elle te dit ? Tu lui fais confiance ? »

Cole : « Ecoute, elle va rester avec nous, un point c'est tout. Fin de la discussion. »

Tout le monde : grommellements et murmures indistincts.

J'ai remarqué malgré moi que Cole n'avait pas répondu à la question sur la confiance.

— Je vous remercie de votre accueil, ai-je conclu, ironique. Ça fait chaud au cœur.

Ma pique m'a valu de nouveaux regards agacés. Cole m'a serré la main, mais j'ignorais si c'était pour me réconforter ou pour me mettre en garde — je supposais qu'il s'agissait plutôt de la dernière solution. Ses amis comptaient beaucoup pour lui, et j'imagine qu'il ne souhaitait pas outre mesure que je fasse la maline.

Une nouvelle fois, j'ai tenté de libérer ma main, et une nouvelle fois sa poigne est restée aussi ferme qu'un étau.

— Essaie seulement de t'échapper maintenant, m'a-t-il soufflé. Tu vas voir.

— Je n'essayais pas de m'échapper, lui ai-je répondu sur le même ton. Je voulais juste avoir une main libre pour te frapper.

Il a fait de son mieux pour réprimer un sourire avant de remarquer :

— Mais tu as une main libre !

— Eh bien, mon envie de te battre a dû me passer avant que je m'en rende compte.

— J'ai bien de la chance.

— Tu ne sais pas à quel point.

— Bon, je crois que j'ai compris le problème, a dit Tordu sèchement.

Un problème ? Avec moi ? Là, ça suffisait.

— Je ne vois pas en quoi je suis concernée, ai-je lancé à la cantonade, en faisant de mon mieux pour conserver mon calme. Vous faites confiance à Cole, oui ou non ?

C'étaient ses amis, certes, mais surtout ils avaient fait de lui leur chef. Ce qui signifiait que son jugement prévalait, et qu'ils n'avaient rien à dire.

— D'ailleurs, de quoi avez-vous peur réellement ?

— Que tu révèles aux gens ce que nous faisons, a répondu Mackenzie avec son amabilité habituelle.

— Que tu leur révèles où nous cachons nos armes, et que cela devienne une nouvelle JS, a renchéri Frosty.

Une JS ? Que voulait-il dire ? A moins que… c'étaient les initiales de Justin Silverstone, non ? Existait-il entre lui et la bande de Cole un différend ancien ? Je n'osais poser la question, mais je me suis promis d'en apprendre davantage à ce sujet.

Spike, quant à lui, a lancé :

— En plus de ça, elle peut nous mettre dans le pétrin vis-à-vis de la loi.

Il y a eu d'autres réponses, dont « Elle va nous faire passer pour des fous dangereux et finir par nous faire enfermer », puis « Elle va nous faire passer pour des rigolos », et enfin « Elle va foirer quelque chose, on va se retrouver avec une horde de zombies devant chez nous. »

D'accord… Donc, rien de ce que j'aurais pu dire n'allait apaiser leurs doutes. Il était même inutile d'essayer.

— Nous pouvons l'entraîner, a répliqué Cole. D'ailleurs, elle ne s'en sort déjà pas mal, au combat. Elle peut nous être utile.

Elle ne s'en sort pas mal ? Utile ? Super ! Il savait vraiment parler aux femmes, non ?

Mais je ne me suis pas dégonflée.

— Je vais m'améliorer. Vous verrez. J'apprends vite, et je suis motivée. Donnez-moi juste une chance.

Euh… était-ce bien moi qui venais de parler, là ? Je n'en revenais pas moi-même.

Pendant le trajet jusqu'à la cabane, je m'étais juré de me cacher pour toujours et ne plus jamais revoir de zombies. Mais, une fois ma surprise passée, j'ai compris que je disais vrai : en voyant ce petit groupe, en comprenant qu'ils luttaient pour le bien et que je pouvais le faire à leur côté, j'avais décidé de me joindre à eux. Je n'avais pas d'autre choix : je le devais à ma famille.

Il y a eu quelques murmures dubitatifs.

— Tu n'as pas la carrure d'une tueuse, a fait Mackenzie avec une moue sceptique.

— Bien sûr que si, ai-je insisté. C'est juste que tu ne m'as pas vue en action.

Le groupe devait prendre un peu de temps pour réfléchir, sans quoi l'un ou l'autre (ou peut-être tous) risquait de prononcer des paroles qu'il regretterait par la suite. Et moi également. Aussi, je me suis hâtée de changer de sujet :

— Avant que j'oublie, Kat m'a chargée de te dire qu'elle te déteste, ai-je annoncé à Frosty.

Il m'a lancé un regard noir qui m'a clouée sur place. Oublié les airs de gentil garçon qu'il se donnait au lycée !

— A propos de ce soir, que vas-tu lui raconter ?

Bravo ! J'avais pensé détourner la conversation, je n'avais fait que l'envenimer.

— Elle ne dira pas un mot des zombies à Kat, et c'est tout ce que vous avez besoin de savoir, a tranché Cole malgré les protestations de Frosty. Si ça peut vous rassurer, je me porte entièrement responsable d'Ali. Et, maintenant, laissez-nous. J'ai besoin de lui parler seul à seul.

— Tu veux rester seul avec elle ? Ne sois pas idiot, a grincé Mackenzie.

Mais Cole a ignoré sa remarque et m'a entraînée par la main à travers le groupe, obligeant tous ceux qui se trouvaient sur son passage à s'écarter. Il m'a fait asseoir sur le canapé, gentiment, mais avec assez de fermeté pour me faire comprendre que je ne devais pas bouger avant qu'il me le dise.

Puis il a rapproché la table basse de moi pour l'utiliser comme une chaise, et il s'est placé face à moi, emprisonnant mes jambes entre les siennes.

— Que veux-tu savoir en premier ?

J'ai attendu patiemment que Frosty et Mackenzie regagnent ensemble une des chambres du fond tandis que Bronx et les deux autres garçons sortaient de la cabane. La porte s'est refermée lourdement sur eux.

Je leur montrerai ce que je vaux, me suis-je promis. *Leurs sentiments à mon égard vont changer.*

— Ali.

Ah, oui, les questions.

— Pourquoi sommes-nous les seuls à voir les zombies ? Et pourquoi les zombies ne voient-ils que nous ?

De nombreux passants s'étaient trouvés sur le parking, mais les zombies ne s'étaient intéressés qu'à Cole et moi. Ne pouvaient-ils donc agresser que ceux qui se trouvaient sous leur forme spirituelle ?

Sauf que… *minute.* Ils s'en étaient pris à ma mère aussi. Elle m'avait une fois avoué ne jamais avoir vu les monstres de mon père, mais simplement le résultat de leurs actions ; pourtant, ils l'avaient repérée et traînée hors de sa voiture.

— Les zombies sont le Mal, m'a répondu Cole. Le Mal à l'état pur. Il n'existe plus la moindre bonté en eux. Ils veulent *détruire* la bonté. Je suppose qu'elle leur rappelle ce qu'ils ont perdu.

J'ai froncé les sourcils.

— Ce qui veut dire que… nous sommes le Bien ?

— Disons que nous sommes capables de faire le bien.

— Mais je connais au moins une centaine de personnes qui saurait me faire du bien mieux que quiconque (oh mon Dieu, avais-je *vraiment* prononcé cette phrase ?) — je veux dire, de personnes meilleures que nous du point de vue de la bonté… Pourtant, c'est à nous qu'ils s'en prennent.

— Les gens comme nous, qui peuvent les voir, sont comme des aimants pour eux. Ils nous sentent et, d'instinct, ils nous traquent.

— Mais il leur arrive aussi de s'en prendre à des gens normaux, non ? ai-je insisté.

— Oui. Ils sentent la peur aussi facilement qu'ils nous sentent, nous. Ils détectent aussi les sentiments négatifs, bien que moins facilement.

— Mais la peur n'est pas une bonne chose, si ? Et pourtant tu m'as dit que les zombies voulaient détruire ce qui était bon.

Il a secoué la tête, comme affligé par mon ignorance.

— Ils veulent détruire ce qui est bon, mais ils sont attirés par le mal, par la peur et la douleur aussi. De fait, ils attaquent tout ce qu'ils peuvent sentir et qui les attire. Tu comprends ? Plus encore, comme nous l'avons prouvé cette nuit, les gens de bien ne sont pas faciles à vaincre. Comment penses-tu qu'ils entretiennent leur force ? En dévorant tous ceux qu'ils trouvent, bons et méchants, extralucides ou non, tueurs ou non.

Chacune de ses réponses faisait naître en moi une nouvelle question.

— Mais s'ils ne peuvent dévorer notre chair, à quoi s'en prennent-ils exactement ?

— Ce sont des esprits, et ils se nourrissent d'esprit. Mais ce qu'ils causent se manifeste dans le corps, sous la forme d'une infection qui envahit notre organisme.

Les morsures que j'avais reçues se sont mises à me lancer, comme pour me rappeler leur présence… et le fait que j'avais failli mourir.

— Est-ce ainsi qu'ils créent de nouveaux zombies ? Et comment vivent-ils ? Pourquoi ne peuvent-ils sortir que la nuit ?

Il a réfléchi un instant avant de hocher la tête, comme s'il était arrivé à une conclusion.

— Prenons les choses une par une. Une question, une réponse. Oui, c'est ainsi qu'apparaissent de nouveaux zombies. L'infection gagne très vite chez certains, plus lentement chez d'autres. Certaines personnes peuvent y survivre, mais la plupart meurent. Dans ce cas, leur esprit revient hanter notre monde. Ils deviennent des morts-vivants.

— Rien ne peut être fait pour les sauver ?

— Passé une certaine limite, non.

— Mais tu as parlé d'un antidote ? lui ai-je rappelé.

— Il n'a aucun effet sur un vrai zombie. En revanche, si

on l'administre à temps à un esprit humain, on peut éradiquer l'infection avant qu'elle ne se répande.

— Et tu es *certain* de me l'avoir injecté à temps ?

— Nous avons déjà parlé de ça, Ali.

— Et nous allons sans doute en reparler un bon milliard de fois, mets-toi bien ça dans la tête !

Il a ri, et son visage s'est éclairé.

— Frôler la mort te met en rogne. C'est bon à savoir.

— Cole ! Sois sérieux.

Sans cesser de sourire, il a repris :

— Oui, je suis certain de t'avoir administré l'antidote à temps. Je ne fais pas les choses à moitié, et je n'échoue jamais.

Nom d'un chien, comme j'enviais sa belle confiance en lui ! Où pouvais-je me procurer la même ? L'une après l'autre, j'ai retiré mes griffes de mes cuisses.

— Je veux bien, mais comment un remède peut-il agir sur notre esprit, là où commence l'infection si je t'ai bien suivi ?

— Ce n'est pas un remède physique, mais spirituel. Je l'ai administré à ton esprit. C'est seulement alors que je t'ai fait réintégrer ton corps. Et, avant que tu ne poses une nouvelle salve de questions sur ce qui se serait passé si je t'avais donné le médicament après que ton esprit avait réintégré ton corps, je vais simplement te dire qu'il existe aussi dans ce cas une façon d'arrêter l'infection. C'est tout ce que tu as besoin de savoir pour le moment.

— D'accord, mais je ne comprends rien à tout ça.

Il a poussé un soupir.

— Je t'ai dit que ce qui se passe dans ton esprit se manifeste aussi dans ton corps, n'est-ce pas ? C'est pour cette raison que tu portes des marques et des cicatrices alors que ton corps n'a pas reçu le moindre coup. De la même façon, ce que j'ai injecté dans ton esprit est arrivé dans ton corps.

C'était mieux.

— Bon. Mais comment est fabriqué ce fameux remède spirituel ?

Ou plutôt : quel était ce produit qui circulait en ce moment même dans mes veines ?

— La meilleure façon de le décrire, c'est de le comparer à une sorte d'eau bénite. Comme je te l'ai dit, ça ne guérit pas les zombies et ça ne peut pas les tuer, mais ça les blesse sérieusement. Cela dit, le produit est trop précieux pour qu'on le gaspille de cette façon, sauf en cas d'absolue nécessité.

J'ai croisé les bras, dépassée par cette somme d'informations. La réalité était bien plus complexe que je ne l'avais imaginé. Et dire que pendant des années je ne m'étais doutée de rien… Finalement, il aurait été bien plus simple pour moi d'être folle !

Cole a poursuivi.

— J'en reviens à la question du temps. La dose d'antidote doit être administrée à l'esprit au maximum une heure après l'infection. Nous avons des ampoules et des seringues dans ma Jeep, et j'en garde toujours une sur moi. Tu devras faire la même chose, et ne jamais sortir sans.

— C'est noté, ai-je promis.

— Parlons de leur mode de vie. Ils vivent en groupes, en nids, comme des essaims. Ils se regroupent dans des grottes, des caves, n'importe où tant que c'est à l'abri de la lumière. Ils dorment le jour, car leurs yeux et leur peau sont trop sensibles au soleil. Ton esprit s'en tire mieux qu'eux dans la lumière, mais il faut d'abord apprendre à le protéger, alors évite de t'y essayer pour l'instant. De même, tes sensations se trouvent modifiées quand ton esprit quitte ton corps, et il faut s'y habituer.

— Je ne sais même pas comment j'ai fait cette nuit !

— Nous allons travailler à ça, je te le promets.

Que de nouvelles choses en perspective ! En ce moment, je me sentais toute petite, presque effrayée.

— Quelle est la première chose que tu aies remarquée quand tu t'es retrouvée sous ta forme spirituelle ?

— Le froid. J'étais glacée, ai-je répondu, et ce seul souvenir m'a procuré un frisson.

— Exactement. Quand l'esprit n'est plus protégé par le corps, on ressent un froid extrême. Nous sommes plus sensibles. De plus, tu ne dois jamais — vraiment *jamais* — tenter de parler sous cette forme, à moins que tu veuilles vraiment obtenir ce que tu dis.

Une nouvelle fois, j'en ai été réduite à murmurer :

— Je ne comprends pas.

— Tout comme la nature a ses règles, le monde des esprits a les siennes. Nous avons appris que toutes les paroles que nous prononçons sous notre forme spirituelle se réalisent dans le monde physique, que ce soit bien ou mal, et ce tant que tu y crois et que ça ne s'oppose pas au libre arbitre de quelqu'un. Attention, c'est une arme à double tranchant ! Parce que si tu dis quelque chose comme « Ce zombie va me tuer », et que tu en es convaincue, ton adversaire y parviendra réellement, sans que tu puisses lui résister.

Après tout ce que j'avais vu ce soir, je n'aurais pas dû douter de lui, mais cela faisait vraiment beaucoup.

— Donc, si je parle, boum, ça se produit ?

— Oui. Parfois, cela prend du temps, mais c'est ça.

Il a posé la main sur mon genou.

— Sur ce sujet, il faut que tu me fasses confiance jusqu'à ce que j'aie les moyens de te prouver ce que je dis, d'accord ?

J'ai failli lui répondre qu'il en faudrait beaucoup pour me convaincre, mais j'ai préféré me taire et opiner.

— Très bien. Tu as d'autres questions ?

C'était mignon. Evidemment que oui !

— Comment parvient-on à les tuer ? Et la lumière dans ta main, qu'était-ce ?

— Du feu purifié. Cela désintègre les zombies après un contact prolongé.

Prolongé ?

— J'ai eu l'impression que ça ne prenait que quelques secondes.

— Tu étais dans un état second, et tu n'avais plus le sens du temps. C'est pour cela que nous faisons tout pour mettre les zombies hors d'état de nuire avant de le leur appliquer. Moins ils résistent, plus il est simple de poser la main sur leur poitrine sans risquer de se faire mordre.

Une étincelle d'excitation s'est éveillée dans ma poitrine.

— Et moi, serai-je capable de produire ce feu ?

L'idée de posséder un pouvoir aussi fort contre les zombies me plaisait énormément.

— Avec le temps, oui. Maintenant, je t'accorde une dernière réponse, m'a-t-il dit. Je ne veux pas te submerger d'informations.

Trop tard. Cependant, je suis restée songeuse un instant, tâchant de choisir la bonne question parmi la myriade de celles qui me venaient à l'esprit.

— Pourquoi les zombies n'entrent-ils pas dans les maisons ?

Pourquoi n'apparaissent-ils qu'environ toutes les deux semaines ? Ou, comme cette nuit, tous les quelques jours ?

— Tu as besoin de cours de maths. Ça fait trois questions, pas une.

J'ai haussé les épaules.

— J'ai arrondi.

Cette fois, il a franchement éclaté de rire. Un rire qui avait quelque chose de rauque, comme s'il ne s'était pas amusé depuis longtemps de la sorte.

— Si tu as encore ton sens de l'humour, c'est que tu récupères mieux que je ne le croyais.

Il s'est mis à me tapoter le genou avec un geste doux et fraternel qui, d'une certaine façon, m'a agacée.

— Ils n'entrent pas chez nous parce que nous créons ce qui s'appelle des Lignes de Sang.

— Et qu'est-ce donc ?

— Lorsque nous versons un certain mélange chimique autour des fondations d'une maison, les zombies ne peuvent pas y pénétrer malgré tous leurs efforts.

Ah, d'accord.

— Je veux…

— Le mélange a déjà été répandu autour de chez toi.

— Quand ?

Les zombies s'étaient tenus à l'écart de la maison de mes grands-parents dès l'été, avant même que je ne rencontre Cole.

— Le jour où je t'ai rencontrée.

Vous voyez ? Le calendrier ne cadrait pas — même si Cole me surveillait depuis le premier jour, donc. Il ne restait qu'une seule solution : c'est mon père qui avait dû verser la mixture autour de la maison de mes grands-parents à l'époque où il était au lycée. Mais comment avait-il su tout cela ?

— Qu'y a-t-il ? m'a demandé Cole.

— Rien, ai-je murmuré.

Je n'étais pas encore prête à lui faire part de mes réflexions.

Il m'a jeté un coup d'œil soupçonneux, mais a accepté de changer de sujet.

— D'accord, j'en reviens à ta batterie de questions. Je crois qu'il ne me reste qu'une réponse à te donner. Les zombies ne sortent pas souvent parce qu'ils doivent se reposer et reconstituer leur réserve d'énergie. Ils mettent également du temps à digérer ce qu'ils dévorent.

Ils dévoraient le Bien. Quelle belle image !

— Et maintenant, a-t-il repris, à mon tour. J'ai une question pour *toi*.

Il a attendu que j'accepte d'un hochement de tête avant de poursuivre :

— Veux-tu vraiment les combattre ? Tu l'as dit, d'accord, mais il faut que tu sois certaine.

— Je le veux.

Plus que tout. Plus j'en apprenais, plus ma décision devenait irréversible.

— Très bien. Je veux que tu fasses partie d'une mission dès que possible. Chaque soir, certains d'entre nous patrouillent la ville, juste au cas où ils se pointeraient. D'autres s'entraînent, et d'autres se reposent. Les soirs où les zombies apparaissent, nous partons tous au combat.

C'était tellement organisé, tellement précis… mais j'imaginais mal mes grands-parents accepter ce genre d'emploi du temps.

— Le nombre de zombies ne cesse d'augmenter, tandis que nos rangs périclitent. Nous devons accepter tous les renforts disponibles.

— Tu me ferais confiance ? Tu m'accepterais parmi vous ?

Ce n'était pas le cas de ses amis, et Cole avait soigneusement évité cette question quand on la lui avait posée.

— J'accepte de te donner une chance.

C'était encore une façon d'éluder la question. Qu'importe. C'était ce que je voulais de tout mon cœur, et je comptais bien ne pas laisser passer cette opportunité.

— Je saurais m'en montrer digne, lui ai-je promis.

— Mais si jamais cela te pose problème…

Je l'ai compris à demi-mot : besoin de renforts ou non, il n'hésiterait pas à me virer du groupe si je n'obéissais pas aux règles. Il était temps que je lui rappelle un détail.

— Dans nos visions, nous nous sommes vus en train de nous embrasser. Ce qui est arrivé. Nous nous sommes vus en train de combattre des zombies, ce qui s'est produit également. Cela doit signifier quelque chose.

Il a ôté sa main de mon genou et s'est écarté vivement :

— Tu veux dire que nous avons des visions du futur ? Même si ce que nous avons vu ne correspondait pas tout à fait à la réalité ?

Pourquoi cette distance, soudain ?

— Pourquoi pas ? Ce ne serait pas le plus étrange dans tout ça.

Ses yeux violets se sont posés sur moi, me transperçant jusqu'au fond de l'âme (ou de l'esprit), et il a dit :

— Je crois que seul l'avenir nous le dira. A présent, je pense t'avoir donné suffisamment matière à réflexion. Que dirais-tu de dormir un peu ? Nous continuerons demain matin.

Mauvaise nouvelle : le lendemain matin, nous n'avons pas pu reprendre la conversation, car Cole était déjà parti. Personne n'a voulu me dire pourquoi. Pire encore : je me retrouvais obligée de rentrer en ville avec Frosty-le-râleur, et bon sang comme il faisait la tête !

Le trajet a commencé en silence. Vu l'ambiance, j'aurais dû en profiter autant que possible, mais au lieu de cela j'ai passé mon temps à étudier le ciel, jetant un coup d'œil rêveur à tout ce bleu : le soleil du matin, un nuage en forme de théière, un deuxième qui ressemblait à un fauteuil à bascule, et un troisième, en forme de…

Non ! Non, non et *non* ! Pas maintenant. Pas aujourd'hui. Pas avec le meilleur ami de Cole et ex-futur petit copain attitré de Kat. Mais je ne pouvais nier l'évidence : un gros lapin blanc me surplombait.

La raison me disait de rester calme, mais la peur me hurlait que Frosty et moi allions mourir dans un accident.

— Va moins vite ! ai-je hurlé d'une voix perçante.

Intérieurement, je me suis mise à réciter une prière.

Notre père qui êtes aux cieux, je sais que je n'ai pas toujours fait le bien, mais…

— Ben c'est ça, fais-moi exploser les oreilles, a grommelé Frosty.

… je suis sincèrement désolée pour mes erreurs…

— Je suis sérieuse. Ralentis, ou je saute en marche. Je te jure que je le ferai.

… sauve-nous aujourd'hui et je jure que je m'améliorerai…

— Tu crois que j'en ai quelque chose à faire ?

— Alors, je vais parler sans m'arrêter jusqu'à ce que tes oreilles tentent de se détacher pour fuir. Et c'est tout à fait possible — mes propres oreilles ont essayé, une fois.

... je te serai reconnaissante pour toujours, Seigneur, plus reconnaissante que quiconque. Amen.

Frosty m'a jeté un regard glacial qui illustrait parfaitement son nom, mais il a néanmoins ralenti.

— Voilà. Tu es contente ?

— Merci, lui ai-je fait, sans pour autant parvenir à me détendre.

Toutefois, à ma grande surprise, nous sommes arrivés à la maison quelques minutes plus tard. Et en vie. *Merci, Seigneur.*

Après avoir garé sa voiture dans la rue de mes grands-parents, Frosty s'est tourné vers moi.

— Cole a dit qu'il ne voulait pas que nous te criions dessus. Aussi je voudrais que tu remarques à quel point ma voix est calme.

— Tu rigoles ?

— Je ne plaisante jamais.

C'était les mots mêmes de Cole. Mais penser que celui-ci avait fait cette recommandation pour moi... j'en suis restée comme deux ronds de flan. Le matin, il était parti sans un mot, sans doute pour éviter d'avoir à répondre à de nouvelles questions ; pourtant, là, on aurait dit qu'il prenait soin de moi, même à distance. Cela dit, je restais curieuse de savoir ce qu'il aurait fait si un de ses amis s'en était pris à moi... et le respect qu'ils lui montraient tous en général me sidérait.

— Donc, tu as noté que mon ton reste courtois ?

— Noté, oui.

Et, aussi sec, il s'est lancé dans une série de menaces, m'expliquant que si quiconque apprenait ce qui s'était passé, y compris Kat, j'étais grillée. J'ai retenu un bâillement. Je venais de survivre à un trajet en voiture malgré le nuage-lapin. Plus encore, Frosty était un humain, pas un zombie, et il suivait les ordres de Cole. Ses menaces ne m'intimidaient pas.

— Tu sais que tu m'as déjà dit tout ça ? lui ai-je fait remarquer.

— Alors, je vais te le redire.

Ce qu'il a fait. *Trois fois.* Sa voix est passée par toute la gamme de la fureur à peine contenue à la condescendance.

Quand il a — enfin — terminé, j'ai répliqué :

— Et si tu me disais plutôt ce qui t'inquiète vraiment, hein ? Avant, tu m'acceptais très bien, et voilà que tout à coup tu me détestes.

Il a passé la main dans ses cheveux blonds.

— Je ne sais pas ce que tu lui as fait. Je veux dire, d'accord tu es sexy, et tu as l'air sympa, mais en général il ne s'occupe pas des petites nouvelles. Et ces trucs de visions entre vous, c'est… bizarre. Pour faire simple : je n'ai pas confiance en toi. Crois-moi, j'ai appris ma leçon en ce qui concerne les gens comme toi.

— Par « les gens comme moi », tu veux dire « ouverts et attentionnés » ?

Frosty a bafouillé un instant, à la recherche d'une réponse, avant de finalement répliquer, incrédule :

— Après tout ce que je viens de te dire, c'est comme ça que tu réagis ?

Il se comportait comme Cole après une de mes réponses, et je ne savais pas comment je devais prendre cela.

— Oui.

— Tu n'es pas commune, comme fille !

J'ai écarquillé les yeux pour feindre la surprise.

— *C'est pas vrai !* Tu en es sûr ?

Avec un nouveau soupir, il s'est mis à frotter les tatouages sur ses poignets.

— Mackenzie avait raison. Tu ne feras pas une bonne tueuse.

O.K.

Avant qu'il ait eu le temps de comprendre ce qui se passait, je lui ai assené un bon coup de poing. Mes phalanges gonflées et douloureuses ont rencontré sa mâchoire, et sa tête est partie sur le côté. Une douleur fulgurante a remonté le long de mon bras, mais je me suis mordu la langue pour retenir un gémissement.

— Tu disais quelque chose ?

Il a fait bouger sa mâchoire et a frotté la peau qui se colorait déjà d'une ecchymose… avant de se mettre à sourire.

— D'accord. Maintenant, je comprends ce que Cole apprécie en toi. Tu es pire que Kat. Et je te préviens : pas la peine de me demander si Cole t'apprécie plus que Mackenzie ; parce que quand je dis « apprécier » je ne parle pas de sentiments, ni des tiens ni des leurs. Rien qui ait à voir avec des trucs rose bonbon. Pigé ?

Je savais déjà que je n'étais pas tout à fait normale, mais ce qui s'est passé dans ma tête en cet instant me l'a définitivement prouvé. En effet, pendant qu'il parlait, j'ai soudain saisi le sens caché de sa phrase, en additionnant le nom de Kat avec les mots « sentiments » et « rose bonbon »... Bien sûr, c'était clair : je venais de comprendre une partie de l'imbroglio Kat-Frosty-Trina.

— Je suis certaine que tu n'as jamais trompé Kat, ai-je fait de but en blanc. Que s'est-il passé ? Le soir où tu l'as appelée, tu étais blessé ?

— Exactement, s'est-il contenté de répondre.

Les rayons du soleil envahissaient l'habitacle et faisaient étinceler ses yeux, à présent plus bruns que bleus. Les coins en étaient marqués par des cernes — avait-il seulement dormi la nuit précédente ? Sans doute que non. Le désordre de sa chevelure n'était pas seulement dû au fait qu'il y passait sans cesse la main, et ses vêtements étaient froissés comme s'il ne les avait pas quittés depuis des jours.

Je n'avais moi-même pas trouvé le sommeil. Bien que Cole m'ait assuré que la cabane était surveillée et gardée, le moindre souffle de vent m'avait fait me retourner dans mon lit. Très vite, je m'étais relevée pour faire les cent pas devant l'unique fenêtre de ma chambre (privée, un luxe) et espionner les bruits derrière la porte. Des bruits qui n'existaient pas.

— Tu as appelé Trina juste après avoir parlé à Kat parce que..., ai-je commencé.

Il a poussé un grognement.

— Parce que Trina était à mes côtés cette nuit-là pour combattre les zombies. Elle m'a sauvé la vie, et y a récolté une blessure. Bien plus grave que la mienne. Je voulais prendre de ses nouvelles, voilà tout.

Enfin, je voyais tout le tableau. Frosty était prêt à laisser Kat croire les pires choses à son propos, et même à la perdre malgré tout l'amour qu'il éprouvait pour elle, et ceci seulement pour ne pas trahir les secrets du groupe. Compris. A partir de maintenant, on exigerait de moi un sens de la loyauté aussi fort.

— Eh bien, la nuit dernière, Kat m'a bel et bien chargée de te dire qu'elle te détestait. Je n'ai pas menti à ce sujet.

Je ne lui rappelais pas cela pour le blesser, mais parce que j'espérais le pousser à arranger les choses avec elle d'une manière ou d'une autre.

Ses mâchoires se sont contractées.

— Quand Cole m'a téléphoné pour nous raconter ce qui s'était produit, elle et moi étions en train de parler de nous remettre ensemble. Elle n'était pas ravie que je la quitte.

« Pas ravie »... c'était un euphémisme. Kat s'était habillée pour lui, avait dansé pour lui et l'avait même embrassé. Vu de l'extérieur, son départ en hâte relevait de la pure goujaterie, un peu comme s'il l'avait plantée au restaurant au cours d'un dîner romantique... en lui laissant l'addition.

— Je lui expliquerai que tu as dû venir nous dépanner, Cole et moi, parce que nous avions des problèmes avec sa voiture.

C'était presque la vérité : après tout, les zombies avaient bien causé des problèmes de voiture. Des problèmes comme : *dépêchons-nous d'en trouver une pour nous enfuir.*

— D'accord.

Il a relâché ses épaules, visiblement soulagé.

— Oui, tu pourrais dire à Kat que je vous ai dépannés. Merci.

Il ne m'appréciait pas, et n'allait pas retirer ses menaces, mais cela ne le gênait pas que j'intervienne en sa faveur... Soudain, je me suis félicitée de ne pas avoir eu de petit ami dans mon ancien lycée. Les garçons n'en valaient pas la peine.

— Alors, que s'est-il passé hier soir ? Avec les... zombies ?

Le mot est passé difficilement. L'entendre dans ma propre bouche m'effrayait, car cela soulignait à quel point mon monde avait été bouleversé.

— Cole a dit qu'ils n'étaient pas censés sortir en ce moment. Et, d'ailleurs, comment avaient-ils su que nous nous trouvions dans le club ? Je savais qu'ils pouvaient nous voir, et nous seulement ; cependant, avant leur arrivée, nous nous trouvions à l'intérieur du bâtiment. Ils ne pouvaient tout de même pas voir à travers les briques ? Ou utilisaient-ils d'autres sens ? Nous avaient-ils trouvés... à l'odeur ?

— Et d'abord, comment se fait-il que nous puissions les voir ? ai-je terminé à haute voix.

Frosty a soufflé.

— Nom d'un chien ! Tu es la championne des questions ! Tu es comme ça avec Cole, aussi ?

Il a haussé les épaules avant d'ajouter :

— Bon… Il m'a dit de répondre à toutes tes questions, alors je vais le faire. Mais je ne sais même pas par où commencer.

— Essaie.

— Pourquoi nous les voyons ? Eh bien, pourquoi Cole a-t-il les yeux violets ? Pourquoi tes cheveux sont-ils si blonds ? Nous sommes juste nés comme ça.

— O.K., mais je n'ai jamais vu de zombies avant la mort de mon père.

— Parfois, il faut un événement traumatisant pour faire apparaître le don. D'autres peuvent voir dans le monde des esprits dès leur naissance. Pourquoi ? Nous l'ignorons.

— Et pour toi, comment ça s'est passé ?

Il s'est tu un instant, et ses mâchoires serrées m'indiquaient à quel point il n'avait pas envie de répondre. Cependant, il reprit :

— Je suis né comme ça. Mais Bronx, lui, est comme toi. Sa mère était une droguée, et quand il a eu huit ans elle en a eu marre de s'occuper de lui. Du coup, elle l'a abandonné tout seul sur une route déserte. Il a dû marcher pendant des heures dans le froid et l'obscurité, et la peur a brisé les barrières qui l'empêchaient de voir les zombies.

Un sentiment de pitié m'a envahie, si vif que j'ai failli me mettre à pleurer. Frosty avait dû faire face à la folie pendant toute sa vie, et Bronx voyait les monstres depuis l'âge de huit ans — l'âge d'Emma — *après* que sa mère l'avait abandonné. Pas étonnant que Frosty refuse de me faire confiance et que Bronx ne m'ait jamais adressé la parole.

— Et les parents de Cole ? Voient-ils les zombies, eux ?

Une lueur indéchiffrable est passée dans son regard.

— Son père, oui.

Donc… son père voyait… et le mien aussi… mais les différences dans nos éducations étaient énormes. Son père devait allier pouvoir et autorité. Le mien n'avait connu que la peur et la défaite.

— Et comment vous êtes-vous trouvés ? Les zombies ne sont pas un sujet de conversation habituel…

Il s'est passé la langue sur les lèvres.

— Nous sommes un peu comme les zombies : nous nous attirons entre nous. Et, d'après ce que Cole m'a raconté de votre première rencontre au lycée, tu sais très bien de quoi je parle.

— Mais il a aussi dit qu'il n'avait jamais rien ressenti de semblable.

Frosty a hésité un instant.

— Pas aussi fort, non.

Il a fait mine de consulter une montre imaginaire.

— Oh ! regarde l'heure qu'il est ! Il faut que je file.

N'importe quoi… mais bon, j'avais compris.

— Iras-tu à la fête de Reeve ce soir ? lui ai-je demandé en débouclant ma ceinture.

— Peut-être. Il faudra bien que quelqu'un surveille les arrières de Cole.

C'était un reproche…

— Une dernière question, ai-je lancé au moment où j'ouvrais la portière.

Je suis sortie sur le trottoir et me suis penchée vers lui, tout sourires :

— Veux-tu que j'aide Kat à se trouver un nouveau petit copain ?

Puis j'ai claqué la portière, car la réponse ne m'intéressait pas.

Il a disparu en faisant crisser les pneus — et peut-être même en m'adressant un vilain geste.

Fière d'avoir eu le dernier mot, je me suis dirigée vers ma maison. Coup de chance : mes grands-parents étaient à l'arrière, dans le jardin, et je suis parvenue à me glisser dans ma chambre sans me faire remarquer. Ce qui signifiait que je pouvais m'offrir une petite sieste réparatrice avant qu'ils ne me cuisinent sur ma soirée. Je leur ai donc laissé un mot expliquant que j'étais restée debout toute la nuit — ce qui était la vérité — et je suis montée dans ma chambre avec la ferme intention de m'écrouler sur mon lit.

J'étais au milieu de l'escalier quand, dans la poche de mon jogging, mon portable s'est mis à vibrer pour m'indiquer l'arrivée d'un SMS. J'ai jeté un coup d'œil à l'écran, et mes genoux se sont mis à trembler.

De : C. Holland.

On svoit c soir. Cache des armes ds ta chbre. On ne C jamais qd tu px en avoir besoin.

Des armes. A mon avis, il ne parlait pas juste de la batte de base-ball que je conservais toujours près de moi. Etant donné ce que je l'avais vu faire contre les zombies, il parlait certainement de *couteaux*.

C'est un monde radicalement nouveau, Bell. Mieux vaut t'habituer à cette idée.

Je suis revenue sur mes pas pour me diriger vers la cuisine, où j'ai « emprunté » les deux plus grands couteaux, ainsi que deux autres, plus petits. Je priais pour que mamie ne le remarque pas et ne les cherche pas dans ma chambre. Qu'irait-elle imaginer si elle les y découvrait ?

Il m'a fallu près d'une demi-heure pour décider des endroits où je les dissimulerais, mais j'ai fini par opter pour quatre cachettes : sous mon oreiller pour un accès immédiat, dans le placard, derrière la porte et sous une pile de livres près de la fenêtre.

A présent trop excitée pour m'endormir, je me suis installée devant mon ordinateur pour entreprendre une recherche sur les zombies, mais les douleurs dans mon dos m'ont empêchée de rester assise bien longtemps. Et, excitée ou non, j'étais épuisée ; sous mes yeux, les mots se brouillaient.

Je me suis alors souvenue de ce que me disait ma mère : « Quel que soit ton état d'esprit, l'important c'est de recharger tes batteries. »

Avec un bâillement, j'ai posé mon téléphone sur la table de chevet et me suis glissée sous les couvertures. A ma grande surprise, mes idées se sont arrêtées instantanément et j'ai sombré dans un sommeil de plomb, qu'aucun rêve n'a osé venir troubler. Peut-être le fait d'avoir enfin trouvé une mission, un but dans la vie, me permettait ce sentiment de paix, en atténuant un peu la culpabilité que je ressentais depuis l'accident. Après tout, j'avais survécu au reste de ma famille, et depuis lors j'avais tourné en rond en me rongeant les sangs. Jusqu'à aujourd'hui.

J'allais apprendre à détruire les zombies. Je me rendrais enfin utile en épargnant à d'autres familles de connaître la souffrance que j'avais traversée.

J'avais presque de la pitié pour ces monstres. *Presque.* Jamais de ma vie je ne m'étais sentie aussi déterminée. Je ne leur laisserais pas la moindre chance.

On a frappé à ma porte.

— Entrez, ai-je coassé, tentant de soulever des paupières qui semblaient peser des tonnes.

J'ignorais combien de temps j'avais dormi, mais je savais que j'aurais bien continué une petite centaine d'heures avant de quitter le confort de mon lit.

Mamie a passé la tête par l'entrebâillement de la porte. Elle avait relevé ses cheveux lisses et noirs en un petit chignon, et ne portait que très peu de maquillage. Même à son âge, elle n'en avait pas besoin. Aujourd'hui, elle resplendissait, et sa peau respirait la vitalité. Pour la première fois, j'ai vu ma mère à travers elle — la même beauté intemporelle, la même douceur.

— Je t'aime, mamie, lui ai-je murmuré, soulagée de prononcer enfin les mots que je n'avais pas dits à ma mère.

Instantanément, j'ai vu des larmes perler à ses paupières.

— Je t'aime aussi. Enormément.

Elle s'est éclairci la gorge, comme pour s'empêcher de s'effondrer complètement.

— Donc, Kat et toi êtes restées debout toute la nuit, c'est ça ?

— Oui, ai-je répondu.

J'ai failli lui offrir un petit mensonge qui l'aurait fait sourire, du genre : « Et on a fait une giga-bataille de polochons ! »

— J'espère que la prochaine fois, vous penserez à vous coucher à une heure décente…

— Ça m'étonnerait, ai-je grommelé.

Il n'y aurait sans doute pas de prochaine fois. Dorénavant, mes soirées seraient consacrées à Cole et à la chasse aux zombies.

— Je me souviens, quand j'avais ton âge…, a repris mamie avec un soupir nostalgique. Allez, petite, c'est l'heure de se lever. Le déjeuner est servi.

— J'arrive dans une minute, promis.

— Pas plus de dix, en tout cas, m'a-t-elle répondu avec un

froncement de sourcils sévère dont l'effet était gâché par la bonne humeur qui émanait d'elle.

Elle a refermé la porte derrière elle et je me suis retrouvée seule dans la chambre.

Je me suis étirée et, malgré leurs protestations, j'ai fait jouer mes muscles endoloris avant de saisir mon téléphone. Trois nouveaux messages m'attendaient.

Je me suis frotté les yeux pour chasser les derniers lambeaux de sommeil. Le premier SMS était de Kat, alias Chaton.

T'as promis ds détails !

Le deuxième était également de Kat.

Jveux mes détails !

Le troisième était de Justin. A vrai dire, je n'avais pas enregistré son numéro et je n'ai pas reconnu le sien, mais j'ai compris que c'était lui à la question :

à kel heure je viens t cherch ?

Il m'avait demandé si je sortais avec Cole, et j'avais répondu non. Cette réponse restait vraie. Mais… il y avait un gros *mais*, comme d'habitude. La nuit précédente, Cole et moi étions passés à deux doigts de nous envoyer en l'air sur la piste de danse. Nous avions combattu des zombies côte à côte, et il m'avait invitée à entrer dans sa bande. Il avait répondu à quelques-unes de mes questions, et affirmé son intention de ne pas s'en tenir là (et je devais le croire). Il m'avait protégée de l'animosité de ses amis. Peut-être était-il prêt à sortir avec moi…

S'il me le demandait, est-ce que je dirais oui ? Meilleure question : est-ce que j'étais prête pour une relation avec un type comme lui ?

Avant l'épisode des zombies, j'avais fermement proscrit cette idée. Mais ensuite, j'avais… *changé d'avis*, ai-je soudain réalisé, à la fois consternée et ravie. Car en quelques heures, toute ma vie avait été bouleversée. J'avais failli mourir. Je ne savais pas si je m'en tirerais toujours aussi bien. Alors je voulais vivre ma vie à fond tant que j'en avais la chance.

D'accord, Cole était plus expérimenté que moi, et je ferais

bien de me méfier de sa personnalité autoritaire. A vrai dire, l'idée d'être avec lui m'effrayait autant qu'elle me fascinait ; mais s'il me le demandait, s'il m'aimait, j'accepterais de sortir avec lui. J'en avais assez que la peur guide ma vie.

Je n'allais pas donner aux zombies une occasion de se délecter.

En revanche, si Cole n'avait pas l'intention de sortir avec moi, ce ne serait pas grave. Je m'en remettrais. Oh ! évidemment, il se peut que j'en pleure pendant quelques jours (grrr... semaines, oui), mais je m'en sortirais. Il n'était pas l'alpha et l'oméga de ma vie. Si ?

Je me suis extirpée du lit en grommelant, me suis coiffée et lavé les dents. J'ai envoyé à Kat un texto express :

Dtails bientôt, promis !

A Justin, j'ai écrit quelque chose de plus réfléchi :

8 heures, c OK ?

Au final, perdue dans mes réflexions, j'avais entamé une bonne partie des dix minutes laissées par mamie ; aussi je n'ai pas attendu les réponses de Kat et Justin pour descendre dans la salle à manger. Au menu du jour figurait de la dinde sur du pain de seigle, et rien qu'à renifler les odeurs appétissantes je me suis instantanément transformée en une bête affamée.

J'ai avalé ma part quasiment sans respirer.

— Waouh, s'est exclamé papi en me regardant du bout de la table comme si je m'étais mise à danser la gigue. Tu ne nous avais jamais dit à quel point tu aimais les sandwichs !

— Je peux faire des jambons-beurre pour ce soir, a proposé mamie.

Puis elle a froncé les sourcils, inquiète :

— Qu'est-il arrivé à tes poignets et à tes mains ?

Aïe.

Avec une désinvolture feinte, j'ai pris le temps de m'essuyer les lèvres avec ma serviette avant d'étudier mes écorchures et mes phalanges gonflées ; j'espérais paraître bien plus calme que je ne l'étais réellement.

— Oh ! ça ? Je suis tombée.

Encore une vérité qui n'en était pas vraiment une.

— On dirait plutôt que tu t'es battue avec quelqu'un, a remarqué papi en fronçant les sourcils à son tour.

— Il s'y connaît, a approuvé mamie. Ton grand-père était boxeur, dans sa jeunesse. Et il était diablement sexy, crois-moi. J'ai toujours adoré le regarder quand il ne portait que son petit short et que la sueur couvrait les poils de son torse.

Dégueu !

Ils ont échangé un regard plein d'affection, mais bientôt mon grand-père a reporté toute son attention sur moi :

— Ali ?

— Ah, oui. Eh bien, voilà, je suis tombée. Et je sors avec un garçon ce soir. Enfin, je ne sors pas avec lui, c'est juste un copain.

Pourvu qu'ils mordent à ma tentative de diversion… Sans quoi je me retrouverais dans de beaux draps.

— Juste un garçon du lycée.

— Un rendez-vous ? s'est exclamé mon grand-père avec un air entendu. Où t'emmène-t-il ? A quelle heure rentrez-vous ?

— Et s'il veut coucher avec toi ? m'a demandé mamie abruptement. Ta mère t'a-t-elle parlé du sexe ?

Oh non ! Pas la conversation sur le sexe !

— Oui, oui, maman m'a parlé.

Vite, passer à autre chose.

— C'est une fille du lycée, Reeve. Ses parents ont une piscine, et elle nous invite à passer la soirée chez elle. C'est Kat qui me l'a présentée, et je vous promets que je ne coucherai avec personne, ai-je conclu, terriblement gênée de prononcer le mot devant eux.

Et vous savez quoi ? C'était tout de même étrange, après tout ce qui s'était passé la nuit d'avant, de se retrouver autour de la table au beau milieu d'une conversation que devaient avoir au même moment des milliers d'adolescents et leur famille.

— Reeve…, a fait papy d'un air pincé. On dirait un faux nom. Et ce sera quel genre de… « teuf » ?

C'était tellement mignon quand il essayait de parler comme un ado ! Il a continué dignement :

— Ses parents seront là ?

— Je pense que nous nous baignerons, nous bavarderons,

et jouerons sans doute à des jeux vidéo et au ping-pong, ai-je dit en évitant de répondre à la partie qui concernait les parents.

De toute façon, je ne connaissais pas la réponse — même si je suspectais que ce ne serait pas le cas.

Papi m'a lancé un regard noir.

— Et tu nous promets de ne pas revenir démontée ?

Je… n'avais pas la moindre idée de réponse.

— *Démontée* ?

— Ne fais pas semblant de ne pas comprendre, jeune fille, a dit mamie. Démontée. Pleine. Bourrée.

— Ivre, vous voulez dire ?

Par pitié, faites que ce soit bien ce qu'ils avaient en tête. Cette discussion avait déjà pris des chemins trop tortueux.

Mes grands-parents ont opiné à l'unisson, et j'ai poussé un soupir de soulagement.

— Non, leur ai-je dit. C'est promis, personne ne boira.

Moi pas, en tout cas, ai-je ajouté silencieusement. Dieu seul sait ce que feraient les autres — la veille, au Club, j'avais vu des couples se boire réciproquement de la tequila à même le ventre…

— Alors d'accord. Nous te faisons confiance. Du moins tant que tu ne nous donnes pas de raison de douter, a ajouté mamie sur un ton sévère et maternel à la fois. Mais nous voulons rencontrer ce garçon, lui parler avant qu'il t'emmène avec lui, et tout ce genre de choses.

La culpabilité m'a noué la gorge, mais je suis parvenue tant bien que mal à garder contenance.

— Merci. Il est très bien, vous verrez. De toute façon, il ne m'intéresse pas… de cette façon.

— Alors pourquoi sors-tu avec lui ? a répliqué mamie, que mon insistance à ce sujet rendait visiblement suspicieuse.

— Parce qu'il me l'a demandé.

— Tu le mènes en bateau ? s'est enquis papi.

— Bien sûr que non !

— Ali, nous te posons la question parce que c'est important.

Mamie s'est essuyé les mains, et des miettes ont volé dans tous les sens.

— Très bien, donc. Auras-tu besoin d'être accompagnée de quelques présidents morts[1] ?

De nouveau, il m'a fallu quelques minutes pour saisir ce qu'elle voulait dire.

— Peut-être quelques… Washington, ai-je répondu en m'efforçant d'adopter pour leur faire plaisir l'étrange argot qu'ils s'étaient inventé.

Papi a sorti son portefeuille.

— Et s'il y a un problème, et que ce garçon te plante au restaurant ? Parce qu'il t'emmène quelque part, non ? Je vais plutôt te donner des Lincoln.

Il a sorti trois billets de cinq, les a posés dans ma main avant de me refermer les doigts.

— Mais… nous n'allons pas au restaurant !

— Quel genre de garçon emmène une fille dans une soirée sans l'avoir invitée à dîner avant ? Personnellement, je refuserais de sortir avec lui ! s'est exclamée mamie.

Que quelqu'un me sorte d'ici, par pitié !

— Je vous l'ai dit : nous ne sortons *pas* ensemble !

Mais je n'allais pas m'en tirer à si bon compte. Il leur restait encore quelques questions sur la fête : avais-je l'intention de nager nue ? De jouer au strip-quelque chose ou au « ping-pong-poil » (une version dénudée du tennis de table au sujet de laquelle ils devaient avoir trouvé des informations — ou peut-être des vidéos ? Beurk… — sur internet, car je n'en avais jamais entendu parler). Leurs questions m'ont laissée totalement mortifiée. J'ai malgré tout fini par les convaincre de ma détermination à conserver mes vêtements, et nous nous sommes mis d'accord pour un couvre-feu à 0 h 30. Et j'ai promis de les appeler si Justin avait « les mains baladeuses ».

Ils tenaient à moi et je leur étais reconnaissante de toutes leurs attentions, mais, nom d'un chien, comme ils me mettaient mal à l'aise ! Avec mes parents, je n'avais jamais vécu une telle situation, puisque de toute façon ils ne me laissaient pas sortir. Je réalisais malheureusement trop tard que c'était une bénédiction.

De retour dans ma chambre, j'ai enfin eu l'occasion d'effec-

1. Aux Etats-Unis, les billets portent l'effigie d'anciens présidents. George Washington figure sur les billets de un dollar, Abraham Lincoln sur ceux de cinq.

tuer une recherche sur les zombies sans tomber de sommeil. La plupart des informations sur lesquelles je suis tombée provenaient de films, de romans, d'un article sur « Comment sortir avec un mort-vivant », je cite, ainsi que d'un jeu de rôle qui m'a paru parfaitement dégoûtant, en particulier parce que je conservais en tête des images du fameux « ping-pong-poil » de mon grand-père. Toutefois, je n'ai découvert aucun élément sérieux, même dans les quelques forums où les gens se posaient des questions du genre : « Les zombies existent-ils vraiment ? Que faire si l'on en rencontre un ? » Ou bien : « Une attaque massive est-elle possible ? »

Rien ne corroborait les dires de Cole et de Frosty, ce qui impliquait une alternative logique : soit l'existence de ces monstres était le secret le mieux gardé au monde, soit je n'avais pas trouvé les bons sites. Je penchais pour la deuxième solution. Même mon père avait réussi à se connecter à des sites qui proposaient quelques informations exactes. Par exemple, il avait lu que les armes à feu ne pouvaient rien contre les zombies ; simplement, il n'avait pas voulu le croire.

Au moment où je refermais mon portable, j'ai remarqué la photo d'Emma et le journal que j'avais pourtant laissés sur le sol du placard. Mamie avait dû ranger ma chambre et placer ces objets sur mon bureau. J'ai envoyé un baiser à Emma avant d'ouvrir le journal.

Comment avais-je pu l'oublier, même un instant ? C'était grâce à lui que j'avais entendu parler des esprits, de l'âme et du corps avant même que Cole ne m'en parle. Et sans doute était-ce là que mon père avait trouvé ses informations.

J'ai failli danser de joie par anticipation. J'ai ouvert le carnet à la reliure épaisse et repris ma lecture là où je m'étais arrêtée.

Toute ma vie, j'ai été capable de voir le Mal parmi nous, mais je n'ai appris à le combattre que bien plus tard, et seulement par accident. J'ai tenté d'utiliser un poignard — rien. J'ai essayé les coups de feu — rien de nouveau. Quand pour finir je me suis retrouvé encerclé par les monstres, je n'avais que ma volonté de les détruire — mais je savais que j'en étais capable. J'ignorais seulement comment. Et, une seconde plus tard, mon esprit était sorti de mon corps. (Plus tard, je devais apprendre que ce miracle qu'on appelle la Foi m'a permis cette séparation. On peut la découvrir par hasard sans comprendre tout de suite ce qu'elle est.) A présent, je pouvais toucher les créatures que jusqu'ici je ne faisais que voir — et l'inverse était vrai, elles pouvaient aussi m'atteindre.

Après cela, elles se sont montrées plus déterminées encore à m'abattre. Elles m'ont traqué comme du gibier. Pendant un temps, j'ai fui. Mais elles m'ont toujours suivi, leurs ténèbres attirées par ma lumière.

J'ai dû apprendre à leur tendre des embuscades.

Une flamme d'excitation m'a traversée : *Apprends-moi !* ai-je pensé.

Si vous possédez le pouvoir de les voir, vous avez certainement d'autres dons. Un odorat plus développé. Un instinct qui vous indique l'approche du Mal. Une main de feu.

— Oui, peut-être et je ne sais pas, ai-je murmuré pour moi-même.

Ces pouvoirs devraient nous être communs, mais certains tueurs refusent de céder à la puissance qui court dans leur veine. Pour quelle raison ? Je l'ignore. Peut-être tout simplement par peur.

— Encore une fois, peut-être…

Oh ! si seulement nous acceptions tous notre don ! Car il y a bien d'autres pouvoirs à découvrir.

Comme les visions que Cole et moi partagions, peut-être ?

Mais j'y reviendrai. Pour l'instant, je vous sais impatient d'en apprendre davantage. Vous voulez commencer par quelque chose de simple ? Eh bien… Parlez. Dites ce que vous désirez. Oui, il y a du pouvoir dans nos mots, quand nous croyons réellement à ce que nous disons, et ce pouvoir est utilisable jusque dans le monde physique. Il existe une énergie qui permet aux paroles prononcées avec suffisamment de foi de se réaliser. Ainsi, nos mots deviennent des armes — mais attention ! Si nous n'y prenons pas garde, ils peuvent se retourner contre nous.

Comme pour le reste, je l'ai appris à mes dépens.

Mais à présent je sais ce que vous pensez. S'il y avait tant de puissance dans nos mots, alors il nous suffirait de souhaiter la fin des zombies pour qu'elle s'accomplisse, non ? Non ! La puissance libérée par nos paroles dépend de la profondeur de nos convictions. Pouvez-vous prétendre sans mentir, du fond du cœur, que si vous dites quelque chose comme « Tous les zombies ont disparu d'un seul coup », cela se produira ? Non. Vous ne parvenez pas à imaginer que cela soit possible.

Cole m'avait déjà parlé du pouvoir des mots, et, bien que j'en aie douté au départ, ceci le confirmait. Il fallait que je sois plus ouverte d'esprit face à toutes ces nouvelles informations.

Plus encore, nous ne pouvons croire que pour nous-mêmes, jamais pour les autres ; nous pouvons nous protéger, mais pas toujours protéger les autres. Et parfois ce que nous souhaitons à haute voix met du temps à se réaliser. Etes-vous suffisamment patient ? Combien de temps s'écoulera-t-il avant que vous ne commenciez à douter ? Doutez, même un peu, et vous invaliderez le pouvoir de vos mots.

Quant aux autres dons…

J'aurais voulu poursuivre ma lecture, mais les mots à partir de là étaient écrits dans une espèce de code. J'ai poussé un grognement de frustration et manqué jeter le carnet contre le mur. Je ne connaissais rien aux codes, et je pense que ma mère non plus. Donc, qui avait écrit ce journal, et comment l'avait-elle obtenu ?

Cole aurait peut-être une idée là-dessus… mais peut-être

pas. Je n'allais pas lui poser la question. Pas pour le moment, en tout cas.

Lui et ses amis ne m'accordaient pas encore leur confiance, et je n'étais pas certaine de ce qu'ils penseraient de ma trouvaille. Décideraient-ils qu'il s'agissait d'un faux, destiné à les tromper ou à leur faire perdre leur temps ? Et, dans le cas contraire, ne tenteraient-ils pas de me le prendre pour en apprendre davantage ?

D'accord. Donc, moi non plus je ne leur faisais pas entièrement confiance.

Mais si Cole te propose de sortir avec lui, tu accepteras tout de même, non ?

Eh bien... oui. J'avais au moins appris une chose : on ne pouvait vivre sans prendre de risques.

Mon téléphone a sonné. Comme tout le monde dans ce cas-là, j'ai laissé tomber tout ce que je faisais, y compris le carnet, pour voir de qui il s'agissait.

Chaton :
Tu aimes m torturer. DIS-MOI TOUT ! ! !

J'ai également découvert que j'avais raté un SMS antérieur.

Justin :
8 heures, ok. A tout.

J'ai d'abord répondu à Kat ; je lui ai avoué avoir passé la nuit avec Cole, mais en insistant bien sur le fait que nous n'avions fait que parler... Ce qui était la vérité absolue. Elle s'est montrée extrêmement déçue — ça, je m'y attendais. Et, quand je lui ai dit que la voiture de Cole était tombée en panne et que Frosty était venu à notre secours, elle a carrément cessé de m'écrire.

Puis j'ai dit à Justin que j'étais excitée à l'idée de la soirée, ce qui était également vrai... mais, après avoir envoyé le message, j'ai prié pour qu'il ne se méprenne pas sur ce que je voulais dire. Mes grands-parents m'avaient contaminée avec leur peur que je le mène en bateau !

Enfin, je me suis interrogée sur ce que Cole et son gang de mauvais garçons allaient penser de mes liens avec Justin. Ils étaient tellement exclusifs... De toute évidence, ils n'accueillaient pas facilement les étrangers — moi y compris ! Si je rejoignais leur clan, il me faudrait peut-être couper les ponts avec mes autres amis. Même si je commençais à apprécier Justin, je n'aurais pas été jusqu'à dire que je pleurerais de devoir le perdre. Mais Kat ? Quitterait-elle ma vie ? Après tout, c'était ce qui s'était produit avec Frosty…

Je l'aimais énormément. Elle était drôle, fraîche et vive. Elle savait ce qu'elle valait, et n'hésitait jamais à le faire savoir aux autres.

N'y pense pas maintenant. Ce soir, j'allais m'amuser comme une fille de mon âge, comme une personne normale. Après tout, je n'avais plus besoin de questionner Cole : je connaissais déjà les réponses. Je pouvais donc me contenter de passer la soirée avec Justin et apprendre à mieux le connaître. J'allais aussi retrouver Kat et m'éclater avec elle. Cole serait là également, et… je verrais bien. Demain serait un autre jour.

Je m'occuperais des conséquences le moment venu.

11

Des roses blanches peintes en rouge… et en noir

Justin est arrivé pile à l'heure. A l'heure *de la torture*, pour être précise. Mortifiée, j'ai assisté à l'interrogatoire que mes grands-parents ont mené comme s'ils avaient été des policiers et lui un dangereux criminel. Muette et horrifiée, je n'ai pu qu'assister à la scène en attendant de lui présenter mes plus plates excuses.

Voici en détail comment cela s'est déroulé :

Papi : « Alors, jeune homme, vous pensez déjà à votre avenir professionnel ? »

Justin : « Euh… je ne sais pas encore. »

Papi : « Ah non ? Et pourquoi pas ? Il ne vous reste pas beaucoup de temps avant le bac, mon garçon. C'est le moment ou jamais de vous décider. Et quand je dis *le moment ou jamais*, je suis sérieux. Si vous ne le faites pas maintenant, vous ne le ferez pas plus tard. »

Justin : « Je vous promets, je fais de mon mieux pour savoir ce que je veux faire. »

Papi : « *Je fais de mon mieux* ? C'est une phrase pour les perdants, ça. Une excuse. Ne serait-il pas temps de vous conduire comme un homme et de vous décider ? »

Moi : « Papi ! C'est très malpoli ! Justin, je suis désolée. »

Je savais que c'était pour mon bien, pour me protéger. Certes, mes grands-parents se souciaient avant tout de mon bien-être et de mon avenir ; ils ne voulaient pas que je finisse avec quelqu'un comme mon père, et avaient la ferme intention d'intimider Justin pour qu'il ne tente rien d'inapproprié… Mais, nom d'un chien, là ils allaient vraiment trop loin !

Papi : « Pourquoi ? Comment une question intéressante pourrait-elle être malpolie ? Mais d'accord je laisse tomber, puisque ce jeune homme semble ne pas pouvoir se défendre tout seul. Alors, Jason, je vous propose de m'aider à finir cette phrase : "Quand une fille dit non, c'est…" »

Justin (avec un regard désespéré dans ma direction) : « Non ? »

Mamie : « Vous en êtes certain ? »

Justin (se trémoussant sur son siège) : « Tout à fait. Non, c'est non. »

Mamie : « Eh bien, bravo. Une réponse juste. Et maintenant une autre, plus difficile. Le sexe avant le mariage, c'est… »

Moi : « Mamie ! Justin, je suis affreusement désolée. »

Mamie : « Moi, je ne suis pas comme papi, je ne laisse pas tomber. Alors, Justin ? »

Papi : « Il s'appelle Jason. »

Justin : « Euh… »

Papi : « Et, pendant que vous réfléchissez à ça, vous pouvez peut-être me dire comment se termine la phrase : "Boire ou conduire…" »

Justin : « "… il faut choisir." J'ai choisi, monsieur. Je ne bois jamais quand je dois conduire. »

Mamie : « J'ai l'impression qu'il proteste un peu trop, non ? »

Enfin, ils nous ont laissés partir, et une fois sur le seuil de la maison j'ai renouvelé mes excuses.

— C'était horrible ! s'est plaint Justin.

— Je sais, je suis navrée. Normalement, ils ne sont pas comme ça, je te le promets. Ils veulent juste s'assurer que je ne risque rien avec toi.

— Tu n'as pas à t'inquiéter pour ça, a-t-il affirmé tout en prenant place au volant.

Mais sa voix restait aussi tendue que quelques instants plus tôt dans la maison. J'ai compris que *lui* s'inquiéterait pendant une bonne semaine.

J'ai pris place sur le siège passager et j'ai bouclé ma ceinture, tout en scrutant le ciel nocturne où défilaient quelques nuages. *Ne sois pas là. Par pitié, ne sois pas…*

Le lapin était là.

Une main glacée m'a saisie.

— Conduis doucement, d'accord ? ai-je demandé à Justin.

En suivant mes conseils, Frosty avait survécu. Cela se produirait de nouveau pour Justin. *Par pitié.*

— Quoi qu'aient sous-entendu tes grands-parents, je n'ai pas bu !

J'avais raison : il fulminait encore.

— J'ai une petite phobie de la voiture, c'est tout.

De mauvaise grâce, il a ralenti puis a conduit tout en douceur. Cela a suffi à m'éviter une crise de panique.

J'ai fermé les yeux et me suis réfugiée dans mes pensées. Au moins, je n'avais pas à m'inquiéter des zombies. Ils étaient sortis la veille, et avaient besoin de temps pour se reposer et — pensée repoussante — digérer ce qu'ils avaient avalé.

— Nous y sommes, m'a fait Justin.

— Pardon ? Mais il y a un instant…

J'ai rouvert les yeux pour découvrir une rangée de voitures garées dans l'allée de la maison de Reeve, sur les trottoirs et même sur la pelouse.

— Tu as raison, nous sommes déjà arrivés !

J'avais dû perdre la notion de temps.

Il avait survécu. J'avais survécu. Fantastique ! Ainsi, une personne avertie en valait deux… vivantes. Je n'oublierais plus ce principe.

Nous sommes descendus de voiture et nous nous sommes dirigés côte à côte vers la maison. La lune était un croissant d'or dans le ciel à présent sans nuages où étincelaient les étoiles.

J'ai été surprise de remarquer que, tandis que nous approchions de l'entrée, Justin épiait les haies, les voitures et les arbres. De mon côté, je faisais de même.

Soudain, il a trébuché, mais s'est immédiatement rattrapé.

— Cole ! a-t-il grogné.

— Quoi ? Où ?

La réponse à ma question est venue un instant plus tard. Cole se tenait sous le porche, appuyé contre le mur de brique, éclairé par un rayon de lumière. En voyant Justin, il a serré les mâchoires.

Ses yeux n'ont pas rencontré les miens, car ils étaient rivés sur Justin. M'attendait-il ?

— C'est avec *lui* que tu as choisi de venir ? m'a demandé Cole d'une voix remplie de dégoût.

— Elle sait reconnaître un type bien quand elle en voit un, l'a provoqué Justin.

Irrité, Cole s'est mordu la lèvre — ces lèvres sensuelles que j'avais embrassées la veille.

— J'ai besoin de parler à Ali. Seule.

— Hors de question que je te laisse avec elle. Tu n'es pas le genre de…

Avant que Justin ait eu le temps de finir sa phrase, Cole se tenait déjà devant lui, menaçant.

— Tu rentres dans la maison, ou bien tu vas manger tes dents. Tu sais ce dont je suis capable. Je l'ai déjà fait.

— Ça suffit !

Je me suis interposée pour les séparer. Cole fuyait toujours mon regard.

— Vraiment, ça suffit.

D'accord, il devait exister un contentieux entre eux, mais il fallait qu'ils se calment. Gâcher une fête avant même qu'elle commence ? C'était abuser.

— Et si on laissait Ali choisir ? a proposé Justin sur un ton de défi qui m'a fait frémir de colère.

— Ali, m'a lancé Cole. Je t'ai attendue pour une bonne raison. Tu te doutes de laquelle.

— Je…

Je risquais d'avoir une vision, ai-je soudain compris. C'était la première fois que je croisais Cole ce jour-là.

Nous ignorions tous deux ce qui pouvait se passer quand nos regards se rencontreraient.

— Ecoute, je te retrouve à l'intérieur, d'accord ? ai-je dit à Justin.

Il m'a lancé un coup d'œil blessé.

— Tu m'avais dit que tu ne sortais pas avec lui !

— Ce qui est le cas.

Du moins pour l'instant.

Mais je n'ai pas été très à l'aise en ajoutant :

— C'est seulement un ami.

Plus ou moins.

— Ses amis meurent, Ali.

C'était vrai, mais Justin ignorait pourquoi.

— Ne sois pas bête, ça ne m'arrivera pas.

— Très bien. Comme tu veux, a sifflé Justin.

A son ton furibond, j'ai compris que je venais sans doute de perdre un ami.

— J'espère que tu apprécies qu'on te plante un couteau dans le dos, m'a-t-il lancé en s'éloignant. Parce que c'est tout ce qu'il sait faire.

Et il est entré dans la maison d'un pas furieux, me laissant seule avec Cole — qui m'a saisie par le poignet et m'a entraînée dans la pénombre.

— As-tu la moindre idée de qui est ce chacal ? a-t-il rugi en me pressant contre le mur. Tu travailles avec lui, c'est ça ?

— Non !

Je ne le regardais pas, les yeux baissés sur mes chaussures.

— Je ne sais même pas de quel travail tu parles.

Entre ses dents, Cole a murmuré quelque chose comme « Tu plaisantes ? »

— Donc, tu sors simplement avec lui ?

— Je ne sors pas avec lui.

C'est avec toi que je veux être.

Et je n'ai pas été plus à l'aise en ajoutant :

— Nous sommes juste amis.

Plus ou moins.

— Comme toi et moi, donc ?

J'ai serré les poings.

— Lui, je ne l'ai pas embrassé.

Un silence. Il a respiré avec force.

— Pour ta gouverne, c'est le genre d'ami qui t'étranglera dans ton sommeil dès qu'il en aura l'occasion.

C'était officiel : il y avait un sacré contentieux entre eux.

— Il a dit pratiquement la même chose à ton sujet. Alors, que s'est-il passé entre vous deux ?

— Ça ne te regarde pas.

Son ton de voix n'avait pas cessé de monter. S'il continuait, il allait se mettre carrément à crier et tous les invités sortiraient de la maison pour découvrir Cole en train de m'assassiner…

— Bon, finissons-en, d'accord ? Regarde-moi dans les yeux.

— Pas d'accord. Tu ne veux pas savoir où j'étais ce matin ? m'a-t-il demandé en serrant ma taille dans ses mains.

Si chaud, si fort. Si perturbant. Je me suis éclairci la gorge.

— Si je réponds oui, me le diras-tu ?

— J'étais en train de renforcer *ta* maison. J'ai vu l'inquiétude dans ton regard quand je t'ai parlé de la protection que nous… tu sais quoi. Et, non, je ne parle pas du « tu sais quoi » qui consiste à s'embrasser et plus — c'est le mot que tu as employé hier, non ? Je voulais m'assurer que tes grands-parents soient bien protégés.

C'était sans doute la chose la plus gentille qu'on ait jamais faite pour moi.

— Oh ! Cole, c'est… euh… Merci.

— Et voilà que je te retrouve avec Justin Silverstone !

La colère émanait de lui avec tant de force que je pouvais presque la palper. Saisissant mon menton, il m'a obligée à lever la tête.

— Donc, c'est d'accord. Finissons-en, et chacun pourra aller de son côté.

J'ai dû me mordre la lèvre pour retenir mes protestations. Voulait-il parler d'une séparation *permanente* ?

Au moment où mon regard a croisé ses magnifiques yeux violets, le monde a disparu et le vide s'est fait dans ma tête. Nous n'étions plus debout mais…

… allongés à même le sol, son corps sur le mien. Nous avions encore nos vêtements, mais mon chemisier était remonté bien au-dessus de mon nombril. J'étais étendue sur l'herbe douce d'un jardin qui n'était pas le mien, dans un rayon de soleil qui semblait nous éclairer exclusivement — mais je m'en moquais. Cole avait une main sur mon ventre et l'autre sur ma joue.

— Est-ce que tu regrettes ? m'a-t-il demandé.

— Non. Et toi ?

— Jamais. Je voudrais simplement que nous…

A l'intérieur de la maison de Reeve, un rire s'est élevé, et la vision trop brève a disparu comme un nuage de fumée.

Par jeu, j'ai fait semblant de frapper la poitrine de Cole à coups de poing. Ainsi, nous étions destinés à toujours être interrompus trop tôt…

Il s'est laissé faire sans protester. Quand je me suis calmée, j'ai murmuré une excuse tout en me disant que ce n'était pas la première que je lui présentais ce soir, et de loin ; puis, même si j'ignorais comment mon geste serait reçu, j'ai appuyé mon front contre son torse. Son cœur battait la chamade, tout comme le mien, et cela m'a réconfortée.

— Et donc, qu'aurais-je dû regretter, d'après toi ? lui ai-je demandé.

— Etre sortie avec Justin ?

Je l'ai frappé de nouveau.

— Quoi ? C'était juste une proposition.

Au moins, il n'était plus en colère.

C'était, et de loin, ma vision préférée, même si nous n'avions pas réellement fait quoi que ce soit. Mais j'aurais donné cher pour savoir comment nous en arriverions à cette conversation — et ce qui suivrait.

Quelles que soient les réponses, un flot de joie m'a envahie. Tout ce que nous avions vu s'était réalisé de façon plus ou moins fidèle. Donc, Cole n'en avait pas fini avec moi pour toujours. Un jour, nous nous retrouverions dans un jardin, à parler, à nous toucher et à… quoi que ce soit d'autre.

— Entrons avant que je ne fasse quelque chose que je pourrais regretter, a-t-il murmuré en m'entraînant vers la maison.

— Quel genre de chose ?

— Il vaut mieux que je n'en parle pas. Comme je te connais, tu serais capable de t'enfuir.

Il s'apprêtait à ouvrir la porte vitrée lorsque deux garçons que je ne connaissais pas se sont encadrés dans l'embrasure ; en me voyant, ils ont eu une grimace salace, et m'ont même lancé quelques propositions inconvenantes… jusqu'au moment où ils ont aperçu Cole. Ils ont reculé illico, soudain livides.

— Tout le monde a peur de toi, ai-je remarqué.

— Je sais. Et j'aime ça. De cette façon, personne ne me pose de questions. Ils s'attendent au pire de ma part et se tiennent à distance. Tu devrais en prendre de la graine.

— Elle est bonne ! Mais je n'ai pas peur de toi, et ça n'arrivera jamais.

Si l'on exceptait les fois où… eh bien, où il m'avait fait peur.

— C'est ce que tu dis toujours. Mais je te ferai changer d'avis, crois-moi.

Malgré son ton menaçant, il m'a tenu la porte pour que j'entre dans la maison.

— Tu comptes me terrifier par ta galanterie ? J'attends de voir.

— Petite rigolote.

A l'intérieur, les haut-parleurs intégrés au plafond rugissaient, les voix et les rires se mêlaient pour créer un boucan d'enfer.

Des jeunes de notre âge allaient et venaient dans toutes les directions, qui buvant dans un verre de plastique rouge, qui scandant le slogan « Allez, les Tigres ». La plupart discutaient entre eux, mais quelques-uns se pelotaient déjà contre les murs et dans les coins. Je ne parvenais pas à localiser Justin dans la foule ; pour tout dire, j'ai eu l'impression de voir davantage de chair dénudée que sur un calendrier de routier… On portait des T-shirts qui ressemblaient étonnamment à des soutiens-gorge, et les shorts et les jupes évoquaient plutôt des ceinturons. Avec mon haut rose et mon jean, j'étais trop habillée — et de loin. Toutefois, cela ne suffisait pas à expliquer pourquoi toutes les filles me regardaient avec un air aussi dégoûté.

Je devais me tromper. Mais, en même temps — et c'était tout aussi étrange — les garçons me dévoraient du regard, beaucoup avec le même genre de sourires pleins de sous-entendus que m'avaient adressé les deux de la porte. A deux reprises, j'ai même vérifié ma braguette pour m'assurer que ce n'était pas « journée portes ouvertes à l'entresol » (non, heureusement).

— Méfie-toi des serpents, m'a lancé Cole avant de se détourner pour s'éloigner de moi.

Mais je n'allais pas le laisser s'en aller comme ça ; le retenant par le poignet, je l'ai interrogé :

— Dis-moi au moins ce que Justin a fait pour…

— Pas question. Je ne parlerai pas de ça ici.

Il a fixé ma main avec intensité.

D'accord… j'ai préféré le lâcher.

— Qui est-ce qui s'enfuit, à présent ?

La raillerie a fait son effet ; il s'est figé sur place. Pendant un long moment, nous sommes restés face à face, immobiles. Enfin, il a passé une main sur sa nuque et, l'air embarrassé, m'a proposé :

— Tu veux danser ?

— Avec toi ? Tu as vu comment tu te comportes ?

Et après ce qui s'était passé la dernière fois que nous avions dansé en public ? Non. Surtout pas. Sauf que, allez savoir pourquoi, ce n'est pas le mot qui m'est sorti de la bouche.

— Oui.

J'aurais dû continuer à chercher Justin plutôt que de laisser Cole m'attirer au cœur de la piste… mais je n'ai pu résister. Tous les danseurs autour de nous s'agitaient sur un rythme frénétique ; Cole, au contraire, m'a serrée contre lui et nous nous sommes mis à tourner langoureusement.

Puisque c'était la nuit où je faisais semblant que tout allait bien, je pouvais aussi feindre que mon cœur restait insensible.

— A quelle heure dois-tu rentrer chez toi ? m'a-t-il demandé.

— Minuit et demi. Pourquoi ?

— Pour rien.

Un long moment, je me suis demandé si j'allais appuyer ma tête sur son épaule, et si j'allais passer les bras autour de son cou, caresser ses cheveux et lui lancer un regard appuyé — bref, la totale. Ce que j'ai fait pendant que je réfléchissais à tout cela, là, en revanche, je n'en suis pas certaine.

— Du calme. Je ne vais pas te mordre, m'a-t-il dit. Pas ce soir en tout cas.

— Petit rigolo.

— Tu crois que je plaisante ?

C'était le cas, évidemment. Il devait plaisanter, pas vrai ? Pour finir, j'ai appuyé la tête sur son épaule, ne serait-ce que pour dissimuler mon expression intriguée. Puis j'ai pensé : *Après tout, pourquoi m'en tenir là ? Tu es normale, tu te souviens ?* J'ai glissé ma main sur sa nuque et je me suis mise à jouer avec l'extrémité de ses cheveux. Il a passé une main caressante dans mon dos, puis sur mes hanches.

J'aurais pu rester ainsi pour l'éternité. Mais, après quelques chansons, nous nous sommes encore rapprochés, nous frottant l'un à l'autre, nos sueurs mêlées dans la chaleur de la pièce, la respiration courte. Je me suis raidie. Nos yeux se sont rencontrés, et il a penché la tête vers moi.

Je pense que nous avons compris au même moment quelles seraient les conséquences si nous nous embrassions en public, car nous avons reculé tous deux juste avant que nos lèvres entrent en contact.

— Allons-y, m'a murmuré Cole pendant qu'il m'entraînait hors de la piste. Je ne veux pas te laisser seule, mais je ne peux pas rester avec toi non plus.

Je le comprenais. Par bonheur, j'ai aperçu Kat, plus radieuse que jamais malgré la pâleur de son visage, qui m'a rappelé qu'elle avait été malade la veille.

— Ne t'inquiète pas. Je serai avec Kat.

Et je me suis dirigée vers elle, un peu troublée.

Une fois de plus, j'ai été la cible de regards dégoûtés de la part des filles et de sourires salaces de la part des garçons. *Nom d'un chien, que se passait-il ?*

Derrière moi, j'ai entendu Cole dire pour lui-même :

— Il va y avoir du grabuge…

Pourquoi ? Sans doute parce qu'il avait l'intention de casser la figure à tous les garçons qui me regardaient comme si j'étais une… *passons*. Et aussi parce que Frosty se tenait à quelques pas de Kat avec toute une réserve d'injures et de menaces à l'intention des garçons qui tentaient de l'approcher. Chaque fois qu'il se comportait ainsi, Kat lui adressait un vilain geste, mais, dès qu'il tournait le dos, elle souriait, ravie.

— Salut, toi, ai-je lancé quand j'ai été à côté d'elle. Quelque chose ne va pas ?

— Ali !

Elle s'est jetée sur moi et m'a prise dans ses bras pour une étreinte qui m'a semblé étrangement faible.

— Je suis trop contente que tu sois là ! Et tout va bien, je te jure. Alors, coquine, où étais-tu passée ? Si ma mémoire est bonne — et elle est excellente ! —, le garçon avec qui tu dansais n'est pas celui avec qui tu devais venir…

Pour éluder, j'ai juste répondu :

— Apparemment, Cole et Justin sont ennemis, et je ne peux pas parler avec l'un sans que l'autre ne le prenne mal.

— Evidemment, a-t-elle répondu en clignant des yeux comme si je venais de faire une blague qu'elle ne comprenait pas. Tout le monde sait ça.

— Eh bien, personne ne me l'avait dit !

— Pourquoi l'auraient-ils fait ? Le fait que ces deux types se détestent va sans dire. C'est un peu comme la respiration. On le sait, c'est tout.

— Oui, eh bien, j'aurais aimé qu'on me prévienne.

— Pour te gâcher la surprise ? Pas drôle !

Elle m'a détaillée des pieds à la tête avant de reprendre :

— Tous les garçons se retournent sur mon Ali. Et ils ont bien raison. Regarde-toi, tu es à tomber, comme ça ! Trop mignonne ! a-t-elle chantonné.

Il est vrai que, question tenue, j'avais fait un vrai effort pour ce soir. N'allez rien imaginer : c'était nécessaire, vu que je devais dissimuler une arme sur moi. Rien à voir avec le fait que je devais retrouver Cole. Juré. Par exemple, je portais trois colliers d'argent de longueur différente pour… euh, étrangler les zombies. J'avais d'abord pensé à mettre mes sandalettes en strass, mais à la réflexion j'avais préféré mes bottes, dont j'avais remplacé les lacets blancs par des roses, parce que… le rose était plus robuste ? Pour étrangler des zombies — tiens, qu'est-ce que je vous disais ! Blague à part, j'avais également caché un couteau dans ma botte gauche, et un autre dans le petit sac que je portais en bandoulière.

J'avais dissimulé mes mains et mes poignets blessés sous des longs gants noirs. Peut-être que ce n'était plus à la mode, mais rien ne disait que je n'allais pas lancer une nouvelle tendance. Après tout, c'était grâce à moi que les franges étaient revenues !

— Tu es à tomber toi aussi, lui ai-je répondu.

Une robe baby-doll écarlate mettait ses formes en valeur et couvrait à peine ses fesses ; par-dessus, elle portait un pull blanc en mailles ajourées. Elle avait enroulé plusieurs mèches en chignons, tandis que les autres flottaient librement, vagues soyeuses et sombres.

— Oui, oui, on n'arrête pas de me le dire. Mais, tu sais, être aussi belle tout le temps finit par être un fardeau, a-t-elle soupiré avec légèreté.

J'ai repéré Poppy et Wren qui se dirigeaient vers nous, l'air soucieux, visiblement en mission. Une bouffée d'appréhension m'a envahie.

— Quel est le problème ? leur ai-je demandé de but en blanc.

Les deux filles ont échangé un regard sombre. Elles formaient une paire remarquable, la rouquine et l'Afro-Américaine aux airs de mannequin, toutes deux vêtues en femmes fatales. Poppy ne portait que du blanc ; elle évoquait un ange. Quant à Wren, elle arborait un haut de maillot de bain et un short en lamé.

Des éclairs dans les yeux, Wren m'a lancé :

— Je t'avais dit qu'il t'arriverait de gros problèmes si tu te mettais en tête d'approcher Cole. Et, maintenant, la rumeur raconte que tu as couché avec lui.

Les yeux écarquillés, je me suis tournée vers Kat. Se pouvait-il qu'elle ait…

A l'horrible grimace qu'elle m'a retournée, j'ai compris que je venais de l'offenser en supposant qu'elle était la coupable.

— Eh oh ! Je n'ai rien dit ! a-t-elle clamé.

— *Tu savais ?* ont glapi Poppy et Wren de concert.

Kat les a ignorées.

— Je suis désolée, ai-je fait à Kat. Je te demande pardon.

Comment avais-je pu douter d'elle ? Je me suis tournée vers les deux autres pour leur expliquer :

— Ça ne me gêne pas vraiment que tout le monde croie que j'ai couché avec Cole. Mais, pour votre information, nous n'avons fait que parler.

— Ce n'est pas ce qu'on nous a raconté, est intervenue Poppy.

Comme Kat en ce moment, elle était toute pâle, ce qui faisait ressortir ses taches de rousseur.

— La rumeur prétend aussi que tu as couché avec Bronx et Frosty — le tout dans la même nuit !

Wren a opiné à ce que disait son amie avant de poursuivre :

— Pour faire simple, tout le monde dit que tu es une vraie traînée et que n'importe quel mec peut t'avoir pour un sourire. Je t'avais dit de ne pas t'intéresser à lui. Je t'avais prévenue !

— Je n'ai pas… je n'aurais jamais…

Mais c'était quoi ce délire ? Les mots se bloquaient dans ma gorge.

Une seule personne me détestait au point de m'accuser d'une chose aussi immonde. Mackenzie Love. Mais était-elle vraiment si vicieuse ? Certes, j'avais lu dans ses yeux qu'elle ferait tout pour me discréditer, et je m'attendais à un mauvais coup de sa part. Mais *ça*… n'était-ce pas trop, alors même que, d'après Frosty, Cole avait demandé à ses amis de me ménager ?

La fureur s'est répandue dans ma poitrine comme un jet d'acide brûlant. J'ai parcouru la foule du regard, bien décidée à la trouver. J'allais lui demander, poliment, si elle était bien la responsable de cette rumeur. Très fière d'elle, elle me répondrait que c'était bien le cas ; et alors... je lui écraserais la figure par terre.

Malheureusement, j'ai eu beau regarder à droite et à gauche, aucune trace d'elle.

— Merci pour l'info, les filles. Si vous pouvez, tentez de limiter les dégâts en demandant aux gens s'ils croient vraiment à ces âneries.

Avant que j'aie pu protester, Kat m'a saisie par la main et m'a entraînée avec elle.

— Moi, je vais aux toilettes avec Ali, a-t-elle lancé par-dessus son épaule.

Pour ma part, je regardais dans la direction de Cole. Il parlait à Frosty, mais ne me quittait pas des yeux. Et — *surprise !* — il écumait de rage, et plus je m'éloignais plus il se raidissait. Avait-il lui aussi eu vent des rumeurs ? S'en prendrait-il à son ex quand la vérité apparaîtrait au grand jour ? S'il découvrait la vérité, bien sûr...

J'ai suivi Kat, mais quand je l'ai vue dépasser la porte des toilettes sans s'arrêter, j'ai protesté :

— Euh... où allons-nous ?

— Dans un endroit que Reeve m'a montré hier soir. Elle m'a fait jurer de n'en parler à personne, car même elle n'est pas censée être au courant, a chuchoté Kat avec un air de comploteuse. Mais son interdiction ne te concerne pas, vu que tu es des nôtres. De toute façon, il te faut un endroit pour te calmer, et où nous pourrons parler seule à seule. Prépare-toi simplement à du bizarre...

Elle s'est frayé un chemin à travers la foule, s'est engouffrée dans une succession de couloirs, a descendu une volée de marches. Enfin, nous nous sommes retrouvées seules. Partout autour de moi, je pouvais voir des meubles luxueux et des bibelots étincelants. Les murs étaient recouverts de papier peint représentant des angelots, et des colonnes de marbre marquaient même l'entrée de chaque nouvelle pièce.

— Mais que font les parents de Reeve ? ai-je demandé, ébahie.

Kat a soupiré tristement.

— Eh bien, sa mère est morte. Son père est un chirurgien

esthétique, un vrai génie avec des mains d'or — c'est en tout cas ce qu'il aime dire. Il a une nouvelle petite amie chaque semaine.

Nous avons descendu une nouvelle volée de marches. Une odeur de renfermé, avec des relents métalliques, est apparue dans l'air. J'ai tordu le nez : je venais de reconnaître le parfum *du sang*. J'aurais voulu retenir ma respiration, mais je ne pouvais ignorer l'autre odeur qui s'y mêlait, et qui rappelait... la putréfaction ?

— Kat, ai-je fait en la retenant par la manche, je crois que nous devrions nous arrêter.

— Sûrement pas. Nous sommes presque arrivées.

Mon cœur s'est mis à battre si fort que j'ai craint un instant que mes côtes ne rompent. *Tu es armée, tu te souviens ? Tout va bien se passer. Et Cole ne serait pas ici s'il n'avait pas tracé une... comment appelle-t-il cela ? Une Ligne de Sang. La maison doit être protégée.*

Nous avons atteint l'extrémité d'un long couloir étroit, où Kat s'est arrêtée devant une porte. Stupéfaite, je l'ai vue tirer de son soutien-gorge un crochet qu'elle a inséré dans la serrure.

— Tu te promènes toujours avec ce genre d'outil sur toi ?

— Bien sûr. Frosty m'a dit un jour d'être parée à toute éventualité. Je lui ai répondu : « Genre, être kidnappée, enfermée dans une pièce sombre et tenue prisonnière par un taré qui me voit comme la femme idéale ? » Il a dit : « Exactement », avant de me montrer comment m'en sortir si ça m'arrivait. En revanche, il a refusé obstinément de me dire où il avait appris ça.

Elle a tourné la poignée et on a entendu un cliquètement.

— Ah ah !

Une légère poussée lui a suffi pour ouvrir la porte.

Je l'ai laissée m'entraîner à l'intérieur. Je voulais connaître l'origine de cette odeur, m'assurer que rien de dangereux ne se passait ; ensuite, j'obligerais Kat à quitter les lieux avec moi.

Au bout de quelques pas, elle m'a lâché la main et, après une pirouette, a écarté théâtralement les bras.

— Alors, qu'en dis-tu ?

J'ai étudié les lieux. Contrairement aux pièces précédentes, le sol n'était pas recouvert de tapis épais et doux, mais seulement d'un dallage sombre et humide. L'endroit était meublé de plusieurs tables métalliques, certaines présentant des liens pour les poignets et les chevilles ; toutes étaient entourées d'une rigole de drainage.

Elle m'avait... Elle m'avait emmenée dans une sorte de... chambre de tortures !

D'une main tremblante, j'ai saisi le couteau dans mon sac. *Kat ?* Non. Impossible. Et pourtant j'étais déjà prise par le doute ; je suis passée devant elle en faisant de mon mieux pour dissimuler la lame dans mon dos.

— Tu penses ce que je pense ? a-t-elle chuchoté.

Sa voix était à peine un murmure, mais elle a déclenché pourtant un écho menaçant.

— Sans doute pas, ai-je répondu sur le même ton.

— Ah bon ? Tu ne penses pas que le père de Reeve ferait bien d'acheter une caisse de Febreze ? Alors, crois-tu plutôt qu'il pratique ici des opérations chirurgicales secrètes ?

— Je crois que ça ne vous regarde pas ! a tonné une voix masculine derrière nous.

Et zut.

Je me suis retournée si vivement que j'ai manqué être emportée par mon élan, comme dans un manège. Je me suis rattrapée tant bien que mal pour me retrouver face au nouvel arrivant. C'était un homme à peine plus grand que moi, ce qui l'emmenait juste au-dessus du mètre quatre-vingts. Il portait un costume rayé qui ne ressemblait en rien aux complets que mon père mettait parfois pour aller à l'église. Ses cheveux poivre et sel mettaient en valeur sa peau bronzée où se dessinaient quelques rides assez élégantes.

Pour un type âgé, il était plutôt sexy — et il nous regardait comme si nous étions des rats dans une cage.

De ma main libre, j'ai saisi l'avant-bras de Kat et l'ai tirée derrière moi — sans doute trop violemment, car elle a trébuché et poussé un petit cri surpris.

— Qui êtes-vous ? ai-je demandé, bravache.

— Le propriétaire de cette maison, m'a-t-il répondu.

En même temps, Kat me glissait :

— Dis bonjour au père de Reeve.

Se glissant à mon côté, elle a fait un petit signe de la main avant de lancer :

— Bonjour, monsieur Ankh !

Mâchoires serrées, il a incliné la tête pour lui rendre son salut.

— Bonjour, Katherine. Et toi, qui es-tu ? a-t-il demandé sèchement en se tournant vers moi.

Tu as combattu des zombies. Ceci n'est rien, en comparaison.

— Je suis une amie de Reeve.

— Ça, je m'en doutais. Mais quel est ton nom, et que fais-tu ici avec Katherine ?

— Nous cherchions juste un coin tranquille pour travailler, je vous jure, a dit Kat — et même moi, j'ai failli la croire.

Comment pouvait-on feindre aussi bien l'innocence ?

On a entendu des pas, et à ma grande surprise le Dr Wright, la principale du lycée, est apparue derrière M. Ankh.

— Tu n'aurais pas dû laisser ta fille…

Quand elle m'a vue, elle a fermé d'un seul coup sa bouche aux lèvres rouge vif, et ses yeux sont devenus des fentes.

— Alice Bell, que fais-tu ici ?

Kat m'a tirée par la chemise comme un enfant :

— Le Dr Wright ? Non mais, je rêve ou quoi ?

Ni elle ni le père de Reeve ne lui ont prêté attention ; tous les regards restaient braqués sur moi.

— Mon nom est Ali, ai-je dit.

— J'attends toujours une explication, a dit M. Ankh. Après tout, tu es bien la jeune fille qui est arrivée avec… Justin Silverstone, je me trompe ? a-t-il achevé avec un rictus méprisant.

— Justin Silverstone ? a répété le Dr Wright avec un mépris identique.

D'habitude, elle s'habillait de costumes stricts qui mettaient en valeur sa silhouette mince. Ce soir, pourtant, elle portait un longue robe flottante complètement en décalage avec son comportement autoritaire. Etait-elle la petite amie de la semaine de M. Ankh ?

— Cole ne va pas aimer ça.

Kat m'a pincé le bras.

Je n'étais pas certaine de ce qu'elle voulait. J'étais bien trop perplexe. Le Dr Wright, principale du lycée d'Asher, se trouvait avec le père de Reeve dans une pièce remplie de sang séché et de chariots d'hôpital… mais elle ne se préoccupait que de qui m'accompagnait ?

D'accord. Peut-être qu'elle se sentait davantage concernée par la réputation de ses élèves que par ses fréquentations à elle… même si ses fréquentations la mettaient en danger de mort. Car quelles expériences sinistres le chirurgien avait-il menées en ces lieux ? A moins que… M. Ankh avait-il conservé des zombies ici ?

Oui, c'est ça, ai-je très vite conclu. Evidemment. Cette odeur caractéristique ne provenait certainement pas de déchets ou de moisissure.

Cole était-il au courant ?

La réponse m'est apparue tout aussi vite. *Oui, Cole savait.* Sinon, il n'aurait jamais permis à l'ensemble de son équipe de prendre une nuit de repos pour venir à la fête, même avec les Lignes de Sang. Nous devions nous trouver dans un lieu protégé qui servait de refuge aux tueurs de zombies. Ce qui signifiait que le père de Reeve était de notre côté. Et il en allait de même pour le Dr Wright, puisqu'elle se trouvait avec lui dans cette pièce.

Puisque tous les tueurs de zombies détestaient Justin — ce qui était certainement le cas à en juger par leurs réactions à la simple mention de son nom, et aux propos cryptiques de Frosty sur un certain « JS » la veille — je finissais par me demander si mon chevalier servant n'était pas pro-zombie ou quelque chose de ce genre…

Mais que pouvait faire M. Ankh dans ce sous-sol ? Etudiait-il les zombies ? Menait-il des expériences sur eux ? Une telle chose était-elle seulement possible ?

— Ali, j'attends une vraie explication, et je ne tolérerai ni mensonge ni omission, a dit le Dr Wright en vrillant sur moi un regard inquisiteur. Est-ce Justin qui t'a demandé de descendre ici ?

Eh bien, eh bien… Ma suspicion se confirmait.

— Absolument pas, ai-je affirmé sans broncher. Et, maintenant, j'aimerais retourner à la fête avec Kat.

Aucune raison de la mêler à ça — Cole et sa bande m'en voudraient à mort.

— Nous sommes désolées pour le dérangement, ai-je ajouté en tournant déjà les talons.

— Tu ne vas pas t'en sortir aussi facilement, m'a stoppée net le Dr Wright. Nous allons…

Mais M. Ankh lui a coupé la parole :

— D'accord, vous pouvez partir. Mais si jamais vous recommencez…

Vous le regretterez, ai-je achevé mentalement pour lui.

— Nous ne recommencerons pas, promis.

En entendant M. Ankh la contredire, le Dr Wright s'était raidie. Pourtant, elle n'a ajouté aucun commentaire.

A l'aveuglette, j'ai saisi la main de Kat derrière moi et me suis mise en marche. Elle m'a emboîté le pas sans rien dire, pour une fois. M. Ankh et le Dr Wright nous ont laissées passer ; j'ai malgré tout conservé mon couteau dissimulé contre mon corps, prête à tout au cas où je me serais trompée et que l'un des deux cherche à s'en prendre à nous.

— Enorme ! a pouffé Kat quand nous nous sommes retrouvées en haut de l'escalier. C'était génial, ta façon de la jouer « même pas peur » et tout. Et eux qui étaient genre : « T'as tort, on est vachement forts… »

Demain matin, quand elle aurait raconté toute l'histoire aux autres — ce qu'elle ne manquerait pas de faire — j'aurais cogné le père de Reeve et attaché le Dr Wright à une chaise, rien que ça. *Je vous jure, c'est vrai !*

— Pourquoi crois-tu qu'ils étaient ensemble ? Le Dr Wright n'est paaaaaaas du tout son genre !

Parce qu'ils parlaient des dernières attaques de zombies ? Parce qu'ils mettaient sur pied une expédition punitive ?

— J'aimerais bien le savoir, ai-je répondu sincèrement.

Au loin, j'ai entendu qu'on criait, qu'on scandait des mots. J'ai tendu l'oreille pour comprendre… Mais ? Est-ce que ce n'était pas « Bas-ton, bas-ton » ?

Kat devait l'avoir entendu aussi, car elle s'est arrêtée et s'est mise à battre des mains.

— Je te parie cinq dollars qu'il s'agit de Cole.

— Sûrement pas, ai-je répondu.

Pourtant, je redoutais le pire.

« Tu rentres dans la maison, ou bien tu vas manger tes dents. Tu sais ce dont je suis capable. Je l'ai déjà fait. »

— Tu plaisantes ? m'a fait Kat. C'est *toujours* Cole.

Nous nous sommes élancées sans attendre en direction de la source de tout ce bruit. En entrant dans le salon, les clameurs étaient si fortes que j'ai eu un mouvement de recul. Je me suis frayé pourtant un chemin dans la foule pour découvrir que Kat avait raison : *c'était Cole.* Comme toujours.

Et, aujourd'hui, c'était Cole contre Justin. Les coups volaient de part et d'autre parmi les meubles renversés, et les deux assaillants étaient encerclés par une meute d'ados qui scandaient des cris barbares. Justin avait la colère pour lui, mais Cole lui répondait avec son expérience et sa force physique.

— Baston ! Baston ! continuaient à hurler les spectateurs.

Cole aurait pu envoyer Justin au tapis en quelques secondes, et mettre un terme à tout ça. A la place, il se contentait de se défendre, encaissant des coups au visage, à l'estomac — et même dans le bas-ventre... *Sauf que non.* La limite était franchie. A l'instant même où Justin a cessé de se battre à la loyale, Cole est vraiment entré dans la danse — et il a arrêté d'esquiver et de retenir ses coups.

Frosty s'est rapproché de Kat pour lui faire un rempart de son corps, juste au cas où la bagarre serait venue dans sa direction. Pour ma part, j'ai repéré Mackenzie — enfin — et même Trina, bras levés, hurlant, un grand sourire aux lèvres. Elles adoraient ça.

— Ça suffit ! ai-je hurlé par-dessus le vacarme.

Aucun des deux garçons n'a fait mine de m'avoir entendue. Cole a frappé de nouveau deux fois, seulement deux, mais cela a suffi. L'enchaînement a envoyé Justin au tapis, et il est demeuré au sol, inconscient.

Je me suis précipitée en avant pour vérifier son état, mais la fille brune qui me regardait souvent de travers dans le bus a été plus rapide. Elle a cherché son pouls, puis lui a tapoté la joue pour le réveiller.

Pendant qu'elle agissait ainsi, j'observais son visage : plus je la regardais, plus je me rendais compte qu'elle présentait une ressemblance frappante avec Justin. Poppy n'avait-elle pas parlé d'une sœur ? Apparemment, il pourrait même s'agir de sa jumelle.

Justin a poussé un grognement sans toutefois reprendre complètement conscience.

— Il va bien ? ai-je demandé.

La fille m'a lancé un regard furibond.

— Ne t'approche pas de lui. *Plus jamais*. Toi et ton petit copain, vous en avez fait assez.

— Est-ce que Justin va bien ? ai-je insisté.

— Comme si tu en avais quelque chose à faire !

Elle a reporté son attention sur Justin et s'est mise à lui caresser la joue, visiblement bien décidée à ne plus m'adresser la parole.

Je n'étais pas encore tout à fait certaine de son identité, mais je n'allais pas essayer de m'interposer entre Justin et elle. Apparemment, elle pouvait prendre soin de lui toute seule. Je me suis retournée, à la recherche de Cole. Il se tenait toujours au milieu de la pièce, la sueur aux tempes, haletant ; un filet de sang coulait le long de son nez et sur son menton. Il n'avait pas desserré les poings. Mackenzie et Trina étaient à ses côtés et lui tapaient dans le dos comme pour le congratuler.

Il avait dû sentir mon regard, car il a tourné la tête dans ma direction au même moment.

— Ça va ?

— Quoi ? a-t-il fait.

Je ne pouvais que lire sur ses lèvres, car la distance entre nous ainsi que le bruit alentour m'empêchaient d'entendre ses paroles. Du menton, il a désigné la cuisine, et j'ai hoché la tête.

Je me suis retournée vers Kat pour lui signaler que j'allais m'éclipser, mais elle avait déjà passé les bras autour de Frosty et tous deux étaient en train de s'embrasser comme s'ils ne pouvaient survivre l'un sans l'autre.

D'accord... donc, la guerre était finie. Tout était pardonné. Du moins, je l'espérais. Je les aimais bien tous les deux. Et peut-être que Frosty se montrerait moins hostile envers moi, maintenant, qui sait ? Peut-être qu'il s'ouvrirait davantage et accepterait de parler à Kat de l'existence des zombies, ce qui me permettrait à mon tour de ne plus lui mentir. Ainsi, nous resterions tous amis.

Cole avait atteint la cuisine avant moi. Appuyé contre un plan de travail, il m'attendait, l'air impatient.

— Laisse-moi nettoyer tes plaies, lui ai-je dit.

— Non.

Il m'a pris la main pour m'entraîner dans un vaste cellier — qui, malheureusement, était déjà occupé. Au moment où il a ouvert la porte, la lumière de la cuisine est venue dissiper la pénombre, et nous avons découvert Reeve avec… nom d'un chien ! Bronx ! Tous deux se sont écartés comme si une bombe venait d'exploser entre eux.

Leurs lèvres étaient gonflées et humides. Deux taches rouges ont fleuri sur les joues de Reeve quand elle m'a regardée, et ça m'a fait mal au cœur.

— Je n'ai rien vu, lui ai-je fait. Mais, si j'étais toi, j'en parlerais à Kat. Tu sais que c'est nécessaire, ou bien, lorsqu'elle l'apprendra, elle nous en voudra à toutes les deux. Autre chose : Cole et Justin viennent d'avoir une… petite discussion, et ils ont cassé quelques trucs. Oh ! et puis ton père est en bas.

Tout en bas, effectivement.

Reeve m'écoutait bouche bée, comme abasourdie par le flot d'informations ; pour finir, elle est sortie du cellier sans un mot.

Bronx a fait mine de la suivre, mais Cole lui a barré le passage.

— Tu sais que tu n'es pas censé traîner avec elle.

Un muscle s'est contracté sur la mâchoire de Bronx, mais il est demeuré silencieux.

— Tu le sais, mais cela ne t'a pas empêché de fourrer ta langue dans sa bouche. Tu crois vraiment que son père sera d'accord ?

Toujours silencieux, Bronx l'a repoussé pour sortir à son tour.

— Mais pourquoi ne pourrait-il pas sortir avec…, ai-je commencé.

— Stop. Je ne parlerai pas de ça avec toi.

Il a refermé la porte du cellier, et l'obscurité est revenue.

Je suis demeurée un instant silencieuse et immobile, le temps qu'il se calme et que mes yeux s'habituent à l'obscurité. Peu à peu, j'ai commencé à distinguer la pièce autour de moi. A vrai dire, ce simple garde-manger était à lui seul plus vaste que ma chambre. Les étagères étaient garnies de boîtes de conserve, de casseroles et d'ustensiles de cuisine ; il y avait même un escabeau pour atteindre les choses tout en haut. Des packs de bière étaient empilés sur le sol.

— Le père de Reeve vient de m'envoyer un texto, a commencé Cole. Il m'a dit qu'il t'avait trouvée en bas, dans la cave.

— Il fait partie des vôtres ?

Il y a eu un long silence avant qu'il ne capitule.

— Oui. Mon père et lui sont amis, et il finance nos activités. Il ne peut pas voir les zombies, mais il sait ce qu'ils peuvent nous faire, alors il nous aide quand nous sommes mordus. A une condition toutefois : que nous laissions Reeve en dehors de tout ça.

C'était bon à savoir.

— Et le Dr Wright ?

— Elle aussi est au courant. Nous avions besoin de quelqu'un au lycée qui soit dans notre camp. C'est son cas.

Ainsi, j'avais vu juste. Mais il était temps de passer à l'autre sujet.

— Et cette bagarre, quelle en était la raison ?

— Justin m'a demandé où tu étais. Je lui ai répondu que je ne le savais pas. Alors, il m'a dit d'aller me faire voir et de ne plus m'approcher de toi. J'ai rétorqué que tu avais fait ton choix et qu'il n'avait plus qu'à l'accepter.

— Alors, il t'a frappé.

— Non. Il a dit que tu étais dans son camp et que si j'essayais de te recruter tu te ferais tuer.

— Et c'est là que tu l'as frappé ?

— Exactement. Même que je lui ai cassé le nez.

Je me suis passé une main sur le visage, effarée.

— Reprenons un peu avant. Justin a un « camp » ?

Cole a ricané.

— Tu veux dire qu'il ne t'a pas demandé de l'aider ?

— De l'aider pour quoi ?

Comme dans ma discussion précédente avec le Dr Wright et M. Ankh, j'avais mon idée sur la réponse.

— Pour les zombies.

— Non ! Jusqu'à maintenant, j'ignorais complètement qu'il y était mêlé.

— Il n'y est pas mêlé. Il constitue seulement une menace.

Et Cole, lui, constituait une source de perplexité.

— Je ne comprends rien à ce que tu dis. Il est impliqué, ou il ne l'est pas ! Pas de demi-mesure.

Avec un soupir, Cole a appuyé la tête contre une étagère, avant de répondre :

— Ecoute bien, parce que je ne le répéterai pas. Je ne devrais pas parler de ça maintenant, encore moins dans la mesure où tu sors avec lui.

J'ai tapé du pied, furieuse :

— Je ne…

Il m'a coupé :

— Au début, Justin faisait partie de notre équipe. Un jour, il a rencontré un groupe de personnes qui prétendent vouloir détruire les zombies, mais se contentent en réalité de faire entrer leurs esprits malfaisants dans des corps réels. Pense « possession », a-t-il ajouté, car il me sentait sans doute perdue. Tu te souviens de la façon dont tu es retournée dans ton corps ?

— En fait, pas du tout.

A ce moment-là, je souffrais bien trop.

Il a eu un rire sans joie.

— C'est vrai. J'ai dû m'en charger pour toi. Quoi qu'il en soit, ces gens prétendent mener des recherches sur les façons de lutter contre l'infection des zombies, mais comment pouvons-nous les croire alors qu'ils n'hésitent pas à mettre des innocents en danger au cours de leurs travaux ?

J'ai froncé les sourcils.

— Comment sais-tu cela ?

— Quand Justin m'a parlé d'eux, je suis allé visiter leur laboratoire. J'ai vu des gens dans des cages, dans des états plus ou moins avancés de décomposition. Des morts, bien sûr… mais aussi des vivants. *Presque* vivants, si tu vois ce que je veux dire.

Pas vraiment, mais mon imagination a immédiatement pris le relais. Quelles expériences atroces ces gens-là menaient-ils ?

— Et nous sommes à peu près certains que ce sont ces fameux *scientifiques* qui ont brûlé mon ancienne maison, a-t-il conclu.

Un laboratoire… des cages… des corps en décomposition… une maison incendiée… quelle horreur !

— Justin travaillerait donc pour ces gens en combinaisons, les Antirads ?

Qui, apparemment, étaient tout aussi maléfiques que les zombies.

— Oui.

— Eh bien, il ne m'a pas parlé de ça, je t'assure.

Et je ne lui en donnerais certainement pas l'occasion. Je ne voulais rien avoir à faire avec des gens qui cherchaient à inoculer des esprits malins dans des corps innocents.

Cole s'est pincé l'arête du nez.

— Justin va leur parler de mon intérêt pour toi ; ils te contacteront donc à un moment ou un autre. C'est ce qu'ils ont fait pour chacun de nous. Si tu refuses de les aider, ils tenteront de te persuader… par des moyens très désagréables.

— Ça m'est égal.

Il y a eu un silence pesant avant que Cole ne reprenne doucement :

— Ça t'est égal… mais cela peut atteindre tes grands-parents. Crois-moi, Ali, a-t-il ajouté avec un soupir, il vaut peut-être mieux que tu ne me fréquentes pas.

Pardon ?

— Non !

— Ta vie va changer. Tu seras dehors pratiquement toutes les nuits. Tes grands-parents finiront sans doute par te pincer, et tu auras des ennuis en permanence. Tu n'auras plus de temps libre, et tes notes vont dégringoler. Sans compter que tu seras très souvent blessée, avec sans doute des fractures. Peut-être même que tu finiras par souhaiter mourir.

— Et alors ?

Je me vengerais des créatures qui avaient détruit ma famille — je les empêcherais de s'en prendre à *d'autres* familles. Cela me paraissait une motivation bien suffisante.

— Alors, je ne veux pas te faire vivre ça. Si tu n'y prends pas garde, les services sociaux vont finir par débarquer chez tes grands-parents, et ils les accuseront de te battre. C'est déjà arrivé à certains d'entre nous.

— Je ferai attention, ai-je promis d'une voix tremblante.

— Pas assez. C'est impossible. Et, de toute façon, te donner un entraînement suffisant nous prendrait bien trop de temps, et d'ici là tu resterais un poids mort pour nous.

Il ne disait tout cela que pour me tester, pour voir s'il pouvait m'effrayer. *N'est-ce pas ?* Il voulait savoir si j'étais assez forte pour me défendre verbalement. *C'est ça ?*

— Toi-même, il y a eu un moment où tu étais un poids mort, ai-je argumenté. Tout comme Frosty ou Mackenzie. Mais tu as appris, et tu t'es amélioré. Je peux faire la même chose.

— En plus de tout le reste, a-t-il poursuivi comme s'il ne m'avait pas entendue, si tu traînes avec moi, tu te feras bien d'autres ennemis que Justin, et ils s'en prendront à toi à la moindre occasion.

Ah, d'accord. Ainsi, il avait entendu les rumeurs.

— Ça m'est égal, ai-je répété avec obstination.

J'aurais aimé distinguer son expression quand il m'a répondu :

— Facile à dire pour l'instant, mais un jour tu vas craquer. J'ai vu cela trop souvent.

— Un jour… mais pas *aujourd'hui*, ai-je fanfaronné en faisant de mon mieux pour ignorer mon amour-propre piqué au vif.

Piqué au vif… et peut-être même laminé pour de bon. Il ne cherchait pas à me tester, non : il voulait que je m'en aille.

— Peut-être ; mais, quand ça arrivera, je refuse d'être là. C'est terminé, à présent. Je suis désolé. Hier soir, je voulais vraiment t'intégrer à notre bande. Mais aujourd'hui, avec tout ce qui s'est passé, j'ai compris que c'était une erreur. Ça vaut mieux pour toi, Ali, crois-moi. Pour toi et pour nous tous.

Voilà. C'était un rejet pur et simple. Il ne voulait plus me voir. Eh bien, tant pis. Je partirais.

Même si cela me déchirait le cœur.

— Est-ce Mackenzie qui est allée raconter à tout le monde que j'avais couché avec toi et tes amis ? ai-je demandé.

Sur ce point au moins, il me devait la vérité.

Il a secoué la tête en un geste de dénégation. Le mince rai de lumière qui filtrait à travers la porte du cellier a illuminé l'expression menaçante de son visage, une expression qui m'a bouleversée.

— Ce n'est pas son genre. Elle est très franche. Quand elle n'aime pas quelqu'un, elle ne parle pas dans son dos : elle le dit en face.

Peu convaincue, j'ai écarté les bras en un geste d'impuissance :

— Mais qui d'autre irait raconter que je me serais envoyée en l'air avec toi et tes amis dans la même nuit ? Qui d'autre savait que je me trouvais bel et bien avec vous ?

— Je l'ignore, mais j'ai bien l'intention de le découvrir. Et, quand je le saurai, je m'occuperai personnellement de lui. Ou d'elle.

Mais il n'a pas ajouté que le mal était déjà fait, et que ni lui ni moi ne pouvions le réparer.

— Je n'ai pas besoin de toi pour ça, lui ai-je répondu. Mais j'aurais aimé un peu de (*de quoi ? de sympathie ? de compassion ? de colère ?*)… de soutien dans cette histoire.

Je l'ai distinctement entendu grincer des dents.

— Si je pensais, même un instant, que Mackenzie était responsable de cette rumeur, elle serait ici en ce moment, en train de te demander pardon à genoux — je l'y forcerais, crois-moi. Là-dessus, tu peux me faire confiance. Elle n'est pas aussi mauvaise que tu crois.

La question est sortie de ma bouche sans que je parvienne à la retenir :

— Est-ce que tu l'aimes encore ?

— Pas comme tu l'entends.

Au moins, il n'avait pas hésité.

— Quand elle est venue vivre avec mon père et moi, j'ai immédiatement rompu.

Deux réactions simultanées me sont venues à l'esprit. La première des deux est sortie telle quelle :

— Tu veux dire que tu vis avec ton ex ?

Quant à la seconde, je suis parvenue à la taire. S'il n'avait rompu avec Mackenzie que parce qu'elle avait emménagé chez lui, il se pouvait qu'il éprouve encore des sentiments pour elle… et qu'il se soit servi de moi d'une manière ou d'une autre.

— Encore une fois, pas comme tu l'entends. Nous ne partageons pas une chambre ou quelque chose de ce genre. Je n'ai pas couché avec elle depuis…

— Depuis quand ? ai-je insisté.

Tais-toi ! Ça ne te regarde pas ! Il essaie simplement de te mettre à distance.

Il essaie, *vraiment ? Tu parles ! Il y parvient très bien. Montre un peu de dignité, et laisse-le où il est.*

Il s'est passé la main sur la nuque, embarrassé :

— Depuis quelques semaines avant la rentrée des classes. Et ne répète jamais ça. Je ne parle de ceci à *personne*.

Cela faisait donc moins d'un mois. Rien du tout, en somme.

— Et pourquoi avez-vous arrêté ?

Tais-toi ! Ça suffit !

Mais plutôt que de me rembarrer, il a répondu :

— Parce que je n'avais pas envie de me compliquer la vie en partageant un toit avec ma petite copine.

… Mais pas parce qu'il n'éprouvait plus de sentiments pour elle. J'aurais pu m'en mordre les doigts.

Juste avant mon entrée en quatrième, et seulement quelques semaines après notre fameuse conversation sur la virginité, ma mère m'avait entreprise sur un nouveau sujet capital. « Alice, il y a des choses qui ne changent pas. Les garçons pensent beaucoup au sexe. Beaucoup, comme dans "tout le temps". Ils diront n'importe quoi pour coucher avec toi, et en particulier des mensonges. Fais-y attention, et n'oublie jamais un autre élément qui ne change pas : tu es un trésor, et tu mérites d'être chérie, pas utilisée. »

Tout ce temps, je n'avais donc rien été d'autre qu'un substitut à Mackenzie, quelqu'un avec qui Cole passait son temps en attendant qu'elle quitte sa maison.

— Comment se fait-il que vous viviez sous le même toit ?

Il a haussé les épaules — ses épaules si musclées.

— Son père et sa belle-mère ne savaient plus quoi faire avec elle, alors ils l'ont mise à la porte.

Ainsi, Mackenzie avait été rejetée par les personnes qui étaient censées prendre soin d'elle. Je refusais de la prendre en pitié, en particulier depuis que je savais qu'elle vivait avec Cole, mais tout de même… Je dois dire que je me suis radoucie un peu.

— Bon. Donc, voilà, a-t-il conclu. Nous n'apprendrons pas à nous connaître, et je ne t'entraînerai pas.

Je ne suis parvenue qu'à grand-peine à retenir un cri de colère et de désespoir. De chagrin, tout simplement. J'avais déjà tant perdu que l'idée de le perdre, lui, m'était insupportable. Voilà sans doute pourquoi je l'avais poussé dans ses retranchements en jetant ma fierté aux orties.

— Pourquoi m'as-tu révélé tout cela alors que tu veux me voir sortir de ta vie ? me suis-je écriée.

— Je ne sais pas, m'a-t-il répondu d'une voix rauque. Tout ce que je sais, c'est que j'agis pour ton bien. Un jour, peut-être, tu me remercieras.

J'allais tenter ma dernière chance. La toute dernière.

— Et les visions, alors ?

Je t'en prie. Change d'avis. Garde-moi auprès de toi.

— Pour ce qu'on en sait, elles peuvent tout aussi bien être des aperçus de ce que nous devons éviter.

J'ai cillé, et ses mots se sont répercutés dans mon cerveau comme en écho. Ainsi, il me brisait le cœur. Non, il ne changerait pas d'avis. D'ailleurs, à présent, je ne le souhaitais plus. Nous en avions terminé l'un avec l'autre. Au moins, j'avais tout tenté. Il ne pouvait pas en dire autant.

— Je suis désolé, m'a-t-il dit. Je n'aurais pas dû…

— Non. Tu as bien fait. Mais je ne te remercierai pas plus tard. Je te remercie *maintenant.*

Peut-être m'avait-il blessée, mais je n'allais pas le lui montrer. Je me suis ressaisie. J'étais bien plus forte que cela.

— Tu avais raison. Nous ne sommes pas faits l'un pour l'autre. A un de ces jours, Cole.

La porte du cellier a grincé quand je l'ai repoussée, et je suis sortie sans un regard en arrière. La vision brouillée par mes larmes, j'ai rejoint les quelques fêtards qui buvaient de la bière dans la cuisine.

Mais une main m'a saisi le bras et m'a retenue.

— As-tu quelqu'un pour te ramener chez toi ?

Cole m'avait suivie.

— Oui, ai-je répondu d'une voix lointaine — une voix qui correspondait à mon état d'esprit, car je me sentais déconnectée de la réalité.

— Je vais demander à Kat.

— Très bien, alors.

Cole m'a lâché le bras, avant de sortir de la cuisine sans un mot.

Pour ma part, je suis demeurée immobile. J'avais enfin trouvé un sens à ma vie, une façon de faire mon deuil… et voilà qu'il venait de me l'enlever. *Flash spécial pour toi, Cole Holland : je ne vais pas te laisser faire*. Je n'affronterais pas les zombies à ses côtés — et alors ? Il ne m'initierait pas aux secrets de son art — et alors ? Je me chargerais de tout moi-même.

Et c'est d'un pas martial que je suis retournée dans le salon. La première chose que j'ai remarquée, c'est que Justin était parti, tout comme la fille brune qui l'avait soigné. Mackenzie, Frosty et Bronx avaient également quitté les lieux. J'ai trouvé Kat sur un canapé, une bouteille de bière dans chaque main. Elle était encore plus pâle que précédemment, et commençait même à trembler.

Comme j'avais eu à le faire avec mon père dans tous les degrés d'alcoolémie possibles, je savais comment me comporter dans cette situation : j'allais utiliser la force. Malgré sa résistance, je lui ai arraché sans ménagement les bouteilles des mains avant de lui intimer :

— Donne-moi tes clés.

— Pour… Pourquoi ?

— Parce que c'est moi qui conduis.

J'ai laissé de côté le fait que je n'avais pas mon permis, et que je n'avais pris jusque-là que quelques leçons…

— Oh ! d'accord. Il fait toujours ça, tu sais, a-t-elle grommelé tout en fouillant dans une poche dissimulée de sa robe. Il est aux ordres de Cole. Cole dit « Viens », et il accourt. Faut que tu arranges ça. Je veux dire, il faut que tu distraies un peu M. Autoritaire, que tu l'occupes pour que Frosty ait le temps de me courir après.

— Je crois bien que Cole vient juste de me larguer, ai-je répondu sur le même ton.

Quand je disais « je crois »… j'en étais certaine, plutôt. Mais la douleur, déjà, s'estompait. A vrai dire, tous mes sentiments semblaient comme anesthésiés.

— De toute façon, on ne sortait pas vraiment ensemble.

— Pardon ? Il t'a larguée ? C'est que les coups de Justin ont dû atteindre son cerveau.

Elle m'a tendu un porte-clés brillant en forme de chat.

— Je ne vois pas d'autre raison à ce qu'il se comporte aussi bêtement. Tu es la meilleure chose qui lui soit arrivée !

— Merci pour le vote de confiance, mais je ne devais pas lui plaire tant que ça.

Je lui ai pris ses clés et je l'ai aidée à se relever — ce qu'elle a fait en titubant, au point que j'ai dû la prendre dans mes bras pour l'entraîner vers la sortie. Fort heureusement, aucun garçon ne s'est avisé d'émettre des propositions salaces : dans l'humeur où je me trouvais, je lui aurais refait le portrait.

— Ma… Marions-nous toi et moi, et nous aurons des centaines d'enfants ! a-t-elle articulé d'une voix pâteuse. Ça leur apprendra !

— Bonne idée, effectivement. On pourra peut-être en reparler demain matin ?

Dehors, j'ai ressenti la caresse de l'air frais de la nuit sur mes bras et mon visage. De gros nuages avaient fait leur apparition, et ils masquaient la lune…

Je me suis immobilisée net. Mon lapin était là, plus grand et plus brillant que jamais. Il tenait dans ses pattes une sorte de petit objet rond.

— Il y a un problème ? a demandé Kat. Ta phobie de la voiture te reprend ?

— Quelque chose comme ça.

— Tout va bien se passer. Ma voiture a un pilote automatique. D'où mes nombreux accidents. Mais, sérieusement, tu n'auras aucun problème.

— Nous devrions…

Derrière un arbre, j'ai distingué un mouvement… puis l'éclair d'une robe de mariée maculée de terre… et enfin l'odeur de pourriture.

C'est trop tôt ! ai-je songé comme mon sang se glaçait dans mes veines. Les zombies n'auraient pas dû être de sortie *dès cette nuit* ; ils étaient censés se reposer !

— C'est ce nuage qui tourne, ou c'est juste moi ? a demandé Kat.

J'ai de nouveau regardé le lapin. L'objet qu'il tenait semblait lui aussi avoir des oreilles… non, c'étaient des aiguilles, plutôt, les aiguilles d'un réveil qui égrenaient les secondes, tic-tac, tic-tac. J'ai compris qu'il était bien là pour m'avertir des dangers — mais pas ceux de la circulation : il me signalait la présence de zombies ! Le moment était venu : ils arrivaient.

— Retourne à l'intérieur, Kat. Empêche tout le monde de sortir, d'accord ?

Ce disant, je l'ai poussée en direction de la maison. Je pensais — ou en tout cas j'espérais, je priais pour cela — que Cole, le père de Reeve, *quelqu'un quoi*, ait pensé à renforcer les Lignes de Sang qui entouraient les lieux. J'ignorais comment elles fonctionnaient au juste, et combien de temps elles pouvaient résister, mais je supposais que plus il y en avait, mieux c'était.

— Mais pourquoi ?

— Ne pose pas de questions. Je t'en prie, lui ai-je fait. Fais-moi confiance, c'est tout.

En marmonnant tout bas, elle a obéi et s'est dirigée d'un pas mal assuré vers la porte d'entrée. J'espérais que malgré son état elle ferait en sorte qu'ils restent tous à l'intérieur. Pendant qu'elle s'éloignait, j'ai scruté l'obscurité, où les ombres menaçantes se multipliaient à présent ; j'ai tiré mon téléphone de ma poche et appelé Cole.

Pas de réponse ; mon appel a basculé sur sa messagerie vocale. M'évitait-il ? Tant pis. J'ai laissé un message :

— Je pense que les zombies sont autour de chez Reeve, ai-je fait très vite.

Pendant que je parlais, avec ma main libre, j'ai sorti le couteau de mon sac.

Sous un mince rayon de lune, la forme d'un corps s'est matérialisée — suivi d'un autre, et d'un autre encore. La peur au ventre, j'ai dégluti avec difficulté.

— Correction, ai-je continué dans l'appareil.

Au même moment, mon regard a été attiré par une nouvelle apparition. Je n'en croyais pas mes yeux : l'image vacillante de ma petite sœur se tenait près d'un des zombies. Pâle, toujours vêtue de son tutu, elle se tordait les mains.

— Correction. Les zombies *sont* là.

Puis j'ai raccroché.

— Emma ?

— Retourne à l'intérieur, Ali, a-t-elle soufflé avant de disparaître.

— Impossible, ai-je répondu dans le vide.

En cet instant, j'étais la seule capable de voir les zombies, et la seule capable de les vaincre — et, non, je n'avais pas la moindre expérience dans ce domaine. Mais c'était ce que je voulais : une chance de sauver le monde.

Alors, pour le meilleur ou pour le pire, j'allais tenter ma chance.

12

Qu'on lui coupe la tête!

Les premiers problèmes n'ont pas tardé à apparaître. D'abord, je n'avais aucune idée de la façon de séparer mon esprit de mon corps. Le carnet avait indiqué qu'il fallait faire appel à « la Foi ». D'accord, mais... étais-je censée développer celle-ci, et comment ? Ou bien le pouvoir se trouvait-il en moi, un pouvoir que pour l'instant je ne parvenais pas à ressentir ?

Deuxièmement, je n'avais pas la moindre idée de ce qui se passerait au cas où Kat échouerait dans sa mission, si quelqu'un sortait de la maison et cherchait à s'adresser à mon corps inanimé. Sans oublier que Kat pouvait réussir, mais moi échouer, et qu'il y avait toujours le risque qu'un fêtard sorte par la porte de derrière, que personne ne gardait, au risque de se faire tuer dans le jardin.

Deux problèmes, certes, mais une seule solution pour moi : je devais attirer les zombies le plus loin possible de la maison.

Mes sensations décuplées par la peur et la colère, j'ai puisé en moi un courage que je ne me connaissais pas et je suis passée à l'action. Brandissant mon couteau, je me suis précipitée sur mes adversaires.

— Seigneur, me suis-je mise à prier, donnez-moi la force, la vitesse... et peut-être une de ces combinaisons antiradiations.

Juste avant d'atteindre les deux premiers zombies — et, oh, bon sang, huit nouveaux monstres venaient de surgir à la lisière du bois où s'arrêtait la propriété des Ankh — j'ai crié : « A table tout le monde ! Attrapez-moi ! » et j'ai bifurqué sur la gauche sans prévenir.

Un chœur de grognements frustrés s'est élevé derrière moi, et comme je l'avais espéré, les zombies se sont lancés à ma poursuite. Sans cesser de courir, j'ai jeté un coup d'œil inquisiteur par-dessus mon épaule — immédiatement suivi d'un nouveau coup d'œil, terrifié celui-là. La Fiancée de Frankenstein me collait aux basques, et paraissait gagner du terrain à chaque enjambée. Son petit copain ne devait pas être loin : il ne la quittait jamais d'une semelle.

J'ai scruté les environs — et, comme de bien entendu, il était juste derrière elle. Les deux font la paire… Même si sa cheville présentait un angle impossible, il boitillait à ma poursuite avec une rapidité incroyable, comme s'il avait littéralement glissé sur le sol.

Soit les blessures subies avant sa mort l'avaient suivi jusque dans sa tombe, soit il était déjà tombé sur Cole et ses amis qui lui avaient infligé quelques dommages. En tout cas, il était parvenu à leur échapper avant qu'ils ne lui appliquent leur lumière mortelle.

Problème : si *eux* n'avaient pas pu le vaincre, quelle chance avais-je d'y parvenir, moi, la débutante ?

Tu ne dois pas penser comme ça.

A force de regarder ce qui se passait derrière moi, j'ai fini par me heurter à un tronc d'arbre. Le choc m'a envoyée rouler au sol, et j'ai vu trente-six chandelles. J'ai tenté en vain de reprendre mon souffle, submergée par une vague de panique. *Relève-toi !* J'avais regardé suffisamment de reportages sur la vie animalière pour connaître le destin qui attendait les proies immobiles.

Tant bien que mal, je me suis relevée. De nouveau, j'ai regardé derrière moi… et je n'ai pu retenir un cri. *Trop près !* Ils n'étaient plus qu'à quelques mètres ! J'ai recommencé à courir, évitant cette fois les troncs d'arbres.

Réfléchis, Bell, et vite. Je pouvais entraîner les zombies à travers la forêt et profiter de l'ombre et du feuillage pour me camoufler en attendant les renforts — si tant est que ceux-ci arrivent un jour… Sauf que Cole avait mentionné que la forêt derrière chez moi était truffée de pièges ; c'était sans doute également le cas ici. J'ignorais comment un esprit immatériel pouvait déclencher un piège bien réel, mais, même si c'était possible, je craignais fort de me retrouver de nouveau pendue par un pied — gibier de choix pour mes poursuivants.

Donc, pas question de rester dans la forêt.

Peut-être pouvais-je sprinter jusqu'à la route en espérant qu'une voiture s'arrêterait pour me prendre à bord et m'amener le plus loin possible des zombies. Seulement voilà : mettre en danger les innocents dans cette voiture ne vaudrait pas mieux que mettre en danger les innocents qui se trouvaient dans la maison de Reeve.

La route était donc également hors de question.

Parfait. Je n'avais nulle part où aller.

D'accord. Réfléchir encore. Le père de Reeve était du genre méfiant. Il devait y avoir des caméras de surveillance dirigées vers l'intérieur comme vers l'extérieur, sûrement le long des limites de la propriété ; avec un peu de chance, une personne de confiance devait les surveiller en permanence. Après tout, M. Ankh nous avait très vite repérées, Kat et moi, dans sa cave.

Donc… Je devais tenter la forêt, pièges ou pas. Si je restais dans un rayon d'une centaine de mètres autour de la maison, j'éviterais sans doute le plus grand nombre d'entre eux. Je pourrais donc tenter de rassembler les zombies en un seul endroit et, si possible, de les brûler avec ma main comme l'avait fait Cole.

A un moment ou un autre, M. Ankh finirait bien par me trouver. Enfin, il fallait espérer…

J'ai encore accéléré malgré les feuilles et les branches qui me fouettaient le visage. Le feuillage au-dessus de moi était si épais que je perdais une bonne partie de la lumière de la lune et de celle de la maison, dont j'avais pourtant sacrément besoin. L'obscurité se faisait de plus en plus épaisse, et la terreur me gagnait. Néanmoins, je gardais les yeux fixés au sol — et devant moi, cette fois — à la recherche de dispositifs dissimulés près des plus grosses racines. S'il y avait bien une chose que je ne voulais pas, c'était me retrouver prise au piège de nouveau.

J'ai soudain remarqué un tas de feuilles mortes. *Etrange* : je n'en avais vu nulle part ailleurs. Il n'était certainement pas là par hasard. Je l'ai franchi d'un bond ; quelques secondes plus tard, j'ai entendu derrière moi un sifflement sec suivi d'un grognement furieux. Coup d'œil en arrière… et, oui, pendu par les jambes le Fiancé de l'Epouvante se débattait au bout d'une corde. *Génial !*

Si seulement les autres avaient pu eux aussi tomber dans un piège… mais non, ils étaient de plus en plus près, sur mes talons maintenant. J'ai couru, couru encore, coudes au corps, le cœur battant comme un marteau-piqueur. L'adrénaline inondait mes veines, et mon corps entier vibrait à son rythme tandis que des rigoles de sueur coulaient le long de mon dos. Je sentais mes os s'entrechoquer et mes blessures me lançaient terriblement.

Malgré ces douleurs, les zombies ne m'auraient pas. Je ne les laisserais pas faire. J'allais les combattre, quoi qu'il m'en coûte. J'allais…

La chaleur de mon corps a soudain été remplacée par un froid glacial. Je n'ai pas ralenti, j'ai continué ma course sans hésitation, sauf qu'à présent j'étais infiniment plus légère, plus libre, avec un pas plus sûr. Regardant en arrière, j'ai aperçu mon corps immobilisé sur place, un pied devant l'autre, comme figé en pleine course.

Les zombies sont passés devant lui sans le remarquer davantage que les troncs d'arbres autour d'eux.

La Foi. J'avais exprimé ma Foi, et je me retrouvais à présent sous ma forme spirituelle. Oui !

J'ai obliqué sur la droite, frôlant un gros arbre. Quelle importance ? J'étais un esprit, j'étais sûre de pouvoir le traverser… jusqu'au moment où j'ai senti l'écorce m'écorcher la peau. *Hein ?* Je n'étais plus entourée de la carapace de mon corps, et pourtant je pouvais encore me heurter à des formes solides comme les arbres ? Ce n'était pas logique — et pas juste non plus.

Tu y penseras plus tard. Pour l'instant, concentre-toi. J'ai scruté l'obscurité, à la recherche du meilleur endroit où attirer la horde de zombies.

Au loin, quelques lueurs ont attiré mon attention. J'ai plissé les yeux, et je suis parvenue à distinguer un halo de… quelque chose. Alors, je me suis dirigée dans cette direction. A mesure que je m'approchais, j'ai distingué une grande pierre brillante, un peu comme un morceau de soleil tombé sur Terre.

Sur ma nuque, j'ai senti un souffle fétide. Terrifiée à l'idée d'être rattrapée, et pire, mordue, j'ai poussé un hurlement au moment même où je sautais par-dessus la pierre.

Derrière moi, j'ai entendu le bruit d'une lourde chute.

Lorsque je me suis retrouvée sur mes pieds, indemne, j'ai lancé de nouveau un regard derrière moi. Le zombie qui me talonnait avait trébuché sur la pierre, et un autre zombie, qui le suivait de près, s'était effondré à son tour. Les autres se sont montrés plus malins, et ont sauté par-dessus la pierre comme je l'avais fait. Nom d'un chien ! Ils étaient de plus en plus nombreux ! On aurait dit un essaim de mouches : pour un qui tombait, trois apparaissaient.

Il était plus que temps que les renforts arrivent !

Devant moi, je distinguais encore des lueurs. Il ne pouvait s'agir que de balises qui me montraient la bonne direction, ai-je soudain compris, et j'ai entrepris de les suivre. Pourtant, au bout de quelques mètres, j'ai abouti à un cul-de-sac. Face à moi, les branches et les fourrés constituaient un mur apparemment infranchissable. Mais avais-je vraiment le choix ? Tête baissée, j'ai foncé en avant. J'ai traversé les buissons, et j'ai débouché sur une vaste clairière.

Je me suis immobilisée, et aussitôt j'ai fait demi-tour. Immédiatement sur mes talons, la Fiancée et un zombie massif ont franchi à leur tour le mur de verdure. Elle portait sa robe déchirée habituelle ; lui était torse nu. Je distinguais ses bras pâles, son corps noirâtre couvert de pustules et de cicatrices.

Avec des grondements sourds, ils se sont rués sur moi, exhibant leurs dents d'où suintait un pus noirâtre.

« Vise les jambes, disait toujours mon père. Si tu es encerclée, frappe d'abord dans les jambes. Chaque adversaire estropié est un poursuivant potentiel en moins. »

A présent que j'étais aussi tangible pour les zombies qu'ils l'étaient pour moi, ce conseil pouvait fonctionner. J'ai esquivé leur charge et me suis fendue en avant, blessant successivement les deux zombies à la cuisse dans un seul mouvement souple et coordonné. Ils se sont effondrés au sol, manquant m'entraîner dans leur chute ; mais, très vite, ils se sont remis sur leurs pieds. La Fiancée a de nouveau tenté de m'attraper, et elle est parvenue à m'agripper quelques mèches de cheveux, qu'elle a tirées ; je n'ai réussi à me libérer qu'en m'écartant rapidement — au prix d'une vive douleur dans le cuir chevelu. Et, bien entendu, les deux zombies m'ont suivie.

Je me suis réfugiée en toute hâte à l'abri des arbres qui délimitaient la clairière, pensant — ou plutôt espérant — qu'un des troncs dissimulerait un piège qui, de nouveau, me délivrerait des zombies. Mais il n'en était rien : je ne les ai pas vus se faire soulever dans les airs, pas plus qu'ils n'ont disparu dans une fosse dissimulée sous les feuilles. De fait, ils n'ont même pas ralenti. Des griffes immondes se sont tendues vers moi...

J'ai pivoté vivement pour expédier mon pied dans l'estomac du zombie et le choc l'a envoyé rouler à quelques mètres plus loin. Dans le même mouvement, j'ai agrippé la Fiancée par les cheveux. Ses mèches immondes se sont détachées avec une facilité déconcertante, mais le mouvement a suffi toutefois à la projeter en avant ; emportée par son élan, elle s'est heurtée de plein fouet à un tronc d'arbre, tête la première. Sous le choc, son nez a explosé, et elle s'est effondrée sur le sol, inerte. Malheureusement, je savais que son immobilité ne durerait pas.

Le reste de la horde fondait déjà sur moi. J'ai frappé le premier d'un coup de pied, et, comme son collègue un peu plus tôt, il est parti à la renverse. Les autres ont convergé dans ma direction pour m'encercler. J'ai frappé du poing et du pied, esquivé, lancé ma lame en avant, dansant pratiquement pour éviter qu'ils ne s'emparent de moi.

Tout cela ne m'a pas menée bien loin.

J'ai presque failli regretter de n'avoir pas été prise dans l'un des pièges de Cole. Avec un peu de chance, il m'aurait laissée suspendue en l'air, hors d'atteinte.

Hors d'atteinte ? Mais, nom d'un chien, pourquoi ne pas grimper à un arbre ?

Grimper. D'accord. J'ai calé ma chaussure dans un trou du tronc et tendu le bras ; ma main a rencontré une protubérance. En levant les yeux, j'ai remarqué que celle-ci émettait une faible lueur. Au prix d'une douloureuse traction des bras, je me suis arrachée au sol et me suis élevée dans l'arbre. De là, avec ma jambe libre, j'ai distribué quelques coups de pied pour repousser mes assaillants ; puis j'ai trouvé sous ma main gauche une nouvelle bosse qui luisait dans le noir, et même une autre anfractuosité pour mon pied. Ainsi, centimètre par centimètre, je me suis hissée vers le sommet.

Plus je m'élevais, plus la lueur devenait vive ; j'ai fini par distinguer une échelle de corde clouée sur le côté de l'arbre. Il ne pouvait s'agir d'une coïncidence : M. Ankh devait être derrière tout ça.

A cet instant, un des zombies est parvenu à agripper ma cheville et m'a tirée vers lui ; par bonheur, je me tenais assez solidement au premier barreau de l'échelle de corde pour pouvoir lui décocher, de l'autre pied, un coup de talon en plein visage. Dès qu'il m'a lâchée, j'en ai profité pour achever mon ascension.

Je suis parvenue au sommet de l'arbre épuisée et à bout de souffle. Les zombies tentaient de me suivre, mais ne trouvaient apparemment pas leur chemin.

Miracle : je venais de gagner un répit.

J'ai regardé dans la clairière, comptant mentalement mes ennemis. Ils étaient seize. Pour les vaincre, il me suffisait de les immobiliser avant de mettre ma main sur leur poitrine et de transformer ma paume en lance-flammes. *Facile.*

C'est ça, oui.

Puis la Fiancée de Frankenstein est réapparue, visiblement remise de son K.-O. Elle a rejoint les autres et a entrepris comme eux de planter ses griffes dans le tronc de l'arbre. Cependant, contrairement à ses congénères, elle est parvenue à s'élever suffisamment pour découvrir l'échelle de corde… dont elle s'est écartée avec un grognement horrifié. Malgré ça, cela n'a pas suffi à arrêter sa progression. Terrifiée, je l'ai regardée escalader l'arbre à ma poursuite. Tu parles d'un répit…

Je savais ce qu'il me restait à faire. J'ai empoigné mon deuxième couteau. « Descendre le plus d'adversaires possible et s'enfuir », aurait dit mon père.

Ne pense pas. Agis.

Je me suis élancée dans le vide, passant en saut périlleux au-dessus des zombies. Un choc violent m'a accueillie quand j'ai atteint le sol, et j'ai effectué un roulé-boulé forcé qui m'a coupé le souffle ; pourtant, je me suis relevée sans attendre, et j'ai lancé de grands coups de couteau à l'aveuglette. L'un d'eux a cueilli un zombie en pleine gorge, si fort que j'ai senti l'impact de la garde de l'arme contre ses vertèbres. Avec un rugissement, il s'est effondré au sol.

Ce n'était pas le moment de lui poser la main sur la poitrine pour voir si je parvenais à le griller, car une femelle zombie s'est jetée sur moi et m'a frappée au visage. J'ai tenté de parer son coup de mon mieux, mais en reculant je me suis pris les pieds dans une racine et me suis effondrée de nouveau de tout mon long. J'ai voulu me relever d'un bond, peut-être dans l'intention de monter de nouveau dans l'arbre et de recommencer mon plongeon… mais une paire de bras puissants m'ont saisie soudain par la taille et m'ont immobilisée.

Des crocs acérés se sont plantés dans mon épaule. J'ai hurlé. Une douleur abominable m'a traversée, vive comme un incendie malgré le froid qui m'étreignait toujours. Ma vue s'est brouillée, et mes muscles se sont progressivement raidis.

— M. Ankh ! ai-je crié. Cole !

Mais il n'y a eu aucun bruit de course, aucune silhouette musclée pour accourir à mon secours.

Je ne pouvais pas finir comme ça. J'avais regardé plusieurs fois la mort en face, et je m'en étais tirée. Je m'en sortirais encore.

— Je vais vous tuer, ai-je hurlé, furieuse de me retrouver aussi impuissante. Vous êtes morts !

Stupéfaite, j'ai constaté qu'au même instant ma main droite se mettait à chauffer et à briller de cette même lueur blanche que j'avais vue partout cette nuit. J'ai levé la main pour repousser le zombie qui me mordait l'épaule, mais je ne suis parvenue qu'à effleurer son front du bout des doigts.

Et cela a suffi.

Il a brûlé en un instant, ne laissant que des cendres.

Les particules sombres ont flotté quelques secondes dans l'air pendant que la lueur disparaissait de mes mains. Ma stupéfaction n'a fait qu'augmenter. Pourquoi ?… Comment ?…

Les paroles de Cole me sont revenues à la mémoire.

« Nous avons appris que toutes les paroles que nous prononçons sous notre forme spirituelle se réalisent dans le monde physique, que ce soit bien ou mal, et ce tant que tu y crois et que ça ne s'oppose pas au libre arbitre de quelqu'un. »

J'ai tenté de me relever, mais n'en ai pas trouvé la force. Les zombies… partout… autour de moi…

— Allez-vous-en, ai-je crié.

Ils ont regardé ma main, et ont vu que la lueur déclinait, avant de disparaître complètement. Alors, ils ont plongé. En quelques secondes, ils m'ont clouée au sol, et ça a été le début du festin.

J'ai tenté de repousser la Fiancée, mais elle s'est penchée sur moi et m'a mordue. Ils m'ont tous mordue.

— Laissez-moi ! Je vous… tuerai…

Aucun n'a obéi, et le feu dans ma main ne s'est pas rallumé. Une nouvelle explosion de douleur m'a ravagée. De nouveau j'ai hurlé, si fort que, j'en étais certaine, mes oreilles allaient saigner pour l'éternité.

Une éternité très, très brève.

J'étais seule, et ils m'ont mordue un nombre incalculable de fois. Ils étaient pareils à des animaux, poussant des grognements de plaisir, plantant leurs dents dans ma chair, me secouant comme des chiens qui se disputent un os. Cette fois, j'étais finie.

Mutiler… tuer… détruire…

Les mots ont envahi mon esprit en même temps qu'une sorte d'huile épaisse, à l'odeur de soufre, se mettait à couler dans mes veines et à recouvrir ma peau.

Mutiler… oui, il fallait que je mutile quelqu'un, ai-je pensé confusément.

Tuer… trouver quelqu'un à tuer.

Détruire. Tout. Je devais tout détruire !

Soudain, les dents de la Fiancée m'ont abandonnée ; mon bras est retombé sur le sol, inerte. J'ai entendu comme un bruit de course dans les feuilles mortes. J'ai ouvert les yeux : le zombie qui dévorait mon épaule s'était lui aussi arrêté net, et une expression de dégoût a déformé ses traits. D'un bond, il s'est levé avant de détaler dans un grand bruit de feuilles. Il y a eu comme un frémissement dans l'air, suivi d'un terrible rugissement. J'ai tenté de m'asseoir, mais mes efforts ont échoué de nouveau. Même si les zombies n'étaient plus là pour me mordre, la brûlure n'avait pas cessé, ne s'était pas estompée. Bien au contraire, la douleur semblait devenir plus vive à chaque instant.

Soudain, une senteur divine a empli l'air. Je me suis mise à saliver. *Goûter.* Je voulais goûter la source de cette odeur. J'aurais tout fait pour ça, y compris… *mutiler, tuer, détruire.*

Dans le cou, j'ai soudain ressenti une piqûre, et un poids m'est tombé sur les épaules.

Mes sombres désirs se sont calmés. La « senteur divine » s'est transformée en une puanteur repoussante. Un jet de bile m'a envahi l'estomac, et j'ai manqué vomir.

Tout près de moi, j'ai entendu la voix de Cole où perçait la terreur.

— Oh ! Ali !

Des doigts ont caressé mon visage avec délicatesse avant de soulever mon bras, comme pour évaluer les dégâts sur mon épaule.

— Je suis désolé. Je n'aurais pas dû te laisser seule. Pardon, Ali. Je suis venu aussi vite que j'ai pu.

— Je ne sais pas comment elle a fait, a lancé une voix d'homme que je n'ai pas reconnue, mais elle a réussi à en faire tomber plusieurs dans nos pièges !

De nouveau, les doigts caressaient mon visage.

— Tous les zombies qui s'en sont pris à toi sont morts, Ali. Je te le jure. Ils ont payé.

— Il faut la sortir de là, a ajouté quelqu'un — Frosty, sans doute.

— Je m'en charge, a affirmé Cole d'un ton qui n'admettait aucune contradiction. Toi, tu t'occupes de ses grands-parents, entendu ?

S'occuper de mes grands-parents ? Mais comment ? Des bras se sont glissés sous moi et m'ont soulevée. Ce mouvement a réveillé les douleurs que m'avaient infligées les morsures de zombies, et j'ai poussé un gémissement.

— Je suis là, a dit Cole. Plus rien ne t'arrivera maintenant.

Il m'a semblé que des heures s'écoulaient avant que nous ne sortions de la forêt. Soudain, j'ai perçu les bruits de la fête : les voix et les rires, la musique qui cognait, et même des éclaboussures. La piscine devait être devenue le centre d'attraction.

En dépit des douleurs et des blessures, j'ai tenté de me recroqueviller contre la poitrine de Cole. Je ne voulais pas que tout le monde me voie dans cet état. Cependant, il n'a pas ralenti.

— Calme-toi, m'a-t-il fait tout doucement. Il y a un passage souterrain qui mène à la pièce que Kat et toi avez découverte. Là-bas, nous pourrons te soigner. Personne ne te verra. Et tu vas guérir, tu m'entends ? Je t'ai déjà administré l'antidote. Il te faut d'autres soins, mais le pire qui puisse t'arriver, c'est de rentrer chez toi en retard et d'être punie pour ça.

Peut-être, mais mes grands-parents allaient mourir d'inquiétude ; et cela, je ne le permettrais pas.

— Je dois… les appeler…, suis-je parvenue à murmurer. La douleur était trop intense.

— Je ne peux pas…

— Frosty va droguer tes grands-parents, d'accord ? Sans leur faire de mal, a ajouté Cole, sans doute parce qu'il avait senti que j'allais protester. Ils ne sauront même pas qu'il est venu chez eux. Ils passeront une bonne nuit de repos, et se réveilleront demain matin frais comme des gardons. Ils savent que tu es en retard, ça je n'y peux rien car il est déjà 0 h 25 et il faudra un bon quart d'heure à Frosty pour être sur place, mais ils ne sauront pas à quelle heure tu es rentrée.

Sa voix, à présent, produisait un écho. Nous devions nous trouver dans un tunnel, sans doute le passage souterrain dont il venait de parler. Si je criais — et j'avais très, très envie de crier —, le bruit de ma souffrance allait résonner pendant une éternité, et Cole se souviendrait pour toujours de moi comme d'une mauviette. *Hors de question que ça arrive.*

Pourtant, j'ai dû résister de toutes mes forces, car une lutte acharnée se déroulait en moi entre mon ego qui souhaitait se protéger de la honte et les brûlures infernales qui me dévoraient vivante.

Quand Cole s'est enfin arrêté, c'est à grand-peine que je suis parvenue à retenir un hurlement ; je n'ai laissé filtrer qu'un gémissement. J'ai entendu ensuite des pas, puis une porte qui grinçait. Cole s'est remis en marche, et j'ai senti qu'il me déposait sur une surface dure et froide. Des voix d'hommes et de femmes se sont élevées à mes côtés.

— Combien étaient-ils ?

— Huit sur elle, peut-être davantage. Elle a été pourchassée par un essaim de zombies à travers les bois.

— Combien de temps ont-ils eu pour la mordre ?

— Je l'ignore. Mais elle n'a pas été séparée pendant plus d'une heure, donc ils ont eu moins que ça pour se nourrir.

— Il y a des survivants ?

— Non, monsieur.

J'ai perçu une note de fierté dans la voix de Cole. Très vite, il a repris :

— Les blessures d'Ali sont-elles graves ?

Il y a eu une pause qui m'a emplie d'angoisse.

— Très. Ce qu'ils ont inoculé dans son esprit s'est désormais transmis dans ses muscles. Si cela passe dans ses os…

Cole a lâché une série de jurons.

Inutile de se leurrer : c'étaient de très mauvaises nouvelles.

— Aidez… moi…, suis-je parvenue à murmurer.

Arrêtez de discuter entre vous et aidez-moi ! Chaque seconde était plus douloureuse que la précédente.

J'ai senti qu'on découpait ma chemise, et peut-être mon soutien-gorge. J'avais bien trop mal pour savoir qui gagnait ainsi le droit de se rincer l'œil. D'ailleurs, j'avais bien trop mal pour songer à ma réputation. J'ai hurlé, comme pour donner une forme à ma douleur, mais la personne qui me déshabillait ne s'est pas arrêtée. J'ai été débarrassée en hâte de mes bottes et de mon jean.

Quelque chose de froid est venu sonder la blessure de mon cou, et tout mon corps s'est arc-bouté. J'ai hurlé de nouveau — plus fort cette fois, car ce que j'avais pris jusque-là pour de la douleur n'était rien en comparaison de la souffrance qui m'a traversée en cet instant — une souffrance pure, absolue, inhumaine.

— Endormez-la ! a crié Cole.

Une autre interrogation flottait dans mon esprit, mais elle ne parvenait pas à prendre forme. Quelque chose que je n'arrivais pas à définir me tourmentait, me mettait mal à l'aise. A moins que ce ne soit la toxine zombie ou les effets de l'antidote qui me remplissaient ainsi d'angoisse ?

On m'a pincé le bras, et une sensation de chaleur s'est répandue dans mon corps. La douleur a fait place au vertige, et mes pensées se sont mises à divaguer ; soudain, je flottais dans une mer de nuages, et…

… je me suis sentie partir à la dérive.

Je flottais, flottais…

… puis je suis revenue.

Il m'a fallu lutter pour réintégrer mon corps. J'aurais voulu rester dans ce vaste royaume du néant, où tous mes soucis appartenaient au passé et où rien ne pouvait me blesser. Mais j'ai perdu cette bataille comme j'avais perdu mon combat contre les zombies.

Les zombies.

Ce mot a été comme une corde qui m'a instantanément ramenée au présent. Je suis tombée — et j'ai fini par réintégrer la prison de mon corps.

Mon estomac s'est contracté et révolté en une série de spasmes brûlants qui m'ont arraché un gémissement. Mon cerveau me donnait l'impression d'être un bol de gelée, et mes paupières semblaient collées, si bien que j'ai dû battre des cils à plusieurs reprises pour tenter d'accommoder ma vision. Derrière moi, j'entendais un « bip-bip » régulier ; une forte odeur de désinfectant flottait dans l'air, mais elle ne parvenait pas à masquer la puanteur de la putréfaction.

Une lumière crue tombait d'un plafonnier qui oscillait d'avant en arrière. La dernière chose dont je me souvenais était la fête et les zombies. J'avais couru, ils m'avaient pourchassée, nous nous étions battus… je me souvenais de leurs dents qui se plantaient dans ma chair. Comment étais-je arrivée ici ? Et, d'ailleurs, où était cet *ici* ?

Mon cœur s'est accéléré, et les bips derrière moi se sont affolés. J'ai voulu m'asseoir, mais quelque chose me retenait par les poignets. Les larmes aux yeux, je me suis tordue pour tenter de voir de quoi il s'agissait. La peau de mon cou et de mon bras s'est mise à me cuire comme si des milliers de lames l'avait traversée.

— Calme-toi, a dit une voix.

Je ne suis pas seule. Je me suis raidie et j'ai parcouru la pièce du regard, mais celui qui avait parlé restait hors de vue.

— Qui est là ?

— Ne bouge pas, a ajouté une autre voix. Tu ne dois pas déchirer tes points de suture.

— De toute façon, tu ne peux pas te libérer, a poursuivi une voix féminine qui m'était familière mais que je n'ai pas reconnue immédiatement. Tu es attachée.

Attachée ? Enfin, je suis parvenue à fixer mon regard sur mes poignets ; ils étaient retenus par des sangles à une table d'opération. Me calmer ? Certainement pas !

— Laissez-moi partir ! Immédiatement !

Mes cris m'ont déchiré la gorge comme autant de morceaux de verre.

— Si tu ne te calmes pas tout de suite, je te mettrai de nouveau sous sédatif, et tu ne pourras plus rien faire. Est-ce vraiment ce que tu veux, Ali Bell ?

M. Ankh, le père de Reeve, est sorti de derrière un rideau. Il avait troqué son costume contre une blouse de chirurgien tachée de sang, et un stéthoscope pendait sur sa poitrine. Ses cheveux sombres étaient en désordre et ses yeux étaient rouges et cernés.

Derrière lui s'est avancé un homme de grande taille, la chevelure également en bataille. Ses traits étaient durs et une barbe de trois jours assombrissait son visage. Ses yeux étaient d'un bleu électrique, et son nez présentait une légère bosse. Son visage et ses bras étaient couverts de terre et de boue, mais ses mains étaient blanches et récurées.

Derrière celui-ci, les bras croisés sur la poitrine, se tenait le Dr Wright, de fines lunettes à monture d'écaille sur le nez. Elle avait abandonné sa robe de soirée pour un chemisier ample et un pantalon de jogging si long qu'elle avait dû le retourner aux chevilles. Pourtant, elle dégageait plus que jamais une impression d'autorité.

— Comment te sens-tu, Ali ? m'a-t-elle demandé. Tu es restée inconsciente une bonne partie de la nuit.

— Comment je me sens ? Comme quelqu'un qui veut qu'on la laisse partir. C'est assez clair pour vous ?

A cet instant une quatrième voix s'est élevée :

— Ils vont simplement te poser quelques questions. Plus vite tu y répondras, plus vite tu seras libre.

Cole. Tendue, je l'ai regardé entrer par la porte ouverte. Il ne s'était pas changé et portait toujours son jean et son T-shirt, à présent tachés de sang. *Le mien, sans doute.* Il avait posé sur ses cheveux noirs une casquette de base-ball blanche qui jetait une ombre sur son visage, et je ne suis pas parvenue à capter son regard.

— Qui est-ce ? ai-je demandé en désignant du menton l'homme que je ne connaissais pas.

— Mon père. Il s'appelle Tyler.

J'ai écarquillé les yeux pour détailler de nouveau le grand costaud au visage dur. Maintenant qu'il l'avait dit, la ressemblance entre eux était évidente : ils avaient les mêmes yeux légèrement en amande, le même menton volontaire — voire franchement têtu.

Je me suis forcée à me détendre sur le lit dur et j'ai hoché la tête avec raideur.

— D'accord. Posez-moi vos questions.

M. Holland a ouvert le feu (même mentalement, je ne pouvais pas l'appeler Tyler ; cela me paraissait trop amical, trop informel — ce qu'il n'avait absolument pas l'air d'être).

— Comment savais-tu où se trouvaient les pièges ? Je pense que tu ne pouvais connaître leur emplacement que parce que tu nous as espionnés quand nous les avons installés.

Devais-je dire la vérité, oui ou non ? Ma capacité à voir des lueurs dans la nuit était peut-être un signe que j'étais une tueuse de zombies ; cela pouvait faire partie des « nombreux autres pouvoirs » qu'évoquait le carnet. Peut-être… ou peut-être pas. Une telle révélation apaiserait-elle l'hostilité des autres à mon égard, ou ne servirait-elle qu'à l'augmenter ?

Qu'importe. J'ai décidé de me lancer, et j'ai entrepris de leur raconter comment j'avais vu dans la nuit des taches lumineuses. Ils ont conservé des visages impassibles et durs, même quand ils s'interrogeaient réciproquement du regard pour connaître leurs pensées.

Ils m'ont demandé de décrire les taches, et j'ai dû prendre sur moi pour ne pas leur répondre sur le ton de « ne me prenez pas pour une idiote, vous savez très bien de quoi je parle ». Mais ils ont continué en me priant de leur indiquer quelle était la couleur exacte de ces taches sur un nuancier qu'ils m'ont montré sur l'écran d'un ordinateur portable. Ils m'ont également bombardée de questions sur mon père, ce qu'il avait dit et fait, puis sur le grand-père que je n'avais jamais connu.

— Je crois que tu sais très bien ce que tu as vu, a conclu M. Ankh. Ou, plus exactement, ce qui a causé ces lueurs.

Et il s'est tu. Non sans animosité, j'ai lancé :

— Ah vraiment ? Et ce serait quoi ?

M. Ankh et M. Holland ont échangé un regard sombre ; ce dernier a acquiescé d'un bref mouvement de tête, et le père de Reeve m'a répondu :

— Les Lignes de Sang.

Cole avait parlé d'un produit chimique que l'on répandait autour des maisons pour tenir les zombies à distance. Mais pourquoi marquer les arbres ?

M. Holland s'est passé nerveusement la langue sur les lèvres.

— Les zombies sortent alors qu'ils ne devraient pas et se mettent à ta poursuite. Comment expliques-tu cela ?

— Je l'ignore, ai-je répondu. Comment l'expliquez-vous vous-même ? Il est évident que vous en savez bien plus que moi sur tout ça.

Cette fois, il s'est carrément mordu les lèvres avec un grognement.

— Tu dois être au courant de quelque chose, sans quoi comment expliques-tu que tu aies pu survivre à autant de morsures ?

Un éclair de colère m'a traversée, brûlant tout sur son passage.

— Etes-vous en train de suggérer que je suis de mèche avec les zombies ? Que je les ai payés pour feindre de m'attaquer afin de vous obliger à me laisser rejoindre vos rangs ?

— Est-ce le cas ? a interrogé M. Holland.

— Mais évidemment, ai-je répondu d'une voix aigre-douce. Vous avez raison. J'ai dîné avec John Zombie la semaine dernière. On s'est régalés : steak saignant et une bouteille de O positif. Il m'a révélé tous ses secrets, mais c'est bien dommage : je lui ai promis que je ne dirais rien. En échange, je lui ai demandé de réunir ses meilleurs potes pour me courir après dans le jardin de ma copine. Oh ! et puis, bien sûr, je leur ai dit que ça ne me posait aucun problème qu'ils me prennent comme amuse-gueule. De toute façon, garder ses organes sur soi est totalement ringard, non ?

Cole s'est détourné, et j'ai entendu comme un bruit étrange qui venait de sa direction. Est-ce qu'il… se *moquait* de moi ?

Comment osait-il, alors que ma vie même était en jeu !

J'aurais sans doute mieux fait de garder ma bouche scellée plutôt que de lui donner de nouvelles raisons de rire de moi, mais ma colère débordait à présent.

— Au fait, vous savez qu'il y a pas mal de chances pour que je sois la meilleure tueuse de zombies de cette pièce ? Je parie que vous n'y avez pas pensé, même une seule seconde.

Si on ne compte pas le fait que j'ai failli mourir…

— Si vous étiez meilleurs, vous seriez moins surpris quand quelqu'un démontre des qualités hors normes.

Les trois adultes me regardaient, bouche bée.

— Soyons tout à fait clairs, ai-je dit au père de Cole. De quoi me soupçonnez-vous exactement ? Que croyez-vous que j'ai fait ? Vous n'avez rien dit là-dessus. Avez-vous peur que je rejoigne les humains avec qui travaille Justin Silverstone ? Eh bien, ça n'arrivera pas. D'après Cole, leurs motifs sont douteux, et j'ai bien trop à perdre.

J'ai attendu, mais personne ne m'a répondu. Ils se sont contentés de me fixer, dans l'expectative. Ma mère était une grande spécialiste de cette technique ; ils espéraient, je le savais, que je remplisse le silence en leur révélant mes secrets.

— Traitez-vous tous les nouveaux venus de cette façon ? ai-je demandé. Avez-vous ligoté et cuisiné Mackenzie avant de l'admettre dans votre petit groupe de malades mentaux ?

— Oh ! oh, a murmuré Cole. Restons sérieux, d'accord ?

Je l'ai ignoré.

— Cole prétend que tu es la personne la plus étrange qu'il ait jamais rencontrée, a repris M. Holland en se massant la nuque — un geste que j'avais souvent remarqué chez son fils. Mais si tu t'imagines que nous allons te donner des réponses sans être complètement certains de tes intentions, tu te mets le doigt dans l'œil jusqu'au trognon. Justin nous a déjà trahis. Il a montré à ces gens comment chasser les zombies, et comment nous chasser, *nous*. Ils ne sont pas du genre à accepter un refus, et ça ne les gênerait certainement pas d'envoyer une jeune fille sur nos plates-bandes pour nous détruire de l'intérieur. Ils veulent nous éliminer, nous, et pas les zombies.

— Pourquoi ?

— Pourquoi pas ? Nous les combattons et nous entravons leurs recherches.

Je ne lui ai pas fait remarquer qu'il était bien moins malin qu'il ne le pensait : certain ou pas de mes intentions, il venait de fournir la réponse à une de mes questions.

— Je n'arrive pas à croire que vous me pensiez capable de m'en prendre à vous. Ça voudrait dire que j'ai causé volontairement l'accident de voiture qui a *détruit* ma vie.

J'ai voulu souligner d'un geste des mains le mot « détruire », mais mes poignets attachés m'en ont empêchée.

— Vous croyez peut-être que j'ai assassiné toute ma famille pour mettre les zombies et leurs amis dans ma poche et rejoindre leurs rangs ?

Mais M. Holland ne s'est pas laissé impressionner.

— Crois-moi, ce n'est pas impossible.

Ce qui signifiait que, quoi que je dise, ils refuseraient de me croire.

— O.K., d'accord. Mettons que je travaille avec eux. Alors, sur quoi porteraient mes recherches ?

Pour une raison que je n'ai pas comprise, Cole a éclaté alors de rire, sans plus se cacher. M. Holland lui a lancé un regard qui criait « Tais-toi » bien plus fort que ne l'auraient fait des mots — ce qui m'a épargné d'ouvrir la bouche.

— Quoi ? a demandé Cole. Tu ne vas pas réussir à l'intimider. Crois-moi, j'ai déjà essayé.

M. Ankh a soupiré.

— Avec les zombies, nos adversaires recherchent la recette de l'immortalité. De nous, ils voudraient obtenir le secret de nos pouvoirs. Quoi d'autre ?

Ainsi, ils me croyaient *peut-être*. A présent, les réponses venaient plus librement. A moins qu'ils ne me livrent uniquement des éléments que tout le monde connaissait, aussi bien les tueurs que les « Antirads » ? Qu'importe. J'avais du mal à digérer ce que je venais d'apprendre. Y avait-il donc des gens pour rêver de passer l'éternité sous la forme d'un cadavre-esprit en putréfaction ? Pas cool… Je comprenais mieux, en revanche, qu'on effectue des recherches sur les personnes qui avaient le pouvoir de voir les zombies. Je le comprenais, mais je détestais ça.

— D'où viennent les zombies, à l'origine ?

Les deux hommes ont échangé un regard, et M. Holland a répondu :

— Les zombies existent parce que le Mal existe. Nous ne savons pas exactement d'où ils proviennent. Nous pouvons seulement l'imaginer.

— Nous pensons que la source du Mal se trouvait ici avant l'arrivée des hommes, et qu'elle s'est peu à peu infiltrée dans la dimension humaine, a complété le Dr Wright. Comme toute maladie que l'on ne traite pas, elle a proliféré et empiré.

Les deux hommes l'ont regardée d'un air courroucé, mais ils n'ont pipé mot.

J'avais tendance à croire ce qu'elle disait.

— Comme je vous l'ai expliqué, les zombies ont causé l'accident qui a coûté la vie à ma famille. Jamais je ne travaillerai pour eux ou pour quiconque les aide.

M. Holland s'est approché et a dardé sur moi un regard pénétrant.

— Il y a longtemps, des amis et moi avons fait une blague à ton père. Nous l'avons attiré hors de chez lui par une nuit d'été. Les zombies devaient me suivre, ou bien c'est lui qu'ils traquaient, car ils ont surgi de nulle part et nous ont attaqués. Lui et moi avons été les seuls à réagir. C'est la première fois qu'une telle chose m'arrivait. Le lendemain, je suis revenu pour parler avec lui, mais il avait déjà déménagé en emmenant ta mère avec lui.

A la pensée de ce qu'avait dû vivre mon père cette nuit-là, les larmes me sont montées aux yeux. J'aurais voulu haïr M. Holland pour ce qu'il lui avait fait... mais, au fond, je ne l'avais pas vraiment mieux traité, n'est-ce pas ?

— Je suis désolé d'avoir fait ça, a grogné le père de Cole. Et je te présente mes condoléances.

A ces mots, je n'ai pu retenir un sanglot ; c'est à peine si je suis parvenue à le remercier d'une voix sourde.

Tout ceci a dû mettre M. Ankh mal à l'aise, car il s'est hâté de changer de sujet.

— Pour quelle raison fouinais-tu dans ma maison, Ali ?

— Et pourquoi Kat se trouvait-elle avec toi ? a ajouté le Dr Wright. Est-elle impliquée dans tout ceci ?

Hors de question que je dénonce Kat.

— Absolument pas. Nous cherchions simplement un endroit où discuter tranquillement. Et vous ne pouvez pas nous reprocher d'avoir visité les lieux. Vous saviez qu'il y aurait une fête, et qu'il y aurait donc des ados qui boiraient et se promèneraient partout dans les couloirs. Vous auriez pu fermer les portes à clé !

— Je l'ai fait, a-t-il répondu.

— Eh bien, quelqu'un les a rouvertes !

Il se trouvait que je connaissais l'identité de ce *quelqu'un*, mais inutile de le révéler maintenant…

A voix basse, les trois adultes ont tenu un conciliabule rapide. Décidaient-ils de mon sort ? Déterminaient-ils si oui ou non j'étais digne de les rejoindre ? Peut-être qu'ils ne le savaient pas, mais Cole m'avait déjà mise à la porte de leur petit club…

Est-ce que tu vas rester là sans rien faire ? C'est maintenant qu'il te faut agir ! Même si Cole ne me quittait pas des yeux (je pouvais sentir la chaleur de son regard), j'ai tenté d'arracher les liens de mes poignets. Aussi minime qu'il soit, ce mouvement a tiré sur mes points de suture et je me suis mordu les lèvres. Pourtant, j'ai poursuivi mes efforts en dépit de la douleur. Plus jamais je n'accepterais de me sentir impuissante.

Gagné ! Je suis parvenue à libérer mes mains. Un rapide coup d'œil à mes poignets m'a montré que j'avais rouvert mes blessures ; du sang s'est mis à couler le long de mes bras. Mais ça en vaut la peine.

— Nous avons décidé de te faire confiance, Ali Bell, a enfin annoncé M. Ankh. Sache seulement que nous te surveillons.

— Super, ai-je répliqué sèchement. Mais vous n'avez pas dû en discuter avec Cole, car il a un autre point de vue sur la question.

— Nous savons qu'il t'a invitée à faire partie des nôtres, et nous savons qu'il a ensuite changé d'avis ; mais dans un cas comme dans l'autre il a agi sans notre permission, et ses décisions ne comptent donc pas, a dit le Dr Wright.

M. Holland s'est ensuite tourné vers son fils.

— Elle est tout à toi, Cole. Bonne chance.

Là-dessus, les trois adultes ont quitté les lieux.

Cole s'est avancé jusqu'au chevet de mon lit pour s'asseoir tranquillement à mon côté. Je l'ai guetté dans ma vision périphérique. Il a enlevé sa casquette, l'a posée sur une table et s'est passé la main dans les cheveux.

— Tu peux me regarder dans les yeux, a-t-il dit. C'est presque le matin, et tu t'es réveillée une fois dans la nuit. Nous avons déjà eu notre vision du jour.

— Vraiment ?

— En tout cas, moi, je l'ai eue.

— Qu'as-tu vu ? ai-je fait, oubliant que je lui en voulais à mort.

— La même chose que la première fois.

Un baiser...

— Eh bien, tu peux oublier ça.

Je me suis écartée de lui pour éviter que nos corps se touchent. Il l'a remarqué — et s'est rapproché encore de moi.

Hors de question que je joue à ce petit jeu avec lui. Je suis restée immobile. S'il voulait me toucher, qu'il me touche. Mais cela ne signifierait rien. Je ne le laisserais pas m'atteindre.

— Où est allé notre trio terrible ? Et tu peux me dire pourquoi tu riais ?

Il a eu un sourire taquin.

— Parce que je te trouve mignonne quand tu poses tellement de questions qu'on ne peut pas y répondre. Mais bon, je vais essayer. Mon père et les autres sont allés dire au groupe de te traiter en amie — ou en tout cas pas en adversaire.

Puis il a saisi un de mes poignets et l'a soulevé, sans faire de commentaire sur le fait que je m'étais libérée de mes liens.

— C'est exactement ce que je voulais éviter. Que tu sois blessée.

— Je te l'ai dit : je *mourrais* pour cette cause.

— Il se peut que ça devienne nécessaire, m'a-t-il rétorqué, ironique.

Pour toute réponse, je lui ai fait le coup du silence, comme lui précédemment... jusqu'au moment où il a effleuré du pouce une de mes entailles. Alors, j'ai gémi.

Instantanément, il s'est fait tout doux.

— Je suis désolé de ne pas avoir été là.

Sa voix s'est brisée à la fin de sa phrase.

— Donc, voilà. Il n'y a plus d'échappatoire pour toi. Tu es coincée avec nous.

Comme il paraissait lugubre !

— Mais Justin, lui, a pu quitter le groupe, non ? lui ai-je fait.

— C'est vrai. Et regarde où ça nous a menés.

Cole s'est levé et s'est dirigé vers un chariot chargé de toutes sortes d'outils avant de le ramener vers moi.

— Nous ne commettrons pas deux fois la même erreur. Si tu n'es pas avec nous, tu es avec eux, et, avec ta capacité à voir les Lignes de Sang dans le royaume des esprits, nous ne pouvons pas te laisser les rejoindre.

Ah, d'accord : l'atmosphère venait de passer de lugubre à carrément menaçante.

— Tu veux dire que tu n'hésiterais pas à te débarrasser de moi, c'est ça ?

Un tic nerveux a fait tressaillir sa mâchoire.

— Non, pas moi.

Ce qui signifiait que ce ne serait pas le cas de tout le monde, en revanche…

J'ai serré les mâchoires.

— Je dois te dire que je n'apprécie pas trop ce que tu me dis de ma nouvelle équipe…

Je n'avais pas formellement accepté d'intégrer le groupe… jusqu'au moment où j'ai prononcé ces mots et compris que ma décision était déjà prise. Car, indiscutablement, je ne pouvais pas lutter seule contre les zombies.

Cole avait entrepris de nettoyer mes nouvelles blessures.

— Tu finiras par les apprécier. C'est eux qui protégeront tes arrières.

Et je leur devrais la réciproque.

— Ainsi, si j'ai bien compris, personne d'autre ne peut voir les Lignes de Sang quand il se trouve sous sa forme spirituelle ?

— Personne de vivant, non. Mais il y a quelques années de ça, un homme y parvenait. C'est lui qui a entraîné mon père et ses amis.

J'ai aussitôt pensé au journal que j'avais trouvé. Etait-ce cet ancien meneur qui l'avait écrit ?

— Aimait-il utiliser des codes ?

Cole m'a regardée avec surprise.

— Quelle drôle de question ! Pourquoi demandes-tu cela ?

— Euh… je te le dirai plus tard. *Peut-être.* Si je t'accorde de nouveau ma confiance.

Il a ouvert la bouche comme pour insister, mais l'a finalement refermée sans un mot et s'est contenté de hocher la tête.

— C'est de bonne guerre. Et comme je connais ton goût pour les détails, je te dirai — sans que tu me le demandes — que personne n'a jamais compris comment il pouvait voir tout cela alors que personne d'autre n'y parvenait.

— Que lui est-il arrivé ?

Aussitôt après avoir posé ma question, j'ai grimacé. Cole

s'était moqué plusieurs fois de ma nature curieuse. Je devais *vraiment* apprendre à tenir ma langue.

— Il est mort au cours d'une attaque de zombies, voilà tout.

Le nettoyage de mes plaies terminé, il a enroulé des bandages autour de mes poignets.

Ainsi, on ne connaissait que deux personnes qui possédaient ce pouvoir — dont moi ! Mais le carnet mentionnait bien que chacun pouvait acquérir de nouvelles capacités à condition de se laisser emporter par sa force intérieure. Alors peut-être que cet homme et moi étions les deux seuls à nous être laissé emporter…

— Tu as été mordue profondément et à de nombreuses reprises, a dit Cole, mais l'antidote a fini par neutraliser la toxine. Tu vas être fatiguée pendant quelques jours, moins rapide et moins forte que d'habitude, mais tu devrais retrouver très vite ta forme.

Ses paroles sous-entendaient que l'antidote aurait pu ne *pas* fonctionner, et j'ai éprouvé à cette idée un sentiment mitigé, hésitant entre le soulagement de m'en être tirée et la crainte rétrospective de ce à quoi j'avais échappé.

— As-tu… je veux dire, je suis certaine que tu as déjà été mordu.

— Plus souvent que je ne saurais le dire. Plus les zombies sont vieux, si on peut utiliser ce terme, plus ils deviennent intelligents. Ils apprennent à éviter nos pièges — même s'ils ne parviennent pas à traverser les Lignes de Sang. Ils opèrent en groupe. Ils nous tendent des embuscades et savent même nous pister.

Ces mots ont attiré mon attention. J'avais bel et bien été pistée. Les Fiancés de l'Epouvante étaient apparus de nombreuses fois dans la forêt derrière chez mes grands-parents, puis chez Reeve. De toute évidence, ils m'avaient repérée et traquée.

— Et donc, ces Lignes de Sang…

Ce n'était pas une question, juste une invite.

— Tu veux en savoir davantage à leur sujet…

J'ai opiné.

Avec une étincelle dans les yeux, il a commencé :

— Elles créent des barrières d'énergie solide dans le royaume des esprits, ce qui évite que les zombies ne passent à travers elles. Ils ne peuvent ni les toucher ni les traverser. Cette énergie s'accompagne d'une odeur que les zombies détestent, et c'est pourquoi nous trempons toujours nos vêtements dans des solutions diluées de ce produit chimique. Et, oui, chaque fois que je t'ai touchée, je t'ai marquée.

Fascinant.

— J'en veux.

— Dès que je t'aurais appris à t'en servir comme il faut.

— Quand ?

— Bientôt…

Difficile de discuter là-dessus, malgré l'envie qui me taraudait.

— Et ton père, est-ce qu'il se bat, lui aussi ?

Et zut. Encore une question.

— Non. Il a développé une allergie à l'antidote, et il ne peut plus participer aux combats.

Quelque chose dans le ton de sa voix me laissait penser que tout le monde finissait par développer cette allergie, mais ce n'était pas le moment de s'inquiéter à ce sujet.

— Bon, et maintenant, que faisons-nous ?

Le regard qu'il m'a lancé était aussi réconfortant qu'une couverture tissée de tessons de verre.

— Toi, tu rentres chez toi et tu te reposes. Tu dois décider quels mensonges tu vas sortir à tes grands-parents. Et, dès que tu seras rétablie, l'entraînement pourra commencer.

13

Toc toc, fait le diable

Surprise : quand je suis rentrée chez moi le dimanche matin, mes grands-parents dormaient paisiblement, comme Cole l'avait promis. (Sur le chemin du retour, nulle trace d'un lapin dans le ciel. J'avais vérifié. D'accord, j'avais fini par comprendre que ce nuage m'avertissait de la présence de zombies plutôt que des dangers de la route, mais on n'est jamais trop prudent…) Cole m'avait déposée chez moi avec un laconique :

— Je viendrai te chercher demain matin pour t'amener au lycée. 7 h 15. Sois prête.

Je lui avais répondu de ne pas se donner cette peine, que je pouvais prendre le bus. Il fallait que je mette les choses au point avec Justin, et le plus tôt serait le mieux. Le regard que m'avait lancé Cole pour toute réponse aurait pu glacer l'océan Pacifique.

Néanmoins, j'avais soutenu son défi silencieux. Je n'allais pas le laisser me mener à la baguette, bien au contraire. Jusqu'ici, il m'avait larguée, insultée, et avait laissé son père me cuisiner. Je me tiendrais à ses côtés dans sa lutte contre les zombies, sans le moindre doute, et je voulais m'entraîner avec lui pour améliorer mes talents de combattante. J'étais bien décidée à tenir ma place dans ce monde nouveau que je découvrais, et mon unique but restait d'aider les gens ; pour autant, je ne lui obéirais pas servilement.

Il avait démarré sans un mot. En dépit de mes protestations, j'éprouvais la quasi-certitude que je le trouverais planté devant chez moi le lendemain matin. Lui non plus n'allait pas se laisser mener à la baguette…

J'ai passé la demi-heure suivante à inspecter les alentours de la maison à la recherche de signes indiquant la présence de la Ligne de Sang, cette barrière si efficace contre les zombies. Je ne trouvais rien, pas plus que je n'ai senti cette odeur que, paraît-il, les monstres trouvaient écœurante.

Mes recherches n'ont, au fond, pas eu d'autre résultat que de raviver mes douleurs, et je me suis bien vite retrouvée épuisée. Avec un soupir, j'ai regagné ma chambre où je me suis étendue pour un bref sommeil réparateur avant qu'il ne soit déjà l'heure de se lever.

Quatre « brèves » heures plus tard, j'ai été réveillée par des rires aigus en provenance de l'extérieur. Les enfants des voisins devaient jouer dehors, et mes grands-parents avaient certainement décidé de rester chez eux plutôt que de se rendre à l'église. Je me suis extirpée du cocon de draps que je m'étais créé pour me glisser dans la douche, où j'ai dû prendre garde à ne pas mouiller mes points de suture. Ensuite, j'ai revêtu une chemise à manches longues et un pantalon de jogging pour dissimuler mes blessures. Cette tenue d'hiver détonnerait sans doute dans la chaleur estivale qui régnait, mais je ne voyais pas d'autre solution pour éviter les questions indiscrètes.

J'ai enfin compris les choix vestimentaires de Mackenzie.

Mon regard est tombé sur le carnet posé sur mon bureau. A un moment ou un autre, il faudrait que j'en parle à Cole, d'autant plus qu'il saurait peut-être le déchiffrer. J'ai saisi le journal, l'ai ouvert à la page que j'avais marquée… et je suis demeurée interdite.

Les mots n'étaient plus écrits en code.

Je me suis laissée tomber sur ma chaise et me suis mise à lire.

Je parlais de pouvoirs surnaturels ; certains tueurs, par exemple, peuvent avoir des aperçus du futur. D'autres parviennent à percevoir les Lignes de Sang et à reconnaître nos sanctuaires. Certains peuvent détruire les zombies un par un, puis deux par deux, après avoir été mordus une seule fois. Parfois, leur esprit peut infecter les zombies et se répandre de l'un à l'autre comme une maladie contagieuse, sans que le tueur n'ait besoin d'agir.

Certains ne possèdent aucun de ces dons. D'autres les ont tous.

Pour ma part, je me suis abandonné au pouvoir. Je peux tout faire.

C'est ainsi que je sais que la guerre est proche. C'est ainsi que je sais qu'aucun tueur de zombies — et aucun homme — ne survivra si nous n'agissons pas maintenant.

C'est ainsi que je sais ce que nous devons faire.

Je dois mourir.

De nouveau, les mots qui suivaient apparaissaient sous forme de code. Rageusement, j'ai frappé du poing sur mon bureau, avec pour seul résultat de faire tressauter mon portable. Pourquoi ? *Pourquoi ?* Et surtout : *comment* ? Des mots codés, puis normaux, puis codés… Pourquoi ces changements se produisaient-ils, et de quelle manière ?

Ce que je savais, c'était que Cole et moi avions des prémonitions ; je pouvais voir les Lignes de Sang. En revanche, j'ignorais si mon esprit constituait un poison pour les zombies — la nuit précédente, la Fiancée et son acolyte s'étaient écartés de moi avec des expressions étranges, mais n'était-ce pas dû tout simplement à l'irruption de Cole et des siens ? Franchement, je préférais ne pas le découvrir. Malgré toutes ces découvertes, j'ignorais encore trop de choses. M'étais-je abandonnée au « pouvoir » dont parlait l'auteur du carnet ? Et pouvais-je le faire plus encore ?

En me frottant les yeux, j'ai repoussé le journal. Je tenterai de le décrypter de nouveau le jour suivant. Qui sait, peut-être me sera-t-il alors lisible ? D'ici là, il me fallait affronter mes grands-parents.

J'avais la nette impression que, dès qu'ils me verraient, ils me puniraient soit en m'interdisant tout à part respirer… soit en m'interdisant tout *y compris* respirer. La seule chose qui me surprenait, c'est qu'ils n'aient pas encore fait irruption dans ma chambre pour exiger des explications.

En traînant les pieds, je me suis dirigée vers la cuisine. Mamie s'y trouvait déjà, en train de confectionner un sandwich.

Ravissante dans son chemisier jaune vif, elle m'a accueillie avec un sourire.

— C'est sans doute ce temps qui nous assomme. Papi et moi avons aussi dormi très tard. Nous nous sommes dit que nous irions à la messe de ce soir.

— Je viendrai avec vous.

— Très bien. Tu as faim ?

D'accord. C'était sûrement une question piège. Si je disais « oui », elle allait me répondre : « Ça tombe mal, parce que dorénavant tu ne mangeras plus ! » Cependant, j'ai décidé de tenter ma chance.

— Euh... oui ?

— Jambon-fromage, ça te va ?

— Oui-i ?

De nouveau, c'était davantage une question qu'une réponse. Avalant ma salive, j'ai poursuivi.

— Pour hier soir...

Derrière elle, les rideaux étaient grands ouverts. La lumière du matin entrait à flots dans la pièce, et les reflets des ustensiles de cuisine jouaient sur le visage de ma grand-mère. Elle a penché la tête et, avec un soupir :

— Nous t'avons entendue rentrer. Dix minutes après le couvre-feu, ce n'est pas un drame, mais j'apprécierais beaucoup que la prochaine fois tu nous préviennes par téléphone même si tu n'as qu'une minute de retard. Papi s'est inquiété.

Merci Frosty !

— Bien sûr, mamie, me suis-je empressée de répondre. Je suis désolée de ne pas l'avoir fait hier soir, je n'avais pas vu l'heure... Je vous demande pardon.

— Tu es toute pardonnée !

Puis, en replaçant une boucle de cheveux derrière son oreille :

— Et, maintenant, j'ai deux questions pour toi. D'abord, pourquoi es-tu habillée comme ça, et ensuite comment s'est passé ton rendez-vous ?

— C'est une nouvelle mode.

Je n'allais pas lui répondre que j'avais froid, car des gouttes de sueur perlaient déjà à mon front ; elle imaginerait que j'avais de la fièvre et exigerait de nouveau que j'aille chez le médecin…

Sourcils froncés, elle a ouvert le sachet de pain de mie.

— Mon ange, c'est la mode la plus laide qu'on ait inventée depuis trente ans. Il fait presque trente degrés dans la maison et, moi qui n'ai jamais chaud, je transpire depuis ce matin. Aucune mode ne mérite qu'on souffre autant.

Aucune mode, peut-être… mais d'autres motifs moins drôles, oui.

— Et pour ton autre question, avec Justin, ce n'était pas vraiment un rendez-vous, tu te souviens ? Nous ne nous plaisons pas de cette « façon ».

— Eh bien, tout est sans doute pour le mieux. Pour moi, un garçon qui ne voit pas à quel point tu es parfaite ne te mérite pas.

Tout en parlant, elle a découpé une tranche de jambon qu'elle a déposée sur le pain.

— Tu es intelligente, belle, et tu n'es pas une pizza.

Heureusement que je n'avais pas de nourriture dans la bouche, sans quoi je l'aurais sans doute expulsée à cet instant. Une *pizza* ? Ah, d'accord. Elle devait vouloir dire *une quiche*. Mais, tant pis, j'ai laissé couler. Je commençais à m'habituer à ses tentatives étranges et drôles pour « parler jeune ».

— Maman te racontait-elle son histoire avec papa ?

Mamie a eu un sourire attendri, mais qui a disparu très vite, comme si elle venait de repenser à mon père et à son dédain pour lui.

— Au début, oui. Elle l'avait rencontré au lycée. Ils étaient de la même année, mais ils n'avaient pas de cours en commun.

Tout en parlant, elle déballait le fromage.

— Si je me souviens bien, ils se sont bousculés dans le couloir. Elle est tombée, et tous ses cours ont volé autour d'elle. Il était terriblement gêné, et il l'a aidée à tout ramasser en se répandant en excuses. Puis leurs regards se sont croisés… et elle est tombée dingue de lui.

Il y avait encore dans sa voix comme un soupçon d'amertume, bien moins présent toutefois que la joie et l'adoration.

— Juste en se regardant, alors ? Le vrai coup de foudre !

A moins que ce ne soit pas tout. Peut-être avaient-ils eu une vision de leur avenir, eux aussi…

— Je suppose. A partir de là, ils ne se sont plus quittés. Tu connais la suite.

Mamie a étalé une pâte orange sur la tranche de pain.

— Encore que… tu ne sais peut-être pas tout. Ils se sont enfuis ensemble une semaine après le bac.

Voilà qui expliquait l'absence de photos de mariage.

— Je veux aller rendre visite à ma famille.

Les mots étaient sortis de ma bouche avant même que je les aie pensés, comme s'ils venaient du fond de mon âme.

— Ils me manquent.

Papi et mamie s'étaient souvent rendus sur leurs tombes, mais j'avais jusque-là refusé de les accompagner.

Mamie achevait de moudre du poivre ; de nouveau, elle a souri doucement.

— Je trouve que c'est une très bonne idée.

Puis nous avons dégusté nos sandwichs en silence. Plus tard, alors que mamie venait de recruter papi pour diverses tâches dans la maison, je suis retournée dans ma chambre et j'ai fourré dans un sac un short et un débardeur ainsi que mon téléphone, un couteau et de la crème solaire — M. Ankh m'avait conseillé d'en enduire le pourtour de mes blessures pour éviter des cicatrices permanentes. Ensuite, j'ai passé un SMS à Justin pour lui demander comment il allait et s'il voulait que nous parlions. J'aurais aimé qu'il m'explique ses raisons de collaborer avec des personnes aussi dangereuses, et lui affirmer que pour rien au monde je ne prêterais mon concours à des actions visant à garder les zombies en vie. Plus que tout, je voulais entendre *sa* version de l'histoire. Dix minutes plus tard, je n'avais toujours pas reçu de réponse, et quelque chose me disait que ça n'arriverait pas.

Aussi j'ai envoyé un texto à Kat, en lui demandant comment elle allait. La réponse m'est parvenue quasi immédiatement :

Trooop bien ! Et toi ?

J'ai hésité.

Bien.

Un bip.

Fr a dit q C était rvenu t cherch à la fête, et kil t'avait ramnée chez toi. C vrai?

Re-hésitation.

Oui.

Aucune raison de nier.
La réponse a fusé :

Vs êtes 2 nouveau ensembl?

Réponse nette :

Non!

Euh… si. Peut-être. Non. Soupir.

NSPP.

En ce moment, je n'étais pas folle du comportement de Cole, et je n'avais pas la moindre idée de ses sentiments pour Mackenzie.
« LOL, m'a-t-elle répondu. Je prds ça pour 1 gros oui. »
De toute façon, Cole et moi passerions beaucoup de temps ensemble après les cours, alors autant qu'on nous imagine ensemble. Ce qui aurait d'ailleurs un avantage supplémentaire : les autres garçons ne seraient pas tentés de vérifier par eux-mêmes ma nouvelle réputation de fille facile. En effet, personne n'oserait encourir les foudres de Cole en draguant sa petite copine.
Un autre message me parvint. Chaton, qui disait :

Au fait, je détst 2 nouveau Fr.

« Après les pelles q tu lui roulais hier?, ai-je répondu. Pourquoi ? »

Comme d'hab, il m'a laissée tomB pr C

J'ai ressenti un pincement au cœur coupable. Non, il ne l'avait pas laissée tomber. Moi je savais ce qu'il avait fait, mais je ne pouvais le révéler à Kat pour apaiser son amour-propre.
Chaton a ajouté :

Et les pelles, c'éT pr l'allumer, histoire 2 lui montrer c kil n'aura jamais.

J'ai souri.

Trop forte ! PS : j crois que les rumeurs sur moi viennent de MkL.

Re-bip.

Tu penses cm moi, allée sombre et batte 2 base-ball ?

C'est alors que j'ai su. Kat était la meilleure amie que j'avais jamais eue. Elle me soutenait et croyait en moi en toutes circonstances. Je voulais lui rendre la pareille, et être digne de son amitié. J'ai pianoté :

T trop forte !

La réponse ne s'est pas fait attendre :

J sais. Mais faut k j bouge. On s parle 2main, ok ? XOXO

En bas de l'escalier, ma grand-mère m'a appelée :

— Ali ! Tu es prête ?

J'ai jeté un coup d'œil dans le miroir pour découvrir mes cheveux secs et emmêlés, mes joues trop rouges et ma tenue ridicule. Tant pis. J'ai dévalé l'escalier et me suis engouffrée dans la voiture.

— Il faudrait vraiment que tu apprennes à conduire, m'a fait remarquer papi au moment où il empruntait l'autoroute. Ce n'est pas que ça m'ennuie d'être ton chauffeur, mais de cette façon tu n'aurais plus à rentrer à pied si jamais tu manques ton bus.

Aucune trace de nuage-lapin dans le ciel ; je me suis détendue un peu.

— Tu as raison, ai-je répondu.

Toutefois, je ne pouvais m'empêcher d'imaginer ce qui se passerait s'il se chargeait lui-même de mes leçons : je le voyais déjà portant une main à son cœur après que j'ai fait une queue-de-poisson à un poids lourd, et agonisant d'une crise cardiaque sur le siège passager avant que j'aie pu l'emmener aux urgences.

— Papi, mamie, seriez-vous d'accord pour que je prenne des leçons après les cours ?

Je n'ai pipé mot sur l'identité de mon moniteur… Cole ou un de ses amis s'en chargeraient après mon entraînement. Il me suffirait d'insister.

— C'est une bonne idée, a répondu mamie en se retournant pour me prendre la main. Tu sais, je suis fière de toi. Je vois que tu essaies des choses nouvelles et que tu te fais de nouvelles amies, comme Katherine.

Au moment où j'ouvrais la bouche pour répondre, j'ai aperçu le mur du cimetière. Immédiatement, une sueur froide m'a envahie ; j'ai attendu avec appréhension l'instant où j'allais voir *l'endroit*. Et cela est arrivé très vite. Mais il n'y avait plus ni traces de freinage ni trous dans la pelouse des trottoirs. Le temps avait passé et la nature avait repris ses droits, effaçant les signes visibles de la tragédie.

Papi s'est garé sur une allée de graviers.

— Je suis heureux que tu aies pris la décision de venir.

Moi aussi, ai-je pensé très fort.

— Cela vous dérangerait-il de me laisser seule ici quelques instants ? J'aimerais être un peu seule avec eux, pour… leur parler.

Mamie, déjà en train de détacher sa ceinture de sécurité, s'est immobilisée un instant avant d'acquiescer et de reprendre place sur son siège.

— Aucun problème. Tu as ton téléphone ?

— Oui.

— Appelle-nous quand tu voudras que nous venions te chercher.

— Merci, ai-je répondu.

Puis j'ai fait une chose que je n'avais jamais faite : je me suis penchée en avant et je les ai embrassés tous les deux sur la joue.

Immédiatement, les yeux de ma grand-mère se sont remplis de larmes, et papi s'est mis à bougonner que je devais me montrer prudente.

— Tu sais, ta grand-mère s'inquiète pour toi, m'a-t-il dit.

J'ai compris qu'il cherchait surtout à dissimuler son émotion.

Puis ils m'ont laissée, et je suis entrée dans le cimetière. Sous le soleil de plomb, j'ai fait quelques pas dans l'allée principale avant de trouver un endroit discret où, à l'abri d'un massif de buis, j'ai changé de vêtements. Une fois mon short et mon débardeur enfilés, je me suis sentie bien mieux. La brise légère est venue sécher ma transpiration, et j'ai peu à peu recouvré une température normale. J'en ai profité pour m'enduire de crème solaire. A part le côté « il y a des morts partout », le cimetière se révélait un endroit plutôt agréable, avec ses arbres, ses pierres tombales immaculées et les angelots de marbre qui veillaient sur elles. Devant l'une d'elles se tenait un homme qui sanglotait en silence.

Je me suis promenée un peu au hasard en lisant les noms sur les tombes, sans cesser de me demander si les gens qui reposaient ici étaient — ou avaient été — des zombies. J'ai avancé au hasard, parmi les buttes et les collines, jouant avec les feuilles mortes qui jonchaient déjà le sol. Enfin, je suis parvenue à ma destination.

Les jambes tremblantes, je me suis assise devant la pierre tombale de mon père qu'éclairait un rayon de soleil. D'un doigt, j'ai suivi les lettres dorées qui épelaient son épitaphe. « Père et époux aimant. »

Pour la première fois depuis sa mort, je me suis permis de penser, de *vraiment* penser, à ses derniers instants. Il avait traversé le pare-brise. S'il avait survécu ne serait-ce que quelques secondes à cela, il avait dû voir l'habitacle de la voiture, où nous nous trouvions toutes trois, blessées et ensanglantées. Avait-il senti l'approche des zombies ? Avait-il compris qu'il allait mourir comme son père ?

En ce moment, me regardait-il ?

— Je t'aime, papa. J'aurais voulu mieux te comprendre, et croire davantage en toi. Je te demande pardon pour toutes les horribles choses que j'ai dites sur toi, et je te remercie infiniment pour tout ce que tu m'as appris. Je te promets que je vais éliminer autant de zombies que possible et qu'un jour plus personne ne devra vivre dans la crainte. Je le jure.

J'aimerais dire qu'un sentiment de paix est descendu sur moi comme une vague… mais ça n'a pas été le cas. Rien n'a changé. Je me suis ensuite tournée vers la tombe de ma mère, qui elle aussi étincelait sous le soleil. Cette fois, c'est à peine si je suis parvenue à lire l'inscription tant mes yeux étaient noyés de larmes. « Mère et épouse aimante. »

— Je t'aime, maman. Je n'aurais jamais dû te parler comme je l'ai fait ce jour-là dans la cuisine.

C'était, me suis-je souvenue, le jour de mon anniversaire. J'avais perdu toute ma famille le jour de mes seize ans. Allez savoir pourquoi, cette idée ne m'était jamais apparue avec autant de clarté.

Désormais, et pour le reste de ma vie, je ne pourrais fêter mon anniversaire sans revivre le chagrin lié à ce drame. C'était terrible… et pourtant je continuais à croire que, d'une certaine façon, je le méritais. Plus jamais je n'oublierais de chérir ma famille.

— Tu as fait de ton mieux avec nous, avec papa, et malgré toutes les horreurs que je t'ai dites ce jour-là, je sais que tu m'aimais de tout ton cœur. C'est toi qui avais raison. L'amour est bien plus fort que la haine.

Je me suis interrompue un instant, songeuse, avant de reprendre :

— Parfois, quand je ferme les yeux, je peux voir ton sourire. Ou quand tu te mordais les lèvres pour ne pas rire. Je me souviens des soirs où tu m'aidais à faire mes devoirs — et que tu n'y parvenais pas mieux que moi ! Je me souviens que tu te détournais de l'objectif chaque fois que nous tentions de te prendre en photo.

Les souvenirs me venaient pêle-mêle, sans logique apparente. Qu'importe ?

— Je me souviens encore du jour où tu as mis cette robe noire pour venir à la réunion parents-profs du collège, parce que tu voulais que je sois fière de toi. Et oh, comme je l'ai été ! Je te jure que le monde s'est arrêté de tourner une seconde quand tu es apparue. On aurait dit que les anges jouaient un morceau rien que pour toi. Même le vent s'est mis de la partie en faisant danser tes cheveux. Je me souviens que tout le monde en est resté bouche bée, et que toutes les filles qui t'ont vue ce jour-là ont rêvé d'être toi.

Ma voix a fini par s'étrangler, et je suis restée immobile, la gorge nouée. Une larme tiède a coulé lentement le long de ma joue. J'ai inspiré profondément et j'ai retenu mon souffle, longtemps, le plus longtemps possible… et j'ai expiré en me tournant lentement vers la gauche, où se trouvait la dernière tombe.

Emmaline Lyse Bell. Fille et sœur aimante.

Mon menton s'est mis à trembler, et mes larmes à couler de manière incontrôlable. Sa stèle était plus petite que celles de mes parents, mais taillée dans la même pierre. On y avait gravé un portrait d'elle.

— Depuis que tu es morte, je t'ai vue à deux reprises, ai-je murmuré. D'abord derrière chez papi et mamie, ensuite près de chez ma nouvelle amie, Reeve. La première fois, tu voulais que je rentre à la maison tout de suite. La deuxième, tu vacillais comme la flamme d'une chandelle, et tu m'as dit la même chose. Etait-ce… vraiment toi ?

Et pourquoi non ? Il existait tout un monde dont je ne savais rien.

Au loin, un criquet s'est mis à striduler, bientôt imité par une cigale ; un vent léger a agité les branches et les feuilles. C'était une belle musique, mais aucun signe d'Emma. Ma déception a été immense.

J'ai incliné la tête et me suis mise à sangloter en silence. J'avais espéré… oh, tant pis.

— Je regrette tellement de n'avoir pas su te protéger, Em. Je t'aime si fort, plus que n'importe qui au monde, et pour toujours. Je ne te l'ai pas assez dit. Tu rendais heureux les gens autour de toi, et tu aurais mérité toutes les soirées pyjama du monde. Et puis, quand tu aurais été plus grande, je t'aurais appris à conduire. Avec un peu de chance, j'aurais été moins mauvaise que maintenant…, ai-je ajouté avec un rire ému. Tu serais sortie avec des garçons et je t'aurais suivie pour m'assurer qu'ils se comportaient bien avec toi…

— Ooooh, c'est trop mignon !

Vivement, j'ai relevé la tête. Un grand sourire aux lèvres, Emma se tenait devant moi, perchée sur sa propre stèle, balançant ses petites jambes et jouant avec ses chaussons de ballerine. Elle portait des couettes et ses grands yeux brillaient de cette lueur malicieuse que j'adorais par-dessus tout.

— Désolée de ne pas t'avoir répondu plus tôt, m'a-t-elle dit, mais je tenais beaucoup à entendre la fin de ton discours.

— Je… je…

— Laisse-moi t'aider : tu… tu es folle de joie de me voir et tu te demandes si cela se produit vraiment. Eh bien oui ! Tes prières ont été exaucées.

— J'ai…

— … trop de chance, je sais.

J'ai été saisie d'un espoir fou, comme une lueur dans une mer de ténèbres.

— Tu es… un fantôme ?

Un instant, elle a joué avec ses cheveux.

— Les fantômes, ça n'existe pas. Le terme d'« ange » conviendrait mieux, même s'il n'est pas tout à fait exact. Ceci dit, cela m'irait bien, non ?

C'était une réponse typique de ma petite sœur, une réponse que je n'aurais pas pu inventer. Elle était là. Elle était *réelle.*

— Pourquoi ne t'es-tu pas montrée plus tôt ? Papa et maman sont-ils comme toi ?

Son sourire malicieux a disparu.

— Je suis qu'un témoin, et j'ai pas beaucoup de temps. Alice, tu dois m'écouter, d'accord ?

Un « témoin » ? Que voulait-elle dire ?

— Toujours.

J'ai voulu saisir sa main, mais mes doigts sont passés au travers d'elle pour retomber sur la pierre froide.

— J'aimerais pouvoir te toucher.

— Un jour, ce sera possible. Maintenant, écoute-moi : d'un côté il y a le Bien, de l'autre il y a le Mal. On peut dire ce qu'on veut, le juste milieu n'existe pas. Ce que tu fais est dangereux. Ça tournera mal. Et ça craint, parce que la fin est proche !

— Comment sais-tu…

— Chut. Ecoute ton Emma. J'ai essayé de te prévenir pour que tu restes à la maison. Je me suis souvenue du nuage en forme de lapin que tu m'avais montré ce jour-là, et j'en ai fabriqué un semblable chaque fois que les monstres te poursuivaient… mais, depuis peu, tu l'ignores et tu sors tout de même.

— C'était *toi* ?

— Absolument. Pas mal, ce nouveau pouvoir, hein ? a-t-elle répondu en jouant de nouveau avec ses cheveux. Mais l'important, c'est qu'il ne t'arrive rien, Alice. Je t'aime.

— Autant que je t'aime toi, ai-je répondu dans un murmure.

— Je ne veux pas que tu combattes les zombies. Je veux que tu t'en tiennes à l'écart. Promets-moi !

— Em…

— Non. Ecoute-moi.

Elle s'est immobilisée, et son image a paru vaciller dans le soleil.

— Si tu ne m'écoutes pas, tu vas avoir de gros ennuis. Bien plus que tu ne l'imagines.

— Je m'en fiche. Si je dois mourir en me battant contre les zombies, eh bien, qu'il en soit ainsi !

J'avais déjà décidé que cette cause valait tous les sacrifices, et je ne changerais pas d'avis.

Ma petite sœur a secoué la tête, envoyant ses couettes se balancer de part et d'autre.

— Je ne te parle pas de la mort. Je te parle de la *souffrance*.

— Je supporte très bien la douleur.

Je l'avais déjà démontré.

— Tu ne comprends pas, s'est-elle écriée avant de sauter au bas de la stèle.

Elle était à présent debout devant moi, son tutu rose si proche que je n'avais qu'à tendre la main pour la toucher. Ce que j'ai fait… et, une fois de plus, mes doigts n'ont rencontré que le vide, me laissant aux prises avec une profonde tristesse.

De nouveau, son image a paru se brouiller, comme de la brume dissipée par le vent.

— Les zombies… ils te veulent, et ils feront n'importe quoi pour t'attraper.

— Mais pourquoi ? lui ai-je demandé. Et comment le sais-tu ?

Elle a eu une grimace très contrariée.

— Je t'en prie, Alice. Il est presque déjà trop tard. Tu n'as plus le temps. *S'il te plaît.* Ils sont à tes trousses, et je ne veux pas qu'ils s'emparent de toi.

— Tu parles d'eux comme s'ils étaient intelligents, organisés. Comme s'ils réfléchissaient.

Comme si tu les connaissais.

— C'est le cas, a-t-elle avoué avec un frisson de terreur. De plus en plus.

— Comment peux-tu le savoir ? Est-ce que tu les suis ?

Cette seule idée me rendait malade.

— Emma, cesse de les suivre, tu m'entends ? Même si tu es un « témoin », quel que soit le sens de ce mot, et qu'ils ne peuvent pas t'atteindre. Car ils ne le peuvent pas, si ?

— Non.

La panique qui s'était emparée de moi s'est un peu apaisée.

— Tant mieux. N'empêche : je refuse que tu les approches.

— Alice, je ne pourrais pas supporter que tu souffres comme…

Une expression indéchiffrable a traversé son visage, et elle s'est mordu la lèvre.

— Laisse tomber.

J'ai bondi.

— Emmaline Lyse, j'exige que tu finisses ta phrase sur-le-champ !

Son image s'est brouillée de nouveau ; elle a lancé un coup d'œil par-dessus son épaule avant de grogner :

— Super ! Voilà que je suis repérée.

Puis, se tournant vers moi :

— Bon, je veux que tu suives mon conseil en or. Un jour, tu me remercieras.

Là-dessus, elle a disparu purement et simplement.

Comme promis, Cole est venu me chercher le lundi matin à 7 h 15. J'ai finalement choisi de lui faire plaisir en partant avec lui (voilà que j'obéissais au doigt et à l'œil !), mais uniquement à cause de nos visions : je ne voulais pas que la prochaine ait lieu en plein lycée. Quand il s'est garé dans l'allée et m'a aperçue sous le porche, où je me tenais immobile, craignant un peu de le regarder en face, il n'a pas hésité à descendre de voiture pour venir à ma rencontre.

Le ciel était dégagé, d'un bleu tendre, sans le moindre nuage en vue. A sa façon, Emma me prévenait que les zombies ne sortiraient pas ce soir.

Emma. La nuit dernière, j'avais tenté de lui parler, mais elle ne m'était plus apparue.

Qu'elle m'entende ou pas, je lui avais confié que, non, je ne mettrais pas un terme à ma chasse aux zombies. C'était impossible. J'avais enfin trouvé ma voie. Je pouvais aider à rendre la ville plus sûre afin que personne n'ait plus jamais à voir mourir un être aimé à cause d'un monstre qui avait un petit creux. J'espérais qu'elle me comprendrait.

— Tout va bien ? m'a demandé Cole.

Il portait aujourd'hui une casquette noire dont la visière laissait son visage dans l'ombre.

— Tu as l'air fatiguée.

— Merci bien ! ai-je répondu. C'est ce que toutes les filles rêvent d'entendre au saut du lit.

Comme toujours, il émanait de lui un parfum délicieux.

Et, cela dit, il avait vu juste. J'étais épuisée.

— Je n'ai pas dit que tu avais une sale tête, nuance. Juste que tu as l'air de manquer de sommeil.

Sur ce, il m'a tendu une seringue rangée dans une petite boîte noire.

— Voilà ton auto-injecteur.

Il s'agissait du fameux antidote à la toxine zombie.

— Merci.

Avec précaution, j'ai rangé le coffret dans la poche de mon jean.

— Des problèmes avec les zombies, la nuit dernière ? m'a-t-il demandé.

— Non, aucun.

— Très bien. Ça signifie qu'aucun d'entre eux ne s'est tiré de nos pièges.

Il ne m'annonçait tout de même pas qu'il s'était battu ? La veille, je n'avais pas vu le lapin blanc de la journée.

— Tu veux dire que…

— Oui. Nous avons pourchassé un essaim de zombies qui se dirigeaient vers chez toi.

Ainsi, Emma avait raison : ils étaient bel et bien à mes trousses. Mais… pourquoi ? Et pourquoi n'avait-elle pas envoyé le nuage annonciateur ?

— Nous sommes parvenus à arrêter le gros de la troupe avant qu'ils n'arrivent chez toi, a-t-il ajouté. Les autres ont dû finir pendus par les pieds dans les arbres.

Je n'avais rien vu, et ne m'étais pas doutée un instant d'un quelconque danger. Décidément, tout cela ne présageait rien de bon pour mon avenir.

— Quand dormez-vous ? ai-je demandé, sidérée.

En même temps, je n'ai pu m'empêcher de me mettre à jouer avec un bouton de sa chemise. *Tu ferais mieux de ne pas les toucher. Cela crée un sentiment de proximité que tu ne devrais pas partager avec lui.* Vaguement irritée, j'ai laissé retomber ma main.

— On ne te l'a pas dit ?

Son souffle chaud jouait sur mon front. Il était si grand, si merveilleusement grand…

— Nous dormons pendant les cours.

Nulle trace de sarcasme dans sa voix.

— Génial ! Vraiment génial. Bientôt, tu vas me conseiller d'installer un lit de camp dans le bureau de la principale, vu que je vais passer l'essentiel de mon temps là-bas, je me trompe ?

— Ce n'est pas impossible.

Fantastique !

— Le côté positif, c'est que le Dr Wright est des nôtres, et qu'elle essaiera toujours de te tirer d'affaire.

Il y a eu une pause, puis il s'est raclé la gorge avant de reprendre :

— Donc, voilà. En fait, nous dormons à tour de rôle. Tu t'y habitueras. La nuit dernière, nous sommes tous restés en alerte car nous craignions que les zombies se mettent à ta recherche. Nous pensions qu'il nous faudrait en affronter plus que d'habitude.

— Et c'est bien ce qui s'est produit.

— Oui.

— Mes grands-parents…

J'ai porté une main à ma gorge. J'aurais aimé lever les yeux vers lui, ne serait-ce que pour voir son expression, mais je redoutais encore ce qui arriverait.

— Oui. Ils seraient en danger s'ils s'avisaient de sortir pendant la nuit. Nous allons faire tout notre possible avec les pièges, mais je serais plus tranquille si tu allais vivre ailleurs.

J'ai fait de mon mieux pour dissimuler ma répugnance à cette idée, mais je n'y suis sans doute guère parvenue.

— Chez qui ?

— Chez moi, a-t-il répondu en toute simplicité.

Sûrement pas. Pas seulement parce qu'il avait quitté Mackenzie le jour où elle avait emménagé chez lui, mais aussi parce que… parce que, quoi !

— Tu plaisantes j'espère ?

— Je veux seulement que tu sois en sécurité.

— Eh bien, c'est *non*.

Je ne pouvais pas faire ça à mes grands-parents. Et d'un autre côté… je ne pouvais pas non plus les exposer aux zombies, ça me paraissait clair.

Mes plans pour sauver les gens se compliquaient d'instant en instant. Mais j'allais trouver une solution. Il le fallait. Jusque-là, j'assurerais la protection de papi et mamie, au prix de ma propre vie s'il le fallait.

— Tu peux poster une ou deux sentinelles devant notre maison, ai-je proposé. Moi, je m'assurerai qu'ils restent chez eux. Je ne les laisserai plus seuls.

Cole a pincé les lèvres.

— Ta solution implique de nous priver de deux soldats pour les combats, mais d'accord, a-t-il finalement répondu. Pour le moment.

— Merci.

Ce qu'il a dit ensuite m'a laissée la bouche ouverte :

— Au fait, tu es très en beauté, ce matin.

Le compliment ne servait-il qu'à atténuer son « pour le moment » ?

— Je croyais que j'avais l'air fatiguée ?

— Tu es belle quand tu es fatiguée.

— Alors que je suis attifée comme un sac avec cette chemise d'hiver ? Ça m'étonnerait.

— Je ne parlais pas de tes vêtements, mais de toi.

D'un geste caressant, il a saisi une mèche de mes cheveux et s'est mis à l'enrouler autour de ses doigts.

— Tu as quelque chose que les autres n'ont pas. Quelque chose d'exceptionnel, qui te distingue de tout le monde.

Je me suis libérée de sa caresse — c'était ma seule solution pour ne pas fondre devant sa déclaration.

— Tu m'aimes, puis tu ne m'aimes plus, puis tu m'aimes de nouveau, et ainsi de suite… Décide-toi !

Il a poussé un grondement sourd.

— Ne sois pas comme ça. Ecoute, j'ai déc… j'ai été idiot, d'accord ? Je sais que tu m'en veux, et je suis désolé pour ce que je t'ai dit à la fête. Les autres n'arrêtaient pas de remettre tes motivations en question, et voilà que tu arrives au bras de Justin et qu'il ouvre sa grande gu… bouche. J'ai réagi sans réfléchir.

— Ah oui ? Alors je vais te dire comment je vais réagir, moi : je vais faire ce que je veux.

— Vraiment ? a-t-il demandé calmement.

— Vraiment.

— Même si tout ce que j'ai fait, c'était pour te protéger ?

— Oui.

— *Ali* ! s'est-il exclamé, agacé.

— Oui, *Cole* ?

Il était comme un ours en cage… et moi comme le petit enfant qui l'asticote avec un bâton. Il était pris au piège, peut-être, mais pas vaincu. Même s'il était trop jeune pour rejoindre les rangs d'une armée régulière, Cole était un guerrier à la tête d'autres soldats. Il combattait et tuait. Et moi… moi, je le provoquais volontairement.

Car je le savais : dans cette situation, il aurait assommé n'importe qui d'autre, mais moi il ne me toucherait pas. Il n'aurait même pas laissé ses amis me parler de travers. Cela dit, toutes les blessures ne sont pas physiques, et je n'étais pas certaine qu'il s'en rende compte. Qu'il ait voulu ou non me protéger, son rejet, pile à un moment difficile pour moi, m'avait profondément blessée.

— Pour ma défense, j'ai perdu trop d'amis au combat, et tu parais si fragile, si… vulnérable. Pardonne-moi.

Sa voix était devenue grave, rocailleuse.

— Je t'en prie. J'adore ta façon de poser cent mille questions par jour, et si tu n'étais pas là je ne saurais pas quoi faire.

Je fondais pour de bon…

— Je…

Mais quelle mauviette je faisais ! Mais il avait dit « Je t'en prie », et je n'avais pas de défense contre ça.

— D'accord. Tu es pardonné. Nous sommes de nouveau amis. Mais n'essaie plus jamais de me repousser pour mon propre bien, O.K. ?

— Juré, a-t-il répondu. En revanche, à toi de me promettre quelque chose : je veux que nous continuions à nous voir pour faire davantage connaissance.

Parlait-il de sortir ensemble ? Non. Impossible. Après tout ce qui s'était passé, nous ne pouvions être qu'amis et rien d'autre.

— D'accord, ai-je répété.

— Très bien. Tu veux savoir ce que j'ai appris sur toi jusqu'à présent ?

Comme malgré moi, j'ai murmuré un « Oui » : ma curiosité était trop forte.

— J'ai appris que tu étais entêtée, décidée, drôle et…

J'ai feint de le frapper du poing en pleine poitrine.

— Dis donc !

— Quoi ? C'est vrai !

Il a retenu ma main dans la sienne.

— Et tu es rancunière.

— Vraiment ? Eh bien, je me demande bien pour quelle raison tu voudrais faire davantage connaissance avec une telle personne ! ai-je répliqué d'un ton railleur.

— Peut-être parce que ce sont mes qualités préférées ?

Tu parles…

— Alors, pourquoi ne retournes-tu pas avec Mackenzie ?

Mackenzie — pour laquelle, je ne l'oubliais pas, il avait peut-être encore des sentiments.

— Touché ! Tu vois bien que tu es rancunière… mais tu es aussi craquante. Tu ne souris pas souvent, mais quand tu souris…

Il a incliné la tête et a posé le front contre le mien.

— … quand tu souris, il me vient des idées.

J'ai avalé ma salive avec difficulté. Il ne s'agissait plus d'une déclaration amicale là, si ?

— Quel *genre* d'idées ?

— Le genre qu'on ne peut pas avouer à haute voix sans avoir des ennuis avec la justice des mineurs…

Caressant mes doigts, il a poursuivi :

— Je n'arrive pas à croire que c'était ton premier baiser. Comment est-ce possible ?

Je n'ai pas levé les yeux de ses bottes tachées de boue, avec leurs lacets neufs.

— Mon père ne nous laissait pas sortir le soir, ce qui signifiait ni restaurant ni cinéma avec des garçons. Et je refusais qu'on vienne me chercher à la maison pendant la journée, car un petit ami potentiel qui aurait rencontré mon père se serait rendu compte qu'il était fou. En tout cas, je le *croyais* fou, à l'époque.

— Je sais déjà tout de ta vie et de votre folie familiale. Ce n'est donc pas un problème pour moi.

— C'est parfait, alors.

Minute. M'avouait-il qu'il était maintenant prêt à sortir avec moi ?

— Hé, ne t'emballe pas, ai-je repris. Ça ne veut pas dire que tu ferais un bon petit ami. J'ai cru pouvoir te gérer, mais je me suis lourdement trompée.

— Je t'en prie… Le type que tu ne pourrais pas « gérer » n'est pas encore né, m'a-t-il répondu, l'air sombre. Et maintenant es-tu prête pour la vision, oui ou non ?

La vision. Bien sûr. C'était le plus urgent. Je me suis campée plus fermement sur mes jambes et j'ai fait de mon mieux pour m'éclaircir les pensées.

— C'est bon, je suis prête, ai-je annoncé.

J'ai levé la tête ; il a ôté sa casquette, et son visage est apparu en pleine lumière. Nos yeux se sont rencontrés et…

Rien.

J'ai cligné des yeux. Toujours rien. Intriguée, je l'ai saisi par le menton, avec peut-être plus de violence que nécessaire, et je l'ai forcé à secouer la tête avant de me regarder de nouveau. Rien ne s'est passé.

— Je ne comprends pas, m'a-t-il avoué, aussi perplexe que moi. Même quand tu étais empoisonnée et anesthésiée, j'ai vu quelque chose.

C'est vrai. Un autre baiser.

— Etrange…

Même si je n'aurais jamais imaginé dire un jour que ne *pas* avoir de vision était « étrange ». J'ai laissé retomber mes bras, indécise.

— A moins que… peut-être n'avons-nous rien à *éviter* aujourd'hui ? Car c'est bien ce que tu as dit à la fête, non ? Que les visions nous mettaient en garde contre des dangers ?

Avec irritation, il a répondu :

— Merci, vraiment. Tu ne peux pas t'empêcher de me rappeler mes paroles…

— Attends un peu ! Je n'ai pas…

Et zut. C'était bien moi qui avait mis le sujet sur le tapis, oui ou non ? Autant l'admettre.

— Eh bien, tu ne peux t'en prendre qu'à toi-même. Je croyais que tu aimais mon côté rancunier ?

A ce moment, la porte d'entrée s'est ouverte et mamie a passé la tête dehors. Quand elle a aperçu Cole, elle l'a détaillé sur-le-champ de pied en cap.

— Il me semblait bien avoir entendu deux voix par ici !

Comme prise en faute, je me suis écartée de lui d'un bond.

— Euh, coucou, mamie. Je te présente Cole.

— Un autre ami ?

— Tout à fait. Il est au lycée avec moi. Il m'emmène en voiture.

— Pas avant d'en avoir discuté avec ton grand-père et moi, je t'assure ! s'est-elle exclamée.

Ouille. J'avais reconnu le même ton strict qu'elle avait employé lors de sa rencontre avec Justin.

— Entrez. Tout de suite !

La porte s'est refermée sur nous avec un claquement menaçant. Cole a emboîté le pas de ma grand-mère, mais je l'ai retenu par le poignet.

— Désolée, ai-je chuchoté.

J'ignorais au juste si je m'excusais pour ce qui venait de se passer ou pour ce qui allait se produire.

— Pas de quoi. Je l'ai mérité. Et, à propos, je ne crois pas que nos visions concernent des événements que nous devons éviter.

J'ai repensé au journal.

— Pour ma part, ai-je répondu, je continue à penser qu'il s'agit de prémonitions, de préfigurations de l'avenir.

— Peut-être. Sans doute.

J'ai saisi le sous-entendu : s'il s'agissait bien de cela… aujourd'hui, nous n'avions pas d'avenir. J'ai planté mes ongles dans sa poitrine comme par réflexe et fixé sur lui un regard inquiet.

— Ne t'inquiète pas. Tout ira bien pour nous. C'est seulement que tu n'es pas encore remise de tes blessures, j'en suis certain.

— D'accord.

J'ai décidé de le croire.

Pour me réconforter, il m'a embrassée sur la tempe ; puis il m'a prise par les épaules pour me forcer à pivoter en direction du salon.

— Allons-y avant que tes grands-parents ne décident de venir me chercher manu militari et de t'enfermer dans ta chambre pour ton bien.

Je priais en silence pour que mes grands-parents évitent toute nouvelle tentative d'argot ainsi que les sujets comme l'alcool et le sexe. Pourvu que tout se passe bien…

Mamie et papi nous attendaient dans le salon, bien installés dans leur fauteuil ; ils ne nous avaient laissé que le canapé. A peine nous étions-nous assis que l'interrogatoire a commencé.

Papi : « Vous avez des idées sur votre avenir professionnel ? »

Avec un grognement, j'ai enfoui ma tête dans mes mains. C'était exactement ainsi qu'il avait commencé la conversation avec Justin. Et il n'allait pas s'en tenir là, évidemment.

Cole : « La fac de droit, pour entrer dans la police. »

Mamie : « Oh ! Je l'aime déjà plus que l'autre garçon ! »

Papi : « Bien, très bien. Maintenant, je vous propose de m'aider à finir cette phrase : "Quand une fille dit non, c'est…" »

Cole : « "… exactement ce qu'elle pense." Je la laisse tranquille. »

Mamie : « Encore une très bonne réponse. Mais voilà une autre phrase à terminer : "Le sexe avant le mariage, c'est…" »

J'aurais mieux fait de me laisser dévorer par les zombies.

Cole : « "… du ressort du couple." Ce qui se passe entre deux personnes ne regarde qu'elles, et personne d'autre ne doit s'en mêler. Y compris vous, vous m'en excuserez. »

Un long moment, papi et mamie sont restés interdits, mais ils ont fini par accepter cette réponse. Pour ma part, j'avais viré au rouge écrevisse le plus profond (enfin, je suppose). Néanmoins, je trouvais la réponse de Cole extraordinaire.

Papi : « Je suppose que c'est de bonne guerre… Et que pensez-vous de l'alcool au volant ? »

Cole : « Je pense que c'est stupide. Voilà bien une chose dont vous n'avez pas à vous soucier quand je suis avec Ali : je ne bois pas. Et, si cela devait lui arriver à elle, je n'essaierais pas d'en *profiter*. Je la ramènerais chez vous. Vous avez ma parole : le plus important pour moi, c'est sa sécurité. »

— Moi non plus, je ne bois pas, suis-je intervenue. Et je ne commencerai jamais.

Mamie : « N'est-il pas charmant ? »

Papi : « Si, vraiment. »

J'étais sans doute aussi impressionnée que mes grands-parents par Cole. Sous les muscles, les cicatrices et les tatouages (qu'ils ne pouvaient voir car il portait une chemise à manches longues), c'était un garçon très bien. Il les avait d'ailleurs tellement impressionnés qu'ils nous ont laissés partir sans plus de questions !

En chemin, nous nous sommes arrêtés pour prendre un café bien mérité, et malgré ça nous sommes même arrivés au lycée avec une avance confortable. Cole s'est garé sur son emplacement habituel — je suppose que personne n'aurait osé le lui disputer. Il a jeté sa casquette sur le siège arrière et s'est débarrassé de sa chemise à manches longues, révélant un T-shirt en dessous. Puis, galamment, il m'a aidée à descendre de la Jeep.

Mes points de suture me tiraillaient et la peau me démangeait autour de la cicatrice.

— Je n'arrive pas à croire que nous ayons survécu à ça !

Il m'a souri.

— Tes grands-parents t'aiment d'une manière inconditionnelle. Ça m'aurait inquiété qu'ils se montrent moins pointilleux.

Ses mots m'ont frappée de plein fouet, au point que j'ai manqué trébucher sur le trottoir du parking. *L'amour…* Bien sûr, je savais que mes grands-parents tenaient à moi — ils me le répétaient assez souvent —, mais je n'avais jamais pensé qu'ils m'aimaient vraiment, en me prenant telle que j'étais. Tout au fond de moi, j'imaginais encore qu'ils me trouvaient trop semblable à mon père. Mais Cole avait peut-être raison. Après, ils avaient tant fait pour moi, y compris exercer sur lui un interrogatoire serré…

— Qu'y a-t-il ? m'a-t-il demandé. Tu ne t'en étais pas rendu compte ?

— Non. Je suis… si différente d'eux. Je ne suis pas douce comme l'était ma sœur, ou joyeuse et optimiste comme ma mère. Je suis plutôt comme mon père — et ils le détestaient.

— Tu peux me croire sur parole. Ils ne te détestent pas. Et tu veux que je te dise ? Tu es parfaite comme ça.

Je n'ai pas eu le temps de réagir à ses paroles — d'ailleurs, je n'aurais su quoi répondre : dès que nous passions devant des groupes d'élèves, toutes les conversations cessaient et les regards se braquaient sur nous.

Ils nous avaient vus danser à la fête, Cole et moi, alors pourquoi… *ah, d'accord.* Nous voir ensemble confirmait que je couchais avec lui. Entre les péripéties de la nuit dernière et celles de ce matin, j'avais oublié les rumeurs qui couraient sur mon compte. Ils me voyaient comme la pire des traînées.

La colère m'a envahie comme une vague brûlante.

— Tu penses toujours que Mackenzie est innocente ? ai-je demandé à Cole — un peu sèchement, c'est vrai.

— Oui. Je l'ai interrogée sur les rumeurs. Elle nie avoir parlé de toi à quiconque.

Pouvait-on être plus naïf ?

— Oh ! super alors. Ça doit être vrai.

Comme le jour de notre première rencontre, après la vision, il m'a montré les dents. O.K. Il s'agissait donc bel et bien d'une expression d'irritation.

— Crois-moi, je trouverai qui a lancé cette histoire. J'ai simplement besoin de temps.

Il a passé son bras sur mon épaule pour me témoigner son soutien.

— D'ici là, si qui que ce soit te parle de travers, dis-le-moi. Je lui ferai regretter d'être né.

Ce qui ne me sauverait pas du ridicule. Car, évidemment, les paroles n'étaient pas nécessaires pour signifier l'animosité : les expressions sur les visages en témoignaient très bien…

Nous avons bifurqué dans un couloir au bout duquel se tenaient Frosty, Bronx, et tous les autres de la bande. Quand ils nous ont vus, ils se sont dirigés vers nous pour nous accueillir, à grand renfort de sourires et de bourrades amicales pour Cole… et de grimaces pour moi. Tant pis.

Je me suis écartée de lui pour m'approcher de Mackenzie.

— Il faudra que nous ayons une petite conversation toutes les deux après les cours, d'accord ?

— Ce n'est pas la peine ! est intervenu Cole.

Pourtant, elle a répondu :

— Ce sera avec plaisir.

Sur ce, elle m'a décoché un sourire — ou plutôt, s'est contentée d'exhiber ses dents parfaites.

Au moment où j'allais lui répondre, j'ai pris conscience du silence autour de nous. Les garçons, bien sûr, suivaient attentivement notre conversation… La suite attendrait. Sans un mot, je me suis éloignée. Cole n'a pas fait mine de me retenir. Comme je n'ai aperçu ni Kat ni aucune des filles dans les parages, je me suis rendue tout droit en cours. Quand je suis entrée dans la salle, Justin ne m'a même pas adressé un regard, ce qui ne m'a pas empêchée de m'asseoir à côté de lui. Il avait les deux yeux au beurre noir, le nez enflé et la lèvre inférieure tuméfiée.

Comment entamer la conversation ? J'ai décidé d'attaquer bille en tête :

— Parle-moi de tes activités extrascolaires.

Il est resté silencieux un moment, avant de répondre à contrecœur :

— Je suis certain que Cole t'a déjà tout dit.

— Je veux l'entendre de ta bouche.

Il m'a lancé un regard de travers.

— Il n'y a pas longtemps, je t'en aurais parlé avec plaisir. Mais maintenant tu es avec Cole. Comme on fait son lit, on se couche, et je crois que ton lit à toi cache quelques bestioles.

C'était clair : il avait décidé de se montrer insultant. Afin que personne d'autre n'entende, je me suis penchée pour murmurer à son oreille :

— Si par « bestioles » tu entends des carcasses de zombies, alors oui. Et je ne sais pas si on te l'a dit, mais j'adore ça.

Le crayon qu'il tenait entre les doigts s'est brisé net.

— Oh ! rassure-toi, je suis au courant à présent. Il me semblait bien que c'était ce qui motivait l'intérêt de Cole.

Parce que, sans ça, je n'aurais pas pu intéresser un garçon ? *Sympa !* Comment avais-je pu le trouver agréable un seul instant ?

— A quoi joues-tu et que cherches-tu ? Essaie un peu pour voir de me convaincre que tu es du bon côté.

Il a reniflé avec mépris.

— Je n'ai pas à te convaincre de quoi que ce soit. Mais tu peux dire à ton petit copain que nous n'avons pas apprécié sa façon de taillader nos combinaisons. C'est vrai que mon patron lui a rendu une petite visite le lendemain matin pour lui expliquer sa façon de penser, mais je ne suis pas sûr que Cole ait compris la leçon.

Il devait parler du matin où Cole était censé me ramener chez moi et où je m'étais retrouvée avec un Frosty irascible.

Cole avait prétendu qu'il devait renforcer la Ligne de Sang autour de ma maison, et j'étais à peu près sûre qu'il avait dit la vérité… mais peut-être pas *toute* la vérité. Ce qui signifiait qu'il était aussi fort que moi en omission. Il faudrait que nous en parlions. A partir de maintenant, une franchise totale entre nous s'imposait.

— Ton patron ? Et que lui a-t-il fait ?

— Pourquoi ne pas poser la question à Jaclyn, ma sœur jumelle ?

Il jubilait.

— Tu l'as rencontrée, non ? C'est celle qui m'a ramené après la fête. Tu sais, quand tu m'as planté là ?

Ainsi, la brune qui m'avait lancé un regard assassin à la suite de la bagarre était bien la sœur de Justin.

— Elle n'a jamais aimé Cole, et elle te déteste depuis le premier jour. Elle parlait d'un mauvais pressentiment à ton sujet. Quand je pense que je n'ai pas voulu l'écouter…

Il ne s'était intéressé à moi que parce qu'il voulait savoir de quoi j'étais capable contre — ou pour — les zombies.

— Désolée de t'annoncer ça, mais aucune fille ne déteste Cole, au contraire. Et celle qui prétend l'inverse ment.

Même quand j'étais furieuse contre lui, je trouvais Cole irrésistible…

Prends ça dans les dents, Justin !

— Après ce qu'il m'a fait, Jaclyn veut le voir mort.

— Donc, elle connaît tes activités ?

— D'après toi, qui m'a recruté ?

La sonnerie a retenti et le cours a commencé, m'empêchant de pousser plus avant mon interrogatoire. Les élèves ont ôté leurs blousons, ont rangé leurs sacs sous la table et pris place à leurs bureaux.

On nous a d'abord donné des informations sur le dernier match de foot. L'équipe du lycée avait gagné : un concert d'acclamations s'est élevé, suivi d'un autre plus enthousiaste encore quand on a annoncé qu'un pot de félicitations aurait lieu le vendredi suivant.

Il a fallu dix bonnes minutes à M. Troudbal (quel était son vrai nom, déjà ?) pour calmer tout le monde et commencer son cours. J'étais bien trop préoccupée pour lui prêter attention. Ce qui m'intéressait, c'était d'en apprendre davantage sur les gens pour qui travaillaient Justin et sa sœur. Quel était leur objectif ? Certainement pas de détruire les zombies, comme ils avaient tout d'abord tenté de le faire croire à Cole et sa bande. Sans quoi ils auraient travaillé *avec* et pas *contre* nous.

Juste avant la fin du cours, un surveillant a frappé à la porte pour m'annoncer que le Dr Wright m'attendait dans son bureau. Je me doutais de ce qu'elle voulait me dire, et cette perspective ne m'enchantait guère. J'ai quitté la classe en traînant des pieds. Lorsque je suis arrivée devant le bureau de la principale, la secrétaire m'a fait signe d'entrer.

Le Dr Wright était assise à sa table de travail, guindée et bien mise comme toujours dans son tailleur sombre. Elle avait relevé ses cheveux en chignon.

— Comment te sens-tu ? m'a-t-elle demandé, les mains jointes sur un dossier.

— Bien mieux, merci.

— Parfait. As-tu digéré tout ce que tu avais appris ?

— En grande partie, oui.

— Et tu n'en parleras pas avec d'autres gamins ?

Je ne suis pas une gamine !

— Non, bien sûr.

Son fauteuil a grincé quand elle s'est appuyée au dossier.

— Tes dons m'intéressent.

Bingo. Exactement ce que je redoutais.

— As-tu eu le temps de réfléchir au fait que tu percevais ces taches lumineuses ?

— Euh… oui.

Qui, à ma place, ne se serait pas posé de questions ?

— Alors ?

— Alors, certains ont des dons, d'autres non, ai-je répondu, attendant la suite.

Une expression d'impatience a traversé son regard.

— Ça, je m'en doutais déjà. Mais es-tu née avec ce pouvoir ?

— Je ne sais pas.

— Ton père pouvait-il les voir lui aussi ?

— Je ne sais pas non plus.

Elle s'est mise à pianoter nerveusement sur l'accoudoir.

— D'après moi, oui, tu es née avec ce don. Ce qui devrait

t'amener à te demander pourquoi rien de tel ne t'était jamais arrivé auparavant.

On jouait aux suppositions, alors ? Très bien. C'était un jeu qui se jouait à deux.

— Pourquoi certaines personnes développent-elles des tumeurs à l'âge adulte, mais pas pendant leur enfance ? Et pourquoi tous les enfants naissent-ils avec les yeux bleus, mais la plupart perdent cette couleur par la suite ?

Le ton de ma voix trahissait ma propre impatience. Je faisais partie du groupe, oui ou non ? Ces soupçons permanents de la part des adultes ne pouvaient que déteindre sur les autres.

Elle a ajusté ses lunettes, et j'étais quasi certaine qu'elle se demandait comment elle devait me traiter.

— Tu peux avoir confiance en moi, Ali. J'ai commencé à voir les zombies à l'âge de douze ans, après un accident de voiture, comme toi. Cela m'a traumatisée, tu t'en doutes, mais j'ai fait de mon mieux pour continuer à vivre normalement. J'étais persuadée d'être la seule dans ce cas jusqu'à ce que je sois nommée ici. C'est alors que j'ai repéré l'étrange comportement de Cole et de sa bande, et j'ai compris que je me trompais. Puis le père de Cole est venu me trouver, espérant que je puisse aider la cause, et j'ai accepté immédiatement. Si ça peut te mettre du baume au cœur, ils m'ont longtemps tenue à l'écart bien qu'ils aient besoin de moi. Aujourd'hui, je peux me flatter d'avoir gagné leur confiance.

— Je comprends.

Je n'aimais pas cela mais, oui, je comprenais.

— En attendant qu'ils t'acceptent aussi, tu me trouveras à ta disposition pour le moindre problème. Je suis ici pour t'aider.

— D'accord, ai-je répondu.

Et j'étais sincère. Cette femme avait beau être dure comme l'acier, elle me voulait du bien. Et, comme moi, elle était curieuse et cherchait des réponses.

— Très bien, alors. Tu peux retourner en classe.

Soulagée, j'ai quitté le bureau. Les couloirs étaient bondés. Frosty m'attendait devant mon casier. J'ai tenté de l'ignorer mais, comme la semaine précédente, il m'a collé aux basques.

— Cole a été exclu pour la journée, m'a-t-il annoncé.

La nouvelle était si inattendue que, dans mon effort pour faire volte-face, j'ai manqué m'étaler.

— Pourquoi ?

Et pourquoi le Dr Wright n'en avait-elle pas parlé ?

Frosty a haussé ses larges épaules, désinvolte.

— Rien de grave. Il a bousculé quelques élèves qui ne savaient pas la fermer.

Au sujet de ma réputation, ai-je supposé.

— Le Dr Wright aurait pu lever la punition !

Mais je savais pourquoi elle ne m'avait pas mentionné cette sanction : j'aurais protesté. Et très vivement, encore.

— Impossible. Pas quand ça se passe dans un lieu rempli de témoins. N'importe : il voulait te faire dire qu'il viendrait tout de même te chercher après les cours.

Parfait. Il était temps que l'entraînement commence.

— Très bien.

— Pour le déjeuner…

— Si tu m'annonces que je ne suis pas censée passer du temps avec mes amies, je te préviens que je vais te frapper.

— Je n'ai aucune raison de te dire quoi que ce soit de ce genre. De toute façon, elles t'expulseront de leur groupe tôt ou tard. C'est ce qu'elles ont fait à Kat jusqu'au moment où elle et moi nous sommes séparés.

— Ni Poppy, ni Wren, ni Reeve ne la laisseraient tomber.

Jusque-là, j'avais pensé que c'étaient d'autres amies qui l'avaient mise à l'écart.

— Pas Reeve, d'accord, mais Poppy et Wren si. Elles lui ont fait pas mal de réflexions à l'époque où j'étais avec elle. Elles trouvaient que je n'étais pas de leur niveau.

Comment avaient-elles pu traiter Kat de cette façon ? Cela me scandalisait.

« Euh… il te faudra peut-être aussi te séparer d'elle. »

Cole m'avait prévenue. La culpabilité me rongeait par avance comme un cancer incurable.

— Ecoute-moi, Ali, a commencé Frosty. Je…

— Pas maintenant, l'ai-je coupé.

Je craignais trop qu'il m'annonce une autre nouvelle insupportable.

— D'accord. Plus tard, alors.

— Plus tard, oui.

Nous nous sommes séparés, chacun empruntant un embranchement du couloir.

Non seulement j'ai survécu à la deuxième et à la troisième heure de cours, mais Mme Meyers m'a félicitée de mon attention. Ensuite, j'ai retrouvé Kat à sa table habituelle de la cafétéria. Les autres n'étaient pas avec elle. Occupée à faire tourner une pomme sur la table, elle portait un débardeur et un jean moulant. Ce devait être la première fois que je la voyais avec un haut court, car j'ai remarqué un enchevêtrement de cicatrices au creux de son bras.

Des cicatrices qui ressemblaient à des piqûres de seringue.

Non. Kat ne prenait pas de drogue. Impossible. Je ne voulais pas y croire.

Son teint était plus pâle encore que le samedi précédent. Des ombres noirâtres soulignaient ses yeux et elle avait les lèvres gercées. Je me suis installée à côté d'elle.

— Coucou, toi. Comment vas-tu ?

Surprise, elle a sursauté et a porté la main à son cœur. Puis, instantanément, elle a retrouvé son sourire, le sourire parfait, à la fois coquin et amical avec lequel elle m'accueillait toujours. Cela m'a fait chaud au cœur.

— Un peu fatiguée. Frosty m'a tellement embrassée qu'il a dû avaler toute ma force vitale. A moins qu'il ne m'ait transmis une bactérie suceuse de sang…

— Beurk !

— Pas du tout, c'est marrant.

Du doigt, elle a tracé un cœur sur sa pomme.

— Rien qu'aujourd'hui, il m'a fait passer trois petits mots. Il me demande de sortir avec lui ce week-end, et il a même juré de se faire tatouer mon nom sur une fesse si j'acceptais.

— C'est officiel ? Vous êtes de nouveau ensemble ?

— Tu rêves ! Il n'a pas encore assez souffert.

Je soupçonnais toutefois qu'elle ne cherchait pas tant à faire souffrir Frosty qu'à protéger ses propres sentiments.

— Et où sont les filles ?

J'avais décidé que je me montrerais amicale envers elles. Après tout, elles avaient fini par se racheter en revenant auprès de Kat. C'était tout ce qui comptait.

— A mon avis, Reeve est avec Bronx.

Elle a désigné de la main la table de Cole.

— Tu peux constater qu'il n'est pas avec leur bande.

— Il est peut-être parti avec Cole ?

Je doutais en effet que le père de Reeve ait levé son interdiction de fréquenter des tueurs de zombies. Je me suis penchée à l'oreille de Kat pour murmurer :

— En revanche… je les ai vus s'embrasser pendant la fête.

Je ne pouvais pas lui parler de tout, mais pourquoi ne pas lui révéler ceci ?

— Quoi ? s'est-elle écriée, soudain tout excitée. Et tu ne me l'as pas dit tout de suite ? Je devrais te détester, tu sais !

— Désolée. J'en avais bien l'intention. Cole m'a distraite.

— Bien entendu, nous allons la taquiner impitoyablement.

— Bien entendu. Je l'ai déjà prévenue.

— Donnait-elle l'impression d'aimer ça ? Et lui, avait-il l'air de savoir s'y prendre ?

— Je n'ai fait que les apercevoir !

Kat s'est mise à fixer quelque chose — ou quelqu'un — derrière mon épaule, et son visage a pris une expression ravie.

— Voilà Reeve qui arrive. Sans Bronx. Avec les autres filles.

Elles ont laissé tomber leur sac par terre, ont posé leur plateau sur la table et se sont assises à nos côtés — déjà, Kat se tortillait sur son siège, visiblement incapable de garder le secret.

— Où étiez-vous, les filles ? ai-je demandé.

— Nulle part, a répondu Reeve en évitant mon regard.

— A la poursuite de Bronx, a dit Poppy en rejetant en arrière ses cheveux roux.

— Pour qu'il lui mette le cœur en miettes, a ajouté Wren. Dites, quelqu'un voudrait-il m'expliquer ce que tout le monde trouve à ces minables ? Ou dois-je simplement regarder mes copines leur courir après, sachant qu'elles sont en train de gâcher leur avenir ?

— Quelqu'un voudrait-il nous expliquer comment tu peux être aussi agaçante, parfois ? a rétorqué Kat avant de se calmer un peu. Alors, Reeve, que t'a-t-il fait ?

Wren a émis un soupir découragé. Tout en fouillant dans un sac d'où elle a sorti une barre chocolatée, Reeve a répondu :

— Il a découvert que je sortais avec John, a piqué sa crise

et m'a dit d'aller me faire voir, voilà ce qu'il a fait. Je ne le comprends pas.

Au moins, il lui avait parlé.

— Les mecs..., a grommelé Poppy.

Avait-elle des problèmes de son côté ? Je me suis souvenue de ses déclarations sur sa façon d'attendre quelques semaines pour juger du vivier potentiel (vous voyez, je peux être une vraie amie, qui écoute et tout).

— Un candidat aurait-il enfin retenu ton attention ? lui ai-je demandé.

Comme pour montrer son agacement envers Kat, Wren se polissait ostensiblement les ongles.

— C'est bien le cas, a-t-elle lâché. Elle lui a parlé... et elle a pris un râteau.

— Ce n'est pas vrai ! Je ne laisserais personne me faire ça. C'est elle qui a pris un râteau ! a-t-elle protesté en désignant Wren.

— Pour la dernière fois : c'est *moi* qui l'ai largué.

Kat a levé les bras au ciel :

— Alors quoi, plus personne ne me tient au courant de rien ? Vous savez, je n'ai pas juste des lèvres et des yeux à tomber. J'ai des oreilles, et j'aime écouter les autres. Je sais, c'est difficile à croire quand on entend les perles qui sortent de ma bouche, mais essayez au moins !

Sans la lueur malicieuse dans ses yeux noisette, j'aurais pu la croire sincère à cent pour cent. Les deux autres ont baissé la tête, penaudes.

— Désolée, a dit Poppy. Je t'appellerai plus tard pour tout te raconter en détail.

— Moi aussi, a fait Wren.

Ma copine Chien fou était une experte en manipulation, et je pouvais en prendre de la graine.

— Tu sais quoi ? lui ai-je murmuré. Je crois bien que je t'aime.

Elle a arrangé ses cheveux avec affectation, nez en l'air.

— Et moi, je crois bien que je devrais arrêter de rendre toutes mes copines gays, mais je ne peux pas m'en empêcher. C'est mon charisme animal irrésistible.

J'ai pouffé de rire derrière ma main.

Wren lui a lancé une serviette en papier qui a atteint son épaule.

— Tu n'as pas un peu les chevilles qui enflent ? a-t-elle raillé.

— Mes chevilles ? Elles sont parfaites, simplement.

Avant que son amie ait pu rétorquer, Kat m'a glissé à l'oreille :

— J'ai oublié de te dire : j'ai commencé une chaîne de rumeur. Tiens, regarde.

Elle a tiré une feuille de sa poche et me l'a tendue. Je l'ai dépliée… et j'en suis restée bouche bée. Des listes de noms encadrés et annotés, reliés par des flèches, remplissaient toute la page.

— Je sais que tu crois Mackenzie coupable d'avoir répandu la rumeur qui te concerne, mais je sais aussi à quel point Cole et la bande sont loyaux les uns envers les autres. Ils n'admettront jamais que la petite Miss J'aime-qu'on-me-déteste ait fait quoi que ce soit de mal — sauf si nous parvenons à le prouver. Donc, j'ai décidé de remonter à la source. Moi, je tiens la rumeur de la bouche de Poppy, a-t-elle dit en me désignant son nom sur la feuille.

Poppy a opiné vigoureusement, faisant voler ses boucles rousses.

— Moi, c'est Wren qui me l'a dit.

Cette dernière s'est levée et a désigné du doigt une table à quatre rangées de la nôtre.

— Et moi, je la tiens de Tiffany Chang. Salut, Tiffany. Fais-nous coucou.

Tous les regards se sont tournés vers elle.

— J'ai dit : *fais-nous coucou.*

Une fille plutôt forte aux cheveux noirs, l'air de se demander ce qui se passait, nous a saluées de la main. Wren s'est rassise.

— *Elle.*

Kat a repris sa démonstration.

— J'ai donc demandé à Tiffany où elle avait entendu ça. Je sais, je sais : je suis un génie, et un jour je pourrais être la meilleure journaliste d'investigation du monde. Sauf que j'ai décidé de faire femme fatale à la place. Bon, je ne sais pas si j'arriverai à trouver la première personne à avoir propagé la rumeur, mais je vais essayer, c'est sûr.

Je suis demeurée interdite en imaginant le temps et les efforts nécessaires à cette tâche.

— Merci, suis-je parvenue à souffler.

Mais le mot était bien faible.

— Tu ferais la même chose pour moi.

C'était vrai, tellement vrai.

— D'accord. Pour rester dans cet esprit de confidences : je vais chez Cole après les cours.

J'ai prononcé ces mots d'un ton mal assuré, guettant leurs réactions. Kat m'a encouragée d'un mouvement de tête ; les yeux de Poppy se sont assombris ; Reeve a soupiré rêveusement, et Wren a souri avec un mélange de soulagement et de… quelque chose d'autre que je n'ai pas reconnu. Quoi qu'il en soit, sachant comment elles avaient traité Kat auparavant, je ne m'étais pas attendue à des déchaînements de joie.

— J'ai aussi prévu d'avoir une petite conversation avec Mackenzie. Avec un peu de chance, je lui extorquerai des aveux, ce qui t'évitera d'enquêter plus longtemps.

— Donc, Justin n'est plus sur la liste de tes prétendants ? a demandé Wren en jouant distraitement avec le rond humide laissé par la cannette de Poppy.

— Il ne s'y est jamais trouvé. Nous étions amis, c'est tout.

— Mais vous ne l'êtes plus ? a-t-elle insisté.

— Exactement.

De toute évidence, nous nous retrouvions même carrément dans des camps opposés.

— Arrêtez avec Justin ! s'est exclamée Kat, surexcitée. Dis-moi que votre petite conversation avec Mackenzie se fera à coups de poing. Dis-moi que tu vas lui faire mordre la poussière.

— Eh bien, je vais certainement m'y employer.

14

Bis au refrain de la douleur

Comme promis, Cole m'attendait après les cours. Appuyé contre sa Jeep, bras croisés sur la poitrine, il portait un débardeur qui révélait ses muscles impressionnants couverts de tatouages représentant la Faucheuse. Sa casquette noire jetait une ombre sur son visage, et des lunettes noires masquaient ses yeux.

Je me suis campée devant lui, poings sur les hanches.

— Je ne veux plus que tu te battes pour moi, l'ai-je prévenu avec un regard accusateur.

Je ne voulais pas qu'il soit de nouveau renvoyé — ou pire.

— Et, maintenant, donne-moi tes clés.

Taquin, il a tapoté le bout de mon nez.

— On ne t'a pas dit ? Je fais ce que je veux comme je veux, et personne ne peut m'en empêcher.

J'ai bien songé un instant à lui envoyer mon genou dans l'entrejambe pour lui prouver le contraire, mais je me suis contentée de répondre :

— Je te crois sur parole… je suis bien placée pour le savoir.

Puis j'ai tendu la main.

— Allez, sois un gentil garçon et fais ce que *je* veux que tu fasses.

Il a repoussé ses lunettes de soleil et une lueur malicieuse a traversé ses yeux violets.

— Et que veut exactement Alimini ?

Alimini ? Beurk. Quel surnom ridicule.

— J'ai dit : donne-moi tes clés.

Vu son comportement, je n'avais aucune raison de me montrer gentille.

— Et si tu m'appelles une autre fois « Alimini », je t'en colle une — c'est le genre de truc qui te branche, à ce qu'on m'a dit.

Soudain soupçonneux, il a répondu du tac au tac :

— Et pourquoi ?

— Parce que je déteste ça.

— Pas le nom. *Les clés.*

— Mais enfin ! Pour te poignarder avec, voilà pourquoi !

— Pourquoi ? a-t-il insisté.

D'accord.

— Parce que j'ai besoin d'améliorer ma conduite, et que je l'ai promis à mes grands-parents.

— Tu veux dire que…

Il a renfoncé ses lunettes sur son nez et m'a attirée vers lui en me saisissant par la nuque.

— … tu ne sais pas conduire ?

— Bien sûr que si. Maintenant, si tu me demandes si je conduis *bien*, la réponse sera un peu différente.

Il a éclaté de rire, mais a néanmoins relâché son étreinte avant de me lancer ses clés.

— Attends seulement que le parking soit vide avant de mettre ma précieuse vie en danger.

Tout en prenant la place du conducteur, j'ai contemplé un instant le ciel. Il était encore d'un bleu limpide, avec de longs nuages blancs qui se chassaient et s'entremêlaient. Cela dit, j'aurais mieux fait de ne pas regarder.

Le lapin était revenu.

Je savais ce qu'il signifiait — et la panique m'a envahie.

— Les zombies seront de sortie cette nuit, ai-je affirmé d'une voix monocorde.

Ça, ajouté au fait que le matin même je n'avais eu aucune vision d'un avenir avec Cole…

— J'en doute beaucoup. Ils sont déjà sortis à de nombreuses reprises, et ils ont besoin de repos.

— Crois-moi sur parole. Ils viendront.

— Comment peux-tu en être si sûre ?

Comment lui expliquer pour Emma ? Je me suis donc contentée de lui répondre :

— Je le sais, c'est tout.

Il s'est frotté les cuisses d'un geste nerveux.

— Très bien. Juste au cas où, tout le groupe se mettra en chasse ce soir.

— Tout le groupe… moi y compris ?

Il a hésité un instant, et m'a regardée avant d'opiner :

— Je suppose que oui.

— Très bien.

Un point positif : je serai hors de chez moi et n'attirerai donc pas les zombies vers mes grands-parents.

J'ai bouclé ma ceinture et mis le contact. Le bruit du moteur a éveillé en moi une nouvelle inquiétude : *je me trouvais au volant d'un véhicule.* Dans quelques secondes, je serais sur la même route que d'autres voitures, et responsable de la vie de Cole.

D'un point de vue rationnel, j'étais à présent certaine que le lapin n'avait rien à voir avec les accidents de la route, mais cette pensée n'est pas parvenue à me calmer pour autant. Je tremblais et mon front s'est couvert de sueur ; à chaque respiration, l'air semblait me brûler les poumons.

— Tu vas très bien t'en sortir, m'a fait Cole.

— Si ce n'est pas le cas…

— Je peux toujours te pousser hors de la voiture et prendre ta place. Comme ça, je serai en sécurité. Sans problème.

La plaisanterie a fonctionné, car j'ai gloussé faiblement.

— Très drôle.

— Ça va bien se passer, Ali, m'a-t-il répondu en reprenant son sérieux. J'ai confiance en toi. Et, il faut le dire, encore plus confiance en moi-même. Je serai ton coach.

Cette petite déclaration a fait son effet. Je pouvais y arriver. Oui, j'en étais capable. Je n'étais plus la fille qui avait décliné la proposition de Kat pour rentrer à pied sous la pluie. J'avais affronté des hordes de zombies… et j'avais survécu.

Le parking se dégageait, et j'ai enclenché prudemment la marche arrière. *Coucou, mon Dieu. Vous vous souvenez de moi ? Un petit coup de main ne serait pas de refus.* L'estomac serré, j'ai passé la marche avant.

Cole s'est montré patient avec moi, même si je ne suis pas parvenue à dépasser les trente à l'heure et en dépit des coups de Klaxon des autres voitures qui nous dépassaient en trombe.

Les quelques fois où un conducteur m'a adressé un signe rageur, j'ai vu Cole s'agiter sur son siège comme s'il envisageait de se lancer à pied à sa poursuite. A côté de ça, un SUV sombre nous suivait à la trace, apparemment pas gêné par ma vitesse d'escargot.

— La bande de Justin, a grommelé Cole en remarquant les coups d'œil fréquents que je jetais dans le rétroviseur.

— Super. Les Antirads nous filent le train. Tu m'as bien dit qu'ils avaient incendié ton ancienne maison ?

— Effectivement. Je n'ai jamais pu le prouver, mais le coup ne pouvait venir que d'eux.

J'avais bien besoin de ça !

— Tu crois qu'ils vont tenter quelque chose ?

Les vitres du SUV étaient teintées, si bien que je ne pouvais rien voir à l'intérieur.

— Non. Ils veulent juste nous montrer qu'ils sont là. Ils vont nous lâcher au prochain tournant.

Il avait raison : lorsque j'ai bifurqué, j'ai vu dans mon rétroviseur que leur véhicule continuait tout droit.

J'ai poussé un soupir de soulagement.

— Justin m'a dit que son patron était venu te voir.

— Qu'est-ce qui te prend de parler avec Justin ? m'a demandé Cole tout en tournant les boutons de la radio.

— J'essayais d'obtenir des réponses, c'est tout.

— A partir de maintenant, adresse-toi à moi pour cela, d'accord ?

— Il est dans ma classe. Je n'allais pas l'ignorer et…

— Ali. Tu ne sais pas ce dont il est capable. C'est un menteur. Ce sera mieux pour tout le monde si tu te contentes de m'écouter.

— D'accord, j'ai compris. Je l'ignorerai.

Le trajet jusqu'à chez Cole m'a pris trente-cinq minutes, alors qu'il aurait dû n'en durer que dix… Il vivait dans un quartier où les maisons étaient très espacées entre elles, et présentaient presque un aspect de fermes avec leurs façades de bois rouge et blanc, leurs dépendances et leurs clôtures grillagées. A la place des bois, des champs de blé s'étendaient quasiment à perte de vue.

C'est seulement lorsque j'ai serré le frein à main que j'ai enfin pu me détendre. Nous étions arrivés à bon port, sains et saufs qui plus est. *Merci beaucoup, mon Dieu ! Vraiment !*

— Je ne peux pas te promettre que tu seras sélectionnée comme chauffeur si on a besoin de se tailler en vitesse, m'a dit Cole, mais avec quelques leçons de plus tu pourras faire la course avec ma grand-mère. Si elle est en trottinette.

— D'habitude, je ne suis pas si mauvaise, me suis-je défendue. Je suis désolée. C'est juste… l'accident… en plus d'avoir vu le lapin.

— Quel lapin ?

Et zut. J'étais si bouleversée que j'en suis venue à tout lui raconter. Je lui ai tout dit sur le nuage, je le lui ai même montré. Je lui ai expliqué que je l'avais vu avant chaque sortie des zombies et que, lors de sa première apparition, j'avais perdu tous ceux que j'aimais ; je lui ai avoué que ma petite sœur décédée m'était apparue pour m'indiquer qu'elle créait elle-même ce nuage en signe d'avertissement. Pendant que je parlais, Cole s'est mis à me masser la nuque avec délicatesse, comme il le faisait si souvent pour lui-même. Ce contact était délicieusement réconfortant.

— Tu ne me prends pas pour une folle ? lui ai-je demandé, hésitante.

— Comme si j'étais en droit de juger de qui est fou ou ne l'est pas…

— Ce n'est pas une réponse.

— D'accord. Alors écoute : non, je ne pense pas que tu sois folle.

J'ai choisi de le croire sur parole.

— As-tu déjà vu un « témoin » ? C'est ce qu'elle prétend être. Pas un fantôme, parce que, je cite, « les fantômes n'existent pas ». Pas un ange non plus — d'après elle, par contre, les anges existent bel et bien. Non, juste un témoin.

Peut-être Cole lui-même avait-il vu ainsi réapparaître un de ses amis morts au combat…

— Non, jamais.

— Tu as entendu parler de leur existence ?

— Pas en dehors des procès, non !

— Quelqu'un d'autre alors ?

— Pas à ma connaissance.

J'ai laissé échapper une exclamation de dépit.

— C'est normal, Ali. Tu vois des zombies alors que peu d'humains en sont capables. Etre capable de percevoir des « témoins », comme tu dis, ou d'autres présences surnaturelles fait probablement partie du même pouvoir.

Il a ébouriffé mes cheveux comme si j'étais une petite fille de trois ans.

— Maintenant, en route ! Nous avons du pain sur la planche.

Je lui ai lancé les clés avant de m'extraire de la Jeep et de me diriger vers la maison. Très vite, il m'a rattrapée et, me saisissant par la main, m'a entraînée vers la grange qui se trouvait au bout du terrain.

— Par ici, m'a-t-il dit — et il a refusé de me lâcher.

Nous nous tenions par la main comme un gentil petit couple.

Quand nous avons approché de la porte, j'ai soudain tendu l'oreille. Des grognements et des plaintes s'élevaient, de plus en plus fort. J'ai frémi, car ces bruits m'évoquaient un univers de bourreaux et de tortionnaires...

A vrai dire, il y avait bien des personnes à la torture dans la grange — sauf qu'elles s'infligeaient *elles-mêmes* ces souffrances. A l'intérieur, en effet, j'ai découvert du matériel d'entraînement, des tapis de sol, et même un ring de boxe. J'ai également aperçu tous les garçons qui traînaient avec Cole depuis la rentrée, ainsi que quelques autres que je n'avais jamais vus.

Cole a fait les présentations. Il y avait Lucas, un Noir magnifique qui, allongé sur un banc, soulevait des poids impressionnants. Il portait à la cheville un bracelet de surveillance électronique, et j'étais à peu près certaine de l'avoir déjà vu à la fête de Reeve.

Derek, un autre garçon de couleur, se tenait à un stand de tir d'où il visait des mannequins déguisés en zombies. Bronx martelait un sac de frappe que retenait Brent, un grand blond. Collins, le crâne rasé et arborant lui aussi un bracelet électronique à la cheville, affrontait à l'escrime Haun (celui que, le jour de la rentrée, j'avais intérieurement surnommé « Spike » d'après sa coiffure), un Asiatique aux cheveux et aux yeux noirs ; à en juger par le bruit de leurs armes, il s'agissait bel et bien d'épées véritables.

Une pléiade de beaux mecs en sueur et armés : je venais d'entrer dans le rêve de toutes les filles.

Frosty et Mackenzie couraient sur des tapis roulants. Trina

et Cruz (que j'avais désobligeamment affligé du sobriquet de « Tordu »), un Latino aux cheveux bruns avec une longue balafre sur la joue, se trouvaient sur le ring, où ils s'entraînaient ensemble. Ou, plutôt, se flanquaient une belle raclée.

Je restais immobile, appréciant la scène ; je pouvais distinguer une centaine d'odeurs différentes — l'une, florale, venant de Mackenzie, une autre musquée, de Haun, une autre encore, fruitée, provenant de Collins…

— Vous faites ça tous les jours après les cours ? ai-je demandé en faisant de mon mieux pour dissimuler ma timidité.

— Quasiment, oui. La force et la combativité peuvent te sauver la vie. En plus, je te rappelle que nous pouvons emporter nos armes avec nous dans le monde des zombies, ce qui nous permet de les blesser suffisamment pour pouvoir les éliminer sans difficulté.

— Donc, tu m'apprendras à m'en servir.

— Oui. Sauf qu'à cause de tes blessures, tu te contenteras aujourd'hui de t'exercer à te projeter en esprit. Tu pourras aussi utiliser les tapis de course et le stand de tir. Quand tu seras complètement remise, nous commencerons tout le reste.

— D'accord.

— Tu es prête ?

— Oui, ai-je répondu sans hésiter.

— Très bien.

Il m'a détaillée des pieds à la tête, et je me suis fait l'impression d'être un insecte sous un microscope. Son regard n'épargnait aucun détail.

— Sors de ton corps.

Il m'a fallu quelques secondes pour réagir à ses paroles.

— Quoi, ici et maintenant, juste comme ça ? lui ai-je fait en accompagnant ma question d'un claquement de doigts.

J'ai jeté autour de moi un regard incertain. *En serai-je vraiment capable ?*

Cole a hoché froidement la tête.

— Ici et maintenant, juste comme ça.

Pendant un long moment je me suis acharnée à essayer. J'ai eu beau jurer et transpirer, rien n'y a fait : mon corps et mon esprit restaient indissolublement connectés.

— Tu l'as déjà fait, m'a rappelé Cole.

— Oui, mais sous la menace des zombies, ai-je reprécisé, à bout de souffle.

— Ah vraiment ? Alors je te propose ça : sors de ton corps ou je t'attrape et je te colle une fessée devant tout le monde.

— Essaie seulement ! ai-je articulé entre deux halètements.

Il a tendu le bras, mais j'ai bondi hors d'atteinte avec un cri effarouché.

— Cinq, a-t-il dit, une lueur glacée dans les yeux.

J'ai opté pour le défi :

— Quoi, tu comptes à rebours ? Tu te prends pour ma mère ?

— Quatre.

Oui, il comptait ! Parfait. Je me suis appliquée à reprendre ma respiration ; ma détermination grandissait.

— Trois.

J'ai fermé les yeux pour visualiser les zombies du cimetière, ceux qui s'étaient emparés de mon père. La détermination s'est alors transformée en un feu brûlant dans ma poitrine. *La Foi.* J'avais seulement besoin de foi. Je pouvais y parvenir. J'en étais capable.

— Deux.

J'allais réussir. Oui. Rien ne pouvait m'en empêcher.

Et, aussi facilement qu'on respire, je suis sortie de mon corps.

Un instant, j'ai transpiré ; l'instant d'après, un froid glacial m'avait envahie. Claquant des dents, j'ai regardé la grange autour de moi. Je distinguais la lueur des Lignes de Sang au sol et autour des fenêtres ; les gestes des tueurs de zombies près de moi semblaient ralentis, et je voyais nettement la sueur qui coulait de leurs tempes ; une lumière douce — de l'énergie ? — semblait émaner d'eux.

Et de Cole plus que d'aucun autre.

Les odeurs que je percevais jusque-là se sont faites plus fortes encore, à la limite du supportable.

— Reviens, a dit Cole d'une voix qui m'a paru étrangement aiguë.

A contrecœur, je me suis tournée vers lui… et me suis retrouvée nez à nez avec mon propre corps, figé sur place à son côté, une expression de concentration intense sur le visage.

— Comment puis-je…

— Tais-toi ! a crié Cole.

Cet ordre m'a piquée au vif.

— Toi, tais-toi ! ai-je répliqué.

Il avait bondi pour plaquer sa main sur ma bouche, mais il est passé *à travers* moi. C'était une sensation étrange, comme si je me retrouvais plongée dans un bain de miel chaud.

— Qu'y a-t-il ? ai-je demandé.

Livide, il a pointé le doigt vers son visage. J'ai vu ses mâchoires bouger et s'agiter comme s'il parlait... mais ses lèvres restaient scellées l'une à l'autre.

Tout m'est revenu en un instant. « Quelle que soit l'idée que je prononce dans le royaume des esprits, si je le désirais assez, elle se réaliserait. »

— Tu peux parler, tu peux parler ! me suis-je hâtée de dire.

Immédiatement, sa bouche s'est ouverte.

— Plus un mot ! a-t-il grondé.

L'air concentré, il a appliqué ses doigts contre les miens — du moins ceux de mon corps immobile près de lui. Il m'a fait signe de l'imiter, et j'ai obéi. A l'instant où j'entrais en contact avec mon enveloppe charnelle, j'ai repris ma place comme si j'avais été happée par un tourbillon.

— Désolée, me suis-je empressée de dire. Je suis confuse ; je croyais que je ne pouvais pas t'imposer quoi que ce soit qui s'oppose à ton libre arbitre.

Cole a soufflé.

— Je t'ai parlé des règles, mais je ne t'ai pas détaillé les exceptions. Parfois, quand tu formules un ordre particulier, et qu'il s'agit de te défendre, cet ordre est plus puissant que la liberté des autres. Aussi, il s'accomplit.

— Vraiment ? Pourtant, j'ai ordonné aux zombies de me laisser tranquille et ils n'ont pas écouté. Et, tu peux me croire, il s'agissait bien de me défendre !

— Je suppose que tu t'es adressée à tout le groupe en même temps, ce qui a affaibli l'impact de ta volonté. La force de ton ordre a été divisée par le nombre des zombies, et si chacun d'eux a sans doute senti le besoin de t'obéir, il n'était pas assez fort pour contrer leurs instincts.

J'ai acquiescé, songeuse. De toute évidence, j'avais encore beaucoup à apprendre.

— Et, maintenant, quitte de nouveau ton corps.

Pendant les trois quarts d'heure qui ont suivi, je ne suis parvenue à sortir de mon enveloppe charnelle qu'à quatre reprises. Mais c'était un début.

— Ça suffit pour aujourd'hui, a enfin déclaré Cole. Tu t'entraîneras à la séparation chez toi, dans une pièce fermée que tu ne devras pas quitter. Et en silence ! Tu dois apprendre à le faire sur commande.

— D'accord. Mais comment puis-je faire rayonner ma main, comme quand tu réduis les zombies en cendres ?

J'y étais parvenue une fois, sans savoir comment je pourrais rééditer cet exploit — et encore, si c'était possible.

Il a eu un haussement d'épaules.

— En combat, quand je sais que je peux porter un coup fatal, ça vient tout seul.

— Tu n'as même pas besoin d'y penser, alors ?

Incroyable !

— Plus maintenant. A présent, écoute-moi.

Sa voix s'est faite plus grave, presque menaçante. On n'avait pas envie de lui désobéir… Pas étonnant qu'il soit le leader du groupe.

— N'essaie *jamais* de t'entraîner à cela chez toi. Tu pourrais mettre le feu à la maison de tes grands-parents par accident. Pour l'instant, l'un de nous se chargera de brûler les zombies que tu immobiliseras. En revanche, si ta main s'allume d'elle-même pendant que tu te bats, n'essaie pas de l'arrêter. Laisse-toi aller. Nous saurons garder nos distances.

Sous-entendu : je risquais de blesser accidentellement ses amis. *Génial.*

— D'autre part, a-t-il continué, quand tu t'entraînes, ne laisse jamais ton corps dans un endroit où on pourrait te trouver. Au combat, il faut parfois s'arranger avec cette règle. Fais de ton mieux pour éviter cela, mais si cela se produit, tant pis. En revanche, ne parle *jamais* quand tu es sortie de ton corps. Tu peux occasionner de graves dégâts. Mieux vaut ne pas courir ce risque.

— Compris.

Néanmoins, ai-je songé, on pouvait sans doute s'entraîner à ne prononcer que des ordres efficaces. Inutile toutefois de mentionner cette pensée à Cole, dont les lèvres souffraient peut-être encore de mon ordre accidentel de silence.

— Frosty ! a-t-il appelé.

Frosty a compris ce que voulait Cole sans qu'il soit besoin de le lui dire : il a arrêté la machine où il courait et en est descendu prestement. Il a saisi une bouteille d'eau qu'il a vidée en quelques traits.

— A toi, m'a dit Cole.

Ah vraiment ? Ainsi, j'allais me retrouver à côté de la personne que je détestais le plus au monde : Mackenzie Love...

— As-tu emporté des vêtements de sport ? m'a demandé Cole.

Je me suis mordu les lèvres en pensant à ma tenue jean-chemisier. Il ne faudrait que quelques minutes avant qu'ils soient trempés de sueur. De quoi aurais-je l'air, à côté de ma rivale ?

— Non, désolée.

Cole a eu l'air de jubiler intérieurement.

— Pas de souci. Je t'ai acheté quelque chose. Les vestiaires sont par là. J'ai disposé tout ce dont tu as besoin dans ton casier.

J'ai un casier ?

Le vestiaire ressemblait à tous les vestiaires de tous les établissements scolaires du pays. Mon casier, avec sa porte rouge, se trouvait juste à côté de celui de Cole. A l'intérieur, j'ai découvert une brassière de sport bleue et le short le plus court et le plus moulant que j'aie jamais vu, ainsi que des chaussettes et une paire de chaussures de sport.

Le feu aux joues, j'ai entrepris de me changer. Au moins, il ne m'avait pas acheté de sous-vêtements...

Lorsque je suis retournée dans la salle, je me sentais nue comme un ver. On pouvait voir mon ventre et mes jambes. Cole, qui m'attendait près du distributeur d'eau, m'a détaillée des pieds à la tête avant de pousser un sifflement admiratif. De nouveau, je me suis sentie comme un insecte sous le microscope — sauf qu'à présent l'insecte en question se trouvait en string et porte-jarretelles (enfin, façon de parler, bien sûr)...

— Super !

La jubilation dans sa voix se doublait à présent d'un intérêt évident.

— Je n'aime pas ta façon de jouer à la poupée, ai-je grommelé en m'efforçant de faire descendre mon short sur mes cuisses.

Il a pouffé de rire.

— Moi si ! Mais si ça peut t'aider à te sentir mieux, je peux me déshabiller aussi.

— Pas la peine.

Parce que j'allais à coup sûr me retrouver à bredouiller des paroles incohérentes en bavant.

Il a eu un sourire coquin, comme s'il avait lu dans mes pensées.

— Allez, au travail ! a-t-il lancé avant de m'entraîner vers le tapis de course.

Mackenzie a pris soin de ne pas regarder dans ma direction, mais elle s'est raidie visiblement et a failli en perdre son rythme. J'ai discrètement vérifié le chronomètre sur sa machine. Cela faisait une heure et demie qu'elle courait, tout de même… J'ai également espionné le rythme et l'inclinaison de son tapis — et réglé le mien sur des valeurs supérieures. Cependant, je n'ai pas pressé immédiatement le bouton de départ, car je préférais que Cole s'éloigne (juste au cas où je me ridiculiserais, vous voyez…).

Mais, bien entendu, il s'est attardé encore un peu.

— Ignorez-vous, a-t-il ordonné sèchement.

Mackenzie a ricané.

— Oui, papa.

Il a froncé les sourcils mais ne m'a pas quittée des yeux.

— Fais doucement. Ne dépasse pas tes limites.

J'ai ouvert la bouche pour répondre, mais Mackenzie a été plus rapide.

— Vous êtes vraiment pathétiques, tous les deux. Vous devriez voir vos têtes !

— Faut-il que nous allions en parler dehors toi et moi, Kenz ?

Merveilleux ! Il avait un surnom pour elle…

— Non, a-t-elle répondu sur un ton acerbe.

— Parfait.

— Parce que, a-t-elle ajouté, je préfère me jeter en pâture aux zombies que d'entendre de nouveau ton sermon sur « la nouvelle fille avec qui on doit se montrer gentils ».

— Tu n'auras pas besoin de te jeter en pâture aux zombies. Je le ferai moi-même.

Là-dessus, il nous a enfin laissées seules.

Au boulot, Bell.

Je me suis mise à courir à mon tour. Pendant dix minutes, Mackenzie et moi avons obéi à l'ordre de Cole. J'ignore pourquoi elle restait silencieuse, mais pour ma part je ne pouvais pas quitter Cole des yeux. Au bout de la salle, il a ôté son débardeur et troqué son jean pour un short moulant dont la taille très basse révélait une mince ligne de poils noirs qui descendaient de son nombril. Dans cette tenue, il a rejoint Lucas sur un banc d'haltérophilie.

Ses muscles ont sailli quand il a empoigné la barre, l'a descendue sur sa poitrine et s'est mis à la soulever. Sa peau s'est très vite couverte de sueur, un filet liquide qui coulait le long de son torse rejoignait le trait des poils et se perdait vers, euh… son short.

— J'espère que tu profites bien de son intérêt pour toi, m'a fait Mackenzie.

De toute évidence, le temps des bonnes manières était révolu. Sa queue-de-cheval bougeait au rythme de sa course.

— Parce que ça ne durera pas, a-t-elle conclu.

Je n'étais même pas certaine d'intéresser Cole — pas au sens où elle l'entendait, en tout cas.

J'ai répliqué.

— Ce n'est pas parce que tu n'as pas été fichue de le garder que c'est impossible pour les autres.

Plutôt bravache pour une fille qui n'était même pas vraiment sortie avec lui…

— C'est ce que tu entendais par « petite conversation », l'autre fois ? m'a-t-elle demandé en s'essuyant le front du revers de la main. Je suis déçue. Je m'attendais à un ou deux coups de poing au minimum. Mais j'aurais dû me douter que tu n'étais qu'une poule mouillée.

— Oh ! mais ne t'inquiète pas. J'en viendrai aux poings, promis.

Déjà, les cuisses me brûlaient et la sueur recouvrait mon front et ma poitrine. Allais-je pour autant me permettre de ralentir ? Oh que non !

— Alors, ai-je repris, pourquoi as-tu fait courir cette rumeur ?

— Ce n'est pas moi.

— Je t'en prie. Contrairement à nos amis, je ne deviens pas stupide dès que j'aperçois un joli minois.

— Tu me trouves mignonne, c'est ça ? Je suis sûre que tu rêves même de moi…

Autant j'adorais le narcissisme de Kat, autant celui de Mackenzie me donnait furieusement envie de la taper.

— Quand j'en aurai fini avec toi, tu auras de la chance s'il te reste des dents.

— Trop originale, la menace ! Et si tu réfléchissais avant de parler ? Je n'ai jamais caché que je ne t'aimais pas, et que j'aimerais que tu dégages. Tout de suite, même. Mais répandre des rumeurs sur ta vie sexuelle ? Tu plaisantes ? Je n'ai plus douze ans.

Elle n'avait pas haleté une seule fois au cours de son petit laïus. Quelle chienne !

— Qui d'autre, alors ?

— Ça me fait plaisir de te le dire, mon chou : ça pourrait être bien des gens. Il y a pas mal de filles à Asher qui aimeraient flirter un peu avec ma petite bande de voyous — et pas mal de filles qui ont pris des vestes. Comme ça n'a pas été ton cas, tu as peut-être fait des envieuses.

— Oui, sauf que ton joli raisonnement présente un petit défaut : personne ne parle dans le dos de Kat, et pourtant elle est sortie avec Frosty.

— Elle est même tombée amoureuse de moi ! s'est écrié celui-ci depuis le coin du ring de boxe, pas gêné de montrer qu'il nous écoutait. Et je croyais t'avoir dit que ses copines l'avaient mise à l'écart un bon moment à cause de ça. Sans compter que les rumeurs disent que je suis trop bien, comme type.

J'ai serré les poings.

— Tu ne vois pas comme une constante dans tout ça ? ai-je grondé un ton plus bas pour être certaine qu'elle seule pouvait m'entendre. Quand une fille sort avec un de *tes* voyous, comme tu dis, les rumeurs se répandent comme par magie.

— D'abord, n'écoute pas Frosty. Les copines de Kat l'ont peut-être laissée tomber, mais personne n'a raconté des trucs sur elle. Tout le monde s'en fichait. Ensuite, je le répète : Ce. N'est. Pas. Moi.

Les entraînements avec mon père m'avaient appris une chose : les émotions nous poussent à l'imprudence, et l'imprudence pousse à l'erreur. Pas seulement d'un point de vue physique, mais également dans la conversation. A cet instant, Mackenzie était à la limite de piquer une crise. Si je parvenais à la pousser un peu plus dans ses retranchements, elle finirait peut-être par laisser échapper un aveu — car, j'en étais certaine, la rumeur provenait bien d'elle. Peut-être même finirait-elle par s'en vanter, arrogante comme elle l'était.

J'ai donc décidé d'aller plus loin et de me lâcher :

— Et toi, tu ne te demandes jamais ce que les garçons racontent sur toi ? Tu vis avec ceux avec qui je suis censée avoir couché, je te rappelle. Tu t'en prends à quiconque s'approche d'eux. Ça sent un peu la jalousie, non ? Bien sûr que oui. Une jalousie maladive, même. Laisse-moi deviner : tu es encore amoureuse de Cole. Je parie même que tu…

Avec un cri strident, elle a bondi de son tapis pour se jeter sur le mien. Nous sommes tombées ensemble, elle sur moi. Le contact brutal avec le sol de ciment m'a coupé le souffle brutalement, ma tête a heurté le sol et j'ai vu trente-six chandelles.

J'ai honte de l'avouer, mais ma première pensée a été : *Au moins, je n'ai plus à courir sur ce maudit tapis !*

A califourchon sur moi, elle m'a décoché un coup de poing en plein visage, qui a fait naître une nouvelle bouffée de petits points lumineux. J'ai eu l'impression que mon cerveau venait de cogner contre mon crâne.

Je ne me suis pas laissé le temps de m'apitoyer ; mon propre poing est parti et a rencontré sa bouche, faisant éclater sa lèvre encore blessée. Sa tête est partie en arrière, et le sang a jailli en arc de cercle. J'en ai profité pour la saisir par sa queue-de-cheval, la renverser et me jucher à mon tour sur elle. Pif, paf, deux directs rapides et violents.

Le sang de nouveau, cette fois coulant de son menton. Elle a tenté de me frapper à son tour, mais elle était allongée et ses cheveux l'empêchaient de bien viser : elle m'a ratée.

Les mots de Justin me sont revenus à l'esprit : une fois au sol, elle ne savait plus se battre. J'aurais pu l'achever ici et maintenant. Mais cela signifiait que je n'obtiendrais pas mes réponses. Levant les mains, j'ai proposé :

— Nous n'avons pas à faire ça. Avoue seulement…

Avec un cri, elle s'est redressée d'une ruade et m'a décoché un coup de poing dans le ventre qui m'a envoyée rouler sur le sol.

Je me suis relevée, cherchant mon souffle.

— Je vais te…

Des bras musclés — chauds, puissants, familiers — m'ont ceinturée, et je me suis retrouvée plaquée contre un corps dur comme le roc.

— Ça suffit ! a crié Cole d'une voix autoritaire, et je me suis recroquevillée, plutôt penaude.

Bronx et Frosty avaient saisi Mackenzie, qui se débattait comme un beau diable pour revenir à la charge. Elle a craché :

— Tu crois que j'ignore ce qu'on raconte sur moi ? Tu crois que j'infligerais ça à mon pire ennemi ?

Etrangement, c'est à cet instant que j'ai commencé à me poser des questions. De toute évidence, elle était blessée au plus profond d'elle-même. Oui, elle avait souffert des ragots, et elle en souffrait encore.

Je me suis effondrée contre Cole.

— Je suis désolée, ai-je murmuré. Pour ce que j'ai dit. Je te demande pardon.

— Je m'en fiche.

Les garçons l'ont laissée partir, et elle est sortie de la grange d'un pas rageur, claquant la porte derrière elle.

Le poids de la honte est soudain tombé sur mes épaules. Comment avais-je pu être aussi aveugle ?

Mais bon, j'avais ma réponse, n'est-ce pas ? Je l'avais accusée de ma propre jalousie. C'était l'ex de Cole, et elle vivait avec lui. J'ignorais s'il éprouvait encore des sentiments pour elle, et cela me mettait dans tous mes états. J'avais perdu les pédales.

— Il faut nettoyer ça, a dit Cole.

Il m'a saisie par la main pour m'entraîner dans les vestiaires, où il m'a soulevée et assise près du lavabo, puis il a disparu quelques instants avant de revenir muni d'une trousse de premiers secours.

Super ! Les points de suture de mon bras s'étaient déchirés, et le sang m'inondait la main. A présent, la blessure me lançait, sans compter que je ressentais une vive douleur sur mes rondeurs — je veux parler de mes *joues*.

— Tu as essayé de me le dire… J'aurais dû t'écouter.

Des larmes amères brouillaient ma vision, et j'ai baissé la tête pour qu'il ne le remarque pas. J'ai essuyé ces larmes d'un revers de la main — et me suis retrouvée nez à nez avec un piercing sur son téton.

Bonjour monsieur! Comment n'avais-je pas remarqué ça plus tôt ?

— C'est vrai, tu aurais dû m'écouter.

Avec des ciseaux, il a défait les vieux points de suture, et a nettoyé la plaie avant d'y passer une sorte d'anesthésique local ; puis il a entrepris de suturer de nouveau la blessure. Malgré sa pommade, j'avais l'impression qu'une centaine d'abeilles jouaient à « Dis-moi si ça pique » sur mon bras ; pourtant, je me suis contentée de me mordre les lèvres et de souffrir en silence.

— On dirait que tu as l'habitude de faire ça, ai-je remarqué.

Ses mains ne tremblaient pas, et il maniait parfaitement l'aiguille.

— Oui, m'a-t-il répondu. Même sur moi. C'est le cas pour nous tous.

Quand il a terminé, il a enveloppé mon avant-bras d'une gaze. Et après ça… il a posé les mains à plat sur mes hanches, s'est collé contre moi et s'est penché en avant, son regard rivé au mien.

— Est-ce que tu vas bien ? Vraiment bien ?

— Oui.

— Parfait.

Alors, il m'a embrassée.

Et ça a été comme la première fois. J'ai perdu toute notion de ce qui nous entourait pour ne me consacrer qu'à Cole. A sa bouche scellée à ma bouche. A sa langue qui jouait avec ma langue. A son goût, si doux, si excitant, comme des fraises avec du chocolat. A son odeur, sombre et épicée. A son corps, chaud et puissant contre le mien ; à ses bras qui m'enlaçaient.

Il ne m'est pas venu à l'esprit de lui résister. Mes bras blessés se serraient autour de lui comme pour l'amener encore plus près. Mes jambes même le retenaient, nouées autour de sa taille, pour qu'il ne bouge pas.

Ainsi donc, je l'intéressais bel et bien « de cette façon ».

Il avait passé sa main dans mes cheveux, inclinant ma tête pour que notre baiser devienne plus profond encore.

— J'adore ton goût.

— Tais-toi. Embrasse-moi.

Il y avait dans nos paroles quelque chose de terriblement familier, mais sur le moment je n'aurais su dire pourquoi. Je m'en fichais. Avec lui, seul comptait l'instant. Il était torse nu, et oh… comme je sentais la souplesse de chacun de ses muscles, le rugueux de ses cicatrices, et même le froid du métal de son piercing…

— Tu veux que j'arrête ?

— Non. Oui. Je…

Son étreinte s'est faite plus pressante, et…

— Ah, bravo ! a lancé une voix irritée derrière nous. Je ne m'attendais pas à ça !

Cole m'a lâchée pour se retourner brusquement vers l'intrus, prêt à me faire rempart de son corps.

Son père se tenait sur le seuil, grand et menaçant.

— J'ai entendu parler d'un combat de coqs. Ou de poules, plutôt, a dit M. Holland.

Etait-ce de l'amusement que je détectais dans sa voix ?

Que quelqu'un m'achève, et maintenant !

— Personne n'est blessé, a fait Cole, conciliant.

M. Holland s'est appuyé contre le chambranle.

— C'est ce que je vois.

Sérieusement : tuez-moi !

Cole s'est raclé la gorge, gêné, avant d'annoncer :

— On s'apprêtait à partir, de toute façon.

M. Holland s'est écarté pour nous laisser le passage.

— Alors, je ne vous retiens pas. Allez-y.

Je suis descendue tant bien que mal de mon perchoir et j'ai décampé sans demander mon reste — et sans regarder en arrière.

Une des grandes différences entre vivre chez un père qui contrôle tout et vivre chez des grands-parents naïfs est l'heure du coucher. Papa ne dormait pour ainsi dire jamais, tandis que papi et mamie étaient toujours au lit dès 9 heures, « comme les poules », suivant leur propre expression. Ce qui m'a épargné d'avoir à les droguer de nouveau pour rentrer chez moi, comme le redoutait Cole.

A 9 h 15, celui-ci a pénétré dans le jardin. Cole, avec qui

j'avais échangé un baiser torride. Cole qui avait refusé d'en parler ensuite. Oh ! d'accord : c'était *moi* qui avais refusé.

Cole, qui me rendait folle.

A 9 h 30, j'étais dehors, à son côté. Une odeur de putréfaction flottait dans l'air.

Emma m'avait prévenue : les zombies étaient de sortie.

Ma nervosité se teintait d'une part d'excitation. J'avais passé plusieurs heures à pratiquer la sortie de mon corps, et je commençais à prendre le coup. Cette nuit, je ne serais pas une adversaire facile.

— Ce soir, nous avons besoin de tout le monde. Je suis désolé, mais je ne peux pas laisser de sentinelle ici. En revanche, j'ai piégé les alentours de la maison, et personne ne passera, tu peux me croire.

Cole m'a saisie par la main et, sans prévenir, il s'est mis à courir, m'obligeant à le suivre sous peine de tomber.

— Mets tes pas dans les miens.

— Je croyais que nous resterions ici pour les combattre ! suis-je parvenue à m'exclamer.

La lune était pleine, un disque doré entouré de ténèbres. Il y avait quelques nuages, et aucune étoile en vue.

— Frosty a déjà repéré un premier groupe ; il les a pris en filature. Ils se dirigeaient effectivement vers ta maison, mais nous voulons voir s'ils te suivent.

J'aurais bien aimé le savoir moi-même.

— Et si ce n'est pas le cas ?

— On me préviendra, et nous reviendrons sur nos pas.

Nous avons quitté l'allée bordée d'arbres pour nous retrouver sur le trottoir où nous attendait sa Jeep. Bronx était au volant, les cheveux recouverts par un bandana noir identique au mien. Cole m'a jetée dans la voiture plus qu'il ne m'a aidée à monter dedans, avant de se glisser à mon côté. Nous avons démarré dans un léger crissement de pneus.

Tout cela me rappelait un peu trop la nuit où toute ma famille avait trouvé la mort. C'était ainsi que mon père m'avait poussée dans son monospace, ainsi que j'avais dû boucler en hâte ma ceinture. *Je resterai calme*. Ce soir, tout était différent. Et tout finirait différemment aussi. Malgré l'obscurité, je suis parvenue à distinguer dans le véhicule tout un arsenal de pistolets, d'arbalètes et d'épées.

Cette nuit, ce serait les *zombies* qui mourraient, pas nous.

— Tu es armée ? m'a demandé Cole.

— Oui.

Avant mon retour chez mes grands-parents, il m'avait donné un couteau à cran d'arrêt et une sorte de dague à double tranchant. Demain, j'apprendrais à me servir d'une épée courte et d'une arbalète. Comme il me tardait ! Jusque-là, je devrais me contenter des armes que je savais utiliser.

La Jeep a pris un virage sur les chapeaux de roue et j'ai manqué tomber de mon siège.

— Fais attention, m'a avertie Cole.

Bronx se montrait aussi bavard que d'habitude — c'est-à-dire muet comme une tombe. C'est au même train d'enfer que nous avons traversé les faubourgs, jusqu'à ce que la Jeep s'arrête brutalement. Cole a sauté à terre et, deux épées à la main, m'a entraînée à sa suite.

Nous avons gravi une petite colline puis, après avoir traversé un bosquet, nous avons débouché sur une clairière. Bronx ne me quittait pas d'une semelle.

— Que veux-tu que je fasse ?

Je n'apercevais nulle part le reste de la troupe, mais je me doutais qu'ils étaient dans les parages, aux aguets. En effet, je pouvais sentir dans l'air le parfum floral du shampooing de Mackenzie, la senteur musquée de l'eau de toilette de Haun, ainsi que presque toutes les odeurs que j'avais remarquées dans la salle d'entraînement.

Des nuages sombres ont masqué la lune, faisant naître des ombres profondes et une lumière presque rouge. C'était le camouflage idéal pour nous. Nous étions vêtus en noir de pied en cap, et nous avions peint des traits sombres sous nos yeux. J'ignorais pourquoi Cole m'avait demandé d'utiliser ce maquillage, mais comme Bronx et lui arboraient le même genre de peintures de guerre, je n'avais pas protesté.

— Ce soir, contente-toi de me regarder pour apprendre.

Cole a déposé ses armes au sol et m'a entraînée vers un arbre avant de se pencher en avant.

— Grimpe, a-t-il ordonné.

Il m'a fait la courte-échelle pour que je me saisisse d'une branche basse sur laquelle je me suis juchée à califourchon. Puis j'ai dégainé mes deux couteaux.

— Laisse-moi vous aider, ai-je insisté. Il doit y avoir quelque chose que je peux faire.

Resté au sol, il m'a fusillée de ses yeux violets.

— Nous sommes en arrière-garde ce soir, et nous ne devrions pas rencontrer trop d'ennemis. Peut-être même aucun, a-t-il ajouté. Tu resteras sur ton perchoir sauf en cas d'absolue nécessité. Tu es encore en convalescence, et je dois pouvoir m'occuper seul des éventuels traînards qui arriveraient jusqu'à nous.

— Mais…

— Le fait que tu utilises des couteaux, m'a-t-il interrompue, t'oblige à aller au corps-à-corps pour immobiliser un zombie. Tu risques de rouvrir tes blessures. Si c'est le cas, tu seras trop faible pour te défendre, et ils t'achèveront sur place.

D'accord. Donc, fondamentalement, j'étais là pour servir d'appât.

— Pourquoi m'avoir donné des armes si tu voulais que je me tienne à l'écart ?

La tentation d'agir serait forte.

— Nous devons toujours nous montrer prêts à tout.

J'ai soupiré. Je n'appréciais pas son raisonnement, mais je le comprenais.

— Je n'aime pas te jeter ainsi dans la gueule du loup, sans t'avoir entraînée davantage ni testée sur un parcours du combattant. Mais nous devons savoir si c'est bien après toi qu'en ont les zombies — et il n'existe pas de moyen plus rapide pour s'en assurer.

Un hurlement a déchiré la nuit, et mon courage a fondu à vue d'œil. Ce n'était pas le cri d'un loup, mais celui d'un homme. Cole s'est accroupi au pied de l'arbre où je me trouvais et a saisi ses armes.

— En général, nous laissons nos corps dans une de nos maisons, afin que personne ne puisse les attaquer quand ils sont sans défense.

Tout en parlant, il a dégainé l'arbalète miniature et le pistolet qu'il rangeait dans ses étuis de cheville.

— Comme Bronx et moi devions te conduire ici, nous n'avons

pas pu le faire. Nous laisserons donc nos enveloppes charnelles sous cet arbre, avec toi. Ne t'inquiète pas si les zombies arrivent : ils ne s'en prendront pas à nos corps. Surveille seulement qu'il n'y ait pas d'humains dans les parages et, s'il en arrive, éloigne-les en leur faisant peur.

— Très bien, ai-je répondu d'une voix tremblante.

— T'ai-je dit que les zombies ne ressentaient aucune douleur ? a-t-il continué d'un ton docte. Donc, si jamais tu es obligée de te battre, ne cherche pas à leur faire mal. Ça ne servirait à rien. Quand tu les frappes, ils crient, mais c'est seulement parce qu'ils sont furieux de ne pas pouvoir continuer. Donc, ton seul objectif est de les immobiliser.

— D'accord.

Pour le meilleur ou pour le pire, j'étais fermement décidée à suivre ses instructions.

Un nouveau hurlement. Puis un cri. Des grognements. Les bruits provenaient de partout. S'agissait-il des zombies ou des amis de Cole ? Je l'ignorais. Très vite, j'ai entendu des bruits de feuilles mortes et des pas.

— C'est officiel, ils te suivent, a dit Cole. Bronx ?

Bronx a hoché la tête.

Tous deux ont chaussé les lunettes noires qu'ils portaient sur le front. Cole m'en a envoyé une paire, mais elles m'ont échappé des mains. Bravo !

— Maintenant ! a dit Cole.

Les deux garçons ont quitté leur corps de concert.

Quelqu'un avait dû appuyer sur un interrupteur, car des projecteurs ont soudain illuminé la clairière d'une lumière puissante qui m'a presque aveuglée, chassant toutes les ombres. J'ai fait de mon mieux pour me protéger les yeux, qui larmoyaient déjà.

Pour le coup, j'ai compris l'utilité des lunettes de soleil et des traits noirs sur les pommettes. Le noir absorbait la lumière et renvoyait la lueur trop vive, permettant ainsi de conserver une vision optimale. Très intelligent.

Ça a été ma dernière pensée rationnelle.

A travers un fourré épais, Frosty a fait irruption dans la clairière, avec lui aussi les peintures de combat sous les yeux. Il ne portait pas de lunettes noires, cependant. Il a plongé au sol pour effectuer un roulé-boulé.

— Maintenant ! a-t-il crié.

Quand il s'est relevé, deux pistolets avaient fleuri dans ses mains, et il les pointait en avant.

Bonne idée ! Les zombies étaient là, eux aussi — pas quelques retardataires, mais une véritable horde.

Détonations. Sifflement des lames. Coups sourds des poings sur les corps. Cole et Frosty ont pressé la détente au même moment, faisant voler carreaux et balles dans l'air de la clairière. Plusieurs zombies ont roulé au sol avec des grognements. L'odeur de putréfaction était si puissante que j'ai manqué vomir.

Mais, déjà, d'autres zombies franchissaient les buissons et se précipitaient vers mes amis. Certains d'entre eux ont trébuché sur les corps des premiers blessés, tandis que d'autres parvenaient à avancer. Mais, au moment où la lumière les frappait, tous levaient les bras pour se protéger. Je ne les avais jamais vus en pleine lumière. Certes, comme en témoignait la puanteur, il s'agissait de corps en décomposition, avec leurs vêtements sales, leurs traits qui s'affaissaient et leurs joues pendantes, mais en cet instant précis ils avaient aussi quelque chose d'étrangement… beau.

Leur peau avait un aspect glacé, et brillait d'éclats qui évoquaient l'onyx et le saphir. Leurs yeux, noirs dans l'obscurité, présentaient à la lumière l'aspect de rubis scintillants et hypnotiques.

Quand ils ont compris qu'ils ne pouvaient atteindre les garçons sans s'exposer davantage à la lumière, les zombies qui n'avaient pas été blessés par les tirs de Cole et Frosty ont fait mine de retourner sous le couvert des arbres. C'était une victoire… jusqu'à ce qu'un coup de vent, venu de derrière moi, ne porte mon odeur jusqu'à eux. Les zombies se sont immobilisés pour renifler l'air autour d'eux… et des dizaines d'yeux couleur rubis ont convergé vers moi. Envolée, leur crainte de la lumière !

Ils se sont mis en marche dans ma direction.

Entre les coups de feu, j'ai entendu Frosty lancer à Cole :

— Un essaim ! Il en arrive de partout.

Frosty, Cole et Bronx se tenaient dos à dos en triangle, pour couvrir l'ensemble de la clairière de leur feu. Les balles volaient dans toutes les directions.

Dans un mouvement fluide, Cole a laissé tomber un chargeur vide et en a inséré un nouveau qu'il portait à sa ceinture.

Les trois garçons visaient les cous des zombies, cherchant à sectionner la colonne vertébrale.

Ils ont fait tant et si bien que des piles de corps ont commencé à se former au sol. Pourtant, cela n'a pas paru diminuer le nombre des assaillants. Pour chaque zombie qui tombait, deux autres prenaient sa place. Il en arrivait encore et toujours. Quand Cole a épuisé tous ses carreaux et un deuxième chargeur, il a laissé tomber ses armes de tir pour dégainer ses deux épées et s'est mis à tailler dans la masse des ennemis. Des têtes ont roulé au sol, des corps se sont effondrés — mais, comme avant, aucune de ces créatures ne *mourait*.

Cole se déplaçait avec une souplesse féline, alternant les moulinets de lame pour les adversaires qui se trouvaient face à lui, et les esquives et les ruades pour les assaillants qui s'approchaient par-derrière et sur les côtés.

Soudain, des bruits de course.

— On arrive ! a crié quelqu'un.

Frosty et Bronx ont suspendu le tir un instant, le temps que Trina et Cruz les rejoignent dans la lumière à travers un véritable mur de zombies. Leurs mains étaient incandescentes, et ils se sont jetés sur les corps au sol pour réduire en cendres un zombie après l'autre.

D'autres cris. Mackenzie, Derek et Haun ont débarqué à leur tour, suivis de Lucas et Collins. J'ai remarqué que leur bracelet électronique ne les gênait guère dans leur forme spirituelle. Nulle part je n'ai vu trace de Brent.

Tous les garçons étaient en sueur, le visage rougi par les efforts et la fatigue ; certains saignaient. Et moi, j'étais là, plantée sur mon arbre, passive et inactive tandis qu'ils risquaient leur vie.

Rester ici ? Et puis zut.

Comme je l'avais craint, la tentation est devenue trop forte.

Une nouvelle horde de zombies avait suivi les nouveaux arrivants, et bientôt les nôtres se sont retrouvés proprement encerclés. Malgré tout, ils ne cessaient de tirer et de se battre, quand ils ne cherchaient pas à appliquer leurs mains flamboyantes sur la poitrine des zombies blessés. La plupart des assaillants poussaient des feulements aigus quand la lumière des projecteurs les atteignait ; leur peau bleuâtre devenait de plus en plus sombre, et peu à peu une sorte de vapeur noire s'est formée autour d'eux avant de s'élever. Pourtant, ils semblaient n'en avoir cure. Peut-être parce que, comme l'avait dit Cole, ils ne ressentaient pas la douleur. Autre chose : les zombies semblaient travailler en groupes organisés, cherchant à isoler un adversaire pour mieux l'assaillir.

Un nouveau hurlement s'est élevé. Mackenzie a reculé avec force pour arracher son bras des crocs d'un zombie. Au lieu des marques de dents, je distinguais des bulles noirâtres qui se formaient sous sa peau — le mal venait d'être injecté directement dans ses veines.

Elle a continué à combattre, mais ses mouvements ont ralenti… ralenti encore… pour perdre toute leur vivacité. Un nouveau zombie est parvenu à mordre son bras blessé, et le liquide noirâtre a paru se répandre plus loin encore dans son corps. Son dernier cri s'est achevé en un râle terrifié, puis ça a été le silence. Tout un groupe de zombies s'est précipité sur elle, et je les ai vus disparaître dans son corps, puis revenir à la surface pour replonger de nouveau. Aucun des tueurs de zombies n'avait remarqué la scène : ils avaient trop à faire en se défendant eux-mêmes.

J'ai pris une profonde inspiration, j'ai retenu mon souffle… encore un peu… *Je peux le faire. Je* vais *le faire…* puis j'ai expiré avec force, au moment même où je sortais de mon corps. Dans ma situation, avec l'adrénaline qui courait dans mes veines, ça a été encore plus simple qu'à l'entraînement.

Je me suis laissée tomber sur le sol et me suis accroupie avant de bondir en avant, un couteau dans chaque main.

Des lueurs autour de moi. Mes amis. Les Lignes de Sang. Des dangers à éviter. Immédiatement, je suis passée à l'action, me dirigeant vers le groupe qui entourait Mackenzie.

J'ai taillé dans le vif, frappant un zombie à la nuque — il s'est effondré à mon côté — un autre dans l'estomac, et ainsi de suite, pivotant sans cesse sur moi-même. Du coin de l'œil, je distinguais le corps de Mackenzie, à présent couvert de taches noirâtres et agité de soubresauts ; ses mains ne brillaient plus, elles étaient crispées comme des serres par la douleur. Au moins, les zombies qui l'entouraient semblaient avoir oublié le festin à leurs pieds pour tourner toute leur attention sur moi.

L'un d'eux, bien qu'effondré au sol, est parvenu à m'agripper une cheville et à me faire tomber. Immédiatement, j'ai planté ma lame dans ses yeux, une fois, deux fois, pour l'aveugler définitivement. Puis, prenant appui sur mes mains, je me suis relevée en un saut presque parfait pour balancer mon pied dans la tête du zombie que j'avais entendu se glisser derrière moi. Mes muscles endoloris par l'exercice de la journée ont protesté, mais mon coup a touché son but, et le monstre a roulé au sol.

— Les zombies ne gagneront pas ce soir, ai-je dit entre mes dents en voyant une multitude de nouveaux assaillants se diriger vers moi.

C'était une déclaration de guerre… et je priais pour y croire vraiment.

J'ai repris mon équilibre au moment même où les premiers plongeaient sur moi ; ma lame s'est fichée dans une gorge, puis dans une autre. Soudain, j'ai senti quelque chose de dur contre mon dos. Mais je n'ai pas paniqué : j'avais reconnu le parfum de santal familier de Cole.

— Tu t'en tires très bien.

Il me tournait le dos et se battait derrière moi pour couvrir mes angles morts.

Une bouffée de vent chaud m'a enveloppée, me redonnant un brusque élan de courage et d'énergie. Cole était sincère, et je croyais à ce qu'il disait. Il avait raison : je m'en tirais très bien. Et j'allais faire encore mieux.

— Toi aussi.

J'ai continué mes moulinets, en haut et en bas, des deux bras à la fois.

— Continue comme ça. Reste calme.

De plus en plus vite… les zombies tentaient de me saisir pour m'arrêter, mais j'étais trop rapide pour eux. Je frappais, frappais sans cesse, tailladant dans des épaules, des bras, des mains, des torses, des ventres, des cuisses — et des corps secoués de spasmes ont commencé à s'empiler à mes pieds.

Bronx est intervenu à ce moment-là, les deux mains incandescentes, pour leur donner le coup de grâce.

Cole et moi avons continué le combat, mais jamais mes mains n'ont voulu s'allumer. Pied à pied, nous sommes parvenus à l'endroit où gisait Mackenzie, et nous l'avons débarrassée des zombies qui l'assaillaient avant de voler au secours de Frosty, puis de Collins. J'ai été mordue à plusieurs reprises ; c'étaient des morsures légères — rien d'aussi grave que la fois précédente —, mais elles m'ont brûlée suffisamment pour ralentir un peu mes mouvements. Chaque fois, pourtant, le monstre qui m'avait mordue a reculé avec sur le visage une expression terrifiée. Craignaient-ils donc tant les coups infligés par mes lames ?

Enfin, le combat s'est terminé ; tous les zombies gisaient au sol. J'étais exténuée. Soudain, ça a été comme si une chaîne invisible m'entraînait vers le haut, encore et encore. Incapable de résister, je me suis bientôt retrouvée sur la branche d'arbre où se trouvait mon corps. Jusqu'ici, j'avais toujours eu besoin de toucher mon enveloppe corporelle pour la réintégrer ; c'était la première fois que je ressentais cet appel irrésistible.

J'ai inspiré un grand coup, et le monde a repris sa place autour de moi.

Même dans la réalité physique, j'étais exténuée, et je suis tombée plus que je ne suis descendue de la branche sur laquelle je me tenais. Je me suis effondrée sur le sol et j'ai roulé sur moi-même, perdant au passage mes deux couteaux. Mon bras s'est mis à me brûler, et j'ai su sans avoir besoin de regarder que je venais de rouvrir ma blessure.

Autour de moi gisaient des zombies, plus que je n'en pouvais compter. Ils me faisaient penser à des insectes collés sur du papier tue-mouches oublié depuis des semaines.

— Frosty, emmène Mackenzie chez Ankh, a ordonné Cole.

Sa forme spirituelle s'est dirigée vers son corps toujours immobile au pied de l'arbre ; il a tendu la main et les deux ont fusionné immédiatement.

— Je m'en occupe, a répondu Frosty.

Soulevant le corps de Mackenzie dans ses bras, il s'est éloigné.

— Trina, Haun ! Mettez-vous à la recherche de Brent.

— C'est parti, a fait Trina.

— Les autres, détruisez les zombies qui restent.

— Ce ne sera pas la peine, a lancé une voix depuis le couvert des arbres.

Quelqu'un a éteint les projecteurs, et la forêt s'est retrouvée soudain plongée dans l'obscurité. Des taches de lumière ont dansé encore pendant de longues secondes devant mes yeux. J'ai entendu des pas, nombreux, et des bruits que je ne suis pas parvenue à identifier… puis j'ai distingué tout un groupe de nouveaux arrivants — *en tenue antiradiations.*

— C'est *nous* qui prendrons les zombies, a annoncé la même voix.

Cole a fait mine de se jeter sur lui, mais ses bras n'ont fait que traverser le corps. De toute évidence, l'homme en combinaison était sous sa forme spirituelle.

— Espèce de lâche ! J'aurais dû me douter que vous vous pointeriez !

Ainsi, ils avaient dû regarder la bataille depuis la forêt. Pas un instant ils n'étaient venus à notre aide ; ils s'étaient contentés d'attendre le bon moment pour frapper. Et quel meilleur moment que celui-ci, alors que Cole et moi avions réintégré nos corps et nous trouvions trop faibles pour nous battre ?

— Partez ! a lancé Cole au reste de sa bande.

Tous ont décampé, à l'exception de Bronx. Dans la mesure où ils se trouvaient encore sous leur forme d'esprits, les Antirads pouvaient les blesser. En temps normal, j'en étais certaine, cela n'aurait pas posé problème, car Cole et les autres étaient bien plus forts qu'eux. En cet instant, pourtant, nous étions tous vulnérables.

L'un des Antirads a traversé la clairière pour venir se pencher sur moi. Au niveau de son visage, sa combinaison portait un hublot à travers lequel, peu à peu, je suis parvenue à distinguer les traits de Justin.

— Tu as choisi la mauvaise équipe, a-t-il dit.

Un air chaud m'a enveloppée, et j'ai immédiatement soupçonné que ce souffle de vent était en rapport avec la force de ses mots, comme si je ressentais celle-ci jusque dans ma forme réelle.

— C'est moi qui suis du bon côté, ai-je sifflé entre mes dents.

Il ne parviendrait pas à m'imposer sa volonté.

La sœur de Justin est apparue à son côté ; derrière le hublot de sa combinaison, elle exhibait un sourire satisfait qui découvrait ses dents blanches, menaçantes. Elle n'a pas prononcé un seul mot, mais à vrai dire les paroles étaient inutiles. Elle s'est contentée de rire.

Impuissante, j'ai vu les Antirads traîner avec eux ce qu'il restait des zombies, corps désarticulés et encore secoués de spasmes.

Ils ont disparu. Quelques secondes plus tard, des bras couverts de sang me saisissaient pour me soulever. Je me suis retrouvée blottie contre la poitrine de Cole, à écouter le rythme frénétique de son cœur.

— Je te tiens, m'a-t-il dit.

— Je n'ai pas aussi mal que la dernière fois. Je peux marcher toute seule, je t'assure.

Même s'il n'en donnait aucun signe, je savais que le combat l'avait éprouvé lui aussi.

— Soit je reste avec toi, soit je poursuis les Antirads. J'opte pour la première solution.

— Un bon choix, je suppose.

Il m'a emportée à travers les arbres. Mais à ce moment-là, je ne faisais déjà plus attention à ce qui m'entourait. Je ne pouvais pas détacher mon regard de la forme fantomatique qui venait juste de se matérialiser tout près de nous et semblait nous suivre. *Ma petite sœur.* L'expression de son visage était terriblement triste.

— Il est déjà trop tard, a-t-elle murmuré. Je suis désolée, Alice. Maintenant, il va venir te chercher.

15

Le roi et la reine de cœur sanglants

Les derniers mots de ma sœur m'ont hantée pendant tout le trajet jusqu'à chez Cole. « Il va venir te chercher. » De qui parlait-elle ? Et pourquoi ?

Mais j'ai oublié ces questions dès notre arrivée à la ferme. Dans la grange, j'ai découvert tous les tueurs de zombies allongés sur des brancards, avec pour la plupart des poches de perfusion suspendues à côté d'eux. M. Ankh les surveillait tour à tour. Certains — ceux qui ne souffraient pas trop — dormaient. Mais Brent… son corps immobile n'était qu'une masse de tumeurs noirâtres.

De tous les blessés, c'était lui qui paraissait nécessiter le plus d'attention ; pourtant, M. Ankh avait l'air de tout faire pour ne pas s'approcher de son lit. Le Dr Wright quant à elle, qui s'occupait de nettoyer et de panser les plaies les plus légères, ne tournait même pas la tête dans sa direction. Ce qui voulait dire que…

Cole a poussé un juron. Sa voix était sombre, menaçante et désolée à la fois. Comme il me posait sur un lit, il a lancé à M. Ankh :

— Trina et Collins sont encore dehors. Ils cherchent…

Sa voix s'est brisée, et il s'est mordu la lèvre.

Pourtant, Trina et Collins se trouvaient ici, allongés sur des civières, et… oh. Non, ils n'étaient pas là. Leurs *corps* se trouvaient ici, certes, mais leur esprit errait encore dans la forêt.

— J'ai déjà envoyé ton père à leur recherche, a dit M. Ankh.

Sans quitter son air sévère, le Dr Wright a placé une main gantée sur son cœur.

— Je suis navrée, Cole. C'était un garçon merveilleux.

Cole a baissé la tête sans répondre.

Je l'ai regardé, incapable d'y croire.

— Il n'est pas… C'est impossible !

— Si. Il est mort.

Je n'avais jamais entendu un tel chagrin dans sa voix.

— Dans quelques jours, nous saurons si son esprit s'est transformé en zombie ou pas.

Ainsi, on ne pouvait le savoir dès maintenant ? Et quel était le risque que cela se produise ? Quoi qu'il arrive, je ne voulais pas me réveiller un jour dans le corps putréfié d'un zombie.

— Il va nous falloir ramener son corps discrètement chez lui. Sa petite amie signalera son décès demain matin. On dira qu'il est mort de la même maladie que Boots et Ducky. Peut-être qu'enfin, a-t-il ajouté avec un rire sans joie, on cessera de la qualifier de « rarissime »…

— Je suis désolée, ai-je murmuré.

Je connaissais le terrible sentiment de la perte, ce moment où l'on prend conscience que quelqu'un que l'on aimait a souffert au-delà des mots.

— Allonge-toi, Cole, lui a ordonné M. Ankh avant qu'il ait pu me répondre. Il faut que nous te soignions.

En quelques instants, il a installé une perfusion sur mon bras et celui de Cole. Ce dernier restait muet, mais je pouvais sentir le chagrin qui émanait de lui comme des ondes terrifiantes. Même moi qui n'avais pas beaucoup connu Brent, je portais son deuil.

— C'est comme ça qu'il aurait voulu partir, a dit Haun.

Cole a enfoncé sa tête dans ses oreillers.

Le Dr Wright s'est avancée vers lui et lui a tapoté la main, comme pour le consoler.

Mon menton s'est mis à trembler.

— Ne pleure pas, m'a-t-elle dit.

Ses mots pouvaient sembler cruels, mais en réalité ils portaient en eux une véritable douceur qui m'a redonné de la force.

— Ne pleure pas. Ce n'est pas le bon moment.

— Je sais.

Mais… combien d'amis Cole avait-il perdus de la sorte ?

Combien d'autres en perdrait-il ? Et moi ? Au fil du temps, j'apprendrai à connaître mes compagnons de combat, à les apprécier, à les aimer sans doute. Tout en risquant de les perdre d'une seconde à l'autre.

Puis Trina et Collins ont fait leur apparition dans la grange, l'air affligé. Les larmes aux yeux, je les ai vus s'approcher de leurs corps et s'y glisser comme une couverture qu'on tirerait sur soi.

— Je n'arrive pas à croire qu'il soit mort, a gémi Trina.

Ses bras nus étaient couverts de traces rouges et noires. Couverts de sang séché, ses cheveux pendaient en épis raides. Sa lèvre supérieure et sa joue étaient tuméfiées, et elle portait une blessure à la mâchoire.

Une larme brûlante m'a coulé le long du visage.

M. Ankh s'est approché de Trina pour la serrer dans ses bras.

Arrivé en même temps que Cole et moi, Bronx était allongé dans le brancard à côté du sien. Silencieux, il avait enfoui son visage dans ses mains. Lui aussi était couvert de taches rouges et noires, et ses cheveux bleus étaient en bataille.

M. Holland est apparu ensuite, pour se diriger droit vers son fils.

— Je suis navré. C'était un bon garçon. Nous lui rendrons les honneurs, comme nous l'avons fait pour les autres.

Cole a hoché la tête avec raideur, et j'ai senti une nouvelle larme couler sur ma joue.

Après un silence, M. Holland a tapoté l'épaule de son fils.

— Occupe-toi d'Ali, a-t-il ajouté d'une voix blanche qui m'a peinée plus encore. Elle en a bavé, ce soir.

— D'accord.

Puis le père de Cole s'est tourné vers moi et a entrepris de nettoyer et panser mes plaies avec une délicatesse surprenante.

— J'ai entendu dire que tu avais été héroïque cette nuit.

— Comme nous tous.

Je ne voyais pas quoi dire d'autre.

— De la modestie ? Vraiment ? Je ne m'y attendais pas, venant de toi.

Il a jeté un bandage ensanglanté à la poubelle.

— Donc, Mackenzie s'est tirée toute seule d'affaire, tout comme Frosty ? a-t-il continué.

— J'ai agi comme je le devais. Exactement ce que les autres auraient fait pour moi, à ma place.

Il m'a considérée un instant.

— Peut-être, mais tu y es parvenue sans beaucoup d'entraînement.

J'ai soupiré.

— Allez-vous sous-entendre de nouveau que je fais partie des méchants ?

Il a eu un demi-sourire qui m'a rappelé celui de Cole.

— Non. Tu ne savais pas où nous t'emmènerions pour nous poster en embuscade, ce qui veut dire que tu n'as pu le révéler à personne. Les Antirads ont suivi les zombies tout comme les zombies t'ont suivie, toi.

A propos...

— Qu'ont-ils l'intention de faire de ces zombies ?

— A part tenter d'implanter leurs esprits dans des corps humains ? Si seulement je le savais...

Là-dessus, il s'est éloigné. Les autres membres du groupe sont tombés dans un profond silence, tous perdus dans leurs pensées. J'aurais aimé trouver les mots pour les réconforter, mais je ne me souvenais que trop bien de ma propre indifférence devant les ridicules platitudes que m'avaient servies médecins, infirmières, amis et parents après l'accident.

« Tout ira bien. » Oh ! ils survivraient, bien sûr. Mais aucun d'eux n'oublierait ce qui était arrivé, ni le sentiment tenace de leur propre mortalité.

« Le temps efface tout. » Perdre un être aimé est comme perdre un membre : on reste à jamais conscient de ce qui nous manque, de ce qui a disparu à jamais.

« Je suis désolée. » C'était vrai, bien sûr, mais ces mots ne signifiaient rien pour eux. Leur ami était parti, et ils ne le reverraient plus de leur vivant. Cette idée ne leur serait d'aucun réconfort cette nuit.

— Les zombies deviennent plus résistants, a dit Frosty, troublant soudain le silence de cette voix dure qu'il me réservait en général. Avant, les projecteurs les faisaient fuir. Cette nuit, ils sont restés.

— Je ne crois pas qu'ils soient plus résistants, a répondu

sombrement Cole. Je crois qu'ils étaient surtout décidés à capturer Ali.

— Mais pourquoi ? ai-je demandé, ébahie.

Nul n'a su me répondre.

Les mois suivants ont passé comme dans un brouillard. Brent n'était pas un élève d'Asher. Ayant déjà obtenu son bac, il vivait seul, loin de sa famille. Ainsi, personne au lycée n'a compris pourquoi Cole et ses amis se montraient à la fois si accablés et à vif, prêts à bondir à la moindre provocation.

Cole a fait donner une cérémonie privée à la mémoire de Brent ; les voir aussi stoïques, lui et ses amis, alors qu'ils se penchaient sur la dépouille de leur camarade défunt, m'a affectée profondément. J'ai pleuré comme une enfant.

Parfois, cette question me tourmentait : qui serait le prochain ? Cole ? Nous n'avions plus eu de visions, et ignorions au juste ce que cela signifiait pour nous. Et Frosty ? Comment Kat réagirait-elle s'il venait à disparaître ? Sans doute très mal.

Mais, comme je l'avais déjà appris, quoi qu'il nous soit arrivé, la vie continuait. Tous les jours, après les cours, je m'entraînais avec Cole. Pourtant, sur le ring, je ne me montrais jamais aussi bonne que je l'avais été au combat. Je ne parvenais pas à retrouver le rush d'adrénaline ni la force du désespoir qui m'avaient poussée ce jour-là.

J'étais sans conteste le maillon faible du groupe.

Cole m'avait envoyée au tapis un nombre incalculable de fois, tout comme il m'avait égratignée avec des épées ou des couteaux… mais plus jamais il ne m'avait embrassée. Cela dit, je n'y pensais pas vraiment. Je le jure.

Je passais quasiment toutes mes nuits dehors. Quand je ne patrouillais pas dans la forêt autour de chez moi avec Cole, je posais des pièges pour zombies, ou bien je traquais leurs nids. Et, même les nuits où je restais chez moi, je ne dormais pas : je restais à ma fenêtre à guetter les monstres ou tentais de déchiffrer le journal.

Deux nouveaux passages s'étaient décryptés comme par magie : le premier traitait de l'apparition des zombies, dont le Dr Wright m'avait déjà parlé, et l'autre donnait des renseignements sur les premiers tueurs — ce dont elle n'avait soufflé mot, en revanche. Ces premiers guerriers ignoraient comment quitter leur enveloppe physique, et avaient donc dû apprendre à combattre sous leur forme naturelle. Mais la mort de l'un d'entre eux les avait sauvés. Les zombies avaient aspiré son âme, et ceci a déclenché chez eux une épidémie qui avait failli tous les éliminer. Sans y parvenir tout à fait… Voilà tout ce que j'avais pu comprendre, mais c'était peut-être mieux ainsi. Tout ce que j'apprenais ne faisait qu'ajouter à ma confusion.

J'avais fini par céder et montrer le journal à Cole, mais pour lui, les pages — *toutes les pages* — restaient codées. Ce qui signifiait que, sans que je sache comment, j'étais la seule capable de déchiffrer ces lignes.

Cole n'en savait pas plus que moi sur la façon dont j'y parvenais, ni sur l'identité de l'auteur. Il m'avait demandé de transmettre le journal à son père pour qu'il l'examine plus en détail, mais j'avais refusé. Je ne supportais pas l'idée de m'en séparer.

Nous avions eu à ce sujet une longue discussion, mais pour finir il avait cédé. Il s'était contenté de photographier plusieurs pages du carnet, et avait accepté ma décision.

Il n'y avait aucun temps mort dans ma vie, sincèrement, même si les zombies avaient bizarrement cessé de sortir. On n'avait assisté à aucune apparition depuis la nuit où ils m'avaient prise en chasse, et Cole supposait qu'ils avaient fini par devoir se reposer. J'avais avancé que la bande des Antirads pouvait être en lien avec ce changement, mais il m'avait répondu que son père et le Dr Ankh épiaient chacun de leurs faits et gestes, et qu'apparemment il ne se passait rien de ce côté-là non plus.

A la maison, mes grands-parents n'étaient pas très contents de moi. Je ne cessais de m'endormir pendant les cours, et mes notes avaient chuté de façon significative. On m'avait envoyé deux fois dans le bureau de la principale, et papi et mamie m'avaient sermonnée, privée de sortie et envoyée de nouveau chez un thérapeute.

Dès ma première visite chez la principale — qui heureusement m'avait laissée partir sans punition supplémentaire —, Wren et Poppy m'avaient traitée comme si j'étais un déchet radioactif.

— Nous ne pouvons pas nous permettre d'être associées avec des fauteurs de troubles, avait dit Poppy. Pas quand nos moindres faits et gestes peuvent se retrouver sur Twitter. Aucune fac ne voudrait de nous par la suite.

— Nous t'avions mise en garde contre ceci, avait renchéri Wren.

Oui — mais je me souvenais de son sourire, le jour de la rentrée à la cafétéria, qui m'encourageait silencieusement à me rapprocher de Cole. Tout ça, comme je l'avais appris par la suite, pour avoir les mains libres avec Justin Silverstone. Je les croisais enlacés dans les couloirs. Apparemment, ils étaient devenus le nouveau couple vedette d'Asher.

Seule Kat s'était rangée de mon côté, et je l'aimais encore plus pour cela. Jamais, au grand jamais, je ne la laisserais tomber, quoi qu'en dise Cole.

— Dès notre première rencontre, je t'avais annoncé que tu serais ma meilleure meilleure amie, m'a-t-elle dit un jour. Et je ne mens ni n'exagère jamais. Jamais !

— Juré ! l'avais-je taquinée en reprenant son expression favorite.

— Et je ne vais pas te laisser tomber juste au moment où je vais terminer ma chaîne de rumeur !

C'était vrai : *la fameuse chaîne de rumeur*... Pour être honnête, j'avais cessé d'y penser. Cela m'était égal désormais. J'avais tenté de me faire pardonner par Mackenzie en lui présentant mes excuses, mais n'avais récolté en retour qu'un regard de travers.

Un jour, au déjeuner, j'en ai eu assez.

— C'est quoi, ton problème ? ai-je demandé par-dessus la table (car, oui, je partageais désormais la table de la bande de Cole). Je t'ai déjà dit que j'étais désolée.

Kat, qui restait toujours avec moi, a renchéri :

— Elle a raison. C'est quoi, ton problème ?

Les yeux émeraude de Mackenzie ont lancé des étincelles quand elle les a tournés vers Cole, assis à mon côté.

— Lève l'interdiction, que je règle ça une bonne fois pour toute.

— Hors de question, a répondu Cole en secouant la tête. L'interdiction ne bouge pas.

Quelle interdiction ? Celle de s'en prendre à moi ?

— Vas-y, ai-je lancé. Lève-la.

Mackenzie a bondi sur ses pieds et s'est penchée en avant, poings sur la table.

— D'abord, je n'ai pas besoin de ton aide, ma poulette. D'autre part, a-t-elle continué à l'intention de Cole, tu ne peux pas éternellement remettre ça à plus tard.

— Pour être honnête, tu as déjà eu besoin de mon aide, Miss Clochette, ai-je fait remarquer.

Elle m'a ignorée.

— Puisque tu refuses que je dise ses quatre vérités à ton joli petit lot, que penserais-tu si je lui révélais ce que tu dis d'elle ?

Enfin, elle a reporté son attention sur moi.

— Chaque fois que je lui demande si vous sortez ensemble, il répond que non. Mais quand il est avec toi… je vois bien comment il se comporte.

Comment il se comportait ? De façon amicale, rien d'autre !

— Que cherches-tu à me dire, exactement ?

— Je pense qu'il joue avec toi. Soit ça, soit il me ment et il se ment à lui-même à la fois. Je me demande simplement ce qu'il te raconte à toi.

Sur ce, elle a quitté la cafétéria d'un pas furibard, bousculant au passage quelques élèves qui ont protesté avec des exclamations véhémentes.

Je suis demeurée immobile, sous le choc de la révélation. Ainsi, Mackenzie et Cole avaient parlé de moi, et sans doute à plusieurs reprises, dans la mesure où elle avait utilisé les mots « chaque fois ».

Qu'avaient-ils dit d'autre ?

Lui avait-elle demandé de se remettre ensemble ? De toute évidence, elle l'aimait encore. Mais lui, avait-il toujours des sentiments pour elle ?

S'était-il passé des choses entre eux depuis que j'étais entrée en scène ? Cela n'aurait pas dû me préoccuper, certes, mais… je voulais savoir.

— Tu devrais la suivre, a dit Kat à Trina.

J'ai compris que c'était une diversion, pour que je cesse d'être au centre des regards. Non seulement je l'aimais de tout mon cœur, mais mon amie trouvait chaque fois une façon de me conquérir encore plus.

Trina, qui mangeait un sandwich, n'a même pas levé les yeux.

— As-tu vraiment besoin de te mêler à toutes les disputes ? a demandé Frosty à Kat.

Depuis le départ de Mackenzie, il se trouvait assis à côté de Trina — dont il faisait de son mieux pour s'éloigner discrètement, comme s'il refusait que Kat le voie trop près de celle avec qui il était censé avoir eu une passade l'été précédent.

— Ali peut se défendre toute seule, non ? a-t-il ajouté.

— C'est moi, ou j'entends comme un bruit agaçant ? m'a demandé Kat en faisant mine de l'ignorer.

Il a secoué la tête tristement.

— Parfois, tu es vraiment gamine, *Chaton*.

— On dirait une grosse mouche.

— Je me demande bien ce que je te trouve, a fait Frosty.

Piquée au vif, elle lui a lancé une orange au visage, mais il l'a esquivée aisément.

— Tu as simplement vu mes merveilleuses qualités, espèce de crétin !

— Tes *quoi* ? Tu es bien certaine d'en avoir ?

— Des tas, et tu le sais très bien !

Ils ne sortaient pas officiellement ensemble, mais rien qu'à les voir on comprenait qu'ils étaient faits l'un pour l'autre. Elle le taquinait et l'amusait, comme en ce moment, ce qui le tirait de sa dépression liée à la mort de Brent ; lui distrayait Kat de ses soucis… quels qu'ils soient. Car, récemment, j'avais souvent vu mon amie toute pâle et silencieuse. Pourtant, chaque fois que je lui avais posé une question, elle avait balayé mes inquiétudes et changé de sujet.

Je ne savais plus trop comment m'y prendre avec elle. Et, honnêtement, je ne savais plus trop comment m'y prendre avec tout le reste non plus.

Un peu plus tard le même jour, je me suis retrouvée sur le ring de boxe avec Cole, tous deux sous nos formes spirituelles tandis que nos corps reposaient sur des brancards. Mais j'étais bien trop distraite pour profiter pleinement de la leçon. Je ne cessais de repenser à Kat et à nos discussions, tentant d'imaginer ce qui pouvait la tourmenter autant.

La défection de Poppy et de Wren n'avait pas eu l'air de la surprendre.

— Franchement ? Je m'y attendais, avait-elle dit. J'aurais seulement espéré qu'elles auraient compris la première fois à quel point leur vie était nulle sans moi.

Elle avait de nouveau raté plusieurs jours d'école, mais, quand je lui en ai demandé la raison, elle m'a répondu simplement :

— Ma mère avait envie que nous passions du temps ensemble.

Puis, comme à son habitude, elle avait changé de sujet.

— Ali !

Le cri de Cole m'a rappelée à la réalité — juste à temps pour le voir effectuer un coup de pied circulaire rasant qui m'a fauché les jambes et m'a envoyée au tapis avant que j'aie pu réagir.

Nous n'étions pas censés parler sous cette forme, mais son expression disait clairement : « Il faut que tu te concentres. »

Je lui ai retourné une mimique qui signifiait : « C'est ma faute, pardon. »

Il ne m'a pas aidée à me relever — il ne le faisait jamais. C'est toute seule, et non sans difficulté, que je me suis remise debout.

Chaque instant que je passais ici avec lui avait pour but de me rendre plus forte. Et vous savez quoi ? Je ne l'en aimais que plus intensément. Il *fallait* que je devienne plus forte. Les zombies…

— Ali !

Le même fauchage circulaire, avec la même conséquence : je me suis retrouvée sur le dos, souffle coupé. Il a écarté les bras d'un geste d'impuissance, comme pour signifier : « Qu'est-ce que je viens de te dire ? »

« Désolée », ai-je articulé silencieusement en me relevant de nouveau.

Toujours en silence, il m'a fait signe de l'index.

« A ton tour de mener l'assaut. »

J'ai hoché la tête pour lui montrer que j'avais compris. Connaissant sa rapidité, je n'ai pas perdu de temps à me demander quelle était la meilleure technique d'attaque : je me suis contentée de me ruer sur lui. Mais, même ainsi, il avait le dessus ! Il bloquait chacun de mes coups de poing, esquivait mes coups de pied. A plusieurs reprises, il est même parvenu à me saisir la main ; il aurait pu me tordre le bras dans le dos ou m'envoyer bouler, mais il n'en a rien fait. Il s'est contenté de me relâcher pour que je reprenne l'assaut.

Je me suis sentie offensée. Pour la première fois depuis le début de nos entraînements, son attitude me paraissait contre-productive : il me traitait comme une enfant.

Coups de poing — parade. Coups de pied — esquive.

— Waouh ! a claironné Frosty depuis le bord du ring. Et si tu enlevais ton soutien-gorge pour te battre comme un homme, Holland ?

Sa voix m'a transpercé les oreilles, mais je suis parvenue à demeurer stoïque. Je finissais par m'habituer à la façon dont mes sens, y compris l'odorat, se trouvaient surdéveloppés sous ma forme spirituelle.

Lucas et Collins — qui laissaient leur corps chez eux pour ne pas déclencher leur bracelet électronique — se sont campés à ses côtés, moqueurs.

Cole a jeté un regard glacial à Frosty.

Erreur de débutant. Mon coude était déjà armé, et je n'ai pas pu dévier ma frappe. C'est ainsi que j'ai frappé mon premier véritable coup. Sur le ring, son esprit est parti à reculons.

Dans la grange, sur le brancard, j'ai vu sa tête basculer violemment, et du sang a jailli de son nez.

Je n'ai pu m'empêcher d'éclater de rire, un fou rire tel que je me suis pliée en deux et j'ai manqué mouiller ma culotte. Et c'était bon. Délicieux, même. Je n'avais jamais pensé rire de nouveau de cette façon.

Cole a traversé la pièce pour se glisser dans son corps. Puis il s'est assis sur le lit, le sang coulant toujours de son nez, et a grommelé :

— Ce n'est pas très drôle.

Mais l'amusement était perceptible dans sa voix.

Je l'ai imité et, à l'instant où mon âme a touché mon corps, je suis redevenue moi-même ; autour de moi, l'air était tiède, les sons et les odeurs revenus à un volume normal.

— Si, ai-je répondu. C'était tordant.

J'ai été prise d'une nouvelle crise de rire. Quand enfin elle s'est arrêtée, j'ai été prise d'un remords :

— Je t'ai cassé le nez ?

— Pas du tout. Il faudrait un marteau-piqueur pour me

blesser vraiment, et je suis désolé, *trésor,* mais tu n'es pas un marteau-piqueur.

Il s'est massé quelques instants le cartilage du nez avant d'essuyer le sang avec une serviette.

— Donne-moi une autre chance de te faire changer d'avis, lui ai-je dit d'une voix doucereuse.

— Je t'en prie. Je ne suis pas idiot. Le combat à mains nues, ça suffit pour aujourd'hui. Essayons les épées, pour voir si tu as progressé.

Je me suis dirigée vers le mur de la grange qui portait toute une collection d'armes diverses pendant que Cole amenait un mannequin au centre du ring. Et non, je ne parle pas d'un top model (ah, ah, ah), mais bien d'une effigie grandeur nature destinée à s'entraîner au combat.

La plupart du temps, je m'exerçais avec un partenaire de chair et d'os, mais, la veille, j'avais failli décapiter Cruz — non pas parce que j'avais progressé au sabre, mais parce que j'avais trébuché et manqué l'embrocher. Aujourd'hui, donc, nous devions reprendre les bases que j'avais pourtant vues des centaines de fois.

J'ai choisi l'une des épées les plus courtes — et les plus légères.

— Si tu effectuais tous les développés-couchés que je te recommande, m'a lancé Trina en sortant des vestiaires — vêtue de son débardeur et de son short noirs habituels, une serviette sur l'épaule —, tu n'aurais pas besoin de prendre cette épée de mauviette.

Depuis la nuit dans la forêt, elle m'avait acceptée de bon cœur dans le groupe. Elle n'hésitait plus à venir me voir pour parler de tout et de rien, même quand je me trouvais avec Kat, ce qui avait le don de mettre cette dernière hors d'elle. Pourtant, elle ne m'avait jamais demandé de m'éloigner de Trina, ce qui était tout à son honneur. Cela dit… était-ce cela qui la mettait si mal à l'aise ? Attendait-elle que je repousse Trina de moi-même ?

J'ai fait siffler la lame de mon épée dans l'air avec une férocité feinte :

— Cette épée de mauviette peut tuer aussi bien qu'une épée de camionneuse.

Elle s'est passé la main dans ses cheveux ras et a souri.

— Peut-être, mais tu auras l'air moins cool quand tu frapperas.

— Sur le ring, Ali ! a lancé Cole.

— Chef, oui, chef ! ai-je répondu, et plusieurs tueurs de zombies se sont mis à rire.

J'ai pris position. Juste au moment où je m'apprêtais à porter mon premier coup, Mackenzie est sortie des vestiaires. Elle portait un treillis et était armée jusqu'aux dents. Ce soir, elle faisait partie de la patrouille anti-zombies. Elle m'a saluée d'un bref hochement de tête — sans trace de ressentiment dans ses yeux.

Tiens, tiens. Voilà qui était nouveau.

— J'ai parlé avec elle, m'a expliqué Cole de but en blanc.

Ça, je le savais déjà. J'ai frappé le mannequin avec plus de violence que prévu.

— Ah oui ? Et que lui as-tu dit, *cette fois* ?

J'ai volontairement insisté sur les derniers mots, amère.

— Que, quoi qu'il se passe entre nous deux, il ne se passera plus rien entre elle et moi. Je lui ai aussi rappelé que tu lui avais sauvé la vie.

« Quoi qu'il se passe entre nous deux… » Ces mots m'ont surprise au point que j'ai trébuché à l'instant même où je frappais le mannequin ; l'épée a glissé de mes mains pour tomber sur le sol. Les bras battant l'air, j'ai tenté simultanément de reprendre mon équilibre et de me retourner vers Cole — avec pour effet de me retrouver nez à nez avec lui… et de lui griffer profondément le cou.

— Oups ! Désolée.

Il a essuyé une goutte de sang qui perlait sur sa nuque.

— J'espère bien. Parfois, j'en ai plein le… cou, de toi.

— Pardon ?

— Ben quoi ? Je reste poli.

Ramassant mon épée sur le sol, il s'est approché et me l'a remise dans la main, en même temps qu'il me tendait une dague. Au moment où je l'ai saisie, nos mains se sont touchées et un frisson m'a parcourue de la tête aux pieds.

— Trina a une hache, elle ! ai-je dit pour dissimuler ma réaction à son contact.

Qu'avait-il voulu dire par « quoi qu'il se passe entre nous deux » ? D'un instant à l'autre, son attitude passait de chaleureuse à glaciale, et cela me perturbait énormément.

J'ai tenté de me rattraper.

— Je veux dire : je devrais peut-être apprendre à m'en servir moi aussi…

— Trina est plus costaud que toi. Elle a assez de force pour découper des os — quelle que soit l'arme qu'elle utilise. Pour l'instant, tu t'en tireras mieux avec une dague.

Son souffle chaud caressait ma nuque, et tout mon corps s'est recouvert de chair de poule.

— Si tu le dis…

Avec un mouvement lent et précis, Cole a dirigé ma main qui tenait la dague vers le mannequin.

— Les zombies ne ressentent peut-être pas la douleur, mais ils éprouvent la force de tes coups. Si tu en poignardes un dans cette zone — il m'a aidée à plonger la lame dans le côté du mannequin —, son corps va pencher dans cette direction, ce qui laisse tout l'autre côté ouvert.

Cette fois, il a guidé mon autre main comme pour décapiter le mannequin, et je me suis retrouvée les bras croisés.

Cole a poursuivi :

— Comme tu t'en es rendu compte, au combat tu peux te retrouver avec des zombies à la fois à ta gauche et à ta droite. Dans ce cas, il te faut utiliser ton élan à ton avantage, et pivoter sur toi-même.

Il nous a fait tourner et m'a aidée à décroiser les mains en un mouvement harmonieux, si bien que je me retrouvais cette fois-ci bras en croix.

Si des zombies s'étaient trouvés dans mon champ d'action, j'aurais pu ainsi en poignarder un et en décapiter un autre. Aussi facilement que ça. Cole s'est écarté de moi et m'a fait répéter l'enchaînement encore et encore, jusqu'à ce que je puisse l'effectuer les yeux fermés.

— Quelles sont les règles du combat ? m'a-t-il demandé pendant que je m'exerçais.

La plupart des règles qu'il cherchait à m'apprendre ressemblaient mot à mot à celles de mon père. Quand il y avait une différence, je penchais plutôt pour Cole. Il avait davantage d'expérience « concrète »…

— Ne jamais rester immobile, ai-je commencé.

— Et ?

— Et, si ma dague se coince dans un zombie, je dois l'y

laisser. Inutile de chercher à la récupérer. Cela m'exposerait inutilement et me priverait de précieuses secondes.

— Quoi d'autre ?

— Si je perds toutes mes armes avant d'avoir immobilisé la plupart des zombies, je ne dois pas tenter de les brûler car je ne parviendrais à rien. Je dois m'enfuir et me mettre à couvert.

— Tu le dois, *et tu le feras* !

Enfin, il a descendu le mannequin du ring et j'ai pu tout à loisir mouliner l'air avec mon épée, dans des sifflements menaçants. J'avais appris à conserver toute la souplesse de mon poignet pour faire décrire à la lame une courbe élégante que nul adversaire ne pourrait déchiffrer — évitant ainsi qu'on ne bloque mes coups.

Quand Cole a paru satisfait de moi (mes muscles surentraînés protestaient de ce surentraînement supplémentaire), nous sommes passés au stand de tir. Il a choisi un calibre .22 avec ses munitions. J'avais déjà appris à démonter et remonter cette arme avant de la charger. Les yeux fermés.

Il m'avait expliqué que ce type de pistolet n'infligerait pas de grands dommages à un zombie, et ne l'arrêterait sûrement pas longtemps. En revanche, il constituait une arme parfaite pour un débutant à cause de son faible recul.

Des bouchons antibruit vissés aux oreilles, j'ai visé la cible de papier et fait feu jusqu'à l'épuisement des munitions. J'ai ensuite remis la sécurité et posé l'arme sur le comptoir devant moi avant d'ôter mes bouchons d'oreilles.

— C'est mieux, m'a fait Cole. Cette fois, tu aurais égratigné son bras et sa hanche, pas seulement l'air autour de lui.

Je lui ai adressé une grimace.

— Je fais de mon mieux.

Avant qu'il ait eu le temps de répliquer, mon portable s'est mis à vibrer dans ma poche.

— Une seconde, ai-je dit en le saisissant.

J'ai regardé l'écran. Mamie. Elle avait appris à passer un texto, mais se refusait toujours à abréger quoi que ce soit.

Je veux que tu rentres pour le dîner.

J'ai répondu par un bref « ok ».

TOUT DE SUITE !

J'ai laissé échapper un soupir.

— Il faut que je retourne chez moi.

A coup sûr, un professeur venait de l'appeler pour se plaindre de mon comportement.

— D'accord. Dans une minute.

Cole m'a attirée contre lui. Son menton touchait mon front. Il était vraiment grand, et j'adorais ça — j'adorais me sentir toute petite entre ses bras.

— Penses-tu me connaître assez, maintenant ? Me fais-tu confiance ?

— Je... je...

Son comportement précédent aurait-il pu me mettre la puce à l'oreille ? Il me prenait par surprise. « Quoi qu'il se passe entre nous deux... »

— Je suis un peu confuse, ai-je avoué. Pourquoi me demandes-tu ça ?

— Nous nous étions dit que nous apprendrions à nous connaître avant de passer aux choses sérieuses.

Je suis demeurée bouche bée.

— Ainsi, c'est ce que tu fais depuis quelque temps ? Apprendre à me connaître ?

Il a reculé la tête pour scruter mon visage d'un air soupçonneux.

— Tu veux dire que ce n'est pas ton cas ?

— Euh... eh bien...

Voulait-il toujours sortir avec moi ? Avait-il attendu tout ce temps sans abandonner cette idée ?

— Mais... ce que tu as dit à Mackenzie ? Pas aujourd'hui, je veux dire. Avant.

— Je trouvais que cela ne la regardait pas. Et j'ai compris que je ne pouvais pas rester à distance. Pas avec toi, a-t-il répondu un peu sèchement.

Il s'est mis à me caresser le dos du bout des doigts.

— Donc, je veux me rapprocher. Je veux que tu saches tout de moi. Tiens, par exemple, ma couleur préférée est... mince, je n'y ai jamais vraiment réfléchi. Ça ne m'intéresse pas. Mon film préféré — évidemment — c'est *Zombieland*. Pas parce que les gentils gagnent à la fin, même si je n'ai rien contre ça, mais parce qu'Emma Stone est une bombe.

J'ai haussé les épaules. Tous les mêmes, ces garçons…

— Mon groupe préféré…

— Laisse-moi deviner, l'ai-je coupé. White Zombie ? J'ai vu juste ?

— Red. Mais pas parce que ça me fait penser au rouge du sang des zombies quand on les tue. Et toi, alors ? Qu'est-ce que tu aimes ? Parce que, franchement, je suis surpris que tu connaisses White Zombie.

— J'aime bien Red, mais j'ai un faible pour Skillet. Je les écoutais beaucoup avec ma sœur. Mais pourquoi est-ce que je ne connaîtrais pas des groupes de métal, d'abord ?

— Parce que tu as l'air d'un ange.

— Ah oui ? Et… tu trouves ça sexy, un ange ?

Je posais la question en feignant le détachement, pour ne pas montrer le trouble qui m'avait envahie. Tout ce temps, il n'avait cessé de chercher à en savoir davantage sur moi… *pour sortir avec moi*. Vraiment dingue !

— Super-sexy.

Sa réponse m'a fait rire, un vrai rire qui m'a secouée de nouveau des pieds à la tête. Ces derniers temps, j'apprenais à me détendre et à me laisser aller à mon amusement. Ce qui était plutôt étrange : j'aurais dû être plus sombre que jamais. Tant de choses se passaient, j'avais tant à perdre… et à redouter.

— Dans ce cas, ai-je dit, je vais faire confiance à ton jugement. Mais… sois franc, s'est-il passé quelque chose entre Mackenzie et toi depuis votre rupture ?

J'avais besoin de le savoir.

— Non. Il vaut mieux que nous restions amis, et je pense qu'elle commence à le comprendre.

— Toi et moi, nous sommes amis aussi, lui ai-je rappelé.

Son étreinte s'est resserrée.

— Je ne veux pas être ton ami, Ali. Je veux être bien davantage.

Ses doigts se sont glissés sous mon T-shirt et j'ai frissonné au contact de sa peau sur la mienne.

— Laisse ta fenêtre ouverte cette nuit. Je viendrai te montrer ce que je veux.

Il m'a fallu quelques secondes pour recouvrer mon souffle.

— Continuer mon entraînement, c'est ça ? suis-je parvenue à articuler d'une voix étranglée.

Je savais très bien ce qu'il voulait, bien sûr, mais j'étais nerveuse au-delà des mots et n'avais aucune idée de la façon de lui répondre.

Il a déposé un baiser sur ma tempe.

— Exactement. Sauf que je ne parle pas de l'entraînement au combat.

Comment une journée si pleine de promesses a pu se terminer de façon aussi fantastiquement nulle, je me le demande encore.

Le père de Cole lui avait demandé de rentrer, aussi Trina m'a-t-elle proposé de me raccompagner chez moi. Pas de nuage-lapin dans le ciel, Dieu merci, mais malheureusement mes grands-parents m'attendaient sous le porche, juchés sur la balancelle. L'ambiance était glaciale, et j'ai fait signe à Trina de s'en aller avant qu'ils ne se jettent sur elle pour la bombarder de questions.

Dès qu'ils m'ont aperçue, ils se sont levés et sont rentrés dans la maison d'un pas décidé. Je les ai suivis avec un dernier regard pour le coucher de soleil — je savais que le chaos ne tarderait pas.

— Tout va bien ? ai-je demandé à la cantonade.

J'aurais préféré, et de loin, monter directement dans ma chambre, mais je savais que ce serait impossible.

— Mettons-nous à table pour profiter du dîner, d'accord ? a dit mamie. Nous discuterons ensemble.

Je me suis mordu les lèvres, sachant bien qu'il était inutile de la contredire.

Le dîner était composé d'une tourte à la viande accompagnée de pommes de terre, le tout arrosé d'Ice Tea. Je dévorais les plats à belles dents. A force d'exercice, mon appétit s'était accru, et, malgré la tension qui flottait dans l'air, j'ai avalé la nourriture comme un aspirateur à pleine puissance.

Lorsque j'ai terminé, j'ai simplement déclaré :

— C'était délicieux, merci.

Aussitôt, les hostilités ont commencé.

— Ali, prends-tu de la drogue ? m'a demandé mamie, oubliant de terminer son repas.

L'accusation m'a prise par surprise, de plein fouet.

— Non ! Bien sûr que non.

Papi affichait son expression la plus sévère.

— Nous voudrions bien te croire, je t'assure, mais j'ai vérifié : tu montres tous les signes classiques.

— Lesquels ? ai-je demandé, même si je connaissais la réponse.

— Un autre professeur nous a appelés, a dit mamie.

Elle avait posé ses coudes sur la table. Elle, d'habitude si bien élevée, en oubliait ses bonnes manières, ce qui trahissait son désarroi.

— Tu as eu un D avec elle. Tu as dormi pendant son cours. Elle nous a également dit que tu avais de mauvaises fréquentations.

D'accord : on parlait de Cole.

— Avez-vous parlé avec la principale, le Dr Wright ?

Au cours d'un de mes passages dans son bureau, elle m'avait assuré qu'elle ferait de son mieux pour m'éviter les ennuis.

— Oui, a admis mamie avec raideur.

— Et que vous a-t-elle dit ?

— Que nous avions tort de nous inquiéter ; que tu étais quelqu'un de bien. Elle a dit la même chose des jeunes gens que tu fréquentes.

— Vous voyez bien !

— Mais nous refusons de la croire ! a explosé mamie en frappant violemment du poing sur la table. Tout nous prouve le contraire.

— Faites-moi passer des tests, alors ! Ça vous prouvera que je ne prends pas de drogue.

Il faudrait tout de même que je demande à Cole si l'antidote contre les morsures de zombies risquait d'être détecté par une analyse sanguine…

Ma réponse les a apaisés… un peu, et pendant quelques minutes ils se sont contentés de me sermonner sur mes notes.

— Est-ce que quelqu'un du lycée te rackette ou te brutalise ? m'a demandé mamie sur un ton plus doux. Serait-ce le problème ?

— Pas du tout. J'ai seulement du mal à me concentrer. Je suppose que ça fait partie du processus de deuil…

— Bien essayé, a coupé papi. Ne nous prends pas pour des idiots, Ali.

Il a désigné ma joue, qui portait un bleu décoloré.

— Nous avons très bien vu les marques de coups, Ali.

Zut. J'avais fait de mon mieux pour les dissimuler grâce à mes vêtements, mon maquillage et autres accessoires, mais cela n'avait pas suffi.

— D'accord, ai-je admis. Puisque vous voulez la vérité, je vais vous la dire. J'apprends la boxe.

Une partie de la vérité était préférable à un gros paquet de mensonges.

— Je savais que cela vous inquiéterait sans raison, aussi j'ai préféré ne pas vous en parler.

— La *boxe* ? a répété mamie, battant des paupières comme pour faire démarrer les mécanismes de son cerveau. Mais pourquoi donc ?

— Autodéfense. Je veux pouvoir me défendre si on m'attaque.

Ils ont échangé un regard perplexe, puis papi a lancé :

— Qui est ton professeur ? Et pourquoi est-ce la première fois que nous entendons parler de tout ça ?

— C'est Trina, la fille qui m'a déposée ici.

J'avais effectivement boxé contre elle une ou deux fois.

— Et un peu Cole, ai-je admis d'une voix douce.

Mamie a écarquillé les yeux et a porté la main à sa poitrine.

— Doux Jésus ! Je suis désolée de dire ça, mais j'ai pris la personne qui t'a déposée ici pour un garçon. J'allais te demander de cesser de le voir. De *la* voir. D'ailleurs, je te le demande, a-t-elle ajouté en hochant énergiquement la tête. Il est évident que cette histoire de boxe nuit à tes résultats scolaires. Et j'aime bien Cole, mais tu dois cesser de le voir également.

— Ne dis pas ça ! La boxe n'est pas responsable de mes notes, pas plus que Cole.

— Rien du tout. A partir de maintenant, nous voulons que tu rentres immédiatement après les cours.

Une vague de panique m'a traversée.

— Non.

J'ai secoué la tête pour souligner ma détermination. Je les aimais beaucoup, mais je ne pouvais pas les laisser me priver de cela. L'entraînement était presque aussi important à mes yeux que son but final — l'annihilation complète des zombies.

— Oh que si, crois-moi.

Le regard que m'a lancé papi était froid et déterminé ; instantanément, j'ai compris qu'il avait déjà rencontré une résistance semblable par le passé, sans doute avec ma mère, et qu'il ne céderait pas.

— Nous avons tenté de te fiche la paix le temps que tu t'habitues. Ça n'a pas marché, et nous allons changer de méthode.

Pendant un instant, je n'ai plus rien entendu ; les oreilles me tintaient et je respirais avec difficulté. Cole m'avait avertie. Un jour, avait-il dit, il me faudrait quitter la maison de mes grands-parents. A cette époque, nous pensions l'un et l'autre que ce serait pour leur sécurité — et non à cause de leur entêtement.

Je n'avais que seize ans. Légalement, je ne pouvais pas partir de chez eux. Ou bien si ? Et, dans ce cas, de quoi vivrais-je ? Quelques nuits auparavant, j'avais entendu papi et mamie parler d'argent. Ils disaient que mon père avait contracté une importante assurance-vie pour ma mère et lui, et ils se demandaient combien ils devaient me donner maintenant, combien ils devaient mettre de côté pour payer mes études supérieures, et combien ils devaient garder pour payer ma nourriture et mes vêtements. Si je parvenais à encaisser ma part maintenant, j'aurais de quoi vivre au moins un certain temps.

— Nous ne t'empêcherons pas d'aller faire du shopping avec Kat demain, a dit mamie. Il ne s'agit pas de t'interdire toute forme d'activité : nous cherchons seulement à te poser des limites.

Ah, oui. Kat et moi avions prévu de passer la journée ensemble. L'idée me séduisait toujours, même si elle se teintait désormais de désespoir. Tout d'abord, il me fallait parler avec Cole pour trouver une solution à ce nouveau problème.

Mamie m'a pris la main, conciliante.

— Tu sais, nous ne voulons pas que tu te sentes prisonnière ici. Mais il faut que tu réagisses, mon trésor. Si ta mère était avec nous, elle casserait un câble en voyant tes notes.

— Elle *péterait* un câble, mamie, ai-je murmuré.

Je m'efforçais de maîtriser ma colère pour ne pas les blesser. Je le savais : ils ne voulaient que mon bien. Mais le reste était trop important pour moi. J'ai repoussé ma chaise et me suis levée.

— Ecoutez-moi. Je vais continuer mes leçons de boxe, et vous allez vous y faire.

Même dans le monde réel, il émanait un véritable pouvoir de ma voix. Je ne pouvais pas les contraindre à quelque chose qu'ils ne voulaient pas, mais je pouvais tenter de *changer* leur volonté.

— Cela me fait du bien. Je me sens vivante pour la première fois depuis longtemps.

— Ali…

— Non. Pas un mot de plus.

Je craignais que leurs paroles défassent l'effet des miennes.

— Je vais dans ma chambre. Je vous laisse réfléchir à tout ça, d'accord ? Croyez-moi, j'en ai plus besoin que vous ne le pensez.

Sans attendre leur réponse, j'ai gravi les marches quatre à quatre et me suis enfermée dans ma chambre. Parce que j'avais besoin de me changer les idées, j'ai ouvert le carnet pour vérifier si de nouveaux passages m'étaient déchiffrables. Et, par bonheur, c'était le cas.

Si vous lisez ces lignes, c'est que vous êtes comme moi. Différent. Et si vous acceptez de vous sacrifier, vous pouvez faire pencher du bon côté le combat du Bien contre le Mal. Posez-vous seulement cette question : que souhaitez-vous faire de vote vie ? Si vous répondez « Apprendre à me battre contre un ennemi capable de me détruire, moi et tout ce que j'aime », vous êtes sur la bonne voie. En revanche, si votre réponse est « M'amuser le plus possible en attendant la fin », sachez que celle-ci est bien plus proche que vous ne l'imaginez.

J'ignorais encore qui était l'auteur de ces lignes, mais ses mots tombaient chaque fois au moment propice.

Et, maintenant, posez-vous une autre question : êtes-vous prêt à sacrifier votre vie pour sauver les autres ? Si vous avez répondu par l'affirmative, vous voilà prêt pour une troisième question : avez-vous compris que mourir était la seule façon de vivre ?

Puis… le code, de nouveau.

Pendant des heures, j'ai médité sur ces derniers mots. J'avais dit à mes grands-parents que je me sentais vivante pour la première fois depuis longtemps. Etait-ce parce qu'une partie de moi était morte dans cet accident de voiture, avec ma famille, et que je renaissais enfin à la vie ? Ou bien fallait-il lire le journal de façon plus littérale ? L'auteur avait mentionné plus haut le fait que son esprit était malade — ou plutôt, qu'il infectait les zombies — et conclu qu'il devait mourir pour que d'autres puissent vivre. S'était-il laissé dévorer par les monstres ?

La façon dont les zombies s'étaient écartés de moi après m'avoir mordue m'est revenue à la mémoire. Au cours du dernier combat, j'avais supposé qu'ils avaient peur de moi et de mes coups. A présent, je me demandais s'ils n'avaient pas senti en moi, en mon esprit, cette même maladie dont parlait l'auteur du journal. Réagissaient-ils de même avec les autres tueurs ?

Quand minuit a sonné, je n'étais pas plus avancée dans mes réflexions — et une autre question a surgi : où était Cole ? Il avait dit qu'il viendrait me voir.

Comme par fait exprès, mon téléphone s'est mis à vibrer.

J'ai lu :

> Peux pas vnir, dsl. B & F ont trouvé nid. Ts les 2 bless. Pièges 2 heures ors, gardes 2vant ta maison, donc reste ch toi. Tt ira bien. A 2main.

Mon cœur s'est mis à battre à tout rompre. J'aurais tout donné pour en savoir plus, mais mieux valait ne pas répondre : la moindre distraction pouvait lui coûter la vie. Il allait falloir soigner Bronx et Frosty, et, je le savais, le reste de la bande retournerait au nid pour détruire ce que les deux premiers avaient laissé derrière eux. Je détestais le fait de ne pas me trouver avec eux.

Cette nuit-là, je me suis tournée et retournée dans mon lit, incapable de m'endormir, le cerveau trop encombré. Je ne serais jamais la Belle au bois dormant… A 8 heures, j'ai pris ma douche et enfilé un T-shirt, un pantacourt et des sandalettes ; j'ai dissimulé les marques sur mes bras sous des bandes de tissus colorés qui faisaient office de bracelets. Bien qu'affamée, j'ai préféré ne pas descendre dans la cuisine pour prendre mon petit déjeuner. J'ignorais ce que je dirais à mes grands-parents si je les croisais, tout comme j'ignorais ce que j'allais pouvoir faire.

Je me suis enfin autorisée à envoyer un SMS à Cole, pour lui demander comment allaient Frosty et Bronx. J'ai attendu cinq minutes — mais aucune réponse. Sans doute qu'il dormait, épuisé. Nous ne nous reposions que le week-end — et encore, à tour de rôle.

Comme prévu, Kat est arrivée devant chez moi à 10 heures. Je me suis emparée de mon sac — qui faisait également office de kit de survie, avec sa lampe de poche, son pied-de-biche au format réduit (pour frapper), sa lime à ongles (pour poignarder), ainsi qu'une seringue d'antidote et mon téléphone portable — et me suis précipitée dehors. Précaution inutile : papi et mamie se trouvaient dans le jardin de derrière.

Je me suis glissée sur le siège passager de la Ford Mustang de Kat. J'avais la chair de poule : les matins se faisaient de plus en plus frais. J'ai retrouvé le doux parfum fleuri de mon amie et son sourire coquin, et c'était un plaisir.

— Dis donc, s'est-elle exclamée, on peut dire que je t'ai manqué ! Je crois que tu as battu un record du monde dans ton sprint entre le porche et ma voiture.

Aujourd'hui, ses joues étaient roses et ses cernes avaient disparu.

— Vraiment ? Alors je mérite une récompense.

— Je vois où tu veux en venir. D'accord, je t'offre un café avant d'aller au centre commercial.

Elle a démarré et s'est dirigée vers le Starbucks le plus proche. Sur le trajet, j'ai scruté le ciel à la recherche du nuage annonciateur de désastres. Bonne nouvelle : aucun lapin en vue. Mauvaise nouvelle : le temps était gris, et les nuages lourds prédisaient un orage imminent. Et, si le soleil restait caché, rien ne pouvait empêcher les zombies de sortir, même en plein jour, n'est-ce pas ?

Je me suis promis de poser la question à Cole. Jusque-là, je devais rester en alerte, juste au cas où.

— Tu as des nouvelles de Cole ? m'a demandé Kat.

— Non, pourquoi ? Tu as entendu quelque chose ?

Elle s'est mise à rire.

— Calme-toi. Je n'ai pas de nouvelles non plus. Sauf qu'il

t'a à la bonne, évidemment. Je te jure, chaque jour au lycée on dirait qu'il te dévore des yeux. Non, je te posais la question au cas où tu aurais pu me donner des infos sur Frosty. Il ne m'a pas appelée ou écrit depuis hier soir, et cela ne lui ressemble pas. D'habitude, il se comporte comme le pire des fans.

Ah.

— Euh… Cole m'a dit qu'il ne se sentait pas très bien. Mais je suis certaine que ça va mieux, et tu auras de ses nouvelles dans la journée.

Cela, au moins, j'en étais certaine : s'il était arrivé malheur à Frosty, Cole n'aurait pas pu dormir et m'aurait contactée.

— Oui, sans doute… Il essaie de m'attraper au moins deux fois par jour !

— De t'« attraper » ? Comme dans…

Je ne suis pas parvenue à prononcer le mot.

— Je parle de sexe, oui, m'a-t-elle dit comme si c'était une évidence.

— Ah, d'accord.

Nous sommes arrivées au drive-in, où trois voitures nous précédaient. Kat s'est penchée vers moi pour ajouter sur le ton de la confidence :

— Il a été mon premier, tu sais. Le premier et le seul. Et toi ?

— Euh, non. Je n'ai jamais…

Elle a écarquillé ses yeux noisette.

— Jamais ?

— Absolument jamais.

— Tu as de la chance. J'aurais préféré rester vierge. Pas parce que je n'ai pas aimé ça, mais parce que ça a changé énormément de choses entre nous. On dirait que Frosty ne veut plus que ça de moi. Mais assez parlé de ma petite personne. Toi, tu penses à des choses cochonnes avec Cole, je me trompe ? m'a-t-elle demandé d'un air qui m'encourageait à poursuivre.

— Non. Si. Peut-être. Oh ! je ne sais pas.

Je me tortillais nerveusement sur mon siège.

— Je ne sais même pas si nous sortons vraiment ensemble. Pourtant, il m'a assuré qu'il voulait que je sache tout sur lui et, quand je lui ai répondu que ce n'était pas encore le cas, il m'a littéralement bombardée d'informations personnelles.

— Mon chou, ça crève les yeux : ce type-là veut te tremper dans du lait et te dévorer au petit déjeuner. Avec des céréales.

Je… je ne trouvais rien à répondre à ça.

— Ça vaut ce que ça vaut, mais je peux te dire que le sexe c'est une sacrée étape, et maintenant que Frosty et moi sommes séparés, il faut que j'accepte l'idée que quelqu'un que je déteste — ou pas, je ne sais plus — m'a vue nue.

Un rayon de soleil s'est glissé dans l'habitacle ; les yeux de Kat se sont illuminés, le marron triste faisant place à des nuances de vert plus joyeuses. Le soleil ! Génial ! C'était un souci de moins… jusqu'à ce que, évidemment, le rayon disparaisse. Zut !

Nous avons progressé de quelques centimètres dans la file du drive-in, et elle a continué :

— Je sais que tu as embrassé Cole. En fait, tous ceux qui se trouvaient dans le club le savent. D'ailleurs, je suis surprise que vous ayez tenu tout ce temps sans mourir d'asphyxie. Alors, comment est-il ?

J'ai poussé un soupir rêveur. Un seul mot m'est venu à la bouche :

— Extraordinaire.

Le rire de Kat s'est élevé, pur et cristallin comme les ailes d'une fée.

— Toi, tu es salement accro…

— Pas faux.

Pensive, elle a pianoté un instant sur le volant.

— Eh bien, je vais te donner mon avis. Si tu décides de franchir le pas, insiste pour qu'il porte un préservatif. Et commence à prendre la pilule. Je sais : on dirait la prof de bio pendant les cours d'éducation sexuelle. Mais tu ne voudrais pas te retrouver avec un polichinelle dans le tiroir, n'est-ce pas ? Et puis… on ne sait pas trop où a traîné Mackenzie, si tu vois ce que je veux dire.

Pour prendre la pilule, il faudrait que j'en parle avec mamie… mais la simple pensée de cette discussion me glaçait d'horreur.

— Si tu voyais ta tête en ce moment ! m'a lancé Kat, moqueuse. Mais bon : puisque le professeur Chien fou a commencé son cours, je vais te raconter ce que mon père m'a dit… et, si possible, je t'empêcherai de te jeter hors de la voiture. « Parle-lui avant tout. J'insiste, Kat. » Enfin, Ali, dans ton cas. Et ne commence pas la conversation au moment où vous vous embrassez, ou pire *pendant*. Trouve un endroit neutre avant d'entamer quoi que ce soit, et ayez une vraie discussion. Une fois qu'un garçon se met à penser au sexe, il ne pense plus à rien d'autre. « Katherine — Ali, donc — est-ce que tu m'écoutes ? C'est à toi de voir où tu en es avec lui, mais je t'en conjure : dis-toi que c'est sans doute encore trop tôt. »

— D'accord, ai-je acquiescé, à la fois vaguement amusée et terrifiée de nouveau.

Je devais en parler d'abord à mamie, ensuite à Cole ? Je préférais encore les zombies !

— Donc, ton père t'a sorti tout ce discours ?

Brave homme.

— Je voulais dire *ma mère*, bien entendu.

Elle a ri de nouveau, mais plus nerveusement.

— N'importe. Pour commencer avec Cole, tu dois déjà savoir avec certitude si vous êtes vraiment ensemble ou non. Qu'en penses-tu, toi ? Serais-tu d'accord pour qu'il fréquente d'autres filles ? Ce qui nous mène à une question plus primordiale encore : restera-t-il *après* pour te faire des câlins ? Crois-moi, c'est capital. Une fois, Frosty s'est taillé deux minutes après notre petite affaire — genre « je saute dans mes vêtements avant de sauter par la fenêtre » — et je l'ai traité de tous les noms… sauf qu'il n'était plus là pour l'entendre, évidemment.

Avant que j'aie pu répondre, nous étions parvenues au guichet ; nous nous sommes donc empressées de passer notre commande. Ça tombait bien : qu'aurais-je bien pu répondre à son discours ?

Kat a opté pour un moka glacé, moi pour un *latte* à la cannelle brûlant.

— Autre chose, m'a-t-elle dit en attendant de régler l'addition.

J'ai retenu un gémissement à grand-peine.

— J'ai l'impression que l'idée de parler de tout ça avec Cole te met plutôt mal à l'aise. Alors réfléchis à ça : si tu as du mal à parler avec lui, cela veut sans doute dire que tu ne devrais pas te montrer à lui toute nue. Un point c'est tout.

Dans un cas comme dans l'autre, tout ce que j'imaginais me mettait au supplice.

— Ça fera neuf soixante-quinze, a annoncé la caissière.

Kat a payé et a avancé jusqu'au parking. Nous sommes restées là un moment, en silence, nos tasses à la main. Cela faisait des siècles que je n'avais pas bu du café dans une voiture. Pas depuis le matin où ma mère avait déclaré qu'elle ne ferait pas un pas de plus sans une dose massive de caféine. Ce jour-là, elle avait insisté pour que je prenne un déca, car d'après elle j'étais trop jeune pour boire quelque chose de plus fort. J'avais protesté, bien entendu. Aujourd'hui, ce souvenir me faisait sourire. Après tout, elle ne voulait que mon bien.

— C'est encore meilleur avec des glaçons. Et je ne parle pas de Frosty, m'a fait Kat en pouffant de rire à sa propre plaisanterie.

Ma mère aurait adoré Kat. Elle l'aurait trouvée amusante, sans le moindre doute.

Pendant les quelques heures qui ont suivi, nous avons déambulé côte à côte dans le centre commercial, à parler de tout et de rien, à essayer des vêtements et même à en acheter quelques-uns. Kat avait un goût pour les tenues sexy, tandis que je me trouvais de plus en plus attirée par des tenues… garçonnes. Ou, pour mieux dire, de camionneuse. Pas très glamour, certes, mais en ce moment j'avais envie que l'on remarque davantage mes talents à l'épée que mes formes.

Au moment où nous sortions, nous avons croisé Poppy et Wren. Cette dernière a pris soin de détourner la tête pour faire mine de ne pas nous avoir vues, et c'est à peine si Poppy nous a saluées. Wren lui a aussitôt saisi la main et l'a admonestée à voix haute :

— Ne les encourage pas. Elles ne feraient que te tirer vers le bas.

Une boule de colère m'a obstrué la gorge.

— Je me demande ce que j'ai pu leur trouver…, a murmuré Kat.

Elle faisait de son mieux pour feindre l'indifférence, mais de toute évidence elle était blessée. Une lueur triste est passée dans ses yeux avant qu'elle ne se redresse et détourne la tête à son tour.

Une fois dans sa voiture, sur le chemin du retour, j'ai dit :

— Je sais qu'elles te manquent. Si tu veux redevenir amie avec elles, je ne veux pas t'en empêcher. On peut continuer à se voir hors du lycée, sans dire que nous restons…

— Tu es folle ? Faut-il que je t'en colle une pour t'apprendre à ne pas dire ce genre d'idioties ?

Elle a pris un virage plutôt sec.

— Elles m'ont déjà fait le coup une fois. Puis, quand j'ai rompu avec Frosty, elles se sont remises à m'appeler. Pourtant, à l'époque, Cole et Justin étaient amis — et maintenant Wren sort avec lui. Ce sont des hypocrites qui jugent tout le monde. Je les déteste — moi qui, comme tu le sais, ne suis pourtant qu'amour et lumière.

— Je ne te le fais pas dire.

Peu à peu, mon amie a retrouvé le sourire.

— De toute façon, la vie est trop courte pour jouer à ces petits jeux. Je préfère rester avec des gens avec qui je me sens bien. Des gens qui me rendent heureuse.

C'était une vérité profonde — une vérité que je n'avais apprise que par le décès de ma famille.

— Je te remercie.

— Je t'en prie. Et toi, c'est pareil : avec moi, tu es bien la plus heureuse des filles, non ? Tu as trop de chance de m'avoir.

L'orage a éclaté alors que nous nous trouvions à quelques minutes de chez moi. La pluie s'est mise à tomber à verse, ricochant sur le pare-brise. Kat s'est garée, et j'ai rassemblé mes sacs de courses.

— Entre avec moi, lui ai-je fait. Reste un moment.

Je n'avais pas envie de la quitter tout de suite.

— Si tu n'as rien d'autre de prévu, bien sûr, ai-je aussitôt ajouté.

— Rien d'autre, non. Mais es-tu vraiment sûre ? Mon père dit qu'à haute dose, je suis insupportable.

— Faut-il que je t'en colle une pour t'apprendre à ne pas dire ce genre d'idioties ?

Elle s'est mise à rire, et je l'ai imitée.

La pluie nous a accueillies quand nous sommes sorties de la voiture, et nous nous sommes mises à courir. Mais le temps d'arriver à l'abri du porche, nous étions déjà trempées de la tête aux pieds… sans avoir cessé de rire un instant. Cela en valait donc la peine.

— Ali ! a appelé mamie depuis l'intérieur.

Je me suis figée, nerveuse. J'aurais dû avoir une vraie discussion avec elle dès ce matin. Si elle se mettait à parler de mon histoire de boxe devant Kat, je ne saurais pas quoi lui répondre.

Trempées comme des soupes, nous nous sommes dirigées vers la cuisine d'où provenait le fumet appétissant d'un bouillon de carottes. Postée devant le plan de travail, mamie préparait une salade.

Je me suis détendue devant le sourire plein de gentillesse qu'elle m'a adressé.

— Katherine, ma chérie, veux-tu rester pour dîner ? Je fais un pot-au-feu. C'est un des plats préférés de papi.

— Tu es d'accord ? m'a demandé Kat.

— Evidemment, lui ai-je répondu avec une grimace qui montrait à quel point sa question était idiote.

Elle m'a adressé un sourire radieux.

— Alors oui, j'accepte votre invitation avec plaisir.

— Très bien.

Mamie a déposé la laitue dans un saladier.

— Ce sera prêt d'ici un quart d'heure. Et si vous montiez vous sécher, les filles ? Vous empestez le chien mouillé !

— Le chien fou, plutôt, a murmuré Kat, et c'est en riant de plus belle que nous nous sommes dirigées vers ma chambre.

Nous avons d'abord tenté de nous sécher avec des serviettes, mais devant le manque de résultats de cette méthode, nous avons décidé de nous changer carrément. Je lui ai prêté un T-shirt qui lui tombait aux genoux et un pantalon de jogging si grand qu'elle a dû le retourner aux jambes *et* à la taille.

Par habitude, nous avons vérifié nos messageries. Elle avait un e-mail de Frosty, qui lui demandait si elle voulait boire un verre avec lui plus tard. J'avais raison : il était guéri. Pour ma part, j'avais reçu un mot de Cole qui m'indiquait qu'il viendrait me chercher à 11 heures. Cela m'a fait sourire : Frosty demandait, Cole décidait. Pourtant, j'étais ravie à l'idée de le voir. Il…

Boum.

Le bruit de la chute m'a fait sursauter, et je me suis retournée d'un bloc pour me retrouver face à une Kat à demi allongée au sol, tremblante et pâle. On aurait dit qu'elle avait voulu se rapprocher de moi sans y arriver. Je me suis précipitée pour l'aider à se redresser.

— Tout va bien ?

— Ça ira, oui.

Avec difficulté, elle est parvenue à s'asseoir sur mon lit et s'est passé les mains sur le visage.

— Rien qu'un petit vertige.

Un « petit vertige » qui s'était déclaré subitement, sans aucun signe avant-coureur. J'ai repensé aux cicatrices sur ses bras, et à toutes les fois où je l'avais vue pâle, fatiguée, les mains tremblantes. Sans compter tous les jours d'école qu'elle avait manqués…

— Kat, il y a quelque chose qui ne va pas et je veux savoir de quoi il s'agit.

Je me suis laissée tomber à côté d'elle et j'ai croisé les jambes, déterminée.

— Et pas de faux-fuyant, cette fois. Tu peux tout me dire, ça ne sortira pas de cette chambre. J'espère que tu le sais. Tu peux me faire confiance, Kat.

Avec un soupir, elle s'est laissée aller de tout son long sur le lit, sur lequel elle a rebondi.

— Eh bien… tu te souviens de notre première rencontre ? La fois où je t'ai dit que ma mère travaillait à l'hôpital, et qu'elle m'avait parlé de toi ? Que c'était la raison pour laquelle je t'ai rendu visite ?

— Oui.

— Je t'ai menti. Je suis désolée, a-t-elle ajouté avant que j'aie eu le temps de réagir. Je ne voulais pas t'avouer la vérité. Personne ne la connaît, pas même Frosty.

— Alors de quoi s'agit-il ? ai-je demandé, anxieuse et curieuse à la fois. Pourquoi étais-tu à l'hôpital ?

De nouveau, elle s'est enfoui la tête dans ses mains pour me cacher son expression.

— Parce que je suis malade. Mes reins ne fonctionnent pas bien. J'ai besoin de dialyses. Très souvent. C'est pour ça que je me trouvais là-bas. J'ai entendu deux infirmières parler de toi, et j'ai décidé de venir te voir dans ta chambre.

La consternation m'a frappée de plein fouet, et j'en suis restée muette. Le mot *malade* résonnait dans ma tête.

— Mais… tu vas t'en sortir ?

— Ma mère… elle avait le même problème rénal que moi. Elle est morte très jeune. A ma naissance, en fait.

— Oh ! Kat !

Je lui ai pris la main et je l'ai serrée de toutes mes forces. Jamais je ne la laisserais partir.

Mais Kat a redressé le menton, et, comme précédemment dans la voiture, la lumière de l'abat-jour a fait ressortir les nuances vertes joyeuses de ses yeux.

— Je ne veux pas que ça change ton comportement envers moi. Je reste la même.

C'était vrai : la même — une des plus belles personnes que je connaisse. Sans savoir pourquoi ni comment, je désirais la sauver. Pourtant, je n'avais su sauver ni ma famille ni Brent… Mais j'ai compris immédiatement que la perdre me détruirait pour toujours.

L'horloge ne s'arrêtait jamais de tourner — ou plutôt si, une seule fois. On ne savait jamais quand ça se produirait ; le temps d'un souffle, d'un battement de cils, d'une seconde… et ceux que l'on aimait disparaissaient pour toujours.

Kat. Mamie. Papi.

Cole.

J'avais gardé mes distances envers lui, joué au chat et à la souris ; un jour je me disais que j'allais lui donner sa chance, le lendemain je me ravisais. Oui. Non. Enthousiaste. Effrayée. Et, toujours, je retenais une part de moi-même.

C'était fini. La peur ne gouvernerait plus ma vie. J'avais déjà pensé cette phrase, mais aujourd'hui les mots prenaient réellement vie en moi. A présent, je ne reculerais plus.

— Tu dis que Frosty n'est pas au courant ? ai-je demandé à Kat tout doucement.

— Non, je ne lui ai rien dit.

Elle a fixé sur moi un regard étincelant, un regard déterminé.

— Et je veux que tout reste comme ça, d'accord ? J'ai peut-être tort, mais je l'aime encore. S'il le découvre, soit il me laissera tomber, soit il redoublera d'efforts pour passer avec moi le temps qu'il me reste. Je ne veux pas qu'il me quitte, mais je ne veux pas non plus qu'il ne sorte avec moi que parce que je suis une… offre limitée dans le temps. Je veux qu'il fasse tout pour me séduire *parce qu'il m'aime*.

— Il n'a pas remarqué ta fatigue ? Tes cicatrices ?

— Bien sûr que si. Mais les jours où je vais mal, je lui dis que j'ai mes règles, et ça s'arrête là. Les histoires de filles lui font peur. Quant aux cicatrices, je lui ai raconté que je m'étais battue très violemment au collège, contre une fille avec des ongles de sorcière. Il me demande son nom et son adresse au moins une fois par semaine. Je crois qu'il rêve de voir le match retour…

J'hésitais entre le rire et les larmes.

— Je ne dirai rien à personne, c'est promis.

Peu à peu, elle s'est détendue.

— Je te crois. Et maintenant, si tu me permets de changer habilement de sujet, j'ai enfin terminé ma chaîne de rumeur. Tu ne devineras jamais qui se cachait derrière tout ça.

Je n'y pensais plus depuis longtemps, mais sa déclaration a réveillé ma curiosité.

— Qui ?

— Jaclyn, la sœur de Justin.

Ça a été comme une lampe qui s'allumait dans ma tête.

— Evidemment ! me suis-je écriée.

J'avais un peu honte de ne pas avoir songé à elle plus tôt. Je n'avais plus adressé la parole à Justin depuis cette nuit où, avec sa bande, il avait volé *mes* zombies. Jaclyn s'était toujours débrouillée pour m'éviter.

— Elle me déteste.

— Et encore, le mot est faible, je le crains. Mais je ne crois pas que ce soit vraiment personnel. Elle hait quiconque s'approche de Cole. Ça date d'il y a longtemps, de l'époque où je sortais avec Frosty. Mais je n'ai jamais su pourquoi.

Moi, je connaissais la raison, mais je ne pouvais pas le lui dire.

— Tu vas te venger ? m'a demandé Kat.

— Non, ai-je soupiré. C'est trop vieux. Terminé.

Je n'allais pas m'attirer de nouveaux problèmes pour si peu, pas quand j'avais tant à perdre. Sans compter que Cole voudrait s'en prendre à Justin, et qu'il avait beaucoup trop à faire en ce moment.

Comme nous tous.

16

Le bon, la brute et le monstre

A 11 h 15 cette nuit-là, la lueur d'une torche a éclairé ma fenêtre. Le signal de Cole. Il était venu.

L'orage avait laissé sa trace dans le ciel, qui n'était plus qu'une étendue noire comme l'onyx, et sur le sol sombre et boueux. Cela faisait bien cinq minutes — d'accord, plutôt cinquante-cinq — que je scrutais les ténèbres dans l'attente de Cole, en me demandant comment je le repérerais. Voilà qui était réglé.

Remplie d'un sentiment de culpabilité, j'ai vérifié de nouveau la fausse Ali en polochons allongée dans mon lit avant de descendre l'escalier sur la pointe des pieds pour sortir par la porte de derrière. Papi et mamie étaient bien plus vieux que mes parents, et leur ouïe bien moins affûtée… D'accord, je trahissais leur confiance, mais les nouvelles règles qu'ils m'avaient imposées ne me laissaient pas d'autre choix. Ma décision était prise.

Les gonds ont crissé atrocement quand j'ai poussé la porte, et je me suis immobilisée, paniquée. Pendant quelques secondes, j'ai guetté une réaction ; puis, n'entendant rien, j'ai refermé le verrou derrière moi et emporté la clé dans ma poche. La nuit était glaciale, et je me suis félicitée d'avoir enfilé une grosse chemise, des chaussettes épaisses et des bottes.

— Salut, toi.

Nos yeux se sont rencontrés et le monde a disparu.

… Il me plaquait contre le mur d'une chambre, et j'étais accrochée à lui, mes jambes nouées autour de sa taille ; ses mains emprisonnaient mon visage et les miennes se perdaient dans ses cheveux. J'étais comme prisonnière de sa force, et nous nous embrassions à perdre haleine.

— Tout va bien, princesse ?

« Princesse. » De nouveau ce mot, comme si je venais d'un conte de fées. Je me suis laissée aller contre lui.

— Parfaitement bien.

— Encore ?

— S'il te plaît…

Et le baiser a repris, langoureux et sauvage.

Pour la première fois, rien n'est venu nous interrompre. La vision s'est déroulée jusqu'à la fin. Au milieu des halètements, le baiser s'est poursuivi pour disparaître peu à peu. Je me suis retrouvée dans le noir, agitée par toute une palette d'émotions — excitation, anticipation, nervosité… Cela faisait si longtemps que nous n'avions pas eu de vision que je pensais que cela n'arriverait plus.

Pour moi, cela signifiait que Cole et moi avions encore un avenir.

— Pourquoi maintenant ? m'a-t-il demandé, dans le présent cette fois.

Derrière lui, je distinguais le grillage de la clôture et les arbres qui la bordaient. Il n'y avait pas de lune et Cole avait éteint sa lampe ; pourtant, malgré l'obscurité, je distinguais son visage, ses cheveux noirs coiffés en arrière et ses yeux au violet lumineux.

— Qu'y a-t-il de changé ?

— Moi, je pense.

J'avais compris qu'une partie de moi n'avait cessé de le repousser, de lui résister. Mais après ma conversation avec Kat… pour tout dire, je ne savais pas combien de temps elle resterait avec nous, et j'étais envieuse du lien qu'elle partageait avec Frosty. Je voulais créer une connexion semblable avec Cole et, je l'ai compris, je venais de décider de le faire en acceptant de m'ouvrir à toutes les possibilités.

— Eh bien, j'approuve. Je veux ça.

Sa voix était rauque et onctueuse, comme du chocolat noir et fort.

— Ce que nous avons vu, a-t-il précisé. Je veux que ça se produise.

— Moi aussi, ai-je admis.

— Tu penses me connaître suffisamment ?

Je savais qu'il était fort, déterminé, protecteur, et qu'il pensait plus à ses amis qu'à lui-même. Il ne suivait que ses propres règles. A l'époque du Far West, il aurait été un hors-la-loi. Je savais que j'aimais son sens de l'humour, tout comme il appréciait le mien.

— Oui, ai-je murmuré. Je le sais. Mais pas de sexe, ai-je ajouté. Je veux dire… Pas encore, mais…

— Tu veux aller plus loin.

— Oui, ai-je répété.

— Très bien.

Il m'a saisie par la main et m'a entraînée avec lui à travers les ténèbres et la boue. Je savais que des pièges étaient disposés là, mais je ne parvenais pas à les voir. Aucun signe de présence des zombies non plus.

— Un des nôtres passera toutes les heures pour s'assurer qu'il n'y ait aucun problème chez toi.

— Merci.

Comme la fois précédente, nous avons retrouvé la Jeep garée près du trottoir. La seule différence, c'est que Bronx n'était pas au volant. Cole y a pris place.

J'ai bouclé ma ceinture avant de me tourner vers lui.

— Est-ce que tout le monde va bien ? ai-je demandé alors que nous démarrions.

— Oui. Ils se rétablissent de façon plutôt satisfaisante.

— Où se trouvait le nid ?

— Dans un caveau, au cimetière.

— Et… que faisaient-ils là-dedans ? Ils dormaient ?

Il a hoché la tête.

— Nous avons ouvert la porte, et ils étaient là, à nous regarder sans bouger. Ils ne se sont même pas défendus quand nous les avons attaqués.

— Ils ont peut-être un problème.

Un problème comme… l'essence d'un esprit qui les empoisonnait ?

— Peut-être. Nous n'avions jamais vu ça.

— Donc, vous avez pu les cramer sans difficulté ?

— Exactement.

Et je parie qu'ils avaient fêté ça ensuite. Dommage pour moi, car j'aurais aimé être des leurs. J'ai tourné la tête pour contempler le paysage et me suis mise à dessiner distraitement du bout du doigt sur la vitre.

— Comment les autres les ont-ils repérés ?

Cole a accéléré, doublant une voiture puis une autre.

— Ils effectuaient une patrouille, et ils ont simplement suivi l'odeur, qui était plus forte que d'habitude.

Nous sommes demeurés silencieux un moment, et je me suis laissée aller à mes pensées — qui sont très vite passées des zombies à Cole lui-même. Je savais où il m'emmenait : chez lui. Nous irions dans sa chambre et... quoi ? Nous contenterions-nous de flirter ? Et puis zut ! Même si nous ne couchions pas ensemble, je n'avais pas trouvé le courage d'entamer LA discussion avec lui. Je risquais de perdre le contrôle des choses — ou même de changer d'avis.

— Dis-moi... vous autres tueurs de zombies, croyez-vous au paradis et à l'enfer ? lui ai-je demandé pour changer de sujet. Allez-vous à l'église ?

— Pour les autres, je ne peux pas dire mais, moi, j'y vais. Avec mon père, chaque dimanche. Et toi ?

— Moi aussi.

Nous sommes parvenus à destination, et il s'est garé sur le parking. Il est sorti de la voiture et en a fait le tour pour venir m'aider à descendre.

— Ne sois pas nerveuse, m'a-t-il dit. Il ne se passera rien sans que tu le veuilles.

C'était bien le problème : je ne savais pas ce que je voulais. *C'est maintenant ou jamais*, ai-je songé.

Alors je me suis lancée.

— Sommes-nous « officiellement » ensemble ? En couple, je veux dire. De façon exclusive.

Il s'est immobilisé sous le porche pour me jeter un regard indéchiffrable.

— Je me suis sans doute très mal exprimé, mais pour moi nous sommes ensemble, « de façon exclusive », depuis un bon moment. Nous avions juste quelques différends à régler.

Une joie fulgurante m'a traversée, et je me suis mise à trembler de tous mes membres.

— Ah bon…

Un éclair de colère a brillé dans ses yeux.

— Tu veux dire que, toi, tu as vu quelqu'un d'autre ?

— Mais non !

La fureur a disparu, mais l'expression qu'il a affichée ensuite ne m'a guère rassurée. Moi qui avais trouvé papi déterminé quand nous avions parlé de boxe… Mais ça !

— D'accord, alors, lui ai-je dit. Je voulais seulement m'en assurer.

— La prochaine fois, pose la question plus tôt.

Parvenus à l'intérieur, avant qu'il ne m'entraîne à sa suite dans le couloir, j'ai eu le temps d'entrapercevoir le salon. J'étais venue chez Cole un nombre incalculable de fois, mais j'étais toujours restée dans la grange. Jamais il ne m'avait invitée à l'intérieur de la maison elle-même. L'austérité des lieux m'a surprise. Un canapé marron, un fauteuil, une table basse, mais aucun autre meuble ni photos sur les murs, pas plus que de fleurs ou de décorations quelles qu'elles soient. *Minute*. Pour les meubles, je me trompais : devant un mur se trouvait un énorme coffre-fort noir. Qui devait contenir assez d'armes et de munitions pour raser la ville entière, ai-je supposé.

— Ton père…, ai-je commencé.

— Il n'est pas là.

— Et Bronx et Mackenzie ?

— Bronx dort dans sa chambre, Kenz est de sortie.

De nouveau ce surnom de « Kenz ». Un surnom, ça montre de l'affection, non ? J'ai failli laisser les doutes sur ses sentiments — envers moi et envers elle — envahir mon esprit, mais je suis parvenue à les repousser avec fermeté. *Plus de peur,* me suis-je rappelé. Et puis, je lui accordais ma confiance, oui ou non ? Je ne pouvais demeurer plus longtemps dans l'entre-deux.

Mes pensées ont pris un tour complètement différent lorsque je suis entrée dans la chambre de Cole. Il a refermé la porte sur nous avec délicatesse. J'ai découvert un grand lit aux draps sombres, une table de chevet où trônait un livre (dont je n'ai pu lire le titre), et une armoire. Tout était très net. Très solitaire aussi.

Sans un mot, Cole m'a plaquée contre le mur. Dans mon dos, le contact de la cloison de plâtre, presque froide, m'a fait tressaillir ; sentir son corps superbe tout contre le mien a mis la panique dans mon cerveau.

— Tu es sûre de vouloir ça ?

— Ou… oui.

Il a plongé son regard dans le mien et nous sommes restés immobiles un long moment ; puis nos lèvres se sont rejointes et sa langue s'est insérée dans ma bouche. Le baiser a commencé lentement, pour s'accélérer peu à peu et prendre un rythme frénétique et sauvage. Une telle passion nous animerait-elle toujours ?

Comme par magie, ma nervosité a soudain disparu, et mes mains sont remontées sous son T-shirt, mes ongles labourant sa peau. Je ne pouvais me rassasier de son contact. J'aurais voulu être encore plus près, si ça avait été possible.

Comme dans notre vision, j'ai noué mes jambes autour de sa taille. Il s'est arc-bouté, et soudain je n'étais plus appuyée contre le mur, mais accrochée à Cole.

C'est ainsi, soudée à lui comme une liane, qu'il m'a portée jusqu'au lit. Il s'est penché… penché… et je me suis retrouvée sur le matelas moelleux, Cole allongé sur moi sans que jamais notre baiser ne s'interrompe.

A ma grande surprise, il n'a pas cherché à aller plus loin. Pas vraiment. Nous nous sommes contentés de nous embrasser, nos mains s'égarant parfois, mais jamais en dessous de la ceinture. Au bout d'un moment, il a relevé la tête avec un grognement frustré, ses pupilles violettes dilatées.

— Il vaut mieux en rester là.

Pardon ? Pourquoi ? Oh ! oui… d'accord.

— Quand tu seras prête à aller plus loin, nous le saurons tous les deux.

Il a roulé sur le côté et m'a attirée contre lui.

— Et… si je veux attendre le mariage ?

— Es-tu en train de me demander de t'épouser ? m'a-t-il demandé en riant.

— Non !

— Si c'est ce que tu décides, pas de problème. Ne laisse personne te faire changer d'avis, moi y compris. Et j'ai honte de te l'avouer, mais il est fort possible que j'essaie.

— Et il est fort possible que je sois aussi très vexée si tu n'essaies pas.

Je me suis blottie contre lui, et il s'est mis à jouer avec les mèches de mes cheveux. Non sans une certaine satisfaction, j'ai remarqué que ses mains tremblaient autant que les miennes.

— Ta vie d'avant te manque-t-elle ? m'a-t-il demandé.

Le changement de sujet m'a prise au dépourvu, et il m'a fallu quelques instants pour réfléchir à sa question.

— Oui… en fait, c'est surtout ma famille qui me manque. J'aimerais… j'aimerais pouvoir dire à mon père qu'il n'était pas fou. J'aimerais exprimer à ma mère tout l'amour que j'avais pour elle. Et je voudrais tant que ma petite sœur soit parmi nous… elle était la lumière de ma vie, tu sais.

— Est-elle réapparue, depuis la dernière fois ?

— Non.

Malgré ses funestes prédictions, j'aurais aimé la revoir.

— Les derniers mots qu'elle m'ait dits sont : « Il va venir te chercher. »

— De qui parlait-elle ?

— Je n'ai pas réussi à le savoir.

Cole s'est rassis sur le lit et m'a considérée un instant, l'air sombre.

— Veux-tu me parler de l'accident ? De ce qui est arrivé à tes parents juste après ?

Je me suis mordu les lèvres et j'ai dû faire un immense effort pour ne pas me refermer sur moi-même comme les fois précédentes.

— Quand j'ai repris conscience, j'ai vu mon père dans la lumière des phares. Trois zombies lui sont tombés dessus ; ils ont disparu en lui, même s'ils revenaient de temps en temps à la surface, comme pour chercher de l'air. Puis je me suis évanouie de nouveau et, quand je me suis réveillée pour la deuxième fois, j'ai vu que ces zombies avaient réussi à extirper ma mère de la voiture et lui faisaient connaître le même sort.

— Ton père… était-il encore vivant ?

— Je ne crois pas, non. Il n'a pas eu la moindre réaction.

— Et ta mère ?

— M… morte, je crois. Dans la voiture, elle était couverte de sang. Tellement de sang…

Mes dents se sont mises à s'entrechoquer.

— Est-il possible qu'elle soit sortie de la voiture pour venir en aide à ton père ?

— Je... je n'en ai aucune idée.

— Tu sais, nous pouvons parler d'autre chose, a proposé Cole en se rallongeant à mon côté. Tu es encore sous le choc, visiblement.

— Je peux surmonter ça. Mais pourquoi me poses-tu des questions au sujet de l'accident ?

Surtout ici et maintenant...

Il y a eu un silence pesant.

— Ce « lui » dont a parlé ta sœur...

— Oui ?

— Ne te mets pas en colère avant que je t'aie tout dit, d'accord ? Mais si ton père était encore en vie au moment où les zombies sont tombés sur lui, ils ont pu l'infecter à son tour. Il peut être devenu...

— Non ! me suis-je écriée, révoltée, avant de répéter d'une voix plus douce : Non, c'est impossible.

— Ali...

— Non.

J'ai braqué mon regard sur le plafond, les yeux gonflés de larmes qui très vite se sont mises à dévaler sur mes joues. Cole prétendait que mon père avait pu devenir un des démons qu'il avait toujours redoutés... et c'était juste *impossible.* Injuste, terrible.

Si jamais il me fallait me battre contre mon propre père... le faire disparaître... Non ! J'en serais incapable. Je m'y refuserais.

Mais quelqu'un d'autre s'en chargerait à ma place, ai-je pensé. Si ce n'était déjà fait.

Cole a repris d'une voix douce :

— Je sais que c'est une perspective terrible, et tu comprends bien que je ne t'en aurais pas parlé si je ne pensais pas que cela puisse arriver. Jamais je ne dirais quoi que ce soit qui puisse te blesser, mais je veux te préparer à cette éventualité parce que... c'est ce qui est arrivé à ma mère.

Cette révélation a été un choc pour moi.

— Ta mère était devenue un zombie ?

— Oui. J'étais là quand mon père l'a brûlée, a-t-il ajouté d'une voix neutre.

— Je… je…

Mais les mots ne venaient pas ; je n'ai pu que le prendre dans mes bras et le serrer plus fort encore pour lui offrir tout le réconfort possible.

— Elle était venue pour moi, pour me transformer en ce qu'elle était. Je l'ai repoussée, mais en retenant mes coups, parce que c'était ma mère, et elle a réussi à me mordre. J'ai appelé mon père au secours, et quand il est entré dans ma chambre elle s'est jetée sur lui. Elle a failli avoir le dessus, mais il a réussi à se reprendre et à la frapper de sa main incandescente. Il en a pleuré, tu sais.

— Cole… je suis si triste pour toi.

— Au début, les zombies conservent des pensées. Ils se souviennent de ce qu'ils ont perdu, et ils nous détestent parce que nous l'avons encore. Ils veulent nous le prendre. Et le fait qu'ils te pourchassent avec une telle détermination…

C'était vrai. Difficile à admettre, mais il avait raison. Mon père pouvait bel et bien être sur mes traces.

Avec un soupir, Cole s'est redressé sur le lit.

— Allons, il faut que je te ramène chez toi.

— D'accord, ai-je répondu dans un souffle.

J'avais besoin de temps pour réfléchir et envisager l'avenir.

Quelques minutes plus tard, nous nous trouvions dans sa voiture, et il a démarré. Il ne nous a fallu que quelques minutes pour rejoindre l'endroit où il garait habituellement sa Jeep. Pendant que nous traversions la forêt en direction de la maison de mes grands-parents, je l'ai vu jeter un coup d'œil inquiet à l'écran de son téléphone.

— Il se passe quelque chose chez toi.

Je me suis étranglée.

— *Quoi ?*

Immédiatement, j'ai pris le pas de course, scrutant les alentours à la recherche de zombies.

— Je n'ai pas d'autre information, a précisé Cole tout en accélérant lui aussi.

Il m'a dépassée et m'a montré le chemin pour éviter les pièges.

A mi-chemin, j'ai perçu l'odeur de pourriture dans l'air, si puissante qu'elle formait comme une couverture sur ma peau.

J'ai regardé le ciel, mais pas la moindre trace de nuage-lapin.

Pourquoi Emma ne m'a-t-elle pas prévenue ?

— Il y a des zombies dans les parages, ai-je fait au moment où je dégainais mon couteau. Tu les vois ?

— Pas encore, mais ils ne sont pas loin. Je n'ai jamais senti une puanteur aussi forte.

Pendant qu'il appelait Frosty au téléphone, il a tiré son arbalète de son étui.

Nous approchions de ma maison, courant de plus en plus vite. Aucun zombie ne s'est jeté sur nous. Lorsque nous sommes arrivés à la clôture — toujours aucune trace des monstres, Dieu merci —, j'ai aperçu Cruz du coin de l'œil. Je ne me suis pas attardée pour le saluer, pas plus que je n'ai fait mes adieux à Cole. Je devais d'abord m'occuper de mes grands-parents.

Derrière moi, j'ai entendu Cole pousser un juron.

La première chose que j'ai remarquée ? Toutes les lumières étaient allumées. La deuxième : la maison grouillait de policiers.

— Tes armes ! m'a crié Cole.

J'ai jeté mon couteau derrière un buisson avant de me précipiter vers l'entrée.

— Papi ! Mamie !

Le policier qui se tenait en faction à l'entrée m'a interceptée et m'a empêchée d'aller plus loin.

— Es-tu Ali ? m'a-t-il demandé.

La lumière s'est allumée sous le porche. Devant moi, j'ai découvert un homme assez âgé, plutôt replet, une expression soucieuse sur le visage.

— Oui, c'est moi, ai-je articulé. Où sont mes grands-parents ? Est-ce que tout va bien ? Que s'est-il passé ?

— Est-ce que tu vas bien, *toi* ? m'a-t-il demandé.

— Oui. Mes grands-parents…

Ignorant ma question, il s'est tourné vers l'intérieur pour crier :

— J'ai la gamine !

Puis son regard est revenu sur moi, et sur Cole qui m'avait suivie.

— Et toi, qui es-tu ?

— Le petit ami, a-t-il répondu simplement.

Sur le visage du policier, l'anxiété a fait place à la compréhension. D'autres hommes en uniforme nous ont rejoints, et entre leurs questions et les miennes j'ai fini par apprendre ce qui s'était passé. Un rôdeur avait pénétré par effraction dans la maison et effrayé mes grands-parents. Papi avait demandé à mamie de se cacher avant de venir s'assurer que j'allais bien. Il ne m'avait pas trouvée. En revanche, le vandale l'avait vu et l'avait roué de coups. Pendant ce temps, mamie avait appelé la police.

Il ne pouvait s'agir d'un zombie. Cole m'avait juré qu'une Ligne de Sang protégeait notre maison. Mais… cette odeur, d'où venait-elle alors ?

— Justin, a murmuré Cole.

Stupéfaite, j'ai écarquillé les yeux. Justin n'aurait pas fait ça, j'en étais presque certaine ; mais *quid* des membres de sa bande ? Quant à cette odeur de pourriture…

Rien de tout cela n'avait de sens, mais j'y penserais plus tard. On avait emmené papi à l'hôpital. Ses jours n'étaient pas en danger, et il ne souffrirait sans doute d'aucune séquelle. Mamie était restée à la maison au cas où les kidnappeurs auraient appelé. Sauf que je n'avais pas été enlevée : j'avais fait le mur, tout simplement.

De cela, je me sentirais coupable pour toujours. C'est moi qui avais porté cette guerre jusque dans la maison de mes grands-parents. Je ne pouvais même pas me consoler en me disant que j'avais passé la nuit à combattre des zombies : j'étais sortie pour flirter et m'amuser pendant qu'ils souffraient et s'inquiétaient pour moi.

— Puis-je la voir ? ai-je demandé d'une voix blanche.

— Bien sûr, a répondu le policier qui m'avait retenue sur le seuil.

Cole n'en avait pas fini avec leurs questions, mais il m'a néanmoins suivie à l'intérieur : il refusait de me laisser seule, même un instant. J'ai trouvé ma grand-mère dans le salon, assise sur le canapé. Elle pleurait en silence, les yeux rougis et gonflés, un mouchoir à la main. On avait dû l'informer qu'on m'avait retrouvée, mais elle avait été forcée d'attendre que mon interrogatoire se termine.

A la seconde où elle m'a vue, elle a bondi sur ses pieds et

s'est précipitée vers moi pour se jeter dans mes bras. Je lui ai rendu son étreinte, la serrant de toutes mes forces, incapable de retenir mes larmes.

— Je te demande pardon, lui ai-je dit aussitôt.

— Nous en parlerons plus tard. Pour l'instant, tout ce qui compte, c'est que tu sois saine et sauve.

Mes grands-parents avaient tout fait pour moi, et je ne leur causais que du chagrin et des soucis. Et le pire, c'est que je savais que cela continuerait.

Papi a quitté l'hôpital quelques jours plus tard, et, à le voir si faible et fragile, j'ai ressenti une furieuse envie de botter les fesses du médecin qui l'avait laissé sortir, ainsi que l'assurance-santé qui refusait de payer plus longtemps pour ses soins.

J'ai demandé à mamie de prélever autant d'argent que nécessaire sur l'argent réservé à mes études pour qu'il retourne en observation, mais elle a refusé tout net. Elle ne voulait qu'une chose : pouvoir s'occuper de papi à la maison.

Il avait un œil au beurre noir et les joues creuses, le teint livide. On aurait dit que sa peau n'était pas plus épaisse que du papier à cigarettes, et il se déplaçait avec difficultés. Mon gentil papi… comment quelqu'un avait-il osé s'en prendre à lui ?

De retour au lycée, Cole et moi nous sommes mis à la recherche de Justin et de sa sœur, bien décidés à leur faire payer. Nous les avons repérés dans le parking, à leur descente du bus. Dès que Cole les a aperçus, il a bondi de sa voiture et a crié :

— Silverstone !

Justin l'attendait de pied ferme. Sans un mot de plus, ils se sont jetés l'un sur l'autre et le combat a commencé.

A mon tour, je suis sortie de la voiture et me suis approchée de Jaclyn.

— Si tu fais quoi que ce soit pour les séparer, ai-je sifflé, je te cogne comme Cole est en train de cogner ton frère. Nous avons à parler, toi et moi.

Elle s'est contentée de lancer ses cheveux par-dessus son épaule avec un mouvement de tête méprisant.

— Va te faire voir.

— Si tu t'approches encore de mes grands-parents, ai-je grondé, je te ferai avaler le macadam. C'est compris ?

Elle a pris une expression hautaine.

— De quoi parles-tu ? Nous n'avons pas touché à tes grands-parents.

— C'est ça, oui. Et tu n'as pas propagé des rumeurs à mon sujet non plus ?

Entre les deux garçons, les coups et les insultes pleuvaient.

Elle a haussé les épaules.

— C'est vrai, les rumeurs, c'est moi. Et alors ?

— Alors, tu es une vermine sans morale, qui se fiche de blesser des innocents. Je sais que, ta bande et toi, vous êtes venus dans ma maison pour me harceler, et peut-être même pour me passer à tabac. Quand vous avez compris que je n'étais pas là, vous vous en être pris à mes grands-parents.

— Je t'ai déjà dit que nous n'avons *pas* touché à eux.

— Mais tu sais qui l'a fait, et tu vas me le dire.

Je n'ai pas attendu sa réponse. Elle allait comprendre de quel bois je me chauffais. Mon poing est parti comme une flèche, et je l'ai frappée en plein dans le visage. Instantanément, le sang a jailli de son nez et, avec un gémissement, elle s'est effondrée de tout son long.

J'ai entendu les portes du lycée claquer ; le Dr Wright se précipitait vers nous.

— Ça suffit ! a-t-elle crié. Les garçons ! Ali ! Arrêtez ça immédiatement.

Il a fallu plusieurs surveillants pour séparer Cole et Justin. Pour ma part, je me suis contentée de lever les mains, paumes en avant :

— Légitime défense.

Nous avons été exclus temporairement tous les quatre.

Ce soir-là, Kat est venue me voir à la maison, mais j'avais la tête ailleurs et nous avons fini par nous disputer nous aussi.

— Je t'ai parlé de ma maladie, mais tu refuses de me dire ce qui t'arrive ? a-t-elle lancé, exaspérée. Parce que je *sais* qu'il y a quelque chose. Tu passes de plus en plus de temps avec Cole, tu es couverte de bleus en permanence, et je croirais même qu'il te frappe si je n'avais vu les marques sur tous ceux qui traînent avec lui. Je sais que tu es mêlée aux mêmes histoires que Frosty, et je sais que vous me cachez des choses.

— Tu as raison, ai-je fini par admettre, mais je ne peux pas t'en dire plus.

Elle a eu l'air terriblement blessée.

— Tu ne me fais pas confiance ?

— Si, mais je ne suis pas seule dans ce secret. Je ne peux pas trahir les autres.

— Mais je suis ton amie !

— C'est vrai. Et eux aussi.

— Ali…

— Désolée. Je ne peux rien te dire, c'est tout, ai-je répété.

Kat a quitté la maison en trombe.

J'ai passé le reste de la nuit dans un état second, errant à travers la maison pour m'assurer que les portes et les fenêtres étaient bien fermées, bardée d'armes diverses. Après avoir douté de lui si longtemps, voilà que j'étais devenue le portrait craché de mon père.

Je n'avais aucune raison de vouloir sortir. Cole et sa bande étaient dehors, pour vérifier les pièges et effectuer des rondes dans le secteur. Je n'avais donc aucune raison non plus de rester debout, mais je ne parvenais pas à trouver le sommeil.

Papi et mamie m'avaient interdit de le revoir. « Pour de vrai, cette fois », avaient-ils ajouté. Et ils étaient sérieux. Mamie dormait désormais sur le canapé du salon.

Il fallait que je fasse quelque chose.

Le lendemain matin, je lui ai passé un SMS.

Px-tu vnir dîner ce soir ? Mes gp t'aimeront qd ils te connaîtront mieux.

La réponse m'est parvenue immédiatement.

Ok. Tt va bien ?

J'ai pianoté sur mon portable.

G bsoin 2 toi.

Un bip.

Pas trop tt ! A tout'

Tt... pour « tôt », sans doute. Je n'ai pu réprimer un sourire. Et tant que j'avais mon téléphone à la main, j'ai envoyé un message à Kat.

Jsuis dsl. Vraimt.

Je m'en voulais de la blesser ainsi.

Je n'attendais pas une réponse immédiate — *si jamais elle répondait* —, mais quelques minutes plus tard seulement la sonnerie des messages a retenti.

C moi ki suis dsl. G exagéré — et tu C que j n'exagère jamais.

J'ai pouffé. Kat avait un don : elle pouvait me faire rire quoi qu'il advienne.

Amies ?

Re-bip.

Meilleures amies.

Libérée d'un poids, je me suis débarrassée de mes armes et je suis descendue pour le petit déjeuner. Mamie avait déjà mis la table, et papi était installé sur sa chaise. J'ai remarqué ses épaules voûtées, ses vêtements froissés. Il ne s'était pas donné la peine de se coiffer, et la longue mèche qui couvrait en général sa calvitie pendouillait lamentablement sur son épaule. Les cernes sous ses yeux étaient plus sombres qu'avant. Perdu dans ses pensées, il contemplait ses mains posées sur la table.

— Papi ? ai-je appelé doucement.

Il a sursauté comme si je l'avais frappé et a levé sur moi des yeux injectés de sang.

— Oui ?

Sa voix était râpeuse, différente de celle que je lui connaissais.

— Est-ce que tout va bien ? Tu veux quelque chose ?

— Non, merci, a-t-il répondu faiblement.

Mamie a apporté la poêle où fumaient les œufs du matin, répandant une appétissante odeur de bacon et de fromage fondu dans toute la cuisine ; elle nous a servis tour à tour avant de prendre place sur sa chaise, et nous avons commencé à manger en silence. Enfin, elle et moi. Papi, en effet, se contentait de jouer avec la nourriture, la poussant dans son assiette sans avaler une bouchée. Il parlait dans sa barbe.

— Il faut que tu manges, lui a dit mamie.

Il s'est tu et a levé les yeux sur elle — un regard fixe et pénétrant, comme s'il la voyait pour la première fois.

— Qu'y a-t-il ? a-t-elle demandé, mal à l'aise. J'ai quelque chose sur la figure ?

Il n'a pas répondu.

Mamie m'a interrogée du regard, et j'ai secoué la tête. Non, aucun problème de ce côté. J'ai reporté mon attention sur mon grand-père. Ses doigts se crispaient sur la nappe, comme s'il essayait de retenir quelque chose.

Ou de *se* retenir. De se retenir... *d'attaquer* ?

Ses lèvres se sont retroussées, découvrant ses dents, et un grondement sourd est monté de sa poitrine ; tous les muscles de son corps se sont tendus.

J'ai bondi sur mes pieds au même instant que lui. Il s'est jeté sur mamie — et je me suis jetée sur lui. Je l'ai arrêté juste à temps, et nous avons roulé violemment au sol. Mamie s'est mise à hurler.

— Manger ! grondait papi, arc-bouté pour se débarrasser de mon poids qui le clouait au sol et l'empêchait de se jeter sur ma grand-mère.

Manger ? Seuls les zombies... *oh non.* Non, non et non. Il était en vie. Il ne pouvait... C'était impossible !

Je tentais d'immobiliser ses bras, mais en vain. Il était plus fort qu'il ne le paraissait. Et mon grand-père, lui si calme et si doux, m'a frappée au visage, une fois, deux fois, et je n'ai plus cherché qu'à me défendre. La douleur a explosé dans ma tête, et ce n'est que grâce à mon entraînement avec Cole que je suis parvenue à demeurer lucide.

— Que fais-tu, Carl ! Arrête ! Tu lui fais du mal !

A contrecœur, je frappais à mon tour. Mamie s'est précipitée dans notre direction, sans doute pour m'aider, mais sa présence n'a fait qu'exciter davantage mon grand-père, et il s'est débattu de plus belle pour l'atteindre.

— Va chercher mon téléphone ! ai-je crié. Dans ma chambre.

Appelle Cole. Je t'en prie, mamie. Juste Cole. Lui seul peut nous aider. Vite !

Elle a hésité un instant, a reculé de quelques pas. Son visage exprimait la peur et l'incompréhension. Pendant ce temps, papi ne cessait de me frapper. Ses coups de poing pleuvaient sur mon visage. Je luttais au corps à corps, car je savais très bien que le lâcher ne ferait qu'aggraver les choses. Je ne pouvais pas à la fois me battre contre lui et protéger mamie.

— Vite ! ai-je hurlé de nouveau. Et ne reviens pas ici. Papi n'est plus lui-même. Il pourrait te faire du mal.

— Ali, je…

— Maintenant !

Enfin, elle a disparu dans le couloir. Alors, toute la violence et la colère de mon grand-père se sont retournées contre moi. A présent, il ne se contentait plus de coups de poing : il me griffait et me mordait. Plus question de corps-à-corps, je devais le lâcher. J'ai bondi hors de sa portée.

— Calme-toi, papi, je t'en prie. Tu ne veux pas faire ça.

Il s'est relevé d'un bond… pour s'effondrer l'instant d'après, comme si tout son corps était devenu flasque. Ses yeux se sont révulsés et il est resté là, inerte.

Horrifiée, j'ai vu son esprit se séparer de son corps.

Oui, j'étais horrifiée, car je *savais*. Il avait été mordu par un zombie. Qui l'avait infecté. Et tué.

Il était mort.

Et pourtant, il vivait encore.

Son esprit semblait aussi maladif que son corps, sinon que sa peau était plus grisâtre encore. Son regard a balayé la pièce sans s'arrêter sur moi. Il a humé l'air, s'est léché les lèvres, et s'est dirigé vers la porte.

— Papi ! ai-je crié.

Au même moment, je suis sortie de mon corps.

Instantanément, il a oublié mamie pour reporter son attention sur moi. Il s'est avancé dans ma direction, menaçant. Au moment où il a bondi, j'ai esquivé son attaque. Il n'y avait aucune Ligne de Sang dans la maison, aussi nous traversions aussi bien les meubles que la nourriture.

Une fois, deux fois, trois fois, il m'a poursuivie à travers la pièce, cherchant à m'acculer ; quand il plongeait, je bondissais hors de sa portée. On pouvait continuer ainsi pendant des heures. J'avais une dague dans ma chaussure, mais je ne pouvais me résoudre à le poignarder. Parce qu'il faudrait ensuite que je le brûle, et je n'en trouverais pas la force.

Enfin, Cole a fait irruption dans la pièce, l'air sombre, Mackenzie, Bronx et M. Holland sur ses talons. Ce dernier a demandé où se trouvait ma grand-mère, et il est parti dans la direction que je lui indiquais. Bronx a claqué les portes rageusement. J'ai pris soin de ne pas regarder Cole dans les yeux : c'était la première fois que nous nous voyions ce jour-là, et je ne pouvais pas me permettre d'être le jouet d'une vision en ce moment.

J'ai crié :

— Ne le tue pas. Je t'en supplie. Il doit exister un autre moyen…

— Tais-toi, m'a intimé Cole. Attention à ce que tu dis.

De nouveau, papi a humé l'air et s'est pourléché les lèvres.

— Manger !

Mes amis sont à leur tour sortis de leur corps et l'ont encerclé. Très vite, ils sont parvenus à l'immobiliser et à ligoter ses bras et ses jambes avec des cordes lumineuses.

— Nous pouvons peut-être…, ai-je commencé, mais je me suis aussitôt interrompue sous le regard impérieux de Cole.

Trop tard. Nos yeux se sont rencontrés…

… Cole se tenait devant moi, les mains sur mes épaules.

— Je suis désolé, me disait-il. Nous n'avions pas le choix. L'homme que tu aimais ne t'aurait jamais frappée de la sorte. J'ignore quand il a été mordu, mais c'est bien ce qui s'est produit. Ce que tu as vu aujourd'hui n'était qu'une enveloppe. Rien d'autre.

— Mais, alors, comment a-t-il fait pour entrer dans la maison ? ai-je demandé, les larmes ruisselant sur mon visage. Pourquoi les Lignes de Sang ne l'en ont-elles pas empêché ?

— La propriété est plus forte que les Lignes de Sang. C'est sa maison. Ses règles.

Mon cœur s'est brisé dans ma poitrine. J'aurais dû rechercher des traces de morsures. J'avais senti l'odeur de putréfaction la nuit où quelqu'un avait pénétré chez nous.

— Si j'avais eu plus de temps, j'aurais pu trouver un moyen…

— Il n'y a pas d'autre moyen, a insisté Cole d'une voix blanche. Il devait mourir. A ma connaissance, personne n'est jamais revenu.

Et, effectivement, il parlait en connaissance de cause : n'avait-il pas vu mourir sa propre mère de cette façon ? Et…

— *Maaaaaanger!*

La voix de mon grand-père est venue interrompre la vision. Le monde a repris sa place autour de moi. Cole se tenait à l'autre bout de la pièce, retenant papi.

— Donne-moi la permission, Ali, m'a-t-il demandé, le visage crispé.

Je venais de comprendre : le pouvoir de mes paroles l'avait jusque-là empêché d'agir — tout comme le pouvoir des siennes a failli me faire desserrer les dents pour lui accorder ce qu'il demandait. Mais j'ai résisté.

— Que se passe-t-il ? Que lui arrive-t-il ? criait mamie derrière les portes closes. Pourquoi s'en est-il pris à Ali ? Cela ne lui ressemble pas. C'est un homme très bon.

— Madame Bradley, je vous ai dit qu'il était dangereux de vous approcher, a répondu M. Holland.

Mackenzie a réintégré son corps pour quelques instants.

— Encore quelques minutes, leur a-t-elle crié.

— Ali ? a repris Cole.

Je ne pouvais pas le laisser prendre ce fardeau à ma place.

— Je… je vais le faire moi-même.

Il m'a examinée un instant avant de hocher la tête.

— Tu en es capable ?

J'ai baissé les yeux. Premier problème : mes mains étaient parfaitement normales. Je savais sans le moindre doute qu'elles pouvaient s'allumer. Mais… pouvais-je y parvenir sur commande ?

— Je ne veux pas lui faire de mal, ai-je murmuré, au bord des larmes.

Deuxième problème : j'aimais mon grand-père.

Non. Ce n'était plus mon grand-père. Plus un homme.

— Il ne sentira rien, je te le jure, m'a fait Cole.

Allongé sur le sol, papi se débattait, et j'ai laissé les larmes couler librement sur mon visage. Il voulait tuer mamie, et je devais l'en empêcher. *Ne pense à rien d'autre, Ali.* J'ai fermé les yeux et plongé en moi-même. Où j'ai rencontré une détermination que je n'avais pas soupçonnée.

— Oui, ai-je répété — et je le croyais de tout mon cœur. J'en suis capable.

Quelque chose a explosé au fond de moi, et une puissante vague de chaleur s'est répandue dans mes mains et mes bras, jusque dans mes épaules. Mes paupières se sont ouvertes d'elles-mêmes. Mes deux bras, depuis l'extrémité des doigts jusqu'à la clavicule, étaient devenus incandescents.

Cole, Mackenzie et Bronx me fixaient, stupéfaits.

Avant que le courage me manque, je me suis dirigée vers mon grand-père. Je me suis accroupie à son côté, et Cole l'a obligé à se tourner vers moi. Papi m'a montré les dents. Secouée de tremblements, évitant son regard à tout prix, j'ai posé la main sur sa poitrine.

Le temps d'un battement de cœur, il avait disparu ; seules quelques cendres voletaient dans l'air. J'ai regardé mes bras, ébahie : Cole m'avait un jour expliqué que le processus prenait en général plusieurs minutes.

— Ali ! a appelé ma grand-mère. Ali, est-ce que tu vas bien ? Réponds-moi !

Cole est retourné prestement dans son corps.

— Ali ! Ne touche à rien, tu m'entends ?

Mais la voix de mamie s'est élevée de nouveau, cette fois franchement paniquée.

— Ali, c'est ta grand-mère, et j'exige que tu me répondes !

Ne toucher à rien ? Mais il fallait que je retourne dans mon corps, pour lui répondre !

— Non ! a hurlé Cole au moment même où je tendais la main.

Les doigts de mon esprit ont touché ceux de mon corps. Quand les deux moitiés de moi-même se sont connectées, j'ai poussé un gémissement. La lumière dans mes mains a disparu, mais je sentais encore des traces de la chaleur en moi, et des étincelles voletaient autour de mes mains.

— Tout va bien, Ali ? m'a demandé Cole.

— Oui.

Et, sans attendre, j'ai crié :

— Je suis là, mamie !

Moi oui… mais papi n'y était plus. De nouveau, mes larmes se sont mises à couler.

Je me suis tournée vers Cole.

— Comment ai-je fait ça ?

— Je l'ignore. Je n'ai jamais rien vu de tel, et c'est pour ça que j'avais peur que tu brûles ton propre corps en le touchant. La prochaine fois, écoute-moi. Je ne supporterai plus une telle frayeur.

— Ali ? a fait mamie d'une voix chevrotante. Je veux te voir !

J'ai lancé un regard implorant à Cole, quémandant silencieusement la permission de lui dire ce qui venait de se produire. Elle méritait de savoir.

Il a acquiescé.

— La vérité ?

Mackenzie a fait mine de protester, mais Cole l'a coupée net :

— Oui.

J'ai ouvert la porte du salon et mamie s'est précipitée à l'intérieur, M. Holland sur ses talons. Tour à tour, ils ont scruté la pièce.

— Carl ! a gémi mamie en apercevant le corps inanimé de papi.

Elle est tombée à genoux et l'a entouré de ses bras, comme pour le protéger.

— Réveille-toi. Tu dois te réveiller.

Les sanglots m'obstruaient la gorge, et je ne suis parvenue à parler qu'au prix d'un effort surhumain.

— Ce n'est pas possible, mamie. Il est… parti.

— Non. Il va se réveiller. Je t'assure.

Peu à peu, pourtant, elle a dû se rendre à l'évidence. Elle a éclaté en sanglots.

Cole l'a aidée à se remettre debout pour lui offrir une chaise qu'il venait de ramasser au sol.

— Ali voudrait vous dire quelque chose avant l'arrivée des autorités.

J'ai pris place à côté d'elle. Je tremblais comme une feuille, et je me suis contrainte à respirer profondément pour éviter une attaque de panique.

Je craignais qu'elle ne me prenne pour une folle, qu'elle nous prenne tous pour des fous ; pourtant, je lui ai parlé des zombies.

Des pouvoirs de mon père et des miens. Je lui ai dit qu'une bande qui cherchait à contrôler ces créatures s'était introduite dans la maison, et que, sans que je sache comment, un zombie avait mordu et infecté papi.

Les zombies avaient transformé mon grand-père. Ils avaient détruit son corps — et j'avais dû détruire son âme.

A chacune de mes phrases, elle poussait un gémissement qui me fendait le cœur, et à la fin de mon explication j'avais peur de ne plus être compréhensible tant je sanglotais.

— Tout ceci est…

Ma faute. Elle n'arrivait pas à dire les mots qui me condamneraient, mais j'étais certaine qu'elle les pensait. Evidemment.

— Tout ceci est incroyable, je sais, est intervenu M. Holland. Mais Ali vous dit la vérité. Voilà pourquoi elle sortait autant, et pourquoi elle était si souvent blessée. C'est aussi pour cela qu'elle a quitté la maison ce soir-là.

L'air grave, Cole s'est accroupi à nos côtés pour regarder mamie dans les yeux.

— Il faut appeler les secours maintenant. Si nous attendons davantage, ils pourraient se poser des questions. Dites-leur qu'il s'est effondré soudainement.

Je savais à quoi il pensait. Les autorités demanderaient une autopsie, pour découvrir que papi avait succombé à la même maladie « rarissime » que les précédentes victimes.

Mamie pleurait toujours, et les larmes ruisselaient sur ses joues. Elle m'a regardée, et pour la première fois a semblé se rendre compte des marques de coups sur mon visage.

— Il avait tellement honte… Ce matin même, il m'a avoué que les rôdeurs — car ils étaient plusieurs — l'avaient entraîné de force hors de la maison. Il était terrifié, car il pensait qu'ils allaient le tuer. Mais ils se sont contentés de l'emmener dans les bois, après la clôture, et de le menacer de choses horribles. Il disait que plus il avait peur, plus il sentait des picotements chauds au niveau de son cœur. Il a cru avoir une attaque cardiaque. Enfin, il a entendu les sirènes des policiers. C'est seulement alors qu'ils l'ont relâché, et il a couru se réfugier à l'intérieur.

Une colère brûlante, incandescente, a explosé dans ma poitrine. *Evidemment.* Les gens avec qui travaillait Justin étaient bien les coupables. Ils avaient entraîné mon papi derrière les Lignes de Sang, l'avaient menacé et effrayé pour en faire une proie de choix pour les zombies. Ensuite, ils l'avaient simplement regardé se faire dévorer.

J'ignorais si Justin et Jaclyn étaient au courant. Quoi qu'il en soit, les responsables de leur groupe avaient voulu que papi m'infecte à mon tour, et me transforme en zombie. Peut-être pour faire des expériences sur moi, ou peut-être seulement pour se débarrasser de moi.

— Je suis désolé, Ali, a murmuré Cole, et j'ai compris qu'il avait abouti à la même conclusion que moi.

Ma vie venait de prendre de nouveau un tour tragique, et tout mon être me criait que ce n'était pas fini, que le pire était à venir. Vous savez quoi ? J'avais déjà ressenti cette impression à plusieurs reprises… et elle ne s'était jamais démentie.

17

Un cauchemar de zombies

Pour la troisième fois en moins de six mois, j'assistais à des funérailles. Contrairement aux précédentes, il faisait beau ce matin-là. Le vent qui tourbillonnait était toutefois assez froid pour que j'aie besoin d'un manteau. C'était le genre de temps qu'affectionnait mon père.

Cette fois, je ne me suis pas enfermée en moi-même pendant l'enterrement. C'était impossible. Mamie avait trop besoin de moi. Je restais à son côté pour tenir sa main tremblante. Je l'ai laissée pleurer sur mon épaule… puis j'ai pleuré sur la sienne à mon tour.

Cole était là lui aussi, tenant mon autre main. Il était mon rocher. Il était venu nous chercher en voiture, car il refusait que l'une de nous conduise dans notre état. Lorsque nous nous étions regardés, nous n'avions pas eu de vision, mais je n'avais pas le goût à m'interroger là-dessus.

Plus surprenant encore — Cole m'avait offert un iPod rempli de morceaux de musique qui pourraient me plaire. Il avait remarqué que je n'avais plus de baladeur. Je pleurais si fort que je ne suis même pas parvenue à le remercier de cette délicate attention. Je savais qu'il se sentait coupable de ce qui était arrivé à papi ; il faisait tout pour me réconforter, comme s'il cherchait à se faire pardonner, mais rien n'était sa faute.

— Nous avons lancé des recherches sur Anima Industries, m'a-t-il dit un peu plus tard.

Comme je le regardais sans comprendre, il a précisé :

— C'est le nom de la société pour laquelle travaille Justin. Nous trouverons un moyen de les stopper définitivement.

— Très bien.

Le plus tôt serait le mieux.

J'ai regardé les gens défiler devant le cercueil de papi — et j'ai soudain aperçu au milieu d'eux ma petite sœur Emma, flottant au-dessus du sol. Le vent ne la touchait pas. Personne d'autre ne la voyait. Des larmes coulaient sur ses joues. Elle s'est arrêtée devant moi et a posé sa petite main frêle sur mon épaule.

J'ai ressenti comme un minuscule picotement.

Cole s'est raidi. Sentait-il lui aussi sa présence ? Pouvait-il la voir ?

— Je suis désolée, a-t-elle dit doucement. Je pensais que si je cessais de te prévenir des attaques, tu arrêterais de traquer les zombies. Au lieu de ça, ils ont tué papi comme ils ont tué…

— Qui ? ai-je demandé.

Plusieurs personnes se sont retournées sur moi.

Emma est devenue plus pâle encore.

— Ali, ne m'oblige pas à… pas ici.

— Dis-moi qui, ai-je répété, et mamie m'a pressé la main pour que je me calme.

— Je… Ali, t'es-tu demandé ce qu'était vraiment un « témoin » ? C'est quelqu'un qui est mort, qui vit au ciel, et surveille la vie de ceux qu'il a aimés. C'est mon rôle. Je te regarde. Je te soutiens. Je souffre quand tu souffres. Je t'en prie, arrête maintenant.

— Impossible.

J'ai cru qu'elle allait me laisser, comme les autres fois, mais elle est restée encore avec moi. Avec un soupir, elle a dit :

— J'aurais aimé pouvoir te sauver, mais je vois que tu es trop déterminée. C'est… papa, a-t-elle murmuré. Il est à ta poursuite. Il veut te transformer en zombie à ton tour. Ils ont tenté de le faire à maman, mais elle s'est battue comme un beau diable et elle a gagné. Elle est là-haut, avec moi, et elle aussi veut te protéger. Arrête de te battre, Alice. Pour nous.

Et, avec un sourire triste, elle a disparu.

La nouvelle m'a laissée abasourdie. Mon père était donc bien devenu un zombie. C'était ça, ce qu'elle avait tenté de me faire comprendre les fois précédentes. Rien au monde ne pouvait me blesser davantage. Mon père était un zombie, et je ne pouvais rien pour lui.

D'ailleurs, il n'aurait pas voulu de mon aide.

Il était à mes trousses. Il cherchait à me tuer.

Je me trouvais encore sous le choc de cette révélation lorsque Cole nous a déposées, mamie et moi, à la maison. Son père avait besoin de lui, nous a-t-il expliqué, sans quoi il serait resté avec nous. Je n'ai pas écouté ses explications, y compris sur la mission que voulait lui confier son père. Mamie a regagné sa chambre et je l'ai imitée. Kat m'a appelée, mais je n'ai pas répondu. Je suis restée allongée sur mon lit, perdue dans le cauchemar qu'était devenue ma vie.

Mon père était un zombie.

Mon père, que j'avais jeté dans la gueule du loup.

Mon père, que j'avais offert aux zombies sur un plateau d'argent.

Rien ne pouvait le sauver désormais.

Comment supporter le poids de cette culpabilité ? D'une main tremblante, j'ai saisi le journal et je l'ai feuilleté. Les réponses étaient là, j'en étais certaine. Si seulement de nouveaux passages pouvaient… apparaître…

A peine cette pensée m'était-elle venue que plusieurs paragraphes se sont transformés : les hiéroglyphes sont devenus des lettres.

De nombreux écueils guettent le chasseur de zombies. Les gens vous traiteront de fou. Votre famille, vos amis encourront des morsures. Certains d'entre eux mourront.

N'oubliez jamais que le Mal existe. Vous ne pouvez pas le changer. Vous ne pouvez pas le mener vers la lumière. En revanche, le Mal peut vous emporter vers les ténèbres.

Vous vous demandez sans doute qui je suis, comment je sais tout cela — et pourquoi vous parvenez à lire tout cela. Cela n'a rien de magique. J'ai écrit ces lignes pour les vrais esprits.

Les vrais esprits… Si je quittais mon corps, deviendrais-je

capable de déchiffrer tout le carnet ? Et les autres y parviendraient-ils ? Peut-être ; mais pour le moment j'étais bien trop abattue pour que la réponse m'importe.

Si vous lisez ces mots dans le monde réel, c'est que vous êtes comme moi plus conscient de la dimension spirituelle. Si vous ne parvenez pas à tout comprendre, ne vous inquiétez pas. Quand votre esprit sera prêt pour d'autres informations, elles vous apparaîtront d'elles-mêmes.

Voulez-vous en savoir davantage sur le Mal ? Non. Non, je crois que l'amour vous intéresse davantage. Vous voulez savoir comment sauver les gens que vous aimez. Je le sais, car j'ai moi-même longtemps cherché cette réponse. Dites-leur la vérité. Montrez-leur. Même invisible et inconnu, l'ennemi reste l'ennemi. S'ils savent, ils peuvent se battre. S'ils refusent de vous croire, au moins aurez-vous fait de votre mieux.

Je n'ai pu en lire davantage, car les larmes me brouillaient les yeux. J'aurais dû dire la vérité à papi. J'aurais pu lui apprendre à se battre. A présent, il était trop tard.

J'avais dû m'endormir à force de pleurer, car j'ai été réveillée en sursaut par des coups frappés à ma fenêtre.

Je me suis levée tant bien que mal, les cheveux en désordre. Le journal est tombé sur le sol. Le cœur battant, je me suis frotté les yeux. Cole a soulevé le panneau de la fenêtre et a pénétré dans ma chambre — et mon rythme cardiaque s'est encore accéléré. Il était en tenue de combat, vêtu de noir de la tête aux pieds, les peintures de guerre sous les yeux pour absorber la lumière ; il portait des couteaux sanglés aux bras et aux mollets.

— Je te demande pardon de faire irruption sans prévenir, m'a-t-il dit, mais tu n'as pas répondu à mes appels ni à mes SMS. Et nous avons besoin de toi. Nous avons trouvé un nouveau nid de zombies dans une maison à deux kilomètres d'ici. Nous allons les anéantir, et ton aide peut s'avérer précieuse. Nous n'avions jamais vu quelqu'un allumer ses mains comme tu l'as fait, ni cramer un zombie aussi vite. Peut-être que tu pourrais tous les brûler en une seule fois.

Lutter contre l'ennemi. Cela, je le pouvais, quel que soit mon état d'esprit présent.

— Laisse-moi le temps de me changer.

— Dépêche-toi.

Comme je me dirigeais vers la salle d'eau, Cole m'a lancé, d'une voix hésitante :

— J'ai vu ta sœur, tout à l'heure.

J'étais en train d'ôter ma chemise, et je me suis immobilisée en plein dans mon mouvement.

— Et je l'ai entendue te parler, a-t-il ajouté.

Donc, il savait. Il savait que mon père se trouvait peut-être dans ce nouveau nid.

— Je suis désolé, Ali.

C'est en tremblant que j'ai terminé de me changer avant de le rejoindre dans la chambre. Cole m'attendait, bras croisés, appuyé contre le mur.

— Tu es certaine de pouvoir faire ça ?

Si j'en étais certaine ? J'avais achevé mon grand-père. S'il en avait l'occasion, mon père m'attaquerait comme papi avant lui. Dans une autre vie, papa se serait détesté pour ça. Et, dans cette autre vie, il aurait certainement *voulu* que je l'achève s'il devenait un zombie. Mais de là à savoir si je me pardonnerais de le tuer *une seconde fois*...

— Je dois signaler à ma grand-mère que je pars, lui ai-je fait sans répondre à sa question. Il faudra que quelqu'un vienne surveiller la maison.

Il a accepté sans broncher le fait que je change de sujet.

— J'y ai déjà pensé. Mon père est en route.

Parfait. Nous avons dévalé l'escalier de concert, et nous avons croisé mamie dans le couloir. Ce soir, elle paraissait bien plus que son âge. Il lui a suffi d'un coup d'œil pour comprendre ce qui se passait. A ma grande surprise, elle n'a pas tenté de m'arrêter. Au contraire, elle a déposé un baiser sur ma joue et a murmuré :

— Fais attention à toi.

— Tu peux compter sur nous, l'ai-je rassurée.

— Nous avons renforcé la Ligne de Sang autour de la maison, a précisé Cole, et mon père devrait arriver d'une minute à l'autre. Il passera la nuit ici.

— M… merci.

Sur ce, ma grand-mère nous a laissés sans plus exiger de détails. Sans doute parce qu'elle s'était remise à pleurer…

J'ai failli la suivre pour la consoler, mais je suis parvenue à m'en empêcher.

— Je déteste ça. Toute cette situation.

— Je sais, m'a fait Cole, mais le seul moyen d'améliorer les choses, c'est de poursuivre notre action.

Il m'a prise par le menton et a planté ses yeux dans les miens. Et, soudain, le monde a disparu…

… J'étais allongée sur le dos et je crachais du sang. Cole se tenait agenouillé près de moi, le visage noyé de larmes…

Puis je me suis retrouvée debout devant lui. La vision n'avait duré qu'un instant.

— C'était…

Il a secoué la tête.

— Tu restes ici.

— Parce que je risque d'être blessée ?

Alors qu'il venait de me dire que nous n'avions d'autre choix que de continuer le combat ? J'ai furieusement secoué la tête en signe de dénégation.

— Nous ne savons même pas ce que signifient les visions. La première a mis des semaines à se réaliser. De toute façon, je ne peux pas passer le reste de ma vie à la maison sous prétexte d'éviter celle-ci.

— Tu étais en train de mourir, Ali !

— Non : j'allais m'en tirer.

— J'ai tenu *la mort* entre mes mains, s'est-il exclamé, si fort que je me suis mise à trembler. Tu étais à l'agonie, et rien ne pouvait te sauver. Donc, tu restes ici ce soir. Je m'occuperai du nid de zombies avec les autres.

— Non. Tu as dit que vous aviez besoin de moi.

— Ali, je t'en prie. Je ne veux pas te perdre pour…

— Stop.

J'avais la bouche sèche et au fond de moi je tremblais de peur, mais j'ai choisi de faire face bravement.

— Tu perds ton temps.

Je suis passée devant lui pour me diriger vers la porte.

— Tu peux rester ici si tu veux ; moi, j'y vais, ai-je conclu.

Et je suis sortie. Dehors, le soleil se couchait dans un ciel aux couleurs rouges et violettes.

C'est alors qu'une troupe d'hommes cagoulés s'est jetée sur moi.

Avec un hurlement, j'ai tenté de reculer ; un instant, j'ai cru qu'il s'agissait d'une sorte de suite de la vision, mais des bras puissants m'ont soulevée et m'ont emmenée vers un fourgon. Du coin de l'œil, j'ai vu le reste du groupe se précipiter à l'intérieur pour immobiliser Cole. J'ai entendu siffler la lame de son épée et les jurons qu'il poussait.

J'ai eu beau me débattre, je ne suis pas parvenue à me libérer de l'étreinte de mon agresseur.

Derrière nous, une terrible explosion a retenti. L'instant d'après, nous avons été cueillis par un souffle brûlant qui nous a soulevés et nous a projetés violemment, mon assaillant et moi, contre les parois du fourgon. Mon crâne a cogné contre le métal, et j'ai sombré dans l'inconscience. Juste avant de m'évanouir, j'ai vu du coin de l'œil l'homme se relever avec peine sous une pluie de brandons et de cendres.

Puis une voix s'est élevée à l'intérieur du van :

— Alice, mon Alice chérie…

Une voix que j'ai reconnue immédiatement.

Mon père était venu me chercher.

Lorsque je me suis réveillée, j'étais ligotée à une chaise, avec un mal de crâne épouvantable. Ma vision, d'abord trouble, s'est éclaircie peu à peu. Tout mon corps me faisait mal. J'ai eu l'impression d'être retournée en arrière, le jour de mon réveil à l'hôpital, après l'accident — ce jour où le monde s'était effondré autour de moi.

Voilà que ça recommençait.

Les souvenirs me sont revenus pêle-mêle. Cole qui entrait dans ma chambre. La vision de ma mort. Le moment où nous avions quitté la maison — ou en tout cas tenté de le faire. Les hommes cagoulés qui nous attaquaient. Celui qui m'emportait. L'explosion. Le fourgon. Mon père.

Cole. Mamie.

Un torrent de bile amère m'est remonté dans la gorge. Non. Ils avaient survécu. Je ne voulais croire rien d'autre.

Je me suis débattue dans les liens qui m'enserraient. Je devais les retrouver, venir à leur secours. Tout en tirant sur les cordes, je me suis rendu compte que je me trouvais dans un genre de laboratoire. Les lieux étaient faiblement éclairés, mais j'ai pu distinguer plusieurs personnes vêtues de blouses blanches qui s'affairaient autour de moi. L'air était empli d'une odeur cuivrée, mêlée à celle de la putréfaction. J'avais l'impression d'étouffer.

— Te voilà réveillée. Très bien.

Une femme vêtue d'une combinaison antirad est entrée dans mon champ de vision. Elle a ôté son masque et a écarté les bras.

— Bienvenue à Anima Industries.

— Dr Wright ! ai-je lancé d'une voix éraillée. Ils vous ont capturée aussi ?

— Comme c'est mignon. Tu me fais tellement confiance que tu nies l'évidence pour te convaincre que je suis prisonnière comme toi.

Le ton railleur de sa voix a suffi à me faire comprendre la terrible vérité. J'aurais préféré ne pas le croire, mais je devais me rendre à l'évidence : c'était une espionne. Elle nous avait trahis.

— Nous y voilà, a-t-elle approuvé. Tu viens enfin de comprendre que je n'utilisais votre petite bande que pour obtenir des informations. Non, mes hommes ne suivaient pas les zombies, mais des traceurs que j'avais placés dans vos chaussures. C'était tellement plus simple…

Je vais te tuer.

— Vous m'aviez promis que je pouvais vous faire confiance, ai-je sifflé.

— Je mens toujours, a-t-elle ricané. D'ailleurs, même quand je dis que je mens toujours, je suis peut-être en train de mentir, va savoir…

J'ai tiré sur mes cordes avec plus de force encore.

— Avez-vous emmené Cole et ma grand-mère ici ?

— Non. Et je ne sais pas où ils se trouvent. Nous n'avons rien à voir avec la bombe qui a explosé. Quand mes hommes sont allés fouiller ce qu'il restait de la maison, ils n'ont trouvé aucune trace d'eux.

Etait-ce la vérité, ou un nouveau mensonge ?

— Mais… pourquoi tout cela ? ai-je demandé. Quelles sont vos motivations ?

Une main sur la hanche, elle a pris une pose de mannequin que même la combinaison ne parvenait pas à gâcher.

— Le père de Cole veut détruire les zombies. Nous, nous voulons les utiliser.

Utiliser le Mal absolu ?

— Pourquoi ?

— Quelle question ! Pour l'argent, bien sûr. Aucune armée au monde ne pourrait leur résister. Nous pouvons nous servir d'eux pour détruire toute cible choisie par celui qui nous paiera le mieux, et tout ça sans même bouger le petit doigt.

— Mais ils nous tueront aussi !

Nous, c'est-à-dire le reste du monde…

— Non. Nous avons appris à les contrôler. Laisse-moi te montrer.

Elle a désigné quelque chose derrière mon épaule.

Quelques secondes plus tard, les lumières ont augmenté brutalement. A moitié aveuglée, j'ai tenté de me retourner sur ma chaise, mais en vain. Des pas ont résonné sur le sol, et Jaclyn est apparue devant moi. Elle portait elle aussi une combinaison, et sous son masque on pouvait voir une expression gênée — comme si elle regrettait quoi que ce soit ! A la main, elle tenait l'extrémité d'une corde.

La corde qui attachait mon père.

Je me suis figée, stupéfaite. Il était aussi grand que dans mes souvenirs, mais ses cheveux étaient moins fournis. Sa peau présentait maintenant une teinte grisâtre, et des taches noires s'étaient formées sur son visage et son cou. Il portait un costume aux manches et au col élimés.

J'avais tellement désiré le revoir, il m'avait tant manqué, que ma première réaction a été un élan de joie. Elan qui s'est brisé net quand ses yeux de rubis étincelants se sont enfoncés dans les miens.

— Libérez-moi, ai-je ordonné, luttant de plus belle.

J'ignorais encore si je tenterais de l'aider ou si je l'achèverais.

De façon indépendante de ma volonté, mon esprit a commencé à se séparer de mon corps…

— Oh que non. Reste où tu es, a lancé vivement le Dr Wright.

N'oublie pas que ta forme spirituelle sera ligotée elle aussi, puisque tu emportes avec toi tout ce qui est en contact avec ta peau. Tout ce que tu y gagneras, c'est que les zombies vont s'agiter, et il nous faudra nous en occuper. Si cela se produit, je serai *très* énervée. Au point que je finirai peut-être par faire venir ton amie Kat dans ce laboratoire, histoire de te donner une petite leçon...

Les dents serrées, je me suis contrainte à réintégrer mon corps.

— Rejoins... nous, a grogné mon père.

— Ses facultés cognitives nous ont tous surpris, a expliqué le Dr Wright d'un ton étrangement fier. En général, à ce stade, ce ne sont que des créatures affamées et sans cervelle. Mais, lui, il veut seulement voir sa chère fille. La seule qui soit encore en vie...

Les larmes ont envahi mes yeux. *Ce n'est pas ton père. Pas vraiment. Tu dois... t'empêcher de réagir. Tu deviendrais folle. Le temps du chagrin viendra plus tard.*

De la bave dégoulinait sur le menton de mon père. Ses mains s'ouvraient et se refermaient, comme s'il s'apprêtait à attaquer.

— De nouveau... ensemble. Nous.

A peine quelques jours plus tôt, j'aurais tout donné pour un tel moment, pour une chance d'être avec lui, de lui parler. Et voilà que l'occasion se présentait. Il avait beau faire partie des morts-vivants, il me reconnaissait et voulait être à mes côtés. Je lui manquais.

Et, à vrai dire, il me manquait aussi, si fort qu'une partie de moi aurait été prête à l'écouter. Une partie de moi seulement...

— Non, papa. Je ne peux pas.

Les larmes se sont mises à couler sur mes joues.

Il y a eu quelques secondes de silence — si l'on ne comptait pas les râles et les gémissements perçants des autres zombies que je ne distinguais pas.

— S'il... te... plaît, a-t-il ajouté, l'écume aux lèvres.

— Pas besoin de lui répondre de nouveau, a dit le Dr Wright. De toute façon, aucune importance : nous allons le laisser disposer de toi à sa guise.

La terreur m'a submergée. Je m'agitais comme un beau diable sur ma chaise, tirant sur mes liens avec pour seul résultat de rouvrir les blessures de mes poignets. Un liquide chaud s'est mis à couler dans mes mains et sur le sol. Les plaintes des zombies se sont transformées en grondements surexcités.

Ils avaient senti ma peur.

Je me suis contrainte à rester immobile.

— J'aurais tellement aimé que tu le comprennes : tu aurais dû nous choisir, a soupiré le Dr Wright. Tes capacités m'intriguent.

— C'est dommage — parce que plutôt mourir que vous aider.

— Je m'attendais à cette réponse, m'a-t-elle répliqué, très sûre d'elle, avec un sourire glacial. Mais crois-tu que tu pourras me résister quand tu seras devenue un zombie ? Vois-tu, les cordes que nous utilisons pour les morts-vivants sont imprégnées du produit chimique que Cole utilise pour tracer les Lignes de Sang. Les zombies ne peuvent les traverser, ce qui nous permet de les manœuvrer à notre guise. Et quand nous mettons un zombie en présence d'un humain, leur instinct prend les commandes.

Mon père lui a montré les dents, mais le Dr Wright s'est contentée de lui lancer un regard méprisant.

— Ça suffit !

Il s'est mis à tirer violemment sur la corde qui le retenait, et Jaclyn a failli être déséquilibrée.

— Docteur Wright…

— Silence ! a-t-elle ordonné.

S'adressait-elle à mon père ou à la sœur de Justin ? Je n'en étais pas certaine.

— Tenez-vous à ce que je jette Alice en pâture aux autres zombies ?

Mais la menace n'a pas calmé mon père, qui a rué si violemment cette fois que Jaclyn a été contrainte de le lâcher.

— Arrêtez imm…

Toutes griffes dehors, il a bondi sur le Dr Wright. Malheureusement, il s'est heurté à sa combinaison, que ses coups de dents ne parvenaient pas à traverser.

Elle s'est saisie de la corde qui traînait au sol et a fait de son mieux pour contrôler mon père.

— Ça suffit, monsieur Bell. Vous venez de gagner la punition d'Alice, maintenant vous préparez la vôtre !

— Manger ! a crié mon père pour toute réponse.

Derrière moi, j'ai entendu des hurlements et des pas précipités.

— Docteur Wright ! Ils s'échappent ! a crié quelqu'un.

— Suivez le protocole ! a-t-elle ordonné.

Il y a eu d'autres cris et des feulements, des pas, de nouveau, d'abord précipités, puis beaucoup plus légers. Des hurlements — humains — et le grognement des zombies. Soudain, j'ai ressenti de violents picotements dans la nuque et les épaules. On déversait de l'acide dans mes veines. Des zombies ! J'ai hurlé à mon tour, et je me suis débattue de toutes mes forces, si bien que ma chaise a roulé au sol. J'ai tenté de me projeter hors de mon corps pour me défendre, mais la toxine zombie semblait m'en empêcher. Par miracle, je suis au moins parvenue à me libérer les mains.

Et je les ai vus. A grands renforts de moulinets de bras, je me suis mise à lutter contre un véritable essaim de zombies — mais mes coups ne faisaient que les traverser. Il s'agissait d'esprits, et je me trouvais sous ma forme humaine. Les premiers à m'avoir mordue s'écartaient avec des haut-le-cœur, mais cela ne suffisait pas à me tirer d'affaire : d'autres prenaient leur place, en véritables vagues.

— Papa ! ai-je crié.

Mutiler...

Tuer...

Détruire...

Ces pensées m'ont envahie, de plus en plus fortes, tandis que les morsures des zombies me déchiraient la peau encore et encore. J'avais l'impression qu'on m'écorchait vive.

La vague d'assaillants a reculé avec la même expression de surprise et de douleur que la précédente, mais une nouvelle s'était déjà formée autour de moi. C'était comme autant de requins qui se jetaient sur mon corps, se glissaient sous ma peau, fouillaient les chairs et les muscles, sans se préoccuper de la vive lumière qui tombait pourtant sur la scène.

Mutiler... Tuer... Détruire...

Non ! ai-je hurlé silencieusement. Non, je n'abandonnerais pas. Cole l'avait dit : on pouvait lutter contre les tentations du Mal. Si j'arrivais à emporter ce combat, peut-être alors pourrais-je résister à l'infection.

Mutilertuerdétruire...

NON !

— Stop, ai-je dit à voix haute. Arrêtez-vous.

L'un après l'autre, les zombies ont reculé, incapables de résister au pouvoir de ma voix — même alors que je me trouvais dans mon corps. Je me suis retrouvée libre, mais dénuée de toute force. Je ne parvenais pas à me relever, et tout mon être semblait en proie à des flammes que rien ne pouvait éteindre.

— Reculez ! ai-je ordonné d'une voix haletante.

D'où je me trouvais, je pouvais embrasser toute la scène du regard. Plusieurs Antirads se tordaient de douleur, cloués au sol par des hordes de zombies qui tentaient de déchirer leur combinaison à coups de dents et de griffes. Des zombies… il y en avait partout, jonchant la pièce, escaladant les murs ou juchés sur les meubles. Ceux qui m'avaient attaquée se tenaient sur ma gauche, à distance respectueuse, mais tremblaient d'impatience à l'idée de revenir à l'assaut.

Sans doute auraient-ils fini par se libérer de mon injonction ; mais, soudain, mon père s'est dressé devant moi, s'interposant entre nous de toute sa hauteur. Ses yeux couleur rubis ont étincelé, et il s'est léché les babines avant de déclarer :

— Rejoins-moi. Tu le dois.

Ses mots avaient autant de puissance que les miens, et j'ai senti en moi le besoin impérieux de me lever pour me jeter dans ses bras.

— Papa. Je t'aime. Aide-moi, je t'en prie. Il faut que tu m'aides.

Un hurlement a retenti, suivi d'un autre. Dans la masse de zombies qui s'était formée autour de nous, des corps tombaient à présent pour demeurer au sol, secoués de spasmes.

A l'autre bout de la salle, une voix a crié :

— Ali !

Cole ! Cole était ici !

Mutiler…

Non ! ai-je pensé de nouveau de toutes mes forces. *NON.*

Mon père s'est raidi et s'est détourné en direction de cette nouvelle menace.

— Ali ! a crié Cole de nouveau.

— Cole ! Je suis là !

De nouveaux cris, mêlés à des gémissements.

La bataille entre zombies et tueurs venait de commencer.

L'espace d'un instant, mon père a semblé se figer — avant de se ranger à mon côté ; il s'emparait des créatures qui se jetaient sur moi et les catapultait contre les murs. Un flot d'adrénaline s'est répandu dans mes veines. Tant que je restais dans ce coin de la pièce, il y resterait aussi, et il tomberait sous les coups d'un tueur. Et vu comment il m'aidait… hors de question que je les laisse faire. Malgré ce qu'il était, mon père se battait lui aussi contre le Mal !

J'ai fermé les paupières pour oublier la douleur. Ce n'était pas facile, mais j'y suis parvenue peu à peu en ne laissant subsister que ma détermination. Lentement, très lentement, mon esprit s'est séparé de mon corps… *Je peux le faire…* Enfin, je me suis libérée complètement. Soudain, je me suis sentie comme revigorée ; l'air glacial a fait retomber ma fièvre. Par-dessus la mêlée, Cole m'a lancé deux poignards.

Un zombie se précipitait sur mon père, trop occupé à se battre pour le voir venir. J'ai bondi. Un ciseau de bras — une jugulaire tranchée —, un deuxième, une pirouette — un autre zombie s'est écroulé. Comme à l'entraînement, je volais littéralement d'un adversaire à l'autre, me déplaçant sans cesse parmi la masse des corps. Mais j'aurais eu le dessus même sans technique : ces zombies-là étaient plus faibles que tous ceux que j'avais combattus jusqu'alors.

J'ai perdu mon père de vue. Du coin de l'œil, je distinguais Cole qui luttait avec autant de vigueur que moi. Bien que couvert de bile noire et d'égratignures, il se battait comme un beau diable. Pour moi. Pour me sauver. Pour tuer ceux qui cherchaient à nous détruire. Haun se tenait à son côté, mais très vite il a roulé au sol, où il est demeuré inanimé. C'est alors que mon père — *oh non!* — s'est précipité sur lui et a littéralement plongé dans son corps, avant d'en ressortir et de repartir au combat, le menton couvert de liquide noirâtre. De toutes ses forces, Trina tentait de défendre Haun, mais déjà d'autres zombies la mordaient aux jambes.

Sans cesser de porter des coups de poignard, je me suis efforcée de les rejoindre. Quelqu'un m'a frappée par-derrière, et j'ai roulé au sol. Mon front a cogné contre quelque chose de mou — un corps. Au moins, ça avait amorti ma chute… L'instant d'après, des dents se plantaient dans ma jambe, et j'ai de nouveau éprouvé cette terrible brûlure dans tout mon corps.

A l'aveuglette, j'ai frappé de mon autre pied, suffisamment fort pour me débarrasser de mon assaillant.

Soudain, Cole a surgi à mon côté ; d'un coup d'épée, il lui a coupé la tête.

— Tu t'en sors très bien, m'a-t-il dit, le souffle rauque, passant déjà à un nouvel assaillant.

— Merci bien.

Je n'allais pas prétendre le contraire ! En bonne équipière, j'ai plongé en avant pour sectionner d'un coup de lame les jarrets du zombie. Celui-ci est tombé à genoux, et Cole n'a eu qu'à finir le travail.

J'ai pivoté sur moi-même, déjà en quête d'un autre adversaire. C'est alors que j'ai vu mon père. Tous crocs dehors, il se précipitait vers Cole. Celui-ci l'a arrêté juste à temps, et tous deux se sont mis à lutter au corps à corps. Horrifiée, je regardais mon père tenter de mordre Cole.

— Arrêtez ! ai-je crié — mais je ne croyais pas suffisamment à ce que je disais.

Cole est parvenu à esquiver les morsures et a contré d'un coup du tranchant de l'épée. J'ai laissé tomber mes poignards. Peut-être mon père m'avait-il sauvée, mais sa miséricorde ne s'étendait pas aux autres tueurs de zombies. Un jour ou l'autre, il deviendrait comme papi, et s'en prendrait à moi. A moi, et à tous ceux que j'aimais.

Je devais l'en empêcher.

Je n'avais qu'une fraction de seconde pour prendre une décision, et je n'ai pas hésité. J'ai regardé mes mains.

— Allumez-vous, ai-je dit.

Elles ont obéi instantanément. Mes deux bras se sont mis à rayonner depuis les doigts jusqu'aux épaules.

Malgré les larmes qui ruisselaient sur mon visage, j'ai tendu devant moi une main tremblante.

Seigneur, donnez-moi la force.

— Papa, ai-je appelé.

Il s'est retourné d'un bloc pour me faire face.

— Je te demande pardon.

Il n'y a pas d'autre moyen. Tu dois le faire.

— Ali, a-t-il dit.

Contact.

Il a disparu dans une pluie de cendres. Je crois… je crois bien qu'il souriait.

Voilà. Mon père était parti.

Mort pour toujours.

A cause de moi.

La lame de Cole avait entamé un grand arc de cercle, qui aurait dû se terminer dans le corps de mon père. Mais celui-ci n'était plus là. Moi, si.

Une morsure de métal m'a déchiré le ventre.

Tout d'abord, je n'ai rien senti. Puis une vague de douleur, terrible, incommensurable. Je me suis effondrée.

Une expression horrifiée est apparue sur le visage de Cole. Il s'est mis à hurler.

— NON !

Cruz et Frosty s'étaient précipités dans ma direction et tentaient de me soutenir. Des points noirs dansaient devant mes yeux.

— Ali.

J'ai voulu répondre, mais je n'ai pu que tousser. Je sentais le sang qui remontait dans ma poitrine, envahissait ma gorge.

— Ali ! Je te demande pardon ! m'a dit Cole, quelque part au-dessus de moi.

C'était la vision que j'avais eue, ai-je compris. Et, surprise : elle s'était réalisée bien plus vite que prévu.

Ses bras puissants se sont refermés autour de moi.

— Ne meurs pas. Je *t'interdis* de mourir, tu m'entends ?

Mourir ? Après tout ce que j'ai fait ?

— Dans… tes… rêves…

J'ai toussé de nouveau, incapable d'articuler un autre mot. Une force inconnue me tirait déjà vers le haut, encore et encore, dans une infinité de blancheur.

18

Alice commence en beauté

Je n'avais pas la moindre idée de l'endroit où je me trouvais. Des nuages, des infinités de nuages blancs autour de moi, à perte de vue, jusqu'à ce que…

Emma a émergé de la blancheur immaculée. Elle ne portait plus son tutu rose, mais une robe scintillante et diaphane qui descendait jusqu'à ses pieds. Ses magnifiques cheveux noirs tombaient en cascade sur ses épaules ; dans ses yeux d'or flottaient des émotions contradictoires.

— Suis-je morte ? ai-je demandé.

Curieusement, cette idée m'apaisait.

— Pas pour longtemps, m'a-t-elle répondu. Tu l'as tué, tu sais.

Les souvenirs me sont revenus. Mon père, transformé en zombie. Mon père se jetant sur Cole. Mon père mort. Par ma main.

— Je suis désolée, ai-je murmuré. Je te demande pardon.

— Je comprends, a-t-elle répondu tristement. J'aimerais pouvoir te dire que tu en as terminé avec les zombies, avec Anima Industries. Mais c'est impossible. J'aimerais te dire que tout ira bien entre Cole et toi, mais c'est impossible aussi.

Non. Je ne laisserai rien de tout cela m'inquiéter. J'ai la foi, et la foi éloigne les chagrins.

— Tout va aller mieux, tu verras.

— Il y avait tellement de toxine dans ton sang, Ali… Crois-tu vraiment qu'on pouvait la neutraliser ? Et les autres sont en colère. Ils sont en colère, et ils veulent…

— Ali, a fait une voix.

La voix de Cole.

L'image d'Emma s'est mise à disparaître.

— Ne pars pas, me suis-je écriée en tendant les mains vers elle. Je t'en prie.

— Ce n'est pas moi qui pars, Ali. C'est toi.

Son sourire m'a fendu le cœur. Peu à peu, les nuages l'ont absorbée, jusqu'à ce qu'elle ait complètement disparu, comme une poussière dans le vent.

— Ali.

Au loin, j'entendais le bip-bip d'une machine.

— Au revoir, Em, ai-je murmuré. A bientôt.

Je la reverrais un jour, j'en étais certaine.

« J'aimerais te dire que tout ira bien entre Cole et toi, mais c'est impossible aussi. »

— Ali. Je sais que tu peux m'entendre. Tu bouges les doigts.

J'ai repoussé les dernières paroles de ma petite sœur pour me concentrer sur le garçon qui cherchait à me tirer des griffes de la mort. Pourquoi penser au futur maintenant ? Cela n'éviterait pas les peines à venir et ne ferait que gâcher cet instant. Dorénavant, je prendrais le jour comme il vient, et affronterais les obstacles quand ils se présenteraient. Une chose dont j'étais certaine toutefois : la toxine avait bel et bien été neutralisée. Je le savais, car j'étais vivante, sans la moindre trace de Mal dans mon esprit.

— Allez, ma Belle au bois dormant, a dit Cole. Tu roupilles depuis des jours, il est temps de mettre un terme à ma punition et de te réveiller.

J'ai battu des paupières à plusieurs reprises pour dissiper la brume qui m'entourait. Cole était assis sur une chaise à la tête de mon lit ; ses coudes reposaient sur le garde-corps et son visage affichait une expression d'intense soulagement. Peut-être me trouvais-je encore sous l'emprise des médicaments, car je ne ressentais aucune douleur, mais j'aurais pu passer ma vie à le regarder. Comme il était beau, avec ses cicatrices et ses bandages, mon guerrier de l'extrême !

Un instant, je me suis demandé s'il ne s'agissait pas d'une vision. Mais tel n'était pas le cas, car quand nos yeux se sont croisés…

… Nous étions assis sur une balancelle, sous un porche,

bavardant et riant doucement. Ma tête reposait sur son épaule. Le soleil se levait, dans une délicieuse symphonie d'or et de rose.

— Tu n'as pas de questions à me poser, aujourd'hui ? m'a-t-il demandé.

— Bien sûr que si. Des centaines, en fait.

— Alors, lance-toi.

— La plus importante, d'abord. Pourquoi ne m'embrasses-tu pas ?

J'ignore combien de temps a duré la vision, mais quand elle s'est éteinte, des larmes finissaient de sécher sur mes joues. *Quelle belle fin*, ai-je pensé. Ou plutôt, quel beau commencement !

Enfin.

Ainsi, j'avais raison. Tout finirait bien.

Quant à Anima Industries… ils avaient joué leur va-tout. *Mon père.* Et ils avaient perdu. Bien sûr, je portais son deuil, mais ils ne pouvaient plus l'utiliser contre moi.

Mon acte pesait toujours sur ma conscience. Mon père avait lutté jusqu'à son dernier souffle pour s'en tirer, car il m'aimait de tout son cœur. Pourtant, je l'avais tué. J'avais détruit sa seconde chance. Moi, et personne d'autre.

Je devrais apprendre à vivre avec ça.

Mon seul réconfort, je le trouvais en me disant que j'avais fait ce qu'il fallait. Il avait combattu le Mal, mais le Mal avait triomphé. Si je l'avais laissé en vie, il n'aurait eu de cesse de s'en prendre à mes amis.

— J'ai bien aimé cette vision, a dit Cole en me caressant la main.

— Moi aussi.

A travers ma gorge desséchée, je n'ai pu articuler que ces deux mots.

Il a porté mes doigts à ses lèvres pour les embrasser avec tendresse.

— J'ai bien cru que j'allais te perdre, Ali. Deux fois. Ton cœur s'est arrêté. Mais tu es revenue.

— … suis têtue, ai-je murmuré.

— Dieu merci, c'est vrai.

Nous nous sommes souri, complices.

— Et combien de têtes avons-nous fait rouler ?

Il s'est fait grave.

— La plupart des gens de chez Anima ont pu s'échapper, mais tous les zombies ont été tués. Nous n'avons même pas eu à nous battre. Ils se sont mis à tomber comme des mouches, l'un après l'autre. Ils ont cessé de bouger, et les brûler a été un jeu d'enfant.

Sans doute parce que mon esprit les a empoisonnés, ai-je pensé. Il faudrait que je lui parle de mes suspicions… mais plus tard. Pour l'instant, je voulais des réponses, et j'ignorais combien de temps je parviendrais à rester consciente.

— Comment m'as-tu retrouvée ? Comment es-tu parvenu à te sauver de chez moi ?

La bombe ! Comment avais-je pu oublier mamie ? J'ai tenté de m'asseoir sur le lit.

— Ma grand-mère ? Est-elle…

— Elle va bien. Elle est avec mon père, elle attend de pouvoir te rendre visite.

Avec des gestes délicats, il m'a aidée à me rallonger.

— Ankh t'a recousue. Je ne voudrais pas que tu déchires de nouveau tes points de suture. Et, avant que tu ne poses la question, tu seras heureuse d'apprendre que mon père et ta grand-mère sont retournés sur les lieux et ont réussi à récupérer quelques-unes de tes affaires.

— Quoi, exactement ?

Si j'avais perdu les photos de ma famille… si j'avais perdu le journal…

— Je ne sais pas. Je n'ai pas quitté ton chevet.

— C'est gentil de ta part, ai-je simplement murmuré.

— Que tu crois ! J'avais décidé de venir te chercher à coups de pied dans le train si tu t'avisais de mourir.

Je me suis retenue de rire de peur de réveiller la douleur dans mes côtes ; à la place, je me suis concentrée sur mes questions.

— Que s'est-il passé ?

— Chez toi ?

J'ai hoché la tête affirmativement.

— Ta grand-mère se trouvait dans sa chambre. Un des employés d'Anima a lancé une grenade dans le salon. J'ai foncé à couvert, mais je me suis assommé en tombant. Quand j'ai repris connaissance, mon père était là et les Antirads avaient disparu. Nous avons trouvé ta grand-mère. Elle était sonnée, mais rien de très grave. C'est alors que Justin s'est pointé ! Et tu sais quoi ? Il m'a expliqué ce qui se passait et indiqué où te trouver.

Ainsi, le Dr Wright avait menti au sujet de la bombe — quelle surprise ! — et Justin était venu à notre aide. Pourquoi ? Cela n'avait aucun sens, et cela ne correspondait pas avec ce que je savais de lui et des ordures avec lesquelles il était de mèche.

— Est-ce que tout le monde s'en est tiré ?

Il a baissé la tête.

— Non. Haun est…

Mort. Accablée, j'ai détourné les yeux. J'avais besoin d'un moment pour accepter la nouvelle.

Autour de moi, la chambre était décorée de façon somptueuse. La couverture du lit était de velours ; les murs étaient ornés d'un papier peint à fleurs, et du plafond pendait un chandelier de cristal qui répandait autour de nous des perles de lumière.

Toutes ces morts, ce chagrin, cette peine que nous étions condamnés à endurer… Il y en aurait d'autres, bien d'autres, car nous continuerions à traquer les zombies et à les combattre. Nous le devions. Nous devions protéger ceux que nous aimions.

Sans quoi tout ce que nous avions accompli jusque-là n'aurait servi à rien, et l'avenir ne serait que ténèbres.

J'ai toussoté pour dissiper la boule d'émotion qui m'obstruait la gorge.

— Où sommes-nous ?

— Chez les Ankh.

On a frappé à la porte, et M. Holland a passé la tête dans la chambre.

— Nous avons entendu des voix ; nous espérions que tu étais réveillée. Il y a tout un tas de gens qui veulent te voir.

J'ai tenté de me redresser pour arranger ma coiffure, mais mes doigts ont rencontré des nœuds inextricables. J'ai frémi. Aucune chance de parvenir à me rendre présentable.

— Tu es très belle, m'a assuré Cole.

Tu parles ! Mais j'ai apprécié le compliment. D'ailleurs, il avait gardé son expression sérieuse ; peut-être après tout le pensait-il sincèrement…

— Faites-les entrer, ai-je dit en faisant de mon mieux pour masquer mon trouble.

Mamie a été la première.

Cole s'est levé pour se poster près de l'unique fenêtre, et ma grand-mère a pu se précipiter vers moi, me tenir à loisir dans ses bras — en prenant soin de ne pas me faire mal — et me cajoler tout son soûl avant de prendre place dans le fauteuil de Cole. Je me suis sentie ragaillardie. Son front s'ornait de quelques bleus, mais c'étaient les seules traces visibles de ce qui lui était arrivé.

Puis sont venus Lucas, Derek, Collins, Cruz, Frosty et Bronx, à la queue leu leu.

— Tu as l'air en forme, m'a fait Frosty.

— Alimini a une sacrée pêche, a ajouté Lucas.

— Je te prends sur le ring quand tu veux, a affirmé Derek.

— Quand tu en auras assez de Cole, a proposé Collins, n'hésite pas à venir me trouver.

Ce qui lui a valu un regard furieux de la part de l'intéressé.

— Pas mal. *Pour une débutante*, a grommelé Bronx.

C'était la première fois qu'il me parlait, mais ses mots m'ont ravie. Venant de lui, c'était un immense compliment.

— Merci à tous, ai-je répondu.

— On peut dire que tu t'es fait des amis, m'a dit mamie avec un grand sourire.

Les garçons sont sortis pour laisser place à Mackenzie et Trina.

— Ça me fait mal de dire ça, a commencé la première après m'avoir détaillée des pieds à la tête, mais tu t'en es sacrément bien tirée, là-bas.

— Parfaitement, a renchéri Trina en souriant. D'ailleurs, j'ai remarqué que tu utilisais quelques-uns de mes coups spéciaux.

— Tu rêves ! C'était *mes* mouvements ! est intervenue Mackenzie.

Puis elles ont quitté la chambre sans cesser de se disputer.

Ça a été ensuite au tour de Kat de faire irruption dans ma chambre.

— Il était temps qu'on me laisse entrer ! a-t-elle bougonné en se précipitant à mon chevet.

Elle a agrippé ma main comme si c'était une bouée de secours.

— Je suis ta meilleure amie, et ils auraient dû me laisser passer en premier ! Quelqu'un paiera pour ça, je te le jure… mais ce ne sera pas toi, Ali, rassure-toi.

J'étais ravie de la voir, mais j'ai dû lancer un regard interrogateur en direction de Cole.

— Elle sait, m'a-t-il dit. Quand elle s'est rendu compte que tu étais injoignable, elle nous a appelés une bonne centaine de fois, Frosty et moi. Elle s'apprêtait à donner l'alarme et à prévenir le monde entier de ta disparition. Du coup, mon père nous a donné la permission de la mettre au courant de l'existence de notre bande.

— Ce que vous auriez dû faire depuis belle lurette ! s'est écriée Kat. Comme si j'allais flipper en apprenant que les zombies existent vraiment !

Mais elle s'est penchée sur moi, soudain pâle et anxieuse, et m'a soufflé à l'oreille :

— A vrai dire, je crois bien que je flippe complètement. Nous en parlerons quand tu te seras rétablie.

— C'est promis, ai-je acquiescé sur le même ton.

Puis, cette fois à voix haute :

— Alors, t'es-tu remise avec Frosty ?

— Absolument ! a lancé celui-ci depuis le couloir.

Mais, au même moment, Kat répondait :

— *Presque.* Je dois le laisser mijoter encore un peu. Il est à ma botte, tu comprends.

De nouveau, j'ai baissé la voix pour lui murmurer à l'oreille :

— Et, pour *toi*, est-il au courant ?

Elle a secoué la tête en signe de dénégation.

Ce ne serait pas moi qui le lui révélerais, alors. Quoique, à bien y réfléchir, il était peut-être déjà au courant. M. Holland et M. Ankh avaient certainement vérifié les antécédents de Kat quand elle avait commencé à sortir avec Frosty. Mais, là encore, tout cela pouvait attendre.

— Tout le monde sait que je suis ton petit toutou, Chaton, a lancé Frosty en s'encadrant dans le chambranle, bras croisés sur la poitrine.

— Eh bien, que cela leur serve à tous de leçon. Et maintenant laisse-nous, nous avons à parler entre filles.

— Oui, chef.

Avec un large sourire, il a tourné les talons.

Avec Kat, nous nous sommes mises à bavarder à bâtons

rompus jusqu'au moment où mes paupières se sont fermées d'elles-mêmes.

Quand elle a vu ça, son visage a pris une expression inquiète, et elle m'a embrassé la main.

— Tu sais, Ali, la première fois que je t'ai vue dans un lit d'hôpital, tu n'avais quasiment rien. Pas la plus petite blessure. Sans mentir, j'ai connu des piqûres de moustique plus graves. Mais te voilà clouée au lit avec une tête de…

Elle a terminé par un signe de la main.

— Qu'importe. C'est vraiment grave, cette fois. Donc, je te donne deux jours pour être sur pied.

Comme elle était adorable !

— Sinon quoi ?

— Sinon, je romps définitivement avec Frosty, et pour toujours ! s'est-elle écriée.

— Pardon ? a lancé celui-ci, qui de toute évidence était resté dans le couloir pour espionner notre conversation.

— De toute façon, je le ferai peut-être, a ajouté Kat. Mon voisin n'arrête pas de me demander de sortir avec lui. Et il est mignon. Si le mot « mignon » est synonyme de « sexy à tomber ».

Frosty est réapparu dans la chambre, l'air furibard.

Kat a pouffé de rire.

— Très bien, ça suffit ! a dit mamie, et elle les a gentiment chassés tous deux de la chambre. Et toi, a-t-elle ajouté en déposant un baiser sur mon front, dis bonne nuit à ton petit ami et repose-toi un peu.

Sur ce, elle m'a laissée seule avec Cole.

— Et, maintenant, que se passe-t-il ? ai-je demandé sans pouvoir réprimer un bâillement.

— Pour commencer, ta grand-mère et toi allez vivre chez les Ankh.

Dans le manoir ?

— La belle vie, quoi !

— La belle vie… parce que tu es *en vie*, a fait Cole.

Nous nous sommes souri de nouveau — sourire malencontreusement interrompu par un autre bâillement. Cole s'est penché pour déposer un tendre baiser sur mes lèvres.

— Dors. Je serai là quand tu te réveilleras.

— Toi et tes ordres…, ai-je protesté faiblement.

Déjà, mes paupières se fermaient. J'avais beau dire, je l'aimais tel qu'il était et je n'aurais voulu le changer pour rien au monde.

Grâce à lui, j'avais appris à survivre dans ce monde nouveau. Plus encore, j'avais appris à me battre, et à gagner.

Tout au fond de moi, je savais que lutter contre les zombies serait dorénavant ma seule satisfaction, le sel de ma vie. Quand la fin viendrait, je pourrais partir en paix, sachant que j'avais fait tout mon possible pour marcher dans la lumière. Et Cole serait à mes côtés. Nous étions indissolublement liés.

Le reste ne comptait pas.

Annexe

La liste des surnoms... et leur signification

Ali : Il s'agit moins d'un surnom que d'un diminutif ; notre héroïne l'adopte après la disparition de sa famille, peut-être pour montrer à quel point elle se sent diminuée, coupée d'elle-même. Ses amis tueurs y voient peut-être aussi un lien avec le nom du célèbre boxeur Mohammed Ali...

Kat : Kathryn déteste tous les surnoms qui la relient au chat comme « Kitten » (chaton). Elle préfère le surnom de « Mad Dog » (Chien fou) que lui attribue Alice.

Wren : C'est le nom d'un petit oiseau, le troglodyte. Un petit oiseau qui suit le vent qui tourne...

Poppy : La rousse amie de Kat et Ali porte un surnom de fleur : le coquelicot. Elle aussi suit le sens du vent...

Reeve : Si le prénom existe (pour les garçons), il désigne aussi, dans l'Angleterre médiévale, un préfet ou bailli. Idéal, pour la plus rangée des amies de Kat.

Frosty : Litt. « Givré », « Glacé ». Le garçon qui porte ce nom aurait passé une nuit dehors dans le froid. Et la glace coule dans ses veines.

Bronx : Aux Etats-Unis, on désigne parfois une personne par sa région d'origine, même si Bronx prétend ne pas provenir de ce quartier de New York. Ils partagent peut-être simplement une réputation d'extrême violence ?

Spike : Litt. « Point », « Epieu ». C'est le surnom qu'attribue Ali à Haun à cause de sa coiffure (un personnage de *Buffy* porte ce nom).

Turd : Quand Cruz apparaît pour la première fois, il se montre très vexant, et Ali lui donne ce surnom plutôt désobligeant qui désigne en anglais... un étron !

Boots et Ducky : Litt. « Bottes » et « Canard » (terme affectueux, comme « Chéri »). Ce sont deux tueurs de zombies décédés l'année précédente.

M. Troudbal : En VO, M. Trondhal s'appelle Buttle, et il devient Butthole dans la tête d'Ali. Qui n'a jamais donné un surnom à un professeur ?

La Fiancée de Frankenstein (et les Fiancés de l'Epouvante) : En VO, il s'agit de Bridezilla et Groomzilla, contraction de « bride » et « groom » (la fiancée et le fiancé) et du nom du célèbre monstre de cinéma Godzilla.

REMERCIEMENTS

Tout d'abord et plus que tout, je dois remercier le ciel. Après avoir écrit le premier jet de ce roman, je suis tombée très malade et, pendant plusieurs mois, j'étais incapable de travailler tant je souffrais. J'avais besoin de Dieu, Il est venu à moi et je suis guérie. Pendant cette période, un monde nouveau s'est ouvert pour Alice. Créer ce monde merveilleux était un véritable défi — mais ce fut surtout une des expériences les mieux récompensées de toute ma vie.

Ensuite, ma reconnaissance va aux étudiants de Marlow High School, dans l'Oklahoma, merci de m'avoir reçue, ainsi qu'à Leigh Heldermon, Kye, Joyce et Emmet Harrison, Sony Harrison, Vicki Tolbert, Mike Tolbert et Cathy Hazel — merci pour avoir tout organisé —, Jayson Brown, Justyn Brow, Autumn Jackson, Cassandra Howard, Allison Collins et Austin Tinney — merci d'avoir pris sur votre temps pour me tenir compagnie et bavarder avec moi.

J'envoie un grand merci à Lauren Floyd pour ses lectures et la franchise de ses commentaires. Elle m'a aidée à modeler certains des personnages.

J'envoie un autre grand merci à Jill Monroe, Roxanne St. Claire, Louisa Edwards, Kristen Painter et Candace Havens, toutes aussi belles et talentueuses les unes que les autres. Nous avons participé ensemble à une conférence d'écrivains — un des meilleurs week-ends de ma vie. On s'est régalées !

Et puis, je dois remercier les gens de mon entourage, tous ceux qui doivent composer avec moi dans la vie quotidienne — Max, Roy Showtime, Torrence Vee Merryweather, Haden Tolbert, Seth Tolbert, Chloe Tolbert, Nate et Meg Hurt, Parks et Finn Quine, Shane et Kemmie Tolbert, Christy James, Auston et Casey Dowling, David et Paula Dawling, Shonna et Kyle Hurt, Michelle et Cody Quine, Matt et Jennifer Showalter, Michael Showalter, Penny et Terry Edwards, Mark et Cindy

Watley, mes parents, et enfin Kresley et Swede Cole (encore des gens géniaux !).

Ces remerciements resteraient incomplets si je ne citais pas Natashya Wilson. Son œil, son jugement affûté et sûr ne manquent jamais de m'étonner. Elle a travaillé inlassablement avec moi sur ce roman, allant bien au-delà de son job. Un ange !

CHEZ MOSAÏC

Par ordre alphabétique d'auteur

ANNE BARTON	*Secrets et préjugés*
ANNE BARTON	*Orgueil et volupté*
ANNE BARTON	*Le bal de Mayfair*
KARMA BROWN	*Des millions de larmes et de rires*
T.J. BROWN	*Le temps des insoumises*
LAURA CALDWELL	*La coupable parfaite*
LAURA CALDWELL	*Le piège des apparences*
PAMELA CALLOW	*Indéfendable*
PAMELA CALLOW	*Tatouée*
DIANE CHAMBERLAIN	*Des mensonges nécessaires*
JOSHUA CORIN	*La prière de Galilée*
SUSAN CRAWFORD	*Qu'est-il arrivé à Celia Steinhauser ?*
SYLVIA DAY	*Afterburn/Aftershock*
BARBARA DELINSKY	*Le goût salé du secret*
ANDREA ELLISON	*L'automne meurtrier*
LORI FOSTER	*La peur à fleur de peau*
LORI FOSTER	*Le passé dans la peau*
JAMES GRIPPANDO	*Les profondeurs*
HEATHER GUDENKAUF	*L'écho des silences*
HEATHER GUDENKAUF	*Le souffle suspendu*
ADENA HALPERN	*Les dix plus beaux jours de ma vie*
MEGAN HART	*L'ange qui pleure*
KRISTAN HIGGINS	*L'Amour et tout ce qui va avec*
KRISTAN HIGGINS	*Tout sauf le grand Amour*
KRISTAN HIGGINS	*Trop beau pour être vrai*
KRISTAN HIGGINS	*Amis et RIEN de plus*
KRISTAN HIGGINS	*L'homme idéal… ou presque*
KRISTAN HIGGINS	*Un grand amour peut en cacher un autre*
KRISTAN HIGGINS	*A un détail près*
KRISTAN HIGGINS	*Sans plus attendre*

…/…

CHEZ MOSAÏC

Par ordre alphabétique d'auteur

ELAINE HUSSEY	*La petite fille de la rue Maple*
ELAINE HUSSEY	*Sweet Mama's Café*
LISA JACSKSON	*Le couvent des ombres*
LISA JACSKSON	*Ce que cachent les murs*
LISA JACSKSON	*Passé à vif*
LISA JACSKSON	*De glace et de ténèbres*
LISA JACSKSON	*Linceuls de glace*
LISA JACSKSON	*Le secret de Church Island*
LISA JACSKSON	*Dernier soupir*
PAM JENOFF	*La fille de l'ambassadeur*
ANDREA KANE	*La petite fille qui disparut deux fois*
ANDREA KANE	*Instincts criminels*
ALEX KAVA	*Effroi*
ALEX KAVA	*Au cœur du brasier*
MARY KUBICA	*Une fille parfaite*
CHRISSIE MANBY	*Une semaine légèrement agitée*
RICK MOFINA	*Zone de contagion*
RICK MOFINA	*Vengeance Road*
JASON MOTT	*Face à eux*
BRENDA NOVAK	*Kidnappée*
BRENDA NOVAK	*Tu seras à moi*
BRENDA NOVAK	*Repose en enfer*
ANNE O'BRIEN	*Le lys et le léopard*
AMY REED	*Invincible*
TIFFANY REISZ	*Sans limites*
TIFFANY REISZ	*Sans remords*
TIFFANY REISZ	*Sans détour*
TIFFANY REISZ	*Sans peur*
EMILIE RICHARDS	*Le parfum du thé glacé*
EMILIE RICHARDS	*Le bleu de l'été*
EMILIE RICHARDS	*La saveur du printemps*

../...

CHEZ MOSAÏC

Par ordre alphabétique d'auteur

NORA ROBERTS	*La fierté des O'Hurley*
NORA ROBERTS	*La saga des O'Hurley*
NORA ROBERTS	*Par une nuit d'hiver*
NORA ROBERTS	*Retour au Maryland*
NORA ROBERTS	*Rêve d'hiver*
NORA ROBERTS	*L'été des amants*
NORA ROBERTS	*Des souvenirs oubliés*
NORA ROBERTS	*Sous les flocons*
NORA ROBERTS	*Petits délices et grand Amour*
NORA ROBERTS	*Des baisers sous la neige*
ROSEMARY ROGERS	*Une passion russe*
ROSEMARY ROGERS	*La belle du Mississippi*
ROSEMARY ROGERS	*Retour dans le Mississippi*
ROSEMARY ROGERS	*Les nuits de Ceylan*
KAREN ROSE	*Elles étaient jeunes et belles*
KAREN ROSE	*Tout près du tueur*
KAREN ROSE	*Dors bien cette nuit*
KAREN ROSE	*Personne pour t'entendre*
KAREN ROSE	*Pour que tu n'oublies pas*
KAREN ROSE	*Tes larmes et ton sang*
KAREN ROSE	*La cible de trop*
MAGGIE SHAYNE	*Dans les yeux du tueur*
GENA SHOWALTER	*Alice au pays des zombies*
GENA SHOWALTER	*Alice et le miroir des Maléfices*
GENA SHOWALTER	*La reine des zombies*
DANIEL SILVA	*L'affaire Caravaggio*
ERICA SPINDLER	*Les anges de verre*
ROBIN TALLEY	*Des mensonges dans nos têtes*
MARYLISE TRECOURT	*Au-delà des apparences*
ANTOINETTE VAN HEUGTEN	*La disparue d'Amsterdam*
LOUISE VIANEY	*Une mariée de trop*
SUSAN WIGGS	*Là où la vie nous emporte*
SUSAN WIGGS	*Avec vue sur le lac*
SUSAN WIGGS	*Les héritières de Bella Vista*

La plupart de ces titres sont disponibles en numérique.

Composé et édité par Harlequin

Achevé d'imprimer en France par CPI
en juillet 2016

Dépôt légal : octobre 2015
N° d'impression : 2024582

Pour l'éditeur, le principe est d'utiliser des papiers composés de fibres naturelles, renouvelables, recyclables, et fabriquées à partir de bois issus de forêts qui adoptent un système d'aménagement durable. En outre, l'éditeur attend de ses fournisseurs de papier qu'ils s'inscrivent dans une démarche de certification environnementale reconnue.